Ruth Kvarnström-Jones

STOCKHOLM

Die fabelhaften Frauen
des Grand Hôtel

Ruth Kvarnström-Jones

STOCKHOLM

Die fabelhaften Frauen
des Grand Hôtel

Roman

Übersetzt von Karin Dufner

blanvalet

Die Originalausgabe erschien 2023 unter dem Titel
»De fenomenala fruntimren på Grand Hôtel«
bei Printz Publishing, Schweden.

Der Verlag behält sich die Verwertung des urheberrechtlich geschützten Inhalts dieses Werkes für Zwecke des Text- und Data-Minings nach § 44 b UrhG ausdrücklich vor. Jegliche unbefugte Nutzung ist hiermit ausgeschlossen.

Penguin Random House Verlagsgruppe FSC® N001967

2. Auflage
Copyright der Originalausgabe © 2023 by Ruth Kvarnström-Jones
Published by agreement with Norstedts Agency.
Copyright der deutschsprachigen Ausgabe © 2024 bei Blanvalet,
einem Unternehmen der Penguin Random House Verlagsgruppe GmbH,
Neumarkter Straße 28, 81673 München
Redaktion: Andreas Feßer
Umschlaggestaltung: www.buerosued.de
Umschlagmotiv: Abigail Miles/Arcangel Images;
mauritius images/Mkox55/Alamy/Alamy Stock Photos;
www.buerosued.de
Karte im Innenteil © Sarah Ljungdahl Holst
KW · Herstellung: kw
Satz: satz-bau Leingärtner, Nabburg
Druck und Bindung: GGP Media GmbH, Pößneck
Printed in Germany
ISBN 978-3-7645-0894-4

www.blanvalet.de

*Für meine liebste Maxine.
Möge dein Geist immer so lebensfroh
und faszinierend bleiben wie der von Wilhelmina.*

LINNÉGATAN

← LADUGÅRDS-
LANDSTORG

IDYLLEGATAN

STYRMANSGATAN

LIDINGÖ →

STRANDVÄGEN

NYBRO-
VIKEN

STRANDVÄGEN

KASIEHOLMSHAMNEN

DJURGÅRDEN

SKEPPS-
HOLMEN

HASSEL-
BACKEN

KASTELL-
HOLMEN

Die handelnden Personen

RÄTTVIK, DALARNA

Die Ekmans
Karl und Viveka Ekman
Jon Ekman
Ottilia Ekman
Torun Ekman
Birna Ekman
Victoria Ekman

Cousine Anna

Arvid Blomqvist

GRAND HÔTEL

Die Cadiers
Régis (Gründer) und Caroline Cadier

Die Skoghs
Wilhelmina und Per Skogh
Brita (Haushälterin)

Mitglieder des Vorstands
Axel Burman
Algernon Börtzell

Leutnant Ehrenborg
Oscar Holtermann
Ehrenfried von der Lancken
Carl Liljevalch
Ivar Palm

Hauswirtschaft
Margareta Andersson (Hausdame)
Beda Johansson
Märta Eriksson
Karolina Nilsson

Gastronomie
Gösta Möller (Maître d'hôtel)
Sam Samuelsson (Küchenchef)
Charley Löfvander (Barchef)
Fredrik Nyblaeus (Bankettabteilung)
Kristian (Barmann)
Monsieur Blanc (Sommelier)

Empfang
Knut Andersson
Edward Hansson

Floristik
Josef Starck
Maj Starck (seine Frau)

Verwaltung
August Svensson

Andere
Dr. Karl Malmsten
Chefinspektor Ström

Gern gesehene Gäste
Sarah Bernhardt (Schauspielerin)
Elsa Beskow (Illustratorin)
Armand Fallières (französischer Präsident)
Henning Halleholm (Industrieller)
Ellen Key (Frauenrechtlerin)
Rudyard Kipling (Schriftsteller)
Selma Lagerlöf (Schriftstellerin)
Franz Lehár (Komponist)
Anna Lindhagen (Frauenrechtlerin)
Elisabet Silfverstjerna (Hofdame)
August Strindberg (Schriftsteller)

Ungern gesehene Gäste
Kajsa (Dame des horizontalen Gewerbes)

Königliche Hoheiten
Königin Josefina
König Oskar II. und Königin Sophia
König Gustav V. und Königin Victoria
Kronprinz Gustav Adolf und Kronprinzessin Margaret
Edward VII. und Königin Alexandra (Großbritannien)
Kaiserin Eugénie (Frankreich)
Königin Margherita (Italien)

Im Grand Royal
Lotten Rönquist (Künstlerin)
Ernst Stenhammar (Architekt)
Carlsson & Löfgren AB (Innenausstattung)
Graham Brothers (Aufzüge)

Kapitel 1

*Vorstandssitzung, Grand Hôtel Stockholm,
10. Dezember 1901*

»Meine Herren.« Algernon Börtzell, königlicher Schatzmeister und Vorsitzender der Aktiengesellschaft Nya Grand Hôtel, tippte mit der goldenen Spitze seines Federhalters auf das Blatt Papier, das vor ihm lag. »Die Zeit ist reif, wir müssen endlich handeln.«

»Fürwahr.« Ehrenfried von der Lancken, stellvertretender Zivilgouverneur von Stockholm, verstaute seine Uhr wieder in der obersten Westentasche. »In weniger als drei Stunden beginnt die Zeremonie zur Verleihung des Nobelpreises. Ich muss noch einiges vorbereiten und darf auf keinen Fall zu spät kommen.« Dass er das Wort *spät* förmlich hervorstieß, sollte seine Entschlossenheit wohl betonen. »Wie ich annehme, sind die Preisträger angemessen im Hotel untergebracht.«

»Etwas anderes ist mir nicht bekannt«, erwiderte Börtzell. »Alle vier Suiten sind elegant ausgestattet und der Inbegriff von Komfort. Natürlich haben die Räumlichkeiten Blick aufs Wasser. Selbst an einem Winterabend ist die Aussicht sensationell.« Von seinem Platz am Kopf des Tisches aus mit Intarsien geschmücktem Walnussholz konnte er durch ein Bogenfenster hinaussehen zum königlichen Palast in der Gamla Stan, der Altstadt von Stockholm, die sich auf einer Insel zwischen Norrmalm und Södermalm befand. »Ich glaube, heute Abend wird Haselhuhnbrust serviert, das dürfte unsere illustren Gäste gebührend beeindrucken.«

Axel Burman, ein angesehener Finanzier und größter Anteilseigner der Aktiengesellschaft Nya Grand Hôtel, beugte sich vor. »Sagen Sie, Algernon, ist es eigentlich wahr, dass der König das Konzept ablehnt, die Preise auch an Ausländer zu verleihen?«

Börtzell förderte eine Zigarre aus seiner Innentasche zutage und zündete sie an. »Drücken wir es einmal so aus, dass Seine Majestät mehr Begeisterung an den Tag legte, nachdem man ihn ausführlich darauf hingewiesen hatte, dass Schweden international in vollem Glanz präsentiert würde. Falls sich der heutige Tag als Erfolg erweist und es uns gelingt, die Verleihung des Nobelpreises als jährliches Ereignis zu etablieren, werden Schweden und Nobel noch für viele zukünftige Generationen von Wissenschaftlern von Bedeutung sein.«

»Nicht wenn wir heute Abend alle zu spät kommen.« Von der Lancken machte aus seiner Ungeduld keinen Hehl. »Was gibt es denn noch zu erörtern? Wir haben uns heute hier versammelt, weil sich das Grand Hôtel in einer angespannten finanziellen Lage befindet, wogegen wir etwas unternehmen müssen. War das nicht schon Ihre Rede bei der letzten Sitzung, Axel?«

Burman nickte. »Selbstverständlich liegen uns die endgültigen Zahlen für das Jahr 1901 noch nicht vor. Doch trotz unserer umfassenden Renovierung ...«

»Nicht zu vergessen die astronomischen Kosten ...«, fiel von der Lancken ihm ins Wort. »Wir haben das Budget um eine Million Kronen überschritten. Eine Million! Allein diese Summe ist mehr als die Hälfte dessen, was Régis Cadier für das gesamte Gebäude bezahlt hat.«

»Das war vor dreißig Jahren«, wandte Börtzell ein.

Von der Lancken musterte ihn über den Rand seiner Brille hinweg. »Wollen Sie damit andeuten, dass der Betrag von einer Million Kronen mehr oder weniger nachzuvollziehen ist? Oder gar akzeptabel?«

»Ich deute nur an, dass dieses Hotel trotz der umfassenden und, wie ich hinzufügen muss, fulminant teuren Renovierungen offenbar noch immer nicht in der Lage ist, Gewinn abzuwerfen.«

»Papperlapapp!«, schleuderte von der Lancken ihm über den Tisch hinweg entgegen. »Nicht dieses prachtvolle Hotel ist es, das keinen Gewinn erwirtschaftet, sondern unser Leutnant Ehrenborg hier. Offenbar ist er damit überfordert, die Finanzen zu regeln. Allmählich wird es Zeit, ihn als Hoteldirektor abzulösen.«

»Gerechtigkeitshalber muss ich einwenden, dass Ehrenborg erst seit einem Jahr auf seinem Posten sitzt. Unseren neuen Spiegelsaal und das Nobelpreisbankett heute Abend haben wir ihm zu verdanken.«

»Den Spiegelsaal verdanken wir den Architekten«, verbesserte ihn Burman. »Ich muss Ehrenfried zustimmen. Leutnant Ehrenborg hat weder die Finanzen noch – erstaunlicherweise – sein Personal im Griff. Er mag sich in den Diensten von Alfred Nobel bewährt haben, doch für die Leitung dieses Hotels fehlt ihm allem Anschein nach die Erfahrung.«

Börtzell räusperte sich. »Vielleicht müssen wir einen kleinen Teil der Schuld uns selbst zuschreiben, denn wir haben ihn schließlich zum Geschäftsführer ernannt. Ehrenborg ist ein anständiger Kerl. Einem Mann seines Formats muss man einen neuen Wirkungskreis eröffnen.«

»Dem stimme ich zu.« Burman zwirbelte an einer Spitze seines Schnurrbarts herum. »Doch im Moment sollte unser Augenmerk diesem Hotel gelten. Wir brauchen eine stärkere Hand am Ruder.«

Als von der Lancken einen dicklichen Finger schwenkte, blitzte sein Siegelring im Lampenlicht auf. »Hatten wir nicht über Frau Skogh gesprochen? In diesem Land werden schon einige Hotelbetriebe erfolgreich von Frauen geführt, zu denen auch drei gehören, die im Besitz der werten Dame selbst sind. Sie leitet seit fünfundzwanzig Jahren Hotels. Warum dann also nicht das Grand Hôtel? Angesichts unserer jüngsten Erfahrung würde ich vorschlagen, dass wir auf Nummer sicher gehen und Frau Skogh erst einmal nur den Posten der Hoteldirektorin antragen. Falls sie sich im ersten Jahr bewährt, befördern wir sie zur Generaldirektorin.«

»Ihr eilt der Ruf voraus, ein ziemlicher Drache zu sein«, wandte Burman ein.

Von der Lancken nickte zustimmend. »So wie allen Frauen, die sich nichts aus Dummköpfen machen und sich nicht unterordnen wollen. Wie ich gehört habe, kann sie auch sehr charmant sein, und außerdem ist sie zweifellos tüchtiger als die meisten ihrer Mitmenschen. Man braucht sich nur anzuschauen, wie sie die Unterbringung der ausländischen Gäste bei der großen Stockholmer Ausstellung vor vier Jahren in die Hand genommen hat. Ganz allein hat diese Frau für den gesamten Zeitraum sechs Gebäude im Strandvägen gemietet, instand gesetzt und möbliert, und zwar ohne das Budget zu überschreiten. Soweit ich weiß, lässt sie sich kein X für ein U vormachen. Es heißt, sie sieht einem an den Augen an, wie viel man in der Tasche hat. Außerdem ist sie mit einem angesehenen Weinhändler hier in Stockholm verheiratet. Diese Frau ist genau das, was uns jetzt fehlt.«

Börtzell pustete eine Rauchwolke aus. »Sie hat eindeutig die Erfahrung, den Tatendrang und die Vorstellungsgabe, die nötig sind, um das Steuer herumzureißen.«

»Wie ich gehört habe, leiht ihr sogar der König sein Ohr«, ergänzte Burman.

»Seine Majestät hat Frau Skogh sogar den Vasaorden verliehen«, fügte Börtzell hinzu. »Und zwar in Gold.«

Burman war sichtlich beeindruckt. »All das kann sich als äußerst hilfreich erweisen. Das Grand Hôtel ist ja praktisch ein Nebengebäude des Palasts.«

»Nur mit einer besseren Aussicht. Außerdem ist unser Hotel viel schöner.« Börtzell lachte in sich hinein, bis er sich an seinem eigenen Witz verschluckte. »Und was das Ohr des Königs betrifft, bin ich selbst auch nicht ohne Einfluss.«

»Mehr noch als Elisabet Silfverstjerna?«, hakte von der Lancken mit einem hinterhältigen Grinsen nach.

Börtzell verzog nachdenklich das Gesicht. »Nun, diese Dame fühlt sich offenbar an beiden Ufern zu Hause. Im Palast und in diesem Hotel geschieht nur wenig, ohne dass sie davon wüsste. Außerdem ist sie eine gute Freundin von Frau Skogh, was auch nicht zu verachten ist. Es gibt nichts Furchterregenderes, als wenn Frauen sich verbünden. Deshalb stimme ich für Frau Skogh.«

»Ich auch«, erwiderte Burman.

»Also, meine Herren«, verkündete Börtzell. »Da wir uns alle einig sind, werde ich an Wilhelmina Skogh schreiben und ihr den Posten der Hoteldirektorin anbieten.«

»Ich glaube, sie wird die Gelegenheit beim Schopf ergreifen«, merkte von der Lancken an. »Was spräche auch dagegen?«

Kapitel 2

Januar 1902

Wilhelmina Skogh schmiegte sich in die Armbeuge ihres schlafenden Mannes. Draußen vor dem Schlafzimmerfenster des Hauses Styrmansgatan 1 war der frühe Morgen noch dunkel und der Januarwind heulte. Die Wintersonne ging erst in drei Stunden auf, wenn sie schon längst auf der langen Rückreise nach Storvik sein würde. Doch im Moment hatte sie die Zeit und einen seltenen Moment der Ruhe, um ungestört nachzudenken.

Wilhelmina zog die Bettdecke höher ans Kinn. Sosehr sie das Gefühl von Seide auf der Haut und das Gleiten von Satin über ihre Strümpfe liebte, würde tröstend weiche Wolle wohl für immer ihre wahre Liebe bleiben. Ein kleines Stück Zuhause: Fårö, eine von Schafen bevölkerte Insel vor dem nördlichen Gotland. In den letzten vierzig Jahren hatte sie es weit gebracht. Die Lehrerstochter von einem winzigen Fleckchen Erde in der Ostsee hatte es bis nach Stockholm geschafft. Von dort aus war es weitergegangen nach Gävle, dann nach Storvik, nach Rättvik, nach Bollnäs ... die Landschaften glitten vor ihrem geistigen Auge vorbei. Und nun sollte es wieder Stockholm sein? Das Grand Hôtel?

Das Grand Hôtel, das beste Haus in ganz Nordeuropa und ein Juwel in der Krone Stockholms. Das konnte sie aus persönlicher Erfahrung bestätigen, denn schließlich hatte sie nach der Eröffnung 1874 selbst ein Jahr dort gearbeitet. Wilhelmina lächelte in die Dunkelheit hinein. Régis Cadier hatte sich nicht lumpen lassen. Die Pracht spiegelte sich in jeder polierten Marmorfläche und in jedem Parkettboden, hing kristallen von sämtlichen Stuckdecken und lag, zu appetitlicher Perfektion arrangiert, auf jedem Teller aus zartem Knochenporzellan. Selbst die beiden ausgestopften Bären, die die Gäste mit ausgestreckten Tatzen begrüßten, entsprachen zwar zugegebenermaßen nicht jedermanns Geschmack, hatten aber eindeutig eine spektakuläre Note. Alles hier strotzte nur so von Wohlstand und Pracht und die Bedienung ließ nichts zu wünschen übrig. Jedenfalls damals. Wilhelmina runzelte die Stirn. Das Personal war für Stockholmer Verhältnisse gut bezahlt worden. Weshalb also legten sich die Leute nicht mehr ins Zeug, um ihre Stellung zu behalten?

»Mina?« Per Skoghs Stimme riss sie aus ihren Gedanken. »Kannst du nicht schlafen?« Er streckte den Arm aus, um die Nachttischlampe anzuknipsen. Sofort war die Fensterseite des Raums, wo Vorhänge aus weinrotem Samt die Dunkelheit aussperrten, in einen rosigen Schein getaucht.

Dann drehte er sich zu ihr um. Wilhelmina kuschelte sich enger an ihn. »Ich glaube, mein Körper ist ans Frühaufstehen gewöhnt. Und wenn ich erst mal ins Grübeln komme ...« Sie tätschelte seinen Arm. »Du weißt ja, wie es ist.«

»Das Grand Hôtel.« Das war eine Feststellung, keine Frage.

»Ja. Es ist mir rätselhaft, wie so ein luxuriöses Hotel in unbestritten bester Stockholmer Lage Verlust machen kann. Dieser Widerspruch hält mich wach, seit ich Börtzells Brief bekommen habe.«

»Und bist du zu irgendwelchen Schlussfolgerungen gelangt?«

»Das bin ich tatsächlich.« Sie setzte sich auf und schob sich ein Kissen zwischen Rücken und Kopfbrett. Wichtige Themen konnte man nun mal nicht auf dem Rücken liegend erörtern.

Per folgte ihrem Beispiel. »Erzähl.«

»Im Grand Hôtel hat man gerade viel Zeit und eine beträchtliche Summe investiert, um die Fassade zu erneuern, eine weitere Etage aufzustocken, den alten Bankettsaal in einen

Spiegelsaal zu verwandeln und das gesamte Foyer umzugestalten. Sogar eine neue Küche mit zwei Herden von Bolinders wurde eingerichtet.« Sie rang die Hände. »Und zu all diesen Kosten kommen die Verluste durch die zweijährige Schließung hinzu.«

»Sonst sagst du doch immer, man müsse eine Krone ausgeben, wenn man drei verdienen will.«

»Nur dass man diese Krone klug ausgeben muss«, entgegnete Wilhelmina. »Du würdest doch auch nicht in einen Wein investieren, nur weil du das Etikett hübsch findest. Er muss auch gut genug sein, um sich einen Platz auf deiner Angebotsliste zu verdienen.«

»Das ist natürlich richtig. Aber eine zusätzliche Etage wirkt doch gewiss umsatzsteigernd. Außerdem haben alle Zeitungen voller Bewunderung über den Spiegelsaal berichtet.«

Wilhelmina nickte. »Genau das hat mich stutzig gemacht. Denn als ich gestern dort war, sind mir einige Dinge aufgefallen, die mir unlogisch oder sogar kontraproduktiv erscheinen. Eine neue Etage ist ja schön und gut, aber kein Hotel, geschweige denn eines von der Größe des Grand Hôtel, kann in einer Stadt voller Gasthöfe und Restaurants ausschließlich von Übernachtungsgästen leben. Wir brauchen auch Gäste, die nur essen und trinken, ob sie nun im Haus wohnen oder von außen kommen.« Sie fing an, sich in Fahrt zu reden, denn allmählich nahmen die ersten praktischen Lösungsansätze Gestalt an. »Und der neue Speisesaal des Grand Hôtel ist wirklich eine Augenweide. Jemand hat viel Zeit und Geld in die wundervolle Vertäfelung aus Mahagoni gesteckt. Ganz zu schweigen von dem teuren blaugrünen Teppich mit passenden Stühlen und den vielen elektrischen Kronleuchtern aus Kristall und Bronze. Allerdings war dieser Speisesaal praktisch menschenleer, Pelle. Ebenso wie die amerikanische Bar. So kann das nicht weitergehen.«

»Und was schlägst du vor?«

»Einen zusätzlichen kleineren Eingang, damit die Stockholmer nicht durch die Hotelhalle müssen, um diese Räumlichkeiten zu erreichen. Die Lokalitäten sollten auch für die Menschen in dieser Stadt da sein. Ein Jammer, dass sie The Pit geschlossen haben. In den Tagen von Régis Cadier war es bei Theaterbesuchern sehr beliebt und hatte seine Stammgäste. Dasselbe gilt für das Porcelain Café. Es störte niemanden, dass sich die Lokale im Untergeschoss des Grand Hôtel befanden. Ganz im Gegenteil. Die versteckte Lage machte sie noch interessanter. Und dann ist da noch der Billardraum.«

»Der Billardraum?« Pers Augen weiteten sich. »Aber es gab dort schon immer einen Billardraum. Neben dem Porcelain Café.«

»Das war einmal. Inzwischen dient der ganze Bereich als Warteraum für Gäste, die Briefe verschicken, telegrafieren oder ein Telefonat führen wollen. Der Billardraum wurde nach oben verlegt und hat jetzt Blick aufs Wasser. Aufs Wasser! Eines der schönsten Panoramen der Welt. Wer hat je von einem Herrn gehört, der beim Kreiden seines Queues innehält und ausruft: *Ist diese Aussicht nicht ein Traum?* Was für eine Vergeudung!« Wieder rang Wilhelmina die Hände. »Außerdem herrscht dort der Schlendrian. Als dem Kellner Kaffee auf das Tischtuch tropfte, hat er sich mit keinem Wort entschuldigt. Wenn das in einem meiner Hotels passiert wäre, hätte er eine Woche lang Töpfe geschrubbt. Außerdem bin ich sicher, dass der Mann an der Rezeption eine Alkoholfahne hatte. In einem meiner Hotels hätte ich ihm eine saftige Ohrfeige verpasst und ihn dann rausgeworfen.«

Per musterte seine Frau gleichzeitig belustigt und voller Bewunderung. »Daran zweifle ich keine Minute. Also weißt du jetzt, wo der Hund begraben ist. Warum zögerst du noch? Seit ich dich kenne, hast du nur Gutes über das Hotel gesagt. *Wenn ich das Grand Hôtel leiten würde, würde ich ...* Wie oft habe ich diesen Satz von dir gehört?«

»Schon, Pelle, doch da gibt es zwei wichtige Einwände. Erstens besitze ich bereits drei sehr profitable Hotels, die mich ziemlich auf Trab halten. Wer wird sich darum kümmern, wenn ich nach Stockholm gehe? Soll ich Direktoren einsetzen oder verkaufen?«

»Verkaufen sollten wir auf keinen Fall. Wenn der Bahnverkehr noch mehr zunimmt, werden Wert und Umsatz dieser Hotels steigen. Storvik, Rättvik und Bollnäs sind profitable Standorte. Du darfst sie nie verkaufen, Mina. Sie werden immer zuverlässig Gewinn abwerfen. Ein Finanzpolster für unsere alten Tage. Und was war die zweite Überlegung?«

»Das Grand Hôtel selbst. Abgesehen von der Arbeitsdisziplin lassen sich die grundlegenden Probleme nicht einfach durch einen Führungswechsel lösen. Auch ich kann nicht zaubern.« Ein lässiges Achselzucken. »Nein, damit sich im Grand Hôtel etwas zum Positiven ändert, sind weitere Renovierungen nötig. Außerdem werden sich die beiden funkelnagelneuen Herde von Bolinders als zu klein erweisen, wenn wir den Umsatz steigern wollen. Was also soll ich tun?«

»Schreib an Börtzell, und erklär ihm genau das, was du gerade mir erzählt hast. Wenn sie dich wirklich wollen, werden sie dich anhören und verhandeln. Und falls ich Glück habe, kann ich dann öfter neben meiner Frau aufwachen.«

Als sie ihm das Gesicht entgegenreckte, küsste er sie.

»Wir würden im Hotel wohnen müssen. Lizzie Silfverstjerna wohnt auch dort und fühlt sich sehr wohl.«

»Daran habe ich nicht den geringsten Zweifel. Wie du schon sagtest, hat dieses Hotel etwas ganz Besonderes.«

Wilhelmina seufzte. »Und wenn Börtzell sich weigert zu verhandeln?«

»Dann lässt du es eben bleiben, meine Liebe. Allerdings glaube ich, dass sie dich dringender brauchen als umgekehrt.«

»Ach, ich würde das alles nur für das Hotel tun, nicht für diese Leute. Der alte Kasten hat etwas an sich, das ich einfach unwiderstehlich finde. Ich bin ja schon in vielen guten Häusern in London, Paris und Berlin abgestiegen, doch dem Stockholmer Grand Hôtel kann keines das Wasser reichen.« Ihre Miene wurde träumerisch. »Und ich muss dafür sorgen, dass es den Stockholmern genauso geht.«

Auf dem Flur vor ihrem Zimmer waren Schritte zu hören. »Brita ist wach. Es muss schon nach sechs sein. Ich werde sie bitten, kein großes Frühstück für mich zu machen. Dafür reicht meine Zeit nicht mehr.« Wilhelmina warf die Decke beiseite und schlüpfte in die Lammfellpantoffeln, die vor ihrem Bett standen. »Und ich werde an Börtzell schreiben, wie du es vorgeschlagen hast.« Sie drehte sich um und lächelte Per an. »Was würde ich nur ohne dich machen?«

Er lachte. »Genau dasselbe wie immer, meine Liebe, nämlich das, was du für das Sinnvollste hältst.«

Kapitel 3

Rättvik, Dalarna

Ottilia Ekman ließ einen kritischen Blick durch den Speisesaal des Turisthotell in Rättvik schweifen. Angeregtes Stimmengewirr und das Klappern von Besteck auf Tellern bestätigten ihr, dass die Gäste momentan mit der Bedienung und den gewählten Gerichten zufrieden waren. Auf der anderen Seite des Raums hob ein Herr die Hand, worauf sofort eine Kellnerin an seinen Tisch eilte. Nach einem fast unmerklichen Nicken fuhr Ottilia fort, den Saal auf sich wirken zu lassen. Die beiden freien Tische waren fertig eingedeckt: das Tischtuch makellos glatt, Gläser, Geschirr und Besteck blitzblank. Die Kerze in der Mitte jedes Tisches trug ebenso zum gemütlichen Ambiente bei wie das Knistern des Kaminfeuers. Jedes Frühjahr wurden die Tischkerzen durch Vasen mit einer einzigen Rose darin ersetzt. Eine weibliche Note. Wenn Frau Skogh in diesem Moment hereingekommen wäre, sie wäre höchst erfreut gewesen, davon war Ottilia überzeugt. Und wie immer wünschte sich Ottilia, Frau Skogh würde tatsächlich erscheinen. Sie liebte die Tage, an denen die Inhaberin unangemeldet hereingerauscht kam, denn nur sie brachte einen Schwung mit, der das Hotel bis in die letzte Nische erfüllte. Selbst die Gäste schienen gerader an ihren Tischen zu sitzen.

Als eine alte Dame den Spazierstock an der Rückenlehne ihres Stuhls anstieß, fiel dieser mit einem lauten Klappern auf den Holzboden. Ottilia hängte ihn wieder auf.

Die Dame lächelte sie erfreut an. »Vielen Dank.«

Einsatz für jeden Gast. Ottilia hatte aus Erfahrung gelernt, dass die meisten Menschen die Kleinigkeiten des Alltags zu schätzen wussten. Das Menschliche. Der alten Dame würde diese diskrete Hilfestellung länger in Erinnerung bleiben als der Graved Lachs auf ihrem Teller.

Ottilia kehrte auf ihren liebsten Beobachtungsposten neben Wasserspender und Salatbüfett zurück. An einem Tisch ganz hinten in der Ecke war ihr Vater gerade damit beschäftigt, Soßenreste mit einem frischen Brötchen aufzutunken. Ottilia hätte im Erdboden versinken können und hoffte inbrünstig, ihr Vater würde zumindest eine Serviette benutzen, um sich die klebrigen Finger abzuwischen. Als er es wirklich tat, fingen ihre Wangen vor Scham an zu glühen. Ihr Vater war nicht ordinär und das war er auch nie gewesen. Karl Ekman hatte seine drei Töchter zur Höflichkeit erzogen, und zwar nicht nur gegenüber höhergestellten Persönlichkeiten, sondern im Umgang mit allen Menschen. *Der Mann mit Arbeitermütze, dem du heute die Tür weist, könnte morgen mit Zylinder wiederkommen*, pflegte er zu sagen. Einmal hatte sie ihn gefragt, was denn mit dem abgewiesenen Mann mit Zylinder sei, der mit Arbeitermütze wiederkäme. *Ach*, hatte ihr Vater erwidert, *der hat ein gütiges Wort am allernötigsten.*

Als sie ihren Vater nun betrachtete, stellte sie fest, dass er an den Schläfen bereits zu ergrauen begann. Er wirkte älter als seine einundvierzig Jahre, was ihr ein wenig ans Herz ging. Ihrem Vater hatte sie diese Stellung zu verdanken. Denn als Bahnhofsvorsteher von Rättvik hatte Karl Ekman immer wieder die Aufgabe, Vorstandsmitglieder der Falun-Rättvik-Eisenbahngesellschaft zu bewirten. Unweigerlich empfahl er in diesen Fällen Frau Skoghs Etablissement, nicht nur weil sich das Turisthotell direkt hinter dem Bahnhof befand, sondern auch weil man sich darauf verlassen konnte, dass die Mahlzeiten ausgezeichnet und die Betten sauber und bequem waren.

Karl Ekman und Wilhelmina Skogh zogen in vielerlei Hinsicht an einem Strang, seit sie das Hotel im Jahr 1897 übernommen hatte. Sie legte sich mächtig ins Zeug, um mehr schwedische und internationale Gäste zum Skilaufen, Jagen und Angeln nach Rättvik zu locken, während er für einen freundlichen Empfang und eine pünktliche Abreise Sorge trug. Je besser Wilhelminas Geschäfte liefen, desto mehr gewann auch der Bahnhof an Bedeutung, und zwar in jeglichem Sinne des Wortes.

»Ich brauche noch eine Kellnerin, Herr Ekman«, verkündete Wilhelmina eines Morgens. »Sie haben doch drei Töchter?«

»In der Tat. Meine Älteste ist bereits in Stellung. Meine zweite Tochter hat leider ein lahmes Bein. Und die Kleinste geht noch zur Schule.«

Wilhelmina verzog mitfühlend das Gesicht. »Es tut mir leid, dass Ihre Tochter nicht bei guter Gesundheit ist. Ist Ihre Älteste mit ihrem Dienstverhältnis zufrieden?«

»Nicht unbedingt. Aber welche Sechzehnjährige ist das schon? Die langen Arbeitsstunden stören sie nicht, aber ...« Nachdenklich hielt Karl inne. »Ich glaube, es ist die Eintönigkeit, die ihr zu schaffen macht. Sie ist ein kluges Mädchen und findet, dass es eine Quälerei ist, von morgens bis abends Kartoffeln zu schälen.«

»Den ganzen Tag Kartoffeln schälen? In einem einzigen Haushalt? Wie viel essen diese Leute denn?«

Als Karl schmunzelte, entstanden Lachfältchen um seine Augen. »Ich denke, einen Teil dieser Stellenbeschreibung können wir auf das Konto jugendlicher Übertreibung verbuchen. Denn ich weiß genau«, er zwinkerte, »dass sie an guten Tagen auch Zwiebeln und Karotten schälen darf.«

Wilhelmina lachte leise.

Karls Miene wurde ernst. »Offen gestanden sind wir froh, dass sie sich langweilt. Sie muss lernen, auf eigenen Füßen zu stehen. Doch sie wollte in unserer Nähe bleiben und diese Gegend hat einem jungen Mädchen nicht viel zu bieten. Ihre Mutter hofft, dass der Überdruss sie dazu treibt, ihre Fühler ein wenig weiter auszustrecken.«

»Dann sagen Sie Ihrer …?«
»Ottilia.«
»Ottilia. Richten Sie ihr aus, dass sie mich aufsuchen soll. Ich fahre übermorgen nach Storvik zurück, aber nächste Woche bin ich wieder hier.«
»Das werde ich gerne tun, gnädige Frau. Ich glaube, die Tochter meines Bruders ist in Ihrem Hotel in Storvik beschäftigt und fühlt sich sehr wohl dort. Vielen Dank.«

Ottilia hatte von Anfang an Freude an der neuen Stelle gehabt. Die Abläufe waren zwar immer gleich, aber die Gerichte wechselten. Schon in der ersten Woche lernte sie mehr über die verschiedenen Weisen, Lachs zuzubereiten, als in den vergangenen zwei Jahren. Außerdem fand sie die Schalen mit rohem Salat und die kleinen Krüge mit Olivenöl faszinierend, das Frau Skogh selbst importierte und abfüllte. Hinzu kamen die zahlreichen köstlich zubereiteten und appetitlich angerichteten Gemüsesorten. Noch nie zuvor hatte sie erlebt, dass zu einer einzigen Mahlzeit so viele warme und kalte Gemüsegerichte serviert wurden. Sie erkundigte sich beim Koch nach dem Grund.

»Anweisung von Frau Skogh. Sie sagt, so speise man in Europa. Als ich erwidert habe, dass wir hier nicht in Europa seien, habe ich einen ihrer Blicke abbekommen. Dann hat sie mir erklärt, Gemüse sei preiswert, werde weithin unterschätzt, sei köstlich und gesund, werde von unseren ausländischen Gästen geschätzt und würde auch den Einheimischen guttun. Ich habe entgegnet, wir hätten doch nicht viele ausländische Gäste, was damals auch zutraf. Daraufhin hat sie mir fast den Kopf abgerissen. Also habe ich nicht mehr nachgefragt.« Er wies mit dem Kinn auf einen Stapel aus schmutzigem Geschirr. »Sie hatte recht. Die Gäste lassen fast nichts übrig.«

Auch was das Anlocken ausländischer Besucher anging, hatte sich Frau Skoghs Vorhersage als richtig entpuppt, sagte sich Ottilia. Dank Frau Skoghs guter Beziehungen zum Reiseveranstalter Thomas Cook strömten sie in Scharen herbei. So kam es, dass sie heute eine französische Reisegruppe bewirteten, die Wert auf Fisch legte, und am nächsten Tag Würdenträger aus Deutschland beherbergten, die der König zur Jagd geladen hatte. Ottilia lauschte den fremdartigen Klängen der französischen, deutschen und englischen Sprache und war begeistert, als es ihr gelang, sie auseinanderzuhalten. Bei Frau Skoghs nächstem Besuch in Rättvik hatte Ottilia sie gefragt, wie sie lernen könne, die Gäste in ihrer Muttersprache zu begrüßen und ihnen guten Appetit zu wünschen. Daraufhin hatte Frau Skogh sie nachdenklich gemustert und Ottilia vorgeschlagen, mit dem Deutschen zu beginnen.

»Ich habe nicht viel Zeit für so etwas, Ottilia. Also empfehle ich Ihnen, schnell zu lernen.«

Das hatte Ottilia sich nicht zweimal sagen lassen. Torun, die mittlere Schwester, hatte sie angefleht, ihr neues Wissen mit ihr zu teilen, doch der ältere Bruder Jon, der einzige Sohn der Familie, hatte die beiden gnadenlos für ihre Bemühungen verspottet. Bis er es schließlich zu weit trieb.

Eines Abends kam er mit einigen Freunden in die Hotelbar, begrüßte Ottilia in einem Kauderwelsch und mimte den Gekränkten, als sie nicht antwortete.

»Sei kein Frosch, Ottilia. Wo bleibt dein Humor?«

Sie lächelte ihn freundlich an. »Was kann ich dir bringen, Jon?«

»Ein Bier auf Kosten des Hauses?« Seine Kumpane schütteten sich aus vor Lachen.

Ottilia starrte ihn an, ließ sich aber nicht unterkriegen. »Du weißt genau, dass ich das nicht darf.«

»Du bist ehrlicher, als gut für dich ist, liebe Ottilia. Ich dachte, bei Frau Skogh hat der Gast immer recht.«

»Das ist korrekt.«

Als Jon vor Schreck einen Satz machte, wurde Ottilias Schadenfreude nur von der Furcht getrübt, Frau Skogh könnte sie tadeln, weil sie einem Gast einen Wunsch verweigert hatte. Selbst sie hatte die Inhaberin nicht hereinkommen sehen. Aber kostenlose Getränke an Familienmitglieder auszuschenken, war doch sicher schlimmer, als Jon in die Schranken zu weisen, oder?

Unterdessen sprach Frau Skogh weiter. »Ein Gast, Jon Ekman, wurde entweder von mir in dieses Haus eingeladen oder kommt in der Absicht, für unsere Waren und Dienstleistungen zu bezahlen. Da offenbar keines von beidem auf Sie zutrifft, sind Sie nicht nur im Irrtum, sondern außerdem im Unrecht, denn Sie haben Fräulein Ekman in eine unmögliche Lage gebracht. Ich muss mich über Sie wundern, Jon Ekman. Eigentlich hätte ich gedacht, dass Sie mehr nach Ihrem Herrn Vater geraten sind, mit dem ich bei der nächsten Gelegenheit ein paar Worte wechseln werde.«

Jon lief feuerrot an und ließ den Kopf hängen, sodass Ottilia beinahe Mitleid mit ihm bekam. Allerdings wirklich nur beinahe.

»Nachdem Sie sich bei meiner Angestellten, die hier nur ihre Arbeit macht, entschuldigt haben, können Sie gerne ein Bier bestellen«, fuhr Wilhelmina fort.

»Entschuldige«, nuschelte er.

Wilhelmina nickte, machte auf dem Absatz kehrt und rauschte hinaus.

»Glaubst du, sie erzählt es Vater?«, erkundigte sich Jon bei Ottilia, während er das passende Münzgeld aus der Tasche kramte.

»Wahrscheinlich nicht. Schließlich hast du dich ja entschuldigt. Aber mach so etwas nie wieder.«

»Wie hat Frau Skogh es überhaupt mitbekommen? Sie war plötzlich da, wie aus heiterem Himmel.«

Ottilia legte das Geld in die Kasse und lächelte wissend. »Frau Skogh hat ein ausgezeichnetes Gehör.«

Sie erfuhr nie, ob Frau Skogh je mit ihrem Vater gesprochen

hatte. Doch eines stand für sie fest: Seit diesem Erlebnis hatte sie Hochachtung vor dieser Frau. Ottilia schwor sich, so viel wie möglich von ihrer selbst erwählten Mentorin zu lernen. Außerdem spürte sie, dass sich in ihrem Verhältnis etwas verändert hatte. So als habe sie jetzt erst endgültig bewiesen, dass sie zuverlässig war und Frau Skoghs Regeln und Ansprüche stets zum Maßstab nehmen würde. Ottilia fand das gleichzeitig ärgerlich und schmeichelhaft. War sie denn nicht immer eine vertrauenswürdige Mitarbeiterin gewesen? Und dennoch genoss sie es, dass Frau Skogh sich nun die Zeit nahm, ihr nicht nur Anweisungen zu geben, sondern diese auch zu begründen. Erst das Warum ermöglichte es Ottilia, die Arbeitsabläufe in Speisesaal und Hotelbar in einem größeren Zusammenhang zu sehen, angefangen beim richtigen Falten der gestärkten weißen Servietten bis hin zu dem Punkt, dass der Wein in genau dem richtigen Abstand zum Herd aufbewahrt werden musste, damit er die optimale Temperatur hatte. Die Übernachtungsgäste trugen zwar beträchtlich zum Umsatz des Hotels bei, doch das Zünglein an der Waage zwischen Gewinn und Verlust waren die Einheimischen, die hier aßen und tranken. Und das hieß, dass man einem Stammgast, der ein Glas Bier bestellte, ebenso viel Höflichkeit schuldete wie dem Touristen, der sich nach einem Drei-Gänge-Menü einen großen Brandy genehmigte.

Seit Jons Fauxpas in der Hotelbar waren inzwischen drei Jahre vergangen und seitdem hatte sich bei den Ekmans vieles geändert. Ottilia war zwei Jahre später zur Oberkellnerin befördert worden. Nun musste sie sich den Respekt ihrer Kolleginnen und Kollegen erkämpfen, denn einige von ihnen waren neidisch auf Ottilias raschen Aufstieg und lehnten sie ab, weil sie strikt Frau Skoghs Regeln durchsetzte. Allerdings genoss sie deshalb das volle Vertrauen ihrer Arbeitgeberin und war außerdem bei den Einheimischen recht beliebt.

Dann, vor einem Jahr, war Jon an Tuberkulose erkrankt

und gestorben. Fassungslos und entsetzt scharte sich die Familie um seinen Sarg, denn zu der Trauer gesellte sich außerdem die Furcht, dass noch weitere Familienmitglieder dasselbe Schicksal ereilen könnte. Frau Skogh schickte einen Kranz, dessen Schleife die Aufschrift *Die Freunde aus dem Turisthotell Rättvik* trug, und außerdem einen Korb mit zubereiteten Speisen ins Haus des Bahnhofsvorstehers. Die Geste wärmte Leib und Seele. Ottilia und ihr Vater gingen schon am nächsten Tag wieder zur Arbeit. In jenen schrecklichen ersten Monaten war es ein großer Trost für sie beide, dass nur fünfzig Meter Bahnhof und Hotel trennten.

Langsam kehrte Normalität ein. Jedenfalls eine Zeit lang – bis Ottilias Eltern verkündeten, dass sie wieder Nachwuchs erwarteten. Ein Baby? Neun Jahre nach dem jüngsten Kind? Obwohl Mutter und Vater das niemals zugegeben hätten, konnte sich Ottilia des Verdachts nicht erwehren, dass sie den verlorenen Sohn ersetzen wollten. Nun, in sechs Monaten würden sie ja wissen, ob der Plan aufgegangen war.

Ottilia strich sich mit beiden Händen über die weiße Schürze und beobachtete weiter die Vorgänge im Speisesaal. Die momentane Ruhe konnte trügerisch sein, wie Frau Skogh häufig zu sagen pflegte. Womöglich blieb eine Kaffeetasse leer, während der fürs Nachschenken zuständige Kellner gerade Pause machte. Aus dem Augenwinkel stellte Ottilia fest, dass ein Paar den Speisesaal betrat. Ausgezeichnet. Jetzt hatten sie nur noch einen freien Tisch. Sie eilte den Neuankömmlingen entgegen.

Kapitel 4

Algernon Börtzell legte zwei handbeschriebene Papierbögen auf den Tisch und nahm dann seinen Platz am Kopfende ein.

»Ich habe einen Brief von Frau Skogh erhalten.«

»Und was schreibt die werte Dame?« Burman verzog zweifelnd das Gesicht. »Sie wirken nicht sehr erfreut, Algernon.«

»Ich denke, wenn Sie das hier gehört haben, werden Sie sie nicht mehr als ›werte Dame‹ bezeichnen.«

»Gütiger Himmel.« Ungläubig blickte von der Lancken zwischen Börtzell und Burman hin und her. »Sie wird doch nicht etwa ablehnen?«

»Noch nicht, aber es könnte so weit kommen«, erwiderte Börtzell.

In von der Lanckens Gesicht malte sich pure Fassungslosigkeit. »Warum, um alles in der Welt, sollte sie das tun? Wir haben ihr fünfundzwanzigtausend Kronen Jahresgehalt geboten.«

»*Es ist meine Überzeugung, dass das Hotel in seinem jetzigen Zustand niemals ein profitables Unternehmen werden kann*«, zitierte Börtzell aus dem Schreiben.

Von der Lancken stieß einen leisen Pfiff aus.

»Wir haben gerade ein Vermögen für die Renovierung dieses Hotels ausgegeben und erst vor zwei Jahren wieder eröffnet«, stieß Burman zwischen zusammengebissenen Zähnen hervor.

»Dessen ist Frau Skogh sich bewusst.« Börtzell nahm die Brille ab und polierte sie mit seinem Taschentuch. »Sie ist durch und durch Geschäftsfrau. Außerdem hat sie das Hotel seit dem Erhalt meines Briefes einige Male besucht und einer Bewertung unterzogen.«

»Ist Leutnant Ehrenborg darüber informiert?«, erkundigte sich von der Lancken.

»Inzwischen wahrscheinlich schon«, antwortete Burman. »Sie wissen ja, wie es in diesem Haus zugeht. Die Leute erfahren alles, noch ehe wir es ihnen mitteilen. Wir müssen eine offizielle Stellungnahme abgeben, und zwar bald.«

»Und was schreiben wir hinein?«, hakte von der Lancken nach. »Frau Skogh wurde der Posten der Direktorin dieses Hotels angetragen, sie zieht das Angebot wohlwollend in Erwägung?«

Börtzell setzte die Brille wieder auf. »Ich bezweifle, dass sie unser Angebot wohlwollend in Erwägung zieht. Meiner Ansicht nach erwartet sie eher von uns, dass wir wohlwollend auf ihren Brief und ihre Bedingungen reagieren.«

»Ihre Bedingungen?«, fasste von der Lancken die allgemeine Entrüstung zusammen.

Burman seufzte müde. »Wie lauten denn ihre Bedingungen?«

Börtzell nahm zum zweiten Mal den Brief zur Hand und fuhr mit dem Finger die Seite hinunter. »Das Hotel sollte einen eigenen Stromgenerator einbauen, um die Kosten zu halbieren. Der Billardraum sollte in einen Gebäudeteil verlegt werden, der zur Stallgatan, der Seitenstraße, hinausgeht. Der derzeitige Billardraum und die angrenzende Bar sollten zusammengelegt und in ein großes und – ich zitiere – einfach gehaltenes Café im schwedischen Stil umgewandelt werden ...«

»Ein Hotel braucht eine Hotelbar«, murrte von der Lancken.

»Keine Sorge, die Dame hat auch daran gedacht«, verkündete Börtzell. »Frau Skogh schlägt die Einrichtung einer neuen Bar in dem Gebäudeteil zwischen Stallgatan und Södra Blasieholmshamnen vor. Ein neuer Eingang an der Ecke, direkt von der Straße aus, würde die Gäste erst in eine Garderobe und dann eine kleine Treppe hinauf in das neue Café führen, von wo aus eine weitere kleine Treppe sie nach oben in die neue Bar bringt.« Er hob den Kopf. »Ihrer Planung nach würde sich diese Bar über dem Eingang und der Garderobe im Erdgeschoss befinden.« Er warf noch einen Blick auf den Brief. »Außerdem sollten wir unsere Pferdebusse instand setzen und neu lackieren.«

»Ein neuer Eingang? Nennt sie irgendwelche Gründe dafür?«

»Damit Einheimische und Menschen, die unsere Stadt besuchen, in den Genuss unseres gastronomischen Angebots kommen, ohne dazu den Haupteingang benutzen zu müssen.«

Burman stützte die Ellbogen auf den Tisch und legte die Fingerspitzen aneinander. »Ist es denn wirklich zu viel verlangt, unser Haus durch den Haupteingang zu betreten? Ich kann bestätigen, dass ich nicht das geringste Unbehagen verspürt habe, als ich heute durch diese Türen hereinkam. Wie ich hinzufügen muss, diese *neuen* Türen, die so grandios sind, wie es einem Grand Hôtel gebührt. Wir haben erst kürzlich den gesamten Eingangsbereich umgestaltet.«

Börtzell nickte. »Dessen bin ich mir sehr wohl bewusst. Nur dass die Einheimischen laut Frau Skogh weniger geneigt sein dürften, unser Hotel zu besuchen, wenn sie gezwungen sind, sich unter unsere Übernachtungsgäste zu mischen. Falls ich mich recht entsinne, sagte August Strindberg einmal zu mir, wie sehr er die versteckte Lage des The Pit, abseits vom restlichen Hotel, zu schätzen gewusst habe. Vielleicht denkt Frau Skogh in dieser Sache ähnlich. Seit unserer Wiedereröffnung glänzen die Theaterbesucher und Kulturschaffenden durch Abwesenheit.«

Schweigend dachten die Männer über Frau Skoghs Vorschläge nach.

Von der Lancken ergriff als Erster das Wort. »Ich muss zugeben, dass ein eigener Stromgenerator recht vernünftig klingt.«

Als Burman den Federhalter hinwarf, breitete sich auf seinem

Notizblock ein Tintenklecks aus. »Es klingt alles vernünftig. Das ist die traurige Wahrheit.«

»Ich neige dazu, Ihnen zuzustimmen«, erwiderte von der Lancken. »Doch wie sollen wir es rechtfertigen, dass wir nur zwei Jahre nach dem Umbau des gesamten Erdgeschosses fast den ganzen Bereich links vom Eingang erneut umgestalten? Wir haben uns noch immer nicht von den Kosten erholt, was übrigens der Grund ist, warum wir uns überhaupt an Frau Skogh gewandt haben.«

»Wir müssen uns fragen, ob wir Frau Skogh und ihrer Sicht der Dinge zustimmen«, sagte Börtzell. »Wenn ja, bleibt uns nichts anderes übrig, als die notwendigen Veränderungen vorzunehmen.«

»Notwendig, damit Frau Skogh einverstanden ist, oder notwendig, um die finanzielle Zukunft dieses Hauses zu sichern?«, wandte von der Lancken ein.

»Vermutlich ist das ein und dasselbe«, antwortete Burman. »Eigentlich kann ich nicht anders, als Frau Skogh dafür zu bewundern, dass sie den Weitblick und das Fachwissen besitzt, ihre Einwände vorzubringen. Viele Frauen und auch Männer hätten ein derartiges Stellenangebot einfach angenommen, ohne Fragen zu stellen.«

»Das mag richtig sein, aber dennoch könnte ich der Dame den Hals umdrehen«, schimpfte von der Lancken. »Es gibt nichts Schlimmeres als eine Frau, die weiß, dass sie recht hat.«

Burman lächelte spöttisch. »Doch, gibt es, nämlich wenn man nicht anders kann, als ihr auch recht zu geben.«

»Wie wahr.«

»Dann werde ich, Ihr Einverständnis vorausgesetzt, noch einmal an Frau Skogh schreiben und sie fragen, ob es Raum für Kompromisse gibt«, sagte Börtzell. »Die Dame ist nicht dumm. Ich an ihrer Stelle hätte auch Maximalforderungen gestellt, um meine wichtigsten Vorschläge durchzusetzen.«

»Moment.« Von der Lancken hob einen Finger. »Sie haben die Gehaltsfrage noch gar nicht erwähnt. Was meint sie dazu?«

Börtzell schüttelte den Kopf. »Ihr Brief widmet sich einzig und allein der Frage, was an unserem Hotel nicht in Ordnung ist.«

»Dann ist es ihr vielleicht wirklich ernst und sie wird keine Kompromisse schließen«, merkte Burman an. »Es ergibt wenig Sinn, die Einzelheiten eines Arbeitsvertrags zu erörtern, wenn sie sich wirklich außerstande sieht, das Hotel in seinem jetzigen Zustand zu leiten.«

»Falls sich das so verhält, werden wir es bald herausfinden«, erwiderte Börtzell.

Kapitel 5

Eines der ehrenwerten Vorstandsmitglieder hätte während der Besprechung im Bolinder-Palast, der inzwischen zum Grand Hôtel gehörte und baulich mit diesem verbunden war, nur einmal kurz den Kopf heben müssen. Dann hätte der Herr durch die Fenster im Erkertürmchen Sicht auf die prunkvoll verzierten Straßenlaternen gehabt, die den östlichen Rand von Gamla Stan säumten wie eine Perlenschnur und tanzende Lichtreflexe auf das trübe Wasser malten. Eine Eisschicht bildete sich hier nur selten, denn selbst die strengen Stockholmer Winter konnten es mit den starken Unterwasserströmungen nicht aufnehmen, weshalb die Boote, von denen die Versorgung der Stockholmer abhing, ungehindert zwischen Hafen und offenem Meer hin und her glitten. Ihre grünen und roten Signallaternen hoben sich wie leuchtende Farbtupfer von der Dunkelheit ab. Jeden Tag strömte hier eine Karawane von Arbeitern durch Gamla Stan, auf dem Weg von Norrmalm nach Södermalm und zurück. Ohne dass die Herren des Vorstands groß Notiz davon genommen hätten.

Margareta Andersson, Hausdame des Grand Hôtel, stapfte mit knirschenden Schritten neben ihrem Mann durch die Schneeverwehungen zu der elenden Wohnung in Södermalm, in der sie beide hausten. Viele durchquerten Gamla Stan auf dem weniger windumtosten und kürzeren Weg die Västerlånggatan entlang. Doch andere, wie Margareta, nahmen lieber die nicht ganz so schlammige Skeppsbron, um ihre Stiefel zu schonen. Wenigstens darauf konnten sie und Knut sich einigen. Nun, am Abend, waren in der Stille nur die Geräusche von Pferdehufen und Schritten auf hartem Schnee, das Quietschen von Straßenbahnrädern auf den Schienen und erschöpftes Gemurmel hinter fadenscheinigen Schals zu hören. Tagsüber sah es hier völlig anders aus, denn wie so viele Teile von Stockholm war auch Skeppsbron im Wandel begriffen. Altersschwache Gebäude wurden abgerissen und mussten höheren und prächtigeren Bauwerken weichen. Das Hämmern und Rumpeln dauerte monatelang, in manchen Fällen sogar einige Jahre. Stockholm war auf dem Weg nach oben, auch wenn das nicht für alle Stockholmer galt.

Margaretas Füße waren eiskalt und geschwollen und ihre Stiefel drückten. Knut, der sie um gut dreißig Zentimeter überragte, ging viel zu schnell für ihren Geschmack. Ihr Arbeitstag endete nur selten um die gleiche Uhrzeit, doch heute war es leider wieder einmal so weit. Margareta kannte die Einstellung ihres Mannes zur Genüge: Fahrkarten für Pferdebus oder Straßenbahn, ja, sogar ein anständiges Dach über dem Kopf, waren nichts als Verschwendung von Geld, das sich besser vertrinken ließ. Vor ihrer Ehe mit Knut hatte Margareta im Grand Hôtel gewohnt, doch er hatte das stets strikt abgelehnt. Knut hatte in Södermalm einen großen Freundeskreis, der sich von seiner gehobenen Position an der Rezeption des besten Hotels in der Stadt gebührend beeindruckt zeigte. Also sah er keinen Grund, etwas daran zu ändern.

Während er grob Margaretas Arm umklammerte, lächelte und nickte er den Frauen zu, die ihnen auf der Straße entgegenkamen. Margareta sagte sich, dass er das aus reiner Gewohnheit tat. Ein strahlendes Lächeln für Fremde gehörte nun einmal zu seinem Beruf.

»Wahrscheinlich hast du es schon gehört«, sagte er nun.

Vermutlich hatte sie das, doch sie wusste aus bitterer Erfahrung, dass es besser war, Unwissenheit vorzuschützen. »Ich habe heute überhaupt nichts gehört. Jedenfalls nichts Wichtiges.«

Knut nickte. »Der Vorstand hat Leutnant Ehrenborg vor die Tür gesetzt.« Als Ausdruck der Missbilligung sog er die Luft zwischen den Zähnen ein, eine Angewohnheit, die bei Margareta selbst ein Zähneknirschen auslöste.

»Wirklich?« Da erzählte er ihr tatsächlich etwas Neues. »Von wem hast du das?«

Er tippte sich an den Nasenflügel. Doch dann gewann der Drang, mit seinem Wissen zu prahlen, die Oberhand. »Charley an der Bar hat es mir erzählt.«

Charley Löfvander. Ein netter Bursche, bei Personal und Gästen gleichermaßen beliebt und kein Mensch, der Gerüchte in die Welt setzte. Wenn Knut es von Charley hatte, musste es stimmen.

»Aber das ist noch nicht das Schlimmste«, fuhr Knut fort. »Der Vorstand will Wilhelmina Skogh für die Stelle.«

Als Margareta tief durchatmete, drang eisige Luft in ihre Lungen. Sie, Margareta, war in der Belegschaft des Grand Hôtel die Frau mit der höchsten Position. Man sprach sie sogar mit *Frau* Andersson, nicht einfach nur mit Andersson an. Knut hatte einmal gemeint, der Grund sei nur, um eine Verwechslung zwischen ihnen beiden auszuschließen, worauf sie erwidert hatte, im Hotel gebe es noch mehr Mitarbeiter dieses Namens. Die Anrede habe also mehr mit ihrer Position als mit ihrem Namen zu tun. Die aufgeplatzte Wange war erst nach vier Tagen abgeschwollen. Vier Tage Verdienstausfall. Als Knut das Geld für Bier ausgegangen war, hatte er ihr die Schuld gegeben. Allerdings hatte er aus dieser Erfahrung gelernt und schlug sie nur noch so, dass man die Folgen nicht sehen konnte.

Und nun hatte Margareta eine Sorge mehr. Wilhelmina Skogh? Sie war ihr während der letzten Wochen einige Male im Hotel aufgefallen, ohne dass sie dem Bedeutung beigemessen hätte. Schließlich wohnte ihr Mann in der Stadt. Nicht dass Margareta es Per Skogh verübelt hätte, dass er nicht mit seiner Frau zusammenlebte. Schließlich sollte sie ja ein wahrer Hausdrachen sein. Margareta hatte gehört, was sich altgediente Mitarbeiter über Skogh, in jener Zeit noch Fräulein Wahlgren, erzählten, an die sie sich aus dem Eröffnungsjahr des Grand Hôtel 1874 noch gut erinnerten. Bei ihr musste immer alles tipptopp sein, sagten sie, ganz gleich, ob es nun um das Polieren von Gläsern oder das Decken des Tisches für ein Bankett ging. Außerdem habe sie die Frechheit besessen, diesen Einsatz auch von allen anderen zu fordern. Zu *fordern*! Was hatte sie sich damals nur eingebildet, irgendwelche Forderungen zu stellen? Schließlich gehörte sie auch bloß zum Personal. Nur mit dem Unterschied, dass sie schon immer jede Menge Flausen im Kopf gehabt hatte. 1888 hatte sie sogar ihren eigenen Hochzeitsempfang im Grand Hôtel veranstaltet. Wenn das nicht Beweis genug war. Wie war dieser Frau der Aufstieg von der Kellnerin zur zahlenden Gastgeberin gelungen? Ganz sicher würde Wilhelmina Skogh sich als eine der unerträglichen weiblichen Vorgesetzten entpuppen, die Männern Honig um den Mund schmierten und ihren Geschlechtsgenossinnen das Leben zur Hölle machten. Warum sprangen Frauen so miteinander um? Es wäre doch viel besser für ihr Fortkommen gewesen, wenn sie zusammenhielten. Hatten die Männer nicht schon genug zu sagen?

»Was genau hat Charley denn erzählt?«, fragte sie stattdessen.

Knut verdrehte die tief in den Höhlen liegenden Augen. »Hast du mich nicht verstanden, Frau? Er sagte, sie hätten Leutnant Ehrenborg den Stuhl vor die Tür gestellt. Wilhelmina Skogh wird unsere neue Direktorin. Jetzt muss ich mich also zu Hause und auf der Arbeit von einer Frau annörgeln lassen.« Er spuckte in den Schnee.

Schweigend überquerten sie die Slussen-Brücke zum Södermalmstorg.

Margareta war froh, dem beißenden Wind entronnen zu sein.

Sie hatte noch eine letzte Hoffnung: »Aber man hätte uns doch sicher offiziell Bescheid gegeben, wenn wir wirklich eine neue Direktorin bekämen.«

»Es gibt noch nichts Schriftliches, aber bald ist sie hier. Denk an Charleys Worte.« Knut ließ ihren Arm los. »Also bis später. Ich genehmige mir noch einen Absacker.«

Als Knut in die Götgatan einbog, entspannten sich Margaretas Schultern. Sie wurde ein wenig langsamer, ging weiter die Hornsgatan entlang und schwang dabei die Arme hin und her, um sich ein wenig zu wärmen. Da sie sich nun auf einen ungestörten Abend freuen konnte, fühlten sich ihre Füße gleich viel leichter an. »Ein Absacker« bedeutete für gewöhnlich, dass Knut bis in die frühen Morgenstunden fortbleiben würde. Trotzdem würde sie wie jeden Abend Abendessen für ihn kochen, nur für den Fall, dass er doch nach Hause kommen sollte. Sie selbst würde heute die Blutwurst essen, die er gestern nicht mehr gewollt hatte.

Die Hochzeit mit Knut hatte sich als fataler Fehler entpuppt. Als sie im Grand Hôtel – so wie fast alle anderen – ganz unten angefangen hatte, war sie ein zierliches Mädchen gewesen. Ihre ersten Aufgaben hatten darin bestanden, den Küchenfußboden zu scheuern und Zwiebeln zu schälen. Die langen Arbeitstage und die ständige Furcht, sie könnte einen Eimer mit Schmutzwasser verschütten, hatten ihr nichts ausgemacht. Doch dass sie jeden Abend um zehn mit sieben weiteren Dienstmädchen in ein Zimmer eingesperrt wurde, stieß ihr sauer auf. Aber während die meisten der anderen Mädchen über kurz oder lang Stellen als Verkäuferin oder Fabrikarbeiterin annahmen, wusste Margaret es zu schätzen, dass sie nie hungrig zu Bett gehen musste und in trockenen Laken schlafen konnte. Sie hörte sich ein wenig um, kam zu dem Ergebnis, dass alle, die im Grand Hôtel höhere Positionen bekleideten, auch einmal ganz klein angefangen hatten, und beschloss, sie sich zum Beispiel zu nehmen. Was blieb ihr auch anderes übrig? Ihre Eltern, die außer ihr noch sechs Mäuler zu stopfen hatten, waren froh, sie los zu sein. Auch die wenigen Kronen, die sie an jedem Monatsende nach Hause schickte, waren nicht zu verachten. Da sie außerdem noch ein bisschen sparen konnte, glaubte sie, es gut getroffen zu haben. Die Mädchen, die das Hotel verließen, lebten häufig von der Hand in den Mund und unter jämmerlichen Bedingungen. Alles nur um der Freiheit willen. Tja, ihre Freiheit befand sich in einer Schatulle unter ihrer Matratze und wurde von Monat zu Monat mehr.

Nach drei Jahren Dienst im Grand Hôtel wurde Margaret zum Zimmermädchen befördert. Die Folge war nicht nur eine Lohnerhöhung, sondern auch ein Zimmer, das sie nur noch mit fünf anderen teilen musste. Sie wusste, dass es eine kluge Entscheidung gewesen war, im Hotel zu bleiben.

Doch nach einer Weile begannen die Umstände sich zu verändern. Eine Kollegin nach der anderen lernte einen jungen Mann kennen, heiratete und gründete eine Familie. Zumindest diejenigen, die Glück hatten. Andere wurden schwanger und fanden sich im Nullkommanichts in einem Pferdebus zurück in die Provinz oder auf der Straße wieder. Und auch Margaret hörte immer lauter den Ruf von Eheglück und Mutterschaft. Wenn sie das Zimmer eines verliebten jungen Paars putzte, empfand sie einen Anflug von Neid, der noch stärker wurde, falls ersichtlich war, dass die zwei Nachwuchs erwarteten.

Das war die Gemütsverfassung, in der sie sich befand, als ihr der Hotelpage Knut Andersson über den Weg lief. Auch er war dabei, die Karriereleiter im Grand Hôtel zu erklimmen, und zwar mit dem Ziel, eines Tages an der Rezeption zu arbeiten oder sogar Empfangschef zu werden. Er nannte Margareta Maggie und brachte sie zum Lachen, und irgendwann erteilte die Hausdame ihr die Erlaubnis, mit ihm auszugehen.

»Wenn es denn unbedingt sein muss. Aber seien Sie vernünftig. Springen Sie nicht in die erstbeste Straßenbahn.« Sie bedachte Margareta mit einem vielsagenden Nicken. »Und vergessen Sie nicht, dass Sie sich an die Regeln halten müssen, solange Sie unter dem Dach des Grand Hôtel leben. Um Punkt zehn sind Sie wieder hier, junge Frau. Oder sagen wir besser neun Uhr neunundfünfzig.«

Knuts kecke und zuversichtliche Art hatte eine ansteckende Wirkung und sie unternahmen viele Spaziergänge durch den Kungsträdgården oder den Boulevard Strandvägen entlang zur Insel Djurgården. Margareta hätte gern eine der beliebten Fähren genommen, um ein wenig ihrer kostbaren gemeinsamen Zeit zu sparen, aber Knut ging lieber zu Fuß. Bei einer Schale Erbsensuppe im Den Gyldene Freden in Gamla Stan sprach er zum ersten Mal die Frage an, ob sie sich nicht zusammen eine Wohnung mieten sollten oder ob sie einfach bei ihm einziehen wolle. Zu ihrer Überraschung fügte er hinzu, er wünsche sich eine Familie. Sie auch? Ja, erwiderte Margareta aufrichtig. Sie habe sogar ein wenig Geld gespart.

Drei Wochen später wurde geheiratet. Nach der schlichten Trauung in der Kirche Maria Magdalena in der Hornsgatan konnte Margareta es kaum erwarten, ihr neues Zuhause zu sehen. Eigentlich hatte sie es schon früher in Augenschein nehmen wollen, doch Knut behauptete, dass das Unglück bringe. Außerdem wisse er, dass es ihr dort genauso gut gefallen würde wie ihm. Falls ihr etwas nicht zusagen sollte, könnte sie es nach Belieben verändern. Denn schließlich sei Haushaltsführung ja ihr Spezialgebiet, oder nicht? Als er sie dazu breit anlächelte, hakte sie nicht weiter nach.

Margaretas Flitterwochenstimmung war jäh dahin, als er sie über eine grob gezimmerte Schwelle in einen dunklen, feuchten Raum trug, wo es kräftig nach Bier und auch ein wenig nach Abort roch. An einem Fenster, das auf die Mauer des

Nachbarhauses hinausging, standen ein Tisch und zwei Stühle. Der Ohrensessel neben dem Kamin war durchgesessen. Dem Waschbecken in der Ecke fehlten die Wasserhähne. Dass hier einigermaßen Ordnung herrschte, war schlicht und ergreifend der kaum vorhandenen Einrichtung geschuldet. Die wenigen Tassen und Teller waren angeschlagen.

Margareta bemühte sich, gute Miene zum bösen Spiel zu machen, obwohl ihr die Schuhsohle am klebrigen Fußboden haften blieb. »Wo bekommen wir denn das Wasser her?«, fragte sie Knut.

»Von der Pumpe, das ist nicht weit. Du schaffst das schon. Der Abort ist auf dem Hof. Zum Glück gibt es hier einen für jedes Haus.«

»Und wie viele Menschen wohnen in diesem Haus?«

»Vier Familien.«

Margareta schauderte. Wenn es sich bei den anderen drei Mietparteien tatsächlich um Familien, nicht nur um Paare handelte, mussten sich etwa zwanzig Personen eine Toilette teilen.

Knut zog sie an sich.

»Lass uns zu Bett gehen.«

Noch immer vor Schreck wie gelähmt, ließ Margareta sich in das kleine Schlafzimmer führen.

»Tut mir leid, aber die Decken sind ...« Knut kratzte sich am Kopf. »Ich sage mir immer, dass der Dreck sie zusammenhält, denn sie sind schon ziemlich zerlöchert. Was hältst du davon, uns ein paar hübsche neue zu besorgen?« Er verzog die schmalen Lippen zu einem breiten Grinsen.

Margareta überlegte. Ihre Ersparnisse würden hier nicht lange reichen. Sie brauchten zusätzliche Lampen und einen Teppich, eine Tischdecke und einen zweiten Sessel, damit sie abends gemeinsam am Kaminfeuer sitzen konnten. Aber am allermeisten brauchten sie eine große Flasche grüne Seife und einen Schrubber. Wenn sie hier wohnen sollte – und Knut hatte rasch klargestellt, dass es nicht infrage kam, eine bessere Wohnung zu suchen, bevor das erste Kind kam –, musste sie das Beste daraus machen. Für sie beide. Als eine Kakerlake unter der obersten Bettdecke hervorkam und das Bein des Bettes hinunterhuschte, zuckte sie zusammen. Dennoch ballte sie die Fäuste, fest entschlossen, das Problem zu lösen. »Lass uns erst einmal die Decken waschen, die wir haben.«

»Ach, hab dich nicht so. Wir haben uns neue Decken verdient. Ein kleines Hochzeitsgeschenk vom Grand Hôtel für dich und mich. Du weißt ja bestimmt, wo sie aufbewahrt werden.«

Entgeistert starrte sie ihn an. »Ich kann doch das Hotel nicht bestehlen, Knut! Außerdem haben wir ein wunderschönes Tablett geschenkt bekommen.«

»Ein Tablett? Was soll uns das in einer so kleinen Wohnung nutzen. Hier musst du nicht einmal die Füße bewegen, wenn du mir etwas bringen willst.«

Margareta verkniff sich die Antwort, die ihr auf der Zunge lag, nämlich, dass ihre Füße schon jetzt wie gelähmt waren. Aber schließlich wohnte Knut schon seit Jahren allein und hatte zu Recht gesagt, dass dieser Wohnung eine weibliche Hand fehlte. »Ich kaufe uns so bald wie möglich neue Decken«, versprach sie. »Aber stehlen kann ich nicht.«

»Natürlich kannst du. Jetzt heißt es, du und ich gegen den Rest der Welt, Maggie.«

Margareta schüttelte den Kopf, als sie diesen Abend Revue passieren ließ. Schon vor Jahren hatte Knut ihren Ehering versetzt. Zum Glück wusste er nichts von dem Ring, den sie von ihrer Mutter geerbt hatte. Sie bewahrte ihn in ihrem Büro in einer Schublade auf, dort war er am sichersten.

Draußen ratterte eine elektrische Straßenbahn vorbei. Die Oberleitung sprühte Funken, was die triste Straße gleich viel freundlicher wirken ließ. Elektrischer Strom. Was für eine Erleichterung. Für die Leute, die sich das leisten konnten.

Sie hingegen würde ihre Wäsche und die Stopfarbeiten heute Abend im Schein einer Paraffinlampe erledigen. Als Hausdame des berühmten Grand Hôtel musste sie schließlich vorzeigbar sein.

Kapitel 6

Eines Tages Anfang Februar eilte Karl Ekman, eine Zeitung unter den Arm geklemmt, in Rättvik vom Bahnhofsgebäude zum Turisthotell. Die frühe Morgensonne fing sich in den vereisten Spuren, die Stiefel und Pferdehufe im Schnee hinterlassen hatten. Karl Ekman nahm sich vor, den Bahnhofsgehilfen anzuweisen, mehr Salz auszustreuen. Doch zuerst musste er mit seiner Tochter sprechen. Mit drei Schritten eilte er die acht Stufen hinauf ins Foyer und schickte ein Hausmädchen los, um Ottilia zu holen.

»Vater, ist etwas passiert?«

»Ich bin nicht sicher«, erwiderte er wahrheitsgemäß.

Ottilia ging mit ihm ins Lesezimmer, wo sie für mindestens eine halbe Stunde unter sich sein würden. Die Übernachtungsgäste und Skifahrer waren entweder abgereist oder taten sich noch am Frühstück gütlich.

Karl schloss die Tür hinter ihnen, schlug die *Dagens Nyheter* auf der gewünschten Seite auf und reichte Ottilia die Zeitung.

Ihre Miene erhellte sich. »Frau Skogh!« Sie schlug die Stirn in Falten, und ihr Atem wurde schneller, als sie das Interview las, in dem Wilhelmina Skogh dem Journalisten die im Grand Hôtel nötigen Veränderungen erläuterte. Diese Maßnahmen, so fuhr sie fort, würden unter ihrer Leitung ganz sicher umgesetzt werden. *Das Grand Hôtel in Stockholm?* Was hatte das zu bedeuten? Wollte Frau Skogh ein viertes Hotel erwerben oder die bisherigen drei verkaufen? Sie entdeckte die Antwort einige Absätze tiefer. Frau Skogh beabsichtige zwar nicht, ihre Hotels zu veräußern, werde sich jedoch auf das Grand Hôtel konzentrieren, falls sie es übernehmen sollte.

Ottilia ließ sich in einen Sessel sinken. »Ich begreife das nicht. Welchen Grund könnte sie haben, uns zu verlassen?«

Karl legte ihr die Hand auf die Schulter. »Es ist eine wundervolle Gelegenheit. Immerhin ist das Grand Hôtel in ganz Europa berühmt.«

»Aber es wäre nicht ihr eigenes Hotel. Was soll besser daran sein, das Hotel anderer Leute zu führen und nicht das eigene?«

»Weil es eine Herausforderung ist. Du müsstest das doch verstehen. Hast du nicht selbst letzte Woche gesagt, du wolltest Frau Skogh bitten, dir mehr über Weine beizubringen, weil du mehr lernen möchtest?«

»Richtig.« Ottilia unterdrückte einen Schluchzer. »Aber wer wird dieses Hotel leiten? Denn ganz gleich, wer es auch sein mag, es steht mit Sicherheit fest, dass dieser Mensch Frau Skogh nicht das Wasser reichen kann. Ansonsten hätte man nämlich ihm die Leitung des Grand Hôtel angeboten und nicht ihr.«

»Ich bin sicher, dass Frau Skogh bei der Auswahl dieser Person weise vorgehen wird. Vielleicht kommt es ja auch gar nicht so weit. Steht in dem Artikel nicht, man habe Frau Skogh den Posten erst *angeboten*?«

Aufmerksam las Ottilia die Spalte noch einmal. »Du hast recht. Ich schreibe an Cousine Anna in Storvik. Vielleicht wissen sie dort ja mehr. Aber warum, Vater, berichtet eigentlich die Zeitung darüber, wenn Frau Skogh noch gar nicht zugesagt hat?«

Karl lachte in sich hinein. »Wie ich unsere Frau Skogh kenne, versucht sie gerade, jemandem das Messer an die Kehle zu setzen. Ich war zwar noch nie im Grand Hôtel, aber sie führt nicht nur aus, was ihrer Ansicht nach verbessert werden muss, sondern nennt auch die Gründe dafür. Vermutlich will sie auf diese Weise Fürsprecher gewinnen. Sie hat mir einmal erzählt, sie habe während der Stockholmer Ausstellung einige sehr gute Freundschaften geschlossen. Ich hatte den Verdacht, dass ›gut‹ bei ihr für ›einflussreich‹ stand.«

»Aber hier wird sich alles verändern.« Eine Träne lief Ottilia die Wange hinunter.

»Jetzt mal den Teufel nicht an die Wand, Ottilia«, sagte Karl. »Frau Skogh ist nur ein paarmal im Monat hier. Ich weiß, dass du regelmäßig mit ihr telefonierst, aber persönlich siehst du sie nur sehr selten.«

»Doch es hat etwas Spannendes, jeden Moment mit ihrem Eintreffen rechnen zu können. Wenn sie erst einmal in Stockholm wohnt, werde ich genau wissen, dass sie überhaupt nicht kommt.« Ottilia ließ den Blick über die Möbel aus poliertem Eichenholz und die ordentlich aufgeschichteten Scheite im Kamin schweifen. »Alles hier sieht gleich viel trauriger aus.«

Karl sah sie tadelnd an. »Du musst dich zusammennehmen, Kind. Ich habe dir die Zeitung mitgebracht, obwohl ich weiß, dass die Nachricht dich traurig machen würde. Du solltest es nicht in einer Situation erfahren, in der du nicht die Muße hast, den Artikel zu lesen und seinen Inhalt zu verdauen. Allerdings wollte ich damit nicht erreichen, dass du in Selbstmitleid versinkst. Du hast noch immer eine ausgezeichnete Stellung in einem gut geführten Hotel. Also solltest du dich glücklich schätzen. Sagst du denn nicht immer selbst, dass alles auch sein Gutes hat?«

Ottilia ließ den Kopf hängen. Sie legte die Zeitung weg. »Du hast recht. Ich verstehe nur nicht, warum alle so einen Wirbel um das Grand Hôtel machen.«

»Angeblich soll es prunkvoller sein als der königliche Palast.« Karls Tonfall wurde versöhnlicher. »Vielleicht hast du ja irgendwann Gelegenheit, das Grand Hôtel mit eigenen Augen zu sehen. Dann wirst du verstehen, wieso man ›einen solchen Wirbel‹ veranstaltet. Nach Stockholm ist es mit dem Zug nur ein Katzensprung.«

Ottilias Kopf fuhr hoch. »Weißt du, Vater, auch in diesem Punkt hast du absolut recht.«

In jener Nacht lag Ottilia in einem der drei schmalen Betten in der Mansarde des Bahnhofsgebäudes. Sie zog die Decke über den Kopf und stellte sich schlafend, bevor ihre jüngere Schwester Torun anfangen konnte, ihr von einem Buch zu erzählen, das sie gerade gelesen hatte. Nach Jons Tod hatten die Eltern ihr das kleine Zimmer neben der Küche angeboten. Doch Torun hatte sie angefleht, im Schlafzimmer der Mädchen zu bleiben. Sie würde ihre nächtlichen Gespräche vermissen, denn Birna, die Jüngste im Bunde, schliefe immer schon um acht. Außerdem, fügte Torun abfällig hinzu, habe ein Kind ohnehin nichts Bemerkenswertes zu sagen. Eigentlich teilte Ottilia diese Auffassung nicht. Schließlich lernte Birna mit ihren fast zehn Jahren fleißig für die Schule und träumte davon, Hebamme oder sogar Ärztin zu werden. Was, wie Ottilia häufig dachte, vermutlich der wahre Grund für Toruns barsches, fast ablehnendes Verhalten gegenüber ihrer kleinen Schwester war. Torun war nämlich eine wahre Leseratte und hatte früher gehofft, einmal Lehrerin werden zu können, insbesondere auch deshalb, weil körperliche Arbeit für sie eher nicht infrage kam. Doch ihr lahmes linkes Bein hatte ihr einen Strich durch die Rechnung gemacht. Sie hatte sich zwar in einigen Schulen als Helferin beworben, war aber auf taube Ohren gestoßen, denn man wies ihr die Tür, sobald man sie hereinhinken sah. Eine Frau einzustellen, galt an sich schon als Vabanquespiel. Eine hinkende Frau war völlig indiskutabel. Und so war die Vorstellung, dass ihre kleine Schwester irgendwann einen angesehenen und gehobenen Posten bekleiden würde, offenbar mehr, als Torun ertragen konnte.

Ottilia wartete, bis sie Toruns regelmäßigen Atem hörte. Dann schlug sie die Decke ein wenig zurück und streckte sich aus. Die Hände hinter dem Kopf verschränkt, wartete sie ab, bis sich ihre Augen an die Dunkelheit gewöhnt hatten, und dachte nach. Die Aussage ihres Vaters, Stockholm sei mit dem Zug nur einen Katzensprung entfernt, entsprach den Tatsachen. Und wenn Frau Skogh lieber im Grand Hôtel arbeitete als in

Storvik, Bollnäs oder Rättvik, war das doch sicher auch für sie, Ottilia, das Beste. Gewiss würde Frau Skogh für sie eine Stelle in diesem Hotel finden, denn schließlich hatte es angeblich über dreihundert Zimmer. Ein Schauder durchlief Ottilia vom Scheitel bis zu den Fußsohlen.

Sie presste die Lippen zusammen. Was würden ihre Eltern dazu sagen? Ende Juli würde das Baby kommen, was einen Esser mehr bedeutete. Allerdings hatte ihr Vater alle seine drei Kinder unterstützt, bevor Jon zu arbeiten begann. Wenn sie, Ottilia, ging, würden sie nur noch zwei Töchter und ein Neugeborenes ernähren müssen. Torun konnte ihrer Mutter ja mit dem Säugling zur Hand gehen. Ottilia warf einen Blick quer durchs Zimmer. Selbst im Schlaf machte ihre Schwester ein mürrisches Gesicht. Vielleicht konnte Torun später zu ihr nach Stockholm kommen. Nicht sofort, aber wenn das Baby ein wenig älter war und sie, Ottilia, eine Wohnung gefunden hatte, die auch für zwei reichte. Hatte Vater nicht erzählt, die Hauptstadt habe inzwischen fast dreihunderttausend Einwohner? In Stockholm musste es doch irgendeine Arbeit geben, die selbst für Torun geeignet war.

Kapitel 7

In der Kantine im Untergeschoss des Grand Hôtel hielt Knut Andersson Hof am Tisch der Portiers und Pagen. Eigentlich waren die schweren Eichentische und Stühle nicht einer bestimmten Abteilung zugeordnet, doch es hatte sich eine Tradition eingebürgert, die von Generation zu Generation weitergegeben wurde.

»Wir dürfen uns nicht von einer Frau herumkommandieren lassen«, verkündete Knut und steckte sich eine Serviette in den steifen Kragen, um seine Uniform nicht zu bekleckern.

Edward, ein junger Bursche von zwanzig Jahren und im zweiten Jahr Hotelpage, hing an seinen Lippen. »Aber was können wir tun, wenn Frau Skogh hier Direktorin wird?«

»Dienst nach Vorschrift, das ist die Lösung. Wir lassen uns Zeit, wenn sie etwas von uns will. So wird sie bald verstehen, dass es nur zu ihrem eigenen Vorteil ist, uns bei Laune zu halten. Zeit ist schließlich Geld.« Knut tippte sich an den Nasenflügel. »Außerdem sind wir die Ersten und die Letzten, mit denen die Gäste zu tun haben. Vergiss das nie, mein Junge. Erster Eindruck, letzter Eindruck. Das hängt nur von uns ab.«

»Was ist mit dem Portier?«

Knut lachte abfällig. »Der macht nur die Türen auf und wieder zu. Das würde auch ein dressierter Affe hinkriegen.«

Edward schluckte ein Stück Wurst hinunter. »Charley aus der Bar sagt, Frau Skogh sei ganz in Ordnung, wenn man sich erst an sie gewöhnt hat.«

Knut schüttelte wissend den Kopf. »Charley hat noch nie mit ihr zusammengearbeitet.«

»Aber sein Vater.«

»Schon. Aber wie lange ist das her? Außerdem war sie damals noch nicht Direktorin. Meine Margareta ist jedenfalls nicht sehr erfreut«, erwiderte Knut in einem Ton, der wohl besagen sollte, dass Margaretas Meinung den Ausschlag gab. Was im Hotel auch oft der Fall war. Seine Frau bekleidete immerhin eine gehobene Position, was sich zuweilen als nützlich erwies.

Edward war nicht der Einzige, der Knut aufmerksam lauschte. Am Nebentisch, inoffiziell Stammplatz der Zimmermädchen, saß Karolina Nilsson und mümmelte an einem Fleischkloß. Karolina redete nur wenig und zog es vor, zu beobachten und ihre Schlussfolgerungen für sich zu behalten. Es war eine Herangehensweise, die ihr in der Willkürherrschaft zu Hause gute Dienste geleistet hatte. Denn Karolina trug zwar denselben Namen wie der Rest der Familie, wusste jedoch, dass sie ein Pflegekind war. Das einzige unter sechs Kindern und die Zweitälteste der vier Mädchen. In der Vierzimmerwohnung in Kungsholmen war sie ein Fremdkörper gewesen und ihren Geschwistern stets vorgezogen worden. Diese rächten sich, indem sie Karolina heimlich zwickten und kniffen, wenn diese trotz knapper Mittel wieder einmal einen neuen Wintermantel oder ein Frühlingskleid bekam. Karolina hatte nicht um diese Dinge gebeten und hätte lieber ein abgelegtes Kleid ihrer älteren Schwester aufgetragen, denn sie fühlte sich nicht wohl in dieser Sonderrolle. Einmal hatte sie deshalb ihre neuen Sommerschuhe ihrer jüngeren Schwester geschenkt, woraufhin ihrem Vater beinahe die Hand ausgerutscht wäre. Doch als seine Frau sich warnend räusperte, hatte er sich beherrscht und mitten im Schlag innegehalten. Stattdessen hatte er seiner Tochter die Sandalen aus der Hand gerissen und sie Karolina mit den Worten »undankbare Göre« zurückgegeben.

»Warum hat Papa Karolina mehr lieb als uns?«, schluchzte die kleinste Schwester.

Die Mutter nahm das Mädchen auf den Schoß und streichelte sein Haar. »Wir haben Karolina überhaupt nicht lieb. Doch Mama und Papa kriegen viel Geld dafür, dass wir sie hierbehalten. Außerdem bekommst du ja die Sachen, aus denen sie herausgewachsen ist.«

»Aber ich bekomme immer alles als Letzte und bei unserer Stina gehen die Kleider so schnell kaputt.«

Lachend drückte die Mutter ihrer Kleinsten einen Kuss auf den Scheitel.

Die zehnjährige Karolina wandte sich ab, damit die Mutter ihre Tränen nicht bemerkte. Denn alle Mitglieder der Familie Nilsson waren sich einig, dass Karolina kein Recht hatte, zu weinen. Nun verstand sie wenigstens, warum ihre Eltern sich so sonderbar verhielten. Jemand bezahlte sie dafür, dass sie, Karolina, hier wohnen durfte, und offenbar befolgten sie dafür streng irgendwelche Anweisungen. Karolina wagte nicht, zu fragen, wer denn der Geldgeber war. Oder warum sie nicht liebenswert genug war, um dazuzugehören.

Da sie stets angenommen hatte, dass man sie nach ihrem Schulabschluss in einen Haushalt schicken würde, fiel ihr ein gewaltiger Stein vom Herzen, als man ihr mitteilte, sie werde demnächst im Grand Hôtel anfangen.

»Pack alle deine Sachen«, wies der Vater sie an. »Du kommst nicht zurück.«

Karolina schnappte erschrocken nach Luft. Selbst ein unglückliches Zuhause war besser als gar keines. »Niemals wieder?«

»Niemals wieder. Ich habe die letzte Zahlung erhalten.« Mit einem Seufzer klopfte er sich auf die Tasche. »Das Geld wird mir fehlen.«

Als Karolina nun Knut Andersson ansah, musste sie an ihren Pflegevater denken. Beide scharten gern einen Hofstaat um sich, doch sie kam zu dem Schluss, dass das die einzige Gemeinsamkeit zwischen ihnen war. Ihr Pflegevater war genau der Mensch, der er zu sein vorgab, mit Fehlern behaftet, aber im Grunde seines Herzens ehrlich. Knut Andersson hingegen beherrschte die Kunst der Verstellung aus dem Effeff. Seine übertriebene Höflichkeit war nichts als Theater, das seine dunklen Seiten verbergen sollte.

»Ich freue mich schon auf Frau Skogh«, ergriff eines der Zimmermädchen das Wort. »Warum sollte eine Frau nicht auch einmal eine Chance bekommen?«

Knut schnaubte verächtlich. »Halt den Mund, dumme Gans. Niemand will dein Geschwätz hören. Oder soll ich meiner Frau sagen, dass du nicht ihrer Meinung bist und ihr öffentlich widersprichst, dass alle hier es hören können?« Er beschrieb eine großartige Geste in den Raum hinein. Da sich das einzige Fenster hoch oben in der Wand befand und auf die Stallgatan hinausging, bekam die Kantine nicht viel Sonnenlicht ab. Doch das Essen war gut und reichlich, sodass alle gern zugriffen.

Offenbar hatte Knut damit gerechnet, dass das Zimmermädchen einen Rückzieher machen würde, aber er musste eine herbe Enttäuschung erleben.

»Ach, blasen Sie sich doch nicht so auf. Ich habe selbst gehört, dass Sie für das Frauenwahlrecht sind.«

Im Raum war unterdrücktes Gekicher zu hören, und einige Anwesende legten das Besteck weg, um der Debatte zu folgen. Karolina beobachtete alles mit wachsendem Unbehagen und wünschte, ihre Kollegin würde aufhören, den Rezeptionisten herauszufordern. Wenn sie nicht vorsichtig war, würde sie sich noch vor dem Abend auf der Straße wiederfinden.

Knut schob seinen Stuhl zurück und sprang auf. »Ich verbitte mir diese Unverschämtheit!« Hasserfüllt starrte er die Übeltäterin an. Doch im nächsten Moment wurde seine Miene versöhnlicher, denn offenbar war ihm eingefallen, dass es wohl das Beste war, sich der allgemeinen Erheiterung anzuschließen. Er setzte ein schmallippiges Lächeln auf. »Frauen«, meinte er in überfreundlichem Ton, »gehören in die Küche ... oder ins Schlafzimmer.«

»Oder ins Büro der Hausdame«, entgegnete das Zimmermädchen wie aus der Pistole geschossen.

Der ganze Raum brach in brüllendes Gelächter aus.

»Die hat es Ihnen aber gezeigt, Andersson!«, rief Charley, der Barkeeper. »Ins Schwarze getroffen.«

Später an jenem Nachmittag meldete Margareta Andersson der Hotelleitung, dass die Stelle eines Zimmermädchens neu zu besetzen sei.

Kapitel 8

Die nächsten Wochen verbrachte Ottilia damit, auf Frau Skogh zu warten. Aus Storvik kam die Nachricht, die Inhaberin werde am Donnerstag vor Ostern, das diesmal auf das letzte Märzwochenende fiel, nach Stockholm abreisen. Obwohl das schon in zwei Wochen war, ließ Frau Skogh sich in Rättvik nicht blicken. Schließlich gewann Ottilias Ungeduld die Oberhand, und sie beschloss, ihre Arbeitgeberin bei ihrem nächsten Telefonat zu fragen, ob sie beabsichtige, Rättvik vor der Fahrt nach Stockholm noch einen Besuch abzustatten.

Die Stimme aus dem Hörer klang gereizt. »Vermutlich nicht. In Storvik gibt es viel zu tun, und ich stelle bereits fest, dass ich in letzter Zeit öfter in Stockholm gebraucht werde. Um Rättvik mache ich mir keine Gedanken, denn das Hotel ist in guten Händen. Schließlich kann ich mich darauf verlassen, dass Sie in Küche, Bar und Speisesaal die Stellung halten. Selbstverständlich werden Sie einen neuen Hoteldirektor bekommen. Ich kümmere mich darum. Also müssen Sie sich keine Sorgen machen. Arbeiten Sie einfach weiter wie bisher, dann wird alles gut.«

Wenn Ottilia vorgehabt hätte, in Rättvik zu bleiben, hätte sie diese Antwort in höchstem Maße zufriedengestellt. Doch als sie wieder einmal durch den eisigen, vom See Siljan heranwehenden Schneeregen nach Hause stapfte, hatte sie Tränen in den Augen. An diesem Abend war es ziemlich spät geworden, denn einige Herren hatten sich bis Mitternacht an ihren Brandys festgehalten. Ottilia wischte sich mit ihrem Wollfäustling über die Augen und überlegte angestrengt.

Andere Mädchen hatten einfach ihren Koffer gepackt und waren nach Stockholm gefahren, voll Zuversicht, dass sie schon Arbeit und Unterkunft finden würden. Natürlich konnte Ottilia sie sich zum Beispiel nehmen. Nur, und darin unterschied sie sich von ihren Altersgenossinnen, dass sie keine Lust hatte, in einer Fabrik oder in einem anderen Hotel anzuheuern. Sie wollte ins Grand Hôtel. Eine Möglichkeit wäre gewesen, in den nächsten Zug zu steigen und sich nach ihrer Ankunft Frau Skogh zu Füßen zu werfen. Doch das hätte bedeutet, hier alles stehen und liegen zu lassen, ohne sich um das Schicksal des Turisthotell zu scheren. Und damit würde sie sich bei Frau Skogh ganz und gar nicht beliebt machen. Ihre Arbeitgeberin würde toben, und Ottilia hätte damit ihre einzige Brücke verbrannt, ohne einen besseren Weg ans andere Ufer zu kennen.

Als sie die Tür des Bahnhofsgebäudes aufschloss, war alles still. Nur ein schwacher Geruch nach frisch gebackenem Brot wehte ihr aus der oberen Etage entgegen und hieß sie willkommen. Sie zog die Stiefel aus, um weniger Lärm zu machen und den Holzboden nicht mit Schneeresten zu beschmutzen. Dann schlich sie die Treppe hinauf, zog sich aus und breitete ihr schwarzes Kellnerinnenkleid ordentlich über die Lehne des Stuhls, der am Fußende ihres Bettes stand. Nachdem sie in ihr Nachthemd geschlüpft war, fiel sie auf die Knie und faltete die Hände.

Gott war gut, auch wenn seine Antworten oft nicht so eindeutig ausfielen, wie ihr lieb gewesen wäre, und häufig recht spät kamen. Wenn sie nur jemanden gehabt hätte, den sie um Rat fragen könnte. Oder zumindest einen Menschen, der sich ihr Anliegen anhörte. Nicht selten stellte sie fest, dass es ihr half, einen klaren Kopf zu bekommen, wenn sie ihr jeweiliges Dilemma laut erklärte. Meist fand sie dann sogar schneller eine Lösung, als es einem Zuhörer eingefallen wäre. Doch wie konnte sie ihre Mutter gerade mal ein Jahr nach Jons Tod um die Erlaubnis bitten, nach Stockholm zu ziehen? Nein, es würde um einiges weniger Unruhe in die Familie bringen, wenn Ottilia eine feste Arbeitsplatzzusage vorweisen konnte.

Ottilia glitt zwischen die kalten Baumwolllaken und grübelte weiter über das Problem nach. Was würde sie Torun in einem solchen Fall raten? Ich würde ihr sagen, dass sie unbedingt mit Frau Skogh sprechen muss, bevor sie Rättvik den Rücken kehrt. Aber Frau Skogh ist nicht hier, würde Toruns Einwand lauten. Und selbst wenn ich meinen freien Tag nutze, um sie aufzusuchen, schaffe ich es in dieser Zeit unmöglich nach Stockholm und zurück, denn die einfache Fahrt dauert acht Stunden. Und dann würde ich zu Torun sagen: *Dann fahr doch nach Storvik und sprich dort mit Frau Skogh.* Ottilia lächelte in die Dunkelheit hinein.

Sie blickte hinauf zur Decke, wo sich vermutlich der Himmel befand. »Danke.«

Auch die Reise nach Storvik hin und zurück an einem Tag zu bewerkstelligen, war leichter gesagt als getan.

»Es ist unmöglich«, verkündete der Vater, als Ottilia ihn in seinem Büro aufsuchte. »Außer du möchtest schon eine Stunde nach deiner Ankunft in Storvik wieder abfahren.« Er legte den Stift weg. »Ich verstehe noch immer nicht ganz, was du überhaupt in Storvik willst.«

Ottilia blickte ihn unverwandt an und wünschte, er würde aufhören, sie auszufragen. »Wie ich dir schon erklärt habe, hat Frau Skogh keine Zeit, hierherzukommen. Ich muss ihr einige Papiere bringen.«

Der Vater zog eine Augenbraue hoch. »Papiere, die man nicht auch mit der Post schicken kann?«

Ottilia reckte das Kinn. »Genau. Diese Papiere nicht. Außerdem muss ich bald fahren. Schließlich muss ich zu Ostern hier sein, denn wir sind ausgebucht. In dieser Woche ist es ruhig, und die anderen werden auch ohne mich gut zurechtkommen, wenn ich mich für einen Tag verdrücke.«

Er musterte sie forschend. »Verdrücke?«

Ottilia lief feuerrot an.

Ihr Vater bedeutete ihr, auf dem hochlehnigen Stuhl auf der anderen Seite seines Schreibtischs Platz zu nehmen, und verschränkte abwartend die Arme.

Sie folgte seinem Beispiel. Aus dem Augenwinkel sah sie, dass ein mit Baumstämmen beladener Zug in den Bahnhof einfuhr. Wo wurde das viele Holz hingebracht? Und warum hatte sie sich diese Frage bis jetzt noch nie gestellt?

Der Vater griff zum Stift und beugte sich wieder über den Brief, den er bei ihrer Ankunft geschrieben hatte.

Ottilia wusste, dass er gewonnen hatte. Ihr Vater würde sie hier schmoren lassen, bis sie den Mund aufmachte. Und falls ein Mitarbeiter erschien, um den Stationsvorsteher zu sprechen, würde sie das in eine höchst peinliche Lage bringen. Einfach zu gehen, war auch keine Möglichkeit. Obwohl ihr Vater noch nie die Hand gegen eines der Mädchen erhoben hatte, hatten alle einen Heidenrespekt vor ihm.

»Vater«, begann sie.

Er hob den Kopf. »Ja, mein Kind?«

»Ich möchte Frau Skogh bitten, mich im Grand Hôtel einzustellen.«

Er runzelte die Stirn. »Warum, um alles in der Welt, möchtest du deine ausgezeichnete Position hier aufgeben? Dort wirst du nicht mehr Oberkellnerin sein.«

Ottilia zuckte zusammen. »Andere Mädchen ...«

»Werden nicht im zarten Alter von achtzehn Jahren zur Oberkellnerin befördert. Ahnst du überhaupt, was für eine Ausnahme das ist?«

»Natürlich«, erwiderte sie zögernd. »Aber ich will etwas Neues lernen, Vater. Und bei Frau Skogh könnte ich das.«

»Das kannst du auch hier«, brummelte Karl. »Ich werde sie bitten, dich ein paar Wochen lang die Betten machen oder die Zimmer putzen zu lassen. Dann weißt du vielleicht zu schätzen, was du jetzt hast.«

Ottilia schluckte ihre Enttäuschung herunter. »Ich weiß es doch zu schätzen. Und auch alles, was du und Mutter für mich getan habt. Trotzdem kann ich nicht den Rest meines Lebens im Turisthotell verbringen.«

»Du konntest es sehr wohl, bis du gehört hast, dass Frau Skogh nach Stockholm geht.«

»Viele Mädchen ziehen nach Stockholm.«

»Du hast eine gute Stelle. Im Gegensatz zu den meisten anderen Leuten, die dieser Gegend den Rücken kehren. Wenn du noch Dienstmädchen wärst, würde ich sagen, dass du nichts zu verlieren hast. Jetzt hat sich das geändert.«

»Stimmt. Doch ich überlege jetzt schon seit über einer Woche, ob ich nach Stockholm gehen soll …«

»Seit einer ganzen *Woche*?«

Ottilia verzog das Gesicht, als sie seinen sarkastischen Unterton hörte. Dennoch ließ sie sich nicht beirren. »Und in dieser Zeit ist aus einem bloßen Gedanken ein Traum geworden. Ich darf doch wohl noch träumen. Mutter sagt immer, dass wir das tun sollten.«

Der Vater zuckte mit den Achseln. »Aber du solltest dich darauf gefasst machen, dass Frau Skogh zu beschäftigt sein könnte, um dich zu empfangen. Vielleicht schickt sie dich ja auch weg, und zwar mit dem Rat, dir deine Flausen aus dem Kopf zu schlagen. Wenn du nach Stockholm ziehst, tust du ihr keinen Gefallen, sondern machst ihr nur Schwierigkeiten, denn du wirst hier gebraucht.«

Ottilia hielt inne und dachte nach. Sie betrachtete den alten Schreibtisch aus Eichenholz, auf dem sich Aktenmappen, ein Almanach, Notizblöcke und Fahrpläne türmten. Daneben lag die Mütze des Stationsvorstehers. Das gesamte Berufsleben ihres Vaters, vereint auf einer kleinen Tischplatte. Würde ihr Leben in zwanzig Jahren auch so aussehen? Würde sie weiter die Aufsicht über den Speisesaal führen, die Salatschüsseln überprüfen und einem anderen jungen Mädchen zeigen, wie man sie nachfüllte? Und dabei stets bereuen, dass sie in ihrer Jugend ihre Chancen nicht genutzt hatte?

Sie blickte auf. »Ich muss es versuchen, Vater. Du bist ja auch aus Storvik hierhergekommen. Damals war das noch eine weite Reise.«

»Das war etwas anderes.«

»Warum?«

»Weil ich in die Fußstapfen meines Vaters treten und Stationsvorsteher werden wollte. In Storvik gibt es nur einen Bahnhof und wir waren sechs Brüder. Ich hatte großes Glück, den Posten in Rättvik zu bekommen.«

»Und wenn man dir den Stockholmer Hauptbahnhof anbieten würde?« Ottilias Augen weiteten sich. »Würdest du da nicht diesen wunderbaren Bahnhof in Rättvik aufgeben und die Herausforderung annehmen?«

Der Vater sah sie finster an. »Gute Retourkutsche.«

Ottilia verschränkte wieder die Arme. Diesmal würde sie das Wartespiel gewinnen.

Karl seufzte leise. »Ich bin mit klugen Töchtern gestraft. Also gut. Selbstverständlich wäre es mir lieber, wenn meine älteste Tochter in Rättvik bliebe. Aber dennoch werde ich deinen Onkel bitten, dich für eine Nacht zu beherbergen. In Falun musst du umsteigen. Aber die Zeit reicht für ein heißes Getränk und einen Besuch im Waschraum.«

Ottilia umrundete den Schreibtisch und küsste ihren Vater auf die Wange. »Du bist der Beste.«

»Zumindest versuche ich es. Doch kein Wort zu deiner Mutter, bis wir nicht wissen, woran wir sind. Ich möchte nicht, dass sie sich unnötig Sorgen macht. Nicht in ihrem Zustand.«

»Sie wird sich fragen, wo ich bin.«

»Dann werde ich es ihr sagen.« Karl grinste seine älteste Tochter an. »Du bringst Frau Skogh einige Papiere nach Storvik.«

Kapitel 9

Drei Tage später und in ihrem Sonntagskleid stieg Ottilia in Storvik aus dem Zug. Ihr war übel, doch ob das an der Reisekrankheit oder am Lampenfieber lag, konnte sie nicht so recht feststellen. Sie setzte sich auf eine Bank am Bahnsteig und atmete tief durch. Inzwischen waren die Begeisterung und Zuversicht, die sie beim Einsteigen in Rättvik verspürt hatte, bohrenden Zweifeln gewichen, und sie bereute, dass sie überhaupt abgefahren war. Außerdem kam sie sich ziemlich albern vor. Gewiss hatten sich auch schon andere Mädchen wegen einer Stelle in Stockholm an Frau Skogh gewandt. In diesem Fall hätte Ottilia zu lange gewartet. Und wenn es sich nicht so verhielt, dann vielleicht deshalb, weil sie die einzige Dumme war, die auf die Idee kam, es zu versuchen. Für wen hielt sie sich eigentlich? Gott behüte, falls ihre Kollegen in Rättvik von ihrem gescheiterten Unterfangen erfahren sollten. Denn das würden sie, da biss die Maus keinen Faden ab.

Ottilia ließ den Blick über die Bahnsteige schweifen. Die Leute hier wirkten viel lebendiger, ja, sogar weltgewandter. Sie erkannte Frau Skoghs Hotel gleich hinter dem Bahnhofsgebäude. Mit seinen drei Giebeln und den vielen Fenstern wirkte das Gebäude recht einladend. Doch ihm fehlte der verschnörkelte Charme des Turisthotell in Rättvik. Außerdem stand das Hotel zu Ottilias Erstaunen ziemlich nah an den Gleisen. Das war im Winter ja sicherlich bequem, aber der Lärm? Ein Bahnhofsgehilfe kündigte die bevorstehende Abfahrt des Zugs nach Gävle auf Gleis eins an. Ganz sicher hatten die Mädchen, die in Storvik arbeiteten, sich bereits bei

Frau Skogh nach einer Stelle in Stockholm erkundigt. Schließlich fuhr der Zug in die Hauptstadt, wenn auch mit Umweg über Gävle, praktisch vor ihrer Haustür ab. Ottilia blinzelte eine Träne weg. Da Frau Skogh nichts von Ottilias geplantem Besuch ahnte, war es wohl das Beste, wenn sie sofort in den nächsten Zug zurück nach Falun stieg. Doch zuerst wollte sie bei ihrem Onkel im Büro des Stationsvorstehers vorbeischauen, ihm den von Mutter mitgegebenen Apfelkuchen überreichen, ihm für das angebotene Bett danken und ihm sagen, dass sie es nicht länger brauchte. Da ihr Mund zu trocken gewesen war, um die eingepackten belegten Brote zu essen, würde sie auf dem Nachhauseweg nicht verhungern. Wenn sie die Sache positiv sah, hatte sie sich zwar mit einer Rundfahrt nach Storvik lächerlich gemacht, war aber zumindest nicht arbeitslos. Schließlich hatte sie vor ihrer Abreise alles im Turisthotell geregelt und außerdem noch Urlaubstage übrig. Also brauchte Frau Skogh nichts von diesem albernen Ausflug zu erfahren. Und falls es ihr durch einen dummen Zufall doch zu Ohren kommen sollte, konnte sie Ottilia ja schlecht dafür vor die Tür setzen, dass sie in ihrer Freizeit im Land herumgondelte. Wieder musste sie die aufsteigende Angst herunterschlucken.

»Ottilia!« Cousine Anna kam auf sie zugelaufen. »Ach, herrje, du bist ja leichenblass.«

»Mir war ein wenig schwach«, gestand Ottilia. »Wahrscheinlich nur die Reisekrankheit.«

»Komm ins Bahnhofsgebäude, dann besorgen wir dir ein Glas Wasser. Frau Skogh erwartet dich erst in einer halben Stunde. Also hast du noch Zeit, dich frisch zu machen. Aber komm bloß nicht zu spät, das hasst sie wie die Pest.«

Ottilia erstarrte. »Sie erwartet mich?«

»Ja.« Annas Tonfall wurde unsicher. »Oder etwa nicht? Vater sagte, er habe ihr mitgeteilt, dass du gegen halb drei hier bist.«

Ottilia wurde von Entsetzen ergriffen. Nun saß sie in der Falle. Es war ein Fehler gewesen, hierherzukommen. Doch wenn sie nun wieder abfuhr, ohne Frau Skogh gesprochen zu haben, würde sich das als noch fataler erweisen. Sie zwang sich zu einem Lächeln. »Das war aber nett vom Onkel.«

Anna erwiderte ihr Lächeln. »Du schläfst heute Nacht bei mir. Du musst mir unbedingt erzählen, was in Rättvik zurzeit so los ist. Vater hat uns gesagt, dass ihr wieder ein Baby kriegt.«

»Stimmt.«

»Hast du ein Glück. Ich liebe Babys.« Sie senkte die Stimme. »Wollen wir hoffen, dass es ein Junge wird.«

»Vater und Mutter würden sich bestimmt sehr über einen Sohn freuen. Aber ich hoffe, dass sie über eine Tochter genauso glücklich wären«, meinte Ottilia spöttisch.

Anna schlug die Hand vor den Mund. »Ach, du meine Güte, damit wollte ich nicht andeuten ... ich dachte nur ...«

Ottilia ließ sich erweichen. »Natürlich dachtest du das. So wie wir alle.« Beschwichtigend tätschelte sie ihrer Cousine den Arm. Ganz sicher plapperte das Mädchen nur nach, was seine Eltern sagten.

Zwanzig Minuten später trat Ottilia in Frau Skoghs Büro. Ihre Arbeitgeberin saß hinter einem mit Papieren und Aktenmappen beladenen Schreibtisch. Alles war so ordentlich aufgestapelt, dass sie gewiss sofort jedes beliebige Dokument finden würde, nach dem man sie fragte. Ottilia machte einen Knicks.

Mit einer Bewegung der linken Hand forderte Frau Skogh Ottilia auf, Platz zu nehmen. Sie fuhr weiter mit dem Stift in ihrer anderen Hand eine Zahlenkolonne entlang und murmelte dabei etwas vor sich hin. Nachdem sie am Ende der Reihe eine weitere Zahl eingetragen hatte, setzte sie die Kappe auf ihren Federhalter. »Also, Ottilia, was führt Sie zu mir?«

Ottilia beugte sich auf ihrem Stuhl vor und reichte ihr einen Umschlag. »Ich habe Ihnen die Zahlen von letzter Woche mitgebracht, gnädige Frau.«

Wilhelmina zog eine Augenbraue hoch. »Ach, gibt es in Rättvik keine Post mehr?«

»Nein, ich ...«

»Ja?«

»Ich bin hergekommen, weil ich dachte, ich würde Sie nie wiedersehen.«

»Ich ziehe nach Stockholm, nicht auf den Mond. Nicht dass Sie das irgendetwas anginge. Aber weshalb wollten Sie mich sprechen?« Wilhelminas braune Augen blickten argwöhnisch drein. »Ist in Rättvik etwas passiert? In diesem Fall raus mit der Sprache, damit ich mich der Sache annehmen kann.«

»In Rättvik ist alles bestens, gnädige Frau. Diese Woche ist es recht ruhig und ich habe in Speisesaal und Bar klare Anweisungen hinterlassen. Falls in der Hauswirtschaft etwas im Argen liegen sollte, könnte ich nichts davon erfahren haben. Aber bei meinem Aufbruch heute Morgen lag nichts an.«

»Ich frage Sie nun zum letzten Mal: Warum sind Sie hier?«

Obwohl Ottilia das Herz bis zum Halse klopfte, hielt sie dem Blick ihrer Arbeitgeberin stand. Da Ausflüchte offenbar zwecklos waren, war Ehrlichkeit wie immer die beste Strategie. »Ich wollte Sie um eine Stelle bitten.«

Wilhelmina verzog das Gesicht. »Ich habe Ihnen schon eine Stelle gegeben. Eine gute Stelle.«

»In Stockholm.«

Wilhelmina pustete die Wangen auf. »Sie haben Courage, das muss man Ihnen lassen.«

»Courage, gnädige Frau?«

»Mut. Nicht jeder würde eine so weite Reise machen, um mich aufzusuchen, und dann die Kühnheit besitzen, sich bei mir nach einer Stelle im Grand Hôtel zu erkundigen.«

Kühnheit? War das gut oder schlecht? Ottilia hielt lieber den Mund.

»Ich verstehe nur eines nicht«, sprach Wilhelmina weiter. »Wieso möchten Sie nach Stockholm ziehen, obwohl Sie in Rättvik eine gute Stelle haben?«

Ottilia nutzte die Gelegenheit. »Weil ich erst neunzehn bin und noch etwas lernen möchte. Von der Besten in ihrem Fach. Und Sie gehen nach Stockholm.«

Eine Pause entstand, bevor Wilhelmina wieder das Wort ergriff. »Ich ziehe nicht nur wegen einer gehobenen Position um, sondern auch, weil mein Mann dort lebt. Es ist eine völlig andere Sache, wenn man in Stockholm auf sich gestellt ist.«

»Sie haben das doch auch getan. Und damals waren Sie noch viel jünger als ich. So heißt es wenigstens.«

Wilhelmina musste lachen. »Heißt es so? Das stimmt zwar. Allerdings hatte ich viel Glück.«

Ottilia wusste, dass sie nun Frau Skoghs Aufmerksamkeit hatte. »Sie haben hart gearbeitet und sich hochgedient. Das möchte ich auch tun.«

»Sie sind mit neunzehn schon Oberkellnerin. Was wollen Sie denn noch?«

»Alles!« Ottilia erschrak über ihren eigenen Überschwang. »Entschuldigung, ich meinte, dass ich alles lernen will, was man über das Führen eines Hotels wissen muss. Wein, Speisen, Blumen, Betten. Außerdem würde ich gern besser Französisch oder Deutsch können. Ich lerne schnell«, fügte sie schüchtern hinzu. »Das haben Sie selbst gesagt.«

Wilhelmina seufzte. »Hören Sie, Ottilia, ich mag Sie und Sie sind eine gute Mitarbeiterin. Aber ich habe keine Ahnung, ob im Grand Hôtel eine passende Stelle frei ist. Außerdem weiß ich, dass im Speisesaal nur Männer servieren dürfen. Ich muss mich erst mit den Bedingungen vertraut machen, bevor ich irgendetwas zusagen kann.«

»Würden Sie mich denn in Erwägung ziehen, falls es eine passende Stelle gibt?«

»Das würde ich. Das beste Hotel von allen braucht auch das beste Personal. Aber kommen Sie bloß nicht auf die Idee, unangemeldet im Grand Hôtel hereinzuschneien, und glauben Sie nur nicht, dass ich Ihnen dann einen Platz vor meinem Schreibtisch anbieten würde. So etwas funktioniert nur ein Mal. Ich habe gehört, was Sie zu sagen haben, und stelle die folgenden Bedingungen: Sie leiten bis auf Weiteres meinen Speisesaal in Rättvik und warten, bis Sie von mir hören. Haben Sie das verstanden?«

»Ja, gnädige Frau. Ist das Grand Hôtel wirklich das Beste von allen?«

Wilhelmina lächelte spöttisch. »Das Allerbeste. Wenigstens wird es das sein.«

»Im ganzen Land?«

»In der ganzen Welt, wenn ich meine Sache richtig mache.«

Ihre Begeisterung sprang auch auf Ottilia über. »Das werden Sie. Und ich möchte etwas dazu beitragen.«

Wilhelmina bedachte sie mit einem tadelnden Blick. »Ich kann Ihnen nichts versprechen. Ist das bei Ihnen angekommen?«

Ottilia errötete. Hatte sie womöglich aufdringlich gewirkt? »Ja, gnädige Frau.«

»Dann ab mit Ihnen nach Rättvik. Wie Sie sehen können«, Wilhelmina wies auf ihren Schreibtisch, »bin ich beschäftigt.«

Ottilia stand auf. »Jawohl. Gleich morgen früh nehme ich den ersten Zug. Ich bin rechtzeitig zum Abendessen zurück.«

Wilhelmina neigte den Kopf zur Seite. »Weiß Ihr Vater, warum Sie hier sind? Und damit meine ich nicht Ihr Ammenmärchen mit den Papieren?«

»Ja, er weiß es. Aber meine Mutter nicht.«

»Und was sagt Ihr Vater dazu?«

»Er hat in etwa die gleiche Frage gestellt wie Sie: warum ich nach Stockholm ziehen will, obwohl ich hier eine gute Stelle habe. Er hält mich für übergeschnappt.«

»Womit er recht hat.«

»Außerdem sagte er, Sie würden keine Zeit haben, mich zu empfangen.«

»Ihr Vater irrt sich nur selten. Offenbar haben Sie mich an einem guten Tag erwischt.«

Kapitel 10

Am 2. April rauschte Wilhelmina zum Haupteingang herein und die Steintreppe hinauf, die in die Lobby des Grand Hôtel führte. Hier war es warm, und alles strahlte Wohlstand und guten Geschmack aus, sodass man unwillkürlich die Stimme dämpfte. Wilhelminas Stiefel versanken in dem hochflorigen roten Teppich, als sie die majestätischen Säulen aus grünem und rotbraunem Marmor und die wie Edelsteine funkelnden Buntglasfenster betrachtete und wie immer versuchte, den ersten Eindruck aus der Perspektive eines Gastes auf sich wirken zu lassen. Trotz der üppigen Farben wirkte die Hotelhalle luftig und geräumig. Wie Wilhelmina wusste, war das nicht nur den kunstvoll verzierten elektrischen Lampen zu verdanken, sondern auch dem Grundriss der Haupttreppe, durch deren geschnitzte Geländer man Blick auf die vier oberen Etagen hatte. Paarweise entlang der Wände aufgestellte Rattansessel luden zu einer Ruhepause ein.

Wilhelmina setzte ihr berühmtes Lächeln auf und wandte sich an eine würdige Dame, die an einem Mahagonitischchen thronte. »Guten Morgen. Ist alles zu Ihrer Zufriedenheit?«

»Das ist es in der Tat.« Die Dame wies mit ihrem polierten Spazierstock nach links zum Empfang, wo ein Herr gerade mit dem Rezeptionisten sprach. »Mein Sohn wird soeben bedient.«

»Ausgezeichnet. Falls Ihr Sohn sonst noch etwas benötigt, wenden Sie sich bitte an einen unserer Mitarbeiter.« Mit einem abschließenden Nicken und einem Lächeln ließ Wilhelmina das Lesezimmer links und die Rezeption rechts liegen und steuerte auf den Vorhang zu, der den öffentlich zugänglichen

Bereich von der Personaltreppe trennte. Bis zum Büro des Direktors, dem größeren der beiden Räume, die der Hotelhalle am nächsten waren, ging es nur einen kurzen Flur entlang. Da Leutnant Ehrenborg inzwischen Geschichte war, würde hier von nun an ihr Reich sein. Was Wilhelmina sehr zupasskam, denn dass ihr Schreibtisch im Direktorenbüro stand, vermittelte Bediensteten und Gästen eine unmissverständliche Botschaft.

Sie stellte fest, dass ihr Sekretär, auch eine Hinterlassenschaft von Ehrenborg, an der Steintreppe herumstand, die zum Dienstboteneingang in der Stallgatan führte.

»Svensson?«

Der Mann zuckte zusammen. »Entschuldigen Sie, gnädige Frau. Ich hatte Sie aus der anderen Richtung erwartet.«

»Offensichtlich. Aber warum warten Sie überhaupt auf mich? Sie haben doch gewiss Dringlicheres zu tun.«

Als sich der Mann zu voller Größe aufrichtete, wurde deutlich, dass er seine Vorgesetzte um einige Zentimeter überragte. »Um Sie zu begrüßen, gnädige Frau. Schließlich ist heute offiziell Ihr erster Tag.«

»Betrachten Sie mich hiermit als begrüßt.« Sie marschierte durch die Tür, auf der *Direktion* stand, und durch Svenssons schmales Vorzimmer in ihr Eckbüro, wo sie stehen blieb und alles auf sich wirken ließ.

Der Raum mit der beeindruckenden Gewölbedecke verfügte über zwei Bogenfenster und Fischgrätparkett und war groß genug für einen massiven amerikanischen Schreibtisch, ein Aktenregal und einen langen Eichentisch, an dem einige Stühle mit gepolsterten Sitzflächen standen. Auf dem Schreibtisch, wo sich bereits Speisekarten, Briefe und andere Papiere türmten, gab es auch ein Telefon, eine Gegensprechanlage, eine Schreibtischunterlage aus braunem Leder und zwei Vasen mit sehr unterschiedlichen Blumensträußen darin. Selbst die roten Vorhänge im Empirestil, eigens bestellt, damit sie zu den Buntglasscheiben im oberen Teil der Fenster passten, waren bereits aufgehängt.

Svensson folgte ihrem Blick. »Entsprechen sie Ihren Vorstellungen, gnädige Frau?«, erkundigte er sich.

»Wunderbar«, erwiderte Wilhelmina. »Also, Svensson, könnten Sie die Vasen auf den Tisch da drüben stellen und mir helfen, diesen Schreibtisch umzudrehen? So gern ich den Blick auf das neue Opernhaus auch genießen würde, möchte ich lieber sehen, wer zur Tür hereinkommt.« Und mithören, was draußen gesprochen wird. Menschen verhielten sich auf Fluren zuweilen erstaunlich indiskret.

»Das wäre ja wohl nur ich.«

»Nicht ausschließlich, denn wir werden alle Türen offen lassen. Wenn Sie jetzt so gut wären, die andere Seite des Schreibtischs zu nehmen.«

»Ich könnte einen Hausdiener rufen.«

»Das könnten Sie. Doch während wir auf ihn warten, vergeuden wir seine Zeit und auch unsere. Aber passen Sie auf den Fußboden auf. Ich möchte keine Kratzer im Parkett.«

Als der Schreibtisch an seinem neuen Platz stand, nickte Wilhelmina zufrieden. »Danke, Svensson, das wäre alles.«

»Soll ich eine Tasse Kaffee oder Tee bringen lassen, gnädige Frau? Oder benötigen Sie sonst noch etwas?«

»In diesem Fall gebe ich Ihnen Bescheid.«

Nachdem Svensson sich zurückgezogen hatte, griff Wilhelmina nach der Karte an dem größeren Strauß, dem schlichteren der beiden, der aus langstieligen roten Rosen bestand. *Ich wünsche dir sehr viel Glück, Pelle.* Froh legte sie die Karte wieder neben die Vase. Der Tag, an dem sie Per Skogh geheiratet hatte, war der größte Glückstag ihres Lebens gewesen. Doch um das Grand Hôtel auf Vordermann zu bringen, waren weniger Glück als harte Arbeit und Disziplin gefragt. Der zweite, prächtigere Strauß, zusammengestellt aus den schönsten Blumen der Saison, stammte natürlich vom Vorstand.

Wilhelminas Blick fiel auf die Urkunde, die das Grand Hôtel in den Kreis der königlichen Hoflieferanten aufnahm. Unterzeichnet von König Oskar II. Gewiss wünschte er ihr auch Glück. Allmählich wurde es Zeit, dass sie all diesen glückwünschenden Männern zeigte, wozu eine Frau in der Lage war.

Sie setzte sich an den Schreibtisch und förderte aus einer Schublade Papier zutage. Dann kramte sie einen Federhalter, auch ein Geschenk von Per, aus ihrer Handtasche. Ihre Aufgabe war es, das Steuer dieses Schiffs herumzureißen. Und wo fing man besser damit an als bei den Offizieren?

»Svensson!«

Ihr Sekretär hastete herein.

»Ich möchte heute Nachmittag mit unserem Küchenchef, dem Maître d'hôtel und der Hausdame sprechen. Falls das nicht möglich sein sollte, müssen sie eben schon am Vormittag kommen.«

»Alle gemeinsam?«

»Getrennt. Und, Svensson, ich brauche ein stabiles Notizbuch.« Sie breitete die Hände aus. »Etwa so groß.«

»Wird erledigt, gnädige Frau.«

Svensson verschwand und kehrte einige Minuten später mit einem Papier mit Namen und Uhrzeiten zurück, das er Wilhelmina überreichte. »Frau Andersson, unsere Hausdame, lässt sich entschuldigen. Heute ist sie zu beschäftigt, aber morgen könnte sie es einrichten, wann immer es Ihnen recht ist.«

Wilhelmina überlegte. Also war die Hausdame heute zu beschäftigt, hatte aber morgen den ganzen Tag Zeit. Das ergab keinen Sinn. Und wenn es keinen Sinn ergab, war es vermutlich nicht wahr. Was hieß, dass die Hausdame Zeit schinden wollte. Die Frage war nur, warum.

Wilhelmina nickte kurz. »Richten Sie Andersson aus, dass sie morgen um Punkt fünf bei mir vorsprechen soll.«

»Jawohl, gnädige Frau. Morgen Nachmittag um Punkt fünf.«

»Nein, Svensson. Um Punkt fünf morgen früh.«

Gösta Möller, der Maître d'hôtel, erschien als Erster. Er war ein einnehmend wirkender Mann Mitte dreißig und trug wie üblich einen schwarzen Frack. »Gnädige Frau, willkommen im Grand Hôtel«, begrüßte er sie mit einer angedeuteten Verbeugung.

Sie bedeutete ihm, Platz zu nehmen. »Sagen Sie, Möller, wie lange arbeiten Sie schon hier?«

»Sechzehn Jahre, Madam. Ich habe als Page angefangen, als Monsieur Cadier noch der Eigentümer war. Nach der Renovierung 1899 bin ich zurückgekommen. Ich habe hier schon eine Menge erlebt, wie es so schön heißt.«

»Das kann ich mir vorstellen. Und sind Sie zufrieden hier?«

Ein argwöhnischer Ausdruck huschte über Möllers Gesicht. »Das bin ich. Schon immer. Während wir geschlossen hatten, habe ich eine Zeit lang im Hôtel Rydberg gearbeitet. Aber dort habe ich mich nie so recht zu Hause gefühlt.«

»Warum?«

Möller hielt inne. »Das kann ich offen gestanden nicht so genau erklären. Das Hotel ist in Ordnung und ich habe dort einige unserer alten Stammgäste wiedergetroffen, aber …« Er suchte nach den richtigen Worten. »Dieses Hotel hat einfach etwas Besonderes, das uns von der Masse abhebt. Tut mir leid, dass ich es nicht besser ausdrücken kann. Viele von uns sind nach der Renovierung zurückgekommen, zumindest der Großteil der leitenden Mitarbeiter. Also nehme ich an, dass es ihnen genauso geht wie mir.«

»Ich verstehe«, erwiderte Wilhelmina, was auch der Wahrheit entsprach. »Und jetzt verraten Sie mir, was mit dem Speisesaal im Argen liegt.«

Möller fuhr zusammen. »Im Argen?«

»Ja, im Argen. Während der letzten Wochen habe ich dem Speisesaal einige Male einen Besuch abgestattet. Stets waren nur wenige Tische besetzt. Liegt es an der Aussicht? Am Essen? An der Einrichtung?«

»Der Blick ist der schönste in der Stadt und der gesamte Speisesaal wurde eben erst renoviert. Die Gerichte sind appetitlich angerichtet und meiner Meinung nach wohlschmeckend.«

»Was ist mit der Bedienung?«

»Der Bedienung?«

»Entspricht sie dem Niveau, das man in Stockholms Grand Hôtel erwarten würde?«

»Ich denke schon.«

»Jeden Tag? Für jeden Gast?«

»Ich bemühe mich darum.«

»Sie denken? Sie bemühen sich? Denken und Bemühen bezahlt keine Rechnungen. Also frage ich Sie noch einmal: Wird der Gast bei uns auf dem Niveau bedient, das man im besten Hotel von Stockholm voraussetzen würde?«

Möller senkte den Kopf. »Nicht immer.«

»Jetzt kommen wir der Sache allmählich näher. Warum nicht, Möller? Wieso hat der Kellner bei meinem letzten Besuch einen Tropfen Kaffee aufs Tischtuch verschüttet und sich mit keinem Wort entschuldigt?«

Möllers Kopf fuhr hoch und Wilhelmina entdeckte zu ihrer Freude ein ärgerliches Funkeln in seinen Augen. Eine Reaktion war stets der Gleichgültigkeit vorzuziehen. Aber galt Möllers Ärger nun ihr oder dem Übeltäter? Sein nächster Satz würde über seine Zukunft im Grand Hôtel entscheiden.

»Mir war dieser Zwischenfall nicht bekannt. Bitte gestatten Sie mir, mich im Namen dieses Kellners zu entschuldigen. Ich wäre auch nicht erbaut, wenn ich als zahlender Gast so etwas erleben müsste. Haben Sie sich beschwert, gnädige Frau?«

»Nein«, räumte Wilhelmina ein. »Ich war nur als Beobachterin dort und wollte mich nicht einmischen.« Unterdrückte Möller gerade ein Schmunzeln? Sie musterte ihn forschend. »Also, Möller, während ein Tropfen Kaffee nicht gleich den Weltuntergang bedeutet ...«

»… ist eine Entschuldigung stets angebracht.« Möllers Wangen röteten sich. »Verzeihung, ich wollte Sie nicht unterbrechen.«

»Doch viele Tropfen Kaffee könnten sich auf lange Sicht als fatal erweisen«, sprach Wilhelmina weiter. »Wir haben im Speisesaal zwei drängende Probleme: Schlamperei und freie Plätze. Ich hätte in diesem Zusammenhang einige Vorschläge, doch bevor ich sie Ihnen erläutere, würde ich gerne Ihre hören.«

Möller schwieg einen Moment. »Darf ich offen sein?«

»Meiner Ansicht nach spart man damit eine Menge Zeit.«

»Im Speisesaal gibt es einige Schwierigkeiten. Allerdings ist Abhilfe leichter gesagt als getan.«

»Warum?«

»Weil mir die Hände gebunden sind. Wenn ich den von Ihnen geschilderten Zwischenfall selbst beobachtet oder davon Kenntnis erhalten hätte, hätte ich den Kellner beiseitegenommen und ihm die Leviten gelesen. Ebenso verfahre ich, wenn ich sehe, dass ein Kellner abfällig regiert, wenn ihm das Trinkgeld zu gering erscheint.«

»Abfällig?«

»Ich fürchte, ja. Im besten Fall macht der betreffende Kellner ein zerknirschtes Gesicht und schwört, dass sich dieses Verhalten nicht wiederholen wird. Im schlimmsten aber lacht er mir frech ins Gesicht und sagt: *Mein Junge, ich arbeite schon länger hier als du.* Das ist der Nachteil, wenn man sich hochgedient hat. Die Alten, die nie aufgestiegen sind, nehmen mich einfach nicht ernst. Das gilt nicht für alle, wie ich hinzufügen muss. Und diejenigen, die Respekt vor mir haben, sind auch ausgesucht höflich zu den Gästen. Sie haben völlig recht mit Ihrer Feststellung, dass es an Disziplin fehlt. Ich habe auch schon mit Leutnant Ehrenborg darüber gesprochen.«

»Und was hat Ehrenborg unternommen?«

»Er hat mir auf die Schulter geklopft und dazu gemeint, die Frage, wie man einem alten Hund neue Kunststücke beibringen soll, sei die älteste der Welt und werde wohl nie beantwortet werden.«

»Ach, hat er das?«, stieß Wilhelmina zwischen zusammengebissenen Zähnen hervor. »Tja, den alten Hunden wird wohl jemand auf den Schwanz treten müssen.« Sie griff in die Schreibtischschublade und holte das schwarze Notizbuch heraus, das Svensson ihr beschafft hatte.

»Das hier, Möller, ist das neue Beschwerdebuch für Erdgeschoss und Untergeschoss. Jeden Tag tragen Sie das Datum ein und schreiben darunter entweder ›nichts zu melden‹ oder eine kurze Schilderung des Zwischenfalls oder des aufsässigen Verhaltens. Ich werde dieses Buch regelmäßig überprüfen und meine Anmerkungen und Entscheidungen ebenfalls darin notieren.«

Möllers Augenbrauen wanderten empor in Richtung Haaransatz. »Ist das ... ein geheimes Buch?«

»Ganz im Gegenteil. Je mehr davon wissen, desto besser. Vorbeugung ist die beste Medizin. Wir bewahren das Buch an der Rezeption auf, damit sich seine Existenz auch sicher herumspricht. Solange Sie mich nicht enttäuschen, Möller, haben Sie meine volle Unterstützung. Sollte ich von Zwischenfällen erfahren, die nicht in diesem Buch Erwähnung finden, werde ich Sie nach dem Grund fragen. Und ich frage ungern zweimal.« Sie bedachte ihn mit einem durchdringenden Blick.

Möller ließ sich davon nicht beirren. »Und was ist mit den freien Plätzen im Speisesaal, Madam?«

»Das zu lösen, wird eine Weile dauern. Aber dazu muss ich mich darauf verlassen können, dass im Speisesaal von der Begrüßung bis zur Verabschiedung alles wie ein Uhrwerk läuft. Wenn Sie sich davon überfordert fühlen, sagen Sie mir das am besten sofort.«

Möller reckte seinen ohnehin schon geraden Rücken. »Ich werde es schaffen, gnädige Frau. Mit Ihrer Hilfe.«

»Sehr gut. Dann nehmen Sie das Buch. Und lassen Sie die Tür offen, wenn Sie gehen.«

Diese Besprechung hatte ihre Erwartungen übertroffen, dachte Wilhelmina. Wenn Möller Wort hielt, würde sie dank des Beschwerdebuchs bald die Übeltäter kennen. Und falls Möller glaubte, er könnte sie zum Narren halten, indem er nur Belanglosigkeiten meldete, würde das bald auffallen, und dann konnte sie ihn von seinem Posten entfernen. Also würde diese Methode so oder so nützliche Ergebnisse bringen.

Das Problem der leeren Plätze bedurfte einer längerfristigen Lösung. Das Erdgeschoss musste umgestaltet werden, wozu der Vorstand ihr seinen Segen gegeben hatte. Nun brauchte sie einen Grundriss der Etage, um sich zu überlegen, wie die Renovierungsarbeiten vonstattengehen konnten, ohne den laufenden Betrieb mehr als unbedingt nötig zu stören. Eine zweite Schließung kam aus Kostengründen nicht infrage. Hinzu kam, dass die Vorschläge der meisten Baufirmen eher zum Vorteil des jeweiligen Unternehmens als zum Nutzen des Hotels ausfallen würden. Und das auch nur für den Fall, dass sie überhaupt eine Baufirma fand. In Stockholm herrschte eine rege Bautätigkeit, Handwerker waren also Mangelware.

Stimmen aus dem Vorzimmer kündigten das Eintreffen des Küchenchefs an.

Sam Samuelsson war ein gedrungener Mann, dem die blütenweiße Kochjacke etwas Würdevolles verlieh. Er nahm gegenüber von Wilhelmina Platz.

»Maître Samuelsson«, begann sie. »Soweit mir bekannt ist, haben Sie bei der Neueröffnung des Hotels vor zwei Jahren hier angefangen.«

»Das ist richtig.«

Wilhelmina zog eine Augenbraue hoch.

»Gnädige Frau«, fügte er hinzu.
»Ist es Ihre erste Stelle als Küchenchef?«
»Ja, gnädige Frau. Davor war ich stellvertretender Küchenchef im Hôtel Phoenix. Ich habe ausgezeichnete Referenzen. Leutnant Ehrenborg war stets sehr zufrieden mit mir.«
»Das glaube ich Ihnen gern, aber jetzt arbeiten Sie für mich.«
Samuelsson verzog das Gesicht. »Dürfte ich fragen, ob Sie mein Essen schon einmal gekostet haben?«
»Das habe ich und es hat mir ausgezeichnet geschmeckt.«
Der Mann lächelte zum ersten Mal, seit er Wilhelminas Büro betreten hatte.
»Sagen Sie, Maître Samuelsson, was sind Ihrer Ansicht nach die wichtigsten Punkte, die man bei der Zusammenstellung einer Speisekarte berücksichtigen sollte?«
»Die Jahreszeit und die Qualität der Zutaten«, antwortete er wie aus der Pistole geschossen. »Außerdem die Präsentation. Wir essen zuerst mit den Augen und der Nase, gnädige Frau.«
»Da stimme ich zu«, erwiderte Wilhelmina, die glaubte, einen leichten französischen Akzent herausgehört zu haben. Doch sein Name war eindeutig schwedisch. »Fahren Sie fort.«
»Fortfahren? Sie haben mich gerade nach den wichtigsten Punkten gefragt und ich habe sie Ihnen genannt.«
»Es gibt also nichts mehr hinzuzufügen?«
»Eigentlich nicht. Ein Gast, der im Grand Hôtel speist, erwartet das Beste. Meine Verantwortung ist es, ihm das Beste zu liefern. Im Dezember habe ich für das Nobelpreisbankett gekocht. Ich glaube, der Abend war ein großer Erfolg.« Sein herausfordernder Blick warnte sie davor, ihm zu widersprechen.
»Das war er tatsächlich. Allerdings ist das Zubereiten erlesener Speisen nicht Ihre einzige Aufgabe, richtig?«
Verwirrung lag in seinem Blick. »Verzeihung, aber ich bin hier der Küchenchef. Ein Hotel ist nur so gut wie das Essen

dort. Meine Pflicht ist es, die besten Zutaten zusammenzustellen und, unterstützt von den besten Mitarbeitern, die besten Gerichte zu zaubern.« Er formte Daumen und Zeigefinger zu einem Kreis, um seine Worte zu bekräftigen. »Meine Gäste sind zufrieden und deshalb beschäftige ich mich nicht mit anderen Dingen.«

»Dann wird es aber langsam Zeit, dass Sie es tun«, herrschte Wilhelmina ihn an. »Verraten Sie mir eines, Maître Samuelsson, bedenken Sie bei der Planung Ihrer Menüs auch die Kosten?«

»Ich kenne – grob – die Preise der einzelnen Zutaten. Natürlich ändern die sich häufig mit der Jahreszeit. Aber gute Qualität hat eben das ganze Jahr über ihren Preis.«

»Haben Sie jemals berechnet, wie viel Geld wir mit einem bestimmten Gericht verdienen oder verlieren?«

»Gnädige Frau, wir wissen beide, dass die von uns verlangten Preise die Kosten der Zutaten um einiges übersteigen.«

»Das ist richtig. Aber gestatten Sie mir, Ihnen meinen Standpunkt zu erläutern.« Wilhelmina griff nach einem Blatt Papier und schrieb *Preise Zutaten* darauf. »Welche anderen Kosten muss das Gericht abdecken?«

»Die Lieferung ans Hotel.«

Wilhelmina notierte *Lieferkosten*.

»Was sonst noch?«

Samuelsson öffnete und schloss den Mund wie ein Mann, dem gerade eine Fangfrage gestellt wird, der jedoch nicht weiß, wo genau der Haken ist.

»Gnädige Frau?«, versuchte er, seinen Hals zu retten.

»Bezahlen wir Ihnen ein Gehalt?«, bohrte Wilhelmina nach.

Samuelsson starrte sie verdutzt an. »Natürlich.«

»Und dem restlichen Küchenpersonal?«

»Ja.«

Wilhelmina schrieb *Löhne* auf die Liste. »Und arbeiten Sie bei Dunkelheit oder gibt es elektrischen Strom?«

»Jetzt verstehe ich«, sagte Samuelsson.

Wilhelmina lehnte sich in ihrem Stuhl zurück. »Was genau haben Sie verstanden?«

»Dass Sie das große Ganze meinen. Wir verbrauchen auch Gas, Wäsche und Reinigungsmittel und benutzen Töpfe und Pfannen.«

»Und all diese Kosten entstehen, bevor ein Gericht Ihre Küche überhaupt verlassen hat«, sprach Wilhelmina weiter. »Dazu kommen noch die Kellner, die Heizung und das Betreiben eines Speisesaals. All das wird von Ihrem Gericht finanziert. Und zu guter Letzt muss noch das Geschirr gespült werden.«

»Die Getränke tragen einen Teil bei.«

»In gewisser Hinsicht«, räumte Wilhelmina ein. »Doch jetzt kommt unsere Herausforderung, Maître Samuelsson: Wir müssen an einem Strang ziehen, damit sich Ihre köstlichen Gerichte auch im Zusammenhang mit dem Großen und Ganzen rechnen.«

»Ich kann keine Abstriche bei der Qualität machen«, protestierte er.

»Das wäre in der Tat auch ein grober Fehler«, stimmte Wilhelmina zu. »Aber was wir tun können, wäre, eine größere Auswahl an günstigeren Zutaten zu verwenden. Sie klingen, als hätten Sie eine Zeit in Frankreich verbracht.«

»Meine Mutter war Französin. Wir haben bis zu ihrem Tod dort gelebt. Damals war ich siebzehn. Dann sind mein Vater und ich nach Schweden zurückgekehrt.«

Wilhelmina nickte Anteil nehmend. »In Frankreich essen die Menschen gern, und damit meine ich wirklich gern, die verschiedensten Obst- und Gemüsesorten. Stets in bester Qualität und gekonnt zubereitet.«

»Ebenso wie das Gemüse, das wir hier im Grand Hôtel verwenden. Es stammt aus den von Monsieur Cadier eingerichteten Gewächshäusern und Feldern. Was wir nicht selbst anbauen, kaufen wir bei Bauern in der Umgebung.«

Wilhelmina schwenkte den Finger. »Genau. Ich habe mit dem Anbau von Gemüse begonnen, als ich vor zwanzig Jahren das Hotel in Storvik übernahm. Außerdem habe ich nicht nur mehr Gemüse und weniger Fleisch und Fisch auf die Teller gelegt, sondern zudem große Salatschüsseln eingeführt.«

Samuelsson neigte den Kopf zur Seite.

»Diese Methode hat zwei Vorzüge«, erklärte Wilhelmina weiter. »Der erste ist, dass eine hübsch angerichtete Auswahl bunter Salate und Gemüse auf einem Teller sehr appetitlich aussieht. Und der zweite, dass das beste Gemüse viel weniger kostet als selbst das schlechteste Fleisch. So sparen wir Geld, und die Gäste genießen dennoch eine Mahlzeit, die ihnen im Gedächtnis bleibt.«

Samuelsson kratzte sich am Kinn. »Dieser Ansatz wäre bei unseren europäischen Gästen sicher erfolgreich. Aber ich bezweifle, dass die Stockholmer begeistert sein werden.«

»Und ich bezweifle, dass die braven Bürger von Stockholm sich sehr von denen in Storvik, Rättvik oder Bollnäs unterscheiden, wo ich bereits seit Jahren Salate und Gemüse serviere. Wie Sie selbst sagten, essen wir zuerst mit unseren Augen und Nasen.«

Samuelsson lächelte wider Willen. »Das habe ich.«

»Dann bin ich froh, dass wir einander verstehen. Der Sommer kommt, also die beste Jahreszeit, um mit unserer neuen Speisekarte anzufangen. Außerdem würde ich gerne einige günstigere Gerichte auf die Karte nehmen, mit denen wir das Hôtel Rydberg und den Operakällaren unterbieten.«

»Gnädige Frau?«

»Ich möchte, dass die Stockholmer zu uns kommen. Sie sollen das Gefühl haben, dass das Grand Hôtel eine Alternative ist, die sie sich leisten können. Ich baue auf Ihre Fähigkeiten, Maître Samuelsson. Schaffen Sie Gerichte, die den Gast weniger kosten, aber in jeglicher Hinsicht genauso schmackhaft und appetitlich sind wie unsere teureren Speisen.«

Am Funkeln in Samuelssons Augen war zu erkennen, dass er sich auf diese neue Herausforderung freute.

»Wir werden auch eine ergänzende Weinliste anbieten, deren Preise ich für die Monate April und Mai herabsetzen werde«, fuhr Wilhelmina fort.

Samuelsson verzog zweifelnd das Gesicht. »Warum?«

»Um die Leute hereinzulocken und Platz im Weinkeller zu schaffen. Wir haben zu viele Flaschen roten Bordeaux auf Lager. Bevor Sie in die Küche zurückkehren, hätte ich noch eine Frage: Sind in der Küche Stellen frei?«

Er schüttelte den Kopf. »Im Moment nicht, obwohl ich fürchte, dass wir bald jemanden brauchen werden, der das zusätzliche von Ihnen gewünschte Gemüse schält.«

War der Mann geistig beschränkt? Wilhelmina blickte ihm in die Augen. »Maître Samuelsson, Sie haben einen Souschef, fünf Chefs de Partie und ihre Demichefs und außerdem diverse Küchenhilfen, auf die Sie zurückgreifen können. Ist einem Ihrer Mitarbeiter wegen des geringen Umsatzes gekündigt worden?«

»Nein, gnädige Frau.«

»Und das, obwohl der Speisesaal halb leer ist. Ich würde vorschlagen, dass Sie Ihre Mitarbeiter neu einteilen. Oder soll ich das für Sie übernehmen?«

Samuelsson erbleichte. »Niemals. Ich werde dafür sorgen, dass in der Küche auch weiterhin alles nach Plan läuft.«

»Dann wäre das für den Moment alles. Aber denken Sie daran, dass ich die Zahlen genau im Auge behalten werde. Und, Herr Samuelsson?«

Er dreht sich an der Tür noch einmal um. »Ja, gnädige Frau?«

»Alles, was ich gerade gesagt habe, gilt auch für die Personalkantine. Mehr Salat und Gemüse. Was gut genug für französische Arbeiter ist, ist doch sicherlich auch gut genug für unsere.«

Kapitel 11

Dreizehn Stunden nach ihrer Ankunft im Hotel nahm Wilhelmina den Aufzug in den vierten Stock. Zufrieden stellte sie fest, dass der smaragdgrün und goldfarben gemusterte Läufer, der den Parkettboden auf dem Flur bedeckte, ordentlich gekehrt worden war. Doch als sie stehen blieb und mit dem Finger am oberen Rand eines Bilderrahmens entlangfuhr, bemerkte sie zu ihrem Missfallen eine dünne Staubschicht auf ihrer Haut. Morgen früh würde es mit Margareta Andersson einiges zu besprechen geben. Wilhelmina klopfte an die Tür von Suite 425.

»Mina!« Elisabet Silfverstjerna, eine beeindruckende Erscheinung in scharlachrotem Samt, begrüßte Wilhelmina mit ausgebreiteten Armen. Eine Perlenkette betonte ihren langen, schlanken Hals und sie trug das silberblonde Haar zu einer Hochfrisur aufgetürmt. »Ach, was für eine Freude, heute mit dir zu Abend zu essen. Bist du sicher, dass Per nichts dagegen hat, wenn ich dich an deinem ersten Abend hier mit Beschlag belege?«

»Es wird ihm gar nicht auffallen. Er isst heute mit einigen anderen Weinhändlern bei Hasselbacken. Außerdem habe ich ihn erst heute Morgen gesehen, während ich dich schon seit Wochen vermisse.« Sie ließ den Blick durch den Raum schweifen. »Diese Suite ist wirklich sehr hübsch, Lizzie. Hast du auch alles, was du brauchst? Wohnst du noch immer gern hier?«

Lachend legte Elisabet den Kopf in den Nacken und führte Wilhelmina in den Salon. »Wie oft hast du mich schon hier besucht?«

»Oft.«

»Und wie oft hast du mich das inzwischen gefragt?«

»Noch nie.«

»Und seit wann bist du hier Hoteldirektorin?«

Wilhelmina grinste sie an. »Seit heute. Genau genommen seit zwei Tagen, denn ich habe gestern den Vertrag unterschrieben. Also ist es meine Pflicht, mich um dein Wohlbefinden zu kümmern.«

»Um mein Wohlbefinden steht es bestens, vielen Dank. Ich habe den Aufenthalt im Hôtel Rydberg genossen, während hier geschlossen war. Aber ich war überglücklich, dass man mir die Möglichkeit gegeben hat, zurückzukommen. Darf ich dir einen Sherry anbieten? Ich habe mir die Freiheit genommen, für uns beide Lachs zu bestellen.«

»Lachs klingt köstlich und ein Sherry wäre wundervoll. Es war ein ziemlich langer Tag.« Wilhelmina setzte sich auf eines der mit smaragdgrünem und goldfarbenem Brokat bezogenen Sofas, das ihr nach zwölf Stunden auf einem Schreibtischstuhl unbeschreiblich bequem erschien.

»Ich weiß nicht, wie du das schaffst«, meinte Elisabet. »Schließlich werden wir beide nicht jünger. Und dennoch übernimmst du so einfach mir nichts, dir nichts das Grand Hôtel.« Sie reichte Wilhelmina ein Glas. »*Skål!* Viel Glück.«

»Ich habe so ein Gefühl, dass ich dieses Glück brauchen werde.« Wilhelmina hob ihr Glas und sah Elisabet in die Augen. »Dieses Hotel ist wie der sprichwörtliche Schwan, der anmutig über die Oberfläche gleitet und dabei unter Wasser angestrengt paddelt.«

Elisabet blickte sie verwundert an. »Davon hatte ich keine Ahnung. Dieses Hotel ist bis in den letzten Winkel ein Traum, das Essen ein Gedicht und das Personal stets höflich.«

»Und finanziell ist es ein Fass ohne Boden«, entgegnete Wilhelmina. »Du musst mir unbedingt erzählen, was sich hinter den Kulissen tut. Aber das kann warten. Wie geht es dir?« Sie wies mit dem Kopf auf den Stutzflügel in der Ecke. »Spielst du noch?«

»Ausgezeichnet und ja.« Kurz verdüsterte sich Elisabets Miene, doch schon im nächsten Moment setzte sie ein strahlendes Lächeln auf. »Ich habe nicht den geringsten Grund, zu klagen.«

Wilhelmina verzog zweifelnd das Gesicht. »Aber?«

Ein Klopfen an der Tür kündigte das Eintreffen des Etagenkellners an. Porzellan klapperte leise, als er den Servierwagen zur Essecke schob und mit routinierten Bewegungen den Tisch deckte.

»Wir bedienen uns selbst«, sagte Elisabet.

»Wie Sie wünschen.«

»Warum, um alles in der Welt, hast du ihm gesagt, dass wir uns selbst bedienen?«, schalt Wilhelmina, nachdem die Tür sich hinter dem Mann geschlossen hatte. »Es wäre eine ideale Gelegenheit für mich gewesen, die Fähigkeit meiner Etagenkellner mit eigenen Augen zu beurteilen.«

Elisabet stellte einen Teller vor Wilhelmina hin und entfernte die silberne Haube. »Weil ich mir auf diese Weise einen letzten Rest Normalität bewahre. Weißt du, Mina, ich verbringe so viel Zeit damit, andere zu bedienen und selbst bedient zu werden, dass ich manchmal befürchte, den Bezug zur Wirklichkeit zu verlieren.«

Wilhelmina beugte sich vor, um die Qualität des Lachses und die Konsistenz der Sauce hollandaise zu begutachten. Zusammen mit den Herzoginkartoffeln und dem weißen Spargel gab der Teller ein farbenfrohes und appetitliches Bild ab. Und duftete auch entsprechend. Küchenchef Samuelsson hatte völlig recht. Augen und Nase. Sofort wusste sie, dass dieses für die Verhältnisse des Grand Hôtel schlichte Gericht sich ausgezeichnet für die Abendkarte während der Woche eignete. Sie wandte sich wieder ihrer Freundin zu. »Was genau meinst du mit Bezug zur Wirklichkeit?«

Elisabet ließ sich nicht lange bitten. »Tagsüber bin ich im Palast, abends hier. Wenn das Wetter es einigermaßen zulässt, gehe ich den Weg zu Fuß. Das dauert kaum fünf Minuten, aber die Armut, der ich auf der Norrbro-Brücke begegne, ist fast mehr, als ich ertragen kann.«

Wilhelmina verspeiste den ersten Bissen panierten Fisch und lauschte.

»Männer und Frauen mit eingefallenen Wangen und geflickten Kleidern eilen zu Fuß zur Arbeit, weil sie sich die Straßenbahn nicht leisten können. Ich habe gehört, wie eine Frau sagte, sie brauche für eine Strecke eine ganze Stunde. An diesem Tag hatten wir sicher minus zehn Grad, wenn nicht gar minus fünfzehn. Außerdem bezweifle ich, dass sie ein stärkendes Frühstück im Magen hatte, um einen Zwölfstundentag durchzustehen. Hinzu kommt, dass wir förmlich von Ungeziefer überrannt werden. Die Rattenjagd hat sich bei kleinen Jungen zum beliebten Sport entwickelt, seit die Stadtverwaltung fünf Öre pro Schwanz bezahlt, um uns von diesen Biestern zu befreien.«

»Das habe ich auch schon gehört. Doch die allgemeine Lage in Stockholm bessert sich doch, oder etwa nicht?«, erwiderte Wilhelmina. »Die alten Bruchbuden werden schrittweise durch neue Wohnhäuser ersetzt, wo es elektrischen Strom und fließend Wasser gibt.«

»Das ist richtig«, antwortete Elisabet. »Allerdings nicht so schnell, wie mir lieb wäre.« Ein unnatürlicher Glanz stand in ihren Augen.

Wilhelmina legte das Besteck weg. »Was ist los? Ist im Palast etwas vorgefallen? Geht es um Seine Majestät?«

»Nein ...« Elisabet wiegte den Kopf hin und her. »Und ja.«

Wilhelmina griff nach Elisabets Hand. »Alles, was du mir anvertrauen möchtest, bleibt unter uns. Das weißt du.«

»Ja.« Elisabet tupfte sich die Augen mit einem Spitzentüchlein ab.

»Dann sag mir bitte, was dich bedrückt. Ich habe, schon bevor der Kellner kam, gesehen, dass da etwas im Argen liegt.«

Elisabet holte tief Luft, sichtlich unschlüssig, ob sie ihrer Freundin ihr Herz ausschütten sollte.

Wilhelmina drückte ihr auffordernd die Hand.

Elisabet trank einen Schluck Wein. »Möglicherweise habe ich einen schweren Fehler gemacht.«

»Nichts wird so heiß gegessen, wie es gekocht wird«, erwiderte Wilhelmina. »Sag es mir, und dann überlegen wir gemeinsam, was zu tun ist. Zwei Köpfe denken besser als einer.«

»Liebste Mina, es ist ein Geschenk des Himmels, dich hier zu haben. Denn trotz der Kutschen und der seidenen Gewänder«, mit einer Hand wies Elisabet auf den Palast am anderen Ufer, »habe ich gelernt, dass eine wahre Freundin und Vertraute der größte Luxus von allen ist.«

Das und die Liebe eines guten Mannes, dachte Wilhelmina. Aber es wäre grausam gewesen, das laut auszusprechen. Elisabet mochte von allen Frauen Stockholms, die gesellschaftlich unter ihr standen, glühend beneidet werden, doch ihre Nächte verbrachte sie allein. Wenigstens nahm Wilhelmina das an. Zumindest die meisten Nächte. »Also«, fragte sie mit sanftem Nachdruck, »was war denn das für ein schrecklicher Fehler?«

Elisabet nippte noch einmal an dem weißen Burgunder, stellte ihr Glas auf den Tisch und sah Wilhelmina mit einem resoluten Nicken an. »Sicher weißt du, dass König Oskar und ich ein gemeinsames Kind haben.«

Wilhelmina schluckte den Wein in ihrem Mund schneller als beabsichtigt, sodass sie ein Husten unterdrücken und ein Taschentuch vor die Lippen pressen musste. Sie trank ein wenig Wasser. »Nicht offiziell«, stieß sie heiser hervor. »Tut mir leid, eigentlich halte ich mir viel auf meinen scharfen Verstand zugute, doch selbst ich hätte nicht damit gerechnet, dass du das ansprichst.«

»Genau das liebe ich an dir«, verkündete Elisabet. »Die meisten Damen würden die Ahnungslose spielen. Du nicht.«

»Ehrlichkeit ist eines der größten Geschenke, die man einer Freundin machen kann«, entgegnete Wilhelmina. »Ein anderes wäre Loyalität.«

Elisabet lächelte. »Darf ich dich fragen, von wem du das hast?«

»Von Pelle. Er hat es mir schon vor Jahren erzählt. Soll ich den Namen seines Informanten für dich herausfinden? Falls er ihn mir überhaupt je gesagt hat, kann ich mich beim besten Willen nicht erinnern.«

»Nicht nötig. Der gute Per. Ich wette, er hat es außer mit dir mit sonst keiner Menschenseele erörtert. Dein Mann ist wirklich ausgesprochen integer.«

»Ja, das ist er.«

»Gewiss willst du jetzt die ganze traurige Geschichte von mir hören. Aus erster Hand, wie man so schön sagt.« Elisabet holte noch einmal tief Luft. »Als ich vor siebzehn Jahren schwanger wurde, bin ich verreist, um das Kind, eine Tochter, zu bekommen. Ich habe sie nach Régis Cadiers Frau Caroline Karolina genannt. Natürlich hat Caroline Cadier die Schwangerschaft verurteilt, doch zumindest hat sie im Gegensatz zu vielen anderen eingeräumt, dass dazu stets zwei Menschen nötig sind. Jedenfalls teilte man mir nach meiner Rückkehr mit, ich könne zwar in den Diensten der Königin bleiben, jedoch nicht mehr im Palast wohnen. Der König und Régis waren gute Freunde, weshalb er mir eine Suite hier im Haus besorgt hat. Offen gestanden passte mir das ganz wunderbar. Königin Sophia und ich behielten unser herzliches Verhältnis bei. Sie hatte sich damit abgefunden, dass der König ... Bedürfnisse hat. Außerdem bin ich nicht die einzige Frau, die ihm ein Kind geboren hat. Allerdings kann das Leben im Palast ziemlich einengend sein, selbst ohne zusätzliche ...« Elisabet suchte nach dem passenden Wort.

»Spannungen?«, schlug Wilhelmina vor.
»Spannungen.«
»Aber du hast deine Tochter doch sicher nicht hier großgezogen? Ich habe nie von einem Kind gehört, das im Grand Hôtel lebte. Abgesehen von den Cadier-Kindern und die wohnten nebenan im Bolinder-Palast.«
»Ganz richtig. Und selbst wenn Kinder hier willkommen gewesen wären, kam es auf keinen Fall infrage. Seine Majestät teilte mir mit, er werde das Kind finanziell versorgen, es aber niemals anerkennen. Ich dürfe es nicht selbst großziehen, außer ich entschiede mich dafür, im Ausland oder unter anderem Namen weit weg von Stockholm zu leben.«
Wilhelmina fuhr zusammen. »Was hast du getan?«
»Ich habe sie in eine Pflegefamilie gegeben. Der König hat zu ihrem Unterhalt beigesteuert.«
»Und die Pflegeeltern wussten, wer ihre wahren Eltern sind?«
»Vermutlich haben sie geahnt, dass sie ein Betriebsunfall aus Adelskreisen ist, doch von ihrem königlichen Geblüt wussten sie nichts. Ich habe zwar dafür gesorgt, dass man sich gut um sie kümmert, aber nicht gewagt, sie einer begüterten Familie anzuvertrauen, denn eine solche hätte nie ein Pflegekind aufgenommen, ohne Antworten auf zu viele Fragen zu fordern. Die traurige Wahrheit lautet, dass Familien Pflegekinder beherbergen, weil sie auf das zusätzliche Einkommen angewiesen sind. Deshalb habe ich darauf geachtet, dass die Familie zwar das Geld gut gebrauchen konnte, aber nicht notleidend war.«
»Wo?«
»Hier in der Stadt. Im Viertel Kungsholmen.« Elisabet seufzte. »Seine Majestät nahm an, dass unsere Tochter weit weg geschickt worden sei. Allerdings hat er sich nie ausdrücklich nach ihr erkundigt oder irgendwelche Beweise für ihren genauen Aufenthaltsort eingefordert. Ich habe mir ein altes Umschlagtuch besorgt und sie hin und wieder beobachtet,

wenn sie zur Schule ging, für gewöhnlich in Begleitung einer oder mehrerer Schwestern. Sie haben gelacht und geredet. Doch im Laufe der Jahre machte meine wunderschöne Karolina einen immer unglücklicheren Eindruck. Sie wirkte geistesabwesend. Ich musste mich mit aller Macht beherrschen, um sie nicht von der Straße weg zu entführen und sie hierherzubringen. Viele Tage und Wochen habe ich darüber nachgegrübelt, was für ein Leben wir in diesem Fall führen würden. Und ich bin immer wieder zu demselben Schluss gekommen: Ich hätte sie nicht ernähren können. Wenn ich den Befehlen Seiner Majestät zuwiderhandeln würde, würde er uns beiden die Unterstützung entziehen. Meine Familie weiß, ebenso wie der Großteil der besseren Gesellschaft, über mein Verhältnis mit dem König Bescheid. Aber wie du es so wundervoll ausgedrückt hast, eben nur inoffiziell. Niemand spricht es je laut aus. Mein Vater hätte niemals riskiert, wegen eines Enkelkinds, das ein Bastard ist, bei Hof in Ungnade zu fallen. Allerdings hat er seiner Enkeltochter eine kleine Erbschaft hinterlassen, die sie zu ihrem einundzwanzigsten Geburtstag erhalten wird.« Elisabets Tonfall war bitter und sie hatte Tränen in den Augen.

Wilhelmina schüttelte bedrückt den Kopf. »Ich wage kaum, mir auszumalen, wie schwer das für dich gewesen sein muss. Allerdings gibt es da etwas, das ich nicht verstehe. Wenn all das vor siebzehn Jahren geschehen ist, der König davon weiß und die Königin sich mit der Situation abgefunden hat – was für einen schrecklichen Fehler könntest du da noch begangen haben?«

»Im letzten Sommer hat Karolina ihren Schulabschluss gemacht. Da ich sie unbedingt in meiner Nähe haben wollte, habe ich mit Leutnant Ehrenborg gesprochen. Er hat ihr hier eine Stelle besorgt.«

Wilhelmina schnappte nach Luft. »Karolina ist hier im Grand Hôtel?«

»Sie arbeitet als Zimmermädchen. Obwohl ich sie nur selten sehe, weiß ich, dass ihr nichts geschehen kann. Außerdem ist es für mich ein Trost, dass sie unter einem Dach mit mir lebt. Zumindest war das bis vor Kurzem so.«

»Weiß sie, dass sie deine Tochter ist?«

Elisabet schüttelte so heftig den Kopf, dass ihr eine silberblonde Locke aus der Haarnadel rutschte. »Sie darf es nie erfahren. Was, wenn sie zum Palast läuft? Oder zur Zeitung?«

»Würde sie so etwas tun? Nach deiner Schilderung scheint sie ein eher schüchternes Mädchen zu sein. Allerdings könnte ihre Pflegefamilie sich etwas davon versprechen. Hat sie noch Kontakt mit diesen Leuten?«

»Das weiß ich nicht. Sie schien ihren Geschwistern nicht sehr nahezustehen, aber das hat nicht viel zu besagen.«

»Und wenn sie hier im Haus zufällig dem König über den Weg läuft?« Beim bloßen Gedanken wurde Wilhelmina heiß und kalt. Ein königlicher Skandal unter diesem Dach musste unter allen Umständen verhindert werden.

»Die zwei werden einander nicht erkennen«, erwiderte Elisabet. »Seine Majestät würde ein Zimmermädchen keines Blickes würdigen. Und welchen Grund hätte er auch, eine der oberen Etagen zu betreten, wo die Schlafzimmer sind?«

»Wollen wir hoffen, dass du recht hast.« Wilhelmina fiel noch etwas ein. »Was weiß Ehrenborg über Karolinas Identität? Es ist nicht üblich, dass ein Mädchen schon in diesem jungen Alter als Zimmermädchen anfängt.«

»Er hält sie für die Tochter eines alten Freundes, dem das Schicksal übel mitgespielt hat. Außerdem hat sie in der Spülküche im Keller angefangen.«

»Haben wir das nicht alle?« Wilhelmina lächelte wehmütig. Die beiden Frauen schenkten sich Wein nach und nahmen wieder in der Sofaecke Platz. »Moment noch. Warum machst du dir solche Sorgen, obwohl weder der König noch Karolina etwas ahnen?«

»Weil ich inzwischen glaube, dass Margareta Andersson, die Hausdame, einen Verdacht hegt.«

Ein kalter Schauder lief Wilhelmina den Rücken hinunter. »Warum?«

»Ich bin ihr letzte Woche auf dem Flur begegnet. Als wir einander einen guten Morgen gewünscht haben, hat sie dabei so geheimnisvoll gelächelt. Mein Bauchgefühl sagt mir, dass sie es weiß. Oder es wenigstens zu wissen glaubt.«

»Woher?«

»Wenn du Karolina vor dir hast, wirst du feststellen, dass sie aussieht wie ich in jungen Jahren. Außerdem ist Andersson sicher bekannt, dass der Hof meine Hotelrechnungen bezahlt. Sicher fragt sie sich nach dem Grund. Keine andere Hofdame wohnt hier. Ich kann Karolina keinen Vorwurf daraus machen, dass sie sich als Zimmermädchen beworben hat, doch aus meiner Warte betrachtet, war sie in der Spülküche eine geringere Gefahr. Dort kennt mich niemand. Nun hält mich diese vertrackte Angelegenheit jede Nacht wach.«

Und das mit gutem Grund. Falls der König erfuhr, dass Wilhelmina über Karolinas Anwesenheit im Hotel im Bilde war, würde sein Zorn über sie alle hereinbrechen. Sie bemühte sich, vernünftig zu denken. »Du bist Dauergast und Andersson ist Mitarbeiterin in diesem Hotel. Gewiss kennt sie die Regeln, die sie zur Verschwiegenheit verpflichten. Mit Klatsch und Tratsch würde sie eine fristlose Kündigung riskieren, und zwar ohne Referenzen. Glaubst du wirklich, dass sie so dumm ist, ihre begehrte Position als Hausdame des Grand Hôtel aufs Spiel zu setzen? Irgendwann wäre das Geld aufgebraucht, das eine Zeitung ihr für ihre Enthüllungen zahlt, und dann würde sie feststellen, dass kein Hotel in dieser Stadt, wenn nicht gar im ganzen Land, sie mehr nimmt.«

»Ich hoffe, dass sie das auch so sieht«, erwiderte Elisabet.

Wilhelmina nahm sich ein Stückchen Marzipan und überlegte. »Möchtest du, dass Karolina hierbleibt? Ich könnte ihr jederzeit eine Stelle in einem meiner anderen Hotels besorgen.«

»Ja, das möchte ich. Ist das sehr selbstsüchtig von mir? Seit meine Tochter im Alter von drei Wochen an die Familie Nilsson übergeben wurde, habe ich nicht ein Mal Gelegenheit gehabt, sie anzulächeln. Wenigstens diese Möglichkeit habe ich jetzt.«

Die beiden Frauen saßen da und grübelten schweigend über das Dilemma nach.

Wilhelmina ergriff als Erste das Wort. »Um fünf Uhr morgen früh habe ich ein Gespräch mit Margareta Andersson. Eine ausgezeichnete Gelegenheit, mir ein Bild von dieser Frau zu machen.«

»Fünf Uhr? Herrje, das ist aber früh.«

Wilhelmina gestattete sich ein hinterhältiges Grinsen. »Sie hat mich geärgert. Als ich sie heute um ein Treffen bat, ließ sie mir von oben herab ausrichten, es sei unmöglich, doch morgen sei es ihr jederzeit recht. Ich habe sie beim Wort genommen.«

Elisabet kicherte. »Wie gemein von dir.«

»Ganz und gar nicht. Entweder wollte die Frau mir etwas beweisen oder Zeit gewinnen. Die Frage lautet: warum?«

»Ich würde wetten, dass sie zuerst mit ihrem Mann sprechen wollte«, erwiderte Elisabet nachdenklich.

»Ihrem Mann?«, stieß Wilhelmina ungläubig hervor.

»Knut Andersson. Er arbeitet an der Rezeption. Ein Frauenfeind, wie er im Buche steht. Laut Gösta Möller, und der hält stets Augen und Ohren offen, kann Knut Andersson sich nicht entscheiden, ob er sich darüber ärgern oder freuen soll, dass seine Frau Hausdame ist. Außerdem lehnt er eine Frau als Hoteldirektorin strikt ab.«

»Ach, tut er das?«

»Jedenfalls hat er vor allen Anwesenden in der Kantine große Töne gespuckt. Sei bloß vorsichtig, Mina. Der Mann ist ein grober Kerl und ein Trinker und unterdrückt zu Hause seine Frau.«

Wilhelmina schürzte die Lippen. »Falls ich zu dem Schluss kommen sollte, dass sie ihre Arbeit nicht schafft, ohne mit ihm Rücksprache zu halten, fliegt sie. Und sollte ich auch nur den Hauch einer Alkoholfahne an ihm riechen, fliegt er gleich hinterher.«

»Ich glaube, dass sie sehr tüchtig in ihrem Beruf ist. Allerdings habe ich den Verdacht, dass er sie schlägt.«

Wilhelmina starrte sie entgeistert an.

»So etwas kommt öfter vor, als du denkst«, fuhr Elisabet fort. »Knut Andersson macht seine eigenen Gesetze.«

Wilhelmina klappte ihren vor Entsetzen offen stehenden Mund zu. »Das denkt er vielleicht. Doch viel wichtiger ist die Frage, ob Margareta ihren Verdacht, was Karolina angeht, mit ihrem Mann besprochen hat.«

Kapitel 12

Mit vor Kälte klappernden Zähnen und den Kopf wegen des vom Wasser her wehenden Windes tief gesenkt, hastete Margareta über die Norrbro-Brücke und auf die einladenden Lichter des Grand Hôtel zu. Obwohl es schon Frühling war, ließen die eisigen Temperaturen nicht nach. Ihre abgetragenen Handschuhe konnten sie nicht wärmen, weshalb sie schon vor zehn Minuten das Gefühl in sämtlichen Fingern verloren hatte. Es war ja nicht mehr weit und vielleicht konnte sie im nächsten Jahr auf ein neues Paar sparen. Ihr Magen knurrte. Sich in völliger Dunkelheit anzukleiden, war eine Herausforderung, sich ein heißes Getränk zu machen, nicht möglich gewesen. Das Risiko war einfach zu groß, Knut damit zu wecken. Frau Skogh hatte sie um Punkt fünf Uhr zu sich zitiert. Mit ein wenig Glück blieb ihr danach noch Zeit, vor ihrem Schichtanfang um sieben einen Happen zu essen.

Knut hatte nur höhnisch gegrinst, als sie ihm von dem Gespräch mit Frau Skogh erzählte. »Gut gemacht, mein Mädchen. Rede immer zuerst mit mir. Und morgen kommst du fünf Minuten später. Für wen hält die sich eigentlich?«

Für die Hoteldirektorin, dachte Margareta spöttisch. Gestern hatte sie einen Bogen um die Hotelhalle gemacht und ihr Büro erst verlassen, als Frau Skogh mit Herrn Samuelsson beschäftigt war. Dennoch war es ihr gelungen, Gösta Möller abzufangen. Was er denn von der neuen Direktorin hielte? Gösta überlegte lange und angestrengt und gestand schließlich – nicht sehr hilfreich –, dass er nicht sicher sei. Einerseits bewundere er ihren Tatendrang und ihre vielen Einfälle, andererseits werde er das Gefühl nicht los, dass seine Besprechung mit Frau Skogh eher einer Partie Schach als einer beruflichen Unterredung geähnelt habe – wobei die Macht wie immer bei der Königin lag. Er habe sich bemüht, ein Matt zu vermeiden, und zu guter Letzt hätten sie sich einvernehmlich voneinander verabschiedet. Dennoch werde er den Verdacht nicht los, dass er die Partie verloren habe. Er wisse nur noch nicht, welche Figuren fehlten. Dann hatte Gösta Margareta das neue Beschwerdebuch gezeigt. Als Möglichkeit der Berichterstattung sei es eine gute Idee. Als Weg, das Personal zum Spitzeln anzuregen, sei es genial. Teile und herrsche, und zwar so, dass jeder es sehen könne. Denn wer würde es wagen, den Anweisungen zuwiderzuhandeln und nichts einzutragen?

Deshalb hielt Margareta es für ratsam, Knut zu warnen. Er musste auf der Hut sein. Ihr Vermieter hatte ihnen zwar noch keine Kündigung wegen des bevorstehenden Abrisses des Hauses zukommen lassen, doch jeden Tag konnte es so weit sein. In ganz Södermalm mussten baufällige Mietskasernen neuen fünfstöckigen Wohnblocks weichen. Mit Aufzügen und fließend Wasser. Wenn sie eine Chance haben wollten, eine Wohnung in einem dieser Häuser zu beziehen, brauchten sie beide Einkommen.

Inzwischen hatte sich ihre gestrige Keckheit in Angst verwandelt. Würde man ihr den Laufpass geben? Was sollte in diesem Fall aus ihr werden? Was, wenn Knut sie dann vor die Tür setzte? Schließlich war sie ihm ohne ihr Gehalt und die gehobene Stellung nicht mehr nützlich.

In den bitterkalten Nächten, wenn sie unter Schmerzen ein verrenktes Handgelenk oder von Tritten geprellte Rippen kühlte, klammerte sich Margareta an den Traum, dass sie irgendwann eine Wohnung mit einer eigenen Tür in einem der neuen Häuser haben würde. Nur ein Zimmer würde schon genügen. Trocken und behaglich. Mit einem Schlüssel, den man im Schloss umdrehen konnte. Doch das würde ein Traum bleiben, denn eine Scheidung kam nicht infrage. Außerdem war es doch besser, überhaupt einen Mann zu haben, als allein zu sein. So schlimm war Knut nun auch wieder nicht. Früher einmal hatte er sich dafür entschuldigt, dass er ihr wehgetan hatte, wenn er später wieder nüchtern war. Bis zu dem Abend, an dem er Margaretas Kätzchen an die Wand geworfen hatte. Er hatte den zerschmetterten kleinen Körper in den Armen gewiegt und um Verzeihung gefleht – ob er sie oder das Kätzchen meinte, konnte Margareta nicht feststellen. Heiße Tränen hatte er geweint. Doch dann, am nächsten Tag, hatte er eiskalt verkündet, die Katze habe Glück gehabt, denn sie habe ohnehin schon eine Woche länger gelebt als vorgesehen, da Margareta sie vor dem Ertrinken gerettet hatte. Seitdem hatte Knut nie wieder geweint oder sich entschuldigt. Aber war das nicht ihre, Margaretas, eigene Schuld? Schließlich hatte sie versagt und ihm kein Kind geschenkt.

Margareta überquerte die Södra Blasieholmshamnen und eilte die Stallgatan entlang. Als sie zum Dienstboteneingang hinein und ins Haus hetzte, blieb ihr gerade noch die Zeit, um einzustempeln, Mantel, Kopftuch und Handschuhe abzulegen und die Arbeitsschuhe anzuziehen. Sie überprüfte ihr Äußeres im Spiegel auf der Toilette, ordnete mit steif gefrorenen Fingern ihr Haar und trug ein wenig Puder und Rouge auf. Auch wenn nichts die dunklen Ringe unter ihren blauen Augen tarnen konnte, machte sie nun wenigstens einen sauberen, ordentlichen und professionellen Eindruck.

Um diese frühe Stunde war es in der Verwaltung oben an der Treppe totenstill. Doch Margareta konnte sehen, dass in August Svenssons Büro Licht brannte. Sie klopfte an Frau Skoghs offene Tür.

»Kommen Sie herein, Frau Andersson.« Wilhelmina saß hinter ihrem Schreibtisch. Sie legte den Telefonhörer weg und bedeutete der Hausdame, an dem langen Tisch Platz zu nehmen.

»Ich habe den Zimmerkellner gebeten, uns Kaffee zu bringen. Also setzen wir uns besser dorthin.«

Wilhelmina hatte lange wach gelegen und über dieses Gespräch nachgedacht. Falls Margareta über Karolinas Herkunft Bescheid wusste und es Knut Andersson weitergesagt hatte – durchaus möglich, denn schließlich wusste Wilhelmina es ja auch von ihrem Ehemann –, würde sie sehr vorsichtig sein müssen, um Elisabet nicht zu schaden. Andererseits hätte Andersson, wenn er im Bilde war, doch sicher schon längst zugeschlagen. Das war der Punkt, an dem Wilhelmina klar wurde, dass ihre Gedanken sich im Kreis bewegten. Andersson benutzte sein Wissen, um seine Frau zu unterdrücken. Andererseits besaß ein Mann, der keine Hemmungen hatte, die Fäuste einzusetzen, doch sicher nicht genug Selbstbeherrschung, um sich gefährliche Informationen wie diese für einen günstigen Zeitpunkt aufzuheben. Höchst unwahrscheinlich. Insbesondere dann, wenn er getrunken hatte. Andersson war ein Mensch, der seine Geschichte sofort dem höchsten Bieter verkaufen würde. Wen kümmerte schon, was morgen war?

Konnte Wilhelmina also hundertprozentig davon ausgehen, dass Margareta Andersson das Geheimnis gewahrt hatte? Nein. Und ganz gleich, was Margareta nun mit ihrem Mann besprochen haben mochte, musste sie, Wilhelmina, dieser Frau, die gestern frech ihre Anweisungen missachtet hatte, zeigen, wer hier die Herrin im Hause war.

Kaffee und Kekse wurden gebracht, und Wilhelmina nahm, mit Stift und Papier bewaffnet, Margareta gegenüber Platz.

»Es tut mir leid, dass Sie gestern keine Zeit für ein Gespräch mit mir hatten«, begann sie, während sie ihr eine Tasse reichte.

Kurz hielt Margareta inne, bevor sie einen Schluck trank und die Tasse zurück auf die Untertasse stellte. Ihre Hand zitterte ein wenig, sodass sie ein paar Tropfen verschüttete. Sie errötete. »Entschuldigen Sie.«

»Dass Sie sich geweigert haben, mich zu sehen, oder wegen des verschütteten Kaffees?«

»Beides. Meine Finger sind noch zu kalt, um die Tasse richtig zu halten. Ich hätte ein wenig warten sollen. Es tut mir leid.«

»Sind Sie zu Fuß gegangen?«

»Ja, gnädige Frau.« Ihr Magen knurrte.

Wilhelmina schob den Teller mit den Vanilleschaumplätzchen zu ihr hinüber.

Margareta reckte das Kinn, ein klarer Versuch, zu überspielen, dass sie am liebsten im Erdboden versunken wäre. Sie nahm sich ein Plätzchen.

Wilhelmina musterte die modisch gekleidete Frau, die ihr am Tisch gegenübersaß. Auf dem Papier schien sie absolut fähig, die Aufsicht über die Hauswirtschaft des Grand Hôtel zu führen. Und dennoch war sie offenbar hungrig und durchgefroren und wirkte älter als ihre zweiunddreißig Jahre. Außerdem war durch das Rouge auf ihrer Wange eine kleine Narbe zu erkennen und ihre Schultern wirkten angespannt. Elisabet hatte richtig vermutet.

»Frau Andersson«, begann Wilhelmina. »Wenn Sie und ich zusammenarbeiten sollen, müssen wir einige Regeln festsetzen.«

Margareta reckte das Kinn ein wenig höher.

»Wenn ich Sie bitte zu kommen, kommen Sie. Wenn ich Sie bitte zu rennen, rennen Sie.«

Margaretas Augen blitzen. »Jawohl, gnädige Frau.«

»Und wissen Sie, warum, Frau Andersson?«

»Weil Sie die Hoteldirektorin sind.«

Wilhelmina beschloss, den leicht sarkastischen Unterton zu überhören. »Genau, und das heißt, dass ich Dinge weiß, die Sie nicht wissen. Mir ist klar, wie beschäftigt Sie sind. Was Sie auch sein sollten. Aber Ihnen muss klar sein, dass ich Sie nicht aus einer Laune heraus zu mir zitiere, sondern weil ich etwas

Wichtiges mit Ihnen zu besprechen habe. Haben Sie das verstanden?«

Eine kurze Pause. »Jawohl, gnädige Frau.«

»Umgekehrt werde ich, wenn Sie mich sprechen wollen, davon ausgehen, dass Sie ebenfalls einen wichtigen Grund dafür haben, und deshalb alles tun, um Ihrem Wunsch nachzukommen. Deshalb bitte ich Sie in unser beider Interesse, nicht meine Zeit zu vergeuden.«

Inzwischen blickte Margareta nicht mehr feindselig, sondern neugierig drein. Und da war noch etwas. Erleichterung?

Wilhelmina fuhr fort. »Soweit ich weiß, sind Sie seit der Wiedereröffnung hier Hausdame.«

»Ja, aber ich habe schon als junges Mädchen in diesem Haus angefangen. Als das Hotel 1898 geschlossen wurde, war ich gerade erst zur Hausdame befördert worden.« Sie hielt Wilhelminas Blick stand. »Ich kann mir nicht vorstellen, anderswo zu arbeiten.«

»Dann wollen wir hoffen, dass das auch niemals notwendig wird. In vielerlei Hinsicht kommt Ihre Position, was ihre Bedeutung angeht, gleich nach meiner. Ein Gast kann in einem unserer Zimmer übernachten, ohne einen Tropfen zu trinken oder einen Krümel zu essen.«

Margareta verzog das Gesicht. »Für gewöhnlich frühstücken sie hier.«

»Ja, aber das kann man nicht voraussetzen. Schließlich gibt es in Stockholm viele andere Restaurants, unter denen man wählen kann. Dennoch müssen wir jedem Gast einen Grund geben, wiederzukommen, indem wir seinen Besuch mit mindestens einer guten Erinnerung verbinden. Wenn der Gast zum ersten Mal hier absteigt, sind es vielleicht die Aussicht, die Begrüßungskarte oder die Blumen auf seinem Zimmer. War er schon öfter hier, freut er sich möglicherweise, seine Lieblingsblumen im Zimmer vorzufinden, über ein Kopfkissen nach seinem Geschmack oder eine zusätzliche Decke, die ihn bereits auf dem Bett erwartet. Führen Sie Buch über persönliche Vorlieben?«

»Selbstverständlich, gnädige Frau. Bis hin dazu, wer meist seinen Hund mitbringt und welche Leckerchen dieser am liebsten hat.«

Wilhelmina musterte Margareta forschend. Wollte die Frau sie auf den Arm nehmen? Nein. Sie nickte. »Achten Sie darauf, dass Ihre Aufzeichnungen stets auf dem neuesten Stand sind. Wer war denn übrigens gestern für den vierten Stock zuständig?«

Margareta überlegte. »Beda Johansson und Märta Eriksson.«

Wilhelmina notierte sich die Namen. »Dann würde ich Ihnen vorschlagen, dass sie Johansson und Eriksson auffordern, einen Lappen zu nehmen und den oberen Rand der Bilderrahmen abzuwischen. Ich habe gestern auf einem von ihnen Staub entdeckt.«

Margaretas Augen weiteten sich. »Selbstverständlich. Entschuldigen Sie, gnädige Frau.«

»Und wenn die zwei mit den Bildern im vierten Stock fertig sind, können sie sich die im restlichen Hotel vornehmen.«

»Das wird ziemlich viel Zeit beanspruchen«, protestierte Margareta.

»Dessen bin ich mir bewusst.«

»Zeit, die sie nicht haben. Alle meine Mädchen haben viel zu tun, sonst wären sie nicht hier beschäftigt.«

»Sie haben mich nicht richtig verstanden, Frau Andersson. Sie werden die Bilderrahmen in ihrer Freizeit abstauben. Vielleicht hilft ihnen das, sich zu merken, dass jede Fläche wichtig ist. Selbst die, die man nicht sieht. Außerdem wird ihr Beispiel allen anderen Zimmermädchen und Reinigungskräften eine Warnung sein. Die Sache ist ganz einfach, Frau Andersson: Wir können die erlesensten Speisen der Welt servieren, wenn das Hotel schmutzig ist, sind wir nichts.«

Margareta nickte zustimmend. »Richtig.«

»Nun haben Sie sich meine Beschwerde angehört. Meine einzige Beschwerde, wie ich der Gerechtigkeit halber hinzufügen muss. Soweit ich feststellen kann, läuft in Ihrem Aufgabenbereich alles reibungslos. Und nun erzählen Sie mir bitte, worüber unsere Gäste klagen.«

Margareta sah Wilhelmina argwöhnisch an.

»Na los, Frau Andersson, wir beide wissen, dass manche Gäste sich einen Spaß daraus machen, Fehler zu suchen. Und ich frage Sie nun, wo sie welche zu finden glauben.«

»Manche beschweren sich, in ihrem Zimmer sei es zu warm. Andere wiederum sagen, in ihrem Zimmer sei es zu kalt. Und manchmal handelt es sich um ein und dasselbe Zimmer am gleichen Tag.«

»Ist die Heizung unzuverlässig?«

»Ich glaube nicht. Wir lüften die Zimmer, während wir sie sauber machen. Wenn ein Gast zurückkehrt, kurz nachdem das Fenster geschlossen wurde, könnte er das Zimmer im ersten Moment als kalt wahrnehmen, insbesondere bei Westwind. Doch es möchte doch auch niemand in ein Zimmer kommen, wo es nach Zigarrenrauch riecht. Manche Gäste beschweren sich sogar über Gerüche, die sie selbst verursacht haben.«

»Das kann ich mir denken«, erwiderte Wilhelmina. »Sprechen Sie weiter.«

»Mit den Betten ist es dasselbe: zu weich oder zu hart. Aber«, Margareta hob einen Finger, »einige Gäste sind auch enttäuscht, dass ihr Zimmer auf den Innenhof vor der Küche hinausgeht. Sie beschweren sich über den hässlichen Anblick und gelegentlich über den Lärm. Andererseits dürfen wir nicht vergessen, dass sich die Aussicht im Preis widerspiegelt. Zimmer ohne Blick auf den Palast sind günstiger. Aber immerhin sind wir ja hier im Grand Hôtel.«

Wilhelmina machte sich wieder eine Notiz.

»Und dann wären da noch die Zimmerkellner«, fuhr Margareta fort.

Wilhelmina hob den Kopf. »Dafür sind Sie nicht zuständig.«

»Nein, aber die Beschwerden landen trotzdem bei meinen Mädchen.«

»Und die Natur dieser Beschwerden?«

»Meistens geht es um die Zeit, die ein Gast auf seine Bestellung warten muss. Ich glaube, diese Abteilung ist unterbesetzt.«

Die Abteilung gehörte zur Verluste einfahrenden Gastronomie. Herrschte dort tatsächlich Personalmangel oder lag es an der schlechten Organisation? Allerdings beabsichtigte Wilhelmina nicht, diesen Punkt mit ihrer Hausdame zu erörtern.

»Sonst noch etwas?«, fragte sie stattdessen.

»Nein, gnädige Frau.«

»Haben Sie genügend Leute?«

»Ja, gnädige Frau. Die Mädchen kommen und gehen, doch im Moment haben wir ausreichend Personal.«

»Dann sind wir für heute fertig.« Wilhelmina erhob sich. »Merken Sie sich alles, was ich Ihnen gesagt habe, Frau Andersson, dann werden wir eine harmonische Arbeitsbeziehung haben. Bitte lassen Sie meine Tür offen.«

Margareta ging die Treppe hinunter und nach links in die Kantine. Um halb sechs Uhr morgens waren die meisten Tische noch frei. Sie nahm sich eine Schale warmen Haferbrei und ein Glas sahniger Milch. Eigentlich hätte sie nach so wenig Schlaf erschöpft sein müssen. Aber stattdessen war sie erfüllt von Zuversicht, ja, sie war beinahe in Hochstimmung. Frau Skogh entsprach allem, was sie über sie gehört hatte, und war streng, anspruchsvoll und gnadenlos. Und dennoch hatte sie sich auch als gerecht und sogar als einfühlsam erwiesen. Ohne eine Spur der gefürchteten Stutenbissigkeit. Offenbar ging es Frau Skogh einzig und allein um das Wohl des Grand Hôtel. Obwohl Margareta gern für Leutnant Ehrenborg gearbeitet hatte, spürte sie, dass das Hotel nun in fähigeren Händen war. Und das galt auch für die Menschen, die hier beschäftigt waren.

Sie aß einen Löffel Haferbrei. Ihre Hände und Füße waren inzwischen aufgetaut und nun wärmte sie das gesunde, schmackhafte Essen von innen. Hinzu kam die Gewissheit, dass sie sich weiter als Hausdame des Grand Hôtel bezeichnen konnte. Und seltsamerweise auch, dass Frau Skogh für sie ansprechbar war, wann immer sie Rat brauchte.

Ein Bröckchen Haferbrei blieb ihr in der Kehle stecken. Was, um alles in der Welt, sollte sie heute Abend Knut berichten?

Kapitel 13

In Rättvik wartete Ottilia mit wachsender Ungeduld auf Nachricht von Frau Skogh. Seit ihrem Besuch in Storvik erschien ihr das Leben im Turisthotell so eintönig, dass es ihr beinahe die Luft zum Atmen nahm. Inzwischen kannte sie jeden Winkel des Speisesaals besser als ihre sprichwörtliche Westentasche, ahnte die Wünsche der Gäste voraus und erkannte die meisten Kunden an der Bar wieder. Kurz gesagt war Ottilia sicher, dass sie elendig an Langeweile zugrunde gehen würde, wenn Frau Skogh nicht bald von sich hören ließe.

Leise ging sie im Zimmer der Mädchen unter dem Dach des Bahnhofsgebäudes auf und ab und fragte sich, welche Möglichkeiten ihr noch offenstanden. Hatte Frau Skogh sie etwa vergessen? Unwahrscheinlich. War es unhöflich und somit kontraproduktiv, ihr nur für alle Fälle einen Brief zu schreiben? Vermutlich. Einfach auf gut Glück nach Stockholm zu fahren, war ein Weg, den sie inzwischen für sich ausgeschlossen hatte. Frau Skogh hatte ihr ja unmissverständlich klargemacht, dass das vergebliche Liebesmüh war. Sollte sie im Grand Hôtel anrufen? Besser nicht, wenn sie nicht ob dieser Geldverschwendung Frau Skoghs Zorn heraufbeschwören wollte.

Sie blieb am Gaubenfenster stehen und starrte in die Nacht hinaus. Es war nicht zu erkennen, wo der See Siljan endete und der Himmel begann. Und so würde das Leben in Rättvik immer weitergehen. Eine niemals aufhörende Aneinanderreihung von Nichtigkeiten.

Mittlerweile war Frau Skogh seit drei Wochen in Stockholm.

Rein vernünftig betrachtet, sanken die Chancen, dass sie sich bei Ottilia melden würde, mit zunehmender Abwesenheit. Eine weitere Alternative wäre es natürlich, dennoch nach Stockholm zu fahren und Arbeit in einem anderen Hotel zu suchen. Das brachte den Vorteil einer neuen Herausforderung mit sich, hatte allerdings den Nachteil, dass sie sich damit aus Frau Skoghs Einflusssphäre entfernen und die ohnehin schon geringe Wahrscheinlichkeit, jemals eine Stelle im Grand Hôtel zu ergattern, noch zusätzlich schmälern würde.

Ottilia legte sich ins Bett. Im Sommer grünte und blühte es in Rättvik und außerdem wurde im Juli ihr neues Geschwisterchen erwartet. Aber wenn Frau Skogh sie bis August nicht rufen ließ, würde sie aufs Ganze gehen und ihre Stelle kündigen. Zufrieden mit ihrer Entscheidung, schloss Ottilia die Augen. Morgen würde Herr Blomqvist, der neue Geschäftsführer, eintreffen, und Ottilia hatte nicht vor, sich wegen Unausgeschlafenheit einen Patzer zu erlauben. Wenn sie Glück hatte, würde er sie in seinem Bericht an Frau Skogh lobend erwähnen. Und dann erinnerte sich diese vielleicht daran, dass sie Ottilia ja eine Stelle im Grand Hôtel zugesagt hatte.

Am nächsten Tag starrte Ottilia den Mann auf der anderen Seite des Schreibtischs entgeistert an. »Meinen Nachfolger?«

»Wie ich Ihnen gerade erklärt habe«, erwiderte Herr Blomqvist in einem Ton, als spräche er mit einem leicht zurückgebliebenen Kind, »fängt Ihr Nachfolger am Montag an. Ich möchte, dass Sie ihm die Abläufe hier zeigen.«

Ottilia klopfte das Herz bis zum Hals und sie umklammerte die Sitzfläche ihres Stuhls. »Dürfte ich nach dem Grund fragen? Gab es an meiner Arbeit etwas auszusetzen?«

Herr Blomqvist betrachtete sie zweifelnd. »Fräulein Ekman, Frau Skogh hat mir versichert, dass Sie ein sehr kluges Mädchen sind. Doch selbst die Dümmste würde verstehen, dass Sie nicht gleichzeitig als Oberkellnerin in Rättvik und außerdem in Stockholm arbeiten können.«

Ottilia schnappte nach Luft. »Stockholm?«

Er seufzte. »Also noch einmal ganz von vorne. Sie haben einen Brief erhalten, in dem Ihnen eine Stelle in Stockholm angeboten wird. In ihrem Brief schrieb Frau Skogh, Sie bräuchten nur zu antworten, falls Sie es sich anders überlegt haben sollten. Allerdings meinte sie zu mir, sie sei sich Ihrer Zusage absolut sicher. Sie hat in ihrem Schreiben auch ein Eintrittsdatum genannt, und zwar den 1. Mai, was, wie ich glaube, am nächsten Donnerstag ist. Wir haben uns darauf geeinigt, dass Sie sich am Mittwoch um fünf bei ihr im Büro melden sollen, damit Sie am folgenden Tag mit der Arbeit beginnen können.«

Ottilia sank gegen die Stuhllehne. »Ich habe diesen Brief nie erhalten.«

»Frau Skogh hat ihn letzte Woche abgeschickt.«

Ottilia schüttelte den Kopf. »Es ist nichts gekommen.«

Herr Blomqvist lachte leise auf. »Es geschieht nur selten, dass Wilhelminas Pläne durchkreuzt werden, aber es gibt ja immer ein erstes Mal.« Er wurde wieder ernst und räusperte sich. »Ich nehme an, dass Sie an der Position interessiert sind.«

»Ja, sehr sogar.« Ottilia wurde gleichzeitig von Aufregung und Angst ergriffen und schlug ungläubig die Hand vor den Mund. Eine Stadt mit dreihunderttausend Einwohnern. Ein Hotel mit dreihundert Betten. Ihre Gedanken überschlugen sich, und sie hatte Mühe, diese gewaltigen Zahlen zu erfassen. Heute war Freitag, und sie würde am Dienstag abreisen müssen. Das gab ihr genug Zeit, um zu packen – und um es ihrer Familie zu eröffnen. Im nächsten Moment fiel ihr noch etwas ein. »Wissen Sie vielleicht zufällig, um was für eine Stelle es sich handelt? Frau Skogh erwähnte, dass im Speisesaal nur Männer arbeiten dürften.«

»Ich habe nicht die geringste Ahnung. Ist es denn wichtig? Natürlich können wir Frau Skogh anrufen.«

Ottilia überlegte. Ein Telefonat würde nur den Zweck erfüllen, ihre Neugier zu befriedigen. Denn schließlich war Ottilia für jede Chance dankbar, die Frau Skogh ihr zu geben bereit war.

»Vielen Dank, das ist nicht nötig. Ich habe eine Schwäche für Überraschungen.« Sie gestattete sich ein leises Lachen wegen ihres eigenen Witzes.

Herr Blomqvist bedachte sie mit einem tadelnden Blick. »Sie haben zwei Tage, um Ihrem Nachfolger alles hier zu erklären. Selbstverständlich verfügt er über Berufserfahrung, doch jedes Restaurant hat seine Eigenheiten und eingespielten Abläufe. Nicht zu vergessen, dass er wissen muss, welche Zahlen ich brauche. Deshalb muss er eingearbeitet werden.«

Ottilia dachte angestrengt nach. »Aber wenn ich eine Unterkunft für die Nacht finden und um fünf Uhr am nächsten Morgen im Grand Hôtel vorsprechen soll, muss ich doch schon am Dienstag abreisen.«

»Um fünf Uhr morgens? Gütiger Himmel, Fräulein Ekman. Am Nachmittag! Also nehmen Sie den Frühzug ab Rättvik. Dann sollten Sie gegen vier in Stockholm eintreffen. Auf diese Weise haben Sie auch genug Zeit, um pünktlich im Hotel zu sein.«

»Wie weit ist es vom Bahnhof zum Hotel?«

»Zu Fuß zehn Minuten, glaube ich. Wenn Sie aus dem Bahnhof kommen, stehen Sie auf der Vasagatan. Dort gehen Sie nach rechts in Richtung Wasser. Anschließend biegen Sie nach links in die Strömgatan ein und gehen immer weiter, bis Sie das Grand Hôtel sehen. Unterwegs kommen Sie linker Hand am neuen königlichen Opernhaus vorbei. Rechts sehen Sie am anderen Ufer den Königspalast.«

»Das scheint nicht weiter schwierig zu sein. Und falls ich mich doch verirren sollte, bin ich ja nicht auf den Mund gefallen.« Sie biss sich auf die Lippe. »Was, wenn der Zug Verspätung hat und ich aufgehalten werde?«

»Dann beeilen Sie sich eben, sobald Sie dort sind. Am Dienstag werden Sie hier gebraucht, Fräulein Ekman.«

»Natürlich.« Sie klatschte in die Hände und spürte, dass ein breites Lächeln auf ihrem Gesicht stand. Nach Stockholm. Endlich.

Am frühen Mittwochmorgen schien die Sonne von einem wolkenlos blauen Himmel und die Vögel zwitscherten froh ihr Frühlingslied. Ottilia stand mit ihren Eltern, Torun und Birna auf Bahnsteig 2.

Sie umarmte ihre Mutter.

»Sei bloß vorsichtig«, mahnte diese zum wohl fünfzehnten Mal an diesem Morgen. »Die Männer in Stockholm sind anders als die jungen Burschen hier.«

Der Vater lächelte seine schwangere Frau nachsichtig an. »Was weißt du denn über die Männer in Stockholm, mein Schatz?«

Sie versetzte ihm einen Rippenstoß. »Genug, um unsere Ottilia vor ihnen zu warnen. Und vergiss nicht«, sprach sie an Ottilia gewandt weiter, »dass ein Rückschritt nur ein Rückschritt ist. Es gibt nichts, wozu eine entschlossene Frau nicht in der Lage wäre.«

»Ich nehme es mir zu Herzen, Mutter.«

Die beiden lächelten einander wissend an.

Dann drückte Ottilia Birna an sich. »Und du sei auch vorsichtig. Und büffle brav für die Schule.«

Birna strahlte übers ganze Gesicht. »Und später komme ich nach Stockholm und studiere dort.«

Ottilia drehte sich zu der bedrückt dreinblickenden Torun um und breitete die Arme aus. »Ich sehe zu, was ich machen kann«, flüsterte sie ihrer Schwester ins Ohr.

Der Vater scheuchte alle zur Tür eines Waggons der zweiten Klasse.

Plötzlich hatte Ottilia einen Kloß in der Kehle. Sie stellte sich auf die Zehenspitzen und fiel ihrem Vater um den Hals. Er tätschelte ihr den Rücken und löste sich aus ihrer Umarmung. »Zeit zum Einsteigen. Schließlich will ich nicht, dass sich wegen meiner Tochter ein Zug verspätet.« Er half ihr die hölzernen Stufen hinauf und legte ihren kleinen Koffer ins Gepäcknetz.

Während ihr Vater auf den Bahnsteig zurückkehrte, suchte Ottilia sich einen Fensterplatz und legte die Handfläche an die Scheibe.

Die Mutter drückte ihre von der anderen Seite dagegen. »Ich liebe dich«, formte sie mit den Lippen und wich erst zurück, als Vater in seine Pfeife stieß und der Zug sich in Bewegung setzte.

Ottilia drehte sich um und sah zu, wie die vier winkenden Menschen auf dem Bahnsteig immer kleiner wurden, bis sie nicht mehr zu erkennen waren. Dann lehnte sie sich zurück und wischte sich eine Träne ab. *Sieh das Gute*, schalt sie sich. *Oder hättest du lieber deine alte Stelle zurück?* Niemals. Außerdem wanderte sie ja nicht nach Amerika aus. Im Gegensatz zu vielen anderen, wie zum Beispiel zwei Brüdern ihres Vaters, die ihre Heimat vielleicht nie wiedersehen würden. Sie hingegen würde nur eine Zugfahrt entfernt leben. Und außerdem würde sie sich bestimmt bald in Stockholm zu Hause fühlen. Was hatte Herr Blomqvist gesagt? Das königliche Opernhaus und der Palast lagen auf der Strecke vom Bahnhof zum Grand Hôtel. So Gott es wollte, würde sie beides gesehen haben, wenn sie sich heute Abend schlafen legte. Im Grand Hôtel. Ihr Magen begann, aufgeregt zu flattern. Während der Zug Kilometer um Kilometer durch die vertrauten Fichtenwälder von Dalarna rollte, blickte Ottilia starr geradeaus.

Als sie am Hauptbahnhof von Stockholm aus dem Zug stieg, war ihr, anders als bei ihrer Ankunft in Storvik, überhaupt nicht flau. Nein, sie fühlte sich lebendig, und sie brannte darauf, sich ins Getümmel dieser Metropole zu stürzen. Kaum zu fassen, dass sie Storvik für eine Großstadt gehalten hatte. Die Uhr auf dem Bahnsteig zeigte zehn nach vier an. Ottilia folgte den anderen Fahrgästen in die Bahnhofshalle, wo sie staunend stehen blieb, sodass ein junger Mann gegen ihren Rücken prallte. »Hey, passen Sie doch auf!«

Ottilia murmelte eine Entschuldigung und machte Platz. Dann starrte sie zu der beeindruckenden, auf beiden Seiten von zahlreichen Steinsäulen gestützten Gewölbedecke hinauf. Durch eine Reihe von in Bleiglas gefassten Fenstern hoch über dem Marmorfußboden fielen Sonnenstrahlen herein. Doch die Architektur war nicht das Einzige, was ihr ins Auge stach. Wo sie auch hinsah, waren die Menschen, die hier auf ihren Zug warteten, elegant gekleidet. Ottilia war heilfroh, dass sie ihren besten Frühlingsmantel trug. Allerdings bezweifelte sie, dass die wohlhabend wirkenden Leute am Bahnhof sich eigens für diesen Anlass fein gemacht hatten. Waren alle Gebäude in Stockholm so prunkvoll? Gab es hier nur Reiche?

Sie erhielt die Antwort auf diese Fragen, sobald sie auf die Vasagatan hinaustrat, wo Männer mit flachen Kappen auf den Köpfen Karren schoben und vornehmen Herren mit Zylinder vor dem Hotel Continental in schimmernd polierte Kutschen halfen. Ottilia betrachtete die Straßenbahn, die unter lautem Geratter an dem gewaltigen, kunstvoll verzierten Backsteingebäude an der nächsten Ecke vorbeiraste. Obwohl es sich noch im Rohbau befand, prangte bereits ein blitzblankes Schild mit der Aufschrift Königliches Postamt daran. Selbst die Bäume hier waren neu. Anders als in Dalarna wuchsen sie nicht wild und frei, sondern waren streng in Reih und Glied entlang der Straße gepflanzt. Über allem lag der unverkennbare Geruch nach Kanalisation und Pferdeäpfeln.

Den Kopf unablässig nach links und rechts wendend, steuerte Ottilia aufs Wasser zu. Dort blieb sie wieder stehen und starrte ans andere Ufer, wo sich, wie sie vermutete, Gamla Stan erhob. Das, was da zu ihrer Rechten auf dem Wasser trieb, war offenbar eine schwimmende Badeanstalt. Würde sie es je wagen, dort zu baden?

Als Ottilia bemerkte, dass ihr die Zeit davonlief, eilte sie weiter die kopfsteingepflasterte Strömgatan entlang, wo sie eine kleine Insel passierte. Dort war man offenbar gerade dabei, ein weiteres riesiges Gebäude zu errichten. Nach dem Mauerwerk zu urteilen, würde es sicher beeindruckend sein, wenn es einmal fertig war. Wie sie aufgeregt feststellte, befand es sich gleich vor dem königlichen Palast, was hieß, dass es sich um ein bedeutendes Bauwerk handeln musste. Die königliche Flagge flatterte im Wind. War das ein Hinweis darauf, dass der König sich ganz in der Nähe aufhielt?

Schließlich erkannte sie auf dem großen Platz zu ihrer Linken das königliche Opernhaus. Und im nächsten Moment blieb sie wie angewurzelt stehen. Denn dort, direkt vor ihr und in all seiner sonnenbeschienenen Pracht, erhob sich das Grand Hôtel. Obwohl sie mit einem eleganten Bauwerk gerechnet hatte, fand sie, dass das Hotel mit seinem kunstvoll verzierten Dach und den schmiedeeisernen Geländern an den Balkonen alles überstrahlte, was sie bis jetzt in dieser Stadt gesehen hatte. Sie hastete darauf zu.

Der Personaleingang in der Stallgatan war mit einem diskreten Schild gekennzeichnet. Mit einigem Stolz erfüllt, schob Ottilia die Tür auf und trat in einen langen, mit schlichten Kacheln gefliesten Raum. Appetitliche Düfte und das Klappern von Töpfen und Pfannen wiesen sie darauf hin, dass die Küche ganz in der Nähe sein musste. Ottilia fühlte sich sofort wie zu Hause. Doch wie ging es jetzt weiter? Sie spähte zur ersten Tür hinein, die, nach den Mänteln und Stiefeln zu urteilen, vermutlich in einen Personalraum führte. Ein Mann, der eine elegante weiße Jacke trug, saß an einem Tisch und beugte sich über ein Notizbuch.

»Hallo«, sagte Ottilia.

Er blickte auf und lächelte. Im nächsten Moment bemerkte er ihren Koffer. »Kann ich Ihnen helfen?«

»Ich bin Ottilia Ekman und habe um fünf Uhr einen Termin bei Frau Skogh.«

»Ach ja?« Der Mann zog eine Uhr aus der Brusttasche. »Zehn vor. Ich trage mich nur rasch ein, dann zeige ich Ihnen den Weg.«

»Danke. Kann ich mich irgendwo frisch machen?«

Er wies auf eine schmale Tür. »Da drüben ist die Toilette. Wenn Sie sich beeilen, warte ich auf Sie. Aber um fünf fängt meine Schicht an, dann muss ich hinter der Bar stehen.«

»Es dauert nicht lang«, versprach Ottilia.

Drei Minuten später hatte sie sich rasch das Gesicht und die Hände gewaschen. Ihre Frisur war so ordentlich, wie es möglich war, ohne sie neu aufzustecken, auch wenn man dem Dutt ansah, dass seine Besitzerin schon seit zwölf Stunden auf den Beinen war. Aber die Zeit reichte nicht zum Frisieren.

»Herrje, das ging aber schnell«, rief der Mann aus, als sie wieder erschien. Er griff nach ihrem Koffer. »Folgen Sie mir.«

Sie stiegen eine Steintreppe hinauf, die zu einem weiteren Flur führte. Hier war die Ausstattung zwar weniger spartanisch, diente aber eindeutig eher praktischen als repräsentativen Zwecken. Der Mann reichte Ottilia ihren Koffer und zeigte auf eine offene Tür mit der Aufschrift *Verwaltung*. »Hier ist Frau Skoghs Büro.«

Ottilia knickste rasch. »Danke, mein Herr.«

Der Mann lachte leise auf. »Bei mir brauchen Sie nicht zu knicksen. Ich bin Charley Löfvander.«

»Danke, Herr Löfvander.«

Da durchschnitt eine vertraute Stimme die Ruhe. »Svensson, schicken Sie Ekman herein.«

Kapitel 14

Frau Skogh saß hinter einem riesigen Schreibtisch. Auf den ersten Blick schien es sich bei den Unterlagen, die sich darauf stapelten, um Speisekarten, Telegramme und Briefe zu handeln. Falls Ottilia je Zweifel daran gehabt haben sollte, dass es eine gewaltige Aufgabe war, das Grand Hôtel zu leiten, wäre sie nun eines Besseren belehrt worden. Nun hatte sie den Beweis, dass Frau Skogh inzwischen nicht mehr bloß »beschäftigt« war, sondern förmlich in Arbeit ertrank.

»Also, Ottilia«, begann sie, als sei diese nur wenige Minuten fort gewesen. »Arvid, für Sie Herr Blomqvist, hat mir mitgeteilt, mein Brief sei verloren gegangen, weshalb Sie keine Ahnung hätten, warum Sie hier sind.«

»Ich weiß nur, dass ich hier arbeiten soll, gnädige Frau. Sie hatten versprochen, mich rufen zu lassen, sobald eine passende Stelle frei sei.«

»Und ich habe den vergangenen Monat damit verbracht, mir ein Bild davon zu machen, welche Mitarbeiter wir haben, welche wir brauchen und auf wen wir verzichten können. Der Zimmerservice ist eine unserer Schwachstellen hier. Die Kellner sind zu langsam. Ich habe außerdem den leisen Verdacht, dass der Zimmerservice für die Küche erst an zweiter Stelle nach dem Speisesaal kommt. Und das ist indiskutabel. Also werden Sie den Posten der Leiterin des Zimmerservice übernehmen.«

Ottilia schnappte nach Luft. »Danke.«

»Ich erwarte von Ihnen gut eingespielte Abläufe und zuverlässiges Personal. Und zwar schnell. Das Hotel wird im Frühling gut gebucht sein.«

»Darf ich fragen, wer derzeit den Zimmerservice leitet, gnädige Frau?«

»Sein Beschäftigungsverhältnis hat mit dem heutigen Nachmittag geendet. Für meinen Geschmack hat er einmal zu oft den Satz *Aber so haben wir das schon immer gemacht* wiederholt. Also habe ich ihm zum Monatsende gekündigt. Was heute ist. Ich habe nicht die Zeit, ständig dasselbe zu predigen. Wählen Sie Ihr Personal klug aus. Behalten Sie die Mitarbeiter mit der richtigen Einstellung und setzen Sie die übrigen vor die Tür. Allerdings gibt es da einiges, was Sie beherzigen sollten.«

Frau Skogh reichte Ottilia Stift und Papier.

»Ja, gnädige Frau.«

»Punkt zwei: Sie sind noch jung und außerdem neu hier. Gleich nach Ihrer Ankunft sind Sie zu mir ins Büro geführt worden. Vermutlich weiß das ganze Hotel inzwischen Bescheid. Außerdem sind Sie eine Frau und füllen einen Posten aus, den in diesem Hotel traditionell ein Mann innehatte. Einige könnten sich davon provoziert fühlen, eine Haltung, die in meinen Augen wenig sinnvoll ist. Manche Leute denken, dass eine Frau zwar einen Haushalt führen kann, das Führen eines Hotels jedoch Männersache ist. Was ist ein Hotel denn anderes als ein Haushalt, in dem man nicht zu Hause ist? Jedenfalls werden Sie sich behaupten müssen, wenn die altgedienten Kräfte beim Zimmerservice versuchen, sich wichtigzumachen. Denn der eine oder andere wird es sich sicherlich nicht verkneifen können. Lassen Sie sich nicht unterkriegen. Und vergessen Sie nicht, dass Sie keinen Knicks vor anderen Mitarbeitern machen müssen, die Ihnen entweder gleichrangig oder untergeordnet sind. Anweisungen nehmen Sie einzig und allein von mir entgegen. Und falls Sie jemand danach fragt, bin ich diejenige, die Sie ausgebildet hat. Wollen wir hoffen, dass wir mit dieser einfachen Feststellung zwei Fliegen mit einer Klappe schlagen.«

Ottilia nickte. Ihr schwirrte der Kopf von den vielen neuen Anforderungen, die mit ihrer Position einhergingen.

»Punkt drei: die Sprachen. Ausländische Gäste, die Schwedisch sprechen, sind rar gesät. Mit Deutsch, Französisch, Englisch oder gar Russisch und Italienisch werden Sie häufiger zu tun haben. Eine weitere Überlegung bei der Auswahl Ihres Personals. Außerdem möchte ich, dass Sie einige richtige Deutschstunden nehmen. Auf Kosten des Hotels.«

»Vielen Dank, aber könnten wir damit noch ein paar Wochen warten?«

»Warum?«

»Weil es mir unsinnig erscheint, Unterricht für nur eine Person zu finanzieren. Es wäre doch besser, wenn zwei oder gar drei von uns Stunden nehmen, sobald der Zimmerservice reibungslos läuft.«

Als Frau Skogh sie nachdenklich musterte, rutschte Ottilia unruhig auf ihrem Stuhl herum.

»Sagen Sie mir Bescheid, wenn Sie so weit sind«, meinte sie schließlich. »Punkt vier: Wir gestalten einen Teil des Erdgeschosses um. Also ziehen im nächsten Monat die Bautrupps ein. Hoffentlich werden sie Anfang September wieder verschwunden sein, doch es könnte geschehen, dass mehr Gäste als sonst es vorziehen, während der Bauarbeiten in ihren Zimmern zu speisen. Bei schönem Wetter essen sie vielleicht lieber in einem Restaurant in der Stadt. Also behalten Sie den Himmel im Auge. Ich weiß, dass das jetzt ziemlich viel auf einmal war, Ottilia. Aber Sie sind ein kluges Mädchen. Wie geht es eigentlich meinem Hotel in Rättvik?«

»Bei meiner Abreise war alles in bester Ordnung. Der neue Oberkellner hat gestern den Speisesaal geleitet und seine Sache sehr gut gemacht.«

»Es freut mich, das zu hören.«

»Gnädige Frau.« Ottilia tippte mit dem Stift auf den Papierbogen. »Sie haben Punkt eins noch nicht erwähnt.«

»Kosten. Kosten. Kosten. Sie müssen die Muster hinter dem Ganzen erkennen. Was bestellen die Gäste und wann. Welche

Speisen von der Zimmerservice-Karte gehen am besten? Und was fast noch wichtiger ist: Welche Gerichte verkaufen sich überhaupt nicht? Diese Zahlen werden Ihnen sagen, wie viel Personal Sie sich leisten können, und auch, welche Anzahl von Mitarbeitern Sie mindestens brauchen, um rund um die Uhr für unsere Gäste da sein zu können. Wie ich schon sagte, ist der Zimmerservice derzeit zu langsam und das ist nicht hinzunehmen. Dasselbe gilt für Mitarbeiter, die tatenlos herumsitzen.«

»Ich verstehe. Das Grand ist wie Rättvik, nur eine Nummer größer.«

»Genau. Allerdings will ich aus Ihrem Mund nie wieder das Wort ›Grand‹ hören. Es heißt Grand Hôtel, und zwar ausnahmslos und immer.« Frau Skogh konsultierte ihre Aufzeichnungen und fuhr fort. »Ich möchte, dass Sie sich mit Margareta Andersson bekannt machen. Sie ist die Hausdame, und ich glaube, sie wird diese Geste zu schätzen wissen. Außerdem werden Sie feststellen, dass sie über einen wertvollen Erfahrungsschatz verfügt. In vielerlei Hinsicht verfolgen Sie beide dasselbe Ziel, nämlich dafür zu sorgen, dass sich die Gäste in ihren Zimmern wohlfühlen. Es gehören zwar nur einige von ihnen einem Königshaus an, doch wie Régis Cadier zu sagen pflegte, sollte jeder Gast behandelt werden wie ein König.«

»Haben wir derzeit Mitglieder von Königshäusern hier, Madam?«

»Nein, aber dafür Sarah Bernhardt. Eine Zeitung hat höchst unhöflich über ihr Eintreffen hier berichtet. Der Reporter schrieb, Fräulein Bernhardt sei so schlank, dass niemand sie bemerkt und ihr beim Aussteigen geholfen habe, als ihre Kutsche vorfuhr.«

Ottilia musste sich kräftig auf die Lippe beißen. Im nächsten Moment bemerkte sie das Funkeln in Frau Skoghs Augen.

»Ich bin überzeugt, dass Sie unsere Gäste nicht so respektlos behandeln werden«, sagte Frau Skogh.

Ottilia brachte noch immer keinen Ton heraus und konnte nur nicken.

»Führen Sie ordentlich Buch über persönliche Vorlieben. Nichts gefällt einem Gast besser, als wenn man sich an ihn erinnert. Es gibt zwar schon Listen, aber Sie müssen dafür sorgen, dass sie immer auf dem neuesten Stand sind. Sonst noch Fragen?«

»Gewiss wird mir noch jede Menge einfallen, wenn ich erst einmal mit der Arbeit angefangen habe. Aber wie Sie schon sagten, kann ich mich ja an Frau Andersson wenden. Hoffentlich gibt es im Haus auch noch andere, die mich unterstützen werden. Dürfte ich ansonsten Sie um Rat bitten?«

»Selbstverständlich. Aber Sie haben sich noch gar nicht nach Ihrem Gehalt erkundigt.«

»Ich vertraue darauf, dass Sie mich gerecht entlohnen werden, und ich bin Ihnen für diese Chance sehr dankbar.«

Frau Skogh lächelte ihr zu. »Ich bin froh, Sie hier zu haben. Enttäuschen Sie mich nicht. Und jetzt rufe ich jemanden, der Ihnen Ihr Zimmer zeigt. Da Sie Leiterin des Zimmerservice und eine Frau sind, habe ich Ihnen ein kleines Schlafzimmer in unserem Hauswirtschaftsflur unter dem Dach zugeteilt. Auf dem Nachtkästchen finden Sie eine Broschüre, in der die Regeln für das persönliche Verhalten aufgeführt sind. Im Schrank hängen zwei schwarze Kleider in derselben Größe, die Sie auch in Rättvik getragen haben. Ihr Büro befindet sich hinter der Küche. Der Chefkoch heißt Sam Samuelsson. Ich würde vorschlagen, dass Sie Ihre Siebensachen auspacken und danach in die Küche gehen, um sich mit ihm bekannt zu machen und Ihre Mitarbeiter kennenzulernen. Viel Glück, Fräulein Ekman.«

Kapitel 15

Ottilia folgte einem Zimmermädchen, das sich als Märta vorstellte, eine Hintertreppe nach der anderen hinauf.
»Ach herrje«, keuchte sie. »Ich glaube, ich war noch nie so hoch oben.«
»Sie haben hier keinen Blick aufs Wasser. Obwohl Sie Ihr eigenes Zimmer bekommen.«
Ottilia beschloss, nicht auf Märtas spitzen Unterton zu achten. »Ich bin sehr dankbar dafür, dass ich im Haus wohnen darf.«
Märta blieb stehen und sah Ottilia ungläubig an. »Wir wohnen alle im Haus.«
»Das ist ja wundervoll. Ich wage kaum, mir auszumalen, wie schwierig es sein muss, in dieser Stadt ein Zimmer zur Miete zu finden, wo eine Frau nicht um ihre Sicherheit fürchten muss.«
Ein Aufblitzen in Märtas Augen verriet Ottilia, dass sie diesen Gesichtspunkt noch nie in Erwägung gezogen hatte.
»Wir haben gehört, dass Sie die neue Leiterin des Zimmerservice sind«, fuhr Märta fort, während sie weiter die Stufen hinaufstiegen.
»Richtig.«
»Die Männer sind gar nicht froh darüber.«
Ottilias Finger schlossen sich fester um den Griff ihres Koffers. »Ach ja?«, erwiderte sie in einem Tonfall, den Märta hoffentlich als Aufforderung verstehen würde, ihr mehr zu verraten.
Diese tat ihr wirklich den Gefallen. »In der Kantine haben

sie sich richtig in Rage geredet. Sie finden, eine Frau sei damit überfordert. Und Knut Andersson sagte, man sollte etwas dagegen unternehmen. So ist Knut nun einmal. Er kämpft für alles und jeden, nur nicht für die Abstinenzlerbewegung.«

Ottilia lief es kalt den Rücken hinunter. Sie hatte sich doch wohl hoffentlich nicht auf die weite Reise gemacht, nur um die Stelle wenige Stunden nach ihrer Ankunft wieder zu verlieren. Ob dieser Knut Andersson es selbst auf diese Position abgesehen hatte? Aber hatte Frau Skogh nicht gesagt, Ottilias Vorgänger sei bereits fort? Und wenn eine Frau das ganze Hotel leiten konnte, galt das wohl sicherlich auch für den Zimmerservice. »Wissen Sie, wie lange Knut Andersson schon beim Zimmerservice arbeitet?«, erkundigte sie sich.

»Er arbeitet gar nicht dort«, antwortete Märta, als sie weiter den langen Flur entlanggingen. »Er ist an der Rezeption beschäftigt und setzt sich sehr für die *Rechte des Arbeiters* ein.« Die letzten Worte sprach sie übermäßig betont aus.

»Und was ist mit den Rechten der Arbeiterin?«

Märta lachte höhnisch auf. »Kommt darauf an, von welcher Frau wir hier reden. Er ist mit Frau Andersson verheiratet.«

Ottilia machte ein verständnisloses Gesicht.

Märta stieß einen übertriebenen Seufzer aus. »Unsere Frau Andersson. Die Hausdame. Ein weiterer Beweis dafür, dass es nichts gibt, was eine Frau nicht schaffen würde. Nur dass die meisten Männer das nicht einsehen wollen. So, hier wären wir.«

Sie öffnete die Tür zu einem winzigen Zimmer, das mit einem schmalen Bett, einem kleinen Schrank und einem Nachtkästchen mit Schubladen möbliert war. »Sie dürfen hier drin nur Ihre eigenen Sachen haben. Bis auf die Bettwäsche natürlich. Aber sonst nichts, was dem Hotel gehört. Und Sie dürfen sich auch nichts aus dem Hotel nehmen, nicht einmal leihweise. Die überprüfen das hin und wieder.« Sie ließ den Blick durch die Kammer schweifen. »Ich wette, dass der letzte Leiter des

Zimmerservice ein größeres Zimmer hatte. Aber das ist im Männertrakt. Also werden wir es nie erfahren.«

»Wahrscheinlich nicht«, stimmte Ottilia zu. »Wo ist denn Ihr Zimmer?«

»Ich wohne drei Türen weiter, zusammen mit fünf anderen Mädchen.« Sie wies mit dem Daumen hinter sich. »Das hier war früher der Raum für die Personalwäsche. Aber den hat man in die Nähe eines Heißwasserboilers verlegt, damit alles trocken und gut gelüftet bleibt. Ich lasse Sie jetzt in Ruhe. Meine Schicht ist zu Ende. Ein paar von uns haben Frau Andersson gefragt, ob wir später ausgehen dürfen. Schließlich haben wir heute Walpurgisnacht.«

»Dann wünsche ich Ihnen einen schönen Abend. Nur noch eine Frage: Wie komme ich von hier aus in die Küche?«

»Gehen Sie zurück zur Treppe und dann immer weiter nach unten bis in den Keller. Sie werden sehen, dass Sie dort richtig sind. Lange geflieste Flure. Biegen Sie nach rechts ab und folgen Sie den Geräuschen und den leckeren Gerüchen.«

Ottilia schmunzelte. »Ich glaube, das müsste zu schaffen sein.«

»Das wollen wir doch hoffen, sonst möge Gott dem Zimmerservice beistehen. Außerdem wollen wir die Vorurteile der Männer doch nicht bestätigen, oder?«

Ottilia stellte ihren Koffer neben das Bett und öffnete den Schrank, wo sie zwei hochgeschlossene, langärmelige Seidenkleider mit weißen Jabotkragen entdeckte. In ihrer Aufregung hätte sie sich am liebsten sofort umgekleidet. Doch vielleicht besser nicht. Schließlich begann ihr Arbeitsverhältnis offiziell erst morgen. Und falls ihre Mitarbeiter vorhatten, Schwierigkeiten zu machen, wollte sie ihnen nicht schon heute Abend Gelegenheit geben, ihre Autorität zu untergraben. Allerdings war es nicht weiter verwunderlich, dass man ihr Steine in den Weg legen würde. Schließlich waren einige dieser Männer vermutlich doppelt so alt wie sie. Im Alter ihres Vaters. Ottilia schluckte. Auch der hätte sich dagegen gesträubt, unter einem »jungen Ding« zu arbeiten. Allerdings war Frau Skogh eindeutig der Ansicht, dass die Vorteile die offensichtlichen Nachteile überwogen, wenn sie Ottilia zur Leiterin des Zimmerservice ernannte. Sie musste dem Urteilsvermögen der Hoteldirektorin vertrauen.

Hocherhobenen Hauptes kehrte Ottilia zurück zur Treppe und eilte die Stufen hinunter. Die Küche war so leicht zu finden, wie Märta versprochen hatte. Ottilia blieb in der Tür stehen und betrachtete den gewaltigen und mit den verschiedensten Gerätschaften ausgestatteten Raum, der gewiss eintausend Gäste verköstigen konnte. Verglichen damit war die Küche im Turisthotell in Rättvik winzig. Das Klappern von Metall auf Metall übertönte fast die Stimmen der Köche, die einer Armee aus Männern und Frauen Befehle zuriefen. Weiß gekleidete Gestalten eilten mit Töpfen, Pfannen und Platten hin und her. Der Duft von saftigem Fleisch und würzigen Saucen ließ Ottilia das Wasser im Mund zusammenlaufen und ihr Magen fing an zu knurren. Wenn sie sich vorgestellt hatte, musste sie unbedingt die Kantine suchen.

Sie ließ den Blick durch die Küche schweifen und hielt Ausschau nach dem Küchenchef. Ein gedrungener Mann, der eine hohe Kochmütze trug, stand neben einer Tür, offenbar der Eingang zu einem Büro. Er redete wild gestikulierend auf einen anderen Mann ein, bei dem es sich offenbar um den Oberkellner handelte. Als Letzterer sich umdrehte, bemerkte er Ottilia und zeigte mit dem Finger auf sie. Der Küchenchef wirbelte herum und dann kamen die beiden auf sie zumarschiert.

»Fräulein Ekman?«, fragte der Küchenchef.

»Ja.« Ottilia schenkte ihm ihr freundlichstes Lächeln und hielt ihm die Hand hin.

Der Küchenchef ergriff sie nach kurzem Zögern, zog allerdings im nächsten Moment ein Gesicht, als bereue er diese Entscheidung. Er musterte sie von Kopf bis Fuß. »Was, um alles in der Welt, haben Sie da an?«

Ottilia reckte das Kinn. »Meine Reisekleidung.«

»In diesem Aufzug dürfen Sie meine Küche nicht betreten. Gewiss bringen Sie an Ihrem Rock sämtlichen Schmutz mit, den Sie unterwegs aufgelesen haben.«

»Sie haben recht.« Ottilia lief feuerrot an. »Allerdings habe ich weder einen Fuß in Ihre Küche gesetzt noch meinen neuen Posten überhaupt angetreten.«

»Ihren neuen Posten noch nicht angetreten?« Der Chefkoch sah aus, als würde er jeden Moment explodieren. »Fräulein Ekman, ich habe hier eine Küche zu leiten und Gäste zu verköstigen. Deshalb habe ich weder die Zeit noch die Möglichkeit, geschweige denn die Lust, auch noch Ihre Arbeit zu übernehmen. Kümmern Sie sich darum, Möller.« Er stolzierte davon.

Sein Begleiter wandte sich an Ottilia. »Ich bin Gösta Möller, der Maître d'hôtel. Heute ist Walpurgisnacht, der Speisesaal tobt und wir haben keine Leute im Zimmerservice. Der unter Ihre Zuständigkeit fällt.«

Ottilia starrte ihn fassungslos an. »Was?«

»Wir ... haben ... keine ... Leute ... im ... Zimmerservice«, wiederholte Möller, wobei er jedes Wort betonte.

»Was ist mit mit den Bediensteten aus der Spätschicht?«

»Die sind weg. Als Ihr Vorgänger um sechs seinen Hut genommen hat, sind sie ihm gefolgt. Je früher Frau Skogh erkennt, dass diese Männer zu ihrem Vorgesetzten stehen, desto schneller kann er wieder an seinen Posten zurückkehren, damit wieder Normalität Einzug hält. Solange sie das nicht tut, bleibt der Zimmerservice, wie ich aus zuverlässiger Quelle weiß, unbesetzt. Ich habe nicht genug Kellner, um den Speisesaal angemessen zu versorgen und meine Leute gleichzeitig mit Servierwagen im ganzen Haus herumzuschicken. Ich wünschte, es wäre anders.«

Vor Wut und Angst klopfte Ottilia das Herz bis zum Halse. Aber sie zwang sich, die Ruhe zu bewahren. Der Ruf des Hotels und ihr Arbeitsplatz standen auf dem Spiel. Man hatte sie gewarnt, dass sie sich würde durchsetzen müssen. Warum also nicht jetzt sofort damit anfangen? Ihr blieb ohnehin nichts anders übrig. Mit eherner Entschlossenheit straffte sie den Rücken und drehte sich wieder zu Möller um. »Herr Möller, dürfte ich Sie bitten, noch zwanzig Minuten die Stellung zu halten?«

»Sie dürfen nicht. Wie ich Ihnen gerade erklärt habe, ist der Speisesaal voll besetzt und ich brauche jeden Einzelnen meiner Leute. Ich muss sogar selbst mit anpacken.«

»Sie haben mir gerade erklärt, dass ich kein Personal habe und außerdem in meinem Zustand die Küche nicht betreten darf.« Ottilia wies auf ihren Rock und ihre Bluse. »Geben Sie mir wenigstens die Zeit, mich umzuziehen.«

»Dazu brauchen Sie keine zwanzig Minuten. Ich gebe Ihnen zehn«, entgegnete er und fügte hinzu: »Allerdings kann ich mir nicht vorstellen, wie Sie allein den Laden schmeißen wollen. Das ist unmöglich.«

»Warten wir es ab, ja? Ich bin in zehn Minuten wieder zurück. Danke, Herr Möller.«

Ottilia verfluchte den Rock, der sich ihr um die Knöchel wickelte und sie am Rennen hinderte, als sie die vier Stockwerke zum Flur für das weibliche Personal hinaufeilte. Nachdem sie ihr eigenes Zimmer gefunden hatte, zählte sie drei Türen ab und klopfte laut an die letzte. Diese schwang auf und eine junge Frau etwa in ihrem Alter sah sie ärgerlich an. »Brennt es etwa? Wer sind Sie eigentlich?«

»Ottilia Ekman«, stieß sie hervor und klammerte sich keuchend an den Türrahmen.

Märta erschien. »Was wollen Sie?«, erkundigte sie sich gleichzeitig neugierig und gereizt.

Ottilia spähte ins Zimmer. Alle sechs Betten – jeweils drei auf jeder Seite – waren ordentlich gemacht, allerdings mit Blusen, Haarbürsten und Handtaschen bedeckt. Ihr wurde bang ums Herz. Die Zimmermädchen machten sich zum Ausgehen bereit. Inzwischen wandten sich ihr sechs Gesichter zu.

»Die Männer vom Zimmerservice haben die Arbeit niedergelegt«, verkündete Ottilia.

Alle Anwesenden schnappten nach Luft.

»Mist. Warten Sie nur, bis die Skogh das erfährt«, sagte das erste Mädchen. »Aber was hat das mit uns zu tun?«

»Ich brauche Hilfe. Ich kann nicht allein den Zimmerservice betreiben. Zumindest muss jemand das Telefon besetzen, während ich serviere.«

»Sie wollen servieren?«, spottete Märta. »Nur Männer servieren.«

Ottilia hatte Mühe, sich zu beherrschen. Ihre zehn Minuten waren gewiss schon vorbei und sie war noch nicht einmal umgekleidet. »Die Männer servieren heute nicht.« Oder überhaupt jemals wieder, wenn es nach mir geht. »Aber wir können es tun.«

»Damit die Skogh uns morgen früh rausschmeißt? Nein danke. Mach die Tür zu, Beda. Ich will mich umziehen.«

Ottilia stellte den Fuß dazwischen. »Niemand wird rausgeschmissen. Das verspreche ich Ihnen.« Und wenn sie selbst dabei ihre Stelle verlor.

Beda musterte sie argwöhnisch. »Wir wollten gerade ausgehen.«

»Das weiß ich und es tut mir leid.« Ottilia schlug einen versöhnlichen Ton an. »Aber das Grand Hôtel hat im Moment keinen Zimmerservice. Würden Sie sich als Gast lieber von einer Dame bedienen lassen oder hungern?«

»Der Speisesaal ist geöffnet.«

»Ja, ist er.« Ottilia beschloss, aufs Ganze zu gehen. »Aber was würden Sie tun, wenn Sie Sarah Bernhardt wären?«

»Wir haben heute ihre Zimmer sauber gemacht«, meinte Märta träumerisch. »Sie und ihr Gefolge sind mit zweiundachtzig Koffern angereist und bewohnen elf Zimmer im ersten

Stock. Einige haben nach französischem Parfüm gerochen. Richtig, Beda?«

Beda verdrehte theatralisch die Augen. »*Oh, là, là.* Es hat ganz wundervoll geduftet.«

»Ich bin beeindruckt.« Ottilia hielt den Augenblick für günstig, Nägel mit Köpfen zu machen. »Werden Sie mir helfen oder nicht?«

Beda verschränkte die Arme. »Was haben wir davon? Wir würden unseren freien Abend opfern. Wann waren wir zuletzt in der Stadt, Mädchen?«

»Es ist schon so lange her, dass ich mich kaum noch erinnern kann«, griff Märta das Stichwort auf.

»Sie werden bezahlt«, sagte Ottilia.

»Das haben Sie doch sicher mit Frau Skogh abgesprochen, oder?«

»Nein«, gestand Ottilia. »Wenn sie sich weigert, übernehme ich die Kosten selbst. Aber Sie müssten warten, bis ich mein Gehalt bekomme«, fügte sie hinzu. Und hoffte, dass ihr nicht gekündigt werden würde, bevor sie überhaupt etwas verdient hatte.

Beda bedachte Ottilia mit einem Blick, als zweifle sie an ihrem Verstand. »Sie würden uns aus eigener Tasche bezahlen, um das Grand Hôtel zu unterstützen?«

»Falls es nötig wird. Aber ich kann jetzt nicht länger warten. Ich muss mich umziehen und zurück in die Küche.« Ottilia wandte sich zum Gehen.

»Warum würden Sie das tun?«, hakte Märta nach.

Ottilia drehte sich noch einmal zu ihr um. »Weil Schwedens bestes Hotel einen Zimmerservice braucht und weil ich es so satthabe, dass Männer uns Frauen Vorschriften machen, was wir zu tun und zu lassen haben.«

»Ich komme mit«, rief da eine Stimme weiter hinten im Raum. Ein zierliches Mädchen mit einem hübschen herzförmigen Gesicht lief zur Tür. »In fünf Minuten bin ich da.«

Ottilia seufzte erleichtert auf. Nun hatte sie jemanden, der ihr einen Teil der Organisation abnahm. »Vielen Dank.«

Beda blickte ihre Kollegin finster an. »Willst dich wohl einschmeicheln, Karolina.«

Das Mädchen schüttelte den Kopf. »Nein. Genauso wenig, wie ich mich einschmeicheln wollte, als ich dir mit den Bilderrahmen geholfen habe. Schließlich kann Ottilia nichts dafür.« Sie errötete. »Verzeihung, Fräulein Ekman natürlich.«

Beda ließ sich nicht beschwichtigen. »Soll das heißen, dass wir etwas für die Bilderrahmen können?«

»Nein, ich meine ja nur ...«

»Ich habe jetzt keine Zeit für so etwas«, unterbrach Ottilia. »Ich muss mich umziehen. Herr Möller hat mir zehn Minuten gegeben und inzwischen sind es sicher schon fünfzehn. Wir sehen uns unten, Karolina. Und noch einmal vielen Dank.«

Als Ottilia in ihrem schwarzen Kleid zurückkehrte, wurde sie von einem mürrisch dreinblickenden Maître d'hôtel empfangen. »Sie haben sich ganz schön Zeit gelassen.« Er winkte sie zu einer Tür mit der Aufschrift *Zimmerservice* und reichte ihr einen Papierstapel. »Die Bestellungen. Da Sie so fest entschlossen waren, persönlich zu servieren, haben wir sie angenommen.« Immer noch ungläubig schüttelte er den Kopf.

»Danke. Und was ist der schnellste Weg, alles zu verteilen?«

»Mit dem Aufzug.« Er wies auf eine Tür hinter einigen Regalen, die Ottilia bis jetzt nicht aufgefallen waren. Diese waren mit Besteck, Gläsern, Tellern, Tischtüchern, Servietten, silbernen Hauben, Sektkübeln und den nötigen Gerätschaften beladen, die man für die Bereitung von Heißgetränken, das Arrangieren eines eleganten Servierwagens und das Decken eines hübschen Tisches brauchte. »Die Küche richtet alles auf Tellern an. Den Rest müssen Sie selbst erledigen.«

»Natürlich.« Sie griff nach den Papieren. »Und all diese Bestellungen werden gerade zubereitet?«

»Das habe ich Ihnen doch schon gesagt. Und jetzt sind Sie auf sich allein gestellt, wie ich fürchte.«

»Nicht ganz.« Ottilia nickte Karolina zu, die gerade in der Tür erschien. Als sie hinter ihr Märta und Beda erkannte, strahlte sie übers ganze Gesicht. »Meine Damen, willkommen in dem Durcheinander namens Zimmerservice. Also. Weiß eine von Ihnen, wie man einen Tisch deckt?«

»Ich«, erwiderte Karolina. »Ich habe einmal ein paar Tage lang aushelfen müssen, als die halbe Belegschaft mit Grippe im Bett lag.« Der Stolz war ihr deutlich anzuhören. »Wisst ihr noch?«, wandte sie sich an die anderen. »Ich habe im Speisesaal gearbeitet. Und einmal sogar im Spiegelsaal.«

Ottilia hob eine Hand, um weiteres Geplauder zu unterbinden. »Das ist ja wundervoll. Außerdem haben Sie ungefähr meine Statur. Also laufen Sie jetzt nach oben in mein Zimmer und ziehen das schwarze Kleid an, das im Schrank hängt. Aber bitte beeilen Sie sich.«

»Wo ist …«

»Der frühere Wäscheraum«, fiel Märta ihr ins Wort. »Und was soll ich tun?«

Ottilia betrachtete Märta und Beda. »Spricht eine von Ihnen Deutsch oder Englisch?«

»Wir alle beide«, erwiderte Beda. Dann errötete sie. »Ich kann nur Hallo und Guten Morgen sagen. Märta ist besser.«

»Nur in Englisch«, sagte Märta.

»Englisch ist schon die halbe Miete.« Ottilia wies aufs Telefon. »Ihre Aufgabe ist es, die Bestellungen anzunehmen, Märta. Wenn niemand anruft, helfen Sie Beda.« In diesem Moment läutete tatsächlich das Telefon. Die Mädchen fingen an zu lachen. »Hören Sie mir zu und lernen Sie etwas dabei. Außerdem sollten Sie einen Blick in die Speisekarte werfen. Das ist eine enorme Hilfe.« Ottilia zeigte auf die gedruckte Liste neben dem Telefon. »Zimmerservice, wie kann ich Ihnen behilflich sein? Gewiss, Sir. Und wie hätten Sie gern Ihr Rindfleisch?

Medium. Und was möchten Sie dazu trinken? Jawohl, Sir. Können wir sonst noch etwas für Sie tun, Sir? Und könnten Sie mir Ihre Zimmernummer nennen? Danke. Darf ich zusammenfassen: ein gefüllter Hummer, einmal Bœuf à la Providence und eine halbe Flasche Bollinger. Wir sind sofort bei Ihnen, Sir.« Sie hielt das ausgefüllte Formular hoch. »Sehen Sie? Nun tragen Sie noch die Zeit ein.« Sie wies auf die Uhr und schrieb 18.32 in das leere Kästchen ganz oben. »Und dann geben Sie die Bestellung dem für den Zimmerservice zuständigen Koch.«

Inzwischen war Märta erblasst. »Oh, Ottilia, Fräulein Ekman. Ich weiß nicht, ob ich das kann. Ich bin ja so nervös. Sonst sprechen wir nie mit den Gästen. Jedenfalls nicht so.«

Ottilia stemmte die Hände in die Hüften. »Was ist aus dem selbstsicheren Mädchen geworden, das mir gesagt hat, dass eine Frau alles schaffen kann, was sie will?«

Märta besaß den Anstand, zu erröten. »Ich werde es versuchen.« Dann verschränkte sie die Arme. »Aber ich will nicht gekündigt werden, wenn ich etwas Falsches sage.«

»Tapferes Mädchen. Das wird nicht geschehen. Prägen Sie sich die Karte gut ein, damit Sie eine Vorstellung davon bekommen, was ein Gast bestellen könnte. Beda, Sie bereiten die Servierwagen vor, während Karolina und ich die Speisen servieren.«

»Ich weiß nicht, wie das geht. Bis jetzt habe ich nur Servierwagen voll mit schmutzigem Geschirr gesehen, nie einen sauberen und fein hergerichteten.«

»Ich zeige es Ihnen.« Ottilia schob einen Servierwagen in die Mitte des Raums und entfaltete mit einer routinierten Bewegung des Handgelenks ein weißes Leinentuch. Nachdem sie es über den Servierwagen gebreitet hatte, legte sie längs einen dunkelblauen Tischläufer darüber. »Und jetzt schauen Sie mir gut zu.« Schon eine knappe Minute später stand ein gedeckter Servierwagen parat. »Die fertigen Gerichte kommen natürlich aus der Küche, aber Sie dürfen nicht vergessen, jeden Teller mit einer silbernen Haube abzudecken.«

»Das kann ich mir nie alles merken«, murmelte Beda. »Ich wusste ja nicht einmal, dass Salz und Pfeffer einen festen Platz haben.«

»Dieser Wagen wird nicht eingesetzt«, erklärte Ottilia. »Sie benutzen ihn als Vorlage dafür, wie die anderen aussehen sollen. Natürlich muss man abhängig vom Gericht ein paar Dinge umstellen, aber es spart unglaublich viel Zeit, wenn man den nächsten Wagen im Voraus fertig macht. Keine Angst, Karolina und ich überprüfen die Wagen noch einmal, bevor es losgeht.«

»Was, wenn ich ein Glas fallen lasse?«

»Sie kümmern sich um die Scherben, genauso wie Sie es tun würden, wenn Sie in einem Zimmer ein zerbrochenes Glas vorfinden. Fangen Sie mit dem nächsten Wagen an. Es wird Ihnen bald in Fleisch und Blut übergehen.«

Das Telefon läutete.

»Also, Märta, jetzt sind Sie dran.«

Mit zitternder Hand griff Märta nach dem Hörer und knickste. »Zimmerservice. Jawohl, mein Herr, ich meine, gnädige Frau. Entschuldigen Sie, gnädige Frau.« Sie knickste wieder.

Beda hielt sich krampfhaft den Mund zu und ahmte das Knicksen nach, woraufhin Ottilia mit tadelndem Blick auf einen Servierwagen deutete. Beda verzog reumütig das Gesicht und machte sich an die Arbeit.

»Der Lachs, gnädige Frau«, sagte Märta unterdessen und sah sich Hilfe suchend nach einem Stift um. Ottilia reichte ihn ihr. »Jawohl, gnädige Frau. Und was möchten Sie trinken? *Mo-et*«, wiederholte sie wie ein Papagei. »Und wie lautet Ihre Zimmernummer? Vielen Dank, gnädige Frau. Es wird sofort serviert.« Märta ließ sich auf einen Stuhl sinken. »Ich dachte, mir bleibt das Herz stehen.«

»Für einen ersten Versuch war das sehr gut«, lobte Ottilia. »Vergessen Sie nicht zu fragen, ob der Gast sonst noch etwas möchte.«

»Und das Knicksen kannst du dir sparen«, fügte Beda hinzu. Märta versetzte ihrer Freundin einen Klaps auf den Arm. »Mach es doch selbst, Schlaumeierin.«

Inzwischen war Karolina zurück und drehte sich in ihrem schwarzen Kleid um die eigene Achse. »Wie sehe ich aus? Ich kann es noch gar nicht fassen, dass ich so etwas anhabe.«

»Sehr professionell«, sagte Ottilia. »Haben Sie je serviert, als Sie im Speisesaal ausgeholfen haben?« Manchmal geschahen noch Zeichen und Wunder.

»Ach herrje, nein. Frauen dürfen nicht im Speisesaal bedienen. Außerdem bin ich noch zu jung. Dazu muss man mindestens fünfundzwanzig sein.«

»Nun, heute Abend werden Sie servieren. Nicht jeder will im Zimmer bedient werden, also fragen Sie immer zuerst. Aber es ist nicht schwierig. Denken Sie nur stets daran, von rechts einzuschenken und die Speisen von links anzureichen. Damen zuerst. Die freie Hand halten Sie ordentlich hinter dem Rücken. Danach erkundigen Sie sich, ob Sie noch behilflich sein können. Wenn die Antwort Nein lautet, verschwinden Sie.«

Die Durchreiche zwischen Zimmerservice und Küche fuhr hoch. Ein Koch stellte zwei appetitlich angerichtete Teller mit Lammkoteletts und Frühlingsgemüse ab und schob das ausgefüllte Formular hinterher.

»So«, sagte Ottilia. »Das geht in Zimmer 315. Eine einfache Bestellung. Kein Horsd'œuvre, kein Dessert.«

»Or-was?«, hakte Märta nach.

»Horsd'œuvre.« Ottilia wies auf eine Überschrift auf der Speisekarte. »Das heißt ›Vorspeise‹. Das ›H‹ und das ›S‹ spricht man nicht aus. Also, Karolina. Sie bringen diesen Wagen jetzt zu Zimmer 315. Und was habe ich Ihnen über das Servieren gesagt?«

»Einschenken von rechts, anreichen von links. Damen zuerst.«

»Sehr gut. Und jetzt Beeilung. Heute wird eine lange Nacht.«

Das Telefon läutete. Als Ottilia sich umdrehte, streckte Märta bereits die Hand nach dem Hörer aus. Beda bereitete den nächsten Wagen vor. Ottilia gestattete sich ein Lächeln. Vielleicht, ja, vielleicht würde es tatsächlich funktionieren.

Kapitel 16

Die Nachricht, dass Ottilia entschieden hatte, Frauen im Zimmerservice einzusetzen, verbreitete sich im Hotel wie ein Lauffeuer.

Der Barkeeper Charley hielt ein Bierglas unter den Zapfhahn. »Ich stimme ja zu, dass es unüblich ist, aber was hätten sie anderes tun sollen?«, unterbrach er die Tirade eines verärgerten Kellners. »Ich habe Frauen als Bedienungen auch schon in anderen Lokalen erlebt.«

Kristian verzog abfällig das Gesicht. »*Sie?* Das ist doch nur auf dem Mist dieser Neuen gewachsen. Die soll ja ganz schön eingebildet sein. Außerdem: Auf wessen Seite stehen Sie eigentlich?«

»Auf der Seite der Vernunft.«

Kristian griff nach dem Tablett. »Ich wette, dass die morgen wieder geht. Und ich halte ihr dann gern die Tür auf.«

»Dafür ist eigentlich der Portier zuständig.« Charley grinste. »Falls Sie nicht vorhaben, sich an den Dienstbotenausgang zu stellen.«

Kristian bedachte ihn mit einem zornigen Blick. »Sie halten sich wohl für sehr witzig. Wenn Ihnen erst mal ein verdammtes Weib die Arbeit wegnimmt, wird Ihnen das Lachen schon vergehen.«

»Dürfte ich Sie daran erinnern, dass ich Ihr Vorgesetzter bin und dass Sie sich deshalb ein wenig mäßigen sollten?«, entgegnete Charley.

»Verzeihung, Herr Löfvander. Die Sache ist mir eben nicht geheuer. Es gehört sich einfach nicht.«

»Wenn Sie nicht schleunigst diese Biere servieren, werde ich Sie erst richtig das Gruseln lehren. Während Sie hier stehen und über etwas jammern, das Sie überhaupt nichts angeht, werden sie nämlich schal.«

»Jawohl, mein Herr.«

Gösta Möller kam herein.

»Wissen Sie schon etwas Neues in Sachen Zimmerservice?«, fragte Charley.

Möller schüttelte den Kopf. »Bei meinem letzten Besuch in der Küche war die junge Karolina Nilsson gerade mit einem Servierwagen auf dem Weg nach oben. Aber im Laufe des Abends wird mir sicher noch mehr zu Ohren kommen.«

»Können Sie denn niemanden entbehren, der aushilft?«

»Noch nicht. Bei uns ist heute Abend die Hölle los. Aber sobald es im Speisesaal ruhiger wird, sehe ich zu, was sich machen lässt.«

Charley nickte. »Sehr gut. Die Frage lautet nur, wie es morgen weitergehen soll.«

»Wenn Frau Skogh es herausfindet? Dann gnade uns Gott. Heute hat sie zum ersten Mal das Hotel verlassen, ohne jemandem zu sagen, wo sie ist. Ich habe einen Pagen in die Styrmansgatan geschickt, doch die Haushälterin hat ihm mitgeteilt, die Skoghs seien nicht zu Hause. Wahrscheinlich sind sie unterwegs und feiern die Walpurgnisnacht. Nicht dass Frau Skogh heute Nacht viel unternehmen könnte. Schließlich können wir unsere Pagen nicht in der ganzen Stadt herumschicken, damit sie die Leute vom Zimmerservice suchen. Ich weiß aus zuverlässiger Quelle ...«

»Knut Andersson?«

»Knut Andersson. Jedenfalls haben alle den Bettel hingeworfen. Das heißt, dass Ekman morgen das gleiche Problem haben wird wie heute Nacht, wenn die Frühstücksschicht auch nicht zum Dienst erscheint.«

Charley seufzte auf. »Das ist nicht gut für das Hotel.«

»Da könnten Sie recht haben, Charley, da könnten Sie recht haben.«

Oben im dritten Stock stand Karolina vor Zimmer 315 und holte tief Luft. Sie kannte dieses Zimmer gut, denn sie hatte es erst vor zwölf Stunden geputzt. Es war ein Doppelzimmer mit Blick aufs Wasser. Allerdings hatte sie noch nie ein Zimmer in einer solchen Mission betreten. Sie fuhr mit den Handflächen über Ottilias Kleid und klopfte an die Tür. *Einschenken von rechts, anreichen von links. Damen zuerst.*
»Herein!«
Der Wagen klapperte ein wenig, als sie die Räder über die Schwelle manövrierte.
»Gütiger Himmel!« Ein hochgewachsener Herr mit einem prachtvollen gezwirbelten Schnurrbart starrte Karolina an. »Sie haben ein Mädchen geschickt.«
»Gut beobachtet, mein Lieber.« Eine Dame, die wunderschöne tropfenförmige Ohrringe trug, glitt über den grünen Teppich auf Karolina zu. »Vielen Dank ...?«
»Karolina, gnädige Frau.« Sie knickste und klappte dann, beobachtet von zwei verwundert dreinblickenden Augenpaaren, die Seitenteile des Wagens aus, damit sie einen Tisch bildeten. Anschließend stellte sie die beiden hochlehnigen Stühle im Zimmer zu beiden Seiten auf. »Soll ich servieren, mein Herr?«, fragte sie dann, die Hände hinter dem Rücken.
»Das ist nicht nötig«, erwiderte er. »Aber«, er räusperte sich, »wo sind denn heute die Männer?«
Karolina schluckte. Offenbar hatte sie etwas falsch gemacht.
»Liebling«, tadelte seine Frau mit sanfter Stimme. »Lass doch das arme Mädchen in Ruhe. Sie macht ihre Sache sehr gut.«
Karolina lächelte ihr dankbar zu und wandte sich dann an den Herrn, der noch immer, einen neugierigen Ausdruck in den Augen, auf ihre Antwort wartete. »Die Männer haben heute

keinen Dienst, mein Herr.« Nun wusste dieser Mann wenigstens, dass er nicht schlechter bedient wurde als alle anderen.

»Das habe ich vermutet. Ich habe nach dem Grund gefragt.«

Wie sollte sie einer direkten Frage wie dieser ausweichen? Vielleicht war ja eine Antwort angebracht, aus der er seine eigenen Schlüsse ziehen konnte. »Frau Skogh hat eine Frau zur Leiterin des Zimmerservice ernannt.«

»Und die Männer sind alle gegangen!« Die Dame klatschte in die Hände und legte lachend den Kopf in den Nacken. »Das ist ja wunderbar. Glückwunsch, Frau Skogh. Und Glückwunsch an die jungen Damen, die ihr den Tag retten.«

»Danke, gnädige Frau. Kann ich sonst etwas für Sie tun?«

»Ja.« Der Gatte trat vor. »Sie können das hier nehmen und Ihren Kolleginnen ein Bravo von uns ausrichten.« Er drückte Karolina eine Münze in die Hand.

»Danke, mein Herr.«

Draußen auf dem Flur öffnete Karolina ihre Hand und eilte beschwingt zurück in die Küche.

»Wie ist es gelaufen?«, fragte Ottilia, als Karolina wieder erschien. »Haben Sie serviert? Sie waren ziemlich lange fort. Ich war inzwischen im ersten Stock.«

»Sie haben sich erkundigt, wo die Männer sind«, erwiderte Karolina.

»Aha.« Ottilia biss sich auf die Lippe. »Das war zu erwarten. Meine Gäste sind offenbar zum ersten Mal hier, denn sie wirkten nicht überrascht. Wir hätten absprechen sollen, was wir in einem solchen Fall antworten.«

»Was hast du gesagt?«, hakte Beda nach.

»Ich sagte, dass die Männer heute keinen Dienst hätten, aber er wollte den Grund wissen. Daraufhin habe ich ihm erklärt, Frau Skogh habe eine Frau zur Leiterin des Zimmerservice ernannt. Sie haben sofort verstanden, dass die Männer einfach gegangen sind.«

Ottilia schnappte nach Luft. »Verdammt noch mal.«
»Männer halten immer zusammen«, ergänzte Beda.
Märta verzog ärgerlich das Gesicht. »Warum können nicht wenigstens die Frauen auf unserer Seite stehen?«
»Das hat sie doch getan. Und er auch«, erwiderte Karolina. »Er sagte, ich solle euch ein Bravo von ihm ausrichten, und außerdem hat er mir das hier gegeben.« Sie hielt eine Fünfkronenmünze hoch.
Märta schnappte nach Luft. »Hat er das wirklich? Und ich sitze hier am Telefon und muss Bestellungen annehmen.« Sie wandte sich an Ottilia. »Das ist ungerecht.«
»Ja, richtig«, stimmte Ottilia zu. »Ich habe auch ein paar Kronen bekommen.« Sie griff nach einer Tasse. »Die lege ich jetzt hier hinein, um sie gerecht zwischen uns aufzuteilen, sofern wir die Nacht überstehen.«
Karolina gab ihre fünf Kronen dazu.
»Das müssen Sie nicht«, sagte Ottilia.
»Doch. Der Herr in Zimmer 315 hat uns als Kolleginnen bezeichnet. Er hat recht. Wir müssen heute Nacht alle an einem Strang ziehen.«
Märta und Beda wechselten erfreute Blicke.
Das Telefon läutete. »Seid still«, zischte Märta und griff nach dem Hörer. »Zimmerservice. Guten Abend, mein Herr. Wie können wir Ihnen behilflich sein?«

Nicht alle Gäste reagierten so wohlwollend auf weibliche Bedienung. Ein Stammgast schickte Ottilia mit ihrem Wagen weg und sagte, er werde lieber Hunger leiden, als sich von einer Frau bedienen zu lassen. »Und ich werde Frau Skogh klipp und klar sagen, was ich davon halte.«
Ottilia unterdrückte die Tränen, straffte die Schultern und kehrte zu den anderen zurück.
»So ein alter Dummkopf«, meinte Märta. »Einen solchen Unsinn kann nur jemand daherreden, der noch nie hungrig

zu Bett gegangen ist. Ich wette, dass er inzwischen im Speisesaal sitzt.«

»Das würde mich nicht wundern«, stimmte Ottilia zu.

Beda wies auf den Servierwagen, auf dem sich noch Brot, Suppe und Steak befanden. »Was machen wir jetzt damit?«

»Wegwerfen«, erwiderte Ottilia. »Es kommt nicht infrage, einem anderen Gast dasselbe Essen zu servieren. Oder, Moment mal, haben Sie seit dem Mittagessen etwas gegessen?«

Märta schüttelte den Kopf. »Wir wollten ausgehen, schon vergessen? Mein Magen hat das Knurren inzwischen aufgegeben.«

»Also gut, dann teilen wir uns das hier. Aber ich möchte, dass Sie sich genau bewusst machen, was Sie da essen.«

»Wir sind doch nicht auf den Kopf gefallen Wir wissen, dass das teures Fleisch ist«, entgegnete Beda. »Ein bisschen mehr Respekt bitte.«

Ottilia brachte sie mit einer Handbewegung zum Schweigen. »Märta, sind Sie von einem Gast gefragt worden, was Sie empfehlen würden?«

»Nur einmal. Ich habe dem Herrn gesagt, alle Gerichte, die bei uns auf den Tisch kämen, seien fachmännisch zubereitet und wohlschmeckend.«

»Ausgezeichnet, obwohl das die Frage eigentlich nicht beantwortet. Und nun nimmt jede von Ihnen einen Löffel und kostet dieses Consommé.«

Die zwei gehorchten.

Märtas Augen weiteten sich. »Das ist ja köstlich.« Sie tunkte den Löffel noch einmal in die Suppe.

»Das ist es«, pflichtete Ottilia ihr bei. »Und wenn Sie wieder jemand fragt, können Sie jetzt wahrheitsgemäß antworten, Sie könnten das Consommé empfehlen.«

Karolina kehrte vom Ausliefern einer Bestellung zurück. Als sie die Tasse mit dem Trinkgeld schüttelte, klapperten die Münzen.

»Probier mal diese Suppe«, forderte Beda sie auf. »Wir lernen gerade, was wir da eigentlich servieren.«

Karolina biss sich auf die Lippe. »Dürfen wir das denn?«

»Ich bin die Leiterin des Zimmerservice«, erwiderte Ottilia. Zumindest war sie das heute Nacht. »Ich möchte, dass meine Mitarbeiterinnen die Speisen aus eigener Erfahrung kennen.« Sie schnitt das Steak in vier Teile. »Schauen Sie in die Mitte. Sehen Sie? Es ist ein wenig rot. Das bezeichnet man als *medium*. Das bedeutet, dass es in der Mitte beinahe roh ist, und das Wort ›durchgebraten‹ ist selbsterklärend. Hier hätten wir also *medium*. Kosten Sie.«

»Das ist auch lecker.« Märta wischte sich den Mund ab.

Beda beäugte argwöhnisch das Fleisch. »Ich esse nichts, was aussieht, als würde es noch atmen.« Vorsichtig stieß sie ihr Stück mit der Gabel an. »Nein, wenn ich zum ersten Mal im Grand Hôtel ein Steak bestelle, verlange ich es gut durchgebraten. Dürfen wir auch den Wein versuchen?«

Die drei kicherten.

»Ich habe mich noch nie so gefühlt«, sagte Karolina.

»Was genau meinst du?«, hakte Beda nach.

»Als Teil einer Mannschaft. So, als würde mir tatsächlich jemand zutrauen, dass ich mehr kann, als Toiletten zu putzen und ordentlich Betten zu machen.«

»Aber das ist eine sehr wichtige Aufgabe«, wandte Ottilia ein. »Ein Gast erinnert sich vermutlich eher an ein makellos hergerichtetes Zimmer als daran, dass das Essen genau nach seinem Geschmack war.«

»Ich weiß genau, was Karolina meint«, ergriff Märta das Wort. »Hier müssen wir bei der Arbeit nachdenken und stets aufmerksam sein. Mir gefällt das.«

»Ich glaube, das geht uns allen so«, stimmte Beda zu. »Dürfen wir bleiben?«

Ottilia schüttelte den Kopf. »Ich darf Frau Andersson nicht die Arbeitskräfte abspenstig machen. Aber ich werde Frau

Skogh ganz bestimmt berichten, wie Sie drei heute Abend den Zimmerservice gerettet haben.«

Um eins schwieg das Telefon endlich und Ottilia studierte die Liste der Frühstücksbestellungen. Würde die Frühschicht zur Arbeit erscheinen? Der Nachtkoch würde alles vorbereiten, was sie bis zum Morgen brauchen könnte. Aber durfte sie es riskieren, im Sessel einzuschlafen und darauf zu vertrauen, dass das Telefon sie wecken würde? Die anderen drei waren ebenso erschöpft wie sie selbst. »Mädchen, um wie viel Uhr beginnt morgen Ihre Schicht?«, erkundigte sie sich.

»Um sechs«, antworteten sie im Chor.

»Dann sollten Sie jetzt zu Bett gehen. Ich glaube, ich komme nun allein zurecht. Ich weiß gar nicht, wie ich Ihnen danken soll.« Sie griff nach der Tasse und zählte die Münzen. »Zweiundzwanzig Kronen.«

»Das macht fünf Kronen und fünfzig Öre für jede von uns«, verkündete Beda.

Ottilia warf ihr einen bewundernden Blick zu. »Du meine Güte, Sie sind ja ein Genie im Kopfrechnen.«

Beda starrte sie verdutzt an. »Ich?«

Märta verdrehte die Augen. »Ständig sage ich ihr, wie klug sie ist, aber sie glaubt mir einfach nicht.«

»Mein Lehrer fand, dass ich langsam bin und den Unterricht störe.« Die Erinnerung sorgte dafür, dass Beda das Gesicht verzog.

»Da ist es wirklich ein Jammer, dass er Sie heute Abend nicht erlebt hat«, erwiderte Ottilia. »Aber wie dem auch sei, wir machen sieben Kronen für jede von Ihnen und die letzte Krone lassen wir in der Tasse.«

»Das ist nicht gerecht«, protestierte Karolina.

»Doch, ist es. Schließlich haben Sie Ihren freien Abend geopfert.«

»Danke«, sagte Märta. Sie klimperte mit den Münzen in ihrer Hand. »Ich bin mir noch nie so reich vorgekommen. Ich wollte nur sagen, dass ich jetzt verstehe, warum Frau Skogh Sie eingestellt hat. Seltsamerweise hatte ich heute Nacht richtig Spaß.«

Ottilia nickte nur, denn sie wagte nicht zu antworten, weil sie befürchtete, bei so viel unerwartetem Verständnis in Tränen auszubrechen.

Inzwischen war sie allein im Zimmerservice. Sie rieb sich die Schläfen, während sie überlegte, wie sie ohne Hilfe die Frühstücksschicht überstehen sollte.

Gösta Möller erschien in der Tür. »Wie ist es gelaufen?«
»Angesichts der Umstände ausgezeichnet.«

Er schenkte zwei Tassen Kaffee ein und reichte ihr eine davon. »Eigentlich wollte ich Ihnen Unterstützung schicken, aber im Speisesaal und in der Bar war die Hölle los. In der Bar geht es noch immer hoch her.«

»Herr Möller, glauben Sie, dass die Frühstücksschicht morgen zum Dienst erscheint?«

»Das bezweifle ich stark. Damit würden die Männer ihre kleine Protestaktion von heute Nacht untergraben.«

Kleine Protestaktion? Klein? Ottilia verkniff sich die Bemerkung, die ihr auf der Zunge lag. Schließlich war der Maître d'hôtel nicht schuld an der momentanen Lage. Außerdem saß er jetzt hier bei ihr und hatte überdies vorgehabt, ihr zu helfen. Behauptete er wenigstens.

»Die Männer wollen so viel Schaden wie möglich anrichten, um Frau Skogh zu zwingen, Ihren Vorgänger weiterzubeschäftigen«, fuhr Möller fort.

»Glauben Sie, dass sie das tun wird?«
»Was denken Sie?«, entgegnete er.

Die beiden wechselten einen Blick. Wie Ottilia klar wurde, ging Gösta Möller nicht davon aus, dass Frau Skogh nachgeben würde. Sie auch nicht. Allerdings hatte sie nicht die geringste Ahnung, was von Frau Skogh tatsächlich zu erwarten war.

»Wie dem auch sei«, sprach Möller weiter. »Ich habe vier Kellner angewiesen, morgen um sechs hier zu sein. Drei von ihnen waren bereits im Zimmerservice beschäftigt und wissen, was zu tun ist.« Er leerte seine Tasse und erhob sich.

Auch Ottilia stand auf. Als ihr klar wurde, wie überaus großzügig diese Geste war, sackten ihr vor Erleichterung die Schultern herunter. »Danke. Das ist sehr nett von Ihnen. Ich habe nämlich schon überlegt, wie um alles in der Welt ich das allein schaffen soll.«

»Das ist unmöglich. Ohne zusätzliches Personal geht es nicht«, erwiderte Möller.

»Mich wundert, dass sie einverstanden waren. Die meisten Männer hätten sich auf die Seite ihrer Geschlechtsgenossen gestellt.«

»Ich habe ihnen mit Kündigung gedroht, falls sie uns morgen früh im Stich lassen sollten. Ganz gleich, welche Querelen auch hinter den Kulissen toben mögen, nach außen hin muss dieses Hotel stets das Bild vermitteln, dass die Zufriedenheit der Gäste Vorrang hat. Ich denke, wir können Frau Skoghs Einverständnis in dieser Sache voraussetzen.«

»Ja«, stimmte Ottilia zu. Wollte Herr Möller andeuten, dass diese Querelen sich auf sie beide erstreckten? Hoffte er ebenfalls, dass sie ersetzt werden würde, wenn nicht durch ihren Vorgänger, dann doch zumindest durch einen anderen Mann? Vielleicht durch einen der drei erfahrenen Kellner, die in knapp fünf Stunden hier erscheinen würden? Dennoch zwang sie sich zu einem Lächeln und hielt Möller die Hand hin. »Ich bin Ihnen wirklich sehr dankbar.«

Sie schüttelten einander die Hand.

»Gute Nacht, Fräulein Ekman.«

Um wach zu bleiben, ging Ottilia im Dienstraum des Zimmerservice hin und her. Ihre Hände waren ebenso steif und eiskalt wie ihr Rücken und ihre Füße. Außerdem brannten ihr die Augen. Eigentlich war das kein Wunder. Immerhin war sie nun seit zwanzig Stunden auf den Beinen. Doch so gern sie auch der Versuchung nachgegeben hätte, einen Moment die Augen zu schließen, war die Furcht, beim Schlafen im Dienst ertappt zu werden, einfach zu groß. Laut Plan sollte sie um sechs Uhr morgens ihren neuen Posten antreten.

Sie lachte erschöpft. Wenigstens musste sie sich die Zeit nehmen, ihr Haar zu richten und sich das Gesicht zu waschen. Außerdem wäre eine Schale mit warmem Essen sehr willkommen gewesen. Sollte sie es wagen, rasch in die Kantine zu laufen und sich etwas zu holen? Nein. Und sosehr sie sich auch bemühte, dieser Situation auch etwas Gutes abzugewinnen, wollte es ihr einfach nicht gelingen.

Kapitel 17

Drüben in Södermalm fand auch Margareta keinen Schlaf, wenn auch aus völlig anderen Gründen. Die Schreie und Pfiffe der Menschen, die Walpurgisnacht feierten, gellten durch die Nacht, begleitet von dem gelegentlichen Geräusch berstenden Glases, wenn einer der nach Hause torkelnden Nachtschwärmer eine Bierflasche fallen ließ. Und so lag Margareta zitternd unter ihrer Decke und horchte auf Knuts Schritte, denn er machte sich nie die Mühe, beim Nachhausekommen leise zu sein. Was würde er wohl sagen, wenn er erfuhr, dass die Benachrichtigung, das Haus werde bald abgerissen, heute eingetroffen war? Nur noch sechs Wochen, dann mussten sie die Wohnung verlassen. Aber wohin sollten sie ziehen? Sie hatten keine Ersparnisse, die es ihnen ermöglicht hätten, Vorauszahlungen auf eine höhere Miete zu leisten.

Ihre Gedanken wanderten zur Blasieholmen und zum Grand Hôtel. Was war heute Abend dort vorgefallen! Knut hatte sich gefreut wie ein Schneekönig, als die Etagenkellner geschlossen die Arbeit niedergelegt hatten. Großspurig hatte er beharrt, ihnen könne nichts geschehen, da ein Hotelbetrieb ohne Zimmerservice nicht möglich sei. Also hätten sie die Hoteldirektion in der Hand. Er hatte Gösta Möller sogar davor gewarnt, sich einzumischen. Auch wenn es Margareta rätselhaft war, warum Knut glaubte, sich das Recht nehmen zu dürfen, dem Maître d'hôtel Vorschriften zu machen. Aber Knut verstand sich als selbst ernannter Sprecher der männlichen Beschäftigten, obwohl er offiziell nichts zu sagen hatte. Wenigstens hatte sie ihre Mädchen aus der Schusslinie genommen, indem sie ihnen heute Abend freigegeben hatte. Wenn Frau Skogh morgen früh einen Tobsuchtsanfall bekam, was unweigerlich geschehen würde, konnte die Abteilung Hauswirtschaft ihre Hände in Unschuld waschen. Aber würde es nachteilige Folgen für das Hotel haben?

Schritte. Die Tür flog auf. Rasch schloss Margareta die Augen und stellte sich schlafend. Doch die Bettdecke wurde ihr weggerissen und ein heftiger Faustschlag traf ihre Rippen. Sie stieß einen Schrei aus. »Knut, hör auf!«

»Aufhören? Das würde dir so passen!« Noch ein Schlag. »Ich habe nämlich mit Kristian von der Bar gesprochen.«

Margareta nickte, um ihm zu zeigen, dass sie ganz Ohr war. Dabei rang sie mühsam nach Luft.

»Er ist den ganzen Weg gerannt, um es mir zu erzählen. Der Zimmerservice wurde heute Abend von Frauen betrieben. Von Frauen!«, zischte Knut. »Deinen verdammten Mädchen, die aufgetakelt in schwarzen Kleidern herumstolziert sind. Außerdem soll er morgen früh beim Zimmerservice antanzen. Aber diese Flausen habe ich ihm ausgetrieben und ihm gesagt, er würde mich und alle anderen Männer im Stich lassen, wenn er das tut.«

Margareta starrte Knut fassungslos an. »Das muss eine Verwechslung sein. Heute waren nur ein paar Mädchen, die Nachtschicht hatten, im Haus. Den anderen habe ich erlaubt auszugehen, denn schließlich haben wir ja Walpurgisnacht.«

Er beugte sich tiefer über sie, bis nur noch wenige Zentimeter ihre Gesichter trennten. »Behauptest du etwa, dass ich mich irre?«

»Nein, Knut. Du irrst dich nie. Aber vielleicht hat Kristian ja etwas falsch verstanden.«

Er packte sie am Haar und zerrte ihr den Kopf in den Nacken. »Wollen wir es hoffen. Denn wenn deine Mädchen meine Autorität untergraben haben und diese braven Männer ihre Arbeit verlieren …«

»Das waren nicht meine Mädchen. Die waren gar nicht da. Sicher war es jemand vom Küchenpersonal.« Flehentlich sah Margareta Knut an und suchte nach einem Hinweis darauf, dass er sich beruhigen würde. Als er sie losließ, knallte ihr Kopf gegen die Wand.

»Komm ins Bett«, sagte sie, denn sie wünschte sich nichts sehnlicher, als ihren schmerzenden Kopf aufs Kissen zu legen. »Die Männer brauchen dich morgen. Ein guter Anführer muss ausgeruht sein. Insbesondere am 1. Mai.«

»Da hast du gar nicht so unrecht«, erwiderte Knut und tat es. »Ein guter Anführer. Genau das bin ich.«

Margareta lag da und wartete darauf, dass das unvermeidliche Schnarchen einsetzte. Und tatsächlich brauchte sie sich nicht lange zu gedulden. Sie rieb sich die Seite, wo der zweite Fausthieb sie getroffen hatte. Kein bleibender Schaden. Schließlich konnte sie eine gebrochene Rippe inzwischen auch blind ertasten und diesmal war nichts geschehen. Ihre Mutter hatte sie gelehrt, auch für die kleinen Glücksfälle im Leben dankbar zu sein. Und eine Rippe, die nur geprellt war, konnte man doch wirklich als Glücksfall bezeichnen.

Kapitel 18

Um sechs Uhr am nächsten Morgen erschienen drei junge Männer beim Zimmerservice. Ottilia begrüßte sie mit einem Lächeln, das hoffentlich eher erfreut als todmüde wirkte. »Ich bin Fräulein Ekman. Danke, dass Sie gekommen sind.«

»Uns blieb nichts anderes übrig«, entgegnete einer von ihnen. »Außerdem wissen wir, wer Sie sind.«

Ottilia hielt seinem Blick stand. »Sehr gut. Wo ist der vierte Mann?«

»Kristian kommt nicht. Er sagt, er hätte noch nie im Zimmerservice gearbeitet und würde es auch nicht tun.«

»Dann müssen wir eben ohne ihn auskommen. Ich nehme die Bestellungen an und bereite die Getränke zu, Sie drei servieren.«

Der selbst ernannte Sprecher sah sich um. »Sie müssen hier mehr Ordnung halten. Warum ist dieser Wagen schon vorbereitet? Wir wissen doch erst, was wir brauchen, wenn die Bestellung eingeht. Außerdem gehört alles ins richtige Regal.« In übertriebenem Entsetzen schüttelte er den Kopf. »Irgendein Dummkopf hat Geld in dieser Tasse vergessen.« Er kippte die Münze auf seine Handfläche und steckte sie ein.

»Legen Sie diese Krone zurück«, sagte Ottilia leise. »Das ist Trinkgeld von letzter Nacht und gehört Ihnen nicht.«

»Eine Krone? Mehr haben Sie nicht bekommen?« Die drei Männer lachten. »Aber ich würde einer Frau, die einem Mann die Arbeit wegnimmt, auch kein Trinkgeld geben.«

Ottilia erhob ein wenig die Stimme. »Vornehme Herren denken da anders.«

Ihr Widersacher lief rot an. »Sie halten sich wohl für sehr schlau.«

»Ich halte mich für die Leiterin des Zimmerservice.« Ottilia wies auf die Tasse.

Der Mann warf die Münze hinein. »Wenn wir zu spät mit dem ersten Frühstück anfangen, ist das nur Ihre Schuld. Was müssen Sie auch hier herumstehen und sich über eine Krone aufregen?«

Ein Küchenmädchen steckte den Kopf zur Tür herein. »Fräulein Ekman?«

»Ja?«

»Frau Skogh möchte Sie um sieben in ihrem Büro sehen. Pünktlich.«

»Ach, du meine Güte«, höhnte der Kellner. »Sieht fast so aus, als würden wir bald einen neuen Leiter des Zimmerservice kriegen. Schließlich wissen wir alle, was es bedeutet, wenn sie einen in aller Herrgottsfrühe zu sich zitiert.«

Seine beiden Kollegen hielten im Bestücken ihrer Wagen inne, um sich mit dem Finger über die Kehle zu fahren.

»Richtig.« Der Sprecher schob den Wagen mit der ersten Bestellung zum Aufzug.

Das Telefon läutete. Obwohl ihre Hand, die das Telefon hielt, schweißnass war, bemühte Ottilia sich um einen freundlichen und verbindlichen Ton, als sie die Bestellung entgegennahm. Wo sollte sie hin, falls ihr wirklich gekündigt wurde? Ihre Stelle in Rättvik war besetzt. Außerdem würde Frau Skogh sie sicher nicht aus dem Grand Hôtel werfen und sie in einem ihrer anderen Häuser weiterarbeiten lassen. Und wer in Stockholm würde sie ohne Referenzen nehmen? Da sie keine Referenzen gebraucht hatte, um hier anzufangen, hatte sie aus ihrer Zeit in Rättvik nichts vorzuweisen. Und wo sollte sie sich hinlegen, um endlich ein paar Stunden zu schlafen, wenn man ihr hier die Tür wies? Vielleicht konnte sie sich ja auf einer Parkbank ausruhen. Andererseits bedeutete

Bleiben, dass sie überhaupt keine Zeit zum Schlafen haben würde, bis die Personalfrage zufriedenstellend geklärt war. Natürlich konnte sie immer nach Hause zurückkehren. Aber was dann?

Um zehn vor sieben wusch sich Ottilia rasch das Gesicht und ordnete, so gut es möglich war, ihr Haar. Unter anderen Umständen hätte sie sich in ihr Zimmer zurückgezogen, um sich richtig frisch zu machen. Doch im Moment hatte sie weder die Zeit noch die Kraft, sechs Stockwerke hinaufzusteigen. Ganz davon abgesehen, dass ihr Haar inzwischen ohnehin keine Rolle mehr spielte.

Sie hatte nur noch zwei Minuten, als sie die Steinstufen zur Verwaltung hinauflief. Karolina, Beda und Märta standen bereits vor August Svenssons geschlossener Tür. Karolinas Augen waren gerötet. Beda und Märta blickten kampfeslustig drein.

Ottilia erschrak. »Was ist passiert?«

»Wir werden rausgeworfen«, erwiderte Märta tonlos. »Herr Möller wurde auch herbefohlen. Er ist schon unterwegs.«

Ottilia wartete auf den Satz *Und das ist alles nur Ihre Schuld*, aber er fiel nicht. Dennoch hing er in der Luft wie eine Gewitterwolke. Früher oder später würde der Blitz unweigerlich einschlagen.

»Ich tue, was ich kann«, versprach Ottilia. Sie fuhr sich mit den Händen übers Kleid, klopfte leise an Herrn Svenssons Tür und trat ein.

»Machen Sie die Tür zu, Ekman«, rief Frau Skogh. »Sofort. Ich habe mir Frau Anderssons Beschwerde angehört, und jetzt will ich von Ihnen ganz genau wissen, was letzte Nacht vorgefallen ist.«

Ottilia warf einen Blick auf die Frau, die auf einem der drei Stühle vor dem Schreibtisch saß, und nickte ihr zur Begrüßung zu. Als der Raum sich um sie zu drehen begann, hielt sie sich mit den Fingerspitzen an einer Stuhllehne fest, da sie sich ja nicht unaufgefordert setzen durfte. Und diesmal hatte ihr noch niemand einen Platz angeboten. »Als ich gestern Abend in der Küche eintraf, teilte man mir mit, das Hotel sei voll besetzt und die Etagenkellner hätten die Arbeit niedergelegt.«

»Wer hat Ihnen das mitgeteilt?«

»Der Chefkoch und der Maître d'hôtel, gnädige Frau.«

»Weiter.«

»Ich habe Herrn Möller gebeten, die Bestellungen aufzunehmen, während ich meine Reisekleidung ausziehe. Er hat es getan, was mir eine große Hilfe war.«

»Weiter.«

»Allerdings wusste ich auch, dass es unmöglich sein würde, allein die Bestellungen aufzunehmen und zu servieren, ohne die Gäste eine unangemessen lange Zeit warten zu lassen. Das Telefon muss stets besetzt sein.«

Frau Skogh schwieg.

Ottilia schluckte. »Deshalb habe ich entschieden, dass es besser ist, das weibliche Personal bedienen zu lassen, als ganz auf den Zimmerservice zu verzichten. Schließlich halten wir es in Rättvik auch so. Mir ist bewusst, dass es gegen die Regeln des Hotels verstößt.«

»Weiter.«

»Märta, eines der Zimmermädchen, hatte mir mein Zimmer gezeigt. Also wusste ich, wo die Zimmermädchen zu finden sind.«

Frau Skogh hinderte Frau Andersson mit einer Handbewegung daran, Ottilia zu unterbrechen.

»Eigentlich hatten sie ihren freien Abend und wollten ausgehen. Doch es ist mir gelungen, dreien von ihnen klarzumachen, dass das Grand Hôtel sie braucht. Sie haben bis ein Uhr morgens hart gearbeitet und den Abend gerettet.«

Frau Skogh schürzte die Lippen. »Sie sollen reinkommen.«

Karolina, Märta und Beda traten ein und knicksten. In Karolinas Augen schimmerten frische Tränen.

Frau Skogh musterte die drei. »Wer hat Sie gestern aufgefordert, im Zimmerservice zu arbeiten?«

Beda warf Ottilia einen entschuldigenden Blick zu. »Fräulein Ekman, gnädige Frau.«

»Warum waren Sie einverstanden? Frau Andersson hat mir gesagt, sie habe Ihnen die Erlaubnis gegeben, auszugehen.«

»Das stimmt. Aber Fräulein Ekman war so verzweifelt. Schließlich ist das hier das Grand Hôtel. Wir können nicht auf den Zimmerservice verzichten.«

Ottilias Herz klopfte schneller. Hatte Frau Skogh etwa gerade fast unmerklich genickt?

»Aber Sie drei kennen sich doch mit dem Zimmerservice überhaupt nicht aus. Wie konnten Sie da helfen?«

Karolina ergriff das Wort. »Fräulein Ekman hat uns das Wichtigste beigebracht. Märta hat die Bestellungen angenommen, Beda hat die Servierwagen vorbereitet und ich habe serviert.«

»Auf diese Weise musste keine von ihnen alles lernen«, ergänzte Ottilia.

»Und woher wussten Sie, wie man einen Servierwagen vorbereitet?«, wandte sich Frau Skogh an Beda.

Beda erklärte ihr den Ablauf des Abends.

Frau Skogh verschränkte die Arme. »Ich habe eine Beschwerde von einem Gast erhalten.«

Ottilia räusperte sich. Schließlich hatte sie versprochen, sich schützend vor die anderen zu stellen, und nun war der Zeitpunkt gekommen. »Wir hatten einen Herrn, der es gestern Abend abgelehnt hat, von mir bedient zu werden. Er hat mich und sein Abendessen wieder weggeschickt.«

Frau Skogh verzog skeptisch das Gesicht. »Nur dieser eine Gast?«

»Ja. Also«, Ottilia holte tief Luft, »haben wir sein Essen gegessen.« Früher oder später würde es sowieso herauskommen, weshalb es besser war, gleich reinen Tisch zu machen.

Frau Skogh starrte sie ungläubig an. »Sie haben es gegessen?«

»Ja. Wir hatten alle seit dem Mittagessen nichts mehr im Magen und auch nicht die Zeit, um in die Kantine zu laufen. Außerdem hielt ich es für wichtig, dass die Mädchen das Essen auch kennen, das sie servieren. Insbesondere Märta, da sie ja die Bestellungen annahm. Darum haben wir das Consommé gekostet und ich habe ihnen alles über Steaks erklärt. Ansonsten wäre die Mahlzeit im Müll gelandet und das Hotel hätte das Geld so oder so verloren.«

Frau Skogh wandte sich an Märta. »Was haben Sie gelernt?«

»Dass mir das Steak ... *medium* schmeckt, aber Beda nicht. Sie hätte es lieber durchgebraten.«

Ottilia spürte, wie sich das Zimmer wieder zu drehen anfing.

Frau Skogh betrachtete sie. »Haben Sie seitdem etwas gegessen?«

Ottilia senkte den Blick. »Nein.«

»Und Sie waren die ganze Nacht auf den Beinen?«

»Ja, gnädige Frau.«

»Und was ist mit Ihnen dreien?«

»Fräulein Ekman sagte um eins, dass wir schlafen gehen sollten, weil unsere Schicht um sechs anfängt. Das dachten wir wenigstens ...« Bedas Stimme erstarb.

»Ich will sie nicht mehr haben«, verkündete Frau Andersson. »Sie kennen die Regeln.«

Eine Träne funkelte auf Karolinas Wange.

»Die Männer kennen sie ebenfalls«, entgegnete Frau Skogh spitz. »Und trotzdem haben sie die Arbeit niedergelegt.«

»Sie kommen bestimmt zurück, gnädige Frau.«

»Das denke ich auch, Frau Andersson. Aber wenn diese Mädchen ihre Stelle verlieren sollen, weil sie im besten Interesse des Hotels gehandelt haben, wäre es doch wohl nicht gerecht, die Männer wieder einzustellen, die für die ganze Misere verantwortlich sind.«

Frau Andersson rutschte auf ihrem Stuhl herum. »Für die Männer bin ich nicht zuständig.«

Ein Klopfen an der Tür kündigte das Eintreffen von Gösta Möller an. Beim Anblick der sechs Frauen weiteten sich seine Augen.

»Möller, was wissen Sie über die Katastrophe von letzter Nacht?«, fragte Frau Skogh.

Möller warf einen Blick auf Ottilia. »Dass es im Speisesaal viel zu tun gab und dass die Etagenkellner die Arbeit niedergelegt hatten.«

»Was haben Sie getan, um das Problem zu lösen? Wie viele Kellner haben Sie zum Zimmerservice beordert?«

»Keinen. Sie hatten im Speisesaal alle Hände voll zu tun. Außerdem war es mir unmöglich, weitere Mitarbeiter aus dem Feierabend zu holen und zum Dienst einzubestellen.«

»Warum?«

Möller blickte zu Boden. »Ich ging davon aus, dass sie sich weigern würden zu kommen.«

»Und Sie wollten sich nicht in die Arbeitsniederlegung einmischen.« Das war eine Feststellung.

»Herr Möller hat mir drei Männer geschickt, damit sie mir mit dem Frühstück helfen«, sagte Ottilia, worauf Möller sie dankbar ansah.

»Richtig. Genauer gesagt, waren es vier«, ergänzte er.

»Einer ist nicht erschienen.«

Möller wirkte verärgert. »Wissen Sie, wer das war?«

»Kristian.«

Frau Skogh musterte Möller. »Hat dieser Kristian zugesagt, die Frühstücksschicht zu übernehmen?«

»Ich glaube schon, gnädige Frau.«

»Dann kündigen Sie ihm.«

»Ich bin nicht für ihn zuständig. Charley Löfvander von der Bar ist sein Vorgesetzter.«

»Warum haben Sie ihn dann gefragt?«

»Weil im Zimmerservice Leute fehlten.«

»Und er war damit einverstanden, heute Morgen zu arbeiten?«

»Wie ich schon sagte, glaube ich das.«

Frau Skogh nickte. »Dann werde ich ihm selbst kündigen. Schließlich hat er dazu beigetragen, eine missliche Lage noch zu verschlimmern. Ich wünschte, man hätte mich gestern Abend benachrichtigen können.«

»Ich habe es versucht und einen Pagen zu Ihnen geschickt. Aber Sie waren weder in Ihrer Wohnung im Bolinder-Palast noch in der Styrmansgatan.«

»Von nun an werde ich für Notfälle auf meinem Schreibtisch einen Zettel hinterlassen, wo ich zu erreichen bin.«

»Danke. Kommen die Zimmerkellner wieder zum Dienst?«

»Nein.«

Frau Andersson schnappte erschrocken nach Luft.

»Und das stellt uns vor ein Problem. Sie drei«, wandte sich Frau Skogh an Karolina, Beda und Märta, »sind entlassen …«

Karolina schlug die Hand vor den Mund, um einen Aufschrei zu unterdrücken.

»Und zwar in Ihrer Funktion als Zimmermädchen«, fuhr Frau Skogh nach einer kurzen Pause fort. »Fräulein Ekman, hätten Sie Interesse daran, diese drei Mädchen in Ihrer neuen Abteilung Zimmerservice zu beschäftigen?«

Ottilias Herz machte einen Satz. »Ich …«

»Wir können doch keine Frauen …«, fiel Möller ihr ins Wort.

»Und ob wir können«, herrschte Frau Skogh ihn an. »Ich habe exakt eine einzige Beschwerde erhalten, allerdings auch vier Briefe von Stammgästen, die schreiben, sie seien gestern Abend mit dem Zimmerservice sehr zufrieden gewesen. Gäste sind keine Dummköpfe. Sie merken, wenn etwas im Busch ist.«

»Gnädige Frau«, begann Karolina. »Ein Gast hat mich gestern gefragt, wo die Männer seien. Ich habe geantwortet, Sie hätten eine Frau zur Leiterin des Zimmerservice gemacht. Den Rest hat er erraten. Er hat *Bravo* gesagt und mir fünf Kronen Trinkgeld gegeben.«

Frau Skogh starrte sie entgeistert an.

Rasch ergriff Ottilia das Wort, bevor Karolina sich noch um Kopf und Kragen redete oder sie selbst vor Hunger und Erschöpfung umfiel. »Wenn Märta, Beda und Karolina für mich arbeiten wollen, würde ich sie mit offenen Armen beim Zimmerservice willkommen heißen«, beantwortete sie die Frage ihrer Vorgesetzten.

»Moment.« Als Frau Andersson den Arm hob, verzog sie vor Schmerzen das Gesicht. »Dann ist meine Abteilung ja unterbesetzt.«

»Sie hatten die Mädchen bereits entlassen«, entgegnete Ottilia. Im nächsten Moment fing der Raum an zu schwanken und ihr wurde schwarz vor Augen.

Möller fing sie auf, bugsierte sie in einen Sessel und schob ihr den Kopf zwischen die Knie.

Sie hörte, wie jemand am Ende eines langen Tunnels kaltes Wasser und heißen Tee mit viel Zucker verlangte. Dann lichtete sich allmählich der Nebel und sie schlug die Augen auf. »Es tut mir leid«, flüsterte sie. »Ich weiß nicht, was da gerade passiert ist.«

Frau Skogh klopfte mit den Fingern auf die Tischplatte. »Sie bleiben sitzen, Fräulein Ekman. Ich habe genug gesehen und gehört. Möller, Sie sind heute für den Zimmerservice zuständig. Außerdem möchte ich, dass Sie vier erfahrene Kräfte zum Zimmerservice versetzen, bis Fräulein Ekman die Zeit hatte, selbst ihr Personal zu komplettieren. Frau Andersson, ich möchte, dass Sie einen eigenen Raum für unsere Zimmerkellnerinnen einrichten. Schließlich haben sie andere Arbeitszeiten als die Zimmermädchen.«

»Jawohl, gnädige Frau.«

Es klopfte an der Tür. Ihr Widersacher von vorhin kam mit einem Tablett herein und näherte sich dem Schreibtisch.

Frau Skogh wies auf Ottilia. »Für Fräulein Ekman.«

Als der Mann das Tablett vor Ottilia hinstellte, malte sich ein so hasserfüllter Ausdruck in seine Augen, dass sie erschauderte. Sie mochte die Schlacht gewonnen haben, doch der Feind sammelte schon seine Truppen. Sie trank einen Schluck von dem heißen, süßen Tee und spürte, wie Wärme sie durchströmte. Neue Hoffnung stieg in ihr hoch, und sie stellte fest, dass sie sich auf die Aufgaben beim Zimmerservice freute. Wenn die Männer ihr Steine in den Weg legen wollten, nur zu.

»Also, meine Damen«, wandte sich Frau Skogh an die drei Mädchen, die immer noch standen. »Kann ich davon ausgehen, dass Sie gern beim Zimmerservice anfangen würden?«

Karolina, Märta und Beda wechselten ungläubige Blicke. »Jawohl, gnädige Frau«, antworteten sie im Chor.

»Wir werden Sie nicht enttäuschen«, fügte Karolina hinzu.

»Das haben Sie schon letzte Nacht bewiesen, und ich habe keinen Grund, daran zu zweifeln, dass das auch so bleiben wird«, erwiderte Frau Skogh. »Sie werden schwarze Kleider und weiße Schürzen brauchen. Wenn wir die Sachen noch heute bestellen, werden sie hoffentlich bis morgen früh geliefert.«

»Verzeihung, gnädige Frau«, meldete sich Beda zu Wort. »Bekommen wir denselben Lohn wie als Zimmermädchen? Ich schicke nämlich jeden Monat etwas nach Hause und muss wissen, ob es vielleicht weniger wird.«

»Seit gestern Abend verdienen Sie genauso viel wie die alleinstehenden Männer«, antwortete Frau Skogh. »Ich glaube, das ist ein wenig mehr, als ein Zimmermädchen bekommt. Und nun hören Sie mir gut zu. Fräulein Ekman wurde in einem meiner Häuser ausgebildet. Sehen Sie ihr gut zu und lernen Sie von ihr. Den heutigen Tag werden Sie damit verbringen, sich unsere Speisekarten einzuprägen und die Kellner im Speisesaal aus der Entfernung zu beobachten. Machen Sie sich damit vertraut, wo alles im Dienstraum des Zimmerservice aufbewahrt wird. Halten Sie sich in der Küche auf und machen Sie sich mit den Köchen bekannt. Wenn Sie sich dort nützlich machen können, nur zu, aber stehen Sie niemandem im Weg herum. Für mich ist es wichtig, dass Sie schnell lernen. Schließlich kann Möller die Abteilung nicht ewig leiten, denn er hat seine eigenen Aufgaben.«

»Ich fange sofort an, neue Kräfte zu suchen«, sagte Ottilia.

»Sie werden nichts dergleichen tun, sondern sofort nach unten in die Kantine gehen und ordentlich frühstücken. Anschließend legen Sie sich ins Bett. Bis Karolina Ihnen gegen drei ein verspätetes Mittagessen bringt, will ich von Ihnen weder etwas hören noch sehen.«

Karolina nickte.

»Den heutigen Abend verbringen Sie damit, einen Dienstplan mit den Kräften aufzustellen, die Ihnen zur Verfügung stehen. Morgen beginnen Sie mit der Suche nach neuem Personal. Man wird sich die Mäuler über Sie vier zerreißen oder sogar versuchen, Ihnen das Leben schwer zu machen. Lassen Sie sich nicht beirren. Ich schlage vor, dass Sie eine zuverlässige Mannschaft aus Frauen zusammenstellen, Ottilia. Je mehr, desto besser. Sollte einer der Männer Ihnen auch nur zu nahe kommen, melden Sie ihn bei mir. Mädchen, die derzeit bei Frau Andersson arbeiten, werden nicht abgeworben. Es hat keinen Sinn, ein Feuer zu löschen und dabei ein anderes anzufachen. Und jetzt muss ich ein Hotel leiten. Es ist der 1. Mai, und da uns so viele ehemalige Mitarbeiter fehlen, haben wir alle Hände voll zu tun.«

Ottilia biss sich auf die Lippe. »Gnädige Frau, was sollen wir tun, wenn die Männer, die gestern die Arbeit niedergelegt haben, wiederkommen und ihre Stellen zurückfordern?«

»Sie werden gar nicht erst ins Haus gelassen. Ich habe Knut Andersson am Personaleingang postiert. Er hat Order, sie abzuweisen.«

Kapitel 19

»Mina, das hast du ernsthaft getan?« Elisabet Silfverstjerna warf den Kopf in den Nacken und ließ das perlende Lachen ertönen, das Oskar II. vor all den Jahren zu ihrem ergebenen Verehrer gemacht hatte.

Wilhelmina grinste ihre Freundin an und prostete ihr mit dem Sherryglas zu. »Ja, habe ich. Wenn Knut Andersson glaubt, sich zum Sprecher der anderen und zum Alleinherrscher aufschwingen zu können, gebührt ihm auch die Ehre, seinen Gefolgsleuten mitzuteilen, dass sie im Grand Hôtel nicht mehr erwünscht sind. Und ihnen ihre Sachen auszuhändigen. Ich glaube, die Schockwellen sind bei den richtigen Leuten angekommen.«

»Wie lange musste der arme Mann dort stehen?«

»Seine ganze Schicht. Von sieben bis sieben. Wie passend zum 1. Mai. Armer Mann? Dass ich nicht lache! Die Suppe hat er sich ganz allein eingebrockt. Außerdem hatte er, während er auf der Stallgatan den Gehweg angewärmt hat, wenigstens keine Möglichkeit, in meinem Hotel weiter für Aufruhr zu sorgen. Denn mir kam es darauf an, dass die Gemüter sich beruhigen.«

»Warum wirfst du ihn nicht raus, wenn er dir so ein Dorn im Auge ist?«

»Weil der Mann schlauer ist als ein Fuchs. Er schafft es stets, dass sich die anderen für ihn aus dem Fenster lehnen. So war er nicht derjenige, der die Arbeit verweigert hat. Knut Andersson ist zwar ein Aufwiegler, aber selbst nie der Übeltäter.«

»Meiner Ansicht nach ist er beides«, erwiderte Elisabet nachdenklich.

»Offen gestanden bin ich auch dieser Meinung. Nur dass ich ihn zuerst bei etwas ertappen muss, das er tatsächlich angestellt hat. Dass er große Reden schwingt, reicht nicht als Kündigungsgrund. In letzter Zeit war ich zu sehr mit der Renovierung des Eingangsbereichs beschäftigt, um viel Zeit in der Hotelhalle zu verbringen. Aber in Zukunft werde ich öfter ein Wörtchen mit Andersson reden. Und ich werde noch vor dem Mittsommer eine Alkoholfahne an ihm riechen, das ist so sicher wie das Amen in der Kirche, Lizzie. Wenn die Nächte kürzer sind, bleibt mehr Zeit zum Trinken. Eigentlich hat mir der Mann ja einen Gefallen getan, denn er hat dafür gesorgt, dass all die unterschwellige Frauenfeindlichkeit endlich aufs Tapet gekommen ist. So konnte ich mich damit befassen. Falls es wirklich zu einem Generalstreik kommt, bin ich jetzt in einer besseren Position, um zu verhindern, dass er auf das Grand Hôtel übergreift. Nicht dass man den Arbeitern den Kampf um das Wahlrecht verübeln könnte.«

Elisabet lachte leise auf. »Ich kann es immer noch nicht fassen, dass wir die ganze Aufregung gestern Abend verpasst haben. Aber für die Mädchen war es das Beste.«

»Genau. Nur schade, dass Möller mich nicht erreichen konnte.«

»Das finde ich auch«, sagte Elisabet mit einem schalkhaften Funkeln in den Augen. »Ich hätte zu gern das Gesicht Seiner Majestät gesehen, wenn ein Diener ihn beim Abendessen gestört hätte: ›Verzeihung, Königliche Hoheit, aber ich habe eine Nachricht für Frau Skogh. In ihrem Hotel ist eine Revolution ausgebrochen.‹«

Wilhelmina musste ihr Glas wegstellen, um nichts zu verschütten, denn die beiden Frauen bogen sich vor Lachen. Schließlich tupfte sie sich die Augen ab. »Du bist wirklich Balsam für meine Seele, meine Liebe.«

»Genauso wie du und Per es für meine seid. Ihr bringt eine fröhliche Stimmung in jedes gesellige Beisammensein. Eigentlich hatte ich nicht damit gerechnet, dich schon heute Abend wiederzusehen, aber ich freue mich sehr über deinen Besuch.«

Wilhelmina machte ein ernstes Gesicht. »Ich bin hier, weil ich etwas wirklich Wichtiges mit dir besprechen muss.«

Elisabet musterte sie besorgt. »Es scheint ernst zu sein.«

»Ich habe Karolina kennengelernt. Sie gehört zu dem Dreigespann, das gestern Abend eingesprungen ist.«

Elisabet schlug die Hand vor den Mund. »Meine Karolina?«

Wilhelmina nickte. »Ich habe heute in unseren Personalakten nachgesehen. In der Hauswirtschaft gab es nur eine Karolina. Karolina Nilsson.«

»Meine Karolina«, bestätigte Elisabet. Im nächsten Moment verdüsterte sich ihre Miene. »Mina, hast du gerade ›gab‹ gesagt?«

»Frau Andersson hat allen drei Mädchen den Laufpass gegeben. Sie schien es nur sehr ungern zu tun, und ich glaube, sie wollte damit nur ihren Mann bei Laune halten. Das ist der Stand der Dinge. Ottilia Ekman stellt eine neue Mannschaft für den Zimmerservice zusammen und hat alle drei angeworben. Sie haben natürlich dankbar angenommen.«

»Mein Gott, Mina. Wird es im Grand Hôtel tatsächlich Zimmerkellnerinnen geben? Ach, das finde ich wunderbar. Und Karolina ist in Sicherheit.«

»Das ist sie. Aber wie dir klar sein muss, besteht damit die Gefahr – oder die Chance –, dass Karolina auch in dieser Suite das Essen serviert. Früher oder später wird es passieren.«

»Vermutlich hast du recht.« Elisabet trank einen Schluck Sherry. »Weißt du, dass ich noch nie ihre Stimme gehört habe? Wie ist sie denn so?«

Wilhelmina überlegte. »Ein ganz reizendes Mädchen. Offenbar hatte sie eine Todesangst davor, gekündigt zu werden. Und wer hätte das nicht, wenn keine andere Stelle auf ihn wartet? Nach deiner Erzählung hat Karolina nur ihre Pflegeeltern und dieses Hotel.«

Elisabet hatte Tränen in den Augen. Ihre Hand umklammerte ihre Perlenkette.

»Außerdem ist sie von Grund auf ehrlich«, fuhr Wilhelmina fort. »Allem Anschein nach hat sie gestern einem Gast gegenüber angedeutet, dass die männlichen Kellner die Arbeit niedergelegt haben.«

Elisabet unterdrückte ein Kichern und schien sich ein wenig zu entspannen. »Das ist meine Tochter.«

»Das ist sie eindeutig. Sie ist sehr hübsch. Knochenbau, Teint und Haarfarbe hat sie von dir, aber die Augen sind, wenn du mich fragst, von ihrer Großmutter.«

»Königin Josefina? Vielleicht. Ach herrje, hoffentlich fällt es sonst niemandem auf.«

»Dagegen können wir nichts tun.«

»Nein. Aber Mina, was ist, wenn Frau Andersson einen Verdacht hat? Wie kannst du da ihrem Mann kündigen? In diesem Fall könnte sie es ihm erzählen oder dir damit drohen.«

Wilhelmina schüttelte den Kopf. »Per glaubt das nicht. Er denkt, Frau Andersson dürfte sogar erleichtert sein, wenn ihr Mann das Hotel verlassen muss. So hätte sie ein wenig Freiraum, einen Zufluchtsort sozusagen. Pers Cousine wurde auch von ihrem Mann geschlagen. Zum Glück war er Seemann, und sie war stets froh, wenn er auf Fahrt war.«

Elisabet atmete sichtlich auf und ihre Schultern lockerten sich. »Der liebe Per. Hoffentlich werde ich ihn öfter sehen, wenn ihr zwei wirklich in den Bolinder-Palast zieht. Gestern Abend sah er sehr gut aus.«

»Er ist bei bester Gesundheit. Allerdings beschwert er sich, er hätte mich letzten Monat seltener gesehen als in der Zeit, als er in der Styrmansgatan und ich in Störvik lebte. Natürlich hat er damit recht. Aber während der Renovierungsarbeiten im Erdgeschoss kann ich mich vielleicht ein wenig öfter vom Schreibtisch loseisen.«

»Wie geht es voran?«

»Die Pläne sind fertig. Inzwischen sind wir bei der Innenausstattung. Ich habe entschieden, mich an Lotten Rönquist zu wenden.«

»Die Künstlerin? Das ist eine ausgezeichnete Idee. Sie hat einige wunderschöne Fresken im Drottningholm-Palast gemalt.«

»Auch für mich im Hotel in Rättvik. Ich werde sie mit einigen Wandgemälden in Kreide beauftragen, die Södermalm, Ulriksdal und vielleicht sogar Rättvik darstellen sollen. Und zwar auf der Seite der neuen Bar, die auf die Stallgatan hinausgeht, gleich beim Büfett mit den Kanapees.«

»Sie ist nicht billig«, wandte Elisabet ein.

Wilhelmina seufzte. »Nichts ist billig. Aber wie ich unserem geschätzten Vorstandsvorsitzenden Algernon Börtzell schon sagte, kann man auch nicht davon ausgehen, dass irgendetwas im Grand Hôtel billig ist.«

Die beiden Freundinnen saßen schweigend im weichen Licht der Abendsonne und dachten nach. Draußen vor dem Fenster kündigten die Dampfer tutend Ankunft und Abfahrt an. Dazu waren wie immer Hufgetrappel und das Rattern von Rädern auf dem Kopfsteinpflaster zu hören. Ein Mann rief etwas. Eine Frau lachte. Eine Möwe stieß einen Schrei aus.

»Immer wenn ich einen Dampfer sehe oder höre, muss ich an meine Ankunft im Jahr 1862 denken«, seufzte Wilhelmina. »Ich hatte einen wunderschönen neuen Mantel geschenkt bekommen. Und ich liebte ihn so sehr, dass ich es nicht über mich brachte, ihn in meinen kleinen Koffer zu stopfen oder ihn gar anzuziehen, solche Angst hatte ich, ihn schmutzig zu machen. Also trug ich ihn vorsichtig über dem Arm. Als wir in Stockholm anlegten, konnte ich die Dame, die mich abholen sollte, nirgendwo entdecken. Ein Mann hat sich erboten, meine

Sachen für mich zu halten, während ich sie suchen ging.«
Wilhelmina trank einen Schluck Sherry.

»Oh nein ...«, stöhnte Elisabet.

»Oh ja. Ich habe weder Mantel noch Koffer je wiedergesehen. Aber ich habe eine wichtige Lektion gelernt.«

»Unsere wichtigsten Lektionen kosten uns stets einen hohen Preis.«

»Einen sehr hohen Preis für ein zwölfjähriges Mädchen. Doch trotzdem habe ich im Sommer immer Freude daran, mit dem Boot zu fahren. Wenn ich das Tuten höre, bekomme ich Lust auf eine Seereise.«

»Ich wünschte, es wäre nicht so laut in der Stadt«, erwiderte Elisabet. »Bis das neue Parlamentsgebäude fertig ist, wird im Palast keinen Moment Ruhe einkehren. Obwohl wir alle Fenster geschlossen halten, hören wir den Radau.«

Wilhelmina verzog verständnisvoll das Gesicht. »In meinem Büro herrscht ebenfalls Hämmern und Rumpeln. Einige Gäste haben sich schon beschwert. Doch wie ich einem ganz besonders verärgerten Stammgast erklärt habe, müsse der König genauso leiden wie er und könne ebenso wenig dagegen tun. Seltsamerweise schien er damit zufrieden.«

»Weil er etwas mit dem König gemeinsam hat oder weil Seine Majestät auch gestört wird?«

»Ich habe nicht weiter nachgehakt. Solange er nur in besserer Laune als zuvor mein Büro verließ, hatte ich mein Ziel erreicht. Die Gäste beschweren sich immer über Lärm. Régis Cadier hatte sogar Gäste, die sich morgens über die Tauben auf dem Dach beklagt haben.«

»Wogegen man auch nichts tun kann«, merkte Elisabet an.

»Weit gefehlt.« Wilhelmina grinste. »Régis pflegte mit seinem Gewehr hinaus auf den Blasieholmshamnen zu gehen und von dort aus auf die Mistviecher zu schießen. Ein paar hat er getroffen und die anderen sind weggeflogen.«

Elisabet prustete vor Lachen. »Du flunkerst doch.«

»So wahr ich hier sitze. Ich habe es von jemandem, der ihn selbst dabei gesehen hat.«

»Nun, Lärm hin oder her, die Menschen sind reif für den Sommer. Ich bin es jedenfalls.«

»Meine liebste Jahreszeit«, stimmte Wilhelmina zu. »Und da beim Personal wieder Ruhe eingekehrt ist, könnte ich vielleicht sogar die Zeit finden, mir in diesem neuen französischen Modeatelier bei Nordiska Kompaniet einen Hut zu kaufen.«

Kapitel 20

Als Ottilia immer mehr Frauen anwarb, sprach es sich rasch in der Stadt herum, dass das Grand Hôtel nun Etagenkellnerinnen beschäftigte. Ende Mai konnte Margareta vom Foyer aus beobachten, wie Frau Skogh, Ottilia, Karolina, Beda und Märta für den Fotografen der *Dagens Nyheter* Aufstellung nahmen. Obwohl sie sich um eine möglichst missbilligende Miene bemühte, tat es ihr in der Seele weh, Ablehnung vorspiegeln zu müssen. Aber Knut hatte an seinem Platz hinter der Rezeption jede ihrer Gemütsregungen im Blick. Seit Frau Skogh ihn in die Schranken gewiesen hatte, kochte er vor unterdrückter Wut. Mit den Monologen in der Kantine war zwar Schluss, denn selbst der Hotelpage Edward befürchtete, sich in die Nesseln zu setzen, wenn er ihm andächtig lauschte. Allerdings hatte Knut nicht aufgehört, die Fäuste zu schwingen. An den meisten Abenden betrank er sich in Gesellschaft anderer Männer, die wie er die Ansicht vertraten, eine Frau habe zu schweigen und die Beine breit zu machen. Schließlich habe ein Arbeiter die Pflicht, für seine Freiheit zu kämpfen und sich gegen Firmeninhaber und Vorgesetzte zu wehren, die ihn wie einen Sklaven behandelten. Was, wenn man Knut und seinen Kumpanen glauben konnte, ausnahmslos für alle Arbeitgeber galt.

Margaret konnte diese Auffassung nicht ganz teilen. Für Stockholmer Verhältnisse bezahlte das Grand Hôtel seine Angestellten gut. Selbst das Kantinenessen war sehr nahrhaft. In einer seltenen Anwandlung von Mut teilte sie das auch Knut mit, der herablassend einräumte, ihr Einwand habe etwas für sich.

Dennoch müsste er seine Standesgenossen unterstützen, die es nicht so beneidenswert gut getroffen hätten wie er. Margaret teilte diese Ansicht zwar nicht, doch sie biss sich auf die Zunge. Wer Knut einmal widersprach, war leichtsinnig. Wer es ein zweites Mal tat, spielte mit seinem Leben.

Gösta Möller gesellte sich zu ihr und wies mit dem Kopf auf die Hoteldirektorin und die vier lächelnden Mädchen im schwarzen Kleid, die hinter einem fertig eingedeckten Servierwagen standen. »Sie machen ihre Sache gut.«

Margareta nickte fast unmerklich. Dann warf sie einen Blick auf Knut. Ob er sie gesehen hatte? Doch was Gösta zu ihr gesagt hatte, konnte er ja nicht wissen.

»Wie verstehen Sie sich denn mit unserer Direktorin?«, erkundigte sich Möller. »Bestimmt ist es nicht leicht für Sie.«

Spielte er damit auf Frau Skoghs strenges Regiment oder darauf an, dass Knut die Frau hasste wie die Pest? Allerdings hatte sich Margareta in den letzten beiden Monaten sicherer gefühlt als während ihrer gesamten Ehe. Sie spürte, dass Frau Skogh Bescheid wusste, auch wenn sie beide Knut niemals namentlich erwähnten. Doch innerhalb der vier Wände des Grand Hôtel konnte er ihr nichts anhaben. Aber war das nicht schon immer so gewesen? Vermutlich schon, nur dass sich irgendetwas verändert hatte. Allerdings konnte Margareta unmöglich mit Gösta Möller darüber sprechen. »Sie macht ihre Arbeit, ich mache meine.«

Möller schaute hinüber zu Knut, der seinen Blick mit einem argwöhnischen Ausdruck in den Augen erwiderte.

Margareta erschauderte.

»Ist Ihnen kalt?«, fragte Möller, ohne Knut dabei aus den Augen zu lassen.

»Hunger. Ich war gerade auf dem Weg in die Kantine.« Das war nur die halbe Wahrheit, weil es mehrere Wege in die Kantine gab, auf denen man nicht durchs Foyer musste. Aber sie hatte sich vergewissern wollen, ob Knut an seinem

Posten war, denn er war in der letzten Nacht nicht nach Hause gekommen.

»Dann will ich Sie nicht länger aufhalten.« Möller berührte sie leicht am Ellbogen.

Eine aufmunternde Geste.

Während der Fotograf seine Kamera vom Stativ hob, gingen die Mädchen zur Dienstbotentreppe. Frau Skogh schritt auf die Rezeption zu, wo sie ein schwarzes Buch aus einer Schublade nahm. Nach einer kurzen Pause wandte sie sich an Knut, der den Kopf schüttelte und protestierend die Hände ausstreckte, als sie das Wort an ihn richtete.

Mit angehaltenem Atem beobachtete Margareta, wie ihr Mann Frau Skogh zu der Treppe begleitete, die in die Verwaltung führte. Margareta folgte ihnen. Das Gebrüll begann, noch ehe sie auch nur Zeit gehabt hatte, den Vorhang hinter sich zu schließen.

»Dreckige Schlampe!«, schrie Knut, an Frau Skoghs Bürotür gewandt.

»Es reicht!«, brachte Svensson ihn mit lauter Stimme zum Schweigen. »Sonst verständige ich die Polizei.«

Die beiden verschwanden die Kellertreppe hinunter.

Wie angewurzelt blieb Margareta auf dem Flur stehen. Das Herz klopfte ihr bis zum Halse. Offenbar war Knut gekündigt worden. Warum? Konnte – sollte – sie sich für ihn verwenden? Ganz sicher erwartete er das von ihr. Würde er sie ins Verhör nehmen? Was habe Margareta gesagt? Was habe Frau Skogh ihr geantwortet? Und dann würde er entscheiden, ob Margareta sich genug für ihn eingesetzt hatte. Richter und Geschworene in einem. Das Urteil würde ebenso vorhersehbar wie schmerzhaft ausfallen, denn die Wahrscheinlichkeit, dass Frau Skogh einlenkte, war sehr gering.

Dennoch klopfte Margareta an Frau Skoghs offene Tür.

Die Direktorin blickte von ihrem Schreibtisch auf. »Falls Sie hier sind, um Andersson in Schutz zu nehmen, verschwenden

Sie Ihre Zeit und können sich die Mühe sparen. Sollten Sie ein anderes Anliegen haben, kommen Sie herein.«

Margareta schluckte und schloss die Tür.

Frau Skogh legte den Stift weg. »Was kann ich sonst für Sie tun, wenn es nicht um Andersson geht?«

»Es geht um meinen Mann«, erwiderte Margareta leise. »Ich muss es versuchen.«

Frau Skogh musterte sie forschend. »Warum?«

»Damit ich wahrheitsgemäß antworten kann, dass ich es versucht habe.«

»Was geschieht sonst?«

Margareta senkte die Augen. »Sonst könnte es zu Hause ziemlich ... schwierig werden.«

»Lassen Sie uns Ross und Reiter beim Namen nennen, Margareta. Mit ›schwierig‹ meinen Sie, dass er gewalttätig wird.« Frau Skoghs Tonfall war nicht mitleidig, sondern einfühlsam. Und dass sie Margareta beim Vornamen ansprach, sorgte dafür, dass diese ein wenig offener wurde.

»Ja.«

»Dann sagen Sie ihm, Sie seien vor mir auf die Knie gefallen und ich hätte mich trotzdem geweigert.«

»Darf ich fragen, warum Sie ihm gekündigt haben?«

Frau Skogh klopfte auf das schwarze Buch, das auf ihrem Schreibtisch lag. »Er ist heute Morgen betrunken zum Dienst erschienen. Obwohl er schon seit einigen Stunden hier war, konnte ich seinen Bieratem noch deutlich riechen. Das ist ein schwerer Regelverstoß.«

Margareta schloss die Augen und öffnete sie wieder. Sie hatte immer gewusst, dass es eines Tages so weit kommen würde. Irgendwann würde das letzte Glas eines zu viel gewesen sein. Dennoch hatte er stets darauf beharrt, dass er Alkohol gut vertrug und sich jeden vorknöpfen würde, der das Gegenteil behauptete.

»Aber ich habe eine Frage an Sie«, fuhr Frau Skogh fort.

»Ich trinke nicht. Oder wenigstens nur zu wichtigen Anlässen oder an Feiertagen.«

»Es ist nichts dabei, sich hin und wieder einen Schluck zu gönnen. Ich selbst tue das gelegentlich auch.« Frau Skogh lächelte ihr verschwörerisch zu. »Doch jeden Abend im Wirtshaus zu trinken, muss nicht sein. Nein, meine Frage lautet eigentlich, ob Sie lieber hier im Hotel wohnen möchten.«

»Hier wohnen?« Margareta verzog zweifelnd das Gesicht. »Aber ich bin nicht alleinstehend.«

»Wären Sie es denn gerne?«

»Ich kann mich nicht von Knut scheiden lassen. Das würde er niemals erlauben. Eher würde er mich umbringen.«

»Frau Andersson, ich habe weder das Recht noch die Pflicht, meinen Mitarbeiterinnen zu empfehlen, dass sie sich von ihrem Mann trennen sollen. Nur die beiden Betroffenen selbst wissen, was in ihrer Ehe vor sich geht. Allerdings habe ich das Recht und die Pflicht, meinen Mitarbeiterinnen eine Unterkunft anzubieten, falls sie eine brauchen.«

Margareta reckte das Kinn. »Warum sind Sie so freundlich zu mir?«

»Weil ich zufällig der Ansicht bin, dass die Frau Andersson, die die meisten von uns kennen, nicht die wahre Margareta ist. Nur im Vertrauen: Wussten Sie, dass Ihr Mann die Etagenkellner dazu angestiftet hat, die Arbeit niederzulegen?«

»Ja.«

»Und deshalb haben Sie Ihren Mädchen den Abend freigegeben, damit sie nicht zwischen die Fronten gerieten?«

Margareta nickte.

»Und als dieser Schuss nach hinten losging, glaubten Sie, keine andere Wahl zu haben, als die Betroffenen vor die Tür zu setzen, damit es zu Hause nicht ... schwierig wird. Mit dem Ergebnis, dass Sie drei fähige Mitarbeiterinnen verloren haben.«

»Richtig.«

»Aber diese drei fähigen Mitarbeiterinnen sind so fähig,

weil Sie sie ausgebildet haben. Und inzwischen haben Sie drei weitere Mädchen angelernt. Sie sind eine Zierde für das Grand Hôtel.«

Margareta spürte, dass sie errötete.

»Also bin ich nicht freundlich«, sprach Wilhelmina weiter, »sondern mache nur meine Arbeit und handle im besten Interesse dieses Hotels.«

Kapitel 21

Während des ganzen Heimwegs zermarterte sich Margareta wegen des bevorstehenden Gesprächs mit Knut den Kopf. Er würde schon einen Grund finden, seine Wut an ihr auszulassen. Schließlich war sie nicht nur daran gescheitert, Frau Skogh dazu zu überreden, ihn wieder einzustellen. Nein, sie hatte sich außerdem nicht hinter ihn gestellt, indem sie ebenfalls die Arbeit niederlegte. Das würde er sicher als Vertrauensbruch werten. Und sogar zu Recht. Hatte sie die Möglichkeit, einen anderen Arbeitsplatz zu finden? Vermutlich. Zum selben Gehalt? Höchst unwahrscheinlich. Und was sollte werden, wenn sie beide kein Einkommen mehr hatten?

Sie atmete einen Schwall nach Kanalisation stinkender Luft ein und verzog das Gesicht, als sie einen Schritt über einen Abwassergraben machen musste. Gamla Stan war bei Weitem das übelriechendste Viertel der Stadt. So viele Menschen, so wenige sanitäre Einrichtungen. Im Winter gefror der bräunlich graue Schlamm. Doch um diese wunderschöne Jahreszeit plätscherte das Schmutzwasser die Rinnsteine der Straßen entlang quer durch Skeppsbron und dann ins Meer. Atmeten die Menschen in den oberen Stockwerken der neuen Gebäude in Södermalm eine sauberere Luft? Margareta ging über das glitzernde Wasser zum Södermalmstorg. Das Licht der Abendsonne tanzte auf den blauen Wellen und die weißen Segel der in einer Reihe am Kai des Kornhamnstorg festgemachten Boote blähten sich in der sanften Brise. Wenigstens kehrten im Sommer die Farben zurück in die Stadt. Selbst die Ärmsten konnten sich am Anblick einer wild wachsenden roten Tulpe oder sogar eines Löwenzahns erfreuen. Bis jemand die Blume abpflückte.

Margareta eilte weiter. Vielleicht gelang es ihr ja, vernünftig mit Knut zu reden. Oder ihm etwas anzubieten, um ihm Verhandlungsmasse zu liefern. Wenn sie ihm erzählte, dass Karolina Nilsson vermutlich Elisabet Silfverstjernas Tochter war, würden sich ihm einige neue Möglichkeiten eröffnen. Konnte er sich an Fräulein Silfverstjerna selbst wenden und sie auffordern, ihm seine Stelle wiederzubeschaffen? Vielleicht. Aber was, wenn Margareta sich irrte und Nilsson gar nicht mit Fräulein Silfverstjerna verwandt war? Dann würde Knut nichts Besseres zu tun haben, als ihr die Schuld zu geben. Was nur recht und billig war. Und sie würden beide arbeitslos sein, in einer Stadt, in der es infolge der jüngsten Streiks nur so von Arbeitssuchenden wimmelte.

Ein Stück vor ihr ragte eine Gestalt auf. Selbst aus dieser Entfernung konnte sie feststellen, dass Knut betrunken war, denn er versuchte immer wieder, den Fuß hinter sich gegen die Wand zu stemmen, und kippte dabei zur Seite. Außerdem merkte sie ihm an, dass er auf sie gewartet hatte.

Am folgenden Nachmittag wurde an Wilhelminas offene Tür geklopft. Sie blickte von Lotten Rönquists Entwürfen für das Wandbild in der Bar auf und winkte Gösta Möller herein. »Gibt es ein Problem?«

Er trat von einem Fuß auf den anderen. »Ich bin nicht sicher, gnädige Frau. Soweit ich gehört habe, ist Frau Andersson heute nicht zur Arbeit erschienen.«

»Da haben Sie richtig gehört, Möller.« Sie unterdrückte ein Schmunzeln. Wie hatte Lizzie ihn genannt? *Ein tüchtiger Mann, der Augen und Ohren offen hält.* »Und was geht Sie das an?«

Er schluckte. »Ich fürchte, Frau Anderssons Abwesenheit könnte nicht freiwillig sein.«

Wilhelmina bedeutete ihm, sich zu setzen. »Das müssen Sie mir erklären.«

»Meines Wissens ist Margareta, Frau Andersson, eine sehr zuverlässige Mitarbeiterin ...«

»Ich habe das Arbeitsverhältnis mit ihrem Mann gestern gekündigt. Wie ich annehme, will sie auf diese Weise ebenfalls kündigen, um ihn zu unterstützen.«

»Und genau das ergibt keinen Sinn«, wandte Möller ein. »Wenn sie gekündigt hätte, um etwas zu beweisen, würde Knut Andersson gewiss nicht stillschweigend darüber hinweggehen. Er würde es darauf anlegen, dass Sie ganz sicher davon erfahren, gnädige Frau.« Er räusperte sich.

Wilhelmina erstarrte. »Und wie lautet Ihre Vermutung?«

»Dass er ihr Gewalt angetan hat und dass sie deshalb jetzt arbeitsunfähig ist.«

»Dann hätte sie sich doch gewiss krankgemeldet.«

»Falls sie das noch kann«, entgegnete Möller zögernd.

Als Wilhelmina die Tragweite dieser Worte klar wurde, starrte sie Möller fassungslos an. »Sie wollen doch nicht etwa andeuten ...«, stammelte sie schließlich.

»Ich weiß es nicht. Aber ich mache mir Sorgen und möchte Sie um die Erlaubnis bitten, Frau Andersson zu Hause aufzusuchen, um nach ihr zu sehen. Dazu bräuchte ich ihre Adresse aus der Personalakte.«

»Meine Erlaubnis haben Sie. Doch falls Sie glauben, dass Frau Andersson körperlich bedroht wird, sollten Sie nicht allein hingehen. Nehmen Sie zwei unserer Hausdiener mit. Die sind ziemlich kräftig gebaut. Aber suchen Sie sich Ihre Begleiter mit Bedacht aus. Ich möchte Tratsch auf jeden Fall verhindern. Fahren Sie mit der Kutsche und bitten Sie den Kutscher zu warten. Ich will nicht, dass Sie sich länger als nötig dort aufhalten.«

»Soll ich mit einem der Pferdebusse des Grand Hôtel fahren, gnädige Frau?«

»Nein, die sind zu auffällig. Nehmen Sie eine Droschke. Noch besser wäre es, wenn Sie hinüber zum Kungsträdgården laufen und dort einsteigen. Schließlich wollen wir nicht, dass das halbe Personal zuschaut und sich Fragen stellt. Die Fahrt geht auf Kosten des Hotels.«

Möller erhob sich. »Vielen Dank. Ich muss zugeben, dass ich ein schlechtes Gewissen habe. Schließlich habe ich ins Beschwerdebuch eingetragen, dass ihr Mann betrunken war.«

»Und ich war diejenige, die seine Alkoholfahne gerochen und ihm die Tür gewiesen hat, ohne dass ich auch nur die Spur eines schlechten Gewissens hätte. Dennoch sollten Sie auf der Hut sein, Möller. Keine Anschuldigungen, bevor Sie nicht sicher sind. Vielleicht hat Frau Andersson ja wirklich nur gekündigt.«

Frau Andersson hatte nicht gekündigt. Nachdem Möller erfolglos angeklopft hatte, versetzte er der Tür einen kräftigen Tritt. Dann stürmten er und die beiden Hausdiener in das völlig verwüstete Zimmer. Von Knut Andersson fehlte jede Spur. Als die drei sich weiter hineinwagten, fanden sie Frau Andersson auf dem Boden liegend vor. Sie trug noch immer Dienstkleidung. Ihre Lippen waren aufgeplatzt, ein Auge war zugeschwollen, doch die Platzwunde an ihrer linken Schläfe war es, die Anlass zu den größten Befürchtungen gab. Das mit Blut verkrustete Haar wies darauf hin, dass man ihr den Kopf wiederholt gegen die Wand geschlagen hatte. Möller kniete sich hin und griff nach ihrer Hand. Noch warm. Als er ihr Kinn zur Seite drehte, um die Kopfverletzung in Augenschein zu nehmen, wimmerte sie leise. Er atmete erleichtert auf. Vorsichtig hoben die beiden Hausdiener Margareta in seine Arme.

»Ich bringe sie in die Droschke«, sagte Möller. »Falls Sie etwas finden, das eindeutig ihr gehört, ihre Handtasche zum Beispiel, nehmen Sie es mit.«

»Sie braucht einen Arzt«, sagte einer der Männer, während der Droschkenkutscher die Tür des Fahrzeugs schloss. »Fahren wir sie ins Krankenhaus?«

Möller hatte schon über diese Frage nachgedacht, während er Margareta in die Droschke bettete. Knut Andersson war kein Narr. Gewiss würde er im Krankenhaus zuerst nach ihr suchen. Außer, er hatte seine Frau für tot gehalten und einfach liegen gelassen; in diesem Fall konnte niemand wissen, wo der Dreckskerl sich jetzt herumtrieb. Dennoch war sie im Grand Hôtel am sichersten. Er knirschte mit den Zähnen. »Wir nehmen sie mit nach Hause.«

Ottilia und Karolina hatten ein kleines Einzelzimmer hergerichtet, das nur benutzt wurde, wenn im Hotel sonst alles belegt war. Hier konnte Margaret bleiben, bis eine dauerhafte Unterkunft für sie gefunden war. Das Zimmer im ersten Stock, das auf die Stallgatan hinausging, hatte zwar nur ein kleines Fenster, das wenig Licht hereinließ, doch es war ein Zufluchtsort, wo sie zur Ruhe kommen und sich erholen konnte.

»Der Arzt ist unterwegs«, sagte Karolina, während sie Margareta aus dem Kleid halfen und ihr ein Nachthemd über den Kopf streiften.

Margareta betastete die weiche Seide. »Woher?«, stieß sie mühsam durch geschwollene Lippen hervor.

»Aus dem Schrank mit den Fundsachen«, erwiderte Ottilia. »Es ist sauber gewaschen und jetzt gehört es Ihnen. Laut Beda liegt es schon seit einigen Jahren dort.«

Margareta zuckte vor Schmerz zusammen, als ihr Kopf das Kissen berührte.

»Es tut mir leid, aber wir mussten es Beda sagen, weil wir ihre Hilfe brauchen. Sie wird nichts verraten. Märta auch nicht. Wir vier werden uns um Sie kümmern. Ich gehe jetzt und sage Frau Skogh, dass der Arzt kommen kann.«

Eine halbe Stunde später trat Dr. Malmsten in Wilhelminas Büro. »Frau Andersson hatte großes Glück. Sie hat zwar einige Prellungen und Blutergüsse davongetragen, doch bis auf die Kopfverletzung, die oberflächlicher ist, als zunächst befürchtet wurde, und die ich gereinigt und verbunden habe, ist ihr nichts weiter geschehen.«

»Danke, Karl. Allerdings bin ich nicht sicher, ob ich Ihre Auffassung teile, dass sie Glück gehabt hat. Als Möller sie aufgefunden hat, hat er sie zunächst für tot gehalten.«

»Genau wie wahrscheinlich ihr Ehemann. Vermutlich war es ein Glück, dass sie schon nach dem ersten heftigen Schlag auf den Kopf bewusstlos geworden ist. Dann noch die weiteren Verletzungen durch die Schläge und der Flüssigkeitsmangel nach fast einem Tag auf dem Fußboden – da würden wohl die meisten medizinischen Laien denken, dass sie nicht mehr lebt. Außerdem hatte sie Glück, dass Sie jemanden geschickt haben, der nach ihr sieht.«

»Dafür müssen wir Gösta Möller danken.«

»Aber Sie haben es ihm gestattet.«

»Die Frage ist, wie wir jetzt weiter verfahren. Kann Frau Andersson Anzeige erstatten?«

»Das könnte sie, aber sie hat mir bereits gesagt, dass sie das nicht tun will. Sie hat tatsächlich Mitleid mit dem Mann, ist das zu fassen? Sie meint, der Arbeiter fühle sich erdrückt, weil er auf der einen Seite von Frauen verdrängt und auf der anderen von Arbeitgebern ausgebeutet werde.« Er betrachtete Wilhelmina. »Und vermutlich fühlt er sich von Ihnen in zweierlei Hinsicht in die Mangel genommen.«

Wilhelmina lachte leise. »Mich interessiert nicht, was er denkt. Nur dass er alkoholisiert zum Dienst erschienen ist und außerdem eine meiner Mitarbeiterinnen körperlich angegriffen hat. Kann ich ihn nicht anzeigen?«

»Das würde ich nicht empfehlen«, erwiderte Dr. Malmsten.

Wilhelmina verzog unwillig das Gesicht. »Régis hätte es getan.«

»Da muss ich Ihnen widersprechen. Wenn mein Schwiegervater eines abgelehnt hat, dann, sich in die Ehe anderer Leute einzumischen.«

Tränen der Erleichterung und Erschöpfung liefen Margareta über die Wangen, während sie verzweifelt in ihrem Gedächtnis kramte. Das Gebrüll, die Schläge, die Schmerzen. Die Peinlichkeit, die es bedeutete, dass man sie ins Hotel getragen hatte, wenn auch durch einen selten benutzten Seiteneingang. Die hilfsbereiten Menschen, denen sie es verdankte, dass sie nun in diesem weichen Bett lag. An all das konnte sie sich noch erinnern. Aber hatte sie Knut gesagt, dass Karolina Elisabet Silfverstjernas Tochter war? Sie wusste es beim besten Willen nicht.

Kapitel 22

Inzwischen war es Juli und Algernon Börtzell eröffnete die monatliche Sitzung. »Meine Herren, wieder einmal scheint in unserem wundervollen Hotel das Chaos ausgebrochen zu sein. Als ich auf dem Weg hierher durch den Eingangsbereich kam, war noch eine wahre Armee von Zimmerleuten dort zugange, wo sich früher das Billardzimmer befand.«

»Und wo eine Armee an der Arbeit ist, entstehen auch hohe Kosten«, schimpfte von der Lancken. »Wir haben Frau Skogh eingestellt, um uns zu retten, nicht um ein noch größeres Loch in unsere Kasse zu reißen.«

»Beruhigen Sie sich, Ehrenfried«, meinte Burman. »Ich bin sicher, dass Frau Skoghs Bauarbeiter kein Loch graben, ansonsten würden sie nämlich im Keller landen.«

Von der Lancken zwang sich zu einem Lächeln. »Wie drollig.«

»Und wir müssen zugeben«, fuhr Burman fort, »dass die Renovierungspläne sowohl in der Gestaltung als auch in der Ausführung vernünftig sind. Anders als beim letzten Mal wird der Blick aufs Wasser nicht von einem hässlichen Gerüst verstellt und wir müssen nicht schließen.«

»Außerdem ist der Zeitpunkt für uns von Vorteil«, ergänzte Börtzell. »Die vielen Kongresse, die in diesem Sommer in Stockholm stattfinden, haben zu einer Bettenknappheit geführt. Das Hotel ist ausgebucht, und als ich letzte Woche hier gespeist habe, waren die meisten Tische besetzt.«

»Was eine Verbesserung darstellt«, räumte von der Lancken ein. »Und eigentlich für den Juli normal sein sollte.«

»In der Tat. Außerdem haben wir die beiden Bolinders-Herde inzwischen durch größere, modernere Geräte ersetzt.«

»Größer?«, stieß von der Lancken entsetzt hervor. »Vor zwei Jahren hat man uns erzählt, mit diesen beiden Herden könnte man eintausend Gäste verköstigen.«

»Und nun sagt man uns, dass eintausend Gäste nicht reichen. Frau Skogh möchte den Umsatz der Küche und damit den Gewinn des Hotels steigern. Außerdem haben Sie offenbar vergessen, Ehrenfried, dass neue Herde zu Frau Skoghs ursprünglichen Bedingungen gehörten.«

»Bedingungen, mit denen wir uns einverstanden erklärt haben«, fügte Börtzell hinzu.

»Aber woher sollen all die zusätzlichen Esser kommen?«, beharrte von der Lancken. »Die Anzahl unserer Zimmer hat nicht zugenommen.«

»Der neue Eingang zur Bar an der Ecke soll die Stockholmer ermutigen, bei uns zu speisen. Der praktische Nutzen dieser Tür überwiegt die Schäden durch die ästhetische Beeinträchtigung der Fassade. Außerdem werden die Leute bis Weihnachten vergessen haben, dass die Tür nicht schon immer da war. Wissen wir, wann die Bauarbeiter fertig sind?«

Börtzell konsultierte seine Aufzeichnungen. »Laut Frau Skogh Anfang September. Sie hat eine hohe Schadensersatzforderung in den Vertrag geschrieben, weshalb die Firmen den Termin sicher nicht überziehen werden.«

Burman stieß einen beeindruckten Pfiff aus. »Die Frau ist offenbar ein Verhandlungsgenie. In dieser Stadt werden Bauarbeiter und Zimmerleute händeringend gesucht, insbesondere seit der Kündigungswelle nach dem Generalstreik im Mai.«

»Ich glaube, bis dahin waren sämtliche Verträge schon unterschrieben. Außerdem muss man Frau Skogh zugutehalten, dass es ihr gelungen ist, ein Übergreifen des Streiks auf dieses Hotel zu verhindern. Dass sie mit den Etagenkellnern kurzen Prozess gemacht hat, hat die dringend benötigte Disziplin wiederhergestellt. Nicht einmal der hartgesottenste Revolutionär würde es mehr wagen, hier einen Streik anzuzetteln.«

»Gibt es im Grand Hôtel etwa Revolutionäre?«, erkundigte sich von der Lancken. »Das kommt mir doch sehr unwahrscheinlich vor.«

»Offenbar hatten wir hier einen Rädelsführer«, erklärte Börtzell. »Ein verdammter Narr namens Andersson. Doch inzwischen wurde ihm gekündigt, weil er betrunken zum Dienst erschienen ist und seine Frau geschlagen hat.«

»Gütiger Himmel! Aber kann man einem Mann wegen eines häuslichen Zwischenfalls kündigen?«

»Man kann, wenn diese Ehefrau unsere Hausdame ist.«

»Gütiger Himmel!«, rief von der Lancken noch einmal. »Das wirkt sich natürlich störend auf ihre Arbeit aus. Was für ein brutaler Mensch.«

»In der Tat. Aber Frau Skogh hat mir versichert, dass Frau Andersson inzwischen hier im Haus wohnt. Also ist die Angelegenheit hoffentlich ausgestanden.«

»Und wird der Zimmerservice noch immer ausschließlich von Frauen betrieben?«, fragte Burman. »Ein kühner Schritt, doch die *Dagens Nyheter* war des Lobes voll.«

»Außerdem ist die Belegschaft nicht rein weiblich. Die neue Leiterin des Zimmerservice teilt einen männlichen Kellner pro Schicht ein, nur für den Fall, dass eine der jungen Damen auf … Schwierigkeiten stößt.«

Von der Lancken war empört. »So ein Betragen wird doch im Grand Hôtel gewiss nicht geduldet?«

»Vorbeugung ist besser als Heilung«, antwortete Börtzell diplomatisch. »Frau Skogh versichert mir, dass alle Abteilungen inzwischen reibungslos arbeiten. Im Großen und Ganzen bin ich der Ansicht, dass wir Frau Skoghs erste drei Monate hier als Erfolg verbuchen können. Wir haben eine gute Wahl getroffen.«

Die anderen Anwesenden murmelten zustimmend.

»Immer vorausgesetzt, dass die neue Renovierung gedeihlicher ist als die letzte.«

»In dieser Hinsicht habe ich vollstes Vertrauen«, entgegnete Burman. »Hat einer von Ihnen schon einen Blick riskiert?«

Börtzell und von der Lancken schüttelten die Köpfe.

»Die neue amerikanische Bar ist schon beinahe fertig, und ich denke, sie wird ein breiter gefächertes Publikum ansprechen. Offen gestanden«, Burman strich sich über das Kinn, »habe ich noch nie einen solchen Raum gesehen. Fast wie das Original. Verschiedene Schattierungen von Rot und Violett mit goldenen Akzenten. Holzschnitzereien. Und dazu sehr ungewöhnliche Deckenlampen. Sie sehen aus wie Glastropfen, die von runden Messingplatten herabhängen. Ich empfehle Ihnen, sich das auf dem Weg nach draußen einmal anzuschauen. So etwas gibt es nirgendwo sonst in Stockholm. Ich denke, selbst unsere amerikanischen Gäste werden beeindruckt sein. Und dennoch fügt sich das Ganze seltsamerweise ausgezeichnet in das restliche Hotel ein und passt auch zu den neuen Wandgemälden am kalten Büfett.«

»Das werde ich mir nicht entgehen lassen«, verkündete von der Lancken. »Es klingt sehr elegant, aber«, er breitete die Hand aus, »auch sehr kostspielig, genau wie Frau Skoghs andere moderne Ideen.«

Börtzell seufzte. »In dieser Hinsicht ist sie eben wie alle Frauen: teuer im Unterhalt.«

Kapitel 23

Ottilia war noch nie so glücklich gewesen. Das, so dachte sie, als sie die Treppe hinuntereilte, um die Nachtschicht abzulösen, meinten die Menschen wahrscheinlich, wenn sie vom »Himmel auf Erden« sprachen. Sie konnte sich zumindest keinen erfüllenderen Arbeitsplatz und auch keine aufregendere Stadt vorstellen. In den zehn Wochen, die sie nun schon in Stockholm war, hatte sie den verschiedensten Gästen – von gekrönten Häuptern bis hin zu Berühmtheiten, Politikern und Geschäftsleuten – makellos eingedeckte Wagen serviert und mehr Trinkgeld bekommen, als sie es sich in Rättvik je hätte träumen lassen. Dieses zusätzliche Einkommen, das gerecht unter den Kellnerinnen der jeweiligen Schicht aufgeteilt wurde, erlaubte es ihr, sich an ihren freien Tagen etwas zu gönnen: eine Bootsfahrt nach Djurgården, um den Gröna Lund Tivoli zu besuchen, ein Stück Kuchen im Teesalon bei Nordiska Kompaniet am Stureplan oder auch Geschenke für ihre Familie, wie zum Beispiel den neuen Roman von Selma Lagerlöf mit dem Titel *Jerusalem*, den sie für vier Kronen bei Göthes Bokhandel, ebenfalls am Stureplan, für Torun gekauft hatte.

Der Zimmerservice hatte rund um die Uhr geöffnet und alles klappte wie am Schnürchen. Selbst Chefkoch Samuelsson war zu dem Schluss gekommen, dass sie nicht ganz so unfähig war, wie er befürchtet hatte, ein zweifelhaftes Kompliment, das bei Gösta Möller ein Grinsen auslöste. Als sich der Erfolg der weiblichen Belegschaft herumsprach, bewarben sich immer mehr Frauen um eine Stelle. Ottilia hielt ihr Versprechen, keine Zimmermädchen abzuwerben, und war inzwischen sehr froh darüber, dass sie standhaft geblieben war. Die Wochen, in denen sie Margareta Andersson gesund gepflegt hatten, waren eine Gelegenheit gewesen, Unstimmigkeiten aus der Welt zu schaffen und einander näherzukommen. Margareta war froh, dass ihr die Peinlichkeit erspart geblieben war, von ihren eigenen Mitarbeiterinnen versorgt zu werden. Inzwischen verhielt sie sich weniger reserviert und wurde zugänglicher. Von ihren Schwellungen war kaum noch etwas zu sehen. Und aus den fünf Kolleginnen waren inzwischen Verbündete geworden.

Edward, der Hotelpage, hatte sich auch beim Zimmerservice beworben. Mit erfrischender Ehrlichkeit hatte er erklärt, er wolle es im Hotel zu etwas bringen. Mittlerweile beherrsche er seine Tätigkeit aus dem Effeff und habe Lust, seine Kenntnisse zu erweitern. Bei Ottilia fand er damit ein offenes Ohr, und so war sie auf den Gedanken gekommen, in jeder Schicht einen jungen Mann einzuteilen. Jetzt wurden Gäste, die dazu neigten, Mitarbeiterinnen den Po zu tätscheln, ausschließlich von männlichen Kellnern bedient. Die Profilkarte des Betreffenden wurde zudem mit einem Sternchen markiert, und nur die Zimmerkellnerinnen wussten, dass es sich dabei beileibe nicht um ein Kompliment handelte.

»Wie ist es gelaufen?«, wollte Ottilia von Märta wissen, während Beda das Trinkgeld in der Tasse zählte und aufteilte.

»Es war wieder eine ruhige Nacht. Die üblichen Nachtschwärmer, die noch einen Absacker brauchten. Aber die meisten haben auswärts oder im Restaurant gegessen. Wahrscheinlich ist das normal für den Juli. Die Nächte sind lang und alle sehen sich Stockholm an. Wenigstens gilt das für die Ausländer.«

»Das kann ich ihnen nicht verübeln«, meinte Edward. »Wenn ich könnte, würde ich nur noch im Freien essen. Es schmeckt einfach besser.«

Grinsend zog Ottilia eine Augenbraue hoch und griff nach

einer Bestellkarte für das Frühstück. »Besser als im Grand Hôtel?«

Er drohte ihr mit dem Finger. »Da haben Sie mich erwischt. So, ich haue mich jetzt aufs Ohr.«

Karolina kam atemlos hereingehetzt. »Entschuldigt die Verspätung. Herr Svensson hat mich aufgehalten. Ottilia, Frau Skogh will dich sprechen.«

Ottilia verzog das Gesicht. »Sofort?« Frau Skogh wusste doch, dass in den nächsten Stunden immer besonders viel los war.

»Ja.«

»Lauf nur«, sagte Beda. »Ich bleibe, bis du wieder da bist.«

»Danke. Bestimmt ist es wichtig, obwohl ich mir beim besten Willen nicht denken kann, worum es geht.«

Ottilias Verwirrung verwandelte sich in Besorgnis, als August Svensson ihr einen bedauernden Blick zuwarf. »Gehen Sie einfach rein, Fräulein Ekman.« Er schloss die Tür hinter ihr. Ottilias Anspannung steigerte sich. Mit wild klopfendem Herzen näherte sie sich dem Schreibtisch, wo sie schon eine Teetasse erwartete.

Frau Skogh sah sie an. »Ottilia, ich hatte einen Anruf von Ihrem Vater.«

Ottilia sank auf den Stuhl, der vor dem Schreibtisch stand. »Was ist passiert?«

»Ihre Mutter hat heute in den frühen Morgenstunden eine kleine Tochter zur Welt gebracht ...«

Ottilia schnappte vor Freude nach Luft. Also kein Grund zur Panik. Wieder ein Mädchen? Aha.

»Traurigerweise ist sie kurz nach der Geburt gestorben. Es tut mir furchtbar leid.«

Ottilia krampfte die Hände ineinander und musste die Tränen zurückdrängen, die ihr vor Entsetzen in die Augen traten. Sie rang nach Luft. »Das Baby ist tot?« Arme Mutter. Armer Vater.

»Nein«, sagte Frau Skogh leise. »Ihre Mutter ist tot.«

Ein Entsetzensschrei gellte durch das von der Sonne erhellte Zimmer, als Ottilia die Hände vors Gesicht schlug. Ihre Mutter. Gütiger Himmel, nein. Sie hatte schon zwei Schwestern und brauchte keine dritte. Sie brauchte ihre Mutter. Zwei kräftige Arme, die sich um sie schlangen und sie fest an sich drückten. Ottilia stützte den Kopf auf Frau Skoghs Schreibtisch und schluchzte, als wolle ihr das Herz brechen. Dabei war es unter der Wucht der Trauer bereits in Tausende Scherben zersprungen. Nach einer Weile wurden die Tränen weniger. Nur noch zwei Rinnsale liefen ihr die Wangen hinab.

Frau Skogh drückte ihr ein Taschentuch in die Hand. »Trinken Sie etwas Tee«, forderte sie Ottilia, noch immer leise, aber nun mit mehr Nachdruck, auf.

Ottilia wischte sich das Gesicht ab und gehorchte. Doch ihre Zähne klapperten auf dem Porzellan, und sie brauchte beide Hände, um die Tasse zu halten.

»Und nun«, fuhr Frau Skogh fort, »nehmen Sie den Zug um acht Uhr fünfundzwanzig nach Gävle und steigen dort in den nach Rättvik um. Svensson hat Ihnen die Plätze reserviert und in der Küche steht ein Korb mit Essen für Ihre Familie. Einer unserer Pferdebusse fährt Sie zum Bahnhof.«

»Der Zimmerservice ...«

»Wird in guten Händen sein, bis Sie zurück sind. Falls Sie beschließen sollten, in Rättvik zu bleiben, hätte ich Verständnis dafür.«

Rättvik. Ottilia nickte benommen. »Ich komme wieder.«

»Wir wollen abwarten.«

Eigentlich rechnete Ottilia damit, dass ihr Vater sie in Rättvik am Bahnsteig erwarten würde. Doch da er sich nun um zwei trauernde Töchter und um ein Neugeborenes kümmern musste, war es ihm wie immer gelungen, Prioritäten zu setzen. Ottilia atmete einen tiefen Zug der frischen Luft ein, die vom See

Siljan herüberwehte, schluckte ihre Enttäuschung hinunter und trat ins Bahnhofsgebäude. Dort war die Stimmung bereits von wohnlich in trist umgeschlagen. Der schrille Schrei eines Babys, gefolgt von einem gezischten *Sei ruhig*, hallte durch das stille Haus. Als Ottilia dem Geräusch nachging, stieß sie auf Torun, die im Wohnzimmer saß und versuchte, einen Sauger in ein winziges Mündlein zu zwängen.

»Sie schreit, weil sie Hunger hat und sich weigert zu trinken«, erklärte Torun. Ihre Augen waren müde und gerötet, ihr Gesicht war blass. Sie reichte Ottilia das Bündel. »Hier, versuch du es mal. Willkommen zu Hause übrigens.«

Ottilia nahm das Kind, wiegte es sanft und träufelte ihm ein paar Tropfen Milch zwischen die Lippen. Als das Baby den Mund öffnete, steckte Ottilia rasch den Sauger hinein. »Hat sie schon einen Namen?«

»Victoria. Das hat Mutter so gewollt. Nach der Kronprinzessin.« Torun verzog beeindruckt das Gesicht. »Bei dir folgt sie viel besser als bei mir.«

»Ich habe an Birna geübt.« Ottilia fiel etwas ein. »Liegt Mutter oben?«

Torun nickte. »Sie ist gewaschen und zurechtgemacht worden. Ihr Sarg ...« Sie stockte und wischte sich über die Augen. »Ihr Sarg kommt am späten Nachmittag. Dann tragen Vater und die Männer sie hier herunter. Übermorgen wird sie beerdigt. Vater ist gerade beim Pfarrer. Er hat Birna mitgenommen.«

»Wirklich?«

»Es war das geringere Übel. Das Kind fängt laut zu weinen an, sobald es ihn aus den Augen verliert. Ach, Ottilia ...« Verzweiflung malte sich auf Toruns Gesicht und wieder flossen die Tränen. »Was sollen wir bloß tun?«

Ottilia legte die inzwischen schlafende Victoria in die Wiege, die sie aus Birnas Säuglingstagen wiedererkannte. Warum, um alles in der Welt, hatten ihre Eltern sie aufgehoben? Der sechste Sinn?

»Das weiß ich noch nicht«, erwiderte Ottilia. »Jetzt sehe ich mir zuerst Mutter an und dann machen wir uns etwas zu essen.« Sie wies auf den großzügig befüllten Korb. »Mutter würde sagen, dass das Leben weitergehen muss.«

»Mutter wollte einen Jungen.« Finster beäugte Torun das schlafende Baby. »Und jetzt ist sie für ein Mädchen gestorben.«

»Ein unschuldiges Mädchen«, entgegnete Ottilia leise. »Das seine Mutter nun niemals kennenlernen wird. Wenigstens durften wir eine Mutter haben.«

Die Beerdigung verlief ohne Zwischenfälle. Die lange Schlange schwarz gekleideter Trauergäste, die Viveka Ekman das letzte Geleit zu dem nach Jons Tod angeschafften Familiengrab gaben, zeugte von ihrer Beliebtheit in der Gemeinde. Während die Totenwache im Haus des Bahnhofsvorstehers abgehalten worden war, fand die Zusammenkunft nach der Beisetzung im Turisthotell statt.

Der angemietete Festsaal erschien Ottilia kleiner, als sie ihn in Erinnerung hatte, was auch für alles andere im Hotel galt. Die kunstvollen Fichtenholzschnitzereien wirkten eher altmodisch als elegant, und das schimmernde Parkett im Speisesaal hatte Schrammen und Kratzer, die Ottilia bis jetzt nie aufgefallen waren. Wie hatte sie sich je die Frage stellen können, warum Frau Skogh lieber das Grand Hôtel in Stockholm leitete als dieses Hotel hier? Nicht einmal sie selbst konnte sich vorstellen, je wieder in Rättvik zu arbeiten, obwohl Arbeitsabläufe und Bedienung auch weiterhin nichts zu wünschen übrig ließen. Doch war es richtig von ihr, nach Stockholm zurückzukehren? Sie bemerkte, dass sich die alleinstehenden Damen bereits um Vater scharten, um ihn mit Beileidswünschen zu überhäufen und Victoria und manchmal auch Birna zuckersüß anzuflöten. Letztere junge Dame rührte sich, obwohl schon zehn Jahre alt, nicht von Cousine Annas Schoß. Ihr Vater fertigte die Bewunderinnen geschickt ab, allerdings ohne eine von ihnen zu bevorzugen, sodass jede sich wertgeschätzt fühlte.

Karl Ekman war eindeutig eine gute Partie. Aber er hatte seine Frau sehr geliebt und erwähnte fast in jedem Satz ihren Namen. Unter gewöhnlichen Umständen hätte die Szene Ottilia amüsiert. Jedenfalls wusste sie, dass sie es keine Minute länger in Rättvik aushalten würde. Hier fehlte ihr die Luft zum Atmen. Aber einfach wieder zu gehen, wäre doch der Gipfel der Selbstsüchtigkeit gewesen. Oder etwa nicht?

Später an diesem Abend, als die beiden von einem Spaziergang am Pier zurückkehrten, brachte ihr Vater das Thema selbst aufs Tapet. Da es ein wunderschöner Abend war, setzten sie sich wie immer auf eine Bank vor den Bahnhof. Der Sommer war zu kurz, um ihn zu vergeuden, und es fuhren um diese Uhrzeit keine Züge mehr. »Wie lange bleibst du?« Seine müden, gütigen Augen musterten sie forschend.

»So lange, wie du mich brauchst.« Dieser Teil der Antwort entsprach der Wahrheit.

Der Vater nickte. »Ich habe eine Bitte an dich. Mir ist klar, dass ich viel von dir verlange.«

Ottilia biss die Zähne zusammen und drängte die Tränen zurück. »Was du willst, Vater.«

»Könntest du Torun mitnehmen?«

Sie starrte ihn entgeistert an. »Wohin?«

»Nach Stockholm. Das arme Mädchen ist so unglücklich, seit du fort bist. Deine Mutter und ich, wir haben unser Bestes versucht, doch es war nicht zu übersehen, wie unzufrieden sie hier ist. Sie braucht eine Aufgabe. Ein neues Ziel im Leben. Selbst wenn sie nur Zwiebeln schält. Wenigstens wäre sie dann in Stockholm, denn dort will sie unbedingt hin.«

»Was ist mit Birna und dem Baby?«

»Torun ist ebenso wenig für sie verantwortlich wie du. Außerdem streiten sie und Birna nur die ganze Zeit. Ich glaube, es ist zu ihrer beider Bestem, wenn Torun umzieht.«

»Und Victoria?«

»Deine Cousine Anna hat mir angeboten, mich mit Birna

und dem Baby und auch im Haushalt zu unterstützen. Ich kann ihr ein kleines Gehalt zahlen, und ansonsten hat sie hier alles, was sie braucht.« Er lächelte wehmütig. »Ottilia, deine Mutter wollte, dass es ihre Töchter im Leben zu etwas bringen. Die Welt verändert sich, und ihr habt heute mehr Möglichkeiten, als sie jemals hatte. Du hast einen Beruf, und Birna wird ganz sicher Hebamme oder Ärztin werden, wie sie es sich wünscht. Aber Torun ...«

»... hat nichts«, beendete Ottilia den Satz für ihn. Sie betastete die Perlenkette an ihrem Hals, ein Erbstück von ihrer Mutter. »Aber Vater, ich bin nur für den Zimmerservice zuständig und kann kein Personal einstellen, das nicht gebraucht wird.«

»Wie ich schon sagte, ist alles besser als nichts. Jedenfalls muss etwas passieren.«

»Was hält Torun denn davon?« Ottilia fiel beim besten Willen keine andere Ausflucht ein.

»Wovon halte ich was?« Torun reichte ihrem Vater ein Glas Bier und setzte sich neben sie. »Birna und das Baby schlafen.«

Der Vater lächelte. »Danke, mein Kind. Du warst mir eine große Hilfe.«

»Wovon halte ich was?«, wiederholte Torun.

Der Vater sah Ottilia an.

Ottilia gab auf. Sie würde eben irgendeine Lösung finden müssen. Torun konnte ja bei ihr im Bett schlafen und anfangs vielleicht ohne Bezahlung arbeiten. Aber nutzte sie damit Frau Skoghs Hilfsbereitschaft aus? Diese Frage konnte nur die Zeit beantworten. Sie wandte sich an ihre Schwester. »Wie würdest du es finden, in Stockholm zu leben?«

Kapitel 24

Sechs Wochen lang wagte Margareta nicht, das Grand Hôtel zu verlassen. Sie rechnete nicht damit, dass Knut hier nach ihr suchen würde. Sicher war er klug genug, um zu wissen, dass er im Hotel nicht willkommen war und vermutlich nicht einmal eingelassen werden würde. Aber was hinderte ihn daran, den Eingang in der Stallgatan zu beobachten? Und hatte sie ihm von Karolina erzählt? Sosehr sie sich auch das Hirn zermarterte, es fiel ihr beim besten Willen nicht mehr ein. Allerdings hätte Knut doch sicher schon längst etwas unternommen, wenn er Bescheid gewusst hätte. Außerdem war er sicher mittellos, vorausgesetzt, er hatte inzwischen keine andere Stelle gefunden. Aber das hätte Gösta doch sicher gehört, oder? Schließlich hatte er seine Verbindungen in die meisten Stockholmer Hotels.

Für sie hatte es sich gleichzeitig als Segen und als Demütigung erwiesen, wieder im Hotel zu wohnen. Nun war sie wieder dort, wo sie angefangen hatte, wenn auch mit einem eigenen Zimmer, wie es ihr als Hausdame zustand. Ihre Blutergüsse verblassten und ihre Kopfverletzung verheilte. Doch die Tatsache blieb bestehen, dass sie nach zweiunddreißig Sommern auf dieser Erde und einer jahrelangen Ehe nicht mehr vorzuweisen hatte als dieses wenige Quadratmeter große eigene Reich. Was war sie doch für eine Versagerin! Sie hatte die Hilfsbereitschaft der vier Mädchen nicht verdient, die sie gesund gepflegt hatten. Ebenso wenig wie das Taktgefühl, mit dem alle so taten, als sei nichts geschehen und als sei Frau Andersson einfach nur »krank« gewesen. Dabei wussten sie genauso gut wie Margareta selbst, was wirklich geschehen war. Und dennoch lernte sie die anteilnehmenden Blicke in der Kantine immer mehr zu schätzen.

Als sie ihr Tablett mit dem schmutzigen Geschirr zur Theke zurückbrachte, wurde sie von Gösta Möller abgefangen. »Was haben Sie heute Abend vor?«

Sie starrte ihn an. »Ich?«

Er begleitete sie aus der Kantine. »Ich habe einen freien Abend, was nur selten vorkommt, und Sie könnten ein wenig Sonnenschein gut vertragen.«

Margareta wurde von Panik ergriffen. »Das ist unmöglich.«

»Warum?« Obwohl er klang, als habe er sich alles gut überlegt, wussten sie beide, wie das auf ihre Umgebung wirken würde. Und was sie damit riskierten.

»Was, wenn ...«

»Er ist nicht hier. Soweit mir bekannt ist, hat er sich seit dem Tag nach Ihrem Einzug nicht mehr blicken lassen.« Seine Augen blickten aufrichtig.

Sie griff sich an die Kehle. Also war er doch da gewesen. »Woher wissen ...«

»Weil ich alle gebeten habe, mir Meldung zu machen, sobald er hier gesehen wird. Der junge Edward hat Knut gesagt, niemand wisse, wo Sie seien. Er sei nicht einmal ganz sicher, ob Sie überhaupt noch im Grand Hôtel arbeiten.«

Also hatte Edward ihr Geheimnis gehütet. Nur dass er nicht der einzige Angestellte im Hotel war. »Knut könnte jemand anderen fragen. Nicht alle ...«

»Ich glaube«, fiel Gösta ihr sanft ins Wort, »dass Sie unterschätzen, wie viele hier auf Ihrer Seite sind. Knut Andersson war nicht sehr beliebt und nun ergreifen die Leute Partei für Sie.«

»Sie haben doch immer auf ihn gehört.«

»Wirklich? Oder haben sie ihn einfach reden lassen, ohne ihm zu widersprechen?«

Margareta dachte darüber nach.

»Ich dachte, wir könnten vielleicht bei Hasselbacken auf Djurgården einen Happen essen.« Gösta ließ sich nicht so leicht beirren. »Ich habe einen Tisch auf der Terrasse reserviert.«

Hasselbacken. Was für ein Luxus. Ein leckeres Essen, das ihr serviert wurde, und dazu ein milder Sommerabend. Inzwischen hatte sie das Gehalt von vier Wochen angespart. Aber durften sie überhaupt ein Lokal besuchen, das geschäftlich mit dem Grand Hôtel verbunden war?

Gösta las ihre Gedanken. »Wir können dort unbesorgt essen, denn es ist höchst unwahrscheinlich, dass ein Gast von hier uns erkennen würde, selbst wenn er uns bemerkt. Den meisten Menschen geht es so, wenn sie einem in einem völlig anderen Zusammenhang begegnen.«

»Was, wenn Knut uns sieht? Mich sieht?«

»Frau Andersson, Margareta, wann war Knut zuletzt auf Djurgården?«

Soweit sie wusste, nicht seit der Zeit, als er ihr den Hof gemacht hatte. Mit Ausflügen wie diesem war an ihrem Hochzeitstag Schluss gewesen. *Wir sind jetzt verheiratet, also brauchen wir nicht mehr in Stockholm herumzugondeln.* Sie biss sich auf die Innenseite der Wange.

»Außerdem«, fuhr Gösta fort, »müsste er sich da zuerst mit mir anlegen.«

Und Gösta Möller war einen guten Kopf größer als Knut.

»Passen Sie auf«, sprach er weiter. »Ich mache um Viertel nach sieben Feierabend. Wenn Sie um halb acht nicht am Personaleingang sind, weiß ich, dass Sie nicht mehr kommen.«

Um halb acht trug Margareta ihr einziges gutes Kleid und hatte sogar ein wenig Rouge aufgetragen. Sie lag auf ihrem Bett. Und weinte bitterlich.

Kapitel 25

Als Gösta vor dem Personaleingang wartete, kam Ottilia mit Torun die Stallgatan entlang. »Torun, das ist Herr Möller, unser Maître d'hôtel.« *Unser.* Die Erleichterung, wieder hier zu sein, und die Schuldgefühle, weil sie überhaupt so empfand, trieben Ottilia die Tränen in die Augen.

»Herr Möller.« Torun knickste, den Koffer noch in der Hand.

Gösta lächelte. »Willkommen, Fräulein Ekman. Wie ich annehme, möchten Sie hier arbeiten?«

»Ich hoffe es, Herr Möller.«

»Ist Frau Skogh vielleicht noch in ihrem Büro?«, unterbrach Ottilia rasch. Das war zwar ziemlich unwahrscheinlich, aber sie durfte nichts unversucht lassen. Denn es gefiel ihr gar nicht, Torun einfach in ihr Bett zu schmuggeln. Und genau das würde sie tun, wenn sie Frau Skogh nicht vorher um Erlaubnis fragte.

»Sie ist für ein paar Tage verreist. Ich glaube, sie kommt am Montag zurück.«

Ottilia wurde von Enttäuschung ergriffen. Was sollte sie jetzt tun? *Denk nach, Ottilia.*

»Vielleicht kann Frau Andersson ja helfen«, schlug Gösta vor. »Falls es darum geht, Arbeit für Fräulein Ekman zu finden.«

Ottilia warf Gösta einen dankbaren Blick zu. »Torun, du wartest hier bei Herrn Möller.« Drei Minuten später klopfte sie an Frau Anderssons Tür. Niemand antwortete. Vielleicht war sie ja in ihrem Büro. Gerade wandte Ottilia sich zur Treppe um, als sich die Tür öffnete.

»Fräulein Ekman?«
»Frau Andersson, ein Glück, dass ich Sie antreffe.« Ottilia sah die Hausdame an. »Verzeihung, komme ich in einem ungünstigen Moment?«
Margareta zwang sich zu einem Lächeln. »Was kann ich für Sie tun?«
»Es ist eine lange Geschichte.« Ottilia lehnte sich an den Türrahmen, um wieder zu Atem zu kommen. »Meine Mutter ist gestorben ...«
»Es hat mir sehr leidgetan, das zu hören«, erwiderte Margareta.
»Danke. Und jetzt musste ich meine Schwester nach Stockholm mitnehmen. Sie braucht Arbeit. Torun ist sechzehn und tüchtig, allerdings hinkt sie. Aber sie ist ein ehrliches und fleißiges Mädchen. Ich habe im Zimmerservice nichts frei, und außerdem wäre es keine gute Idee, sie dort zu beschäftigen. Aber in Rättvik konnte sie nicht bleiben. Und jetzt ist sie hier. Ich dachte, sie könnte heute Nacht in meinem Bett schlafen. Morgen wollte ich Frau Skogh um Erlaubnis fragen. Doch jetzt ist sie nicht da ...« Nun flossen die Tränen. »Ich weiß nicht, was ich mit Torun machen soll. Sie kennt niemanden in Stockholm und freut sich so, hier zu sein. Herr Möller hat vorgeschlagen ...«
»Herr Möller?«
»Ja, er wartet mit ihr am Personaleingang und meinte, Sie könnten vielleicht helfen.« Ottilia gaben die Knie nach und sie rutschte langsam die Wand hinunter. »Entschuldigung«, flüsterte sie, während sie versuchte, sich aufzurappeln. »Die letzten Tage waren anstrengend und dabei müsste ich jetzt wirklich in der Abendschicht mit anpacken.«

Margareta starrte Ottilia fassungslos an. Diese junge Frau, die gerade ihre Mutter verloren hatte, jetzt versuchte, ihre Schwester zu unterstützen, und sich überdies Sorgen um ihre

Pflichten beim Zimmerservice machte, würde sicherlich nicht mit leeren Händen dastehen, wenn sie zweiunddreißig war. Ottilia Ekman war eine Kämpferin. Das hatte sie in ihrer ersten Nacht im Hotel bewiesen und nun bewies sie es wieder. Trotzdem war sie sich nicht zu schade, um Hilfe zu bitten. Und dazu hatte sie sich an sie, Margaret, gewandt. Es ging nicht um die üblichen hauswirtschaftlichen Anliegen, sondern darum, als Kolleginnen an einem Strang zu ziehen. Von Frau zu Frau. Von Freundin zu Freundin?

Margareta wurde von neuer Entschlossenheit ergriffen. »Ihre Schwester wartet bei Herrn Möller?«

Ottilia nickte. »Ich muss zurück. Er war angezogen, als wolle er ausgehen, und ich will ihm den freien Abend nicht verderben. Sicher dauert es bis zum nächsten wieder einige Wochen.«

Margareta drehte sich um und nahm Hut und Handtasche von der Kommode. »Ich komme mit. Und Fräulein Ekman, Ottilia, ich unterhalte mich gerne morgen früh eingehend mit Ihrer Schwester. Gewiss finde ich etwas für sie. Aber heute Nacht muss sie mit Ihnen das Bett teilen. Falls jemand fragt, sagen Sie, ich hätte es so angeordnet.«

Zum zweiten Mal in fünfzehn Minuten machte sich eine Welle der Erleichterung in Ottilia breit. »Ich weiß gar nicht, wie ich Ihnen danken soll.«

»Ich kann mir sehr gut vorstellen, was Sie empfinden.«

Torun Ekman aus Rättvik stand an der Seite der Lobby des Grand Hôtel und hatte Mühe, nicht mit offenem Mund hinzustarren. »So etwas habe ich noch nie gesehen ... und ich dachte schon, der Bahnhof von Stockholm wäre elegant. Aber dieses Hotel ist einfach ... traumhaft.« Sie umklammerte Ottilias Arm. »Ich traue meinen Augen nicht«, flüsterte sie. »Diese Leute haben so viel Geld, während andere verhungern. Von dem Preis eines dieser Kronleuchter könnte man ein ganzes Dorf einen Monat lang ernähren.«

Ottilia bedachte ihre Schwester mit einem strafenden Blick. »Torun Ekman, wenn du deine Meinung nicht für dich behältst, sitzt du in Nullkommanichts im nächsten Zug nach Rättvik. Das ist mein voller Ernst. Diese Gäste bezahlen unser Gehalt. Wenn sie nicht hier wären, würden sie in einem anderen Hotel übernachten, wo das Personal dankbarer ist als du.«

Torun zuckte mit den Achseln. Im nächsten Moment schnappte sie nach Luft. »Schau nur, die vielen Bücher.«

Ottilia folgte ihrem Blick. »Das ist das Lesezimmer. Und weiter hinten, wo gerade die Bauarbeiter beschäftigt sind, liegt die amerikanische Bar. Und auf der anderen Seite des Haupteingangs hätten wir den Speisesaal. Das ist Herrn Möllers Reich. Der Raum ist wunderschön. Im Moment kannst du ihn dir nicht ansehen, weil zu viel los ist, aber ich bin sicher, dass Frau Andersson dir morgen das ganze Haus zeigen lässt. Natürlich nur vorausgesetzt, dass du dir deine dummen Bemerkungen darüber verkneifst, wie luxuriös die Gästezimmer sind.«

»Ich werde schweigen«, murmelte Torun. »Aber nachdenklich macht es mich trotzdem.«

»Nachdenken ist erlaubt«, antwortete Ottilia. »Ich muss jetzt zum Zimmerservice.« Sie begleitete Torun zurück zum Verwaltungstrakt. »Gleich dort hinten ist Frau Skoghs Büro. Aber wir gehen jetzt diese Treppe hinunter und durch den Keller und auf der anderen Seite hinauf in mein Zimmer. Ich muss mich umziehen.«

Torun verzog das Gesicht. »Wir müssen erst runter, wenn wir nach oben wollen?«

»Dem Personal ist es verboten, dieselben Aufzüge und Treppen zu benutzen wie die Gäste«, erklärte Ottilia, während sie einen Kellerflur entlang und die Treppe hinauf zu ihrem Zimmer eilten. »Außer man ist dienstlich unterwegs. Ansonsten bewegen wir uns hinter den Kulissen. Du musst dir vor Augen halten, dass dieser Teil des Hotels genauso groß ist wie der, den man sieht. Stell es dir wie ein riesiges Theater vor.«

Toruns Augen weiteten sich. »Ich hatte ja keine Ahnung.«

»So geht es den meisten Menschen«, räumte Ottilia ein. »Aber du wirst dich bald hier zurechtfinden. Denk nur daran, dass du vor einer Woche noch in Rättvik festgesessen hast. Und jetzt bist du mitten in Stockholm.«

»Vor einer Woche hatte ich noch eine Mutter«, entgegnete Torun. Ihre Unterlippe begann zu zittern. »Aber ich bin dir dankbar, Otti. Das bin ich wirklich.«

Ottilia öffnete ihre Zimmertür, zog Torun aufs Bett und drückte fest ihren Arm. »Ich weiß. Und ich weiß auch, dass du Mutter vermisst. Mir geht es genauso.«

Schweigend saßen sie da und erinnerten sich an ihre Mutter, die sie stets liebevoll umsorgt hatte.

»Mutter wollte, dass ich hierherkomme«, meinte Torun. »Das war das Letzte, was sie zu Vater gesagt hat.«

Ottilia krampfte sich der Magen zusammen. »Mutter wusste, dass sie sterben muss?«

Torun nickte unter Tränen. »Das hat Vater mir letzte Nacht erzählt, als ich ihn fragte, ob er wirklich nichts dagegen hat, dass ich gehe.«

Es sah ihrem Vater ähnlich, diesen Umstand nicht zu erwähnen, als er Ottilia gebeten hatte, Torun mitzunehmen. Seine Bitte hätte sie ablehnen können, aber nicht den letzten Wunsch ihrer Mutter.

»Mutter sagte, das, was ich tun müsse, könne ich nicht in Rättvik tun«, fuhr Torun fort.

Ottilia musterte sie stirnrunzelnd. »Was musst du denn tun?«

»Ich habe nicht die geringste Ahnung. Aber ich bin so froh, hier zu sein.«

»Ich bin auch froh, dass du hier bist.« Ottilia umarmte ihre Schwester. »Jetzt muss ich mich aber beeilen. Lies nicht die ganze Nacht, nicht dass du zu wenig Schlaf bekommst. Ich weiß nicht, wann ich zurück bin. Ich muss mir den Dienstplan anschauen und nach dem Rechten sehen.«

Kapitel 26

Im Oktober hatte sich das Leben im Grand Hôtel zum allgemeinen Wohlgefallen der Beteiligten eingependelt. Wilhelmina und Elisabet folgten dem Oberkellner des Operakällaren zu einem Fenstertisch für zwei Personen. Als die beiden Damen den Raum mit den vornehmlich von Geschäftsleuten und Paaren mittleren Alters besetzten Tischen durchquerten, wandten sich einige Köpfe nach ihnen um. Wilhelmina nickte einigen Bekannten zu.

»Bitte sag jetzt nicht, dass du einen Fenstertisch genommen hast, damit du deinen neuen Eingang im Auge behalten kannst«, frotzelte Elisabet.

»Ich habe diesen Tisch reserviert, weil er Blick auf den Palast hat«, entgegnete Wilhelmina in gespielter Entrüstung, wohl wissend, dass Elisabet mit ihrer Einschätzung richtiglag.

Draußen auf der Strömgatan wehte goldenes Laub über das von Straßenlaternen beleuchtete Kopfsteinpflaster. Eine Kolonne von Arbeitern eilte, die Schultern wegen des Windes gebeugt, auf die Norrbro-Brücke und Gamla Stan zu. Da die Oktoberstürme bereits heftig bliesen, waren die ärmeren Stockholmer schon winterlich eingemummt. Viele von ihnen mussten zweimal täglich an den in Bleiglas gefassten Bogenfenstern des Operakällaren vorbei. Doch wie auch im Palast gegenüber war das im Granitkamin des Speisesaals lodernde Feuer nur für diejenigen bestimmt, die bereits dicke Mäntel trugen und warme Füße hatten.

Während sie die Speisekarte studierten, bestellte Wilhelmina zwei Gläser Champagner.

»Was gibt es denn zu feiern?«, erkundigte sich Elisabet.

»Das Ende der Renovierungsarbeiten. Nicht dass wir einen Vorwand bräuchten, um Moët zu trinken. Aber die Bauarbeiter sind endlich verschwunden.«

Elisabet hob ihr Glas. »Bist du zufrieden?«

»Sogar ausgesprochen. Jetzt hat das Erdgeschoss einen sinnvollen Grundriss. Die ersten Einheimischen finden bereits den Weg zur neuen Bar.«

»Ich habe schon einen Blick riskiert«, sagte Elisabet. »Sehr hübsch. Lotten Rönquist hat ihre Sache sehr gut gemacht. Mir gefallen ihre Wandbilder viel besser als zum Beispiel die im Hôtel Rydberg. Für Bilder, die sich als Wandbehänge ausgeben, habe ich nichts übrig. Die von Lotten hingegen sind wirklich ein reizender Anblick.«

»Das werde ich ihr von dir ausrichten«, erwiderte Wilhelmina. »Wann warst du zuletzt im Hôtel Rydberg?«

»Das letzte Mal ist eine Weile her. Warum fragst du?«

»Pelle erzählt, dass sie dort auch eine amerikanische Bar aufgemacht haben.«

»Ach herrje.«

»Ganz recht. Allerdings hat niemand ein Monopol auf eine gute Idee. Irgendwann finden sich immer Nachahmer. Was auch in Ordnung ist. Außerdem ist unsere Bar, wenigstens laut Pelle, viel spektakulärer. Was möchtest du essen? Schließlich sind wir hier, um die Konkurrenz zu testen.«

»Die Flunder bitte.«

»Dann nehme ich das Lamm à la Mâconnaise.«

»Also«, begann Elisabet, nachdem die Gerichte begutachtet und die Weingläser gefüllt waren. »Was steht als Nächstes auf dem Plan?«

Wilhelmina verspeiste eine kleine Bratkartoffel. »Als Nächstes muss ich dem Vorstand die Kosten dieser Renovierung schmackhaft machen.«

»Ich verstehe nicht ganz. Sie waren doch mit deinen Plänen einverstanden.«

»Schon, aber«, Wilhelmina beugte sich vor und winkte Elisabet näher heran, »wir haben das Budget um eine Million Kronen überschritten.«

»Ach herrje.« Elisabet lehnte sich zurück. »Das Ergebnis ist jedenfalls atemberaubend.«

»Und es wird sich amortisieren. Denk an meine Worte«, erwiderte Wilhelmina. »Aber um auf deine Frage zurückzukommen: Wir müssen den Innenhof der Küche in einen Garten verwandeln.«

Elisabet grinste spöttisch. »Müssen?«

»Daran führt kein Weg vorbei. Über den Innenhof gibt es mehr Beschwerden als über das ganze restliche Hotel zusammen. Was verständlich ist. Die Lüftung ist mit den größeren Herden in der Küche überfordert und außerdem ist die Lärmbelästigung erheblich. Ganz zu schweigen von der unschönen Aussicht.« Wilhelmina trank einen Schluck Château Margaux. »Am liebsten hätte ich einen richtigen Wintergarten wie in den großen Pariser Hotels. Tische, gruppiert um eine kleine Grünfläche mit Blumen, und vielleicht sogar einem Brunnen. In ganz Stockholm gibt es nichts Vergleichbares. Stell dir vor, welche Wohltat das für unsere Stadt im Winter wäre.«

»Allerdings eine kostspielige«, wandte Elisabet ein.

»Da hast du recht. Also müssen wir zwei Hürden überwinden. Das Wie und das Womit. Außerdem brauche ich mehr Gästezimmer. Viel mehr. Zum Glück wurde 1899 eine zusätzliche Etage aufgestockt, doch in diesem Sommer wären wir beinahe gezwungen gewesen, Gäste abzuweisen. Und das kommt einfach nicht infrage. Ich kann meine Zeit nicht damit verbringen, Thomas Cook zu umgarnen, nur um dann Buchungen nicht annehmen zu können.«

Elisabet verzog zweifelnd das Gesicht. »Aber wo nimmst du den Platz her? Das Hotel grenzt auf der Södra Blasieholmshamnen an die norwegische Botschaft und auf der Stallgatan an den königlichen Marstall.«

»Was ziemlich ärgerlich ist«, stimmte Wilhelmina zu. »Irgendwann werden wir wohl noch eine Etage aufstocken müssen. Jetzt aber genug von meinen Hirngespinsten. Hast du irgendwelche Neuigkeiten?«

»Meinst du damit Karolina?«

»Ja.«

»Sie hat sich bei mir nicht blicken lassen.« Elisabet ließ den Wein in ihrem Glas kreisen, sodass sich das Kerzenlicht im Kristall fing. »Aber zumindest hat Knut Andersson bis jetzt nicht an meine Tür geklopft. Allerdings muss ich zugeben, dass mir beim Aufschlagen von Zeitungen inzwischen ziemlich bang ist.«

»Ich glaube, er hätte inzwischen etwas unternommen«, meinte Wilhelmina. »Inzwischen wohnt Margareta Andersson seit fast drei Monaten im Haus.«

Elisabet verzog zweifelnd das Gesicht. »Wissen wir überhaupt, wo er steckt?«

»Leider nicht. Gösta Möller achtet auf Margareta und hält Augen und Ohren offen. Ich glaube, er würde gern mehr tun, als nur den Beschützer zu spielen. Doch die Dame traut sich noch nicht.«

»Was ihr niemand verübeln kann. Immerhin ist sie nur knapp mit dem Leben davongekommen.«

»Apropos Todesfall.« Wilhelmina hob einen Finger. »Ich habe da ein Problem. Ist dir Torun Ekman ein Begriff?«

»Das junge Zimmermädchen, das hinkt und seine Mutter verloren hat? Ich bin ihr erst einmal begegnet. Normalerweise arbeitet sie nicht im vierten Stock. Macht sie dir irgendwelche Schwierigkeiten?«

»Überhaupt nicht. Sie soll ausgesprochen fleißig sein. Aber offenbar ist das Mädchen hochintelligent und eine wahre Leseratte.«

Elisabet hob amüsiert die Augenbraue. »Es gibt schlimmere Laster.«

Wilhelmina lachte leise. »Könntest du bitte mal ernst bleiben? Torun war letztens bei mir und hat ganz höflich und in aller Bescheidenheit gefragt, ob sie sich ein Buch aus dem Leseraum ausleihen darf.«

»Wo ist das Problem, solange sie diskret ist und das Buch unbeschädigt zurückbringt?«

»Aber wo soll sie es lesen, Lizzie? Das Personal darf nichts, was dem Hotel gehört, mit auf die Zimmer nehmen oder aus dem Hotel entfernen. Dass sie sich ins Lesezimmer setzt, kommt aus offensichtlichen Gründen nicht infrage. Und die Kantine eignet sich nicht.«

»Ich verstehe dein Dilemma. Was hast du ihr geantwortet?«

»Dass ich über ihre Bitte nachdenken und ihr Bescheid geben würde. Einerseits würde ich damit einen Präzedenzfall schaffen, andererseits ist Lesen etwas, das man fördern sollte.«

»Was ist mit der Nationalbibliothek? Könnte sie nicht dort lesen?«

Wilhelmina betrachtete ihre Freundin. »Keine schlechte Idee. Allerdings bräuchte sie dazu die Erlaubnis, das Hotel zu verlassen. Vielleicht könnte Margaret Andersson Torun Ausgang geben, nur um die Bibliothek und einen Buchladen aufzusuchen. Ist Göthes Bokhandel nicht am Stureplan? Das liegt auf dem Weg zur Nationalbibliothek im Humlegården.«

»Mina, ich bin beeindruckt. Ich hätte nicht gedacht, dass du von dieser Stadt irgendetwas kennst, außer es befindet sich zwischen dem Grand Hôtel und der Styrmansgatan 1. Sehr lobenswert, wie du dich für eines deiner Mädchen einsetzt.«

»Ich bin eben eine Frau mit vielen Talenten«, erwiderte Wilhelmina spöttisch. »Außerdem hat diese Torun Ekman etwas an sich, das sie von den anderen unterscheidet, und damit meine ich nicht ihr Hinken.« Sie winkte den Kellner herbei, um die Rechnung zu verlangen.

Kapitel 27

Inzwischen war das Hotel weihnachtlich dekoriert. Kunstvoll geflochtene Kränze und Girlanden, goldene Glöckchen und scharlachrote Seidenschleifen zierten die Lobby, die noch nie hübscher ausgesehen hatte. Der Weihnachtsbaum strotzte von brennenden Kerzen und wurde von rubinroten Kugeln und mit Gewürznelken gespickten Orangen geschmückt. An der Spitze prangte eine schwedische Flagge. Beim Zimmerservice herrschte eine festliche Stimmung.

»Ich dachte, es würde nach der Abreise der Nobelpreisträger ruhiger werden«, sagte Beda. »Aber offenbar werden wir bis Neujahr alle Hände voll zu tun haben.« Sie schob Karolina einen für eine Person gedeckten Servierwagen zu. »Bitte sei so gut und bring das rasch in Suite 425. Wenn ich nicht sofort auf die Toilette gehe, müssen sie den Teppich reinigen lassen.«

Die Mädchen kicherten, während Edward errötete. Beda war immer für einen kessen Spruch gut. Da mochte noch so viel Betrieb herrschen.

»Ich arbeite am liebsten abends«, stellte Edward fest. »Als Page hatte ich keinen Spaß daran, denn die meisten Gäste sind dann bereits eingetroffen. Aber hier weiß man nie, wen man als Nächstes kennenlernen und was man im Laufe des Abends so servieren wird.«

»Märta und meine Schwester Torun haben auch lieber Spätschicht, weil sie dann freihaben, wenn die Bibliothek geöffnet ist«, erwiderte Ottilia. »Doch ich weiß genau, was du meinst. Nachts vergeht die Zeit einfach schneller.«

Edward grinste. »Nur nicht in der toten Stunde.«

Die tote Stunde. Diese die Seele zermürbende Pause zwischen vier und fünf Uhr, wenn die Nachtschwärmer endlich in ihren Betten lagen und die Frühaufsteher noch schliefen. Die Ruhe sorgte dafür, dass die Müdigkeit zuschlug und man kaum noch die Augen offen halten konnte.

Karolina kehrte, gefolgt von Beda, zurück.

»Was ist denn passiert?«, erkundigte sich Edward.

»Ich habe die Bekanntschaft von Fräulein Silfverstjerna gemacht«, erwiderte Karolina. »Die habe ich noch nie zuvor bedient. Ich fand es ziemlich gruselig.«

Ottilia sah sie fragend an. »Was war denn los?«

»Sie hat mit mir geredet. Die ganze Zeit.«

»Manche Leute sind eben so.« Ottilia reichte Karolina ein Glas Wasser, denn das Mädchen war ziemlich blass um die Nase.

»Aber nicht so.« Karolina biss sich auf die Lippe. »Sie hat bemerkt, dass ich lächelnd das Klavier angeschaut habe. Das war keine Absicht. Ich fand es einfach so wunderschön. Es ist eine kleinere Version von dem in der Bar. Jedenfalls hat sie sofort losgelegt. Wie ich denn hieße? Ob mir meine Arbeit Spaß mache? Ob ich lieber etwas anderes tun würde?«

Beda schnaubte. »Du hättest antworten sollen, dass du deine Arbeit hasst und lieber Hofdame im Palast werden würdest. Für wen hält sich dieses Fräulein Silfverstjerna eigentlich? Auch wenn sie einen wohlklingenden Titel trägt, ist sie nicht besser als wir. Sie wird fürs Dienen bezahlt. Warum wohnt sie eigentlich hier?« Beda senkte die Stimme. »Märta glaubt, dass der Palast für ihre Hotelrechnung aufkommt.«

Edward starrte sie verdutzt an. »Warum sollte der Palast …«

»Es reicht«, fiel Ottilia ihm ins Wort. »Es steht uns nicht zu, Mutmaßungen über unsere Gäste anzustellen. Wenn nicht sofort Schluss mit diesem Unsinn ist, ziehe ich euch allen eine Stunde vom Lohn ab.«

Die anderen verstummten, allerdings eher vor Überraschung

als aus Ehrfurcht vor den Gästen oder ihrer Vorgesetzten. Ottilia pochte sonst nie auf ihren Titel. Das brauchte sie auch nicht. Weil sie alle zusammenhielten.

Karolina reckte das Kinn. »Dann hat sie mir über die Wange gestrichelt und gesagt, ich könnte auf ihrem Klavier spielen, wann immer ich das wolle.«

»Was?«, rief Beda aus.

Ottilia unterbrach sie mit einer Handbewegung und wandte sich an Karolina. »Was hast du geantwortet?«

Karolina seufzte. »Ich habe mich bedankt, weil sich das so gehört, und gesagt, ich könnte gar nicht Klavier spielen. Aber darum geht es doch nicht, oder?«

»Ganz sicher nicht.« Ottilia zermarterte sich das Hirn, was Fräulein Silfverstjernas seltsames Verhalten zu bedeuten haben könnte.

Beda griff nach einem Stift. »Ich mache einen Stern neben ihren Namen.« Sie warf Ottilia einen vielsagenden Blick zu. »Falls Ihnen das genehm ist, Fräulein Ekman.«

Ottilia zuckte innerlich zusammen, als sie Bedas spitzen Tonfall hörte. Fräulein Silfverstjerna benahm sich wirklich sonderbar, weshalb es unvermeidlich war, dass das Personal sich seine Gedanken darüber machte. Für gewöhnlich beschränkten sich die Gäste auf ein »Guten Abend« oder »Vielen Dank«. Was hatte Karolina an sich, dass die Gäste das Gespräch mit ihr suchten? Schließlich war sie auch diejenige gewesen, die man am ersten Abend nach den männlichen Kellnern gefragt hatte.

»Und dann hat sie mir das hier gegeben.« Als Karolina die Hand öffnete, war eine Zehnkronenmünze zu sehen.

Alle starrten sie sprachlos an.

Karolina warf das Geldstück in die Trinkgeldtasse, als hätte sie sich an dem Gold die Finger verbrannt.

Kapitel 28

Vorstandssitzung, März 1903

Algernon Börtzell schob seine Brille auf der Nase zurecht und räusperte sich. »Ich möchte damit beginnen, dass ich Frau Skogh zu ihrer neuen Position als Generaldirektorin gratuliere und sie im Vorstand willkommen heiße. Gewiss spreche ich für uns alle, wenn ich Ihnen sage, wie beeindruckt wir von den gesteigerten Umsatzzahlen des Hotels sind.«

»Wobei wir die teuren Renovierungen nicht vergessen dürfen«, wandte Ehrenfried von der Lancken ein. »Ich darf doch hoffen, dass in absehbarer Zukunft keine vergleichbaren Kosten entstehen werden?«

Wilhelmina bemühte sich um ein charmantes, aber unverbindliches Lächeln. »Ich bin mit den im letzten Jahr beendeten Arbeiten sehr zufrieden.«

Als sie Axel Burmans Blick auffing, wurde ihr ein wenig mulmig. Ihm war nicht entgangen, dass sie von der Lanckens Frage nicht beantwortet hatte.

»Wir alle teilen diese Auffassung«, sagte er nun. »Wir können uns keine weiteren Investitionen mehr leisten. Auch wenn die laufenden Geschäfte inzwischen mehr abwerfen, haben sich unsere Schulden doch beträchtlich erhöht.«

»Ohne die Renovierungsarbeiten wären unsere Schulden noch höher«, entgegnete Wilhelmina geduldig. »Nun haben wir wenigstens die Möglichkeit, uns wieder finanziell zu sanieren.«

»Frau Skoghs Einwand hat etwas für sich«, meinte Börtzell. »Und Ihrer auch, Axel. Wir können keine weitere Krone mehr in das Hotel stecken, ehe wir nicht einen Teil unserer

Kredite abgezahlt haben. Es ist höchst unwahrscheinlich, dass die Bank uns weitere Schulden gestatten würde.«

»Es könnte nötig werden, die Bank zu überzeugen.« Wilhelmina stützte beide Hände auf die polierte Tischplatte und ließ den Blick über die Runde schweifen. »Über den Innenhof der Küche gibt es auch weiterhin berechtigte Beschwerden. Wir müssen besser früher als später Abhilfe schaffen.«

»Das mag alles richtig sein«, antwortete Burman in abweisendem Ton. »Doch es kommt nicht infrage, dass wir unsere ohnehin schon angespannte Finanzlage weiter verschärfen. Wir haben Sie schließlich eingestellt, um diese Situation zum Guten zu wenden.«

»Der Umsatz ist gestiegen, die laufenden Kosten sind stabil«, entgegnete Wilhelmina.

»Das ist richtig. Und dennoch müssen wir aufhören, zwei Kronen auszugeben, um eine zu verdienen. Auch nicht eine Krone und neunundneunzig Öre, wenn wir den gestiegenen Umsatz in Betracht ziehen.«

»Das werden wir auch nicht.« Wilhelmina rang um Beherrschung. Was erwarteten diese Männer denn nach nur einem Jahr von ihr? »Trotzdem schöpft das Hotel noch nicht alle seine Möglichkeiten aus, und meine Aufgabe ist es, dafür zu sorgen, dass sich daran etwas ändert. Habe ich recht?«

Die Anwesenden murmelten zustimmend.

»Dann erlauben Sie mir bitte, meine Arbeit in einer Weise fortzusetzen, die langfristig zum Erfolg führen wird.« Sie bemühte sich um einen versöhnlicheren Ton. »Das Grand Hôtel könnte das beste Hotel Europas oder sogar der ganzen Welt werden. Vielleicht brauchen wir dazu einen weiteren Kredit, möglicherweise müssen wir sogar die Bank wechseln. Doch was wir auf keinen Fall tun dürfen, ist, an diesem Punkt das Handtuch zu werfen. Dann hätten wir nämlich nicht nur unser Geld verschwendet, sondern würden auch die bisherigen Fortschritte aufs Spiel setzen. Vor uns liegt die

Sommersaison. Das Grand Hôtel hat eine der besten Lagen auf dem Globus, insbesondere im Sommer. Schwedische und ausländische Gäste werden zu uns strömen. Thomas Cook deutet an, dass Sommerfrischler, die das nötige Geld besitzen, ein großes Interesse daran zeigen, Schweden zu bereisen. Unser Reservierungsbüro hat einen weiteren Mitarbeiter angefordert. Mit ein wenig göttlicher Hilfe wird unsere finanzielle Situation Ende des Jahres schon ein wenig anders aussehen.«

»Dann wollen wir hoffen, dass ›ein wenig‹ auch genügen wird«, erwiderte Burman. »Und nun zum nächsten Punkt auf unserer Tagesordnung. Haben Sie inzwischen einen geeigneten neuen Sommelier gefunden?«

»Das habe ich in der Tat. Ausgezeichnete Referenzen. Ausgebildet in Bordeaux und derzeit im Claridge's in London beschäftigt.«

Burman nickte zustimmend. »Ehre, wem Ehre gebührt. Gewiss haben Sie eine sehr gute Wahl getroffen.«

»Wann kommt er zu uns?«, erkundigte sich Börtzell. »Soweit mir bekannt ist, geht unser derzeitiger Sommelier nächsten Monat in den Ruhestand.«

Wilhelmina verkniff sich die Frage, warum der gute Herr Vorsitzende so selbstverständlich davon ausging, dass es sich bei dem neuen Sommelier um einen Mann handelte. »Monsieur Henri Blanc trifft am nächsten Ersten ein.«

»Blanc.« Lachend klopfte sich von der Lancken auf den Schenkel. »Ein passender Name für einen Sommelier.«

»Sein Name ist etwas, das ich mir nicht zugutehalten kann.« Wilhelmina gestattete sich ein Schmunzeln.

Kapitel 29

Torun Ekman hatte eine Erleuchtung. Ihr gelähmtes Bein schmerzte mit jedem Tag mehr, wenn sie Reinigungswagen durch die Gänge schieben, Betten abziehen und auf allen vieren Badezimmerfußböden schrubben musste. Auch wenn sie gegen harte Arbeit an sich nichts einzuwenden hatte. Der Lohn war angemessen, das Trinkgeld in Ordnung und ihre Kolleginnen waren nett. Und das Wichtigste war, dass sie Zeit zum Lesen hatte, solange es ihr gelang, Frau Andersson zu überreden, sie für die Nachtschichten einzuteilen. Das jedoch erwies sich als zunehmend schwierig, denn Frau Andersson machte sich nämlich Sorgen, Torun könne zu viele Stunden in der Bibliothek und zu wenige im Bett verbringen. Aber zumindest hatte sie so die Möglichkeit, etwas über die Welt zu lernen. Das hieß, darüber, wie die Welt für einen aussah, wenn man ein Mann war. Auch eine Welt der Frau gab es, und wie die Dinge lagen, war die Aufteilung im höchsten Maße ungerecht. Auch das wusste Torun inzwischen.

Und nun war im Reservierungsbüro eine Stelle frei geworden. Da Torun inzwischen seit über acht Monaten im Grand Hôtel arbeitete, glaubte sie, sich bewerben zu können, ohne Frau Andersson, die doch so nett zu ihr gewesen war, vor den Kopf zu stoßen. Wie immer wandte sie sich mit ihrem Problem zuerst an Ottilia.

»Was versprichst du dir von dieser Stelle im Reservierungsbüro?«, fragte diese.

Torun ließ sich auf dem Bett ihrer Schwester nieder. »Hauptsächlich zwei Dinge. Erstens kann ich im Sitzen arbeiten, was besser für mein schwaches Bein ist. Und zweitens kann ich meine Sprachkenntnisse verbessern. Mit ein wenig Glück könnte ich jeden Tag Gelegenheit haben, Deutsch oder Englisch zu sprechen.«

»Ich dachte, die meisten Reservierungen würden per Post abgewickelt.«

»Das stimmt auch. Aber immer mehr Gäste buchen ihre Zimmer telefonisch.«

»Und die Nachteile?«

»Keine Nachtschichten. Ich könnte nur einmal pro Woche in die Bibliothek. Außerdem hält Märta mich für übergeschnappt, weil ich auf die Trinkgelder und die Wochentagsausflüge in die Bibliothek verzichte.«

»Ihr Einwand hat etwas für sich«, meinte Ottilia.

Torun verzog das Gesicht. »Stimmt. Die Trinkgelder sind mir eigentlich egal. Aber wo soll ich nachts lesen?«

»Du könntest dieses Zimmer benutzen.«

»Wirklich?« Toruns Miene erhellte sich. »Das wäre wundervoll. Glaubst du, ich sollte mit Frau Andersson reden, bevor ich mich bewerbe?«

»Ich würde es an deiner Stelle tun. Sie war sehr nett zu dir, und ich denke, sie wird dich verstehen. Wenn jemand aus meiner Abteilung versetzt werden will, würde ich mich auch über eine Nachricht oder sogar eine Erklärung freuen. Ich könnte zwar keinen Einspruch erheben, aber so liegen die Karten auf dem Tisch.«

»Dann rede ich mit Frau Andersson und bewerbe mich danach. Stell dir nur vor, Otti, vielleicht spreche ich bald mit einem Herrn, der in Paris sitzt, in seiner eigenen Muttersprache.«

Ottilia verzog das Gesicht. »Du kannst kein Französisch.«

Als Torun grinste, hatte Ottilia ihre Schwester noch nie so hübsch gesehen. Ihre Augen funkelten buchstäblich vor Vergnügen. »*Pas encore.* Noch nicht.«

»Nein.« Wilhelmina blickte Torun finster an. Wie sie zugeben musste, gab diese in ihrer neuen Dienstkleidung, bestehend aus einem schwarzen Jackett mit passendem Rock, ein sehr professionelles Bild ab. »Sie dürfen keinen Französischunterricht nehmen. Es ist mir gleichgültig, ob Monsieur Blanc dazu bereit wäre. Außerdem ist es meine Aufgabe, zu beurteilen, ob es für dieses Hotel nötig ist, dass eine Torun Ekman Französisch spricht. Und nicht Ihre. Seien Sie dankbar für die Deutschstunden, die wir Ihnen ermöglichen.«

Torun reckte das Kinn.

Wilhelmina schürzte die Lippen, um ein Schmunzeln zu unterdrücken. Einen herausfordernden Blick wie diesen hätte sie sich eigentlich von jedem Mitarbeiter unter diesem Dach verbeten. Aber Torun Ekman war nun einmal keine gewöhnliche Mitarbeiterin.

»Ich bin wirklich sehr dankbar für die Deutschstunden, gnädige Frau.« Torun knickste unbeholfen, um ihre Worte zu betonen. »Aber ich verlange ja gar nicht, dass das Hotel mir Französischunterricht bezahlt, sondern frage Sie nur um Erlaubnis, bevor ich anfange. Es erschien mir falsch, mich nicht im Voraus mit Ihnen abzusprechen. Auch wenn in den Vorschriften nichts davon steht, dass Französischstunden verboten sind.«

»Dann sollten wir die Vorschriften vielleicht überarbeiten«, herrschte Wilhelmina sie an. Warum hatte sie nur das unangenehme Gefühl, dass sie im Begriff war, diese Debatte zu verlieren? Also war es besser, die Gefahr schon im Vorfeld abzuwenden. »Falls ich herausfinden sollte, dass Monsieur Blanc Ihnen trotz meines ausdrücklichen Verbots Unterricht erteilt, werden Sie beide gekündigt.«

»Ja, gnädige Frau.«

Wilhelmina nickte zufrieden.

»Dürfte ich mich nach dem Grund erkundigen?«, hakte Torun nach.

Wilhelmina zählte innerlich bis zwei. »Ekman, kennen Sie die Redewendung, dass man besser aufhören sollte, solange man im Vorteil ist?«

»Nein, gnädige Frau.«

Wilhelmina suchte das Gesicht des Mädchens nach Anzeichen von Aufsässigkeit ab, konnte jedoch nichts entdecken. »Im Moment müssen Sie sich in Ihren neuen Aufgabenbereich einarbeiten und nehmen außerdem zwei Stunden pro Woche Deutschunterricht. Ganz zu schweigen davon, dass Sie tagsüber arbeiten und Monsieur Blanc normalerweise seine Schicht beginnt, bevor Ihre endet. Wann genau wollten Sie sich denn mit ihm treffen, um Französisch zu lernen?«

Torun errötete.

Wilhelmina verschränkte die Arme. »Ekman?«

»Er sagte, er hätte nach seiner Schicht Zeit für mich.«

Wilhelmina fiel die Kinnlade herunter. »Um ein Uhr nachts?«

»Er sagte, er müsste vor dem Zubettgehen stets ein wenig ausspannen.«

Wilhelmina schnaubte belustigt. »Ach, muss er das? Was Monsieur Blanc nach seiner Schicht tut, ist seine Angelegenheit. Was Sie mitten in der Nacht so treiben, ist hingegen meine. Sie werden nicht im Hotel herumgeistern, wenn Sie am nächsten Morgen arbeiten müssen. Haben Sie mich verstanden?«

»Ja, gnädige Frau.«

Wilhelmina wies auf die Tür. »Verschwinden Sie.«

In der Kantine setzte sich Märta zu Torun. »Was hat Frau Skogh gesagt?«

»*Non.*«

Märta seufzte. »Soll ich sie auch fragen? Vielleicht nützt es, wenn wir zu mehreren sind.«

»Du bist ein Schatz. Aber sie meinte, Deutsch sei genug. Dann wollte sie wissen, ob mir der Ausdruck, man solle aufhören, solange man im Vorteil ist, bekannt sei.«

»Und wie hat sie reagiert, als du Ja gesagt hast?«

Torun riss die Augen auf. »Ich habe Nein gesagt.«

Märta schlug die Hand vor den Mund. »Torun Ekman, das gibt es doch nicht! Ich wünschte, ich wäre nur halb so mutig wie du.«

Torun ließ die Schultern hängen und schob ein Stück Kohlroulade auf ihrem Teller herum. »Ich hätte nicht lügen sollen. Frau Skogh hat sich meiner Familie gegenüber sehr anständig verhalten. Außerdem hat es nichts gebracht.«

Märta überlegte. »Wie sollte sie es erfahren, wenn du Monsieur Blanc aus eigener Tasche bezahlst?«

»Sie wird es wissen. Frau Skogh kann nämlich durch Wände und um Ecken schauen.« Torun schüttelte den Kopf. »Nein, ich werde sie nicht täuschen oder gegen ihr Verbot verstoßen.«

»Was machst du dann?«

»Bei Göthes gibt es ein Französischwörterbuch. Irgendwo muss ich ja anfangen. Und das Lesen im Bett hat sie mir ja nicht verboten.«

Ottilia klopfte an Frau Skoghs offene Tür.

Wilhelmina blickte von dem Plan des Innenhofs auf, der auf ihrem Schreibtisch lag. »Hoffentlich ist es wichtig, Ottilia. Heute werde ich schon den ganzen Tag gestört.«

»Äh.« Ottilia zögerte. »Dann komme ich besser ein andermal wieder.«

»Da Sie jetzt schon mal hier sind, raus mit der Sprache.«

»Ich wollte wissen, ob ich Monsieur Blanc vielleicht bitten kann ...«

»Das können Sie nicht! Ihre Schwester hat mich gerade genau dasselbe gefragt und ich habe Nein gesagt. Und wenn Sie jedes Mädchen im ganzen Haus zu mir schicken, wird es keinen Französischunterricht bei unserem netten Monsieur Blanc geben. Also noch einmal zum Mitschreiben: Wer mich noch einmal wegen einer Französischstunde bei Monsieur Blanc belästigt, kann sich gleich die Hintertreppe hinaus auf die Stallgatan trollen.«

Ottilia starrte sie mit offenem Mund an. Ihr Herz klopfte, als sie fieberhaft überlegte, was jetzt zu tun war. War es besser, sich aus dem Staub zu machen? Oder sollte sie ihr Anliegen vorbringen?

Frau Skogh sah sie zweifelnd an. »Sie sind nicht wegen der Französischstunden hier?«

»Nein, gnädige Frau«, erwiderte Ottilia zögernd. »Ich wollte wissen, ob er uns etwas über Weine erklären könnte. Also nicht nur mir, sondern allen beim Zimmerservice. So oft fragen uns die Gäste danach, und wir wissen nie wirklich, was wir darauf antworten sollen. Zumindest nicht so, dass es Hand und Fuß hätte.« Als Frau Skogh schweigend lauschte, fuhr Ottilia fort. »Am schwierigsten ist es, wenn ein Gast eine Weinsorte anstatt eines ganz bestimmten Weins verlangt.«

»Die Grundlagen haben Sie in Rättvik gelernt. Haben Sie dieses Wissen an Ihre Mitarbeiter weitergegeben?«

Ottilia ließ den Kopf hängen. »Ich habe es versucht, aber ich bin mir selbst oft nicht sicher. Der Weinkeller hier ist gewaltig.« Sie hob den Kopf. »Ich habe mir die Freiheit erlaubt, Herrn Möller um Hilfe zu bitten. Er hat mir erzählt, im Weinkeller des Grand Hôtel gebe es einhundertzwanzigtausend Flaschen. Die männlichen Etagenkellner hätten eine Einweisung erhalten. Er hat mir vorgeschlagen, mich an Sie zu wenden. Also bin ich jetzt hier, um mich zu erkundigen, warum wir nicht auch die Frauen einweisen.«

Wilhelmina nahm einen Schluck von ihrem inzwischen kalten Tee, verzog das Gesicht und stellte die Tasse weg. »Die Erklärung lautet, dass es schlicht und einfach vergessen wurde. Natürlich müssen sämtliche Mitarbeiter beim Zimmerservice unabhängig vom Geschlecht eine Einweisung erhalten.« Sie musterte Ottilia forschend. »Warum fragen Sie erst jetzt? Sie leiten den Zimmerservice nun schon seit einem knappen Jahr.«

»Unsere Torun hat mich darauf gebracht. Als sie sagte, sie wolle mit Ihnen über Französischstunden bei Monsieur Blanc sprechen, ist mir klar geworden, dass er uns auch unsere Weine erklären könnte.« Ottilia musste ein Lächeln unterdrücken, als sie seinen Namen aussprach.

»Das könnte er wirklich«, stimmte Frau Skogh zu.

Ottilia trat von einem Fuß auf den anderen. »War das ein Ja, Madam?«

»Ich werde mit Monsieur Blanc sprechen. Und Ottilia?«

»Ja?«

»Bitte machen Sie beim Hinausgehen die Tür zu.«

»Es ist faszinierend«, sagte Wilhelmina am Abend zu Per. Sie reichte ihm ein Glas Whisky und ließ sich neben ihm auf dem mit goldfarben und burgunderrot gemustertem Stoff bezogenen Sofa nieder. Das knisternde Kaminfeuer gab dem kühlen Aprilabend etwas Gemütliches.

»Was ist faszinierend, meine Liebste?«

»Wie die Mädchen im Grand Hôtel aufblühen. Zimmerservice und Hauswirtschaft sind die Abteilungen, die mir die wenigsten Kopfschmerzen verursachen. Und beide werden von Frauen geführt. Außerdem betteln die Etagenkellnerinnen darum, in den Weinkeller eingewiesen zu werden, während Torun Ekman mir die Ohren volljammert, weil sie Französischunterricht will. Außerdem tritt sie mit ihrem ständigen Hin und Her zwischen der Stallgatan und der Nationalbibliothek den Gehweg platt. Und jetzt hat Lizzies Karolina gefragt, ob sie an einer unserer Stadtführungen teilnehmen kann, weil sie zwar in Stockholm geboren sei, sich aber kaum in ihrer eigenen Stadt auskenne.«

Per zog beeindruckt die Augenbraue hoch. »Wie ist sie denn darauf gekommen?«

»Ein Gast hat sie gefragt, wo er einen Herrenschirm kaufen könne. Das Mädchen regt die Leute zum Reden an.«

»Solange das alles ist, was sie anregt«, brummelte Per. »Aus deinen Erzählungen schließe ich nämlich, dass sie ungewöhnlich hübsch ist.«

»Was wäre bei einer Tochter von Lizzie auch anderes zu erwarten?«, erwiderte Wilhelmina. »Guter Knochenbau.«

»Und wusste Karolina, wo ein Herr einen Schirm erwerben kann?«

»Bei Nordiska Kompaniet, wie sie glaubte. Außerdem hatte sie tatsächlich den Mut, dem Gast vorzuschlagen, sie werde eine Lieferung veranlassen.«

»Gut gemacht, Karolina. Hast du nicht gesagt, sie sei schüchtern?«

»Das ist es ja. Früher war sie das. Inzwischen scheinen die Mädchen alle ihre Fähigkeiten zu entdecken. Sie wollen unbedingt etwas lernen. Beda Johansson ist laut Ottilia die geborene Mathematikerin. Sie addiert die Preise, während sie Posten notiert, und schreibt die Summe unten auf die Seite. Die Buchhaltung hat ihr gesagt, sie könne sich die Mühe sparen, da man das dort erledigen werde. Aber Beda hat geantwortet, die Herausforderung mache ihr Spaß. Und bis jetzt hat sie sich kein einziges Mal geirrt.«

»Und darf Karolina an der Stadtführung teilnehmen?«

»Nein, nicht zusammen mit den Gästen. Doch die Idee fängt an, mich zu interessieren. Vielleicht könnten wir jeden Monat eine Führung für unsere Mitarbeiter anbieten. Nach dem System ›Wer zuerst kommt, mahlt zuerst‹. Karolina hat recht. Je mehr unser Personal über diese Stadt weiß, desto besser.«

Per betrachtete seine Frau liebevoll. »Du hast allen Grund, stolz zu sein.«

»Auf die Mädchen? Ich glaube, das bin ich auch.«

»Darauf, dass du ihnen solche Möglichkeiten eröffnest. War es nicht so, dass Frauen im Grand Hôtel kaum zu sehen und nie zu hören waren, bevor du dort angefangen hast?«

Wilhelmina ließ das Getränk in ihrem Glas kreisen, bis sich das Lampenlicht in der bernsteinfarbenen Flüssigkeit fing. »Frauen wirken ausgleichend. Außerdem haben wir viele weibliche Gäste. Und warum sollen Frauen es im Leben nicht zu etwas bringen? Wenn wir eine Tochter hätten, wäre es schön, wenn sie so viel Ehrgeiz an den Tag legen würde wie Ottilia Ekman, so viel Intelligenz wie Torun Ekman und zudem Karolinas Talent – ja, es ist ein Talent –, so ganz und gar charmant zu sein.«

»Eine Tochter von dir besäße sicher alle diese Vorzüge«, erwiderte Per und beugte sich vor, um seine Frau zu küssen. »Sie wäre nämlich genau wie ihre Mutter.«

Kapitel 30

Charley Löfvander suchte Gösta Möller im Speisesaal auf und winkte den Maître d'hôtel zu einer Tür mit der Aufschrift *Nur für Personal*.

»Was ist denn los, Charley? Sie machen ja ein Gesicht, als wäre der Teufel selbst hinter Ihnen her.«

Löfvander blickte sich verstohlen in alle Richtungen um, bevor er weitersprach. »Ich habe gerade Knut Andersson gesehen.«

Möller fuhr zurück. »Ach ja? Wo denn? Oder lassen Sie mich raten. Wir haben den 1. Mai. Auf einer Kundgebung vielleicht?«

Löfvander grinste. »Ihnen entgeht nichts, Gösta. Er schwenkte ein schmutziges Schild und forderte den Achtstundentag.«

»Diese Mühe kann er sich sparen. Die Arbeitgeber werden niemals einknicken. Aber wenn er so seine Zeit verbringen will, werde ich ihn nicht daran hindern.«

»Und das ist noch nicht alles«, fuhr Löfvander fort. »Er trug die Uniform eines Straßenbahnschaffners. Offenbar arbeitet er jetzt bei *Norra Bolaget*.«

Möller pfiff durch die Zähne. »Also könnte er in einer der Straßenbahnen stehen, die hier in der Nähe vorbeifahren.«

Löfvander nickte. »Ich dachte, das könnte Sie interessieren. Diese Straßenbahnschaffner sehen von ihren Plattformen aus alles und jeden.«

»Die Frage ist, ob wir es Margareta erzählen sollen«, sagte Möller.

»Das, mein Freund, überlasse ich Ihnen. Ich werde bestimmt nicht derjenige sein, der es ihr eröffnet.«

Möller kratzte sich am Kinn. »Es ist jetzt fast ein Jahr her. Ich glaube nicht, dass sie seitdem jemals ohne Begleitung das Hotel verlassen hat. Als ich letzten Sommer mit ihr auf Djurgården war, hat sie sich dauernd umgeschaut. Ob er in der Nähe ist. Ob er sie beobachtet. Ich glaube, sie hat den Ausflug bereut, noch ehe wir auf der Fähre waren.«

Löfvander schüttelte den Kopf. »Das ist kein Leben. Haben Sie sich überlegt, ob Sie noch einmal mit ihr ausgehen sollen?«

Ein schriller Schrei aus der Hotelhalle machte jede weitere Unterhaltung unmöglich.

»Kajsa«, stellte Möller fest. »Kommen Sie mit.«

Eine Frau, die einen altmodischen grünen Seidenrock, eine passende Jacke und dazu einen Hut mit verblassten violetten Blumen trug, stand zwischen Rezeption und Wand und starrte die beiden Männer dahinter finster an. »Wenn ich überhaupt gehe, dann auf demselben Weg wie alle anderen. Durch den Haupteingang.«

Ein Rezeptionist nahm sie am Ellbogen. »Sie verschwinden jetzt, und zwar entweder ganz brav und leise durch den Personaleingang, oder Sie werden von der grünen Minna abtransportiert. Frauen wie Ihnen ist der Zutritt zu Hotels nicht gestattet.«

Kajsa riss sich los. »Hände weg. Ich bin keine Ihrer Angestellten.«

»Genau«, entgegnete der Rezeptionist. »Das hier ist ein Hotel der gehobenen Klasse. Und keine der schummrigen Spelunken, wo Sie sich sonst herumdrücken.«

Die Frau richtete sich zu voller Größe auf. »Ich biete erstklassige Dienste.«

Gösta Möller packte sie am Oberarm. Ihre Hände und ihr Gesicht waren zwar relativ sauber, doch an Saum und Manschetten klebten Schmutz und Straßenstaub. »Los, Kajsa. Sie wissen, wie es läuft. Entweder kommen Sie jetzt mit oder wir tragen Sie hinaus.«

»Versuchen Sie es doch, Gösta Möller. Dann schreie ich das ganze Haus zusammen.«

Löfvander griff nach ihrem anderen Arm. »Das Risiko gehen wir ein.«

Sie schleppten die Frau durch den Vorhang auf den Personalflur.

Kajsa stieß ein schrilles Kreischen aus. »Sie tun mir weh! Dazu haben Sie kein Recht!«

Wilhelmina kam aus ihrem Büro gehastet. »Was ist hier los, um Himmels willen?«

»Das ist nur Kajsa, gnädige Frau«, antwortete Löfvander.

Kajsa befreite sich aus dem Griff der beiden Männer. »Schon gut, mich kann man ja beleidigen. *Das ist nur Kajsa.* Als ob ich in dieser Welt nichts zählen würde. Selbst eine Ratte ist fünf Öre wert.«

Möller schnaubte verächtlich. »Weil eine Ratte ihren Schwanz nicht freiwillig hergibt.«

»Das reicht, Möller«, tadelte Wilhelmina.

»Verzeihung, gnädige Frau.«

Kajsa fing wieder zu schreien an. »Warum entschuldigen Sie sich bei ihr? Schließlich haben Sie mich beleidigt.«

»Und wenn Sie nicht gleich aufhören, in meinem Hotel herumzukrakeelen, kriegen Sie von mir eins auf die Ohren«, drohte Wilhelmina.

Kajsa schmollte. »Haben Sie doch ein Herz, Frau Skogh. Ich habe seit drei Tagen nichts gegessen. Feine Leute wie Sie haben ja keine Ahnung, wie wir Armen leben.«

»Svensson, lassen Sie eine warme Mahlzeit bringen«, befahl Wilhelmina. Dann wandte sie sich wieder an Kajsa. »Und nach dem Essen gehen Sie.«

»Ein Bier könnte ich auch gebrauchen«, meinte Kajsa.

»Ein Bad wäre vermutlich nötiger«, höhnte Gösta.
Kajsa wirbelte zu ihm herum. »Ich bin sauber. Da untenrum, wo es zählt. Und registriert bin ich auch. Zweimal in der Woche gehe ich zur Untersuchung.«
»Nichts, womit man angeben sollte, oder?«
Kajsa hob die abgewetzte Ledertasche, als wolle sie ihn damit schlagen, ließ den Arm aber wieder sinken. »Eigentlich tue ich diesem Hotel einen Gefallen. Bei der alten Kajsa holt sich niemand etwas. Seien Sie doch dankbar, dass Ihre Gäste bei mir gefahrlos auf ihre Kosten kommen. Oder sind Sie etwa neidisch?« Sie sah ihn herausfordernd an. »Ich könnte Sie auch dazwischenschieben.«
Wilhelmina verzog gequält das Gesicht. »Möller, ich übernehme.« Sie führte Kajsa in ihr Büro. »So kann es nicht weitergehen. Nach dem Essen verschwinden Sie. Falls Sie wiederkommen sollten, rufe ich die Polizei, keine Diskussion. Das war Ihre letzte Chance.«
»Es hat mir doch nie jemand eine Chance gegeben.« Kajsa ließ sich auf den nächstbesten Stuhl an dem langen Tisch sinken. »Möller sagt, dass ich eine liederliche Person bin, aber das ist nicht wahr. Meine Unschuld wurde mir vom Gutsherrn geraubt. Ich habe es meiner Mutter erzählt und die meinte: ›Nun, mein Kind, wenn die feinen Herren sich selbst bedienen, können wir sie auch bezahlen lassen.‹ Da hatte sie völlig recht. Was sollte ein Mädchen sonst tun?«
»Arbeiten. Haben Sie denn gar keine Selbstachtung?«
Kajsas Augen blitzten zornig. »Für Sie ist das alles ganz einfach, oder? Wer würde einer wie mir denn Arbeit geben? Ganz bestimmt ist in Ihrem feinen Hotel kein Platz für mich. Außer jemand verlangt nach meinen Diensten. Sie haben ja keine Ahnung, wie es ist. Sogar wenn wir auf der Straße gehen, werden wir verjagt.«
»Sie dürfen auch nicht in mein Hotel. Aber hat Sie das jemals daran gehindert?«

Kajsa ließ die Schultern hängen. »Jedenfalls ist es jetzt zu spät. Ich bin seit zwanzig Jahren in diesem Gewerbe und es wird immer schwieriger. Junge Männer wollen keine alten Weiber wie mich. Und die, die doch wollen, zahlen mir immer weniger. Ich bin reingekommen, um mich zu wärmen. Auch wenn wir schon Mai haben, ist mir kalt. Mir ist immer kalt.«

Wilhelmina musterte ihr Gesicht. Der fehlende Schneidezahn. Die eingefallenen Wangen. Der stolze Ausdruck in den Augen. »Wie alt sind Sie?«

»Zweiunddreißig Sommer. Ja, das ist richtig. Ich war zwölf, als er mich nahm. Sie wissen nicht, wie es ist, wenn man zwölf und arm ist.«

Karolina erschien mit einem Tablett. »Guten Appetit«, sagte sie leise, während sie die silberne Haube entfernte.

Strahlend betrachtete Kajsa den Teller voller dampfender Fleischklößchen mit Preiselbeersoße. »Danke.«

Wilhelmina stellte fest, dass Kajsa Karolina nachblickte.

»So eine Arbeit hätte ich gerne«, sagte sie und fing an, Butterkartoffeln in sich hineinzuschaufeln. Genüsslich stöhnte sie auf, bevor sie schluckte. »Hier könnte ich arbeiten.« Sie spähte unter ihrer Hutkrempe hervor und sah Wilhelmina an.

»Nein, können Sie nicht«, entgegnete diese. »Schließlich könnte ich nicht dulden, dass Sie erst aus dem Bett eines Herrn klettern müssten, um ihm dann sein Frühstück zu servieren.«

»Das würde ich auch nicht tun. Außerdem wird da mit zweierlei Maß gemessen. Ihn nennen Sie einen Herrn, aber mich würden Sie nie als Dame bezeichnen.« Kajsa machte ein ärgerliches Gesicht. »Aber Frauen sind sich ja immer zu fein, um einer Geschlechtsgenossin aus der Patsche zu helfen. Die letzte Frau, die nett zu mir war, war meine Hebamme, obwohl sie mir auf den Hintern geklopft hat.«

»Sie sitzen in meinem Büro und essen eine Mahlzeit aus meiner Kantine«, herrschte Wilhelmina sie an. »Und wenn Sie glauben, dass ich mir zu fein bin, will ich Ihnen mal etwas erzählen: Als ich zwölf war, habe ich sechzehn Stunden am Tag Gläser poliert. Im Stehen. An manchen Abenden taten mir die Füße so weh, dass ich nicht nach Hause gehen konnte. Dann habe ich mich hingesetzt und die Füße in den Norrström gehalten, um die Schmerzen zu lindern. Und als ich es endlich eine Stufe höher geschafft hatte, habe ich die Abendschule besucht, um Fremdsprachen und Buchführung zu lernen.«

Kajsa bedachte ihre Wohltäterin mit einem anerkennenden Blick. »Aber ich wette, dass Sie ordentlich erzogen worden sind. Und ich? Ich wurde gar nicht erzogen, sondern mitgeschleppt. Mein Vater hat sich aus dem Staub gemacht und meine Mutter mit neun hungrigen Kindern im Stich gelassen.«

»Ganz gleich, was man für eine Kindheit hatte, kommt irgendwann der Punkt, an dem man die Verantwortung für sein Leben übernehmen muss. Wissen Sie, wo die beste helfende Hand ist? Am Ende Ihres eigenen Arms.«

»Leichter gesagt als getan. Eigentlich wollte ich immer eine Familie. Zwei Kleine. Haben Sie Kinder?«

Wilhelmina sah sie finster an. »Das geht Sie nichts an. Und jetzt essen Sie auf und gehen.«

»Ich wette, Sie haben keine Kinder.« Kajsa kippte den Rest ihres Biers hinunter und wischte sich mit der Serviette den Mund ab. Dann hob sie den Zeigefinger. »Ich stelle mir das folgendermaßen vor: Wir Arbeiterinnen wünschen uns nichts sehnlicher als die Möglichkeit, einen Haushalt zu führen und Kinder großzuziehen. Und die bürgerlichen Frauen wären lieber berufstätig oder behaupten das zumindest. Wie verdreht ist das denn? Wir kriegen alle nicht, was wir wollen. Oder wenigstens«, sie wies in Wilhelminas Büro hinein, »gilt das für die meisten von uns.«

»Einige Frauen haben viele Jahre lang hart gearbeitet, um es so weit zu bringen«, erwiderte Wilhelmina. »Und zwar zu einer Zeit, als Sie noch gar nicht geboren waren.«

»Und einigen Menschen, den Männern nämlich, serviert

man alles auf dem Silbertablett. Oder sie nehmen es sich einfach. Sogar Arbeiter tun das.«

»Wenn das stimmen würde, würden die Männer doch nicht draußen auf der Straße für höhere Löhne demonstrieren.«

»Aber sie demonstrieren nicht für uns alle. Nur für sich selbst. Uns Frauen gibt man wieder den Kürzeren.«

»Es heißt ›den Kürzeren ziehen‹. Allerdings könnten Sie recht haben.«

»Ich habe recht. Und nein, wir *ziehen* nicht den Kürzeren, weil man uns gar nicht erst ziehen lässt. Wir bekommen das, was die Männer, vor allem die feinen Herren, übrig lassen. Deshalb nennt man diese Leute auch Oberschicht. Weil sie die Oberhand haben«, verkündete Kajsa. »Sie wollen mir etwas von wunden Füßen erzählen? In meinem Alter und in meinem Beruf ist bei mir alles wund. Aber im Sommer tut mir die Sonne gut.« Sie erhob sich. »Jetzt gehe ich und ich komme nicht wieder. Sie und diese junge Kellnerin waren so nett zu mir, wie ich es noch nie erlebt habe.«

Wilhelmina blickte aus dem Fenster und beobachtete die magere Gestalt, die sich über die Södra Blasieholmshamnen in Richtung Norrbro-Brücke schleppte. Die alte Handtasche baumelte auf Kniehöhe. Zweiunddreißig. Etwa so alt wie Margareta Andersson. Nur dass Kajsa mindestens zwanzig Jahre älter aussah. Hätte sie, Wilhelmina, mehr tun können, um ihr zu helfen? Nein. Wenn man einer von ihrer Sorte hier Einlass gewährte, würden die anderen folgen.

Wilhelmina kehrte an ihren Schreibtisch zurück. Kajsas Präsenz und ihre Not schienen noch immer im Raum gegenwärtig. Wilhelmina schob die Pläne für den Innenhof beiseite. Sie musste nachdenken. Hatte Kajsa recht? Nicht ganz. Es gab genügend anständige Männer auf dieser Welt. Pelle hat sie, Wilhelmina, stets liebevoll behandelt und respektierte sie als Gleichberechtigte. Auch Régis Cadier war ein guter Ehemann, Vater und Arbeitgeber gewesen. Dasselbe galt für Karl Ekman in Rättvik. Ihr eigener Vater hatte bis zu seinem Tod durch Ertrinken hart für seine Familie gearbeitet. Aber was war mit den Knut Anderssons in dieser Stadt? Ganz zu schweigen von den Vergewaltigern mit Anzug und Zylinder, die weder ihre Fäuste noch Drohungen einsetzen mussten, um Frauen auszubeuten, und gegen das Frauenwahlrecht stimmten?

Wilhelmina bestellte mehr Kaffee und griff wieder zum Stift. Gegen die Not in dieser Stadt konnte sie nur wenig tun. Sie hatte nur die Möglichkeit, das Grand Hôtel in das beste Haus Europas zu verwandeln. Deshalb würde sie zuerst an einige Banken schreiben. Falls sie dadurch das Missfallen des Vorstands auf sich ziehen sollte, musste es eben sein. Die Männer würden schon darüber hinwegkommen. Sie fing an zu schreiben.

Kapitel 31

Margareta umklammerte die Kante ihres Schreibtischs aus Eichenholz und starrte Gösta Möller fassungslos an. »In der Straßenbahn?«

Er nickte. »Offen gestanden wissen wir ...«

»Wir?«

»Charley und ich. Er ist derjenige, der Knut gesehen hat.«

Margareta errötete. Offenbar war das ganze Hotel über ihre missliche Lage im Bilde. Doch andererseits hieß das auch, dass ihre Kollegen sie beschützten. »Wann haben Sie es denn erfahren?«, flüsterte sie.

»Vor ein paar Wochen. Aber ich wollte mich mit eigenen Augen vergewissern, bevor ich es Ihnen sage. Ich habe Knut heute selbst gesehen.«

Margareta biss sich auf die Lippe. »Hat er Sie auch bemerkt?«

Möller zuckte mit den Achseln. »Vielleicht. Es tut mir wirklich leid, Sie damit belästigen zu müssen, doch ich dachte, es sei wichtig für Sie.«

»Danke.« Sie griff nach einem Glas Wasser. Als sie trinken wollte, klapperten ihre Zähne so sehr, dass sie gegen den Rand des Glases stießen.

»Ganz ruhig«, meinte Möller beschwichtigend. »Es könnte nichts zu bedeuten haben. Möglicherweise hat Knut Sie ja auch gesehen und schert sich nicht darum.«

Oder er spielt auf Zeit. Margareta schluckte. »Wenigstens weiß ich jetzt, welche Straßen ich meiden muss.«

»Selbst wenn er Sie beobachten sollte, sind ihm die Hände

gebunden. Schließlich darf er nicht einfach die Straßenbahn verlassen. Ich wollte Ihnen nur die Überraschung ersparen.«

»Danke«, wiederholte sie. Was war schlimmer – überrascht zu werden oder in ständiger Angst zu leben? Aber tat sie das nicht ohnehin schon? Sagte Ottilia nicht immer, man solle versuchen, in allem das Gute zu sehen? Wenigstens wusste sie jetzt, wo Knut war. Sie zwang sich zu einem Lächeln. »Danke, dass Sie es mir erzählt habe. Das ist Ihnen sicher nicht leichtgefallen.«

»Ich hatte schon angenehmere Aufgaben«, räumte Möller ein. »Trotzdem mache ich Ihnen den Vorschlag, Knut zu vergessen und an meinem nächsten freien Abend mit mir essen zu gehen.«

Margareta betrachtete den Mann, der ihr da am Schreibtisch gegenübersaß. Seine Augen waren blau, wenn auch nicht so blau wie die von Knut. Und er wollte mit ihr ausgehen, obwohl ihre Angst vor einer unliebsamen Begegnung ihnen im letzten Sommer den Abend verdorben hatte. Das war ihr noch wochenlang peinlich gewesen, und die bloße Vorstellung, dieses beschämende Erlebnis könnte sich wiederholen, erstickte jegliche Versuchung, anzunehmen, im Keim. Da sie in dieser Hinsicht für nichts garantieren konnte, war es gewiss das Sinnvollste, diesem reizenden Mann einen Korb zu geben. Er hatte etwas Besseres verdient und sollte sich eine Frau suchen, die nicht so viel Ballast mit sich herumschleppte wie sie.

Sie schüttelte den Kopf. »Nein, aber ich danke Ihnen vielmals für die Einladung. Sie sind ein Gentleman, Gösta. Eines Tages werden Sie einer glücklichen Dame ein wundervoller Ehemann sein.«

Möller hielt ihrem Blick stand. »Hoffentlich haben Sie recht. Falls Sie es sich anders überlegen sollten, wissen Sie ja, wo ich zu finden bin.« Er schloss die Bürotür hinter sich.

Margareta wischte sich die Tränen ab. Sie trauerte um das, was hätte sein können, hätte sie nur einen gütigeren Mann geheiratet.

Kapitel 32

Exakt dreißig Minuten vor dem vereinbarten Sitzungstermin kamen Börtzell, von der Lancken und Burman im Sitzungssaal zusammen.

»Meine Herren.« Börtzell räusperte sich. »Danke, dass Sie gekommen sind.«

»Gern geschehen«, erwiderte von der Lancken. »Aber warum so früh? Das haben Sie in Ihrem Schreiben nicht weiter ausgeführt.«

»Ich hielt es für klug, die Pläne unserer Generaldirektorin vor dem Eintreffen der werten Dame zu erörtern.«

»Was höchst unüblich ist.« Von der Lancken wischte sich die Stirn ab.

»Dennoch ist es nötig.« Börtzell machte eine bedeutungsvolle Pause. »Meiner Ansicht nach wird sie darauf bestehen, dieses Hotel noch tiefer in die Verschuldung zu stürzen. Deshalb müssen wir uns einig sein und diesen Narrheiten einen Riegel vorschieben.«

Burman seufzte. »Wie ich annehme, spielen Sie auf Punkt eins an, den Innenhof vor der Küche. Ich dachte, wir hätten das Thema weitere Investitionen abgehakt.«

»Offenbar nicht.« Börtzell griff nach dem handschriftlichen Brief, der vor ihm lag. »Frau Skogh schreibt, sie erhielte regelmäßig Beschwerden von Gästen, deren Zimmer Blick auf besagten Innenhof haben. Der Lärm halle durch die Räume, die Luft sei stickig und die Aussicht überdies unerfreulich. Zudem weist sie uns darauf hin, die Angelegenheit sei bereits bei unserer letzten Sitzung zur Sprache gekommen.«

»Und wir haben sie unsererseits darauf hingewiesen, dass die Bank uns gewiss keinen weiteren Kredit bewilligen wird«, entgegnete Burman. »Zudem haben wir seit dieser letzten Sitzung fünfzigtausend Kronen in Anteile des Unternehmens Turisthotell in Rättvik investiert. Auf ihre Bitte. Vielleicht sollte man die Dame daran erinnern, falls sie vorschlagen sollte, sich noch einmal an die Bank zu wenden.«

Von der Lancken verzog unwillig das Gesicht. »Am Grundriss des Hotels hat sich nichts geändert. Weshalb also ist der Innenhof plötzlich ein Problem?«

»Weil sich die Küche seit den Tagen von Cadier vergrößert hat«, erklärte Börtzell. »Mehr Lärm, mehr Küchendünste.«

»Frau Skogh kann doch nicht ernsthaft verlangen, dass wir die Küche verkleinern«, murrte von der Lancken. »Gut, es ist das Privileg einer Dame, ihre Meinung zu ändern, doch das geht entschieden zu weit.«

»Das ist auch nicht ihre Absicht.« Börtzell hielt inne und zog an seiner Zigarre, bis sie richtig brannte. »Frau Skogh bittet um die Erlaubnis, den Innenhof in einen Garten zu verwandeln.«

Burman runzelte zweifelnd die Stirn. »Wie soll das gehen? Es gibt kein Dach. Ein solcher Garten würde den Winter nicht überstehen.«

Börtzell tippte auf den Brief. »Sie beabsichtigt, im Sommer einen Rasen anzulegen. Außerdem Blumenbeete, einen Brunnen und Pergolen. Im Winter würde sie dann einen eher waldähnlichen Eindruck mit Wacholderbüschen, Kiefern und beleuchteten Steingrotten anstreben.«

»Das klingt wie immer sehr schön«, meinte Burman, »und außerdem sehr kostspielig. Deshalb muss unsere Antwort Nein lauten. Wir würden die gesamte Zukunft des Grand Hôtel aufs Spiel setzen. Mich wundert, dass Frau Skogh das nicht klar ist.«

»Ich teile Ihre Auffassung«, antwortete Börtzell. »Und deshalb haben wir uns hier zusammengefunden, um uns auf eine

Vorgehensweise zu einigen, für den Fall, dass Frau Skogh unsere ablehnende Haltung nicht akzeptiert. Schließlich riskieren wir unsere Reputation, wenn dieses wunderbare Hotel dem Bankrott anheimfällt.«

»Und sie ihre ebenso«, ergänzte von der Lancken.

Börtzell schnaubte abfällig. »Frau Skogh kann sich jederzeit nach Storvik flüchten, wo sich kein Mensch um das Schicksal des Stockholmer Grand Hôtel schert – sofern man überhaupt schon davon gehört hat. Wir hingegen müssten dann hier in dieser Stadt die Scherben zusammenkehren.« Er klopfte mit seinem fleischigen Finger auf die Tischplatte, um seine Worte zu unterstreichen, wobei ein wenig Asche auf die polierte Fläche fiel.

Burman schmunzelte. »Keine Sorge, Algernon. Ich habe meine Verbindungen bei der Bank. Soll sie doch einen Kredit beantragen, wenn ihr danach ist. Ich garantiere Ihnen, dass die Bank ihr Ansinnen ablehnen wird, und dann ist die Angelegenheit erledigt, ohne dass wir uns weiter damit zu befassen brauchten. Uns bleibt dann nur noch, die gebührende Anteilnahme zu zeigen, und die Sache ist vom Tisch.«

Von der Lancken hüstelte. »Mir erscheint das beinahe unaufrichtig.«

Burman wandte sich an seinen Mitstreiter. »Was schlagen Sie sonst vor, Ehrenfried? Dass wir innerhalb eines knappen Jahres den zweiten Generaldirektor vor die Tür setzen? Oder, noch schlimmer, je nach Zählweise schon nach drei Monaten? Damit würden wir uns endgültig zum Narren machen.«

»In der Tat.« Börtzell nickte heftig. »Wir müssen eine Blamage unter allen Umständen vermeiden.«

Wilhelmina betrachtete ihr Spiegelbild, während sie die kunstvoll gearbeitete Brosche mit Diamanten und Saphiren vorne an ihrem hohen Kragen befestigte. Das Schmuckstück war ein Geschenk von Pelle zu ihrem fünfzigsten Geburtstag 1899 gewesen und bedeutete ihr sehr viel. Sie trat einen Schritt zurück und nickte zufrieden. In der heutigen Sitzung würde sie sich gegen den Vorstand behaupten müssen, und sie fand, dass ihr mit dem Rock aus mitternachtsblauer Seide, bestickt mit Ranken in einem dunkleren Blau, und der weißen Stehkragenbluse, erworben in Paris, der perfekte Mittelweg zwischen Weiblichkeit und geschäftsmäßigem Auftreten gelungen war. Kurz gesagt, sah sie aus wie die Frau, die das Grand Hôtel leitete, eine Stellung, die sie gern bekleidete und auf jeden Fall behalten wollte.

Hocherhobenen Hauptes kam sie in den Sitzungssaal gerauscht. Die Herren, die bereits am Tisch saßen, standen auf, um sie zu begrüßen. Sie stellte fest, dass es im Raum nach Zigarrenrauch roch, und bemerkte außerdem die Asche auf dem Tisch. Also hatte Börtzell sich die Zigarre bereits vor einer Weile angezündet. Sehr interessant. Sie unterdrückte ein höhnisches Schnauben, bedachte die Herren stattdessen mit einem reizenden Lächeln und nahm auf dem Stuhl Platz, den von der Lancken ihr zurechtrückte. »Guten Tag, meine Herren. Was für ein wunderschöner Nachmittag. Wenn die Junisonne scheint, ist Stockholm noch prächtiger als sonst.«

»Wie immer haben Sie völlig recht, Frau Skogh«, erwiderte Börtzell. »Morgen haben wir schon den 1. Juli. Je älter man wird, desto schneller scheint die Zeit zu vergehen.«

Burman und von der Lancken murmelten zustimmend.

Börtzell schob seine Brille hoch. »Sollen wir beginnen? Punkt eins, der Innenhof vor der Küche. Frau Skogh, ich habe Ihren Brief erhalten, in dem Sie Ihren Vorschlag ausführen, diesen in einen Garten zu verwandeln. Obwohl wir uns alle einig sind, dass es sich um einen genialen Einfall handelt, der dem Hotel ausgezeichnet zu Gesicht stehen würde, fürchte ich, dass sich die Bank uns da in den Weg stellen wird.«

»Wir?«, wiederholte Wilhelmina in gespieltem Erstaunen

und ohne auf das geheuchelte Lob einzugehen. »Wann haben Sie denn meine Absichten erörtert, Algernon?«

Von der Lancken bekam einen Hustenanfall. »Verzeihung«, sagte er und kramte sein Taschentuch hervor.

»Algernon hat es kurz vor Ihrem Eintreffen erwähnt«, sprang Burman für ihn in die Bresche.

Wilhelmina nickte. »Dann möchte ich mich bei Ihnen allen für meine Verspätung entschuldigen. Es wird nicht wieder vorkommen. Allerdings freut es mich zu hören, dass die mögliche Hürde, was den Kredit betrifft, Ihr einziger Einwand ist.«

Burman und Börtzell wechselten rasch einen Blick.

»Und mich freut, dass Sie die Situation so rasch erfassen«, meinte Burman. »Vielleicht irgendwann in der Zukunft …« Mit einem bedauernden Lächeln zog er die Augenbrauen hoch.

»November«, entgegnete Wilhelmina.

Börzell musterte sie überrascht. »Was ist im November?«

»Dann können die Bauarbeiter mit der Verstärkung des Untergrunds beginnen. Der Zeitpunkt ist optimal, da in einem Hotel im November üblicherweise Flaute herrscht. Dann ist Stockholm am unansehnlichsten und das Weihnachtsgeschäft hat noch nicht begonnen.«

»Einen Moment mal«, fiel Burman ihr barsch ins Wort. »Wir waren uns doch gerade einig, dass wir für weitere Umbauten keinen Kredit bekommen würden. Wenn wir uns an die Hernösands Enskilda Bank wenden würden, würde man uns auffordern, zuerst unsere Schulden abzutragen, nicht, sie auch noch zu erhöhen.«

Wilhelmina hob die Hände. »Nun muss ich mich schon wieder entschuldigen. Ich habe ganz vergessen, zu erwähnen, dass die Frage des Bankkredits bereits geklärt ist.«

»Wie kann das sein?«, entsetzte sich Börtzell.

»Sie hatten völlig recht: Die Hernösands Enskilda Bank hat meine Anfrage abschlägig beschieden. Doch die Hernösands Enskilda Bank ist nicht das einzige Geldinstitut in unserer

Stadt. Sie werden sich freuen, zu hören, dass all unsere Schulden refinanziert wurden, und zwar zu für uns vorteilhafteren Bedingungen. Das Grand Hôtel ist nun Kunde bei der Stockholms Handelsbank und der Skandinaviska Kreditaktiebolag. Der Kredit für den neuen Garten wurde ebenfalls bewilligt.«

Schweigen senkte sich über den Raum, als die Männer diese Nachricht auf sich wirken ließen.

Börtzell fuhr von seinem Stuhl hoch und schlug mit der Faust auf den Tisch. »Das ist unfassbar! Dazu waren Sie nicht berechtigt!«

»Und ob ich das war«, entgegnete Wilhelmina mit ruhiger Stimme. »Sie haben mich mit der Aufgabe betraut, dieses Hotel nach bestem Wissen und Gewissen zu leiten. Die Gewinne steigen zwar wieder, doch wir haben es mit einer ungewöhnlich hohen Anzahl verärgerter Gäste zu tun. Und meine Pflicht ist es, etwas dagegen zu unternehmen.«

Zum zweiten Mal schlug Börtzell mit der Faust auf den Tisch. »Das dulde ich nicht!«

»Warum? Erst vor zehn Minuten haben Sie alle meinen Plan, ich zitiere, *genial* und *ausgezeichnet* genannt. Die einzige Hürde sei der Bankkredit. Nun haben wir einen Bankkredit. Wollen Sie Ihre Worte von vorhin etwa zurücknehmen?«

»Ein weiterer Kredit wird dieses Hotel in die Knie zwingen«, zischte Burman.

»Dasselbe gilt für einen schlechten Ruf«, entgegnete Wilhelmina. »Wie heißt es so schön? Es kann drei Jahre dauern, ein Hotel bekannt zu machen, und nur drei Tage, es herunterzuwirtschaften.«

»Dieses Hotel ist drei Jahrzehnte lang wunderbar ohne Sie zurechtgekommen!«, brüllte Börtzell.

»Ach, wirklich? Sagten Sie nicht, dieses Hotel stecke in großen finanziellen Schwierigkeiten, weshalb Sie mich einstellen wollten?« Sie wandte sich an von der Lancken. »Ehrenfried?«

»Es ist wirklich höchst ungehörig. Eine Generaldirektorin missachtet die Anweisungen des Vorstands.«

Ihre Augen blitzten. »Welche Anweisungen habe ich denn missachtet? Und wann?«

»Chapeau«, sagte Elisabet, als sie am Abend am Tisch im Erker saßen und eine Flasche Moët teilten. »Ich hätte es nicht geschafft, die Nerven zu behalten, Mina. Und wie ging es weiter?«

Wilhelmina füllte die Gläser nach. »Dann wurde es wirklich interessant. Börtzell ist zurückgetreten. Mit sofortiger Wirkung. Er sagte, er wolle nichts mit dem Untergang des Grand Hôtel zu tun haben. Weder wolle er die Verantwortung übernehmen noch im unausweichlichen Insolvenzverfahren namentlich erwähnt werden. Burman und von der Lancken haben sich ihm angeschlossen.«

Elisabet schlug die Hand vor die Brust. »Ach, du meine Güte.«

Wilhelmina nahm noch einen Schluck. Das köstliche gekühlte Getränk war nach diesem anstrengenden Tag eine Wohltat. »Vermutlich war es das Beste so. Eine Zusammenarbeit mit dem Vorstand wurde zunehmend unmöglich. Entweder bekomme ich die nötige Unterstützung oder eben nicht. Offenbar ist Letzteres der Fall, denn ansonsten wären sie über die Neuregelung unserer Finanzen erfreut gewesen. Jedenfalls wird eine außerordentliche Aktionärsversammlung stattfinden, um einen neuen Vorstand zu ernennen. Carl Liljevalch hat mir bereits gestattet, ihn als Kandidaten für das Amt des Vorsitzenden ins Spiel zu bringen. Pelle und ich kennen ihn schon seit Jahren und können ihn mit Fug und Recht als guten Freund bezeichnen. Er ist fest davon überzeugt, dass die Finanzierung solide ist und dem Grand Hôtel eine goldene Zukunft bevorsteht.«

»Gewiss wird es erfrischend, nicht mehr mit diesen Bedenkenträgern zusammenarbeiten zu müssen«, stimmte Elisabet zu.

»Darauf trinke ich.« Wilhelmina hob ihr Glas. »Erinnerst du dich an meine Worte, ich bräuchte mehr Platz für zusätzliche Gästezimmer? Das ist der nächste Punkt auf meiner Tagesordnung, und den bespreche ich viel lieber mit Carl Liljevalch als mit Algernon Börtzell.«

»Mina«, sagte Elisabet und stellte ihr Glas weg. »Es tut mir schrecklich leid, das Thema wechseln zu müssen, aber wenn ich es nicht tue, platze ich. Arbeitet Karolina noch im Hotel?«

»Meines Wissens ja«, antwortete Wilhelmina. »Warum?«

»Ich habe sie vor Weihnachten zuletzt gesehen.«

»Das ist sicher nur Zufall. Du bist an den meisten Tagen nicht hier. Vielleicht arbeitet Karolina ja öfter tagsüber als abends. Ich glaube, die meisten Mädchen haben ihre Lieblingsschichten.«

»Hoffentlich hast du recht.« Elisabet drehte sich um und starrte aus dem Fenster auf die blau-gelbe Flagge, die über dem Dach des Opernhauses wehte. Möwen ließen sich von der warmen Sommerbrise tragen. »Ich glaube, ich habe eine schreckliche Dummheit gemacht.«

»Was soll das heißen?« Wilhelmina richtete sich auf das Schlimmste ein. Hoffentlich hatte Elisabet niemandem von Karolina erzählt. Je weniger Menschen eingeweiht waren, desto geringer die Wahrscheinlichkeit, dass Seine Majestät es herausfand. Denn das war eine Befürchtung, die sie immer wieder nachts wach hielt.

Elisabet sah sie an. »Bitte versprich mir, dass du nicht böse wirst.«

»Ich werde mir die größte Mühe geben.«

Elisabet holte Luft. »Karolina hat mich eines Abends kurz vor Weihnachten bedient. Oh, Mina, sie war ja so reizend.« Eine Träne kullerte ihr die Wange hinab. »Am liebsten hätte ich sie umarmt und mich bei ihr entschuldigt. Natürlich habe ich das nicht getan, doch ich musste einfach mit ihr sprechen.

Sie war hier im Zimmer. Keinen halben Meter entfernt von mir.«

Ein halber Meter? Entweder übertrieb Elisabet, oder sie war Karolina zu nahe gekommen, ohne zu bemerken, wie sonderbar ein solches Verhalten war. »Erzähl weiter.«

»Ich habe sie gefragt, wie sie heißt und ob sie Freude an ihrer Arbeit hat. Das war nicht richtig von mir, ich weiß. Mir ist einfach nicht eingefallen, was ich sonst sagen sollte, damit sie ein bisschen länger bleibt. Das verstehst du doch, oder?«

»Ich strenge mich an«, erwiderte Wilhelmina.

»Und ehe ich wusste, wie mir geschah, habe ich ihre Wange gestreichelt.«

Wilhelmina schürzte die Lippen. Aber sie schwieg, und zwar hauptsächlich deshalb, weil ihr die Worte fehlten. Es war eben nichts stärker als die Liebe einer Mutter.

Elisabet seufzte. »Du hast recht, wenn du jetzt verärgert bist.«

»Wie hat Karolina reagiert?«

»Offen gestanden war sie verwirrt. Als sie mich aus ihren wunderschönen Augen ansah, habe ich Angst gesehen. Echte Angst, Mina. Beim Anblick ihrer eigenen Mutter. Ich hätte weinen können.«

»Und dann?«, hakte Wilhelmina mit leiser Stimme nach, in der Hoffnung, dass sie anteilnehmend und nicht vorwurfsvoll klang.

»Dann habe ich ihr zehn Kronen gegeben, und sie ist davongelaufen.«

»Zehn Kronen? Kein Wunder, dass sie die Flucht ergriffen hat. Wenn ich eines über den Zimmerservice weiß – und ich weiß alles, was in diesem Haus vor sich geht –, wird Ottilia Ekman dafür sorgen, dass Karolina dich nie wieder bedient.«

Elisabet nickte bedrückt. »Was soll ich jetzt tun?«

»Tun? Nichts! Offenbar ist es nun sechs Monate her. Also

weck bloß keine schlafenden Hunde. Seine Majestät ahnt nichts von Karolinas Aufenthaltsort und wir müssen sehr vorsichtig sein.«

Kapitel 33

Frühjahr 1904

Im Grand Hôtel herrschte eine ausgelassene Stimmung. Die Ankunft der Mitglieder europäischer Königshäuser und anderer Adeliger zu Ehren von König Oskars fünfundsiebzigstem Geburtstag hatte die Wintertristesse ein wenig aufgelockert. Außerdem war der neue Garten im Innenhof inzwischen fertig.

Margareta, Ottilia und Beda beobachteten aus der Entfernung, wie Frau Skogh und Josef Starck, der neue Gärtner und Florist, das Ergebnis begutachteten. Nun gab es hier nicht nur eine perfekt gepflegte Rasenfläche, sondern außerdem vor Tulpen, Hyazinthen, Zuckererbsen, Begonien und vielen anderen blühenden Schönheiten strotzende Beete. Ein rotes, gelbes, violettes, weißes und rosafarbenes Blütenmeer, wohin das Auge blickte. Der süße Blumenduft mischte sich mit köstlichen Gerüchen, die aus der nahe gelegenen Küche heranwehten. Und darüber spannte sich ein blauer Aprilhimmel. Margareta war diejenige, die sich neben Frau Skogh am meisten über diesen Garten freute. Nun konnte sie ein wenig frische Luft schöpfen und die Wolken betrachten, ohne dazu das Hotel verlassen zu müssen. Natürlich nur, solange sie außer Sichtweite der Gäste blieb.

»Was für eine Pracht«, seufzte Ottilia.

»Das ist er tatsächlich«, murmelte Beda.

Ottilia kicherte. »Ich dachte, du hättest ein Auge auf Monsieur Blanc geworfen.«

»Ich habe zwei Augen.«

»Mädchen, bitte.« Obwohl sich Margareta um einen tadelnden Tonfall bemühte, musste sie Beda insgeheim zustimmen.

Herr Starck war dunkelhaarig und hatte etwas Feuriges, das man nur selten bei skandinavischen Männern antraf.

Als Frau Skogh sie zu sich winkte, trat Margareta hinaus in den Sonnenschein.

»Das ist Frau Andersson, unsere Hausdame«, stellte Frau Skogh sie vor. »Sie weiß genau, wann und wo im Haus Blumen und Blumengestecke gebraucht werden.«

Herr Starck hielt ihr die Hand hin. »Ich freue mich auf eine glückliche Arbeitsbeziehung.« Er umfasste ihre Hand einen Moment länger als nötig. Als er sie wieder losließ, streifte er sie leicht mit dem Daumen.

Ihr wurde ganz warm in der Leibesmitte. Erschrocken schnappte sie nach Luft, bevor sie antwortete. »Sie haben Ihre Sache großartig gemacht. Die Gäste loben bereits den reizenden Anblick unter ihren Fenstern.«

Frau Skogh nickte knapp. »Dann war unsere Unternehmung erfolgreich. Ich lasse Sie nun allein, damit Sie einander kennenlernen und die Arbeitsabläufe absprechen können. Es ist wichtig, dass es zwischen Ihnen keine Missverständnisse gibt. Wehe, wenn ich irgendwo welkende Blumen vorfinde, weil jeder den anderen für zuständig hielt. In diesem Fall werde ich Sie beide zur Verantwortung ziehen.« Sie wirbelte herum. »Fräulein Ekman, Sie kommen mit. Fräulein Johansson, Sie gehen wieder zum Zimmerservice.«

Herr Starck blickte Frau Skogh nach, als diese, Ottilia im Schlepptau, davonmarschierte. »Ist Frau Skogh immer so … streng?«

Erleichtert, weil sie sich wieder auf sicherem Terrain wähnte, gestattete Margareta sich ein Lächeln. »Sie duldet keine Mätzchen. Und wir alle wissen, woran wir bei ihr sind und welche Aufgaben wir haben. Offen gestanden hat sich das Grand Hôtel unter Frau Skogh mehr in eine Familie verwandelt, als es jemals war. Entweder ist man mit Leib und Seele bei der Sache oder man geht besser.«

»In diesem Fall fühle ich mich noch geehrter, dass man mir diesen Posten gegeben hat.« Er pflückte eine leuchtend rote Tulpe aus dem nächstbesten Beet. »Für Ihren Schreibtisch.«

Margareta wich einen kleinen Schritt zurück. »Das darf ich nicht annehmen. Die Blume ist Eigentum des Grand Hôtel.«

»Ich habe sie gezüchtet.«

»In Ihrer Freizeit? Haben Sie die Zwiebel aus eigener Tasche bezahlt?«

»Ich wollte Ihnen doch nur eine Blume schenken.«

»Man kann nichts verschenken, was einem nicht gehört.«

»Ich bitte Sie um Verzeihung.« Ihre Zurückweisung sorgte dafür, dass sich ein trauriger Ausdruck in seine braunen Augen legte. »Vielleicht gestatten Sie mir ja eines Tages, Ihnen eine Blume zu schenken, die wirklich meine ist.«

Das schlechte Gewissen trieb Margareta die Röte in die Wangen. Sosehr sie sich auch über eine Blume, ja, auch nur ein Blütenblatt, aus Herrn Starcks Hand gefreut hätte, hatte sie nicht das Recht, so etwas auch nur zu denken. Er wusste doch sicher, dass sie eine verheiratete Frau war. Schließlich hatte Frau Skogh sie als Frau Andersson bezeichnet. Margareta richtete sich auf. »Wir müssen unsere Arbeit so planen, dass kein Raum für Missverständnisse entsteht. Die Gästeliste für die nächste Woche liegt oben. Könnten Sie heute Nachmittag zu mir ins Büro kommen?«

Ottilia trottete hinter Frau Skogh her. Zumindest hatte Frau Skogh sie »Fräulein Ekman« genannt, was stets ein gutes Zeichen war. Denn nur »Ekman« bedeutete unweigerlich, dass sie einen Fehler gemacht und sich eine Standpauke eingehandelt hatte. Dennoch hatte sie nicht die leiseste Ahnung, warum Frau Skogh sie sprechen wollte, auch wenn der geschäftsmäßige Ton eher auf etwas Dienstliches als auf schlechte Nachrichten hinwies. Nie würde sie Frau Skoghs Einfühlsamkeit und

Anteilnahme am Todestag ihrer Mutter vergessen. Inzwischen konnte Victoria laufen und plapperte ununterbrochen. Da sie als Einzige das hellblonde Haar ihrer Mutter und die großen blauen Augen ihres Vaters geerbt hatte, würde sie gewiss die Schönste der vier Ekman-Schwestern werden. Berichten ihrer Cousine Anna zufolge war auf Rättviks Hauptstraße kaum ein Vorwärtskommen, da alle älteren Damen das mutterlose kleine Mädchen bewundern mussten. Auch Birna und ihr Vater vergötterten das Nesthäkchen der Familie. Ottilia freute sich schon darauf, bald selbst ein paar Tage mit Victoria verbringen zu können. Nur Torun war gegen den Charme ihrer jüngsten Schwester offenbar immun.

Im Büro ihrer Mentorin nahm Ottilia auf dem angebotenen Stuhl Platz.

»Ich hatte noch keine Gelegenheit, es Ihnen zu erzählen«, begann Frau Skogh, »aber ich habe letzte Woche in Rättvik Ihren Vater getroffen. Und auch Victoria. Sie ist ein hübsches kleines Ding und kann einem jetzt schon ein Loch in den Bauch fragen. Jedenfalls lässt Ihr Vater Sie sehr lieb grüßen.« Der letzte Satz wurde von einem Lächeln begleitet.

Sofort fühlte Ottilia sich schuldig. Vater. Sie hatte ihn schon viel zu lange nicht gesehen. »Geht es ihm gut?«

»Für mich schien er gesund und munter zu sein. Ein bisschen grau ist er geworden, doch das gilt wohl für uns alle. Tja, für Sie natürlich nicht.« Frau Skogh tippte mit dem Stift auf ein eng beschriebenes Blatt Papier. »Also. Sie leiten den Zimmerservice jetzt seit zwei Jahren.«

Das war keine Frage, sondern eine Feststellung. Ottilia wartete schweigend ab.

Frau Skogh fuhr fort. »Haben Sie inzwischen alles gelernt, was Sie wissen müssen?«

Ottilia war ein wenig verwirrt. Worauf mochte Frau Skogh wohl hinauswollen? Hatte sie selbst vielleicht etwas Wichtiges übersehen?

Frau Skogh hob den Kopf. »Nur zu, Ottilia. Das war doch keine schwierige Frage. Glauben Sie, dass Sie nun alles über den Zimmerservice wissen, was es zu wissen gibt?«

Ottilia bemühte sich um eine ehrliche Antwort. »Ja. Natürlich werden immer wieder neue Gerichte und Weine auf die Karte gesetzt, aber Monsieur Blanc war ausgesprochen hilfsbereit. Dasselbe gilt für Herrn Möller und Herrn Samuelsson, den Küchenchef.« Sie fuhr sich mit den Handflächen über den Rock. »Wenn ich Sie um etwas bitten müsste, dann um Französischstunden, damit ich die Namen der Speisen lerne. Wenn ich eine Speisekarte auf Französisch sehe, kann ich bis auf die Weine zu den einzelnen Gängen kaum ein Wort verstehen.«

»Und Ihre Mitarbeiterinnen?«

Ottilia zuckte zusammen. Hatte sich jemand beschwert? Wer? »Ich glaube, meine Kolleginnen sind zufrieden. Die Stimmung beim Zimmerservice ist professionell und freundschaftlich. Das ist zumindest mein Eindruck ...«

Frau Skogh bedachte sie mit einem strafenden Blick. »Ihr Eindruck? Es ist Ihre Aufgabe, so etwas zu wissen.«

»Sie sind zufrieden, gnädige Frau. Die Anzahl der internen Bewerbungen beweist, dass wir im Haus einen ausgezeichneten Ruf genießen.«

»Und wie verstehen Sie sich mit Ihrer Schwester?« Bis jetzt hatte Ottilia nur gerätselt, was Frau Skogh wohl von ihr wollen mochte, doch nun verstand sie die Welt nicht mehr. »Torun?«

Frau Skogh verdrehte die Augen. »Es ist mir bekannt, dass Sie drei Schwestern haben, von denen meiner festen Überzeugung nach jedoch nur eine hier arbeitet.«

Ottilias Wangen glühten. »Wir kommen sehr gut miteinander aus. Torun fühlt sich im Reservierungsbüro sehr wohl, das weiß ich genau. Allerdings verbringen wir nicht viel Freizeit zusammen.«

»Warum das?«

»Tagsüber arbeitet sie, während ich meistens abends oder nachts Schicht habe. Torun ist gut mit Märta Eriksson befreundet. Die beiden unternehmen viel zusammen.« Warum diese Fragen? »Ist Torun in Schwierigkeiten?«

Frau Skogh blickte sie ärgerlich an. »In diesem Fall würde ich mit Ihrer Schwester sprechen und nicht mit Ihnen.«

Ottilia senkte den Blick. »Ja, gnädige Frau.«

»Was ist mit Beda Johansson, Märta Eriksson und Karolina Nilsson?«

»Beda Johansson und ich arbeiten oft zusammen. Wir sind gut befreundet. Dasselbe gilt für Karolina Nilsson, auch wenn ich nicht oft dieselbe Schicht habe wie sie. Sie hat darum gebeten, so oft wie möglich tagsüber arbeiten zu können. Märta ebenfalls.«

Frau Skogh hielt kurz inne und machte sich dann weiter Notizen.

Ottilia fuhr fort. »Karolina ist eine ausgezeichnete Schichtleiterin. Sie weiß genug, um alle anfallenden Arbeiten zu erledigen, und besitzt die Geistesgegenwart, sich an mich zu wenden, wenn etwas Unvorhergesehenes geschieht. Auch auf Märta und Edward ist hundertprozentig Verlass. Auf die anderen ebenso. Schließlich habe ich alle angelernt, so gut ich konnte.«

Frau Skogh tippte mit dem Stift aufs Papier. »Ottilia, welche dieser Damen würden Sie als neue Leiterin des Zimmerservice empfehlen?«

Ottilia klopfte das Herz bis zum Halse. Dennoch bemühte sie sich, die Angst beiseitezuschieben, die diese Frage in ihr auslöste. »Beda.«

»Warum?«

»Sie besitzt eine natürliche Autorität, die Karolina meiner Ansicht nach fehlt. Zumindest noch. Hoffentlich entwickelt sie sich weiter. Schließlich lernt sie schnell und hat laut Monsieur Blanc die beste Aussprache.«

»Und Fräulein Johansson?«

Ottilia rutschte unruhig hin und her. »Ihre französische Aussprache findet nicht immer Monsieur Blancs Beifall.«

»Ich habe mich nicht nach Bedas Französischkenntnissen erkundigt. Sie haben sie gerade als Ihre Nachfolgerin empfohlen. Abgesehen von ihrer ...«, Frau Skogh konsultierte ihre Aufzeichnungen, »natürlichen Autorität. Warum sonst eignet sich Fräulein Johansson am besten für diese Stellung?«

»Sie hat das beste Gedächtnis, was die Vorlieben der Gäste angeht, und kann die Posten auf einer Rechnung schneller und fehlerfreier addieren als sonst jemand, den ich kenne. Außerdem glaube ich, dass Beda ihre Zukunft im Grand Hôtel sieht. Sie ist loyal und fühlt sich hier sehr wohl. Ebenso wie ich.« Nicht dass da irgendwelche Missverständnisse aufkamen.

»Und Fräulein Eriksson?«

»Märta ist eine ausgezeichnete und zuverlässige Mitarbeiterin.«

»Aber?«

»Kein ›Aber‹, gnädige Frau.«

»Aber?«, beharrte Frau Skogh. »Über Fräulein Johansson und Fräulein Nilsson hatten Sie ziemlich viel zu sagen. Doch Fräulein Eriksson haben Sie nicht als mögliche Kandidatin erwähnt. Warum? Schließlich ist sie eine ausgezeichnete und zuverlässige Mitarbeiterin.«

Ottilia spürte, wie ihr unter ihrem Korsett der Schweiß ausbrach. Konnte sie Frau Skogh vertrauen? Aber bis jetzt hatte diese sie noch nie enttäuscht. »Ich bin nicht ganz sicher, ob Märta von einer langen beruflichen Laufbahn im Grand Hôtel träumt.«

»Soll das heißen, dass Fräulein Eriksson lieber in einem anderen Haus beschäftigt wäre?«, hakte Frau Skogh in strengem Ton nach.

»Nicht in einem anderen Hotel, gnädige Frau. Ich glaube, Märta würde lieber bei Nordiska Kompaniet arbeiten. Wenn sie nicht mit Torun in der Bibliothek ist, bummelt sie dort herum und schaut sich die neuesten Entwicklungen an. Sie interessiert sich einfach für alles und berichtet uns in sämtlichen Einzelheiten von der neuesten Mode und den verschiedenen Farben. Es ist, als könnte sie in Gedanken die Bilder zeichnen, die sie vor Augen hat.«

Frau Skogh zog die Augenbrauen hoch. »Wenn Sie ein Bild von Ihrer eigenen Zukunft malen könnten, Ottilia, wie würde das aussehen?«

»Ich wäre hier und würde mit Ihnen zusammenarbeiten. Vielleicht ...«

»Ja?«

»In dem Büro, das derzeit Herrn Svensson gehört.«

Frau Skogh schüttelte den Kopf. »Svensson macht seine Sache ausgezeichnet, aber Sie würden sich schon nächste Woche zu Tode langweilen. Doch da wir uns nun auf Fräulein Johansson als Ihre mögliche Nachfolgerin geeinigt haben, sollte ich Ihnen wohl besser verraten, was ich mir für Sie vorstelle.«

Ottilia richtete sich auf. »Ja, bitte.«

»Ottilia, ich möchte dem vorausschicken, dass das, was ich Ihnen jetzt sage, streng unter uns bleiben muss.«

»Natürlich, gnädige Frau.«

»Herr Ottosson, unser Bankettdirektor, hat von seinem Arzt eine höchst unerfreuliche Nachricht erhalten. Gewiss ist Ihnen schon aufgefallen, wie seine Hände zittern. Man hat ihm vor Kurzem mitgeteilt, dass sein Zustand weder heilbar noch in seiner weiteren Verschlechterung aufzuhalten ist. In anderen Worten: Seine Beweglichkeit wird in den kommenden Monaten weiter nachlassen, sodass er seine Pflichten hier nicht weiter erfüllen kann.«

Ottilia blies die Wangen auf. »Der arme Mann.«

»Ganz recht. Und wir werden unser Bestes tun, um ihn zu unterstützen, solange er noch bei uns ist. Jedenfalls beabsichtige ich, Sie als neue stellvertretende Bankettdirektorin einzusetzen.«

Ottilia schnappte nach Luft. Stellvertretende Bankettdirektorin? In Stockholms Grand Hôtel? Bis jetzt hatte sie gar nicht gewusst, dass es so einen Posten überhaupt gab.

»Sie müssen so schnell und so viel wie möglich von Herrn Ottosson lernen«, fuhr Frau Skogh fort. »Der Bankettbereich ist der nächste Schritt, der für Sie am ehesten infrage kommt. Außerdem möchte ich die Anzahl der in diesem Hotel abgehaltenen Veranstaltungen erhöhen. Das Bankett anlässlich der Nobelpreisverleihung ist natürlich unser Aushängeschild. Doch ich möchte, dass wir für jeden gehobenen gesellschaftlichen Anlass in dieser Stadt die erste Adresse sind. Selbstverständlich werden Sie als Frau auf diesem Posten wieder recht umstritten sein, aber Sie werden sich wie immer durchbeißen.«

»Bin ich überhaupt alt genug dafür?« Die Frage rutschte Ottilia einfach so heraus.

»Alt genug? Ich war nicht viel älter als Sie, als ich die Leitung eines ganzen Hotels übernommen habe.«

Ottilias Gedanken wirbelten wild durcheinander. »Wird Herr Möller sich nicht übergangen fühlen?«

»Herr Möller würde den Posten eines Stellvertreters als Abstieg empfinden. Außerdem ist er Maître d'hôtel und sein Speisesaal geht unmittelbar von der Lobby ab. Er ist gern mitten im Geschehen, und ich bin froh, ihn dort vor Ort zu wissen. Die Bankette haben weniger mit dem Alltagsgeschäft des Hotels zu tun, denn es handelt sich um private Anlässe. Allerdings habe ich inzwischen nicht nur mit Herrn Möller und Herrn Samuelsson, sondern auch mit Herrn Ottosson gesprochen. Sie werden mich – und auch Sie – in dieser Sache unterstützen.«

»Aber, gnädige Frau, wenn dieses Gespräch vertraulich ist ...«

»Nein, Sie Gänschen. Die Vertraulichkeit bezog sich auf den Gesundheitszustand eines anderen Mitarbeiters. Darüber wissen nur Sie und ich Bescheid. Allen anderen sagen wir, der

Bankettbereich werde ausgeweitet, weshalb wir ein zweites Paar tüchtiger Hände brauchen.«

»Wird der Bankettbereich denn ausgeweitet?«

»Wenn es nicht dazu kommt, haben Sie Ihre Arbeit nicht richtig gemacht«, entgegnete Frau Skogh in unheilverkündendem Ton. »Der Posten einer stellvertretenden Bankettdirektorin ist neu und wird Ihr gesamtes diplomatisches Fingerspitzengefühl erfordern. Nicht nur im Umgang mit Herrn Ottosson, der sich nicht verdrängt fühlen darf und von dem Sie eine Menge lernen müssen, sondern auch, was die Kundschaft betrifft. Vergessen Sie nicht, dass die eigentliche Feier nur der Höhepunkt einer ausgeklügelten Planung ist. Das Bankett stellt den Abschluss von oft monatelangen gründlichen Vorbereitungen dar. Je sorgfältiger diese Vorbereitungen, desto gewisser der Erfolg. Wir verfügen über eine Liste von fähigen Leuten, die wir für Veranstaltungen hinzuziehen. Natürlich handelt es sich dabei überwiegend um Männer. Ich glaube nicht, dass wir schon so weit sind, Frauen als Kellnerinnen einzusetzen. Aber wenn ich in der Lage bin, ein Hotel zu leiten, werden Sie es auch schaffen, Bankette auszurichten.«

Ottilia wurde von Aufregung ergriffen und konnte es kaum erwarten, ihrem Vater davon zu berichten. Er würde so stolz auf sie sein. Und Beda würde sich für sie beide freuen. Torun auch. »Wann soll ich anfangen?«

»Am Montag. Was Ihnen die Zeit gibt, Fräulein Johansson in alles Notwendige einzuweisen. Ich werde sie heute Nachmittag rufen lassen. Und danach, wirklich erst danach, können Sie beide über Ihren neuen Posten sprechen. Torun muss ebenfalls einbezogen werden, denn Sie beide werden in Zukunft enger zusammenarbeiten.«

Allmählich ging Ottilia ein Licht auf. Natürlich hatte Frau Skogh wie immer nichts dem Zufall überlassen, bevor sie eine endgültige Entscheidung fällte.

»Und nun«, fuhr Frau Skogh fort, »müssen wir, da Sie

nun schon einmal hier sind, auch die neuen Unterbringungsmöglichkeiten für die im Haus wohnenden Mitarbeiter erörtern. Frau Andersson wurde bereits informiert, doch auch Ihre Mitarbeiterinnen, einschließlich Sie selbst, sind von den Veränderungen betroffen.«

»Gnädige Frau?«

»Dieses Hotel braucht zusätzliche Betten. Natürlich könnte ich im Bolinder-Palast weitere Räumlichkeiten einrichten, doch das würde die Arbeit der Zimmermädchen und Etagenkellnerinnen unglaublich erschweren. Die andere Möglichkeit ist, das Personal nach nebenan zu verlegen und die ehemaligen Personalzimmer in fünfzig neue Gästezimmer zu verwandeln. Diese werden zwar weniger luxuriös, aber dennoch sehr bequem sein.«

»Ach herrje, ich dachte, die Bauarbeiter seien zurück, um die Rezeption und die Information umzugestalten.«

»Das ist richtig. Doch nebenan ist bereits ein weiterer Trupp an der Arbeit. Nachdem das Personal umgezogen ist, nehmen die Leute die Zimmer im Hotel selbst in Angriff. An Ihrem neuen Posten werden Sie etwa ebenso viel Zeit im Bolinder-Palast wie hier verbringen. Sie müssen alles wissen, was es über die für Feierlichkeiten zur Verfügung stehenden Räumlichkeiten und Suiten zu wissen gibt.«

»Ich freue mich schon darauf, den Bolinder-Palast besser kennenzulernen. Die Veranstaltungsräume sollen eine Pracht sein. Wann zieht das Personal denn um?«

»In einigen Wochen. Das Dachgeschoss ist in Ordnung, doch wir brauchen weitere Wände und Türen. Sie werden gemeinsam mit Fräulein Johansson die dem Zimmerservice zugeteilten Zimmer vergeben.« Frau Skogh zog einen Grundriss aus der Schublade und breitete ihn auf dem Schreibtisch aus. »Sehen Sie? Dieser Flur ist für die Zimmermädchen und die Etagenkellnerinnen vorgesehen.« Ihr Finger wanderte auf die andere Seite. »Und dieses Zimmer hier ist für die Etagenkellner bestimmt.«

Ottilia neigte den Kopf, um den Plan zu betrachten. »Und wo wohnt die stellvertretende Bankettdirektorin?«

Frau Skogh deutete mit dem Finger auf den Plan. »Dort hinter dem linken Erker gibt es noch ein Zimmer. Es hat zwar nur Blick auf unser Dach, dafür aber eine eigene Treppe. Eigentlich hatte ich das Zimmer für unseren Gärtner vorgemerkt, doch der wohnt lieber privat. Es ist zwar recht dunkel und noch nicht sehr wohnlich, dafür aber groß, und außerdem haben Sie dort Ihre Ruhe. Ein bunter Teppich und eine hübsche Überdecke werden sicher Wunder wirken.«

Ottilias Herz schlug ein wenig schneller. Ihre eigene Treppe zu ihrem eigenen Zimmer!

»Allerdings gelten dort dieselben Regeln wie für alle«, fuhr Frau Skogh fort. »Kein Herrenbesuch.«

Ottilia strahlte übers ganze Gesicht. »Ich weiß nicht, wie ich Ihnen danken soll.«

»Das ist ganz einfach. Indem Sie fleißig arbeiten und meine Bankettabteilung vergrößern.«

Kapitel 34

Ottilia hatte nicht mit Märtas wütender Reaktion gerechnet. Als ihre Freundin am nächsten Morgen, gefolgt von Beda, in Ottilias winziges Kämmerchen gestürmt kam, musste diese kurz an ihr neues Zimmer denken. Wen störte denn die nicht vorhandene Aussicht? Mehr Platz war ihr wichtiger.

Märta nahm kein Blatt vor den Mund. »Warum Beda und nicht ich? Ich habe dir auch am ersten Tag geholfen. Karolina ebenfalls. Ich hätte dich schmoren lassen sollen. Was hast du Frau Skogh über mich erzählt?«

Ottilia verfluchte ihre sich rötenden Wangen. »Wie kommst du darauf, dass ich über dich geredet habe?«

»Stell dich nicht dümmer, als du bist. Natürlich hat sie dich gefragt. Das würde ich jedenfalls tun, wenn ich sie wäre.«

»Gut zu wissen, dass Frau Skogh dasselbe tut wie Märta Eriksson«, ließ sich Beda vernehmen.

Märta wirbelte zu ihr herum. »Und du halt bloß die Klappe. Los, jetzt sag schon, was du ihr erzählt hast, Ottilia.«

»Ich sagte, dass du eine ausgezeichnete und zuverlässige Mitarbeiterin bist.«

Märta runzelte die Stirn. »Und was hast du über *sie* gesagt?« Sie wies mit dem Daumen auf Beda.

»Dass sie beim Zimmerservice das beste Gedächtnis hat und schneller kopfrechnen kann als wir alle.«

Märtas Miene verfinsterte sich.

Ottilia reckte das Kinn. »Außerdem habe ich gesagt, du würdest lieber in einem Kaufhaus arbeiten. Und dass du ein Auge für Mode und für Farben hast.« Ganz so hatte sie es zwar nicht ausgedrückt, doch für den Moment musste es genügen.

Ein triumphierendes Grinsen auf den Lippen, verschränkte Beda die Arme. »Siehst du, Märta, jetzt fällt dir nichts mehr ein. Ottilia kennt dich offenbar besser als du dich selbst.«

»Es ist eine Frage des Prinzips«, grummelte Märta. »Niemand mag es, wenn er übergangen wird.«

»Es geht ihr wirklich nur ums Prinzip«, versicherte Beda, an Ottilia gewandt. »Am Montag hat sie nämlich ein Vorstellungsgespräch bei Kompaniet.«

Märta errötete. »Das heißt nicht, dass die mich auch nehmen.«

»Nein, aber es heißt, dass Ottilia recht hatte. Du würdest lieber in einem Laden arbeiten.«

Märta ließ sich aufs Bett sinken. »Das bedeutet nicht, dass ich dieses Hotel nicht liebe. Aber Nordiska Kompaniet hat das gewisse Etwas. Dort fühle ich mich lebendig. Genauso wie Torun, sobald sie Göthes Buchladen betritt.« Sie ließ die Schultern hängen. »Entschuldige.«

»Ich kann dich gut verstehen«, erwiderte Ottilia. »Genauso ging es mir, als ich durch den Eingang in der Stallgatan in dieses Hotel kam.« Sie setzte sich neben Märta und legte den Arm um sie. »Die werden dich nehmen. Warum auch nicht? Du wirst vom Hotel ausgezeichnete Referenzen bekommen. Außerdem hast du viel Erfahrung darin, die Schönen und Reichen zu bedienen.«

»Vergiss die schrägen Vögel nicht«, ergänzte Beda. »Von denen gibt es hier mehr als genug.«

Märta hob den Kopf. »Wo wir gerade bei schrägen Vögeln sind: Gestern Nachmittag hat ein Mann auf dem Flur im ersten Stock herumgelungert. Ich habe etwa fünf Tabletts verteilt und jedes Mal war er auch da. Fast, als würde er mich beobachten.«

Beda schnappte nach Luft. »Ein dunkelhaariger Mann mit

dem Arm in der Schlinge? Den haben wir gestern Abend ebenfalls gesehen. Edward hat ihn sogar gefragt, ob er etwas für ihn tun kann, aber er hat sich nur bedankt und geantwortet, er bräuchte nichts.«

»Wenn der arme Mann einen verletzten Arm hat, findet er vielleicht keine Ruhe und will sich die Beine vertreten«, mutmaßte Ottilia.

Märta verzog zweifelnd das Gesicht. »Wir haben Mitte April. Er könnte draußen einen Spaziergang machen, anstatt unsere Teppiche abzunutzen. Außerdem war er laut Karolina heute Morgen schon wieder da.«

»Ob er wohl Schmerzen hat?«

»Mag sein, allerdings bin ich mir nicht so sicher, was seinen lädierten Arm betrifft. Er hat nämlich einen Handschuh fallen gelassen. Und ihn mit der angeblich verletzten Hand aufgehoben.«

Ottilia schnappte nach Luft. »Meinst du, er ist ein Betrüger?«

»Ich schildere nur, was ich gesehen habe«, antwortete Märta.

»Sollen wir es Frau Skogh melden?«, fragte Beda. »Falls er etwas im Schilde führt, wird sie uns böse sein, weil wir trotz unseres Verdachts geschwiegen haben.«

»Andererseits möchte ich auch keinen unbescholtenen Gast verdächtigen«, wandte Ottilia ein. Obwohl es das geringere Übel war. Frau Skogh würde sicher nicht tätig werden, ohne die Angelegenheit gründlich zu untersuchen. Sie hatte einen Einfall. »Bevor wir Frau Skogh damit behelligen, frage ich Frau Andersson, ob ihre Zimmermädchen ihr auch von diesem Mann erzählt haben.«

Ottilia traf Margareta mit Herrn Starck in ihrem Büro an.

»Kann das nicht warten, Ottilia? Wir besprechen gerade den Blumenschmuck für die nächste Woche.«

Ottilia schürzte unwillig die Lippen. »Eigentlich nicht.«

Herr Starck bot ihr seinen Platz an. »Ich kann ja kurz nach

draußen gehen. Sicher handelt es sich um etwas Wichtigeres als um Blumen.«

»Danke.« Ottilia hielt ihm die Hand hin. »Ottilia Ekman. Ich glaube, Sie und ich werden bei Veranstaltungen und Banketten miteinander zu tun haben.«

Herr Starck deutete eine Verbeugung an. »Ich freue mich schon auf dieses Vergnügen. Am besten lasse ich die Damen jetzt allein, damit Sie in Ruhe besprechen können, was Fräulein Ekman auf dem Herzen hat.«

Ottilia verzog beeindruckt das Gesicht. »Ein richtiger Charmeur.«

Margareta errötete. »Was kann ich für Sie tun?«

Ottilia erklärte ihr die Lage. »Hat eines Ihrer Mädchen den Herrn vielleicht erwähnt? Beda befürchtet, er könnte ein Verbrechen im Schilde führen.«

Margareta wirkte besorgt. »Eines der Mädchen hat gemeldet, ein Gast hätte sich bei ihr erkundigt, wie wir die Schlüssel handhaben. Er wollte wissen, ob wir ihn ins Zimmer lassen würden, wenn er seinen verliert.«

»Was hat sie ihm geantwortet?«

»Dass wir im Dienstzimmer der Zimmermädchen und in meinem Büro Generalschlüssel für sämtliche Etagen haben. Außerdem hingen am Empfang, der rund um die Uhr besetzt ist, die einzelnen Zimmerschlüssel in einem gesicherten Schrank.«

»Hat er sich damit zufriedengegeben?«

»Nein. Er hat gefragt, wer Zugriff auf die Ersatzschlüssel in der Lobby hätte. Sie hat ihm erklärt, Frau Skogh habe den Schlüssel zu diesem Schrank. Das hat ihm dann offenbar genügt.«

»Falls er also vorhat, sich Zugang zu einem der Zimmer zu verschaffen, weiß er nun genau, dass da noch andere sind, die man verdächtigen oder zumindest befragen würde.«

»Sie haben recht.« Margareta erhob sich. »Ich muss mit

Frau Skogh sprechen. Danke, Ottilia. Das betrifft meinen Zuständigkeitsbereich als Hausdame.«

Ottilia fiel ein gewaltiger Stein vom Herzen. Nun musste sie nicht mehr befürchten, grundlos die Pferde scheu gemacht zu haben. »Ganz recht.«

»Einen Moment noch«, sagte Margareta. »Herzlichen Glückwunsch zur Beförderung.«

Ottilia grinste breit. »Ich muss zugeben, dass ich ein bisschen aufgeregt bin. Und außerdem habe ich ziemliches Lampenfieber.«

»Sie werden sich wacker schlagen. Falls ich etwas für Sie tun kann, scheuen Sie sich nicht zu fragen. Ich bin froh, dass Sie mit Ihren Befürchtungen, was unseren geheimnisvollen Gast angeht, zuerst zu mir gekommen sind, anstatt sich sofort an Frau Skogh zu wenden. Ich hätte besser aufpassen sollen.«

Ottilia zuckte mit den Achseln. »Versuchen Sie, das Gute darin zu sehen: Es ist ja nichts passiert.«

Kapitel 35

Ottilia hatte sich zu früh gefreut. Denn am Dienstagabend verbreitete sich die Schreckensnachricht durch die Diensträume und Büros hinter den Kulissen des Grand Hôtel: Jemand hatte Elisabet Silfverstjerna einen Ring gestohlen. Die Mitarbeiter waren außer sich.

»Hab ich es doch gewusst«, meinte Beda zu Ottilia und Edward. »Ich habe euch gleich gesagt, dass mit dem Mann im ersten Stock etwas nicht stimmt. Das ist der erste Diebstahl, seit ich im Grand Hôtel arbeite, und auch das erste Mal, dass ich einem Gast begegnet bin, der mir sofort suspekt war. Hat Frau Andersson eigentlich mit Frau Skogh gesprochen?«

»Hat sie«, erwiderte Ottilia. »Frau Skogh war sicher, dass dieser Mann nur die Zeit totschlagen wollte, weil ihm der Arm wehtat. Offenbar hat er auch mit Herrn Möller und den Portiers geplaudert. Alle fanden ihn ausgesprochen korrekt und weltgewandt.«

Beda schnaubte verächtlich. »In diesem Hotel hat er sich eindeutig bestens ausgekannt. Wenigstens kann uns niemand einen Vorwurf machen, denn wir haben den Vorfall ja gemeldet. Außerdem waren wir heute gar nicht bei Fräulein Silfverstjerna. Sie hat Geburtstag. Gewiss hat sie da nicht vor, in ihrem Zimmer zu speisen.«

Ottilia und Edward starrten sie entgeistert an.

»Woher weißt du, dass sie Geburtstag hat?«, fragte Ottilia.

»Weil einige Blumensträuße für sie abgegeben wurden. Letztes Jahr hat sie einige Freunde zu einem Umtrunk eingeladen. Ich habe sie bedient. Sie ist heute fünfzig geworden.«

»Und woher weißt du das schon wieder?«, wunderte sich Edward.

»Weil ich vor einem Jahr gehört habe, wie einer der Gäste sagte, dass ihr nächster Geburtstag der fünfzigste sein würde. Moment.« Beda blätterte die Gästekartei durch. »Seht ihr? *Geburtsdatum 19. April 1854.* In meiner Handschrift.«

Edward blickte Ottilia an und wies dabei mit dem Kopf auf Beda. »Die Frau macht mir Angst.«

Märta, Karolina und Torun erschienen.

»Wir haben es oben nicht mehr ausgehalten«, verkündete Märta. »Im Hotel ist die Hölle los. Wir sind auf der Hintertreppe einem Polizisten begegnet.«

»Was nicht weiter verwunderlich ist«, antwortete Ottilia. »Frau Skogh ist überzeugt, dass sich der Ring noch irgendwo im Haus befinden muss. Noch nie habe ich sie so aufgebracht erlebt.«

»Mir tut Frau Skogh leid«, sagte Karolina. »Und Fräulein Silfverstjerna auch.«

»Außerdem habe ich Mitleid mit uns selbst«, ergänzte Beda. »Denn bis die Sache aufgeklärt ist, stehen wir alle unter Verdacht, ganz gleich, ob wir den vierten Stock nun betreten haben oder nicht. Denn wie beweist man, dass man nicht dort war, solange niemand weiß, wann genau der Ring gestohlen wurde?«

Beklommenes Schweigen senkte sich über die Gruppe.

»Wo ist Frau Skogh jetzt?«, erkundigte sich Märta.

»In Suite 425, zusammen mit Fräulein Silfverstjerna, Frau Andersson, einem Zimmermädchen, einem Polizeiinspektor und einigen großen Brandys«, erwiderte Ottilia. »Ich habe ihnen die Flasche selbst gebracht.«

Wilhelmina war in heller Aufregung. »Sind Sie sicher, dass keines Ihrer Mädchen nach dem Saubermachen heute Morgen noch einmal in dieser Suite war, Frau Andersson?«, fragte sie nun schon zum zweiten Mal.

»Ja, so sicher, wie ein Mensch nur sein kann.«

Wilhelmina wandte sich an das schluchzende Zimmermädchen. »Und Sie haben bestimmt niemandem erzählt, dass Sie einen Ring auf der Kommode gesehen haben? Falls ich später erfahren sollte, dass Sie es doch weitergesagt und nicht den Mund aufgemacht haben, werden Sie ohne Referenzen vor die Tür gesetzt und außerdem wegen Beihilfe zu einer Straftat angezeigt.«

Doch das Mädchen, das inzwischen noch lauter weinte, blieb bei seiner Aussage. »Wir sehen jeden Tag alles Mögliche. Warum sollte ich mit jemandem über einen Ring reden?«

Was glaubhaft klang, wie Wilhelmina insgeheim einräumen musste. Warum sollte sie ausgerechnet heute anderen von diesem Ring erzählt haben? Allerdings musste das Verbrechen unbedingt aufgeklärt werden. Ein Diebstahl dieses Kalibers würde den Ruf des Hotels schädigen. Was, wenn Frau Anderssons Bedenken, was den verletzten Gast anging, berechtigt gewesen waren? Immerhin hatte sie, Wilhelmina, nicht auf sie gehört und außerdem trug letztlich sie die Verantwortung für die Sicherheit in diesem Hotel. Die Gäste verließen sich zu Recht darauf, dass ihre Habseligkeiten gut aufgehoben waren. Nächste Woche wurde Königin Margherita von Savoyen erwartet. Die italienische Delegation hatte die gesamte erste Etage reserviert. Ihre Majestät war äußerst charmant. Nicht auszudenken, was geschehen würde, wenn sich ein zweiter Diebstahl ereignete.

»Beschreiben Sie mir den Ring noch einmal«, wies der Polizeiinspektor das Zimmermädchen an.

»Es ist ein großer Rubin mit Diamanten. Ich weiß noch, dass er quadratisch ist, denn das sieht man nur sehr selten.«

»Und Sie haben den Gegenstand berührt?«

»Wie ich Ihnen schon erklärt habe, musste ich die Kommode abstauben. Danach habe ich ihn wieder hingelegt. So, wie Sie es uns beigebracht haben, Frau Andersson.« Um

Verständnis heischend sah sie ihre Vorgesetzte an, bis ihr wieder Tränen in die Augen stiegen, die sie mit dem bereits feuchten Zipfel ihrer Schürze abwischte.

Der Inspektor wandte sich an Wilhelmina. »Und das Zimmer dieses Mädchens ist bereits durchsucht worden?«

»Alles wurde auf den Kopf gestellt. Sie teilt das Zimmer mit fünf Kolleginnen.«

»Und keines dieser Mädchen hat heute das Gebäude verlassen?«

»Keines«, bestätigte Frau Andersson. »Jedenfalls nicht mit meiner Erlaubnis. Es hat auch niemand um einen freien Tag gebeten.«

»Sie können auf Ihr Zimmer gehen«, teilte Wilhelmina dem Zimmermädchen mit.

Das Mädchen knickste und lief hinaus.

»Ich glaube ihr«, sagte Frau Andersson. »Nur dass es sich nicht um einen Rubin, sondern um einen Granat handelt. Doch diesen Unterschied könnte sie nicht erkennen.«

Der Inspektor betrachtete die Blumensträuße in ihren Vasen. »Könnte dieser Ring vielleicht von der Kommode gestoßen worden sein, als die Blumen geliefert wurden?« Er blickte sich um, als hoffe er, das Schmuckstück würde wie durch Zauberhand unter dem Sofa hervorrollen.

Wilhelmina bedachte ihn mit einem finsteren Blick. »Diese Suite wurde gründlich durchsucht, bevor wir die Polizei verständigt haben.«

»Wer hat die Blumen geliefert?«

»Einige haben die Hausdiener gebracht, die anderen der Florist. Niemand erinnert sich daran, einen Ring gesehen zu haben.« Wilhelmina bemühte sich um einen ruhigen Ton. Wenn sie die Sache realistisch betrachtete, konnte der Ring überall im Grand Hôtel versteckt sein. Kein Dieb, der sein Salz in der Suppe wert war, würde die Beute in seinem eigenen Zimmer aufbewahren. Es war wie die sprichwörtliche Suche nach der Nadel im Heuhaufen. Nein, in einem ganzen Feld voller Heuhaufen. Und darüber hinaus ging es um eine sehr wertvolle Nadel. Es handelte sich um einen maßgefertigten Ring, ein Geschenk des Königs an seine Geliebte, der ihre beiden Geburtssteine miteinander vereinte.

»Lassen Sie Ihren Ring oft auf der Kommode liegen?«, erkundigte sich der Inspektor bei Elisabet.

Sie schüttelte den Kopf. »Ich habe ihn heute Morgen aus dem Hotelsafe genommen, um ihn am Abend zu tragen. Inzwischen besitze ich ihn seit zwanzig Jahren und lege ihn nur zu besonderen Anlässen an.«

Der Inspektor seufzte. »Ich muss mit den anderen Mädchen sprechen, die heute im vierten Stock gearbeitet haben. Außerdem mit den Hausdienern und dem Floristen. Falls nicht einer von ihnen gesteht, bin ich mit meinem Latein am Ende. Dieses Haus ist zu groß, um einen so kleinen Gegenstand zu suchen. Er könnte in irgendeiner Ritze oder Stofffalte warten, bis Gras über die Sache gewachsen ist. Falls wir es mit einem berufsmäßigen Dieb zu tun haben, war es für ihn eine Frage von Sekunden, das Türschloss zu knacken. Dann ist er inzwischen längst über alle Berge.«

»Glauben Sie, dass wir einem Berufseinbrecher zum Opfer gefallen sind?«, hakte Wilhelmina nach. Diese bittere Pille war leichter zu schlucken, denn es war schlechterdings unmöglich, ein Hotel hundertprozentig gegen Verbrecher abzusichern. Schließlich war es ein öffentlicher Ort, wo man niemanden rund um die Uhr im Auge behalten konnte.

Der Inspektor überlegte. »Offen gestanden nein. Das Schloss scheint unbeschädigt zu sein. Und wieso sollte sich so ein Täter mit einem Zimmer zufriedengeben? Sicher würde er es nicht riskieren, sich wegen eines einzigen Rings bis in den vierten Stock vorzuwagen. Außerdem spricht das seltsame Zusammentreffen der Ereignisse gegen diese Theorie. Ich kann mir nicht vorstellen, dass ein Täter rein zufällig ein Zimmer aufbricht, in dem rein zufällig genau an diesem Tag ein Ring auf der Kommode liegen geblieben ist.«

Wieder kroch Wilhelmina eiskalte Furcht den Rücken hinauf. »Also nehmen Sie an, dass der Dieb unter unserem Personal zu finden ist?«

»Genau.«

Edward, der gerade im vierten Stock serviert hatte, kam zurück in den Dienstraum des Zimmerservice gestürmt.

»Gibt es Neuigkeiten?«, fragte Beda.

»Der Inspektor kommt runter, um noch weitere Leute zu befragen. Frau Skogh macht ein Gesicht, als gäbe es gleich ein Donnerwetter. Als sie vorbeigegangen sind, habe ich mich flach an die Wand gedrückt und dann die andere Treppe genommen. Aber ich habe gehört, wie sie sagte, dass sie jetzt in die Küche wollten.«

Märta, Karolina und Torun sprangen auf.

»Wir verschwinden besser, bevor sie uns sieht. Du weißt ja, wie sehr sie Klatsch und Tratsch hasst«, meinte Märta.

Torun versetzte ihrer Freundin einen Rippenstoß. »Erzähl den Mädchen, äh, tut mir leid, und Edward, was heute bei dir los war.«

Märtas Lächeln war untypisch schüchtern. »Man hat mir eine Stelle bei Nordiska Kompaniet angeboten. In der Abteilung Damenhandschuhe.«

Ottilia fiel ihr um den Hals. »Das ist ja großartig, gut gemacht!« Kurz hielt sie inne. »Wann fängst du an?«

»Anfang nächsten Monats.«

»Also ist es mein Problem, Ersatz für Märta zu finden, nicht mehr deins«, ergänzte Beda.

»Nach dem heutigen Tag werden dich alle Zimmermädchen um eine Versetzung anflehen«, merkte Karolina an.

Beda schüttelte den Kopf. »Die Antwort wäre trotzdem Nein. Nicht ohne Frau Anderssons Segen.«

Im nächsten Moment waren die unverwechselbaren schnellen Schritte und das Rascheln von Seide zu hören.

Ängstlich blickte Karolina sich um. Nachdem sie Märta und Torun zu sich gewinkt hatte, retteten sich die drei in den Speiseaufzug. Gerade hatten sich die Türen hinter ihnen geschlossen, als Frau Skogh schon den Kopf in den Raum steckte.

»Fräulein Ekman, bringen Sie ein belegtes Brot und Kaffee nach oben zu Inspektor Ström. Er nutzt mein Büro.«

»Jawohl, gnädige Frau.«

»Wie ich annehme, hat keine von Ihnen« – Frau Skogh erhob die Stimme – »etwas Ungewöhnliches gesehen oder gehört.«

Edward und Ottilia schüttelten die Köpfe.

»Wir hätten es sofort gemeldet«, fügte Ottilia rasch hinzu.

»Nun gut. Ich bin mit Inspektor Ström in meinem Büro, falls jemand mit mir sprechen will.« In der Tür blieb sie noch einmal stehen. »Und teilen Sie den drei Übeltäterinnen im Aufzug mit, dass sie sofort auf ihre Zimmer gehen sollen.«

Ottilia schluckte. »Jawohl, gnädige Frau.«

Frau Skogh nickte knapp. »Seien Sie wachsam. Sie alle.«

Als die drei kichernden Mädchen aus dem Lift kamen, wies Edward mit dem Daumen auf sie. »Woran hat sie es bloß bemerkt?«

Ottilia zuckte mit den Achseln. »Ich weiß es nicht. Und ich wette, wir hätten nichts dagegen tun können, selbst wenn wir es wüssten. Ich bringe jetzt das belegte Brot nach oben.«

Atemlos kehrte sie zurück.

»Was ist passiert?«, erkundigte sich Beda.

»Unser geheimnisvoller Mann mit dem gebrochenen Arm ist wieder aufgetaucht, während ich dort war.«

»Hab ich es doch gleich gesagt!«, rief Beda aus.

»Und hat er gestanden?«, fragte Edward.

»Hat er nicht.« Ottilias Lippen zuckten. »Und das wird er auch nicht. Stattdessen hat er allen seine verletzte Hand gegeben und sich als Polizeichef von Rom vorgestellt. Dann hat er gefragt, ob er vielleicht behilflich sein könne. Er habe in Vorbereitung auf den Besuch von Königin Margherita nächste Woche das Hotel überprüft.«

Beda ließ sich auf einen Stuhl sinken. »Und ich war mir so sicher, dass er den Ring stibitzt hat. Damit hätte ich nie gerechnet.«

»Dass so etwas passiert, hätte er auch nicht erwartet«, stellte Ottilia fest.

Kapitel 36

Im Laufe der nächsten beiden Wochen machte sich beim Personal des Grand Hôtel zunehmend Niedergeschlagenheit breit. Wie Beda vorhergesagt hatte, standen sie alle so lange unter Verdacht, bis der verschwundene Ring gefunden war. Inzwischen waren die im Hause wohnenden Mitarbeiter in den Bolinder-Palast umgezogen. Doch niemand konnte sich so recht über diese Neuerung freuen, da eine Frage alles überschattete: War der neue Zimmergenosse vielleicht gar ein Dieb?

Während Ottilia aus ihrem neuen burgunderroten Bankettkleid schlüpfte und das Nachthemd aus Baumwolle über den Kopf zog, grub sie die Zehen in den neuen grün und beige gestreiften Teppich. Frau Skogh hatte recht behalten: Dieser Teppich und der passende Bettüberwurf machten des fehlende Tageslicht in diesem Zimmer mehr als wett. Ottilia liebte ihr neues Nest mit der Aussicht über die Dächer und beobachtete gern die Tauben, die gleich vor ihrem Fenster gurrend auf der Telefonleitung auf und ab spazierten. Sosehr ihr der ständige Trubel Stockholms auch gefiel, genoss sie dennoch die ruhigen und friedlichen Momente hier oben mit Blick auf ein Stückchen Himmel und die Gesellschaft der Vögel. Abgesehen von ihrer Familie waren es die Fichten und Birken, die sie an Dalarna am meisten vermisste. Und aus diesem Grund hatte sie sich auch tannengrüne Möbel ausgesucht. Der nächste Punkt auf ihrer Einrichtungswunschliste war eine kleine Pflanze, die auch bei wenig Licht und noch weniger Sonnenschein gedieh. Vielleicht konnte sie ja Herrn Starck um Rat fragen. Sie legte sich ins Bett. Was war sie nur für ein Glückspilz! Märta, die sich an ihrem neuen Arbeitsplatz bei Nordiska Kompaniet pudelwohl fühlte, wohnte nun in einem winzigen Zimmer zur Miete, für das sie einen Mondpreis bezahlte. Ihrem Vermieter traute sie so wenig über den Weg, dass sie mit einem unter die Klinke ihrer abgeschlossenen Zimmertür geklemmten Stuhl und mit einem Hammer unter dem Kopfkissen schlief. So schwierig war es für eine alleinstehende Frau, in Stockholm eine Unterkunft zu finden. Beim bloßen Gedanken, dass Märta diesen Hammer benutzen könnte, gefror Ottilia das Blut in den Adern. Für eine Frau, die einen Mann angriff, gab es nämlich keine Gnade, denn wenn Aussage gegen Aussage stand, würde man so einen Akt der Notwehr als »Angriff« werten. Dasselbe galt auch bei einer Vergewaltigung: Eine Frau konnte ihre Anschuldigung nicht beweisen. Selbst Margareta sagte, sie fühle sich im Bolinder-Palast sicherer, da Kurt sie dort nicht vermutete.

Ein Klopfen an der Tür riss Ottilia aus ihren Grübeleien. Um diese Uhrzeit? Sie schickte ein Stoßgebet zum Himmel, dass Beda sie nicht brauchte, denn sie hatte bereits vierzehn Stunden beim Bankettservice hinter sich.

»Herein.«

Torun erschien in der Tür. »Ich dachte, du bist noch wach.«

»Hoffentlich nicht mehr lange. Werde ich gebraucht?«

»Nein. Aber ich muss mit dir reden. Rutsch mal.« Torun zog die Pantoffeln aus und schlüpfte neben Ottilia ins Bett. »Ich gehe weg vom Grand Hôtel.«

Ottilia fuhr hoch. »Um Himmels willen! Warum?«

»Hotels waren noch nie meine Sache, Otti. Das weißt du.«

»Ich dachte, du arbeitest gern im Reservierungsbüro, weil du dort deine Sprachkenntnisse einsetzen kannst.«

»Das habe ich auch gedacht. Aber inzwischen bin ich schon seit einem Jahr dort. Du hattest recht, die meisten Privatleute reservieren ihre Zimmer schriftlich. Die wirklich interessanten Buchungen und die von ausländischen Reiseveranstaltern landen direkt bei Frau Skogh. Ich verbringe den ganzen Tag damit, abzufragen, was frei ist, und Standardschreiben zu beantworten.«

»Was eine sehr wichtige Aufgabe ist«, entgegnete Ottilia. Seltsam. Anfangs war sie dagegen gewesen, dass Torun im Grand Hôtel anfing. Und nun, zwei Jahre später, trieb die Vorstellung, dass ihre Schwester gehen könnte, ihr die Tränen in die Augen.

»So wein doch nicht, Otti. Ich mache es genauso wie Märta …«

»Du willst bei Nordiska Kompaniet arbeiten?«

»Nein, in Göthes Buchhandlung. Ich habe schon vor Monaten nachgefragt und die Antwort erhalten, man werde meine Bewerbung berücksichtigen, sobald etwas frei werde. Jetzt heiratet eine der Verkäuferinnen. Bitte freu dich für mich. Ich konnte vor lauter Aufregung nicht schlafen.«

»Aber wo willst du wohnen?«

»Ich ziehe mit Märta zusammen. Für die doppelte Miete finden wir bestimmt etwas Besseres. Sie ist fast so aufgeregt wie ich. Zwei ihrer neuen Freundinnen bei Nordiska Kompaniet zahlen für zwei Zimmer mit Küche in Kungsholmen zweiundsiebzig Kronen im Monat. Das könnten wir uns leisten.«

Ottilia zog die Knie hoch und schlang die Hände darum. Torun folgte ihrem Beispiel. Genau so hatten sie als Kinder im Bett gesessen und miteinander geredet. »Wie willst du es Frau Skogh beibringen?«

»Sie weiß es bereits. Ich habe es ihr heute erzählt.«

Ottilia schnappte nach Luft. »Du hast es Märta und Frau Skogh vor mir gesagt?«

»Wie soll ich es denn mit dir sprechen, wenn du immer hier drüben bist? Du hast selbst gesagt, dass du heute vierzehn Stunden gearbeitet hast. Herrn Ottossons Gewinn ist unser Verlust.«

Ottilia ließ das Kinn auf die Knie sinken. »Es wird nicht immer so ein Betrieb sein. Ich muss nur so viel wie möglich lernen und das so schnell wie möglich. Herr Ottosson hat mir gestattet, selbstständig eine Feier auszurichten, damit er sich vergewissern kann, dass ich alles richtig verstanden habe.«

»Ach herrje.«

»Es ist nicht so dramatisch, wie es klingt. Wir sind jeden einzelnen Schritt gemeinsam durchgegangen und ich habe mir zu allem ausführliche Notizen gemacht. Ich richte eine Feier zum sechzigsten Geburtstag von Sigvard Bernaborg im Spiegelsaal aus. Anfangs wirkte der Herr nicht sehr begeistert, aber seine Frau hat ihm klargemacht, dass er mir eine Chance geben muss, und ihn überredet.«

Torun fiel die Kinnlade herunter. »Ich bin wirklich beeindruckt.«

»Es macht mir Spaß, Torun. Und es ist interessant. Nichts ist unmöglich. Die Gäste können alles haben, was ihr Herz begehrt, solange sie dafür bezahlen. Also wird Herr Ottosson mir seine Geschäftskontakte vermitteln. Sicher werde ich selbst auch einige neue knüpfen. Doch das tut jetzt nichts zur Sache. Was hat Frau Skogh dir denn geantwortet?«

Torun neigte den Kopf zur Seite. »Ich dachte, dass sie in die Luft gehen würde, aber nichts dergleichen. Sie wünschte mir Glück und sagte, Mutter wäre stolz auf mich gewesen. Da ich sie nicht ganz verstanden habe, habe ich nachgehakt. Sie hat mir erklärt, ich hätte Durchhaltevermögen und würde mein Ziel früher oder später erreichen.«

Ottilia umfasste fester ihre Knie. »Damit hat Frau Skogh nicht Göthes Buchhandlung gemeint, richtig?«

»Ich glaube nicht. Ich weiß noch nicht, was mein Ziel ist, doch ich spüre in meinem Innersten, dass ich dort anfangen muss.«

»Du hast *hier* angefangen«, verbesserte Ottilia.

Torun lächelte geheimnisvoll. »Nein. Dieses Hotel ist dein Traum. Mein Traum sind Bücher und der Wunsch, so viel wie möglich über das Leben zu lernen. In dieser Stadt gibt es überall

Ausbeutung und Ungerechtigkeit. Schau dir nur die arme Märta an. Sie bezahlt eine Wuchermiete und traut sich nachts kaum zu schlafen. Und was ist mit Kajsa, der alten Bordsteinschwalbe? Wie ist sie überhaupt auf der Straße gelandet? Männer müssen so etwas nicht tun. Die nutzen diese Frauen aus, wenn es dunkel ist, und tagsüber ist es ihnen peinlich, sie zu kennen. Solange ich hier arbeite, werde ich nie etwas daran ändern können. Aber vielleicht wird es mir gelingen, wenn ich mich in der Welt besser auskenne. Märta empfindet genauso.«

Ottilia ließ den Kopf hängen. »Frau Skogh hat recht. Mutter wäre sehr stolz auf dich. Ich bin ja schon froh, wenn es mir gelingt, einen anständigen Mann wie Sigvard Bernaborg zu überzeugen. Du hingegen willst die Welt erobern.«

»Zumindest möchte ich etwas beitragen.« Torun drehte sich um und schlüpfte wieder in die Pantoffeln. »Jetzt lasse ich dich aber schlafen. Gibt es etwas Neues in Sachen Diebstahl?«

»Nein. Inzwischen ist der Dieb mit dem Ring sicher schon über alle Berge. Ich frage mich, ob er je an die Moral seiner Kollegen gedacht hat.«

Kapitel 37

Wilhelmina stieg die Treppe zu ihrer Wohnung im ersten Stock des Bolinder-Palasts hinauf. Vor Müdigkeit konnte sie kaum noch die Augen offen halten und sie sehnte sich nach einem heißen Bad. Nicht dass sie ein Recht gehabt hätte, sich zu beklagen. Schließlich kehrte sie in eine luxuriös eingerichtete Wohnung zurück, in der sie ihr liebender Ehemann erwartete.

Per saß im Wohnzimmer. »Meine liebe Frau, du siehst ja völlig erschöpft aus.« Er küsste sie auf beide Wangen.

»Es war ein langer Tag«, gab sie zu.

»Ich schenke dir ein Glas ein, während du mir alles erzählst. Ich habe Brita gebeten, das Essen um acht zu servieren.« Brita in den Bolinder-Palast mitzunehmen, war ein sehr vernünftiger Vorschlag von Per gewesen. Der Mann war ein Heiliger.

»Ausgezeichnet.« Wilhelmina ließ sich aufs Sofa sinken. Es war ein kühler Abend Ende September, weshalb sie froh über die neue Zentralheizung war, die eine angenehme Wärme verbreitete. Sie ließ sich ein Glas Madeira reichen und bedankte sich mit einem Lächeln bei Per, der sich auf seinen Stammplatz neben sie setzte.

»Was beschäftigt dich?«, erkundigte er sich. »Ist es das Personal?«

»Nein. Ich glaube, einige meiner Mädchen sind heute tatsächlich ausgegangen, um einen Geburtstag zu feiern. Allerdings habe ich mir die Zahlen der Sommersaison angesehen und die sind wenig erfreulich.« Verärgert schüttelte sie den Kopf. »Der Gewinn steigt zwar, aber nicht schnell genug. Ja, wir haben inzwischen mehr Betten und deshalb auch mehr

Gäste und dank des neuen Gartens kommt es weniger zu Beschwerden. Der Speisesaal und die Bars sind gut besucht und die Anfragen für Bankette nehmen zu. Und dennoch werde ich das Gefühl nicht los, dass das alles viel zu lange dauert.« Sie trank noch einen Schluck Madeira.

»Veränderungen brauchen nun einmal ihre Zeit«, wandte Per ein.

»Das hat Carl Liljevalch bei unserem Treffen heute Morgen auch gesagt.«

»Und wie geht es unserem verehrten Herrn Vorsitzenden?«

Ein Lächeln huschte über Wilhelminas Gesicht. »Ja, unser verehrter Herr Vorsitzender. Es geht ihm ausgezeichnet und er lässt dir Grüße ausrichten. Außerdem sagt er, er sei nicht übermäßig besorgt und denke, dass sich die Dinge in die richtige Richtung entwickeln werden. Wir haben wieder einmal meinen Plan erörtert, einen richtigen Wintergarten als weitere Räumlichkeit für Veranstaltungen an dieses Hotel anzubauen.«

»Und?«

»Wie immer waren wir uns über das Wo nicht einig.«

»Wenn es sein soll, wirst du schon den richtigen Platz finden.«

»Mag sein. Ich werde nur manchmal das Gefühl nicht los, dass diese Stadt eine bedrückende Wirkung auf mich hat.«

Per verzog zweifelnd das Gesicht. »Stockholm? Es ist doch wunderschön hier. Das Parlamentsgebäude ist beinahe fertig. Dann werden wir in unserer Hauptstadt ein weiteres beeindruckendes Bauwerk haben. Stockholm verwandelt sich in die schönste Stadt der Welt.«

»Wirklich?« Als sie spürte, wie ihr eine Träne in ihrem Augenwinkel brannte, blinzelte sie heftig.

Per legte den Arm um sie. »Meine liebe Mina, was belastet dich?«

»Erinnerst du dich noch an Kajsa? Die …« Wilhelmina

suchte nach einer höflichen Bezeichnung. »Die Dame der Nacht, die letztens im Hotel war?«

»Undeutlich«, gab Per zu. »Macht sie dir wieder Schwierigkeiten?«

»Ich wünschte, es wäre so. Sie haben sie heute aus dem Wasser gezogen. Gleich vor dem Hotel.«

»Gütiger Himmel.«

»Jemand kam in die Hotelhalle gestürmt und rief nach unserem Arzt und einem Krankenwagen. Doch Karl Malmsten konnte nichts mehr für sie tun.«

»Weiß man ...«

»Man hat ihren Mantel ordentlich gefaltet neben ihren Stiefeln und ihrer Tasche liegend auf der Norrbro-Brücke gefunden.«

Per zuckte zusammen.

»Wie Gösta Möller vermutet, ist sie jetzt gesprungen, da das Wasser noch recht warm ist. Wahrscheinlich hat ihr so sehr vor dem nächsten Winter gegraut. Für mich ist es unvorstellbar, solche Angst vor einer Jahreszeit haben zu müssen.«

»Und du wirst auch nie Grund dazu haben.«

»Diese Stadt hat wirklich zwei Seiten«, fuhr Wilhelmina fort. »So viel Pracht und Schönheit und gleichzeitig bitterste Armut und Not. Heute habe ich von meinem Fenster aus einen kleinen Jungen beobachtet. Er war sieben oder acht Jahre alt und hatte eine Tragetasche auf dem Rücken, unter der ihm fast die Knie nachgaben. Ich habe mich gefragt, welcher Erwachsene es nur zulässt, dass ein so kleines, mageres Kind eine derart schwere Tasche schleppt. Warum war der Junge nicht in der Schule? Er hat ein Recht auf Bildung. Wo sind seine Eltern? Außerdem war er schmutzig. Und da ist er nicht der Einzige. Lizzie bedauert die Armen, die zu viert in einem Bett, umgeben von Ratten und Müll, schlafen müssen. *Etwas in einer Stadt ist grundsätzlich faul, Mina, wenn man erst ihren Geschmack auf der Zunge hat,* sagt sie und sie hat recht. Selbst

Stockholms Milchversorgungsbetrieb wirbt mit einer speziellen Milch frei von Tuberkuloseerregern. Und zwar immer öfter, wie ich hinzufügen muss. Eine Frechheit ist das! Milch im Handel sollte prinzipiell nicht mit Krankheitskeimen belastet sein, sonst ist sie nämlich nicht genießbar. Zum Glück sind unsere Lieferanten seriös. Außerdem werden alle Waren bei Anlieferung untersucht.«

»Ganz recht«, stimmte Per zu. »Auch wenn es ein geringer Trost ist, kann ich nur einwenden, dass sich die allgemeine Lage in Stockholm verbessert. Die meisten neuen Wohnhäuser verfügen über elektrischen Strom und fließend Wasser, ja, sogar Toiletten und Badewannen. Damit möchte ich nicht das Leid derer kleinreden, die noch im Elend leben, doch ihre Zahl nimmt von Jahr zu Jahr ab. Es heißt, die von Pferden gezogenen Straßenbahnen sollen in wenigen Monaten ausgemustert werden. So wird auch der Mist auf den Straßen erheblich weniger. Die Stadt ist auf dem richtigen Weg.«

Wilhelmina tätschelte seine mit Leberflecken bedeckte Hand. Seine dünne, weiche Haut war ihr so vertraut wie ihre eigene.

»Wie immer bist du meine Stimme der Weisheit und Vernunft. Ich wünschte nur, die Stadt würde sich ein wenig beeilen.«

Kapitel 38

Auf dem Weg zu Blanch's Café bildeten Ottilia, Beda und Karolina Margaretas Eskorte. Draußen tauchte das wirbelnde Herbstlaub den Kungsträdgården in einen goldenen Schein. Doch drinnen mischten sich köstliche Düfte und angeregtes Stimmengewirr mit den Rauchfähnchen von Zigaretten und Zigarren. Über allem lag das warme Licht elektrischer Lampen.

Karolina ließ den Blick durch den Raum schweifen und wies auf einen Tisch am Fenster, wo Torun und Märta ihnen zuwinkten. »Da drüben.«

Sie folgten Karolina durch den Raum. »Guten Abend, meine Damen. Alles Gute zum Geburtstag, Märta.«

Märta und Torun erhoben sich, um die Neuankömmlinge zu begrüßen. Karolina förderte aus ihrer Handtasche ein in Geschenkpapier eingewickeltes Päckchen zutage. »Wir haben alle zusammengelegt. Herzlichen Glückwunsch zum Einundzwanzigsten.«

Märta zupfte an der Schleife. Als das Papier entfernt war, öffnete sie den Deckel und schnappte beim Anblick des hübschen silbernen Armbands mit Anhänger vor Überraschung und Freude nach Luft.

»Ein Andenken an deine Zeit im Grand Hôtel«, erklärte Ottilia.

»Wir haben uns verschiedene Anhänger angesehen und konnten uns einfach nicht entscheiden«, ergänzte Karolina. »Zu guter Letzt haben wir dieses niedliche Teekännchen entdeckt und uns gedacht, dass es gut passt. Denn schließlich haben wir uns beim Zimmerservice so gut miteinander angefreundet.«

Märta legte sich das Schmuckstück über das Handgelenk und streckte den Arm aus. »Machst du es bitte zu?« Im Lampenlicht glitzerte das Silber genauso wie die Träne in Märtas Auge. »Wie wunderschön! So etwas Hübsches habe ich noch nie zuvor besessen. Ich danke euch allen so sehr und werde es für immer in Ehren halten.« Sie schluckte und lächelte. »Frau Andersson, ich kann es kaum glauben, dass Sie heute hier sind. Ich fühle mich geehrt.«

»Diese drei Damen haben mir fest versprochen, dass wir auf dem Hinweg und zurück immer zusammenbleiben werden.« Margareta lächelte verlegen. »Inzwischen sind zwei Jahre vergangen. Die Zeit ist reif. Wenn ich sehe, wie glücklich und wie tapfer ihr alle seid und wie wunderbar ihr euch entwickelt, wird mir klar, dass das Leben an mir vorbeigerauscht ist. Ihr wart alle so gut zu mir und ich bin euch sehr dankbar. Jetzt muss ich mein Leben endlich wieder selbst in die Hand nehmen. Könnten wir die Frau Andersson in unserer Freizeit vergessen? Ich würde mich freuen, wenn ihr mich Margareta nennen würdet.«

Kurz entstand Stille, als die Mädchen über Margaretas Worte nachdachten. Glücklich. Tapfer. Wunderbar.

Märta ergriff als Erste das Wort. »Dann also Margareta.« Sie grinste ihre Freundinnen an. »Kaum zu glauben, dass wir uns alle außerhalb des Grand Hôtel treffen können.«

»Das ist der Vorteil daran, dass wir bei verschiedenen Arbeitgebern oder zumindest nicht in derselben Abteilung beschäftigt sind«, meinte Ottilia. »Ich vermisse euch jeden Tag, aber ein schöner Abend wie heute wäre unmöglich, wenn wir alle noch beim Zimmerservice wären.«

»Dass du auch immer in allem das Gute suchen musst«, witzelte Beda. »Ich würde sagen, dass es nie so weit gekommen wäre, hätten die Männer uns nicht den Gefallen getan, zu verschwinden.«

Die anderen kicherten.

Beda fing Margaretas Blick auf. »Entschuldige.«

»Nein, du hast absolut recht. Das Grand Hôtel ist jetzt ein viel glücklicherer Ort. Ein bisschen Ausgleich hat noch niemandem geschadet.«

»Wie war die Feier zum sechzigsten Geburtstag?«, wollte Torun von Ottilia wissen.

»Die von Sigvard Bernaborg? Alles hat geklappt wie am Schnürchen. Ich konnte es selbst kaum fassen. Inzwischen verstehe ich viel besser, was Frau Skogh mit ihrem Satz ›Je gründlicher die Planung, desto sicherer der Erfolg‹ gemeint hat. Herr Ottosson hat mich beraten, damit ich nichts vergesse. Er ist ein wundervoller Lehrer.«

»Ich habe heute beobachtet, wie er in der Küche mit Herrn Samuelsson sprach«, meldete Karolina. »Die Hände des armen Mannes schienen noch schlimmer zu zittern als sonst.«

»Es ist wirklich sehr traurig«, stimmte Margareta zu. »Gösta Möller glaubt, dass Herr Ottosson uns nach dem Nobelpreisbankett im Dezember verlassen wird.«

»Dezember?« Ottilia starrte sie entgeistert an. Das waren ja nur noch knapp drei Monate. Ihr neuer Vorgesetzter wuchs ihr mit jedem Tag mehr ans Herz, und außerdem hatte sie noch eine Menge zu lernen. Aber wenigstens war sein Gesundheitszustand nun kein Geheimnis mehr weshalb man ihm verständnisvoll zur Hand gehen konnte. Als er zwei der berühmten, mit einer bunten Abbildung verzierten Teller des Grand Hôtel fallen gelassen hatte, hatte Frau Skogh sogar darauf verzichtet, sie ihm vom Lohn abzuziehen.

»Ja«, bestätigte Margareta. »Offenbar hat er Gösta gesagt, er werde gehen, sobald die Zeit reif ist. Und wie wir alle wissen, ist das Nobelpreisbankett das Paradestück des Grand Hôtel.«

Ottilia rutschte auf ihrem Stuhl herum. »Vermutlich wollte Herr Ottosson damit ausdrücken, dass er erst gehen kann, wenn ich auch sicher allein zurechtkomme. Er liebt das Grand

Hôtel. Es ist seit über zwanzig Jahren sein Zuhause. Er wurde noch von Régis Cadier persönlich eingestellt.«

»Wo wird Herr Ottosson in Zukunft leben?«, fragte Karolina.

»Er hat eine Schwester in Gävle, deren Mann vor Kurzem gestorben ist, und plant, zu ihr zu ziehen.«

»Dann hoffe ich, dass er sehr glücklich wird.«

»Natürlich hoffst du das«, erwiderte Beda. »Ich habe noch nie jemanden mit einem so großen Herzen kennengelernt.«

»Wünschst du ihm denn kein Glück?«

»Natürlich. Die wenigen Male, die unsere Wege sich gekreuzt haben, war er ausgesprochen nett zu mir.«

»Was tut sich denn so im Hotel?«, erkundigte sich Märta und schenkte dem Kellner, der gerade einen Teller mit Bœuf à la Lindström vor sie hinstellte, ein strahlendes Lächeln.

»Herr Starck gestaltet den Garten im Innenhof winterlich um«, berichtete Margareta. »Unsere Gäste werden begeistert sein. Außerdem hat er mir seine wundervollen und ziemlich ungewöhnlichen Pläne für die weihnachtlichen Blumengestecke erläutert.«

Beda, Karolina und Ottilia grinsten einander an.

Margareta errötete. »Jetzt aber genug von Herrn Starck.« Sie trank einen Schluck vom Hauswein.

»Herr Starck? Wie dumm von mir. Ich dachte, wir sprächen über Blumen zu Weihnachten«, frotzelte Beda.

Die Mädchen prusteten vor Lachen.

»Keine Sorge, Margareta«, erbarmte sich Karolina der bedauernswerten Hausdame. »Beda hänselt nur ihre Freundinnen.«

»Weiß Herr Starck, dass du ihn … magst?«, fragte Torun.

»Ich nehme es an«, antwortete Margareta zögernd. »Ich hoffe es und glaube, dass es auf Gegenseitigkeit beruht. Obwohl wir noch nie …«

Die fünf Mädchen beugten sich vor und hingen an ihren Lippen.

»... zusammen Kaffee getrunken haben«, beendete Margareta den Satz.

»Warum?«, hakte Karolina leise nach.

»Weil ich noch mit Herrn Andersson verheiratet bin.«

»Aber das weiß Herr Starck doch sicher.«

»Ja, tut er.«

»Was hast du also zu verlieren?«

Märta reckte den Finger. »Ein ausgezeichneter Einwand. Und dabei habe ich immer gedacht, dass aus Margareta und Gösta Möller etwas wird.«

Margareta fuhr zurück. »Habt ihr Mädchen etwa über mich getratscht?«

Märta schüttelte den Kopf. »Nein, ehrlich nicht. Aber Herr Möller war sehr in Sorge um dich, als du ... damals vor zwei Jahren. Er war derjenige, der Frau Skogh Meldung gemacht hat, jemand müsse nach dir sehen.«

Margareta schlug die Hand vor den Mund. »Das wusste ich gar nicht. Ich dachte, Frau Skogh habe ihn geschickt.«

»Hat sie auch«, antwortete Ottilia, »und zwar, weil er sie darum gebeten hat.«

»Edward hält große Stücke auf Herrn Möller«, verkündete Karolina.

Beda verdrehte die Augen. »Du und dein Edward.«

»Er ist nicht mein Edward. Außerdem: Was ist denn mit dir und deinem Monsieur Blanc?«

»Ach, Monsieur Blanc.« Mit einer dramatischen Geste legte Beda die Hand auf die Herzgegend. »*Mon chéri!* Und was ist mit dir, Ottilia? Träumst du noch immer von einem Mann wie Herrn Skogh?«

»Absolut. Die Ehe der Skoghs ist mein Vorbild. Beide gehen einem Beruf nach und haben abends jemanden, an dem sie sich wärmen können. Und du, Märta?«, wandte sie sich an ihre Freundin.

»Ich habe ein Auge auf einen hübschen Jungen in der

Gepäckabteilung geworfen. Was er nicht über Leder weiß, braucht man auch nicht zu wissen.«

Die Mädchen wechselten wieder einen Blick und bogen sich vor Lachen.

»Schön zu hören, dass es dir nicht nur um sein hübsches Gesicht geht«, stellte Beda mit gespielter Erleichterung fest.

»Meine Damen«, stieß Torun zwischen zusammengebissenen Zähnen hervor. »Können wir uns nicht einen schönen Abend machen, ohne die ganze Zeit über Männer zu reden? Haben die in unserem Leben nicht schon genug zu sagen, ohne dass sich auch noch all unsere Gespräche um sie drehen müssen?«

»Die weise Dame zu meiner Linken hat recht«, stimmte Märta zu. »Außerdem habe ich heute Geburtstag und das verlangt nach Pfirsicheiscreme.« Sie hob die Hand, um den Kellner herbeizuwinken. »Wir wollen diesen guten Mann bitten, uns welche zu bringen.«

Kapitel 39

Am 24. Oktober brauste ein Herbststurm heulend über die Hausdächer hinweg. Das Grand Hôtel war ein Zufluchtsort für mit Schirmen bewehrte Menschen, die zur Eingangstür hinein und die Treppe hinauf in die Lobby eilten. Wilhelmina durchquerte den Raum, wobei sie bekannten und unbekannten Personen ein kurzes Nicken und Lächeln schenkte. Sie konnte sich keinen Grund vorstellen, warum Brita sie dringend bitten ließ, sofort zurück in die Wohnung zu kommen. Montags herrschte stets Hochbetrieb. Außerdem war sie gerade mitten in einem Telefonat mit Thomas Cook in London gewesen, als Svensson die Notiz vor sie hinlegte. Eine bohrende Furcht breitete sich in ihrer Magengrube aus. Brita war schon seit ihrer Hochzeit im Jahr 1888 bei ihnen beschäftigt. Und bis jetzt hatte sie sich noch nie geirrt.

Wilhelmina kam in das Entree ihrer Wohnung im Bolinder-Palast gehastet. »Was ist passiert?«

Brita war aschfahl im Gesicht, als sie ihr ein Glas Whisky reichte und eilig Meldung machte. »Herr Skogh ist aus dem Büro nach Hause gekommen. Er hat geschwitzt und sagte, er fühle sich nicht wohl und wolle sich kurz hinlegen. Dann habe ich ein Poltern gehört und ihn vor dem Bett liegend vorgefunden.«

Nach dem Dauerlauf zwei Stockwerke hinauf klopfte Wilhelmina das Herz bis zum Halse. Sie drückte Brita das leere Glas in die Hand. »Haben Sie Dr. Malmsten schon verständigt?«

»Als bei Ihnen besetzt war, habe ich sofort den Arzt angerufen. Und danach Herrn Svensson.«

Wilhelmina steuerte aufs Schlafzimmer zu. Vor der Tür holte sie Luft, klopfte an und trat ein. Sie musste einen Aufschrei unterdrücken. Per lag in die Kissen gestützt da und hatte die Augen geschlossen. Sein Gesicht war grau, ja, beinahe bläulich, und wirkte viel älter und schlaffer als noch beim Frühstück. Das Heben und Senken seiner Brust war langsamer als der Takt der tickenden Uhr.

Wilhelmina griff nach seiner feuchtkalten Hand und setzte sich auf den Stuhl, den Dr. Malmsten für sie zurechtrückte. »Pelle, mein Liebling.«

Per antwortete nicht.

Sie wagte selbst kaum zu atmen, als sie Dr. Malmsten ratsuchend ansah.

Der Arzt sprach ernst und mit leiser Stimme. »Es ist Pers Herz. Ich habe ihm etwas gegen die Schmerzen gegeben.« Er schüttelte den Kopf. »Sonst können wir nichts weiter tun, als für seine Seele zu beten. Vielleicht möchten Sie einen Priester rufen?«

»Einen Priester?« Wilhelmina sprang auf. »Wir rufen besser einen Krankenwagen. Warum haben Sie keinen Krankenwagen gerufen?«

Dr. Malmsten zog sie vom Bett weg. »Sein Herz ist schwer geschädigt. Sie müssen jetzt stark sein. Wenn Sie möchten, dass Per seinen letzten Atemzug in einem Krankenhaus tut, können wir natürlich einen Krankenwagen rufen.«

Das Zimmer begann zu schwanken. Mit einem Aufschrei warf sie sich vor Pers Bett auf die Knie und griff wieder nach seiner Hand. Wenn beten die einzige Möglichkeit war, würde sie eben beten. »Vater unser …« Sie verstummte. »Weiß Per, dass ich hier bin?«

Dr. Malmsten schüttelte den Kopf. »Vermutlich nicht.«

Wilhelminas heiße Tränen tropften auf Pers kühle Haut. Wie konnte das sein? Sie hatten doch erst heute Morgen über seinen Plan gesprochen, mit seinen Freunden auf die Gänsejagd zu gehen. Außerdem wollten sie am St.-Martins-Tag eine kleine Abendeinladung geben.

Per hörte auf zu atmen.

Wilhelmina erstarrte.

Es folgte noch ein tiefer Atemzug.

Ihr fiel ein Stein vom Herzen. Per würde durchkommen. Gedankt sei Gott. Sie nahm seine Hand, küsste sie und wartete auf den nächsten Atemzug.

Nichts geschah.

Kapitel 40

Während Wilhelmina so bitterlich weinte wie noch nie zuvor in ihrem Leben, verbreitete sich die Nachricht von Per Skoghs Tod mit der zerstörerischen Wucht einer Springflut unter dem Personal. In der Kantine wurde mit gedämpfter Stimme gesprochen. Andere sprachen gar nicht, sondern starrten appetitlos in ihre unberührte Mahlzeit.

Eine todtraurige Ottilia setzte sich zu Karolina an den Tisch. »Ich kann es noch immer nicht fassen.«

»So geht es uns allen. Ein feiner Herr.« Karolina hatte keine Lust auf ihren Reibekuchen und schob den Teller weg. »Wie ist es denn passiert?«

»Herr Ottosson glaubt, dass Herrn Skoghs Herz versagt hat. Ich würde gern etwas für Frau Skogh tun, aber ich habe keine Ahnung, was. Sie war sehr gütig zu meiner Familie, als erst mein Bruder und dann meine Mutter starben. Doch offen gestanden fällt mir nur eines ein: Wir müssen alle dafür sorgen, dass das Grand Hôtel während ihrer Abwesenheit weiterläuft. Nicht dass sie lange wegbleiben wird. Frau Skogh wird sich stattdessen in die Arbeit flüchten. Aber wird das Grand Hôtel genügen, um sie von ihrer Trauer abzulenken?«

Karolina zuckte verzweifelt mit den Achseln. »Ich weiß es nicht. Margareta sagt, dass Fräulein Silfverstjerna jetzt bei ihr sei. Außerdem habe Frau Skogh einen großen Freundeskreis. Darüber bin ich sehr froh.«

Ottilia lächelte Karolina tapfer an. »Ich auch.«

Als es Abend wurde, strömten Wilhelminas Tränen ebenso unvermindert weiter wie die Regentropfen draußen an der Fensterscheibe. Sie lief im Wohnzimmer auf und ab. Pers Leiche war inzwischen fort. Und damit auch ein Teil ihres Herzens. »Man wird ihn nicht vergessen«, sagte sie zu Elisabet. »Das lasse ich nicht zu.«

»Niemand wird ihn vergessen«, erwiderte diese tröstend. »Viele werden ihm bei der Beerdigung die letzte Ehre erweisen wollen.«

»Wir ...« Wilhelmina schluckte. »Ich muss ihm zu Ehren ein Abendessen hier im Grand Hôtel veranstalten. Wusstest du, dass wir unser Hochzeitsfrühstück hier gegeben haben?« Wieder brach sie in Tränen aus. Nur sechzehn Jahre hatte es gedauert, bis der Tod sie für immer geschieden hatte. »Mein geliebter Pelle«, stieß sie außer sich vor Trauer hervor. Der Druck in ihrer Brust raubte ihr den Atem und sorgte dafür, dass ihr leicht übel wurde. »Wir müssen ihn an einem sonnigen Platz zur letzten Ruhe betten. Mit einem Denkmal, das seiner Bedeutung gerecht wird.«

»Wirklich ein sehr passender Tribut.«

»Er hätte noch viel mehr verdient.« Erschöpft ließ sich Wilhelmina in einen Lehnsessel sinken. »Wie soll ich nur ohne ihn zurechtkommen?«

Es war nicht länger nur eine rhetorische Frage.

Kapitel 41

Wilhelmina nahm sich einen Tag Zeit, um zu trauern, den Tränen freien Lauf zu lassen und schönen und schmerzlichen Erinnerungen nachzuhängen. Dann – es hatte sie fast übermenschliche Kräfte gekostet, die Geborgenheit ihres Wohnzimmers aufzugeben – rief sie am Mittwochnachmittag Ottilia zu sich.

Diese brachte einen kleinen, aber kunstvoll arrangierten Strauß weißer Lilien mit. »Die sind von uns sechs. Es tut uns so entsetzlich leid. Wir haben Herrn Skogh sehr geschätzt.«

Wilhelmina musste eine Träne wegblinzeln. »Das ist sehr freundlich von Ihnen.« Sie zwang sich zu einem Lächeln. »Bitte richten Sie den anderen Damen meinen aufrichtigen Dank aus.« Um den Anschein von Normalität zu wahren und ein wenig Zeit zu gewinnen, griff sie nach ihrer Kaffeetasse. Sie musste sich zusammenreißen, denn es kam nicht infrage, dass sie in Gegenwart einer Angestellten in Tränen ausbrach. Selbst wenn es sich bei dieser um Ottilia Ekman handelte. Ein Glück, dass sie sich gestern den ganzen Tag zurückgezogen hatte. Vor vierundzwanzig Stunden wäre es ihr nicht gelungen, sich so zu beherrschen. Zumindest hatte das Schlafmittel gewirkt, sodass sie für ein paar Stunden zur Ruhe gekommen war und nicht mehr solche Kopfschmerzen hatte. Nun musste sie sich den praktischen Fragen widmen. »Ich möchte gern Pers Beerdigung mit Ihnen besprechen. Da Herr Ottosson diese Woche sehr beschäftigt ist, werde ich die Entscheidungen treffen und Sie werden sie umsetzen.«

»Ich werde mich bemühen, Ihnen, so gut ich kann, behilflich zu sein.«

»Die Trauerfeier findet, wie Sie sicher in der Zeitung von heute gelesen haben, am Sonntag um fünfzehn Uhr in der Östermalms Kyrka statt. Anschließend begleiten wir meinen geliebten Mann zu seiner letzten Ruhestätte auf dem Nordfriedhof und kehren dann zum Abendessen in den Spiegelsaal zurück. Ich glaube, das wird gegen siebzehn Uhr dreißig sein.«

Ottilia nickte und schrieb alles mit. »Wie viele Gäste erwarten Sie?«

»Wir müssen von etwa hundert ausgehen. Vielleicht auch mehr. Mein Mann hatte überall Freunde und geschäftliche Kontakte, also nicht nur in der Stadt, sondern bis nach Östersund und Gotland. Viele werden ihr Möglichstes tun, um zu erscheinen.« Der Gedanke, wie beliebt Per gewesen war, ging ans Herz. Nachdem sie sich die Augen abgetupft hatte, sprach sie rasch weiter. »Natürlich ist mir klar, dass ein so kurzfristig anberaumtes Abendessen ein wenig schwierig …«

Ottilia blickte auf. »Es lässt sich alles arrangieren.«

Das Blitzen in ihren Augen verriet Wilhelmina alles, was sie wissen musste. Pelles Beerdigung war in guten Händen. »Natürlich werde ich die Speisenfolge selbst mit Herrn Samuelsson erörtern«, fuhr Wilhelmina fort. »Wir werden zwar keine Abstriche machen, doch ich muss praktisch denken. Da wir die endgültige Anzahl der Gäste vermutlich erst am Freitag kennen, können die Frischwaren nicht vor diesem Zeitpunkt eingekauft werden. Die Weine werden aus dem Weinkeller meines Mannes kommen. Das ist, wie ich zugeben muss, zwar ein wenig unüblich, aber immerhin war er Weinhändler und würde seinen Freunden sicher gern einen letzten Schluck auf den Weg mitgeben.«

»Das würde er ganz bestimmt. Weiß Herr Samuelsson schon Bescheid?«

»Ja. Außerdem wurde der Spiegelsaal auf meinen Namen reserviert.« Zum Teufel mit den Kosten. Per Skogh war tot, ein Mann, den alle geliebt hatten. Und daran durften nicht die geringsten Zweifel entstehen. Sein Begräbnis würde eine Würdigung seiner Lebensleistung sein. Ein angemessener Abschied. Ihre Entschlossenheit meldete sich wieder.

Sie sah Ottilia an. »Und nachdem der liebe Per die letzte Ruhe gefunden hat, werden wir weiter so verfahren, wie er es gewollt hätte. Wir werden dieses außergewöhnliche Hotel in eine wahre Sensation verwandeln.«

Kapitel 42

Nicht jeder hatte sich von Wilhelminas Tatendrang anstecken lassen, nachdem die fünfzig Kutschen mit den Trauergästen am Sonntagabend vor dem Eingang zum Spiegelsaal abgefahren waren. Denn schon kurz nach Pers plötzlichem Tod kündigte Herr Ottosson an, er werde dem Grand Hôtel schon Mitte November den Rücken kehren.

»Ich lebe von gestundeter Zeit«, teilte er der sichtlich erschrockenen Ottilia mit. »Und die wenigen Jahre, die mir noch bleiben, möchte ich gerne bei meiner Schwester genießen. Sie wissen jetzt genug, um denkwürdige Veranstaltungen vorzubereiten und auszurichten. Außerdem hat Frau Skogh mir versichert, dass Sie sich jederzeit an sie wenden können, falls sich Fragen ergeben. Sie haben nicht den geringsten Grund, an sich zu zweifeln, Ottilia, denn Sie sind mehr als fähig, Ihre Aufgaben zu erfüllen. Das haben Sie bewiesen, als Sie ganz allein die Beerdigungsfeier für Herrn Skogh arrangiert haben. Trotz des traurigen Anlasses war es ein großer Erfolg und für mich ein stolzer Moment, wenn ich mir die Bemerkung erlauben darf. Ich wünsche Ihnen viel Glück, mein Kind.« Mit zitternder Hand überreichte Herr Ottosson Ottilia den Schlüssel zu seinem Büro. »Sie waren die aufmerksamste und klügste Schülerin, die ich je unterrichten durfte.«

An ihrem ersten Montag an ihrem neuen Posten als Bankettdirektorin saß Ottilia allein in ihrem Büro. Mit einer Hand betastete sie die Perlenkette ihrer Mutter, während sie ihre umfangreichen Aufzeichnungen für das nächste Bankett studierte – ein Abendessen im Spiegelsaal am kommenden Samstag, dem Sechsundzwanzigsten des Monats. Gastgeber war der Samfundet SHT – ein den schönen Seiten des Lebens zugewandter Herrenclub. Ottilia fuhr mit dem Stift das Menü für die erwarteten dreihundertfünfzig Gäste hinunter.

Horsd'oeuvre
Homard en Bellevue Garni aux Huitres
Dindonneau rôti, Salade mêlée
Topinambours à la Victoria
Glace aux pleurs à la Japonaise
Pâtisserie

Herr Samuelsson hatte den Menüwunsch vor drei Wochen erhalten und abgesegnet. Da der Kunde keine weiteren Änderungen verlangte, waren alle Lebensmittelbestellungen inzwischen bestätigt. Wunderbar. Sie ließ den Blick über die beiliegende Getränkekarte schweifen.

OPPENHEIMER
(Schloss Rheinberg)
G. H. Mumm Cramant
Duminy Sec
Apollinaris
Porto Sandeman

Monsieur Blancs Empfehlungen standen ebenfalls fest, und ja, hier war auch seine schriftliche Bestätigung, dass die bestellten Flaschen im Weinkeller warteten. Herr Starck hatte eine ausführliche Liste des benötigten Blumenschmucks erhalten. Das bei Banketten benötigte Personal war verständigt, ebenso wie die ausgewählte Musikkapelle. Die französische Speisekarte (Korrektur gelesen von Monsieur Blanc) befand sich schon in der Druckerei, die Sitzordnung würde am Mittwoch festgelegt werden, damit man die Platzkarten in Auftrag geben konnte. Ottilia ließ die Schultern kreisen und lächelte, als sie spürte, wie Aufregung sie ergriff. Bankettdirektorin war bis jetzt der Posten, der ihr am meisten Freude machte. Ihre Arbeit war so vielseitig, dass kein Tag dem anderen glich. Nun war das Abendessen bis ins kleinste Detail geplant. Es würde ein Erfolg werden.

Doch am folgenden Montag saß Ottilia da und schlug weinend die Hände vors Gesicht.

Kapitel 43

Am 6. Dezember, einem Tag, an dem eigentlich eine gute Nachricht ihren Schritt hätte beflügeln sollen, trat Wilhelmina erschöpft und mit schwerem Herzen in den Sitzungssaal. Draußen spannte sich der Nachmittagshimmel wie eine dunkelblaue, mit funkelnden Sternen durchsetzte Decke über die Dachfirste. Und drinnen lastete ein dunkler Schatten auf dem Grand Hôtel. Auch wenn ein ahnungsloser Reisender überall nur geschäftige Weihnachtsvorbereitungen wahrgenommen hätte, war die Freude so vorgetäuscht wie die roten Geschenkpäckchen mit ihren grünen Schleifen unter dem sieben Meter hohen Weihnachtsbaum in der Lobby.

Carl Liljevalch, der Vorsitzende, und der Bankier Ivar Palm erhoben sich, um die Generaldirektorin zu begrüßen, die sich ohne große Umschweife auf der anderen Seite des Tisches niederließ. Liljevalch lächelte ihr aufmunternd zu. »Vielleicht fangen wir mit dem Neuesten zur Krise an.«

»Gewiss.« Der Form halber konsultierte Wilhelmina ihre Aufzeichnungen, obwohl ihr die wenigen Fakten und Zahlen, ebenso wie noch immer Pelles Gesicht, vor dem inneren Auge erschienen, wann immer sie die Lider schloss. Sie begann: »Am Samstag, dem 26. November, fand im Spiegelsaal ein Bankett für dreihundertfünfzig Mitglieder des Samfundet SHT statt. Am Montag, dem 28. November, klagte eine große Anzahl von Gästen über Schüttelfrost, Fieber, Magenschmerzen und Durchfall. Inzwischen hat sich die Anzahl auf etwa einhundertfünfundsiebzig Personen erhöht. Einschließlich ...«, Wilhelmina musste innehalten, weil ihre Stimme zitterte,

»zweier Todesfälle. Man hat mich vor einer Stunde telefonisch davon in Kenntnis gesetzt.«

Palm schnappte nach Luft. »Kennen wir mittlerweile den Grund der Tragödie?«

»Nichts deutet auf eine Verbindung zum Grand Hôtel hin«, erwiderte Wilhelmina. »Laut einem Bericht, den ein Dr. Levin, ebenfalls Gast beim Bankett und einer der Erkrankten, dem Leiter der Stockholmer Gesundheitsbehörde vorgelegt hat, weisen die Symptome auf eine Typhuserkrankung hin. Wie wir wissen, grassiert diese Seuche derzeit in unserer Stadt. Dr. Levin glaubt nicht, dass er sich hier angesteckt hat, zumindest nicht an den servierten Speisen und Getränken. Seiner fachlichen Meinung nach könnten Wasser oder Eiswürfel verseucht gewesen sein. Doch wahrscheinlicher sei es, dass einige der Gäste Überträger waren, noch ehe sie einen Fuß in unser Haus setzten. Ein anderer Arzt, ebenfalls Gast der Feier, fügte hinzu, dass die Inkubationszeit bei Typhus sieben bis einundzwanzig Tage betrüge. Das wiederum unterstützt Dr. Levins Theorie, dass unser Hotel keine Schuld trifft. Allerdings melden weitere Ärzte, die nicht bei dem Bankett anwesend waren, dass noch mehr Gäste des Grand Hôtel im fraglichen Zeitraum erkrankt seien, was gegen einen Zufall spräche.« Sie legte den Stift weg und rieb ihre Schläfe.

»Und wie verfahren wir weiter?«, fragte Palm.

»Wir warten auf den amtlichen Bericht des Leiters der Gesundheitsbehörde«, erwiderte Wilhelmina. »Ich rechne damit, dass er uns von jeglichem Verdacht freispricht. Unsere Arbeitsabläufe sind über alle Zweifel erhaben. Außerdem wurde seitdem alles mehrere Male überprüft. Ich kann nur bestätigen, dass Herrn Samuelssons Küche keinerlei Grund zur Beanstandung gibt. Allerdings schwebt eine Wolke über uns, bis dieser Bericht kommt. Wir können nichts weiter tun, als uns in Geduld zu üben. Was nicht nur lästig, sondern auch eine Gefahr für den guten Ruf unseres Hotels ist.«

Liljevalch strich sich über den langen weißen Bart. »Und sich zudem unserem Einfluss entzieht.«

»Leider Gottes. Allerdings wird emsig spekuliert. Die Presse überbietet sich mit immer neuen Mutmaßungen zum Thema Lebensmittelvergiftung. Ich werde nie begreifen, warum Reporter sich außerstande fühlen, auf die Fakten zu warten. Beteuern sie nicht immer, dass sie der Wahrheit verpflichtet sind? Nicht zu vergessen der Schaden, den sie der gesamten Stadt zufügen. Ihr bösartiges Geschreibsel wird zwangsläufig dazu führen, dass sich unsere ausländischen Besucher für ein anderes Reiseziel entscheiden und Stockholm somit die Einnahmen verloren gehen.«

Palm verzog schicksalsergeben das Gesicht. »Sie wollen eben die Zeitung von heute verkaufen, nicht die Betten und Frühstücke von nächster Woche.«

»Wollen wir hoffen, dass die Nachrichten bei unserem nächsten Zusammentreffen im neuen Jahr besser sind«, meinte Liljevalch. »Nun, Wilhelmina, gestern haben Sie mir erzählt, wir hätten einen interessanten Brief erhalten. Könnten Sie so freundlich sein, Ivar zu erklären, was darinsteht?«

»Mit dem größten Vergnügen.« Das entsprach der Wahrheit. Und wie hätte sie sich über diesen Brief gefreut, wenn Pelle noch am Leben gewesen wäre. Sie litt zwar ständig an Kopfschmerzen, doch es war der Schmerz in ihrem Herzen, der sie mitten in der Nacht keuchend hochfahren ließ. Sie nahm sich zusammen. »Ich habe ein Schreiben vom königlichen Haushofmeister bekommen, der anfragt, ob das Grand Hôtel Interesse daran habe, ein Gebäude zu pachten, das die Stiftung der Prinzessinnenbibliothek auf dem Gelände der früheren Stallungen zu errichten gedenkt.«

»Gütiger Himmel.« Palm legte die Brille weg. »Wie ich annehme, ist die Rede vom königlichen Marstall in der Stallgatan?«

»Genau«, erwiderte Wilhelmina.

»Gab es da nicht irgendein juristisches Gezerre, wem die Liegenschaft eigentlich gehört?«

»Richtig«, bestätigte Liljevalch. »Also habe ich gestern Abend einige Nachforschungen angestellt. Die Immobilie befand sich ursprünglich im Besitz von Prinzessin Sophie Albertine, der Schwester von Gustav III. Nach ihrem Tod im Jahr 1829 stellte man fest, dass sie ihren Palast auf Gustav Adolfs Grund dem Staat vermacht hat, und zwar in der ausdrücklichen Absicht, dort die Erbprinzen unterzubringen. Ihre sämtliche übrige Habe vererbte sie einem Burschen namens Stenbock, der damals Rittmeister war. Natürlich erhob er Anspruch auf den Marstall, und zwar mit der Begründung, dieser sei mit der vagen Formulierung ›sämtliche übrige Habe‹ mitgemeint. Natürlich hat das Amt des Schatzmeisters dagegen Einspruch erhoben und daraus ergab sich ein langwieriger Rechtsstreit. Erst vor Kurzem wurde die Sache dadurch beigelegt, dass das Schatzamt Stenbocks Nachkommen mit einhunderttausend Kronen abgefunden hat. Das heißt, dass der Hof nun nach Gutdünken mit diesem Besitz verfahren kann. Und offenbar entspricht es diesem Gutdünken, das Gebäude abzureißen.«

Palm nickte. »Was soll an dessen Stelle gebaut werden?«

»Ich glaube«, erwiderte Liljevalch, »dass wir ziemlich viel mitzureden hätten, sollten wir entscheiden, auf dieses Angebot einzugehen.«

»Sollten?«, entgegnete Wilhelmina. »Wir müssen! Stockholms erster Wintergarten.« Ein Funke ihrer früheren Entschlossenheit kehrte zurück. Nun bot sich ihr die Gelegenheit, den Wintergarten ihrer Träume zu bauen. Endlich war der gesuchte Standort gefunden. Ein nagelneuer Treffpunkt für die Stockholmer. Eine weitere Perle in der glitzernden Krone des Grand Hôtel. Sie hatte das Bauwerk schon deutlich vor Augen: burgähnliche Mauern mit Bögen und Fenstern ringsherum, so wie im Le Grand Hôtel Paris. In der Mitte ein von Bäumen umgebener Brunnen. Pflanzen und Tische in einem verglasten Atrium. Sie stützte die Hände fest auf die Tischplatte. »Wir müssen es einfach tun.«

»Und wir müssen dabei die Kosten bedenken«, wandte Palm ein. »Im Moment wird dieses Hotel einer hochnotpeinlichen Überprüfung unterzogen. Falls die Gäste sich scheuen, in unserem Haus etwas zu sich zu nehmen, werden die Umsätze unweigerlich zurückgehen.«

Wilhelmina seufzte verzweifelt. Warum verschonten die Heiligen sie nicht mit Männern, die unfähig waren, in die Zukunft zu blicken? Sie öffnete schon den Mund, um ihre Liste von Gegenargumenten vorzubringen.

Doch Liljevalch brachte sie mit einer Handbewegung zum Schweigen. »In der Tat. Allerdings wäre es sträflicher Leichtsinn, sich eine solche Chance entgehen zu lassen. Frau Skogh hat wiederholt dargelegt, dass eine nennenswerte Erhöhung des Gewinns nur möglich ist, wenn das Grand Hôtel in der Fläche wächst. Bis jetzt konnten wir zwar nach oben erweitern, jedoch nie zur Seite. Jedenfalls nicht, seit Régis Cadier vor fünfzehn Jahren den Bolinder-Palast erworben hat. Seitdem sind wir zwischen der norwegischen Gesandtschaft auf der Södra Blasieholmshamnen und dem königlichen Marstall eingezwängt.«

Wilhelmina konnte nicht länger an sich halten. »Selbst wenn wir die Gesandtschaft erwerben könnten«, kurz hielt sie inne, als die Anwesenden über das Undenkbare nachdachten: nämlich eine Auflösung der Schwedisch-Norwegischen Union, »wären umfassende und kostspielige Umbauten nötig. Dennoch wären unseren Möglichkeiten und somit auch dem Ergebnis Grenzen gesetzt. Nun hätten wir die Gelegenheit, ein Gebäude genau nach unseren Vorstellungen zu errichten. Jede einzelne Krone wäre gut angelegt.«

»Sie könnten recht haben«, antwortete Palm. »Allerdings wäre dazu ein weiterer Bankkredit nötig. Das Amt des königlichen

Hofmarschalls müsste zwar für die Baukosten geradestehen, doch ich glaube nicht, dass man dort bereit wäre, für eine Innenausstattung auf unserem hohen Niveau aufzukommen.«

»Ich denke, die Bank wird sich nicht querstellen«, entgegnete Wilhelmina. »Man wird die Vorteile für das Grand Hôtel und für die ganze Stadt erkennen.«

»Und die Kreditraten?«

»Um zu wissen, wie hoch diese ausfallen werden, müssten wir zuerst Baupläne erstellen und verhandeln«, meinte Liljevalch.

»Ganz gleich, was es kostet«, beharrte Palm, »handelt es sich bei der monatlichen Pacht um Kosten, die der Verpächter jederzeit erhöhen kann.«

Wieder seufzte Wilhelmina verzweifelt. »Ich kann mir keinen Grund vorstellen, warum das Amt des Hofmarschalls so unvernünftig sein sollte. Schließlich ist es zuerst auf uns zugekommen und einen besseren Mieter als das Grand Hôtel würde es niemals finden. Ich habe schon öfter mit diesen Leuten zu tun gehabt, als ich Telefonverbindungen zwischen Storvik, Rättvik und Bollnäs brauchte, und habe sie als sehr einsichtig erlebt. Außerdem: Was hätten wir in diesem Stadium zu verlieren? Wenn uns das Angebot nicht gefällt, können wir es immer noch ablehnen.« Nur über ihre Leiche! Sie würde so lange verhandeln, bis das Ergebnis passte. Mit dem Amt des Hofmarschalls und wenn nötig auch mit dem Vorstand.

Palm überlegte. »Das ist richtig.«

Wilhelmina schenkte Liljevalch und Palm das erste von Herzen kommende Lächeln seit dem Morgen von Pelles Tod. »Offenbar sind wir uns einig. Soll ich also die Verhandlungen mit dem Amt des Hofmarschalls in die Wege leiten?«

»Bitte tun Sie das«, erwiderte Liljevalch. »Und lassen Sie uns beten, dass die Gesundheitsbehörde bald ihren Bericht veröffentlicht, damit endlich Schluss mit diesem unerfreulichen Tumult ist. Dann können wir uns wieder auf ein ertragreiches neues Jahr freuen.«

Kapitel 44

Januar 1905

Die Gesundheitsbehörde veröffentlichte zwar in der Tat ihren Bericht, doch leider war die unschöne Angelegenheit damit noch lange nicht ausgestanden.

Ottilia klopfte sich mit den Fingern aufs Kinn, während sie jedes Wort zum wohl hundertsten Mal studierte. Doch es änderte nichts. Auch bei aller Mühe gelang es ihr nicht, etwas Gutes zwischen den Zeilen herauszulesen.

Es klopfte leise an der Tür und Karolina erschien mit einer Kaffeetasse. »Ich dachte, du brauchst vielleicht eine kleine Aufmunterung.«

Dankbar nahm Ottilia den Kaffee entgegen. »Da könntest du recht haben. Wie läuft es so im Zimmerservice?«

»Ruhig. Die Stimmung ist sogar noch schlechter als in der Küche. Herr Samuelsson ist wütend und hat schlechte Laune. Sonst bellt er nur, aber inzwischen beißt er auch. Niemand spricht mehr als das absolut Nötigste.«

»Was verständlich ist«, meinte Ottilia.

Karolina senkte die Stimme zu einem Flüstern. »War es seine Schuld? Wir hören alles nur aus zweiter Hand. Was steht denn im Bericht?«

»In den Berichten«, verbesserte Ottilia. »Der Ausschuss für öffentliche Gesundheit hat gestern ein eigenes Gutachten herausgegeben.«

Karolina verzog das Gesicht. »Und?«

Ottilia zögerte. Durfte sie Karolina den Inhalt der Berichte verraten? Andererseits war ein veröffentlichter Bericht ja, wie der Name sagte, öffentlich. Vielleicht würde es ihr ja helfen, das Durcheinander in ihrem eigenen Kopf zu ordnen, wenn sie jemandem den Sachverhalt erklärte. Anfangs hatte sie befürchtet, Frau Skogh könnte sie zu sich zitieren. Aber sie hatte nur ein Schreiben mit der Anweisung erhalten, weiterzumachen wie immer und sich nicht aus der Ruhe bringen zu lassen.

Karolina riss sie aus ihren Gedanken. »Du kannst mir vertrauen. Allerdings würde ich es verstehen, wenn du jetzt sagst, dass du es geheim halten musst.«

Ottilia seufzte. »Ich muss mit jemandem reden. Gut, setz dich. Oder hast du Dienst?«

»Ich bin für heute fertig.«

»Also.« Ottilia trank einen Schluck Kaffee. »Der Leiter der Gesundheitsbehörde hat uns am 27. Dezember seinen Bericht zukommen lassen.«

»Und was steht drin?«

»Er hat das Wasser als Verursacher ausgeschlossen, weil Stockholm ja ein neues Wasserwerk hat. Allerdings ist allgemein bekannt, dass es dort Probleme gab, weshalb es erst zwei Wochen nach unserem Bankett eröffnet wurde. Außerdem ist niemand vom Personal krank geworden, was heißt, dass es an den Gerichten liegen muss.«

Karolina schnappte nach Luft. »Das hat er tatsächlich geschrieben? Kein Wunder, dass Herr Samuelsson so wütend ist. Aber welches Gericht war es genau?«

Ottilia hob einen Finger. »Das war die große Frage. Nach Ansicht einiger Leute war dieses Menü das gefährlichste, das je serviert worden ist.« Sie schluckte. Hätte sie die Risiken bei der Zusammenstellung der Speisenfolge erkennen müssen?

Karolina machte ein zweifelndes Gesicht. »Warum denn gefährlich?«

»Austern sind als mögliche Ursache von Lebensmittelvergiftungen bekannt. Sie können Bakterien enthalten. Nur dass diese Austern in Holland gekauft wurden und über ein Zertifikat verfügten, das ihre Bekömmlichkeit versicherte. Auch

Hummer können mit Erregern belastet sein. Doch alle Hummer waren bei der Anlieferung noch am Leben, weshalb keiner verdorben gewesen sein kann. Dasselbe gilt für die Truthähne. Sie stammten von einem Bauernhof in Småland, der gleichzeitig mehrere andere Restaurants beliefert hat. Nirgendwo sonst wurden Krankheitsfälle gemeldet.«

»Ich wusste gar nicht, dass Truthahn verseucht sein kann.«

»Es ist möglich, wenn die Vögel mit Bakterien verunreinigtes Futter gefressen haben oder aus einem Stall kommen, in dem die Geflügelpest ausgebrochen ist.« Als Karolina sie bewundernd anstarrte, konnte sie sich ein Schmunzeln nicht verkneifen. »Das weiß ich auch erst seit gerade eben.«

»Ich beneide dich um deine Stelle im Bankettservice. Hier kann man so viel lernen.«

»Nach dem SHT-Bankett hättest du mich nicht beneidet. Ich habe hier gesessen, mir die Augen aus dem Kopf geheult und sogar damit gerechnet, dass mir gekündigt wird. Fast habe ich es sogar gehofft.«

Karolina schnappte nach Luft. »Aber warum denn?«

»Weil ich nicht noch mehr Menschenleben auf dem Gewissen haben wollte.«

»Du hast keine Menschenleben auf dem Gewissen. Und Herr Samuelsson meiner Ansicht nach auch nicht. Was ist eigentlich mit den Soßen?«, überlegte Karolina laut. »Die enthalten doch verschiedene Zutaten.«

»Die wurden auch ausgeschlossen. Herr Samuelsson hat dieselben Soßen und Zutaten auch für das Essen anderer Hotelgäste verwendet, doch nur die Teilnehmer des Banketts sind erkrankt. Und das bringt uns zur Eiscreme. Die Molkerei, die das Grand Hôtel beliefert, hat auch viele andere Restaurants als Kunden. Es wurden keine weiteren Krankheitsfälle gemeldet.«

»Und die Getränke?«, hakte Karolina nach. »Obwohl die ja auch überall im Hotel ausgeschenkt werden.«

Ottilia wies auf den Bericht. »Der Leiter der Gesundheitsbehörde erwähnt auch die Getränke. Die Ansteckungsquelle muss irgendetwas sein, das sowohl die Herren als auch die Damen gegessen oder getrunken haben. Den Damen haben wir einen Punsch aus Himbeerlikör und Arrak serviert, der auch Eis enthielt. Allerdings war dieses Teil einer Lieferung, die auch an andere Hotels ging. Außerdem haben die Herren in Flaschen abgefüllten Punsch ohne Eis getrunken.«

»Wenn alles überprüft und ausgeschlossen wurde, kann doch niemand Herrn Samuelsson etwas vorwerfen.«

Ottilia schüttelte den Kopf. »Der Leiter der Gesundheitsbehörde kommt zu dem Schluss, dass es an den Austern liegen muss. Auch wenn diese mit einem Zertifikat versehen waren, ist das noch kein Beweis dafür, dass sie nicht trotzdem verseucht waren.«

»Woher hätte Herr Samuelsson wissen sollen, dass die Austern ungenießbar sind, wenn sie frisch aussahen und rochen und außerdem zertifiziert waren?«

»Ich habe keine Ahnung«, erwiderte Ottilia. »Nur dass nach der Veröffentlichung dieses Berichts einige schwedische Austernhändler einen offenen Brief an die Presse geschickt haben. Darin beteuern sie, dass in Holland erworbene Austern streng von den holländischen Behörden kontrolliert würden.« Sie tippte auf die Zeitung, die auf ihrem Schreibtisch lag. »Keiner ihrer anderen Kunden habe vor oder nach dem 26. November über gesundheitliche Beschwerden geklagt. Deshalb wiesen sie die Unterstellungen der Gesundheitsbehörde vehement zurück.«

»Aber irgendwoher muss die Lebensmittelvergiftung doch kommen.«

»Das dachten auch alle, bis gestern der Bericht des Ausschusses für öffentliche Gesundheit erschien, der eine Lebensmittelvergiftung ausschließt. Seiner Ansicht nach leiden die Erkrankten an Typhus.«

»Typhus? Also haben weder die Speisen noch die Getränke beim Bankett die Erkrankungswelle verursacht. Doch andererseits sind nur die Teilnehmer des Banketts erkrankt. Das ergibt keinen Sinn.«

»Nein, das tut es nicht. Ich habe diese Berichte immer wieder gelesen, aber es wird nur immer verworrener.«

»Was sagt Frau Skogh dazu?«

»Ich habe noch nicht mit ihr gesprochen. Sicher ist sie sehr bestürzt. Inzwischen ist ein dritter Gast gestorben, und da es keine Erklärungen gibt, stellt die Presse nun Frau Skogh persönlich an den Pranger.«

Kapitel 45

»So eine Unverschämtheit!« Wilhelmina schleuderte die Zeitung quer durch Elisabets Wohnzimmer, wo sie auf dem Deckel des Stutzflügels landete. »Der Leiter der Gesundheitsbehörde tappt im Dunkeln, der Ausschuss zur öffentlichen Gesundheit tappt im Dunkeln, und die behaupten rotzfrech, ich wüsste nicht nur, wie sich fast zweihundert Menschen im Grand Hôtel mit Typhus angesteckt haben, sondern hätte die Katastrophe sogar verhindern können. Bin ich etwa Hellseherin?« Sie lief im Zimmer auf und ab. »Wir haben nichts an unseren Lieferketten geändert, denn unsere Lieferanten trifft keine Schuld. Beweise mir das Gegenteil, und ich werde alles in meiner beträchtlichen Macht Stehende tun, um einer Wiederholung dieses Fiaskos vorzubeugen. Aber ich schwöre dir als meiner Zeugin, Lizzie, dass ich weder nachlässig noch gleichgültig bin, und dasselbe gilt auch für alle meine Mitarbeiter. In dieser Stadt grassiert der Typhus. Jeder dieser Gäste hätte einen anderen anstecken können. Aller Wahrscheinlichkeit nach ist es genau so passiert.«

»Was hast du jetzt vor?«

»Erstens werde ich selbst einige Zeilen an die Zeitungen schreiben.« Wilhelmina ließ sich gegenüber von Elisabet aufs Sofa sinken. Dieser Albtraum saugte sie aus. Dass eine Zeitung die Vermutung geäußert hatte, einer ihrer Mitarbeiter könnte Rattengift ins Essen gemischt haben, um ihr eins auszuwischen, war ihr besonders nahegegangen.

»Mina, sei vorsichtig, ich flehe dich an«, sagte Elisabet. »Eine Wortschlacht gegen die Journalisten wirst du nie gewinnen. Versuch einfach darüberzustehen.«

Wilhelmina schnalzte missbilligend mit der Zunge. »Dann würden sie mein Schweigen vermutlich nicht als Zeichen meiner guten Erziehung, sondern als Schuldeingeständnis deuten. Nein, Lizzie. Ich werde mich in der einzigen Sprache wehren, die man in dieser Stadt versteht: Geld.« Sie tippte mit dem Finger auf die Sofalehne. »Ich werde persönlich zehntausend Kronen Belohnung für denjenigen aussetzen, der unwiderlegbar beweisen kann, dass wir einen Fehler begangen haben.«

Elisabet schnappte nach Luft. »Das ist ein schrecklich hoher Betrag. Die Journalisten werden sich förmlich überschlagen.«

»In diesem Fall würden sie ihre Zeit vergeuden und sich zum Narren machen. Denn sie werden nichts finden. Also ist mein Geld nicht in Gefahr.«

»Und wenn sie doch etwas finden?«, hakte Elisabet leise nach.

Wilhelmina breitete die Hand aus. »In diesem Fall dürfte der Verlust von zehntausend Kronen mein geringstes Problem sein. Außerdem wäre das Geld gut angelegt. Schließlich sind drei Gäste ...« Die Worte blieben ihr im Halse stecken.

»Drei?«

Wilhelmina seufzte. »Gestern ist ein dritter Gast gestorben. Falls unter unserem Dach also wirklich etwas im Argen liegt, muss ich alles Menschenmögliche tun, um dafür zu sorgen, dass die Menschen auch in Zukunft gefahrlos hier speisen können. Alle fragen: Warum das Grand Hôtel? Ich frage: Warum dieses Bankett? Wir haben davor Tausende von Gästen und auch danach noch Hunderte bewirtet. Nein, ich bin fest davon überzeugt, dass die Gäste die Keime eingeschleppt und wieder mitgenommen haben. Ihre Anwesenheit war das Einzige, was diesen Abend von anderen unterschied.«

»Und wie geht es jetzt weiter?«

»Ein Fachmann überprüft die Leitungen, um das Wasser als mögliche Infektionsquelle auszuschließen. Ich bin nicht übermäßig besorgt, schließlich ist weder ein anderer Gast noch ein Angehöriger des Personals erkrankt. Dennoch ist es nötig. Außerdem wird an alle überlebenden Gäste ein Fragebogen versandt, mit dem Ziel, dass ein Muster erkennbar wird, das uns weiterbringt.«

»Wir wollen hoffen und beten.«

»Amen.«

»Du siehst erschöpft aus, Mina.«

Wilhelmina lachte höhnisch. »Ich hatte schon bessere Wochen.«

»Du vermisst Per.«

»Entsetzlich ...« Auch dieses Wort blieb ihr fast in der Kehle stecken.

Es klopfte an der Tür. Karolina kam mit einem Servierwagen herein.

Wilhelmina bemerkte das glückliche Funkeln in Elisabets Augen, als diese aufstand, um die Zimmerkellnerin zu begrüßen. Auch Wilhelmina erhob sich und berührte ihre Freundin sanft am Arm. Karolina hielt nur so lange Blickkontakt, wie für den vorgeschriebenen Knicks nötig war. Die Bewegungen des Mädchens waren zwar routiniert, aber hastig, für Wilhelminas geschultes Auge ein Hinweis darauf, dass es sich unbehaglich fühlte und am liebsten so schnell wie möglich verschwunden wäre.

Doch Elisabet schien das alles nicht wahrzunehmen. Sie schob Wilhelminas Hand weg und kam näher. »Karolina?«

Karolina drehte sich um. »Ja, gnädige Frau?«

»Wie reizend, Sie wiederzusehen.«

Karolina erstarrte kurz und knickste dann noch einmal. »Danke, gnädige Frau.« Sie warf einen Blick auf Wilhelmina und knickste ein drittes Mal. »Frau Skogh.«

»Beeilen Sie sich, Nilsson. Sie werden sicher beim Zimmerservice gebraucht.«

Karolina ergriff die Flucht.

Elisabet wirbelte zu Wilhelmina herum. »Kannst du dir

überhaupt vorstellen, wie lange ich schon auf eine Gelegenheit warte, noch einmal mit meiner Tochter zu sprechen? *Meiner Tochter*, Mina. Inzwischen ist es zwei Jahre her. Seit Dezember 1902 haben wir einander nicht einmal zugelächelt.«

»Habt ihr damals wirklich gelächelt? Oder hast du das arme Mädchen, das nicht die geringste Ahnung hat, dass es deine Tochter ist, vielleicht eher zu Tode geängstigt? Laut deiner eigenen Schilderung war dein Verhalten schon vor zwei Jahren viel zu vertraulich. Karolina ist Bedienstete in diesem Hotel.«

Elisabet reckte das Kinn. »Soll das heißen, dass mein Leid dir nichts bedeutet?«

»Nein, nur dass Karolina überhaupt nichts damit anfangen kann, da sie nicht weiß, was dahintersteckt.« Wilhelmina schlug einen versöhnlicheren Ton an, ließ sich aber nicht beirren. »Bist du je auf den Gedanken gekommen, dass Karolina es sogar absichtlich vermeiden könnte, dich zu bedienen?«

Elisabet erbleichte. »Tut sie das?«

»Das kann ich nicht sagen«, räumte Wilhelmina ein. Dann wies sie mit der Hand auf den Servierwagen. »Aber wie viele Mahlzeiten lässt du dir pro Woche aufs Zimmer bringen? Drei? Vier? Bleiben wir mal bei einer vorsichtigen Schätzung und nehmen an, dass es drei sind. Das wären einhundertfünfzig Mahlzeiten im Jahr. Glaubst du allen Ernstes, die Dienstpläne hätten sich rein zufällig so ergeben, dass bei keinem dieser dreihundert Male je das Los auf Karolina gefallen wäre, dir dein Essen zu bringen?«

»Kann sie sich denn weigern?«

»Theoretisch nein. Doch Ottilia Ekman hat die Abteilung zwar mit strenger, aber auch einfühlsamer Hand geleitet, und Beda Johansson folgt ihrem Beispiel. Ottilia hat mir einmal erzählt, Karolina hätte sie um Tagschichten gebeten, weshalb sie ihr Bestes täte, um ihr diesen Wunsch zu erfüllen. Wie oft bestellst du tagsüber etwas?«

Elisabet ließ die Schultern hängen. »Ich verstehe, was du

meinst.« Sie nahm sich zwei Herzoginkartoffeln. »Aber das könnte nicht der Grund sein, warum Karolina Tagschichten bevorzugt. Stockholm ist eine aufregende Stadt für ein junges Mädchen. Ich habe gehört, dass sie an deiner Busführung für das Personal teilgenommen hat. Und ist sie nicht auch gut mit Ottilia, Beda und Frau Andersson befreundet? Hin und wieder sehe ich die vier über die Stallgatan gehen.«

»Ich auch.« Wilhelmina schenkte nach. »Ganz besonders freue ich mich darüber, dass sich Frau Andersson inzwischen wieder vor die Tür wagt. Die Frau hatte sich völlig zurückgezogen, doch soweit ich weiß, hat sie sogar mit Torun Ekman und Märta Eriksson eine Versammlung von *Tolfterna* besucht.«

»Haben sie vor, diesem Bildungsverein für Arbeiterinnen beizutreten?«, erkundigte sich Elisabet.

»Torun und Märta sind schon Mitglied. Ich glaube, Märta hat Ellen Key, der Gründerin, ein Paar Handschuhe verkauft, und so kam der Stein ins Rollen.«

»Es gibt schlimmere Vorbilder. Ellen Key ist eine Zierde für die Frauenrechtsbewegung und eine wichtige Fürsprecherin der Frauen und Kinder in dieser Stadt. Ich ziehe den Hut vor Frau Andersson. *Tolfterna* beizutreten, war nach einer Ehe mit einem Frauenhasser wie ihrem Mann sicher kein einfacher Schritt. Es wird ihr guttun, ihre Zeit mit starken, vernünftigen Frauen aus verschiedenen gesellschaftlichen Schichten zu verbringen. Nur wenn wir Frauen uns zusammenschließen, wird es uns gelingen, unsere Lage zu verbessern und endlich das Wahlrecht zu erringen.«

»Wie wahr.«

Elisabet neigte den Kopf zur Seite. »Hast du dir je überlegt, *Tolfterna* beizutreten? Du hättest eine Menge zu bieten.«

Wilhelmina verzog schuldbewusst das Gesicht. »Das Hotel hält mich rund um die Uhr auf Trab. Aber ich wünsche den Frauen viel Erfolg. Es war wirklich interessant, zu beobachten, wie meine Mädchen sich entwickelt haben. Außerdem wundert es mich überhaupt nicht, dass Märta und Torun sich der Bewegung für das Frauenwahlrecht angeschlossen haben. An Torun ist eine Akademikerin verloren gegangen. Sie hat keine Geduld mit Dummköpfen, und ich habe so einen Verdacht, dass sie wichtigtuerische Männer zu diesem Personenkreis rechnet. Märta hat die Erfahrung gemacht, dass Frauen genauso tüchtig sind wie Männer, als die Mädchen den Zimmerservice übernommen haben, und sie hat ihre Entscheidung nicht bereut. Margareta Andersson musste natürlich zuerst von ihrer irregeleiteten Loyalität zu einem prügelnden Ehemann befreit werden. Nun sieht sie mit eigenen Augen, was das Leben alles zu bieten hat.«

Elisabet griff nach Wilhelminas Hand. »Ich freue mich sehr, dass auch du wieder zurück ins Leben gefunden hast. Pers Tod war ein schwerer Schlag.«

»Aber ich lebe noch«, erwiderte Wilhelmina. »Ich hatte nur zwei Möglichkeiten, weitermachen oder dahinsiechen. Da erschien mir weitermachen schlichtweg die vernünftigere Lösung zu sein.«

»Dazu braucht man Kraft«, merkte Elisabet an.

Wilhelmina überlegte. »Zum Glück kann ich mir in meiner Position keinen Müßiggang erlauben. Harte Arbeit lenkt von der Trauer ab.«

»Und hoffentlich wird dein nagelneues Projekt dich noch mehr beschäftigen«, erwiderte Elisabet. »Gibt es schon Neuigkeiten, was das Bauvorhaben betrifft?«

»Die Verhandlungen laufen noch. Aber ich denke, inzwischen geht es eher um das Wann und Wie als um das Wenn und Aber. Ich muss zugeben, dass ich ziemlich aufgeregt bin.« Wilhelmina trank einen Schluck Beaujolais. »Lizzie, glaubst du, Seine Majestät könnte die Hand im Spiel gehabt haben, als man dem Grand Hôtel das neue Gebäude anbot? Gut, wir sind gleich nebenan. Doch gewiss haben auch viele andere Unternehmen ein Auge auf dieses Stück Land geworfen.«

»Das war mein erster Gedanke, als ich von dem Vorschlag hörte. *Gott segne Seine Majestät.*«

»War er es wirklich? Warum?«

»Weil der Zeitpunkt stimmte. Die Liegenschaft befindet sich bereits seit einigen Jahren im Besitz der Krone. Doch schon sieben Wochen nach Pers Tod landet die Anfrage auf deinem Schreibtisch. Der König hält große Stücke auf dich. Außerdem bedauert er Pers Tod sehr. Dir ein neues Gebäude anzubieten, ist genau die freundschaftliche Geste, die der König in einer solchen Situation machen würde, wenn er nicht weiß, wie er sonst trösten und helfen soll. Sagtest du nicht selbst, dass harte Arbeit dein Weg ist, den Verlust zu verkraften?«

Wilhelmina zog ein zweifelndes Gesicht. »Der König kann doch gar nicht wissen, dass ich das gesagt habe.«

Elisabet musste lachen. »Meine liebe Mina, jeder, der mehr als eine Stunde in deiner charmanten Gesellschaft verbracht hat, weiß, dass es Ideen und ihre prompte Umsetzung sind, die dich antreiben. Schau dir nur das Grand Hôtel an, und vergleiche es mit den Zuständen, als du vor drei Jahren hier angefangen hast. Eine neue amerikanische Bar, ein Imbissbüfett, ein Informationsschalter, fünfzig zusätzliche Zimmer, ein Innenhof mit Garten.« Elisabet zählte die Errungenschaften an den Fingern ab. »Und hast du mir nicht erzählt, dass die Baufirma zurück ist, um eine neue Königssuite im Bolinder-Palast einzurichten? Du hast den Vorstand und die Aufwiegler unter den Mitarbeitern ausmanövriert. Dieses Schiff hat nicht nur den Kurs geändert, sondern fährt volle Kraft voraus.«

Wilhelmina hob ihr Glas. »Jetzt bleibt nur noch zu hoffen, dass es nicht wegen dieses Typhusfiaskos untergeht.«

Kapitel 46

Margareta kam aus dem Haus Jakobsbergsgatan 25 und trat mit beiden Füßen fest in den gefrorenen Schnee. Eiszapfen hingen absturzgefährdet von den Regenrinnen, und Margaretas Atem bildete Wolken im Schein der Gaslaternen. Dennoch fühlte sie sich innerlich ganz warm. Das hatte vor allem etwas mit den Menschen zu tun, mit denen sie die letzten drei Stunden verbracht hatte, auch wenn der lange Wollmantel, gekauft mit Märtas Hilfe und mit Personalrabatt bei Nordiska Kompaniet, natürlich auch das Seine dazu beitrug. Ihre Hand, die tief in der Manteltasche steckte, schloss sich um den neuen rosafarbenen Mitgliedsausweis von *Tolfterna*. Heute hatte sie ihre zweite Zusammenkunft besucht und beschlossen, dem Verein beizutreten.

Strahlend drehte sie sich zu Torun und Märta um. »Es war wieder ein wundervoller Abend. Ich danke euch beiden so sehr. Ich hatte ja keine Ahnung, dass es bei *Tolfterna* so spannend ist.«

»Ich freue mich, dass du dich entschieden hast, Mitglied zu werden«, erwiderte Märta.

»Und ich bin so froh, dass in unserer Gruppe noch ein Platz für dich frei war«, ergänzte Torun. »Alle Gruppen halten interessante Treffen ab, aber Gruppe drei hat etwas Besonderes.«

Märta kicherte. »Natürlich bist du vollkommen unvoreingenommen.«

»Was sonst?« Toruns Augen funkelten spitzbübisch. Sie hakte Märta und Margareta unter, und dann marschierten die drei die abschüssige Straße hinunter. »Keine hält bessere

Reden als Ellen Key, doch sie reist sehr viel und ist deshalb nur selten hier. Auch auf Anna Lindhagen halte ich große Stücke.«

»Ist das die junge Dame, die heute unsere Gruppe geleitet hat?«, erkundigte sich Margareta.

»Ja. Sie ist faszinierend. Ihr Vater ist Mitglied des Parlaments und Stadtplaner. Also gibt es praktisch nichts, was Anna nicht über Kommunalpolitik weiß.«

Märta beugte sich über Torun hinweg zu Margareta hinüber. »Außerdem arbeitet Anna beim Verlag P. A. Norstedt & Söhne, und du weißt ja, wie Torun ist, sobald sie jemandem begegnet, der mit Büchern zu tun hat. Sie erstarrt vor Ehrfurcht«, fügte sie in einem Bühnenflüstern hinzu.

»Das sagt ausgerechnet die Frau, die Ellen Key ein Paar Handschuhe verkauft und zwei Wochen lang über nichts anderes mehr geredet hat«, entgegnete Torun in gespielter Entrüstung.

»Es waren sehr schöne Handschuhe«, antwortete Märta mit einem weisen Nicken. »Allerdings habe ich deswegen ordentlich Ärger bekommen.«

»Warum?«, hakte Margareta nach.

»Wir dürfen nicht länger als nötig mit der Kundschaft sprechen«, erklärte Margareta.

»Im Grand Hôtel ist es dasselbe«, stellte Margareta fest.

»Ja, aber wir sollen doch antworten, wenn wir etwas gefragt werden, oder? Fräulein Key hat mich angesprochen, während ich die Handschuhe eingepackt habe. Sie wollte wissen, wie lange ich schon bei Nordiska Kompaniet arbeite. Ich habe gesagt, ich hätte gerade erst angefangen, doch davor sei ich im Grand Hôtel gewesen. Da hat sie mir von *Tolfterna* erzählt und mir eine Karte gegeben. Sie meinte, ich gehöre zu der jungen Generation, die dort gebraucht würde. Das gilt auch für euch beide.«

Margareta schüttelte den Kopf. »So jung bin ich auch nicht mehr.«

»Verglichen mit Fräulein Key schon«, entgegnete Torun. »Und gebraucht wirst du auf jeden Fall.«

Ihre beiden jungen Freundinnen links und rechts untergehakt, marschierte Margareta weiter und dankte dabei ihrem Glücksstern. Nun konnte sie endlich hocherhobenen Hauptes durch die Stadt gehen und wurde nicht nur geachtet, sondern auch gemocht. Kaum zu fassen, dass sie Knuts Prügel all die Jahre hingenommen und geglaubt hatte, diese Ehe sei eben die gerechte Strafe für ihre übereilte Hochzeit. Knut hätte sie verhöhnt und ihr verboten, sich mit einer Frauenvereinigung einzulassen, die das Los der Hälfte der Menschheit bessern wollte. Seiner Ansicht nach unterstützte sie damit die falsche Hälfte, stellte sich also gegen ihn. Inzwischen war sie klüger. Josef Starck hatte sie ermutigt, sich *Tolfterna* anzuschließen. Leider war er die meisten Abende damit beschäftigt, neue Sämereien, Zwiebeln und Blumen – manche von weit her – aufzuspüren, eine Leidenschaft, der er den Großteil seiner Freizeit widmete.

»Sie haben viel zu bieten«, hatte er ihr gesagt, als sie, ein seltenes Ereignis, abends ausgegangen waren.

»Aber ich habe auch noch viel zu lernen«, wandte sie ein. »Was, wenn die anderen dort mich nicht mögen?«

»Welchen Grund hätten sie dazu? Schließlich mögen Ottilia, Karolina und die anderen jungen Damen Sie sehr. Und ich finde auch, dass Sie ziemlich außergewöhnlich sind.« Er führte ihre Hand an die Lippen und küsste sie. Margareta lächelte, als sie sich daran erinnerte.

Inzwischen waren die drei auf ebenem Gelände angekommen und hatten die Norrlandsgatan erreicht.

»Hier müssen wir dich verlassen«, sagte Torun.

»Wann zieht ihr denn aus der Lutternsgatan aus?«, fragte Margareta.

»Nächsten Monat«, erwiderte Märta. »Es ist zwar angenehm, so nah bei Nordiska Kompaniet zu wohnen. Aber ich glaube, wir brauchen beide eine Wohnung, die größer und weniger zugig ist. Dafür lohnt sich der längere Fußmarsch.«

Margareta lachte leise. »Bei dir hört es sich an, als sei die Linnégatan am anderen Ende der Welt und nicht nur ein Stückchen die Straße hinauf.«

»Hast du dir je überlegt, dir etwas Eigenes zu suchen?«, erkundigte sich Torun bei Margareta. »Damit meine ich nicht Södermalm, sondern irgendwo bei uns in der Nähe. In Östermalm gibt es einige Logierhäuser für alleinstehende Frauen. Das müsste mit dem Gehalt einer Hausdame zu schaffen sein.«

Margareta dachte nach. In ihren kühnsten Träumen, wenn sie in ihrem Zimmer ganz oben im Bolinder-Palast im Bett lag, malte sie sich aus, wie es wäre, als Ehefrau und Mutter in einer hübschen Wohnung mit fließend Wasser und Blick auf die Stadt zu leben. Nur dass sie mit vierunddreißig beinahe zu alt war, ein Kind zu bekommen. Außerdem genoss sie, nach den Erzählungen der anderen berufstätigen Frauen heute Abend zu urteilen, im Grand Hôtel vermutlich mehr Privatsphäre als in einem Logierhaus. Hinzu kam, dass sie auf ein Fahrrad sparte. Josef besaß nämlich eines, dann würden sie gemeinsame Ausfahrten unternehmen können. »Ich fühle mich wohl im Hotel. Aber ich freue mich schon auf die nächste Versammlung bei *Tolfterna*.«

Torun nahm sie am Arm. »Noch eines, bevor wir uns verabschieden: Hast du in letzter Zeit mit Ottilia gesprochen? Wie geht es ihr?«

Margareta seufzte. »Ich habe sie gestern getroffen. Wie alle anderen im Hotel erwartet sie ungeduldig den Abschluss der Typhusuntersuchungen. Gösta Möller ist ebenfalls bedrückt und sagt, dass er es abends vor Sorge kaum aushält. Ständig blicke er sich im Speisesaal um und frage sich, ob den Gästen auch wirklich nichts geschehen könne. Doch bis sie die Ursache gefunden haben, gäbe es keine Garantie, dass es nicht wieder passiert.«

»Und Frau Skogh?«
»Sie verhält sich wie eine Löwin, die ihr Junges verteidigt. Streng war sie ja schon immer, doch inzwischen ist sie gnadenlos. Sogar der arme Charley Löfvander hat sich letztens eine Standpauke eingefangen.«
Märta schnappte nach Luft. »Charley? Aber warum denn? Er ist doch der netteste Mensch überhaupt.«
»Frau Skogh hat unter einem unbesetzten Tisch ein paar Krümel entdeckt. Sie hat ihn dazu vergattert, am nächsten Morgen früher zu kommen und den gesamten Fußboden zu schrubben.«
Torun verzog das Gesicht. »Es ist doch nicht seine Aufgabe, in der Bar den Fußboden zu wischen. Außerdem war am nächsten Tag sicher alles wieder sauber und bereit für die Gäste.«
»Richtig. Doch Frau Skogh sagte, dank dieser Erfahrung würde Charley nie mehr vergessen, dass er für die Einhaltung der Hygieneregeln durch das Personal verantwortlich ist. Denn das Letzte, was das Grand Hôtel jetzt gebrauchen könne, sei eine Rattenplage.«
Märta blickte mitleidig drein. »Der arme Charley.«
»Mir tut er auch leid, aber was die Ratten angeht, hat Frau Skogh recht«, meinte Torun.
Margareta nickte. »So haben es die meisten von uns gesehen. Frau Skogh hat absolut recht, aber der arme Charley.«
In völliger Übereinstimmung trennten sich nun ihre Wege.

Margareta ging weiter die Norrlandsgatan entlang, überquerte die Hamngatan und eilte die Kungsträdgårdsgatan entlang. Jetzt war es nicht mehr weit. Die Gäste, die auf der anderen Seite des Parks Blanch's Café verließen, sorgten trotz der kalten Nacht für ein geschäftiges Treiben. *Pass auf, dass immer andere Leute in der Nähe sind*, hatte ihre Mutter ihr stets eingeschärft. Aber zum Glück waren heute viele Menschen unterwegs.

Als eine Hand sie plötzlich in die Wahrendorffsgatan, eine finstere und enge Gasse, zerrte, stieß sie einen Schreckensschrei aus.

Knut stieß sie gegen eine Mauer und stierte ihr höhnisch grinsend ins Gesicht. »Hallo, Maggie.« Sein Atem stank nach abgestandenem Bier und Erbrochenem. Doch seine wieselartigen Gesichtszüge hatten sich seit ihrer letzten Begegnung vor zwei Jahren nicht geändert.

Da sie nicht ausweichen konnte, drehte sie den Kopf weg. Würde man sie bis zum Kungsträdgården hören, wenn sie jetzt um Hilfe riefe?

Knut packte sie unsanft am Kinn und presste ihr zwei Finger auf die Lippen. »Du bist aber ein böses Mädchen. Was habe ich dir über diese Frauenvereine gesagt?« Er ließ sie los.

Margareta betastete ihren schmerzenden Mund mit der behandschuhten Hand. »Wie hast du mich gefunden?«

Ein abfälliges Lachen. »Das war nicht weiter schwierig. Ein Kumpel von mir hat dich vor zwei Wochen beobachtet, als du in ein Haus gegangen bist. Ich musste mich nur ein bisschen in der Stadt umhören, um rauszukriegen, was du dort treibst. Und auch, wann das nächste Treffen ist. Du dachtest wohl, ich lasse dir das durchgehen. Und dann auch noch ein neuer Mantel, wenn ich mich nicht irre?«

Obwohl ihr das Herz bis zum Halse klopfte, reckte sie das Kinn. Er stützte die Handflächen an die Mauer, sodass sie zwischen seinen Armen gefangen war.

»Was willst du, Knut?«

»Das, was von Rechts wegen mir gehört.«

Die Angst schnürte ihr die Kehle zu. Lieber würde sie hier auf der Straße sterben, als in ein Leben zurückzukehren, wo sie nur Hunger und gebrochene Rippen erwarteten. »Ich komme nicht mit.«

»Ach, wie reizend. ›Ich komme nicht mit.‹ Du nimmst das Maul ganz schön voll. Jetzt verrate ich dir etwas, Frau

Andersson: Wenn ich wollen würde, dass du mitkommst, würde ich dich nötigenfalls an den Haaren nach Hause schleppen.« Er packte ihr ins Haar und zog ihr den Kopf nach hinten. »Genau so. Gefällt dir das, Maggie?«

Die Stäbe ihres Korsetts bohrten sich in ihre Haut und Tränen der Scham brannten ihr in den Augen. Hatte er ihr etwa die Haare ausgerissen? Ihr guter Hut lag auf der gefrorenen Erde.

»Nein«, flüsterte sie.

»Dann müssen wir uns ein bisschen unterhalten.«

»Lass mich los, Knut.«

Er zerrte ihren Kopf noch heftiger zurück. »Versprichst du, dich zu benehmen?«

»Ja.«

Er lockerte seinen Griff.

Als sie sich nach ihrem Hut bückte, glühten ihre Wangen trotz der kalten Nachtluft. Noch vor einer Stunde, im Kreis anderer Frauen, war sie zuversichtlich und voller Tatendrang gewesen. Und nun kroch sie vor ihrem prügelnden Ehemann im Staub. Sie rappelte sich hoch und setzte den Hut wieder auf.

»Ich glaube, du schuldest mir Unterhalt«, sagte Knut. »Schließlich hast du mich verlassen.«

»Du hast mich beinahe umgebracht.«

Er sah ihr in die Augen. »Und das kannst du beweisen?«

»Ich habe Zeugen.«

»Aussage gegen Aussage. Meine Kumpel wissen, dass ich die ganze Nacht mit ihnen zusammen war und dich überhaupt nicht zu Gesicht gekriegt habe. Wie ich die Dinge sehe, muss ich nun allein die Miete für unser neues Zuhause zahlen, während du dir im Grand Hôtel ein schönes Leben machst.«

»*Dein* neues Zuhause, nicht meines.«

»Wen interessiert das? Die Miete wird nicht weniger, nur weil du keine Lust hast, dort zu wohnen. Ich habe eine neue Unterkunft in der Ragvaldsgatan. Groß genug für zwei.«

Was nicht sehr viel zu bedeuten hatte. Margareta kannte eine achtköpfige Familie, die in einem einzigen Zimmer hauste.

»Ich bin ja ein vernünftiger Mensch«, fuhr Knut fort. »Meinetwegen wohn weiter im Grand Hôtel, wenn du willst. Doch ich verlange die Hälfte deines Gehalts.«

Als sich Stimmen auf der Wahrendorffsgatan näherten, riss Knut Margareta herum und presste ihr die Hand fest auf Nase und Mund. Sie rang nach Luft, aber er drückte nur noch fester zu. Drei Männer passierten die Straßenmündung. Ihre Stimmen entfernten sich wieder.

Margareta hustete und würgte. Als sie Knuts Geschmack auf der Zunge spürte, musste sie in den Schnee spucken.

»Ach, herrje, wo sind denn unsere Manieren geblieben?«, höhnte Knut.

»Ich habe kein Geld«, erwiderte Margareta. »Ich habe mir einen neuen Wintermantel und Handschuhe gekauft.«

»Lüg mich nicht an. Meine Margareta hat immer Ersparnisse.«

»Aber nicht bei mir«, änderte sie ihre Taktik. »Um diese Uhrzeit treibt sich auf der Straße alles mögliche Gesindel herum.«

Er stierte sie hasserfüllt an. »Du hältst dich wohl für sehr witzig?«

»Damit meinte ich natürlich fremde Leute.«

Nach kurzer Überlegung ließ er es dabei bewenden. »Warum machen du und ich nicht einen kleinen Spaziergang zum Hotel? Ich kann ja draußen warten.«

Sie schnappte nach Luft. »Jetzt?«

»Ich habe Zeit, du hast Zeit. Was man heute kann besorgen …« Er packte sie am Arm. »Außerdem muss ich Schulden zurückzahlen.«

»Schulden?«

»Was bleibt mir anderes übrig, wenn ich die Miete allein tragen muss? Diese Woche hat der Vermieter sein Geld gefordert. Du willst doch nicht, dass ich Schwierigkeiten bekomme, oder?«

Margareta verkniff sich die Antwort, die ihr auf der Zunge lag. Auch wenn Knut das Geld ebenso wenig in die Miete investieren würde wie in einen Blumenstrauß für sie. »Ich habe gehört, dass du als Straßenbahnschaffner arbeitest.«

»Richtig.« Ein Anflug von Stolz malte sich in seinen Blick. »Wer hat dir das erzählt?«

Margareta hätte sich ohrfeigen können. »Hab ich vergessen.«

Inzwischen hatten sie den Personaleingang in der Stallgatan erreicht. Knut hielt Margaretas Arm noch immer umklammert. »Wenn du irgendwelche Mätzchen machst oder nicht wiederkommst, werde ich beim nächsten Mal nicht so großzügig sein. Falls du verstehst, was ich meine.«

Drinnen im Hotel hastete Margareta durchs Kellergeschoss. Da Knut nicht ahnte, dass sie inzwischen im Bolinder-Palast wohnte, würde er schneller mit ihrer Rückkehr rechnen, als sie den weiten Weg schaffen konnte. Gösta Möller trat aus der Küchentür.

Er starrte sie fassungslos an. »Was ist denn mit Ihnen passiert?«

Sie täuschte Verständnislosigkeit vor. »Mit mir? Ich war mit Torun Ekman und Märta Eriksson aus. Hat jemand nach mir gefragt?«

»Nein, aber ...«

Sie setzte ein gespieltes Lächeln auf. »Ausgezeichnet. Ich bin nämlich sehr müde und gehe jetzt zu Bett.«

Eine Viertelstunde später nahm Gösta Möllers Sorge noch zu, denn er hörte, wie Beda im Dienstraum des Zimmerservice mit Edward sprach.

»Ich habe gerade mit Margareta geredet. Sie behauptete, sie sei mit Märta und Torun bei einer Versammlung von

Tolfterna gewesen und käme gerade zurück. Aber ihr Gesicht war schmutzig und ihr Haar ganz zerzaust.«

»Seltsam«, merkte Edward an.

Wirklich seltsam. Gösta kam nicht umhin, ihm zuzustimmen. Warum war Margareta zweimal nach Hause gekommen?

Kapitel 47

Als Wilhelmina Mitte Februar in den Sitzungssaal gerauscht kam, hatte ihre Besorgnis um einiges nachgelassen, und sie war von Tatendrang erfüllt. Heute war einer jener Tage im Februar, an denen der Himmel morgens plötzlich wieder heller zu sein schien. »Guten Morgen, meine Herren. Was für ein wunderschöner Tag!« Sie wies mit dem Kopf in Richtung der Fenster, die auf den königlichen Palast hinausgingen. »Es gibt doch nichts Besseres als einen sonnigen Wintertag.«

Liljevalch und Palm wechselten Blicke.

Wilhelmina schenkte ihnen ein Lächeln und ordnete die Papiere vor sich auf dem Tisch. »Kommen wir zum Geschäftlichen. Ich habe heute noch viel zu tun.«

Liljevalch räusperte sich. »Mit Vergnügen. Punkt eins, die Typhus…situation. Gibt es inzwischen neue Erkenntnisse, was die Ursachen betrifft?«

»Mehr oder weniger«, erwiderte Wilhelmina. »Die technische Kommission, die die Wasserleitungen untersucht hat, ist zu dem Ergebnis gekommen, dass das Grand Hôtel im Jahr 1900 ein eigenes Pumpwerk einrichten ließ. Eine private Wasserleitung führt vom Norrström direkt ins Hotel. Das an sich ist schon bedenklich genug. Doch der Fachmann hat außerdem entdeckt, dass zwei große Abwasserrohre am Kungsträdgården, die sich in den Norrström ergießen, unmittelbar neben unserer Leitung liegen.«

Palm erbleichte. Er nahm die Brille ab. »Soll das heißen, dass wir im Grand Hôtel ungeklärtes Wasser verwenden? Und das ist niemandem aufgefallen?«

»Unser Hausmeister wusste es. Ich ganz sicher nicht. Zum Glück wird das Wasser, das auf diesem Wege ins Hotel fließt, in eine Zisterne auf dem Speicher gepumpt und nur für die Toiletten, die Dampfheizung, eine Spülküche und den Raum benutzt, in dem die Kartoffeln und das Wurzelgemüse vorbereitet werden. Da alles Gemüse gekocht und das Kochgeschirr gründlich abgetrocknet wird, ist eine Verseuchung durch dieses Wasser höchst unwahrscheinlich. Was auch erklärt, dass wir bis dahin keine Typhusausbrüche hatten. Außerdem«, Wilhelmina konsultierte ihre Aufzeichnungen, »hat der Leiter der Gesundheitsbehörde auch die Ergebnisse der Fragebögen veröffentlicht, die an die Teilnehmer des Banketts versendet wurden.«

»Und?«, hakte Liljevalch nach.

»Siebzig Prozent dieser Gäste sind erkrankt. Zu den inzwischen vier Todesfällen gehört auch die Schwester eines der anwesenden Bundesbrüder. Weiterhin steht in dem Bericht der Gesundheitsbehörde, dass der Norrström am fraglichen Tag stromaufwärts floss, sodass eventuell im Wasser befindliche Verunreinigungen weiter ins Landesinnere geschwemmt wurden, ohne unsere Leitung zu passieren. Das bringt den Behördenleiter wieder zu der Frage, ob es doch die holländischen Austern gewesen sein könnten. Allerdings bezweifelt auch er inzwischen, dass sich unter fünfzehnhundert Austern genügend verseuchte befunden haben können, um zweihundertachtundzwanzig Personen anzustecken. Diese Theorie wird auch dadurch gestützt, dass siebenundvierzig Erkrankte, darunter auch einer der Verstorbenen, gar keine Austern gegessen haben.«

»Also sind wir jetzt auch nicht klüger«, stellte Palm fest.

»Klüger schon, aber nicht sicher. Ich persönlich vermute ja, dass ein schlampiges Küchenmädchen den Salat im falschen Raum gewaschen hat. Das würde alles erklären.«

»Kann man das bestätigen?«

»Das Küchenmädchen kann sich nicht mehr genau erinnern. Außerdem hat sie den vernünftigen Einwand geäußert, sie habe damals gar nicht wissen können, dass mit dem Wasser etwas nicht in Ordnung sei. Ansonsten hätte sie es niemals verwendet.«

»Selbst wenn sie schuldig ist, geht es nicht an, dass ein solch simples Versehen Menschenleben gefährdet«, verkündete Palm.

Wilhelmina nickte. »Ganz Ihrer Ansicht. Auch Ratsherr Söderland teilt diese Auffassung und fordert nun, es müsse etwas dagegen unternommen werden, dass das Grand Hôtel sein Wasser aus dem Norrström bezieht.«

»Und wird etwas unternommen?« Palm schüttelte ungläubig den Kopf. »Ich begreife es einfach nicht, wie man noch im Jahr 1900 eine so gefährliche Lösung für unsere Wasserversorgung finden konnte. Welcher Teufel hat diese Leute geritten?«

»Vermutlich war die Leitung direkt vom Norrström der billigste Weg, denn ein Hotel verbraucht ziemlich viel Wasser zum Kochen und Saubermachen«, antwortete Wilhelmina. »Ähnliche Leitungen wurden auch im Hôtel Rydberg und im Operakällaren entdeckt.«

Palm schlug mit den Händen auf die Tischplatte. »Diese Hotels sind nicht unser Problem. Ich will wissen, wer im Jahr 1900 die Leitung genehmigt hat, die jetzt in unser Hotel führt.«

»Und jetzt wird es richtig spannend«, erwiderte Wilhelmina. »Offenbar war die städtische Wasser- und Abwasserverwaltung damals eingeweiht.«

»Das ist doch unfassbar!«, empörte sich Liljevalch »Wo war denn der Leiter der zuständigen Behörde, als dieses Thema erörtert und entschieden wurde? Wenigstens er sollte eine Spur von Verantwortungsgefühl für die öffentliche Sicherheit an den Tag legen.«

»Er saß hier unter uns«, entgegnete Wilhelmina. »Algernon Börtzell war Vorsitzender beider Vorstände.«

Beinahe genoss Wilhelmina die Stille, die sich nun über den Tisch senkte. Würde Börtzell jetzt endlich die Quittung für seine Kleinkrämerei bekommen? Vermutlich nicht. Die Männer würden selbst angesichts von vier Todesfällen zusammenhalten.

»Dürfen wir zumindest davon ausgehen, dass die Leitung vom Norrström her inzwischen gekappt wurde?«, erkundigte sich Liljevalch müde.

»Wir können«, antwortete Wilhelmina. »Und ich bin absolut sicher, dass meinem Personal deshalb ein Stein vom Herzen fällt.«

»Dann zu erfreulicheren Themen«, sagte Liljevalch. »Nämlich zur Verlobung von Seiner Königlichen Hoheit Prinz Gustav Adolf mit Prinzessin Margaret von Connaught.«

Wilhelmina klatschte in die Hände. »Das ist eine wunderbare Nachricht! Gut für die Moral in unserem Land und für unseren bedauernswerten König. Für mich ist es unvorstellbar, wie Seine Majestät all diesen politischen Druck erträgt. Pelle und ich haben letztes Jahr in Frankreich einige Norweger kennengelernt. Es war schon zu diesem Zeitpunkt abzusehen, dass sich in Norwegen etwas Unerfreuliches zusammenbraut. Ich hoffe und bete, dass wir uns irren und einen Krieg vermeiden können.«

»Und ich hoffe, dass die Unzufriedenheit in Norwegen keinen Schatten auf die königliche Hochzeit wirft«, brummte Liljevalch. »Schließlich ist Prinz Gustav Adolf auch der Prinz der Norweger.«

»Wissen wir schon etwas über den Ablauf der Feierlichkeiten?«, erkundigte sich Palm.

»Die Hochzeit findet am 15. Juni in der St. George's Chapel in Windsor Castle statt«, erklärte Wilhelmina. »Mitte Juli kehrt das glückliche Paar dann nach Schweden zurück, laut Lizzie Silfverstjerna so um den Neunten. Außerdem hat sie mir erzählt, es seien große Feierlichkeiten in unserem Haus geplant. Ich werde dafür sorgen, dass das Grand Hôtel dieser wichtigen Aufgabe gerecht wird. Inzwischen habe ich eine Reihe von Buchungsanfragen anderer Königshäuser erhalten und weitere Räume und Suiten für die erwarteten Würdenträger reserviert. Bis dahin wird die neue Königssuite im Bolinder-Palast auch für private Abendessen und Feste zur Verfügung stehen. Die Suite wird ein Traum in Rot, Gold und Silber.«

»Und bewegen sich die Kosten dafür noch innerhalb unseres Budgets?«, erkundigte sich Liljevalch.

Wilhelmina rutschte auf ihren Stuhl herum. Die Antwort lautete Nein, doch die zusätzlichen Auslagen würden sich lohnen. Sie hoffte nur, dass die durch Algernon Börtzells Geiz ausgelöste Katastrophe noch nicht in Vergessenheit geraten war.

»Die zusätzlichen Kosten betreffen nur Details in der Innenausstattung.«

Liljevalch hörte auf zu schreiben. »Zum Beispiel?«, fragte er. Sein Stift schwebte noch in der Luft.

»Blattgold. Es gibt den Räumlichkeiten eine majestätische Note. Ich bin sicher, dass im Palast am anderen Ufer kein einziges Tröpfchen goldfarbener Lack zum Einsatz gekommen ist.« Sie beugte sich vor. »Wie mein lieber Pelle zu sagen pflegte, ist Stockholm eine Stadt im Aufwind. Selbst das neue Königliche Dramatische Theater wird ganz und gar mit weißem Marmor ausgekleidet. Da wir praktisch ein Nebengebäude des Palasts sind, müssen wir stets danach streben, unseren Standard zu erhöhen. Drinnen und draußen. Wenn das königliche Paar schwedischen Boden betritt, wird das Grand Hôtel es mit einem gebührenden Anblick empfangen. Denken Sie an meine Worte.«

Liljevalch hob den Kopf. »Was genau schwebt Ihnen denn vor?«

»Ich habe gründlich über diese Frage nachgedacht und beschlossen, Anfang Juli nach Berlin zu reisen.«

Palms Augenbrauen trafen sich über dem Rand seiner Brille. »Berlin?«

»Ja. Dort wird die Hochzeit von Prinz Wilhelm stattfinden. Deshalb möchte ich einige Tage in Berlin verbringen, um zu sehen, wie man die Stadt im Allgemeinen und die Palastgebäude im Besonderen schmückt.«

»Eine wundervolle Idee«, stimmte Palm zu.

»Das denke ich auch. Außerdem werde ich auf dem Heimweg Thomas Cook in London einen Besuch abstatten.«

Liljevalch nickte. »Sicher wird es Ihnen guttun, in diesem Sommer zwei Wochen Abstand zu gewinnen. Nehmen Sie doch Fräulein Silfverstjerna mit.«

»Nichts lieber als das«, entgegnete Wilhelmina. »Allerdings befürchte ich, dass sie mit den Vorbereitungen für unsere eigene Königshochzeit beschäftigt sein wird. Vielleicht ist sie sogar in Windsor dabei.«

»Aha. Dann wollen wir fortfahren. Der letzte Punkt auf unserer heutigen Tagesordnung ist der Pachtvertrag für das neue Gebäude neben dem Hotel. Gibt es da schon irgendwelche Fortschritte?«

»Ich kann berichten, dass beide Parteien im Sinne einer guten Zusammenarbeit miteinander verhandeln. Das Amt des Hofmarschalls fordert, das Gebäude so zu planen, dass es auch anderweitig genutzt werden kann, sollte das Grand Hôtel den Pachtvertrag kündigen. Als ich darauf bestanden habe, der Anbau ans Hotel müsse zweckgebunden sein, hat man eine Kaution von einer Viertelmillion Kronen gefordert, für den Fall, dass sich unser Gebäude nach der Fertigstellung als unwirtschaftlich im Betrieb entpuppen sollte. Ich habe zugestimmt, in der festen Überzeugung, dass unser Vorhaben erfolgreich sein wird, und bin bereit, die Summe mit meinem Privatvermögen zu decken.«

Die Herren wechselten anerkennende Blicke.

Wilhelmina fuhr fort. »Außerdem bestehe ich darauf, dass

unsere Investitionen in Ausbauten und Ausstattung des Grand Royal – der Arbeitstitel, auf den beide Parteien sich geeinigt haben – langfristig gedacht werden, was sich in der Gültigkeitsdauer des Pachtvertrags widerspiegeln muss. Deshalb habe ich vierzig Jahre vorgeschlagen. Außerdem habe ich den Architekten Ernst Stenhammar konsultiert. Seine Begeisterung darüber, wieder mit mir und dem Grand Hôtel zusammenarbeiten zu können, war mir eine große Freude. Inzwischen hat Herr Stenhammar den Bauplatz besichtigt. Nun warten beide Seiten auf seine ersten Entwürfe, bevor wir in weitere Verhandlungen eintreten. Ich hoffe, den Herren bei unserer Sitzung im nächsten Monat etwas vorlegen zu können. Wenn sich alles wunschgemäß entwickelt, wird das Amt des Hofmarschalls unseren Plänen zustimmen, sodass einer Vertragsunterzeichnung noch vor Ende April nichts mehr im Wege steht. Mit Gottes Hilfe wird das neue Gebäude im Juli 1907 fertig sein.«

»Ausgezeichnet«, rief Liljevalch aus. »Hochachtung, Wilhelmina. Noch vor zwei Monaten drohte dieses Hotel in dieser Stadt zum Aussätzigen zu werden. Und Ihnen ist es innerhalb kürzester Zeit gelungen, die Wogen zu glätten und auch das öffentliche Vertrauen hoffentlich wiederherzustellen.«

»Was das Grand Hôtel und seine Mitarbeiter auch verdient haben. Wenn es Ihnen gelingt, in diesem Land ein besseres Haus zu finden als unseres, verspeise ich meinen neuen Osterhut.«

Kapitel 48

Der schrille Schrei, der an einem Juninachmittag durch den sonst so stillen dritten Stock gellte, erschreckte Edward so sehr, dass er ein mit Kaffeetassen und Brandygläsern beladenes Silbertablett fallen ließ. Doch er schenkte dem Durcheinander aus Löffeln, Tassen, Untertassen und Gläsern ebenso wenig Beachtung wie der sich ausbreitenden Lache, die bereits in den Flurteppich einsickerte. Stattdessen rannte er in die Richtung, aus der der Schrei gekommen war. Aber welches Zimmer war es? Als er das Ohr an die Tür von Nummer 322 legte, herrschte dahinter Stille. 323? Männerlachen und ein unterdrücktes Wimmern sorgten dafür, dass sich ihm die Nackenhaare aufstellten. Er klopfte an die Tür. Die Geräusche verstummten einen Moment und gingen dann unvermindert weiter.

Er brauchte einen Schlüssel. Aber durfte er in ein Gästezimmer hineinplatzen? Frau Andersson! Sie hatte sowohl einen Generalschlüssel als auch das Recht, die Zimmer zu betreten. Er traf sie in ihrem Büro im ersten Stock an.

»Edward? Was ist denn los?«

»In Zimmer 323 schreit jemand.« Keuchend hielt er inne. »Es klingt wie ein Mädchen.«

Margareta fuhr mit dem Finger eine Liste hinunter. »In 323 wohnt der Sohn eines Grafen, der in Stockholm seinen fünfundzwanzigsten Geburtstag feiert. Seine Freunde sind in 322 und 324.«

»Seine Freunde sind in 323«, entgegnete Edward. »Darauf

würde ich mein Leben verwetten. Sie haben eine Frau dadrin. Sie hat geschrien.« Ungeduldig trat er von einem Fuß auf den anderen.

»Lustschreie?«

»Danach hat es sich nicht angehört.«

Margareta stand auf. »Von meinen Mädchen ist keines dort. Das Zimmer wurde vor dem Mittagessen gereinigt.« Sie griff zum Telefon. »Beda, hast du jemanden auf 323?« Für einen Moment schloss sie die Augen. »Schick die Hausdiener nach oben. Und Gösta Möller. Und Dr. Malmsten.« Sie nahm einen Schlüssel aus der obersten Schreibtischschublade und rannte los, so schnell es ihr Rock gestattete. »Karolina!«

Edward überholte Margareta und hastete zurück zu Zimmer 323. Wenn einer dieser feinen Pinkel Karolina geschlagen oder ihr, Gott behüte, noch etwas Schlimmeres angetan hatte, würde der Schuldige sein blaues Wunder erleben. Ganz gleich, was auch die Konsequenzen sein mochten. Mit beiden Fäusten hämmerte er an die Tür. »Karolina, wir kommen rein!«

Im Zimmer trafen sie drei überraschte Männer an. Einer, die Hose um die Knöchel gewickelt und mit einer mächtigen Erektion, schien sich gerade aus dem zerwühlten Bett aufgerappelt zu haben. Seine beiden Kumpane wollten zur Tür laufen, doch Edward stellte sich ihnen in den Weg und versetzte dem Ersten der zwei einen Schubs, sodass er gegen die Kommode taumelte. Als der Zweite die Faust hob, schlug Edward ihn zu Boden.

Der Erste stand inzwischen wieder sicher auf den Beinen. Er betrachtete Edward zwar hasserfüllt, ließ die Fäuste aber unten an seiner Seite. »Das wirst du bezahlen.«

Margareta eilte zum Bett, wo Karolina lag. Ihr Kleid war über die Taille hochgeschoben, ihre Unterwäsche zerrissen. Margareta wickelte das Laken um sie und nahm ihre Hand. Die Augen des jungen Mädchens waren weit aufgerissen, doch sie gab nur ein leises Wimmern von sich.

Gösta Möller erschien in Begleitung zweier Hausdiener. »Dr. Malmsten ist unterwegs. Ich habe die Polizei verständigt.«

Der Mann, der Karolina angegriffen hatte, hatte mittlerweile die Hose hochgezogen. »Wir haben nichts getan, was sie nicht wollte«, protestierte er. »Sie wollte mit mir meinen Geburtstag feiern.«

»Und so etwas nennt sich Gentlemen«, stieß Möller zwischen zusammengepressten Lippen hervor. Er drehte sich zu den Hausdienern um. »Bringen Sie die drei in Frau Skoghs Büro.«

Der junge Adelige reckte das Kinn. »Ich habe für dieses Zimmer bezahlt und das Recht, hierzubleiben.«

Möller baute sich vor seinem Widersacher auf und blickte ihm in die Augen. »Ich bin sicher, dass man Ihrem Herrn Vater sein Geld zurückerstatten wird. Falls er es noch will, wenn er hört, was sein feiner Sohn getan hat.«

Der junge Mann erbleichte. »Ich schwöre, ich habe nichts falsch gemacht. Aber dieser Mann«, er wies auf Edward, »hat meinen Gast angegriffen.«

»Sparen Sie sich Ihre Märchen für die Polizei auf.«

Die Hausdiener führten die drei ab.

Dr. Malmsten kam herein und sah auf den ersten Blick, was hier geschehen war. »Bitte gehen Sie alle hinaus. Außer ...«, er beugte sich zu Karolina hinunter, »Sie möchten, dass Frau Andersson bleibt, während ich Sie untersuche«, erkundigte er sich mit sanfter Stimme.

Karolina schüttelte fast unmerklich den Kopf.

»Ich bin draußen, falls du mich brauchst«, sagte Margareta.

»Was passiert jetzt?«, fragte Edward, als sie wartend auf dem Flur standen.

Margareta wandte sich an Gösta. »Sollen wir Frau Skogh benachrichtigen?«

»Ich wüsste nicht, wie. Sie ist gerade auf dem Heimweg von London und trifft erst morgen Abend hier ein. Sicher kommt sie angesichts der neuesten Entwicklungen unserer Beziehungen mit Norwegen auf dem schnellsten Weg nach Hause. Außerdem kann sie ohnehin nicht viel für Karolina tun, bevor sie hier ist.«

»Nicht viel?«, höhnte Edward. »Sie kann überhaupt nichts tun. Der Schaden ist nicht wiedergutzumachen.«

Margareta legte ihm die Hand auf den Arm. »Wir wollen abwarten, was Dr. Malmsten zu sagen hat.«

Er nickte bedrückt. Im nächsten Moment fiel ihm die Kinnlade herunter. »Ich muss die Scherben wegräumen.«

»Wir haben das Tablett gesehen«, beruhigte ihn Gösta. »Einer der Hausdiener hat ein Zimmermädchen gerufen. Ich muss jetzt hinunter und mit der Polizei sprechen. Sicher ist sie inzwischen eingetroffen. Sie kommen mit.«

Edward machte ein Gesicht, als würde er gleich in Tränen ausbrechen.

»Bitte schicken Sie mir Ottilia Ekman her«, rief Margareta ihnen nach. »Wenn sie nicht gerade dabei ist, ein Feuer zu löschen, muss sie unbedingt herkommen.«

Ottilia traf ein, als Dr. Malmsten gerade aus Zimmer 323 trat. Sie blickte zwischen Margareta und dem Arzt hin und her. »Was ist geschehen?«

»Karolina wurde ... entjungfert«, flüsterte Margareta.

Ottilia starrte sie sprachlos an.

»Nein, wurde sie nicht«, verbesserte Dr. Malmsten. »Sie wurde zwar angegriffen, doch es hat keine Penetration stattgefunden. Aber das hätten die jungen Burschen sicher noch erledigt. Alle drei vermutlich.« Er schürzte die Lippen und schüttelte traurig den Kopf. »Edward war der Retter in letzter Minute.«

»Ich muss zu ihr.« Ottilia hatte die Sprache wiedergefunden.

Dr. Malmsten hob die Hand. »Einen Moment noch, wir brauchen einen Plan. Sie muss weg vom Tatort und außerdem braucht sie ein heißes Bad. Sie steht unter Schock.«

Ein Gast lüpfte im Vorbeigehen den Hut. »Guten Tag, Herr Doktor.«

Dr. Malmsten erwiderte den Gruß.

Ottilia verzog das Gesicht. »Die Gäste dürfen nicht wissen, warum Dr. Malmsten hier ist.«

»Bis jetzt hatten wir Glück«, sagte Margareta. »Sonst hat uns niemand gesehen. Aber jetzt müssen wir wirklich zu Karolina. Das arme Mädchen ist schon viel zu lange allein.«

»Wo bringen Sie sie hin?«, fragte Dr. Malmsten. »Sie kann nicht in einen Schlafsaal. Dazu ist es noch zu früh.«

»Wir nehmen sie mit in mein Zimmer«, schlug Ottilia vor. »Dort ist es ruhig und sie wird nicht gestört.«

»Das war auch mein Gedanke«, stimmte Margareta zu. »Sie könnte auch mein Zimmer haben, doch das ist eines von vielen in einem langen Flur.«

»Außerdem müssen wir sie gut im Auge behalten«, fuhr Dr. Malmsten fort. »Sie hat zwar keine inneren Verletzungen erlitten, aber sie leidet an einem Trauma und darf diesen feinen Herren nie mehr begegnen.«

»Feine Herren?«, höhnte Margareta. »Gösta Möller hatte ganz recht. Die drei sind nichts dergleichen.«

»Ich fürchte, im Sinne des Gesetzes sind sie es doch. Und, was noch schwerer wiegt, in den Augen derer, die diesen Gesetzen Geltung verschaffen.«

Kapitel 49

Wilhelminas Reise nach Berlin und London war ein großer Erfolg gewesen. Allerdings hatte sich das Land, in das sie zurückkehrte, noch nicht von der demütigenden Aufkündigung der neunzig Jahre alten Schwedisch-Norwegischen Union erholt, einer Entscheidung, die erst vor drei Tagen um 12.45 Uhr ausgerufen worden war. In der Hauptstadt herrschte gedrückte Stimmung, und die meisten konnten es noch nicht ganz fassen, dass Schweden keine skandinavische Großmacht und Oskar II. nicht mehr der Herrscher über zwei Länder war. Der sechsundsiebzigjährige Monarch hatte den Kampf verloren und Wilhelmina hatte Mitgefühl mit ihm. Zumindest war der Übergang friedlich verlaufen, ein schwacher Trost. In fünf Tagen sollte in Windsor Castle eine schwedisch-englische Königshochzeit stattfinden, nur dass sich im Moment niemand so recht darüber freuen konnte.

Wie immer war das Reisen eine anstrengende Angelegenheit und Wilhelmina sehnte sich nach ihrem üblichen heißen Bad und einem leichten Abendessen in ihrer Wohnung. Obwohl das Grand Hôtel ihr Leben war, hatte sie hin und wieder das Bedürfnis, allein zu sein, und heute war einer dieser seltenen Abende. Als sie aus der Kutsche stieg und in den Bolinder-Palast trat, schlug es gerade acht Uhr. An jedem anderen Sommerabend hätte sie ihr Gepäck aufs Zimmer bringen lassen und einen gemütlichen Spaziergang vom Bahnhof nach Hause gemacht. Außerdem hätte sie an einem anderen Abend auch am Empfang Bescheid gegeben, bevor sie in ihre Räumlichkeiten ging. Aber nicht heute.

Brita erwartete sie schon. »Ich freue mich sehr, dass Sie wohlbehalten zurück sind, gnädige Frau. Ihr Abendessen ist schon fertig. Aber Frau Andersson muss Sie ganz dringend sprechen. Sie hat darauf bestanden, dass ich Ihnen sofort Bescheid sage.«

Wilhelmina streifte die Handschuhe ab und reichte sie Brita. »Wissen Sie, warum?«

»Nein, gnädige Frau.«

Wilhelmina zog ein unwilliges Gesicht und nahm den Hut ab. In den letzten drei Jahren hatte Margareta Andersson noch nie verlangt, abends empfangen zu werden. Offenbar war etwas vorgefallen, das nicht bis morgen Zeit hatte. Konnte sie dem Urteilsvermögen ihrer Hausdame vertrauen? Mit einem Seufzer griff sie nach dem Telefonhörer. »Bitte suchen Sie Frau Andersson und schicken Sie sie zu mir in die Wohnung.« Wilhelmina wandte sich an Brita. »Das Abendessen muss warten. Aber ein Glas Portwein wäre jetzt nett.«

»Kommt sofort, gnädige Frau.«

Wilhelmina ging zum offenen Fenster. Eine sanfte Brise strich ihr durchs Haar. Was dachte Seine Majestät wohl heute Abend? Ein Dampfer tutete. Sie blickte hinunter. Gerade legte das Schiff ab. Vielleicht würde ein Bootsausflug ja ihre trüben Gedanken vertreiben. Früher hatten sie und Pelle gern den Tag auf dem Wasser verbracht. Ach, wie sie ihn vermisste. Diesen Verlust konnten alle Bootsfahrten der Welt nicht wettmachen.

Die Türglocke riss sie aus ihren Gedanken. Brita führte Frau Andersson ins Wohnzimmer.

Wilhelmina drehte sich um. »Ja?«

»Ich weiß nicht, wie ich es Ihnen am besten sagen soll, gnädige Frau.«

»Dann sagen Sie es einfach, Frau Andersson.«

»Karolina Nilsson wurde angegriffen.« Ihre Stimme zitterte. »Unsittlich angegriffen.«

Wilhelmina musste sich an der Lehne eines Sessels festhalten. »Wann?«

»Gestern. Wir hätten Sie verständigt, wenn sich der Zwischenfall schon früher ereignet hätte.«

»Wo?«

»In Zimmer 323.«

Wilhelmina wurde bang ums Herz. Traf sie die Schuld, weil sie den Mädchen gestattet hatte, als Etagenkellnerinnen zu arbeiten? Allerdings hatte es in Storvik, Rättvik oder Bollnäs in dieser Hinsicht nie Schwierigkeiten gegeben. »Von wem?«

»Einem jungen Adeligen, der hier mit zwei Freunden seinen Geburtstag feiert.«

»Ist er noch hier?«

»Nicht im Hotel.«

»Sie müssen mir alles der Reihe nach erzählen. Zuerst will ich wissen, wo Karolina ist und wie es ihr geht.« Zum Glück gehörte Elisabet Silfverstjerna der Vorhut des königlichen Gefolges an und befand sich bereits in Windsor, denn eine hysterische Lizzie hätte Wilhelmina jetzt gerade noch gefehlt. Natürlich würde sie es erfahren müssen. Doch zuerst brauchte Wilhelmina weitere Einzelheiten.

Brita kehrte mit zwei Gläsern Portwein zurück und bot Margareta das zweite an. Diese warf einen Blick auf Wilhelmina.

Diese vollführte eine lässige Handbewegung. »Tun Sie sich keinen Zwang an. Und setzen Sie sich endlich hin. Sie müssen mir alles erzählen.«

Nachdem die Tür sich hinter Brita geschlossen hatte, schilderte Margareta sämtliche Ereignisse, angefangen bei Edwards Bitte um Hilfe bis zu Karolinas Verlegung in Ottilias Zimmer.

»Wo ist Karolina jetzt?«

»Noch immer bei Ottilia. Ottilia hat letzte Nacht auf einer Matratze neben dem Bett geschlafen, um sie nicht allein lassen zu müssen.«

»Haben Sie Karolina heute gesehen?«

»Nein. Nur Dr. Malmsten und Ottilia waren bei ihr.«

Wilhelmina griff nach dem Telefonhörer. »Schicken Sie Ottilia Ekman und Gösta Möller sofort zu mir in die Wohnung.«

»Gnädige Frau?« Margareta zögerte kurz und fuhr dann fort. »Soweit ich gehört habe, ist Karolina etwas ... Besonderes.«

Wilhelmina musterte Margareta forschend. Wie viel wusste diese Frau? Vielleicht würde sie es jetzt endlich herausfinden. »Was genau meinen Sie damit?«

Margareta schluckte. »Ich glaube, sie könnte Fräulein Silfverstjernas Tochter sein.«

Wilhelmina sah sie unverwandt an. »Was bringt Sie denn auf so einen Gedanken?«

»Es ist die einzige Erklärung, die Sinn ergibt.«

»Was soll das heißen?«

»Es wäre ein Grund, warum Fräulein Silfverstjerna hier im Haus wohnt. Warum Ihr Vorgänger Leutnant Ehrenborg darauf bestanden hat, dass ich Karolina Arbeit gebe, ohne ein Vorstellungsgespräch mit ihr zu führen. Und warum sie Fräulein Silfverstjerna ein wenig ähnlich sieht.« Margareta schluckte wieder. »Und auch Seiner Majestät.«

»Seiner Majestät?«

»Außerdem ist es ein Grund, wieso der verschwundene Ring aus Granaten und Diamanten besteht. Ihren Geburtssteinen.«

Wilhelmina holte tief Luft und atmete wieder aus. »Haben Sie diese Vermutung mit irgendjemandem erörtert?«

»Nein, gnädige Frau. Zumindest glaube ich das.«

Wilhelmina bedachte sie mit einem durchdringenden Blick. »Sie *glauben*?«

»Eine Zeit lang war ich in großer Sorge, ich könnte Knut gegenüber etwas erwähnt haben, in der Nacht, als er mich ...«

»Sie verprügelt hat«, beendete Wilhelmina den Satz.

»Ja. Und zwar nicht, weil ich dachte, dass ich es getan hätte, sondern weil ich mich an nichts mehr erinnern konnte. Inzwischen ist es über drei Jahre her. Ich bin sicher, dass mein Mann längst Geld gefordert hätte, wenn er etwas wüsste.«

Wilhelmina neigte dazu, ihr zuzustimmen. Knut Andersson hatte keinen ehrbaren Knochen im Leib. Zum zweiten Mal an diesem Abend läutete es an der Tür.

»Sie sollen im Vorraum warten!«, rief Wilhelmina Brita zu und wandte sich wieder an Margareta. »Stehen Sie noch in Verbindung zu Andersson?«

Margareta hielt inne. »Nein, gnädige Frau.« Hastig sprach sie weiter. »Ich habe Karolinas Abstammung keiner Menschenseele gegenüber erwähnt. Ich sagte es Ihnen jetzt nur, weil das ja hieße, dass der junge Adelige der Tochter des Königs zu nahe getreten ist. Das spielt doch sicher eine Rolle.«

»Es spielt immer eine Rolle, ganz gleich, welche meiner Mitarbeiterinnen angegriffen wird.« Als Wilhelmina Margaretas enttäuschte Miene bemerkte, ließ sie sich erweichen. »Aber ja, dass Karolina das Opfer ist, macht die Dinge noch komplizierter.« Sie läutete die Dienstbotenglocke.

Ottilia und Gösta Möller kamen herein.

Wilhelmina winkte die beiden zum Sofa. »Margareta hat mir alles erklärt. Natürlich bedauere ich es sehr, dass es unter diesem Dach zu einem derartigen Zwischenfall gekommen ist. Wie geht es Karolina?«

»Sie liegt noch immer zu einer Kugel zusammengerollt im Bett«, antwortete Ottilia. »Sie weint nicht, sondern starrt nur an die Wand. Dr. Malmsten denkt, das seien der Schock und die Scham. Aber ...«

»Ja?«

»Ich glaube, sie hat auch Angst, diesen Männern noch einmal zu begegnen oder überhaupt ein Zimmer zu betreten, ohne zu wissen, was sie auf der anderen Seite der Tür erwartet.«

»Hier wird sie ihnen nicht mehr über den Weg laufen«, verkündete Möller. »Außer Frau Skogh erlaubt ihnen, das Hotel wieder zu betreten.«

Wilhelmina unterbrach Möller mit einer Handbewegung. »Hat Karolina etwas gegessen?«

»Gestern Abend eine Schale Erbsensuppe und heute Mittag noch eine«, erwiderte Ottilia. »Kein Abendessen. Man muss sie überreden.«

»Dann überreden Sie sie«, entgegnete Wilhelmina. »Heute Abend lassen wir sie noch in Ruhe, aber dann müssen wir aufhören, sie zu verhätscheln.«

Möller räusperte sich. »Verzeihen Sie, ich möchte nicht unhöflich klingen, aber könnten wir bitte die Dinge besprechen, zu denen Sie mich brauchen? Im Restaurant und in der Bar ist die Hölle los. So geht es, seit Norwegen die Union aufgekündigt hat. Als der König und die Königin sich in den Rosendal-Palast geflüchtet haben, sind Tausende von Menschen nach Djurgården marschiert. Und ich könnte schwören, dass sie anschließend alle hier eingekehrt sind.«

Wilhelmina starrte ihn entgeistert an. »Sie sind zum Rosendal-Palast marschiert? Aber wieso denn? Hat der arme Mann denn nicht sein Bestes getan?«

»Das hat er, gnädige Frau. Die Menschen wollten zeigen, dass sie auf seiner Seite stehen. Und den Norwegern eine lange Nase zu drehen, macht eben durstig. Die Leute sind immer noch dabei, auf König und Vaterland anzustoßen, als gäbe es kein Morgen, und dabei genug Arrak in sich hineinzukippen, dass man die *Vasa* darauf zu Wasser lassen könnte. Gestern ist die Angelegenheit in der Bar etwas entgleist, sodass Charley Löfvander einschreiten musste.«

»Wie genau entgleist?«, hakte Wilhelmina nach.

»Ein paar Witzbolde haben Knallfrösche gezündet.«

Wilhelmina schnappte nach Luft. »In der neuen Bar? Das ist ja unglaublich! Ich hoffe doch, dass Löfvander den Rabauken die Hammelbeine lang gezogen hat.«

»Ja, gnädige Frau. Er und Henning Halleholm haben sie vor die Tür gesetzt.«

»Henning Halleholm? Wo, um Himmels willen, war denn das übrige Personal?«

»Die waren damit beschäftigt, Arrak-Nachschub aus dem Keller zu holen, schmutziges Geschirr in die Küche zu bringen und Bestellungen aufzunehmen. Es ging alles ganz schnell. Es hat zweimal geknallt, und kurz darauf hat es noch mal geknallt, als die Übeltäter draußen auf der Straße landeten. Danach wurde es ein wenig ruhiger. Ich war nicht dabei, aber Sie kennen das ja.« Möller zuckte mit den Achseln. »Es spricht sich herum.«

»Hat sich der Zwischenfall mit Karolina auch herumgesprochen?«

Möller neigte den Kopf zur Seite. »Nur, dass in Zimmer 323 etwas passiert ist. Beda Johansson hat den Mitarbeitern beim Zimmerservice streng verboten, darüber zu reden.«

»Ich meinen Zimmermädchen auch«, erklärte Margareta. »Außerdem habe ich Josef Starck um ein paar Blumen für Karolina gebeten. Nur um ihr zu zeigen, dass wir an sie denken.«

Wilhelmina nickte zustimmend.

»Jetzt steht eine Vase in unserem Zimmer, die dem Grand Hôtel gehört«, fügte Ottilia hastig hinzu. »Ich weiß, dass das gegen die Regeln verstößt, aber wir hatten alle keine Vase ...«

Wilhelmina tat die Entschuldigung ab. »Sorgen Sie nur dafür, dass sie wieder zurückgebracht wird, wenn die Blumen verwelkt sind.« Sie wandte sich an Möller. »Sie waren doch dabei, als die Polizei die drei Angreifer vernommen hat, richtig?«

»Ja, gnädige Frau. Edward auch.«

»Das ist mir klar. Wurde er angewiesen, mit niemandem über den Zwischenfall zu sprechen?«

»Ich habe ihm gesagt, dass er bis auf Weiteres in seinem Zimmer bleiben soll«, erwiderte Möller. »Beda Johansson war einverstanden.«

»Wieso? Mir ist klar, dass Karolina derzeit nicht dienstfähig ist. Aber wenn Sie drei«, sie wies auf Ottilia, Margareta und Möller, »arbeiten können, gilt das auch für Edward.«

»Eigentlich schon. Ich war nur nicht sicher, ob Sie ihn weiter hier beschäftigen wollen.«

Wilhelmina verzog das Gesicht. »Warum?«

»Weil er einem Gast einen Faustschlag versetzt hat.«

Wilhelmina bedachte Margareta mit einem durchdringenden Blick. »Könnten Sie mir das näher erklären, Frau Andersson?«

Margareta rutschte auf ihrem Platz herum. »Ich habe Ihnen doch erzählt, dass Edward zwei der Männer am Verlassen des Zimmers gehindert hat. Einer von ihnen wollte ihn schlagen. Edward war schneller.«

»Gütiger Himmel!«

»Der fragliche Herr hat Anzeige erstattet.«

Schweigen senkte sich über den Raum, während Wilhelmina die Neuigkeit verdaute. Einer ihrer Mitarbeiter hatte einen Gast geschlagen, weil dieser an einem Übergriff auf eine Etagenkellnerin beteiligt war. »Hat die Polizei Ermittlungen wegen des Angriffs auf Karolina eingeleitet?«

»Dazu wird es vermutlich nicht kommen«, antwortete Möller. »Die Herren streiten es rundheraus ab. Aussage gegen Aussage. Drei gegen einen.«

»Aber er stand halb nackt vor uns«, protestierte Margareta. »Wir drei haben es mit eigenen Augen gesehen. Wieso sonst hätte er die Hose ausziehen sollen?«

»In seinem eigenen Hotelzimmer steht es ihm jederzeit frei, sich zu entkleiden«, erwiderte Möller. »Bitte glauben Sie jetzt nicht, dass ich diesem Einwand zustimme. Ich gebe nur wieder, was gesagt wurde. Die Polizei denkt nicht, dass ein Gericht drei Herren der besseren Gesellschaft aufgrund der Aussage einer Zimmerkellnerin verurteilen wird. Es fiel sogar die Andeutung, der nackte Mann könnte gegen Karolina Anzeige wegen falscher Beschuldigung erstatten.«

»Was für eine Beschuldigung?«, hakte Margareta nach.

»Karolina hat kein Wort gesprochen. Sie war zu diesem Zeitpunkt überhaupt nicht in der Lage, auch nur einen Mucks von sich zu geben. Nicht einmal zu Dr. Malmsten hat sie etwas gesagt.«

»Sie redet noch immer sehr wenig«, ergänzte Ottilia. Wilhelmina blickte zwischen Ottilia und Möller hin und her. »Und Edward?«

»In seinem Fall besteht kein Zweifel, dass zugeschlagen wurde. Der Gast hat einen Bluterguss an der Wange, Edward aufgeschrammte Fingerknöchel. Der Gast hatte keine Gelegenheit, als Erster zuzuschlagen.«

»Was ein Jammer ist«, meinte Wilhelmina. »Selbstverteidigung ließe sich besser begründen.«

»Er hat Karolina verteidigt«, wandte Margareta ein.

»Nein, hat er nicht. Der Übergriff auf Karolina war ja bereits geschehen. Edward hat seine Wut an dem Übeltäter ausgelassen. Wozu er kein Recht hat. Gibt es sonst noch etwas, das ich über diese Vernehmung wissen müsste?«

»Gerade fällt mir nichts ein, gnädige Frau«, sagte Möller. »Eine Abschrift des Polizeiberichts liegt in der obersten Schublade Ihres Schreibtischs. Allerdings erscheint es mir ziemlich ungerecht, dass der junge Edward für einen kleinen Ausrutscher büßen soll, während ein mutmaßlicher Vergewaltiger dank seiner Lügen und seines wohlhabenden Elternhauses ungeschoren davonkommt. Ich würde drei Jahresgehälter wetten, dass die drei Burschen so etwas nicht zum ersten Mal gemacht haben. Soll ich ein paar diskrete Nachforschungen anstellen?«

»Nein, das sollen Sie nicht. Nachforschungen, insbesondere diskrete, fördern nur selten gerichtsfeste Beweise zutage.«

»Verstanden. Soll ich Edward zu Ihnen schicken?«

»Edward soll in seinem eigenen Saft schmoren. Allerdings nicht in Untätigkeit. Morgen früh um fünf Uhr meldet er sich in der Spülküche. Um Mitternacht darf er Feierabend machen. Bis auf Weiteres. Und zwar ohne Bezahlung.«

»Ich muss protestieren«, rief Möller aus. »Edwards Geistesgegenwart hat ein Mädchen vor einer Vergewaltigung bewahrt.«

»Das ist sicher richtig. Allerdings hat seine mangelnde Geistesgegenwart anschließend zu einem Angriff auf einen Gast geführt.«

Möller senkte den Blick. »Jawohl, gnädige Frau.«

»Sie können jetzt in den Speisesaal zurückkehren. Ich danke Ihnen für Ihre Hilfe und Ihre Diskretion, Möller.«

Nachdem sich die Tür hinter Möller geschlossen hatte, drehte Wilhelmina sich zu Ottilia um. »Wenn ich Sie richtig verstanden habe, hat Karolina Angst.«

»Große Angst.«

»Das war eine Feststellung, keine Frage. Die Frage lautet, was ich deswegen unternehmen soll.« Wilhelmina erhob sich. »Heute Abend wird mir keine Lösung mehr einfallen.«

Margareta und Ottilia standen ebenfalls auf.

»Mit Ihrer Erlaubnis würde ich gern Karolinas Bett in mein Zimmer stellen«, sagte Ottilia. »Da ist mehr als genug Platz.«

Wilhelmina überlegte. Das war kurzfristig betrachtet wohl die beste Möglichkeit, denn schließlich konnte niemand von Ottilia erwarten, dass sie ihr Bett teilte oder in ihrem eigenen Zimmer auf dem Fußboden schlief. »Also gut. Bitten Sie einen Hausdiener, noch heute Abend ein Bett aus dem Möbellager in Ihr Zimmer zu bringen. Morgen unterhalten wir uns weiter.«

Kapitel 50

Am nächsten Morgen saß Wilhelmina an ihrem Schreibtisch und las den Polizeibericht rasch von Anfang bis Ende durch. Gösta Möller hatte die Sache auf den Punkt gebracht: Die Anwesenheit der drei Spitzbuben am Tatort war zwar nicht zu leugnen, doch niemand würde sie zur Rechenschaft ziehen. Schließlich ließ sich nicht beweisen, dass sie Fräulein Nilsson gegen deren Willen die Unterwäsche vom Leibe gerissen hatten. Ebenso gab es keinen zweifelsfreien Beweis dafür, dass die Blutergüsse an ihren Oberarmen und an einem Oberschenkel tatsächlich von einem der drei jungen Männer stammten, denn schließlich – und Wilhelmina musste höhnisch lachen, als sie das las – habe Fräulein Nilsson zu sehr unter Schock gestanden, um Angaben zu machen.

Zornig trommelte Wilhelmina mit den Fingern auf den Bericht. Also räumte die Polizei ein, dass Karolina unter Schock gestanden hatte, als sie im Bett aufgefunden worden war. Dr. Malmsten bestätigte das. Und dennoch sah man sich außerstande, der Sache nachzugehen. Obwohl einer der Beschuldigten halb nackt neben dem Bett angetroffen worden war. Der Schockzustand des Mädchens könne seinen Grund auch darin haben, dass es im Bett des jungen Mannes ertappt worden sei. Und zwar ohne dass es einen Übergriff gegeben habe. Wie immer stand das Gesetz unverrückbar aufseiten der Männer.

Und das war noch nicht alles. Der Bericht wäre nämlich völlig anders ausgefallen, hätte die Polizei gewusst, dass es sich bei »dem Mädchen« um die Tochter des Königs handelte.

Doch so groß die Versuchung auch war, erschien es Wilhelmina zu gefährlich, diesen Trumpf auszuspielen. Eine derartige Enthüllung hätte Karolina ein zweites Mal bloßgestellt. Und außerdem hätte ein zweiter Schock von dieser Größenordnung das arme Kind zu diesem Zeitpunkt gewiss überfordert. Ganz zu schweigen von den Folgen für Lizzie Silfverstjerna. Der König würde den Skandal überstehen. Karolina war nur ein weiteres seiner zahlreichen unehelichen Kinder. Stattdessen würde die volle Wucht seines Zorns Wilhelmina treffen, weil sie die Katze aus dem Sack gelassen hatte. Womöglich zerriss er dann sogar den bereits unterzeichneten Vertrag, den das Amt des Haushofmeisters mit dem Grand Hôtel wegen des Grand Royal abgeschlossen hatte. Sie erschauderte beim bloßen Gedanken. Der Bankettbereich gewann zunehmend an Bedeutung, weshalb sich das Grand Royal von einem Traum zu einer Notwendigkeit entwickelt hatte. Dieser luxuriöse Anbau des Grand Hôtel würde ihr Lebenswerk sein, dem sich alles andere unterordnen musste.

Allerdings standen ihr noch weitere Möglichkeiten offen. Denn der junge Herr hatte eines vergessen, als er Karolina in sein Bett gezerrt hatte: Sein Vater, ein ausgesprochen umgänglicher Graf, genoss nämlich auch gern die exquisite Gastfreundschaft des Grand Hôtel, wann immer er die Hauptstadt besuchte. Wilhelmina kannte den Adeligen gut. Gewiss war es besser, das Unkraut mit der Wurzel auszureißen, als nur ein paar Blättchen abzuknipsen.

Es waren jedoch mehr als nur ein paar Telefonate nötig, um Karolina wieder aufzumuntern. Sie musste mit dem Mädchen sprechen. Wilhelmina legte die Fingerspitzen aneinander und überlegte. Sollte sie Karolina in Ottilias Zimmer besuchen oder sie rufen lassen? Sie warf einen Blick auf die Uhr. Schon neun. Da sie inzwischen wusste, wie sie das Grand Hôtel für die Heimkehr von Prinz Gustav Adolf und seine junge Braut schmücken wollte, musste einiges bestellt und erledigt werden.

Außerdem forderten die während ihrer Abwesenheit eingetroffenen Pläne des Grand Royal ihre Aufmerksamkeit. Wenn man die Grube für das Untergeschoss des Grand Royal im Herbst sprengen wollte, musste im Hotel so manches für den großen Knall vorbereitet werden. Und all das neben ihrer eigentlichen Aufgabe, die darin bestand, das beste Hotel von ganz Nordeuropa zu leiten. Der Tag hatte einfach nicht genug Stunden. Andererseits machte harte Arbeit nicht nur glücklich, sondern sorgte dafür, dass man gesund und bei Kräften blieb. Sie konnte froh sein, dass Gästezimmer und Bsnketträume nahezu ausgebucht waren. Und nun hatte sie auch eine Idee, wie sie Karolina helfen konnte.

Sie würde sie zu Ottilia Ekmans Assistentin befördern. Damit würde sie Lizzie Silfverstjerna sicher eine Freude machen.

Kapitel 51

Wilhelmina lud Elisabet zum Abendessen ein. Wie Margareta Andersson ganz richtig gesagt hatte, gab es keinen einfachen Weg, ihr die schreckliche Nachricht beizubringen. Doch in ihrer Wohnung, wo Brita bereitstand, um sie mit Essen und Getränken zu versorgen, würde es niemand erfahren, wenn Elisabet bittere Tränen vergoss. Denn Wilhelmina vermutete stark, dass dieser Fall eintreten würde.

Um Punkt acht kam Elisabet hereingerauscht. »Mina, wie wundervoll, wieder zu Hause zu sein. Was nicht heißen soll, dass wir uns in Windsor nicht glänzend amüsiert hätten.«

Wilhelmina stellte fest, dass ihre Freundin rosige Wangen bekommen hatte. Offenbar hatte die Reise ihr gutgetan. Wie hieß es so schön? Es ging nichts über einen Tapetenwechsel. Sie reichte Elisabet ein Glas Bordeaux. »Das sieht man dir sofort an. Wie ich gehört habe, hat bei der Hochzeit alles geklappt wie am Schnürchen.«

Als Elisabet aufs Sofa sank, fing sich die Sommersonne in ihrem silberblonden Haar. »Es war ein Traum, vom ersten bis zum letzten Tag. Daisy, so nennt die Familie Prinzessin Margaret, ist einfach ein Schatz. Eher eine englische Rose als eine Daisy, ein Gänseblümchen.« Sie kicherte über ihren eigenen Witz.

»Die Fotos in den Zeitungen waren alle sehr schmeichelhaft. Sicher ist Seine Majestät sehr glücklich mit der Wahl seines Enkels.«

»Er ist begeistert. Wir haben schon gefürchtet, dass das Debakel mit Norwegen die Stimmung trüben könnte. Aber ich glaube, wir waren eben alle in Feierlaune. Dann ist Norwegen eben verloren. Was gibt es sonst noch zu verlieren?«

Wilhelmina zwang sich zu einem Lächeln und zog es vor, nicht auf Elisabets Bemerkung einzugehen. »Wie war die Überfahrt?«, erkundigte sie sich stattdessen.

Elisabet stellte ihr Glas weg. »Ich fürchte, einige von uns sind auf dem Hinweg Opfer der Seekrankheit geworden. Eine ausgesprochen unerfreuliche Angelegenheit, doch die Nordsee kann bei starkem Wind ein strenger Zuchtmeister sein. Die Rückreise verlief viel ruhiger. Hoffentlich hat das Brautpaar auf dem Heimweg genauso viel Glück.«

»Darauf trinke ich.« Wilhelmina hob ihr Glas. »Wie ist es denn so in Windsor? Ist das Schloss wirklich so prunkvoll, wie man sich erzählt?«

»Absolut. Die St. George's Chapel ist ein Meisterwerk britischer Architektur. Die Einrichtung des Schlosses selbst ist exquisit und dennoch von diskreter Eleganz.« Sie gestikulierte. »Mir ist klar, dass das nicht sehr aussagekräftig ist. Man muss es einfach selbst gesehen haben, um es wertschätzen zu können. Die Fotografien werden dem Bauwerk nicht gerecht. Ebenso wenig die Bilder von Königin Alexandra. Sie und König Edward haben Prinzessin Margaret zur Hochzeit ein wundervolles Diadem geschenkt.«

Wilhelmina saß fast auf der Sesselkante. »Hast du König Edward kennengelernt?«

Elisabet schüttelte den Kopf. »Er hat in unsere Richtung genickt und gelächelt. Doch niemand von der schwedischen Delegation hatte Gelegenheit, mit ihm zu sprechen. Königin Alexandra hingegen kam zu uns. Ich glaube, sie war froh, einmal wieder ihr geliebtes Dänisch sprechen zu können. So eine charmante Frau. Ein wenig schwerhörig zwar, aber wirklich reizend. Also, Mina, hast du mich jetzt zum Abendessen eingeladen oder nicht? Ich freue mich schon auf eine von Brita selbst gekochte Mahlzeit. Die Engländer essen zwar gut und sind ein äußerst gastfreundliches Volk, aber ich freue mich, wieder zu Hause zu sein.«

Sie setzten sich an den Tisch.

Genießerisch schnupperte Elisabet den Duft von blanchiertem Spargel mit Sauce mousseline. »Das perfekte Sommeressen.«

»Gern zu Diensten«, spöttelte Wilhelmina.

»Ich weiß es zu schätzen. Und jetzt erzähl mir von deiner Reise nach Berlin.«

»Sie war ein großer Erfolg.« Das war nicht gelogen, denn schließlich hatte Elisabet nicht gefragt, was Wilhelmina bei ihrer Rückkehr vorgefunden hatte. »Die Stadt war natürlich traumhaft geschmückt, und zwar mit wunderschönen künstlichen Rosen in prunkvollen goldenen Vasen, die auf hohen Podesten standen. Ich war ausgesprochen beeindruckt. Doch noch neugieriger wurde ich, als sie nach einem kräftigen Regenguss noch besser aussahen als zuvor.«

»Ach, du meine Güte. Woraus bestanden sie denn?«

»Genau das wollte ich in Erfahrung bringen«, erwiderte Wilhelmina. »Also habe ich am Morgen meiner Abreise einen kleinen Draht am Ende meines Sonnenschirms befestigt und mich frühmorgens aus dem Hotel gestohlen, um eine dieser Rosen aus der Vase gleich draußen vor der Tür zu stibitzen. Unter den Linden war zwar menschenleer, doch ich bin mit dem Draht hängen geblieben und konnte meinen Schirm nicht mehr befreien.«

»Mina, du bist unverbesserlich.« Prustend vor Lachen lehnte Elisabet sich zurück. »Was, wenn dich jemand beobachtet hätte?«

»Wie du dir sicher denken kannst, ist genau das geschehen. Im nächsten Moment erschien ein nicht sehr freundlich wirkender Polizist, worauf ich mich rasch zurück ins Hotel geflüchtet habe.« Wilhelmina trank einen großen Schluck Wein. »Er ist mir gefolgt.«

Elisabet schlug die Hand vor den grinsenden Mund.

Da Elisabet vor unterdrücktem Lachen kein Wort herausbrachte, fuhr Wilhelmina fort. »Er hat mich gefragt, was ich da getrieben hätte, und da ich nichts zu verlieren hatte, habe ich geantwortet, Stockholm werde ebenfalls die Hochzeit eines Prinzen feiern. Ich sei so begeistert von den deutschen Rosen, dass ich unbedingt herausfinden müsse, wie sie hergestellt seien, damit ich etwas Ähnliches auch im Grand Hôtel verwenden könne. Daraufhin änderte sich sein Verhalten schlagartig. Wir gingen wieder hinaus, wo er mir half, meinen Schirm zu retten und mir eine Rose zu angeln. Dabei gelang es ihm auch, eine der goldenen Vasen herunterzuholen. Wie ich festgestellt habe, waren sie gar nicht aus Metall, sondern aus billiger Pappe. Ich habe in Berlin eine Kiste davon für uns bestellt.«

Elisabet krümmte sich vor Lachen. »Mina, dir gelingt es sogar, einen Wachtmeister um den Finger zu wickeln. Und woraus bestanden nun die Rosen?«

»Aus in Paraffin getauchter Seide. Ich habe einige Tausend hier in Stockholm in Auftrag gegeben.«

»Was willst du damit anfangen?«

»Ich schmücke damit die gesamte Fassade des Grand Hôtel.«

Elisabet klatschte in die Hände. »Das ist ja wunderbar! Wo nimmst du nur immer die guten Einfälle her? Es wird ein sehr glücklicher Tag.«

Damit hatte Elisabet recht. Und dennoch musste Wilhelmina ihr nun von Karolina erzählen.

Elisabets Begeisterung wurde von einer zweifelnden Miene abgelöst. »Oder wird es etwa kein glücklicher Tag?«

Nun war der Moment da. »Lizzie, da gibt es etwas, das du wissen musst. Wir wollen uns wieder ins Wohnzimmer setzen. Dann erzähle ich dir alles beim Kaffee. Ich bitte Brita, uns Brandy zu bringen.«

»Ach herrje, es scheint etwas Ernstes zu sein.«

Eine Viertelstunde später stieß Elisabet ein ersticktes Schluchzen aus, ein Geräusch, das Wilhelmina noch nie bei ihr gehört hatte. Doch schon bald gewann ihre Wut die Oberhand. »Ich gehe sofort zu Seiner Majestät. Er wird es nicht dulden, dass ein Mann seine Tochter unsittlich belästigt.«

Wilhelmina reichte Elisabet eines der Brandygläser, die neben ihr auf dem Beistelltisch standen. »Trink einen Schluck, das beruhigt die Nerven.«

Elisabet gehorchte und verzog das Gesicht. »Mit meinen Nerven ist alles in Ordnung. Meine Tochter ist es, der Gewalt angetan wurde. Und seine Tochter.«

»Ja, nur dass eine solche Enthüllung zu diesem Zeitpunkt eher schädlich sein dürfte. Glaub mir, es war auch mein erster Gedanke, der Polizei reinen Wein einzuschenken.«

Elisabets tränennasse Augen blitzten zornig. »Warum hast du nichts gesagt? Um dein kostbares Hotel zu schützen?«

Wilhelmina bemühte sich um einen ruhigen und gleichzeitig einfühlsamen Tonfall. Jetzt in Streit zu geraten, hätte ihnen gerade noch gefehlt. »Nein, weil es nicht meine Aufgabe ist, die Wahrheit preiszugeben. Außerdem habe ich in Karolinas bestem Interesse gehandelt.«

»Wie das?«, entgegnete Elisabet scharf.

»Ottilia Ekman hat mir erzählt, dass es inzwischen Karolinas größte Angst ist, das Zimmer eines Herrn zu betreten ...«

»Was nur verständlich ist.«

»Ganz recht. Deshalb ist Karolina nun als Ottilias Assistentin in der Bankettabteilung tätig. Diese Versetzung hat zwei Vorteile. Erstens wird Karolina, anders als im Zimmerservice, nicht mehr in die Verlegenheit geraten, mit einem Gast allein in einem Raum sein zu müssen.«

»Und zweitens?«

»Kann sie weiter mit Ottilia das Zimmer teilen, ohne dass die anderen Etagenkellnerinnen, die in einem Schlafsaal leben, neidisch auf sie werden.«

»Ist meine Tochter mit dieser Lösung zufrieden?«

»Sie war sehr erleichtert, nie wieder einen Fuß in den dritten Stock setzen zu müssen. Inzwischen sagt sie, sie habe Freude daran, alles über das Ausrichten eines Banketts zu lernen.«

»Danke. Die meisten Arbeitgeber wären nicht so verständnisvoll.«

»Aber, Lizzie, Karolina ist eine verdiente Mitarbeiterin. Ganz abgesehen davon, dass sie deine Tochter ist.«

Elisabet gelang ein reumütiges Lächeln. Sie ließ den Brandy im Glas kreisen. »Und dennoch gelten die drei jungen Männer jetzt als unschuldig.« Diesmal klang ihre Stimme nicht mehr zornig, sondern verbittert.

»Nicht ganz«, erwiderte Wilhelmina. »Ich hatte ein ... nennen wir es einmal offenes Gespräch mit dem Vater des jungen Herrn.«

Elisabet hob den Kopf. »Dem Grafen?«

»Genau. Er ist ebenso wenig erfreut über das Verhalten seines Herrn Sohns wie wir. Ich habe den Verdacht, dass der Filius nicht zum ersten Mal mit runtergelassener Hose erwischt wurde. Ich habe dem Grafen zugesichert, dass ich auf eine Anzeige bei der Polizei verzichten würde, wenn er mir garantiert, dass Karolina seinem Sohn nicht zufällig in Stockholm über den Weg laufen kann. Er war einverstanden. Zumindest, was die absehbare Zukunft angeht. Im Gegenzug habe ich zugesagt, Edward persönlich zu bestrafen, wenn die Anzeige gegen ihn fallen gelassen wird.«

Elisabet blickte sie finster an. »Was eigentlich eine Selbstverständlichkeit wäre. Schließlich hat Edward Karolina gerettet.«

»Das hat er eindeutig.«

»Ich hoffe, du hast ihm nicht gekündigt.«

»Natürlich nicht. Er hat drei Tage lang ohne Lohn Geschirr gespült. Womit ich meinen Teil der Abmachung mit dem Grafen erfüllt hätte. Dann habe ich Edward eine Belohnung für seinen heldenhaften Einsatz im Dienste des Grand Hôtel ausgezahlt.«

Elisabet fing ihren Blick auf. »Etwa drei Tageslöhne?«

Wilhelmina lächelte und stellte zu ihrer Freude fest, dass die Wangen ihrer Freundin wieder eine gesündere Farbe annahmen. »Ungefähr.«

»Wie schildert Karolina selbst denn den Vorfall, Mina?«, erkundigte sich Elisabet.

»Meines Wissens hat sie sich noch nicht dazu geäußert. Und auch keine einzige Träne vergossen. Ich muss zugeben, dass mir das Sorge bereitet.«

Elisabet sah aus, als würde sie stattdessen selbst in Tränen ausbrechen. »Ich muss mit Karolina reden.«

Wilhelmina schüttelte den Kopf. »Vertrau darauf, dass Ottilia und ich auf sie achtgeben.«

»Das ist eigentlich die Aufgabe einer Mutter.«

»Karolina«, erwiderte Wilhelmina zögernd, »ahnt nicht, dass sie eine Mutter hat. Doch sie weiß, dass Ottilia, Margareta, Beda, Torun und Märta ihre guten Freundinnen sind und dass sie sich auf mich verlassen kann.«

»Worauf willst du hinaus?«

»Wenn sie bereit ist, ihr Herz auszuschütten, wird sie es vermutlich bei Ottilia tun. Bis dahin sind uns allen die Hände gebunden.«

Kapitel 52

Mitte September war der ehemalige königliche Marstall abgerissen und das Grundstück hinter dem Grand Hôtel von Trümmern befreit. Von der immer später beginnenden Morgendämmerung bis zum zunehmend früheren Anbruch der Dunkelheit erbebte nun das ganze Gebäude, als man mithilfe von Bohrhämmern und Dynamitstangen Platz für das neue Fundament schuf.

Am liebsten hätte Margareta sich wegen des unerträglichen Lärms auf der Stallgatan die Ohren zugehalten. »Ich dachte, wir gehen am besten in den Källaren Stjärnan«, rief sie Gösta Möller zu.

Er nickte, und sie konnte nur annehmen, dass er »ausgezeichnet« sagte, denn seine Antwort ging im schrillen Kreischen eines Bohrhammers unter.

Margareta hatte lange und gründlich über die Frage nachgedacht, ob sie Gösta zu seinem vierzigsten Geburtstag in den Källaren Stjärnan einladen sollte. Da Josef sie an einigen ihrer freien Abende dorthin ausgeführt hatte, wusste sie, dass es sich bei dem Restaurant in Gamla Stan um eines der wenigen anständigen Lokale handelte, die sie sich noch leisten konnte, seit sie die Hälfte ihres Gehalts an Knut abtrat. Doch obwohl Gösta nicht mehr als ein guter Freund und Kollege war, befürchtete sie, dass sie beide Männer an der Nase herumführte, auch wenn das Verhältnis zwischen ihr und Josef noch ungeklärt war. Zumindest bis jetzt.

Als sie die Norrbro-Brücke verließen, verstummte der Lärm schlagartig.

Margareta atmete erleichtert auf. »Gott sei Dank.«

Gösta nahm sie am Ellbogen. »Das ist wirklich schrecklich nett von Ihnen. Ich hatte nämlich keine Ahnung, was ich heute Abend mit mir anfangen soll, denn alle meine Freunde müssen arbeiten.«

»Was bin ich doch für ein Glückspilz. Außerdem kommt es überhaupt nicht infrage, Sie allein einen runden Geburtstag feiern zu lassen. Schließlich waren Sie mir immer ein guter Freund, Gösta Möller.«

»Das will ich hoffen. Sie mir auch.«

Sein Lächeln wärmte ihr das Herz, als sie den Königspalast umrundeten und die Skeppsbron entlangschlenderten. Auf der anderen Seite des Hafens funkelten die Gaslaternen entlang des Strandvägen in der Dämmerung. Eine einsame Möwe segelte kreischend im Wind. Offenbar hatte der Herbst den Kampf gegen den Spätsommer gewonnen, denn vom Wasser wehte eine kühle Brise herüber. Dennoch wurde Margareta von einem Glücksgefühl ergriffen.

Als sie in die Packhusgränd einbogen, waren sie froh, dem Wind entronnen zu sein. Sie gingen die kurze kopfsteingepflasterte Gasse bis zur Österlånggatan 45, wo Gösta ihr die Tür aufhielt.

Drinnen war die Luft von Rauch und köstlichen Essensdüften erfüllt. Ein Kellner führte sie zu dem Tisch, den Margareta in weiser Voraussicht reserviert hatte. Ein Glück, denn als sie sich im Restaurant umsah, war dieses voll besetzt. Im nächsten Moment erstarrte sie.

»Ach herrje, da ist ja Josef Starck«, sagte Gösta. »Wir sollten ihn begrüßen. Der Bursche soll nicht glauben, dass wir ihm die kalte Schulter zeigen.«

Margareta folgte Gösta zu dem Tisch, wo Josef mit einer Dame saß. Sie war etwa in ihrem Alter. Wer war diese Frau? Sie hatte sie noch nie zuvor gesehen. Im Hotel arbeitete sie jedenfalls nicht.

Gösta klopfte Josef auf den Rücken. »Guten Abend, Josef. Was für ein Zufall.«

»Das ist es wirklich«, erwiderte Josef. Sein Tonfall verriet, dass ihm diese Begegnung mit Gösta und Margareta höchst unangenehm war.

»Möchten Sie uns nicht vorstellen?«, fragte Gösta den Floristen.

»Das ist Maj.«

»Wir feiern heute unseren Hochzeitstag«, fügte Maj erklärend hinzu und hielt ihnen die Hand hin. »Maj Starck.«

Margareta besaß die Geistesgegenwart, nicht nach Luft zu schnappen. Nachdem sie Maj rasch die Hand geschüttelt hatte, zupfte sie Gösta kräftig am Ärmel, eine klare Aufforderung, sie wieder zurück zu ihrem Tisch zu begleiten.

»Nur mit der Ruhe«, meinte Gösta. »Sie wollte doch nur höflich sein.«

Als sie wieder saßen, beugte Margaret sich vor. »Haben Sie es nicht gesehen?«, zischte sie Gösta zu. »Sie trägt Fräulein Silfverstjernas Ring.«

Göstas Augenbrauen fuhren nach oben. »Sind Sie sicher?«

»Todsicher.« Während Gösta Josef den Rücken zukehrte, hatte Margareta Maj gut im Blick. Und auch den Ring, der im Kerzenschein funkelte.

Der Kellner brachte die Speisekarte. »Darf ich Ihnen etwas zu trinken bringen?«

Margareta sah Gösta fragend an. *Was sollen wir jetzt tun?* Gösta nickte dem Kellner zu. »Sehr gerne. Margareta?«

Sie bestellte das Erste, was ihr einfiel. »Ein Glas roten Hauswein, bitte.«

»Für mich das Gleiche.« Er erhob sich. »Entschuldigen Sie mich, Margareta, aber ich muss kurz hinaus.«

Margareta verbrachte beklommene zehn Minuten, in denen sie als Frau allein an einem Tisch saß. Sie wich den Blicken der Neuankömmlinge aus, die nicht wissen konnten, dass sie in Herrenbegleitung war. Dabei ließ sie Josef Starck nicht aus den Augen und hatte Mühe, den Zorn zu zügeln, der in ihr brodelte. Verheiratet? Ein Dieb? Wusste Maj, dass sie Diebesgut am Finger hatte? Nur wegen dieses Mannes hatten sie alle im Hotel wochenlang in Angst gelebt. Während sie Verdächtigungen ausgesetzt gewesen waren, hatte er ihnen allen frech ins Gesicht gelogen. Kein Wunder, dass er lieber außerhalb wohnen wollte. Dass er nur selten Zeit hatte, abends auszugehen. Es fehlte nicht viel und sie hätte ihm eine Ohrfeige verpasst. Eine schallende. Und wo steckte Gösta? Oder besser, was trieb er bloß da draußen? Josef und Maj ließen sich gerade den Hauptgang schmecken. Doch sie konnten jeden Moment verschwinden, falls Josef klar werden sollte, dass sie den Ring bemerkt hatte. Zum wohl tausendsten Mal schaute sie zu ihm hinüber und konnte immer weniger fassen, wie sie nur so dumm hatte sein können. Und er war offenbar auch nicht der Klügste: Welcher Mann ging denn mit zwei verschiedenen Frauen in dasselbe kleine Restaurant? Damit forderte er das Schicksal doch geradezu heraus. Und jetzt würde es ihn ereilen.

Als Gösta an den Tisch zurückkehrte, wirkte er so lässig wie zuvor. Er hob sein Glas. »Prost, Margareta. Ich trinke auf Ihre Gesundheit und darauf, dass Frau Skogh sich heute einen ruhigen Abend zu Hause gönnt.«

Margaretas Puls schlug schneller. Also hatte er im Grand Hôtel angerufen. Sie erwiderte seinen Trinkspruch. »Herzlichen Glückwunsch zum Geburtstag.«

»Danke. Unsere Freunde werden bald hier sein. Dann führt der Oberkellner sie an den richtigen Tisch.« Gösta fuhr sich mit der Zunge über die Lippen. »Der Hauswein ist lecker. Wollen wir bestellen?«

Margareta konnte nicht fassen, wie Gösta es nur schaffte, sich in aller Seelenruhe sein Steak mit Kartoffeln, serviert auf einem Holzbrett, schmecken zu lassen. Sie hingegen brachte nur kleine Bissen hinunter und ließ dabei Josef Starck nicht aus den Augen.

»Er hat gerade die Rechnung verlangt«, flüsterte sie Gösta zu. »Was machen wir jetzt?« Diesmal galt ihr auffordernder Blick dem Oberkellner: *Halten Sie ihn auf!*

Der Oberkellner trat an ihren Tisch. »Ihre Gäste sind eingetroffen«, meldete er mit leiser Stimme. »Sie warten draußen.«

Margareta beobachtete, wie die Starcks aufstanden und auf sie zukamen.

»Gute Nacht«, sagte Maj. »Es war nett, Sie kennenzulernen. Wir gehen noch ein bisschen feiern. Schließlich ist heute ein besonderer Abend.«

Josef brummte zustimmend und schob seine Frau zur Tür. Als draußen plötzlich Tumult ausbrach, wandten sich einige Köpfe.

»Was, zum Teufel, ist da los?«, wunderte sich einer der Gäste.

»Kein Grund zur Sorge«, erklärte der Oberkellner den Anwesenden. »Da hat nur jemand vergessen, die Suppe auszulöffeln, die er sich eingebrockt hat.«

Bei ihrer Rückkehr ins Grand Hôtel wurden Margareta und Gösta empfangen wie Helden.

Frau Skogh erwartete sie am Eingang in der Stallgatan. »Begleiten Sie mich in mein Büro. Inspektor Ström und Fräulein Silfverstjerna sind schon dort.«

»Wie kann ich Ihnen nur danken?« Elisabet Silfverstjerna schüttelte den beiden überschwänglich die Hand. »Ich habe wirklich geglaubt, der Ring sei für immer verloren.« Sie reckte den Finger, damit alle ihn bewundern konnten.

»Und in neunundneunzig von hundert Fällen hätten Sie mit Ihrer Vermutung recht behalten«, erwiderte Inspektor Ström. Margareta erkannte ihn als den Polizisten wieder, der schon beim Verschwinden des Rings ins Hotel gekommen war.

»So ein Glücksfall ist mir noch nie untergekommen. An Ihrer Stelle würde ich in der Lotterie spielen. Also, Frau Skogh, ich hoffe, dass dieses Hotel meine Dienste für lange Zeit nicht in Anspruch nehmen wird. Ich finde selbst hinaus. Einen guten Abend.«

Als er ging, erschien gerade Beda mit Gläsern und einer Flasche Moët.

»Ich habe gehört, dass es noch etwas zu feiern gibt«, verkündete Frau Skogh, während Beda einschenkte. »Alles Gute zum Geburtstag, Herr Möller.«

Er nahm das Glas entgegen. »Vielen Dank. Heute Abend werde ich aber richtig verwöhnt.«

Margareta hatte Gösta noch nie erröten sehen. Sie lächelte. Der liebe Mann hatte sogar versucht, sein eigenes Geburtstagsessen zu bezahlen. Das hätten weder Knut noch Josef getan.

»Dann müssen Sie mir gestatten, Sie noch weiter zu verwöhnen«, verkündete Elisabet. »Wie ich annehme, ist Ihr heutiges Abendessen alles andere als entspannt verlaufen. Deshalb würde ich mich sehr freuen, wenn Sie beide an einem Abend Ihrer Wahl im Operakällaren speisen würden. Als kleines Dankeschön von mir.«

Gösta hob die Hand. »Das ist wirklich nicht ...«

»Oh doch, das ist es«, fiel Frau Skogh ihm ins Wort. »Und ich steuere den zusätzlichen freien Abend bei. Nun wollen wir auf Inspektor Ströms Worte trinken: Möge die Polizei für sehr lange Zeit keinen Fuß mehr ins Grand Hôtel setzen müssen. *Skål!*«

Kapitel 53

Eines Abends Mitte November durchquerte Karolina die Hotelhalle. Sie genoss die Freiheiten, die ihr das klassisch-elegante burgunderrote Kleid verlieh. Da sie in der Dienstkleidung des Bankettservice eher wie ein Gast als wie eine Angestellte wirkte, durfte sie sich in den öffentlichen Räumlichkeiten des Erdgeschosses aufhalten. Sie liebte dieses Kleid mit seinen Puffärmeln und dem Rock aus raschelnder Seide. Und genauso liebte sie den Abend, wenn sich Lichtfunken in auf Hochglanz polierten Flächen aus Mahagoni und marmornen Säulen spiegelten und sich das Klirren von Gläsern und Stimmengewirr aus dem Speisesaal mit dem Klimpern aus der angrenzenden Pianobar mischten. Ihre Füße erzeugten auf dem weichen Teppich kein Geräusch, und sie fühlte sich angenehm müde, ohne erschöpft zu sein. Ganz automatisch lächelte und nickte sie allen Gästen zu, deren Blick sie traf. Obwohl diese die Geste stets erwiderten, war es, als sei Karolina innerlich ganz weit weg. Oder besser: als pralle das Lächeln ihrer Mitmenschen an der gläsernen Wand ab, die sie umgab. Karolina konnte sie zwar hören, mit ihnen sprechen und ihre täglichen Pflichten erfüllen, doch der Abstand zwischen ihr und anderen blieb. Und dabei genoss sie ihre neue Aufgabe, denn kein Tag glich dem anderen, und Ottilia war trotz ihres Hangs zum Perfektionismus eine wundervolle Kollegin. Dennoch sehnte Karolina sich insgeheim nach Nähe.

Offenbar hatte man einen anderen Pianisten eingestellt. Er wich von dem üblichen Repertoire aus beliebten Liedern und Weisen ab. An eine Säule gelehnt, beobachtete Karolina, wie er sich mit der Musik bewegte. Es war ein beinahe fröhliches Stück, das dennoch etwas Klassisches zu sein schien. Karolina gefiel es und auch die Gäste waren verstummt und lauschten andächtig. Sie umrundete die Säule, um sich den attraktiven Pianisten, der einen gezwirbelten Schnurrbart, eine lange Jacke und eine Hose mit Nadelstreifen trug, aus der Nähe anzusehen. In diesem Moment blickte er auf und nickte ihr beinahe unmerklich zu. Seine Hände spielten weiter, während seine Augen eindeutig anderweitig beschäftigt waren. Die Melodie ging in eine melancholischere Passage über und steuerte dann langsam auf ihr Ende zu. Applaus ertönte, bevor die Gäste sich wieder ihren Gesprächen zuwandten.

Der Pianist winkte Karolina heran. »Ich habe Sie zum Weinen gebracht.«

Karolinas Hand fuhr hinauf zu ihrer nassen Wange. »Ich habe es gar nicht bemerkt.«

Er lächelte. »Aber es ist so. Und Sie, Fräulein …?«

Karolina wich einen Schritt zurück. Auch wenn er ein neuer Mitarbeiter war, wollte sie ihn lieber auf Abstand halten, ganz gleich, welche wundervollen Klänge seine Finger auch den Tasten entlockten. »Nilsson. Fräulein Nilsson. Karolina.«

»Sie, Fräulein Nilsson, haben mir den Abend gerettet. Ja, sogar meine ganze Woche.«

Karolina verzog gleichzeitig zweifelnd und neugierig das Gesicht. »Ich? Wie denn?«

»Indem Sie so empfänglich für mein Klavierspiel waren.«

»Es war wunderschön. Nicht nur das Stück, sondern auch, wie Sie gespielt haben. Was war das für Musik?«

»Nur ein paar Passagen aus einer neuen Operette mit dem Titel *Die lustige Witwe*.« Wieder lächelte er. »Gehen Sie gern in die Oper, Fräulein Nilsson?«

»Das weiß ich nicht. Ich war noch nie dort.«

»Hätten Sie Lust? Schließlich steht gleich auf der anderen Straßenseite ein wundervolles Opernhaus.«

Karolina schlug die Hand vor die Brust. »Ach herrje, ich glaube, die Oper ist nichts für meinesgleichen.«

»Die Oper, Fräulein Nilsson, ist etwas für jedermann. Ich glaube, Sie hätten Freude daran. In der Oper geht es nur um Musik und Gefühle, aber sie ist auch sehr …«, er blickte sich um und schenkte ihr dann noch einmal ein ansteckendes Lächeln, »elegant.«

Karolina kicherte. »Ich kann mir vorstellen, dass es mir dort gefallen würde. Aber ich arbeite hier, genau wie Sie. Ich bin keine feine Dame.«

Das schien ihn zu amüsieren. »Aber Sie haben feine Ohren.«

»Sie wissen, was sie gerne hören wollen. Und ich fand es sehr schön, wie Sie gespielt haben.«

Ein älterer Herr, den Karolina sehr wohl erkannte, trat ans Klavier.

Der Pianist erhob sich. »Entschuldigen Sie, alter Junge. Als ich sah, dass der Hocker frei ist, konnte ich nicht widerstehen.«

Um die Augen des älteren Herrn entstanden Lachfältchen. »Wenn ich das gewusst hätte, wäre ich geblieben, um zuzuhören.«

Der Pianist verbeugte sich. »Sehr freundlich von Ihnen. Gute Nacht, Fräulein Nilsson. Ich hoffe, Sie geben der Oper einmal eine Chance.« Nachdem er sich noch einmal vor dem älteren Herrn verbeugt hatte, ging er davon.

Karolina blickte ihm nach. Dann wandte sie sich an den Hauspianisten des Grand Hôtel. »Wer war denn dieser Mann?«

»Franz Lehár. Er ist Dirigent und außerdem Komponist. Wissen Sie vielleicht, was er gerade gespielt hat?«

»Das Stück hieß *Die lustige Witwe*. Sehr hübsch.«

Der Hauspianist strahlte. »Davon habe ich noch nie gehört. Wirklich beeindruckend.«

Zwei Tage später wurde Karolina von Gösta Möller abgefangen. »Ein Gast hat mich gebeten, Ihnen das nach seiner Abreise zu geben.« Er reichte ihr einen Umschlag aus steifem cremefarbenem Papier, auf dem in geschwungenen Buchstaben *Fräulein Karolina Nilsson* stand.

»Welcher Gast?«

»Warum machen Sie es nicht einfach auf?«

Karolina zog drei Stücke Papier aus dem Kuvert. Bei zweien handelte es sich um Karten für eine Aufführung von *Carmen* in der Königlichen Oper am 29. Dezember. Das dritte war ein Schreiben des geheimnisvollen Absenders. »*Liebes Fräulein Nilsson. Bitte betrachten Sie diese Karten als Zeichen meines bescheidenen Danks an meine aufrichtige Kritikerin. F. L.*«

Karolinas Hände zitterten. »Franz Lehár?«

»Höchstpersönlich.«

»Leider kann ich nicht hingehen.«

»Warum denn nicht?«

»Frau Skogh würde es nie gestatten.« Karolina sah Gösta an. »Außerdem habe ich nichts anzuziehen.«

Kapitel 54

Beda hatte eine Versammlung in Blanch's Café einberufen. Sobald jedes Mädchen ein Glas Wein vor sich stehen hatte, erklärte sie den Anwesenden am Tisch, die nicht mehr im Grand Hôtel beschäftigt waren, den Grund dieses Treffens. Ottilia stellte fest, dass die aufgeschlossene Beda inzwischen zu einer Art Anführerin ihrer Gruppe geworden war, was ihnen beiden gut in den Kram passte.

»Unsere Karolina ist in die Oper eingeladen worden«, teilte Beda Torun und Märta mit. »Und zwar von keinem Geringeren als Franz Lehár.«

Torun und Märta wechselten einen Blick. »Franz wer?«, fragten sie im Chor.

»Das ist ein Komponist«, erwiderte Beda. »Unserem Pianisten ist er ein Begriff.«

Karolina errötete bis zu den Wurzeln ihres blonden Haars. »Ich gehe ja nicht mit Herrn Lehár hin. Er hat mir nur zwei Karten geschenkt. Frau Skogh sagt, dass ich darf, wenn wir den kürzesten Weg hin und wieder zurück nehmen.«

»Warum sollte ein Gast des Grand Hôtel Karolina zwei Opernkarten schenken?« Märtas Miene spiegelte ihren verständnislosen Tonfall wider.

»Ich weiß es nicht. Aber darum geht es jetzt nicht. Die Frage lautet vielmehr«, Beda klopfte auf den Tisch, »wen sie mitnimmt und was sie anzieht.«

»Das sind zwei Fragen«, wandte Torun ein. »Seit wann hast du denn Schwierigkeiten mit dem Zählen, Beda?« Als Beda sie missbilligend ansah, grinste sie breit. »Das war doch nur ein Scherz. Ein Abend in der Oper, das wird sicher wundervoll, Karo.«

»Ganz recht«, stimmte Ottilia zu. »Und ich habe ihr auch schon einen Vorschlag gemacht, wen sie mitnehmen soll.« Sie ließ den Blick über die Anwesenden schweifen. »Edward natürlich.«

»Eine prima Idee«, pflichtete Margaret ihr bei. »Ihr wärt ein hübsches Paar.«

Karolina lief rot an. »Wir sind kein Paar.«

Beda verdrehte die Augen. »Damit wollte Margareta nur sagen, dass du einen Abend lang eine schöne Frau am Arm eines gut aussehenden Mannes sein kannst. Sie hat nicht von dir verlangt, dir eine Kirche auszusuchen und sie zur Taufpatin deines ersten Kindes zu machen.«

Karolina musste lachen, so peinlich es ihr auch war, dass sie jemand als Teil eines Paars betrachten könnte. »Ihr dürft alle die Taufpatinnen meines ersten Kindes sein.« Außerdem war Edward mitzunehmen eine elegante Antwort auf die heikle Frage, für welche ihrer Freundinnen sie sich entscheiden sollte. Hinzu kam, dass er sich die Karte ehrlich verdient hatte. Sie hatte nie die richtigen Worte gefunden, sich bei ihm für ihre Rettung an jenem schrecklichen Tag im Juni zu bedanken. Genau genommen hatte sie weder mit ihm noch mit sonst jemandem über diesen Vorfall gesprochen. Vielleicht würde eine Opernkarte ja mehr sagen, als eine Erklärung es je vermocht hätte. Doch im nächsten Moment fiel ihr etwas ein: »Vielleicht hat er ja keine Lust.«

»Warum sollte er keine Lust haben?«, entgegnete Torun. »Es ist ja nicht so, als ob du ihn zu einem der Vorträge der Ärztin und Frauenrechtlerin Karolina Widerström schleppen würdest, in dem sie über die weibliche Anatomie referiert. Das war übrigens höchst interessant.« Sie wandte sich an Ottilia. »Ich habe es an Birna geschrieben. Wenn sie wirklich immer noch Ärztin werden will …«

»Oder Hebamme«, unterbrach Ottilia.

Torun schürzte die Lippen. »Ärztin. Seit Mutters Tod will Birna herausfinden, woran genau sie gestorben ist. Ich glaube, inzwischen hat sie die Hoffnung aufgegeben. Wie sollte das auch möglich sein, immerhin ist es vier Jahre her? Aber Birna sagt, sie wolle ihr Möglichstes tun, um zu verhindern, dass noch weitere Familien ihre Mütter verlieren. Sie ist fest entschlossen, Frauenärztin zu werden.«

»Das ist ein bewundernswertes Ziel«, meinte Margareta. »Und sehr verständlich.«

»Ich weiß nicht«, erwiderte Ottilia. Wie hatte sie Birna so aus den Augen verlieren können? Sie nahm sich fest vor, im nächsten Frühjahr nach Rättvik zu fahren. Vielleicht konnte sie Birna ja auch nach Stockholm einladen. Ob sie bei Torun und Märta unterkommen konnte? Vielleicht. Aber für Vater und Victoria würde der Platz dort sicherlich nicht reichen. Nein. Also war es besser, wenn sie ihre Familie in Rättvik besuchte.

»Hallo?«, riss Beda sie mit lauter Stimme aus ihren Grübeleien.

Mühsam kehrte Ottilia in die Gegenwart zurück. »Entschuldigt.«

»Ich sorge dafür, dass Edward am 29. einen freien Abend hat«, verkündete Beda. »Und das bringt uns zu der schwierigeren Frage: Was zieht ihr beiden Opernliebhaber an?«

»Ich könnte mein …«, begann Karolina.

»Nein«, fiel Märta ihr ins Wort. »Ich weiß, wie sehr du das burgunderrote Kleid liebst, aber es ist unverkennbar Dienstkleidung und nichts fürs Vergnügen.« Sie klopfte sich mit den Fingerspitzen ans Kinn. »Aber ich könnte mit einer der Frauen im französischen Modeatelier bei Nordiska Kompaniet sprechen. Sie bekommen immer wieder Vorführmodelle herein, und ganz, ganz selten ist auch eine Robe dabei, die einen kleinen Fehler hat, sodass man sie nicht mehr verkaufen kann. Obwohl viele dieser Fehler mit dem bloßen Auge kaum wahrzunehmen sind, würde Kompaniet niemals seinen makellosen Ruf aufs Spiel setzen, indem es diese Kleider in den Verkehr bringt. Die Damen, die bei uns arbeiten, dürfen sie zum Personalrabatt erwerben.«

»Ausgezeichnet«, sagte Beda. »Ich wusste, dass wir uns auf dich verlassen können. Was ist mit Stiefeln, Handschuhen und einem Hut?«

»Wenn das Kleid einen weiten Rock hat, sieht niemand die Stiefel«, wandte Margareta ein.

»Meine Arbeitsstiefel sind neu«, erklärte Karolina. »Wenn man sie poliert, glänzen sie wunderschön.«

»Hochwertiges Leder glänzt immer, wenn man es poliert«, erwiderte Märta. »Ich kann dir ein Paar Handschuhe leihen. Schwarze. Sie passen zu allem, außer zu Pastelltönen, aber im Dezember trägt niemand in der Oper Pastell.«

»Jetzt fehlt nur noch der Hut«, stellte Ottilia fest. »Nur dass wir nicht wissen, welche Farbe er haben muss, solange wir die Farbe des Kleides nicht kennen.«

Nachdenkliches Schweigen senkte sich über die Runde.

»Augenblick mal«, widersprach Märta da. »Muss der Hut nicht zum Mantel passen?«

»Ich habe einen neuen schwarzen Mantel, den du dir borgen kannst«, schlug Margareta vor. »Und in der Fundstückekammer liegen Unmengen schwarzer Hüte herum.«

»Ich habe eine Perlenkette, die das Ganze abrunden würde«, verkündete Ottilia.

Karolina schnappte nach Luft. »Die kann ich unmöglich tragen. Sie hat deiner Mutter gehört.«

»Ich bin sicher, dass sie die Kette gern einer jungen Dame für ihren ersten Opernbesuch leihen würde. Was denkst du, Torun?«

»Mutter würde sich immer freuen, wenn eine junge Dame etwas zum ersten Mal tut.«

»Eure Mutter muss eine wundervolle Frau gewesen sein.«

Karolinas wehmütiger Tonfall drohte die ausgelassene Stimmung zu dämpfen.

»Das wäre also geschafft«, stellte Beda fest. »Der Abend in der Oper ist gerettet.«

»Was ist mit Edward?«, fragte Märta. »Ich bin nicht sicher, ob ich bei Nordiska Kompaniet etwas für ihn tun kann. Mein Freund in der Gepäckabteilung hat noch zu wenig Befugnis, um etwas zu entscheiden, und ich möchte nicht, dass er jemanden um einen Gefallen bitten muss.«

»Ich glaube, da können wir uns auf Gösta Möller verlassen. Bestimmt kann Edward sich einen Frack und einen Zylinder aus dem Bestand des Grand Hôtel ausborgen.«

Ottilia schnappte nach Luft. »Ich wusste gar nicht, dass wir Zylinder haben.«

»Offiziell haben wir auch keine. Doch in der Fundstückekammer sammeln sich im Laufe eines Jahres etwa zehn Stück davon an. Sie entwickeln sich allmählich zum Problem. Zu wertvoll, um sie wegzuwerfen, und ausgesprochen sperrig in der Aufbewahrung.«

»Wir war euer Abendessen im Operakällaren?«, erkundigte sich Märta bei Margareta. »Ich habe allmählich daran gezweifelt, dass ihr überhaupt hingehen würdet.«

»Eigentlich hatten wir das auch nicht vor«, gestand Margareta. »Gösta und mir war es ein wenig unangenehm, so ein kostspieliges Geschenk anzunehmen, weshalb wir gehofft haben, dass die Sache im Sande verläuft. Dann aber haben wir gehört, dass Fräulein Silfverstjerna mit Frau Skogh einen Tag vereinbart und einen Tisch reserviert hat. Ich bin ihr dafür sehr dankbar. Es war ein wundervoller Abend und wirklich sehr großzügig von Fräulein Silfverstjerna. Und dabei hätte sich doch jeder anständige Mensch so verhalten wie wir.«

»Euch zum Essen einzuladen, war doch das Mindeste. Schließlich hat sie es euch zu verdanken, dass sie ihren Ring wiederhat«, widersprach Karolina.

Zustimmendes Raunen von den Anwesenden.

»Gibt es Neuigkeiten über Josef Starck?«, fragte Torun.

»Er wartet auf seinen Prozess«, antwortete Margareta. »Inspektor Ström rechnet damit, dass man ihn zu Zwangsarbeit verurteilen wird.«

»Und seine Frau?«, wollte Märta wissen.

»Sie behauptet noch immer, sie habe nicht geahnt, dass der Ring gestohlen war.«

»Nicht geahnt, da lachen ja die Hühner«, höhnte Beda. »Schade, dass er sich als Halunke entpuppt hat. Das hast du wirklich nicht verdient.«

Die schlichte Feststellung wirkte auf seltsame Weise befreiend. »Nein«, erwiderte Margareta. »Das habe ich nicht.«

»Wie geht es deinem Monsieur Blanc?«, wandte sich Märta an Beda.

»Ich wünschte, er wäre mein Monsieur Blanc. Oder wenigstens war das einmal so. Inzwischen bin ich nicht mehr so sicher. Er hat keine anderen Gesprächsthemen außer Wein und Essen. Außerdem«, sie senkte die Stimme, »habe ich allmählich den Verdacht, er könnte vom anderen Ufer sein.«

Sie blickte in fünf erstaunte Gesichter.

»Aber, Mädchen«, sagte Beda. »Seid ihr wirklich nie auf diesen Gedanken gekommen?«

»Man muss nicht unbedingt alles aussprechen, was man denkt«, tadelte Margareta.

»Willst du etwa, dass wir schwindeln?« Beda setzte eine Unschuldsmiene auf.

»Ich will, dass Sitte und Anstand gewahrt bleiben«, entgegnete Margareta, musste aber dennoch lachen. »Beda Johansson, du bist der Nagel zu meinem Sarg.«

»Dann fange ich besser nie wieder als Zimmermädchen an.« Grinsend hob Beda ihr Glas und prostete ihrer früheren Vorgesetzten und dem Rest der Runde zu.

Kapitel 55

Am letzten Freitag des Jahres beobachteten Wilhelmina und Elisabet von Wilhelminas Bürofenster aus, wie Karolina und Edward das Ende der Kungsträdgårdsgatan überquerten und auf das königliche Opernhaus zusteuerten.

»Den beiden steht ein denkwürdiger Abend bevor«, stellte Elisabet fest. »Und sie sind so ein schönes Paar.«

»Das sind sie wirklich.«

Elisabet lief eine Träne die Wange hinunter. »Ich hätte sie einkleiden können. Warum habe ich es nicht getan?«

Wilhelmina knirschte mit den Zähnen. Wenn sie nur geahnt hätte, dass Elisabet gleich sentimental werden würde. Dann hätte sie sich nämlich gehütet, ihre Freundin dazuzubitten, als Karolina und Edward bei ihr im Büro vorstellig wurden. Sie hatte die zwei unter dem Vorwand rufen lassen, sie müsse sich vergewissern, dass sie auch angemessen gekleidet seien. Schließlich sei es jederzeit möglich, dass sie in der Oper Gästen des Grand Hôtel über den Weg liefen. »Karolina wurde mit der liebevollen Unterstützung ihrer Freundinnen eingekleidet«, erwiderte sie nun.

»Aber trägt sie überhaupt etwas am Leibe, das ihr gehört?«

Wilhelmina musste ein Schmunzeln unterdrücken. Nicht zu fassen, dass Elisabet sich solche Gedanken über die Eigentumsverhältnisse von Karolinas Sachen machte. Sie konnte der Versuchung nicht widerstehen, ihre Freundin ein wenig auf den Arm zu nehmen. »Ihre Stiefel und das halbe Kleid. Ich glaube, Märta Eriksson ist es gelungen, es für das sprichwörtliche Butterbrot aufzutreiben. Da Karolina und Ottilia dieselbe Größe tragen, haben sie beschlossen, sich Rechnung und Kleid zu teilen. In jeglicher Hinsicht ein gutes Geschäft, wie ich finde. Es ist ein klassischer, schmeichelnder Schnitt und außerdem kommt Marineblau nie aus der Mode. Allerdings gehen beide vermutlich nicht davon aus, dass sie je Gelegenheit haben werden, das Kleid zu tragen. Aber wer kann es einer hübschen jungen Dame verübeln, dass sie zumindest einen fünfzigprozentigen Anteil an einem Abendkleid besitzen will?« Als Edward auf dem vereisten Gehweg ausrutschte, schnappte Wilhelmina nach Luft. Doch Karolina nahm ihn am Arm und die beiden verschwanden im Gebäude.

»Ich könnte meiner Tochter genügend Gelegenheiten verschaffen, sich in einem eleganten Abendkleid zu zeigen«, stieß Elisabet zornig hervor und wieder tropfte ihr eine Träne vom Kinn. »Ich hätte ihr gerne ein eigenes gekauft und dazu einen passenden Mantel. Einen Hut. Vielleicht sogar eine Perlenkette, die nur ihr gehört. Oder sie hätte sich zumindest meine leihen können.«

»Alles zu seiner Zeit.«

»Alles zu seiner Zeit. Im nächsten Oktober wird sie einundzwanzig.« Elisabet sah Wilhelmina nachdenklich an. »Ich glaube, der König ist im Laufe der Jahre milder geworden.«

»Du könntest recht haben«, erwiderte Wilhelmina taktvoll. »Aber wird er es dulden, dass er getäuscht wurde und man seinen Befehlen zuwidergehandelt hat? Er wird nicht daran zweifeln, dass du dich auf die eine oder die andere Weise schuldig gemacht hast.« Mit meiner Hilfe. Inzwischen waren die Arbeiten an den Fundamenten des Grand Royal zwar schon weit vorangeschritten, doch es war noch immer möglich, das Gebäude einem anderen Zweck zuzuführen, wenn sie bei Hof in Ungnade fallen sollte. Besaß der König die Macht, einen Vertrag zu zerreißen? Das war zwar höchst unwahrscheinlich, aber er verfügte über Mittel und Wege, die Angelegenheit zu verzögern, bis die Gerichte entschieden hatten.

Elisabet seufzte. »Es ist die Pflicht einer Mutter, ihr Kind zu beschützen und es zu versorgen. Ich war weder zum einen noch zum anderen in der Lage.«

Wieder die alte Leier. Wilhelmina bemühte sich um einen ruhigen Tonfall. »Mir ist klar, wie weh es dir tut, Karolina nicht bemuttern zu können. Aber versuch doch einfach, dich darüber zu freuen, dass sie hier in deiner Nähe und im Kreis ihrer Freundinnen geborgen ist. Auch Margareta Andersson steht auf ihrer Seite. Ich habe es bis jetzt nicht erwähnt, weil ich es für überflüssig hielt, aber ich kann dir bestätigen, dass du dir in dieser Hinsicht keine Sorgen zu machen brauchst. Margareta ist überzeugt davon, dass du Karolinas Mutter sein musst.«

Elisabet schnappte nach Luft.

»Und dass Seine Majestät ihr Vater ist«, fügte Wilhelmina hinzu.

Elisabet erbleichte. »Seit wann weiß sie es? Wie ist sie darauf gekommen?« Sie ließ sich auf Wilhelminas Schreibtischstuhl sinken.

»Offenbar hat sie schon seit einer Weile den Verdacht. Und dieser Verdacht hat sich bestätigt, als ihr klar wurde, dass dein vermisster Ring mit euren Geburtssteinen besetzt ist. Falls ihr irgendetwas Bedenkliches zu Ohren kommen sollte, wird sie mich warnen. Eigentlich ist es gar nicht so schlecht, dass ein Karolina nahestehender Mensch eingeweiht ist.«

»Und was ist mit ihrem Mann?«

»Der ahnt nichts.«

»Gut.« Elisabet atmete auf. »Können wir Margareta Andersson wirklich vertrauen?«

»Karolina bedeutet ihr sehr viel und außerdem ist sie dem Grand Hôtel treu ergeben. Was bleibt uns auch anderes übrig?«

»Aber?«

»Was meinst du mit *aber*?«

»Deine Augen verraten dich, Mina. Du hast Zweifel.«

»Da ist nur eine Kleinigkeit. Als ich sie fragte, ob sie noch Kontakt mit Knut Andersson hat, hat sie einen Sekundenbruchteil mit ihrer Antwort gezögert. Sie hat sich *entschieden*, Nein zu sagen.«

»Warum, um Himmels willen ...«

Wilhelmina presste die Lippen zusammen und schüttelte den Kopf. »Da kann ich wie du nur raten. Aber irgendwann wird die Wahrheit ans Licht kommen. Bis dahin sollten wir Gösta Möller weiter ermutigen, Margareta den Hof zu machen. Die beiden könnten es um einiges schlechter treffen.«

Kapitel 56

1906

Torun hatte die Ausgabe von Hjalmar Söderbergs *Doktor Glas* ordentlich eingepackt. Nun reichte sie das Buch einer Dame, die einen Winterhut aus Wildleder trug. Vermutlich hätte Märta ihr Leben für so einen Hut geopfert. Die Geschwindigkeit, mit der die Kundin das Buch in die Tasche steckte, ließ beinahe vermuten, dass es sich dabei um verbotene Früchte handelte. Und nach Auffassung vieler ehrbarer und einflussreicher Menschen verhielt sich das auch so: Söderbergs Schwäche für den Ménage-à-trois hatte bei Kritikern großes Aufsehen erregt, denn die werten Herren schienen nicht in der Lage zu sein, die Empfindungen des Romanhelden von denen des Verfassers zu trennen. Torun war dieses Denken rätselhaft. Schließlich hatte ein Schriftsteller doch die Aufgabe, die Untiefen des Menschseins auszuloten, und das Recht, seine Erkenntnisse mit ein wenig dichterischer Freiheit zu würzen. Oder unterstellten diese Kritiker etwa auch jedem Verfasser von Kriminalromanen eine heimliche Mordlust?

Lächelnd gab sie der Kundin ihr Wechselgeld. »Danke, und beehren Sie uns bald wieder.«

Früher einmal hatte Torun geglaubt, dass eine Tätigkeit bei Göthes, zweifellos dem besten Buchladen von Stockholm, die Erfüllung all ihrer Träume sein und ihrer Seele Nahrung geben würde. Sie liebte Bücher und genoss es, ihr Gewicht in den Händen zu spüren. Für sie gab es nichts Schöneres als den Geruch nach Tinte, wenn man die frischen Seiten beschnitt, und dann war da noch die wundervolle, wenn auch schwere Entscheidung, was sie als Nächstes lesen sollte. *Gösta Berling* von Selma Lagerlöf? *Persönlichkeit und Schönheit* von Ellen Key? *Sherlock Holmes* von Sir Arthur Conan Doyle? Oder doch lieber *Das Dschungelbuch* von Rudyard Kipling? Alles stand rings um sie herum in den Regalen, sodass sie nur zuzugreifen brauchte. Natürlich nicht im wörtlichen Sinne, denn sie durfte die Bücher nicht einfach mitnehmen. Ihre kleine Bibliothek zu Hause war mit hart erarbeitetem Geld ehrlich bezahlt, während Märta ihren Verdienst lieber für neue Schlüpfer oder einen Unterrock ausgab. Für Torun kam das nicht infrage. Lieber flickte sie ihre Sachen, solange sie nur äußerlich vorzeigbar aussah. Mochte Märta Skizzen von Hüten und Handschuhen anfertigen, Toruns Notizbuch war mit der stetig länger werdenden Liste der Bücher gefüllt, die sie gerne besessen hätte.

Inzwischen war sie die Arbeit bei Göthes leid. Nicht weil ihr vom langen Stehen das Bein wehtat. Auch nicht wegen der schweren Kartons oder des eisigen Luftzugs, der im Winter durch die sich ständig öffnende Tür hereinwehte. Selbst die Kunden, die sie herunterputzten, wenn ein Buch nicht auf Lager war, konnten sie nicht schrecken. Nein, es lag daran, dass sie sich fühlte wie einer der schlecht bezahlten Arbeiter in der königlichen Prägeanstalt, der den ganzen Tag Münzen fertigte, ohne je selbst in den Genuss dieser Reichtümer zu kommen. Je länger Torun Bücher verkaufte, desto mehr erhärtete sich ihr Verdacht, dass alle anderen etwas zur Verbesserung der gesellschaftlichen Lage beitrugen, während sie nur Regale einräumte. Wenn sie einer neugierigen, oder besser zögerlichen, Leserin ein Buch von Ellen Key empfahl, verstärkte das nur ihr Gefühl, dass sie viel zu weit von der vordersten Front entfernt war, um etwas für das Gelingen der Schlacht zu tun.

Auf der anderen Seite des Stureplan hatten die Betreiberinnen des neuen Lebensmittelladens in der Jakobsbergsgatan 6 die Theorie in die Praxis übertragen und boten den Stockholmer Frauen nun eine Möglichkeit, Lebensmittel einzukaufen, mit denen sie nicht ihre Gesundheit gefährdeten. Die neue Kooperative von Frauen für Frauen, Svenska Hem war ihr Name, garantierte dafür, dass die angebotenen Waren frei von Krankheitserregern und außerdem nicht von profitgierigen Männern manipuliert worden waren. Denn die Hersteller taten inzwischen alles, um ihre Gewinne zu steigern, und schreckten nicht einmal davor zurück, Mehl mit Kreide zu strecken. Viele Mitglieder von *Tolfterna* entrichteten gerne ihren Beitrag zu Svenska Hem, so auch Torun und Märta. Selma Lagerlöf gehörte auch dazu. Margareta hatte geschworen, beizutreten, wenn oder falls sie je aus dem Grand Hôtel ausziehen sollte.

Selbst das *Svenska Dagbladet* hatte einen langen Artikel gebracht, in dem eine Journalistin Mutmaßungen anstellte, wie das Land wohl aussehen würde, wenn Frauen das Sagen hätten. Zu Toruns Freude wurde Ellen Key als mögliche Premierministerin aufgeführt, und dass Wilhelmina Skogh für den Posten der Finanzministerin vorgeschlagen wurde, hatte sie sehr amüsiert. Aber ein weiblicher Premierminister? Warum eigentlich nicht?

Nur dass es Torun nicht genügte, die Frauen zu unterstützen, die bereits Gehör fanden. Was konnte sie persönlich sonst noch tun?

Für viele Frauen stand das Frauenwahlrecht ganz oben auf der Liste. Allerdings nicht für alle Frauen, denn einige hielten die Not in der Bevölkerung für das drängendere Problem. Wenn es um die Bekämpfung der Armut ging, war Torun fest davon überzeugt, dass Bildung der Schlüssel war. Was, wenn sie eine Möglichkeit fand, Einfluss darauf zu nehmen, welche Bücher in den Regalen der Bibliotheken und Buchläden standen? Sie biss sich auf die Lippe. Würde Anna Lindhagen bereit sein, ihr einen Kontakt zum Verlag P. A. Norstedt & Söhne zu vermitteln?

Kapitel 57

Ottilia tat, was sie sich vorgenommen hatte, und reiste im März für zwei Nächte nach Rättvik. Inzwischen war im Hotel wieder angenehme Ruhe eingekehrt, weshalb man im Bankettbereich eine Zeit lang auch ohne sie zurechtkommen würde.

Als sie auf der Rückfahrt allein im Zug nach Stockholm saß, hatte sie Gelegenheit zum Nachdenken. Ihr Vater, Birna und selbst Victoria hatten sich ebenso gefreut, sie zu sehen, wie umgekehrt. Doch schon am folgenden Nachmittag – Vater war bei der Arbeit, Birna in der Schule – war Ottilia ruhelos geworden. Cousine Anna hatte die Gelegenheit genutzt, die zwei Tage bei ihrer Familie zu verbringen. Sie hatte die Wohnung im Bahnhofsgebäude sauber und ordentlich zurückgelassen, was hieß, dass Ottilia nur Victoria beschäftigen und warme Mahlzeiten auf den Tisch bringen musste. Ihre kleine Schwester hängte sich ohne eine Spur von Scheu an sie, und Ottilia unternahm mit ihr Spaziergänge durch den Wald, wo sie den frischen Geruch der Fichten und das Knirschen des weißen Neuschnees unter den Füßen genoss. Und nicht zu vergessen die Stille, sofern Victoria einmal für ein paar Minuten den Mund hielt. Ottilia umarmte einen Baum wie eine alte Freundin. Das Gefühl der rauen Rinde an ihrer Wange war tröstend und so beständig. In Stockholm gab es Beständigkeit nur in Gestalt von Stein: Marmor, Granit und Beton. Alles gleichförmig und glatt. Doch Stein und Holz hatten beide ihre Vorteile, ebenso wie Rättvik und Stockholm. Gehörte Ottilia nun hierhin oder dorthin? Oder war sie gar nirgendwo zu Hause? Im nächsten Moment kannte sie die Antwort: Sie würde für immer ein Mädchen aus Dalarna bleiben, doch ihr Herz hatte sie an Stockholm verloren. Und ebenso wie ihr Leben in Stockholm ohne ihre Familie – mit Ausnahme von Torun, die schwor, die Stadt niemals wieder zu verlassen – weitergegangen war, hatte es auch in Rättvik neue Entwicklungen gegeben.

Ottilia lehnte den Kopf an das Schondeckchen ihres Sitzes und schloss die Augen. Was würde Mutter sagen, wenn sie ihre Töchter nun sehen könnte? Ottilia hatte es nicht nur deshalb so eilig, in die Bankettabteilung des Stockholmer Grand Hôtel zurückzukehren, weil sie dort gebraucht wurde. Nein, sie sehnte sich danach, in ihr burgunderrotes Kleid zu schlüpfen und die sprichwörtlichen Ärmel hochzukrempeln. Unterdessen saß Torun vermutlich gerade in ihrem neuen auberginefarbenen Rock mit kurzer Jacke an ihrem Schreibtisch bei P. A. Norstedt & Söhne auf Riddarholmen, wo sie seit zwei Wochen mit großer Freude als Korrektorin arbeitete. Und Birna, mehr als zehn Jahre lang das Nesthäkchen der Familie, hegte den vielleicht ehrgeizigsten Traum von ihnen allen: Sie wollte in die Fußstapfen von Dr. Karolina Widerström treten und Frauenärztin werden. Die Begeisterung, mit der Birna sich auf die von Torun mitgegebene Hebammenzeitschrift *Jordemodern* gestürzt hatte, hatte Ottilia zum Lachen gebracht. »Ganz ruhig. Torun kann dir bestimmt noch weitere Ausgaben schicken.«

»Wenn ich eine gute Frauenärztin werden will, muss ich alles über die Geburt lernen«, teilte Birna Ottilia in ihrer zweiten Nacht mit. Sie saßen zusammen in Toruns Bett, denn das von Ottilia war weggeräumt worden, um Platz für Birnas Schreibtisch aus Eichenholz und einen Stuhl zu schaffen. Außerdem fühlten sie sich so ihrer abwesenden Schwester näher. »Und auch, was eine gute Hebamme tun und was sie lassen sollte«, fuhr Birna fort. Kurz wurde das Leuchten in ihren Augen von einem traurigen Ausdruck abgelöst. »Torun hat gesagt, ich könnte nach Stockholm kommen, wenn Dr. Widerström das nächste Mal einen Vortrag hält. Vater hat es mir erlaubt. Wie ist Märta denn so? Glaubst du, sie hat etwas dagegen?«

»Ganz bestimmt nicht. Märta ist wahnsinnig nett, wenn man sie erst besser kennt. Und sehr hilfsbereit. Außerdem gibt es nichts, was sie nicht über die neueste Mode weiß. Insbesondere Handschuhe und Schals.«

Birna kicherte. »Dann wird sie von mir bitter enttäuscht sein. Ich wusste nicht einmal, dass es eine Mode für Handschuhe gibt. Anna zieht sich gern hübsch an, und ich gebe mir Mühe, mich dafür zu interessieren, um ihr eine Freude zu machen. Aber wenn man mit dem Herzen nicht bei der Sache ist, ist das schwierig.«

Ottilia sah Birna tief in die Augen, die ihr fast zu weise für die einer Vierzehnjährigen dreinzublicken schienen. Hatte Birna sich durch den Tod ihrer Mutter verändert? Oder durch Victorias Geburt? Ihre kleinste Schwester hatte die Liebe einer Mutter nie kennengelernt. Dabei sollte eine Mutter doch eine zuverlässige Größe im Leben eines Kindes sein. Bei Anna bestand jederzeit die Möglichkeit, dass sie nach Storvik zurückkehrte, wenn ihr danach war.

Es war, als hätte Birna Ottilias Gedanken gelesen, denn sie flüsterte: »Ich glaube, Anna hat einen jungen Mann kennengelernt. Einen von Jons alten Freunden. In der Kirche tun sie so, als würden sie einander nicht kennen. Aber sie riskieren immer wieder einen Blick. Und sobald der andere dann wegschaut, lächeln sie.«

Ottilia überlegte. Mit einundzwanzig war es nur natürlich, dass Anna sich für junge Männer interessierte. Schließlich hatte sie sich immer eine eigene Familie gewünscht. Doch was würde dann aus Victoria werden? »Weiß Vater Bescheid?«

»Vermutlich. Ich habe den Verdacht, dass die ganze Gemeinde im Bilde ist. Aber es hat noch niemand etwas gesagt, weil es nichts zu sagen gibt. Hingucken ist erlaubt. Lächeln auch. Und dasselbe gilt für lange Abendspaziergänge.«

Sie grinste ihre Schwester triumphierend an. »Schau? Mir entgeht nichts. Ich bin nicht nur ein hässliches Entlein.«

»Birna Ekman, du bist erstens nicht hässlich und zweitens viel mehr als ein hübsches Gesicht.«

Birnas magere Schultern bewegten sich unter dem Nachthemd nach oben. »Victoria ist die Schönheit in der Familie.«

»Victoria ist vier.«

»Vater vergöttert sie. Ich glaube, er will ihr Mutter ersetzen.« Ihr wehmütiger Ton brach Ottilia fast das Herz.

»Wie läuft es zwischen dir und Vater? Unternehmt ihr etwas zusammen?«

»Ich glaube«, erwiderte Birna zögernd, »dass er nur mit halbem Ohr hinhört, wenn ich über Anatomie rede. Genauso mache ich es nämlich, wenn Anna ständig nur über Kleider spricht. Aber er gibt sich Mühe. Ich sage ihm ständig, dass er wieder heiraten soll. Sonst ist er nämlich allein mit Victoria, wenn ich nach Stockholm ziehe.«

»Ist das dein Ernst?«

»Mein voller Ernst. Er ist erst fünfundvierzig und noch immer ein gut aussehender Mann.« Birna fielen fast die Augen zu. »Jetzt muss ich aber schlafen, sonst komme ich morgen in der Schule nicht mit.« Sie küsste Ottilia auf die Wange und trottete hinüber zu ihrem Bett. »Weißt du, wozu ich die größte Lust hätte?« Ohne Ottilias Antwort abzuwarten, sprach Birna weiter, während sie sich unter die Decke kuschelte. »Ich würde gern in das Café gehen, wo du und Torun euch mit euren Freundinnen trefft.«

»Blanch's Café?«

»Ja.«

»Dazu bist du noch zu jung, mein Schatz. Aber eines Tages nehmen wir dich mit. Versprochen.«

Als der Zug weiter nach Stockholm rollte, wanderten Ottilias Gedanken auch in diese Richtung. Hin zu Karolina. Seit vielen

Monaten hatten Karolina und sie außer belanglosen Höflichkeiten oder Beruflichem kaum ein Wort gewechselt. Deshalb hatte Ottilia im vergangenen Herbst mehr als einmal bereut, dass sie Karolina in ihr Zimmer, ihr Reich, aufgenommen hatte – obwohl dort mehr als genug Platz für ein zweites Bett und einen weiteren Schrank war. Doch inzwischen, genauer gesagt seit dem Abend in der Oper, begann Karolina, sich langsam wieder zu öffnen. Obwohl sie den ganzen Tag zusammenarbeiteten, hatten sie sich abends vor dem Schlafengehen noch immer etwas zu sagen. In der Dunkelheit und in einem Raum, dessen Wände keine Ohren hatten, konnten sie offen Wahrheiten und ihre Sorgen aussprechen und sie erörtern, ohne einander zu verurteilen. Ottilia wurde klar, dass sie vor Karolina keine wirkliche Vertraute gehabt hatte. Zumindest war Karolina die Einzige im Grand Hôtel, die wusste, dass sich Ottilia nachts mit Befürchtungen zermürbte und an ihrer Fähigkeit zweifelte, die Bankettabteilung zu leiten. Karolina hingegen hatte ihr endlich ihre einsame Kindheit geschildert, der Grund, warum ihr der Kreis ihrer Freundinnen so viel bedeutete. Und auch Edwards Zuneigung war ihr sehr wichtig. Liebte er sie? Falls ja, war er der erste Mensch, der das je getan hatte. In jener Nacht hatte Ottilia sie im Arm gehalten, während Karolina bittere Tränen vergoss. Wegen Edward? Oder, endlich, wegen des verhängnisvollen Tags im Juni? Ottilia wusste es noch immer nicht.

Und was war eigentlich mit ihr selbst? War sie auf der Suche nach Liebe? Wie sollte sie bei diesen Arbeitszeiten jemals einen Mann kennenlernen? Und was, wenn es doch geschah? Ottilia seufzte so tief, dass der Herr im Sitz gegenüber den Kopf hob. Sie lächelte ihm entschuldigend zu und kehrte zu ihren Überlegungen zurück. Jede ihrer Freundinnen hatte inzwischen eine klare Einstellung zu Männern. Karolina ging mit Edward aus. Märta hatte jetzt ihren Wilhelm. Beda war noch auf der Suche nach dem Richtigen. Torun war fest entschlossen, ledig zu bleiben und ihre Unabhängigkeit zu wahren. Und was Margareta anging, wussten sie alle – bis vielleicht auf Margareta selbst –, dass es ihr bestimmt war, Gösta Möller zu lieben. Und Ottilia? Sie wusste nur, dass sie in Frau Skoghs Fußstapfen treten und eines Tages das Grand Hôtel leiten wollte. Aber die Liebe eines guten Mannes wie Per Skogh? Mittlerweile hatte sie keine Ahnung mehr, ob sie das überhaupt wollte.

Kapitel 58

Das Ende der dramatischen Ereignisse im Grand Hôtel brachte für alle Beteiligten eine willkommene Verschnaufpause.

Am ersten Montag im Juli saß Wilhelmina an ihrem Schreibtisch und zog Bilanz. Die Öffentlichkeit hatte den Typhusskandal vor anderthalb Jahren endlich vergessen und hoffentlich auch verziehen. Josef Starck befand sich inzwischen hinter Schloss und Riegel und war durch einen einfallsreicheren und ehrlicheren Floristen ersetzt worden. Das Personal war tüchtig und hielt sich an die Regeln. Und die gute Stimmung der zufriedenen Gäste mischte sich mit dem Duft der frischen Lilien in der Hotelhalle. Selbst die Gespräche in der Kantine waren ihr bei ihren gelegentlichen Stippvisiten fröhlich erschienen. So überwog alles in allem das Positive. Und das würde sie auch betonen, wenn der Vorstand sie ins Verhör nahm.

Sie traf fünf Minuten zu früh im Sitzungssaal ein und öffnete die Fenster. Die Geräusche von draußen ließen zwar keine entspannte Konversation zu, doch bis die Herren hier waren, konnte ein wenig frische Sommerluft nicht schaden. Wilhelmina schaute zum Palast hinüber, wo Schwedens nagelneue Landesflagge – inzwischen ohne das Unionszeichen in der Gösch – trotzig auf dem Dach flatterte. Prinzessin Daisy hatte ihre königliche Pflicht getan und einen Sohn geboren. So würde der junge Prinz Gustav Adolf mit oder ohne Norwegen den Fortbestand des Hauses Bernadotte für eine weitere Generation sichern – auch wenn die lange Reihe von Königen mit dem Namen Gustav Adolf sicher bei Generationen von Schulkindern für Verwirrung sorgen würde.

Wilhelminas Blick wanderte zum Parlamentsgebäude. Sie verzog unwillig das Gesicht. In Finnland durfte jeder Bürger und jede Bürgerin wählen, wenn sie das vierundzwanzigste Lebensjahr vollendet hatten. Aber nicht in Schweden. Es war einfach lachhaft, dass sie, eine Frau, die drei Hotels gleichzeitig geleitet hatte und nun die Generaldirektorin des Grand Hôtel mit Verantwortung für das Wohl von Hunderten von Mitarbeitern war, nicht ihre Stimme abgeben durfte. Selbst die derzeitige Debatte, ob man ein erweitertes Wahlrecht einführen sollte, bezog sich nur auf Männer der werktätigen Klasse, nicht etwa auf Frauen der Oberschicht. Würde der Etagenkellner Edward früher wählen können als sie selbst?

Auf dem Flur näherten sich Stimmen. Wilhelmina schloss das Fenster mit mehr Nachdruck als beabsichtigt.

Carl Liljevalch begrüßte sie als Erster. »Wilhelmina, was für ein prachtvoller Tag.«

»Ganz recht. Ich glaube, wenn es so warm bleibt, unternehme ich einen Bootsausflug. Ich war dieses Jahr noch gar nicht draußen bei den Inseln, denn mir fehlt einfach die Zeit.«

Ivar Palm nahm Platz. »Letzten Samstag waren wir auf der Insel Grinda. Henrik Santesson hat sie gekauft und baut dort ein Sommerhaus. Wirklich beeindruckend. Wie Sie wissen, ist er Vorsitzender der Nobelstiftung.«

»Ja, das war mir bekannt«, erwiderte Wilhelmina mit einem breiten Lächeln und setzte dann eine absichtlich verständnislose Miene auf. »Doch der Zusammenhang zwischen Herrn Santessons Stellung bei der Nobelstiftung und dem Kauf von Grinda ist mir nicht ganz klar.«

»Oh, vermutlich gibt es gar keinen.« Inzwischen wirkte Palm verlegen. »Ein wirklich anständiger Bursche.«

Aber hätte man einer wirklich anständigen Frau gestattet, eine Insel zu kaufen? Wilhelmina bezweifelte das. Wieder stieg Ärger in ihr hoch. Ein Sommerhaus auf einer Insel wäre doch genau das Richtige gewesen.

»Wir wollen beginnen, oder?«, sagte Liljevalch. »Liegen uns bereits die vorläufigen Zahlen für das erste Halbjahr 1906 vor?«

»Die Buchhaltung sitzt in diesen Minuten noch daran«, erklärte Wilhelmina. »Doch ich kann Ihnen berichten, dass der Umsatz sowohl beim Zimmerservice und in der Bankettabteilung als auch im Speisesaal und in den Bars gestiegen ist, was sich natürlich im Gewinn niederschlagen wird. Außerdem scheint unser guter Ruf nach der Typhusaffäre wiederhergestellt. Dass die Gäste dem Grand Hôtel wieder Vertrauen entgegenbringen, wird sicher auch die Erlöse der kommenden Monate beeinflussen. Ich bin sicher, dass ich Ihnen bei unserer nächsten Sitzung sämtliche Zahlen präsentieren kann.«

Liljevalch nickte knapp. »Mir ist zwar klar, dass wir heute erst den zweiten Tag des neuen Quartals haben, aber wir müssen wachsam sein. Wie Sie ganz richtig angemerkt haben, steigen die Preise. Und was ist mit dem Grand Royal?«

»Mir gefällt der Name«, meinte Palm. »Grand Royal.«

»Wir sprechen es französisch aus: Royál«, verbesserte Wilhelmina.

»Ach so. Es hat wirklich einen gewissen Klang.«

»Das Grand Royal macht Fortschritte. Allerdings hinken wir ein wenig hinter dem Zeitplan her.«

»Hinter dem Zeitplan.« Liljevalch seufzte. »Ist das nicht immer so?«

»Ich fürchte, ja. Aber wir hoffen, die verlorene Zeit während der letzten Sommerwochen aufholen zu können.« Wilhelmina konsultierte ihre Unterlagen. »In Übereinstimmung mit den Beschlüssen des Vorstands haben wir uns zur Straße hin und auch im Innenhof für eine teilweise mit Kalksandstein aus Gotland verkleidete Rauputzfassade entschieden. Zwischen dem vierten und dem fünften Stock ist ein Oberlicht eingeplant. Leider haben sich die Kosten aufgrund der gestiegenen Materialpreise und Löhne um fünfhunderttausend Kronen erhöht.«

Liljevalch legte seine Brille auf den Tisch. »Deckt diese zusätzliche Summe auch die Innenausstattung ab?«

»Nein. Das ist unser Betrag zum eigentlichen Baukörper. Vergessen Sie nicht, dass wir einen Pachtvertrag auf sechsunddreißig Jahre unterzeichnet haben. Das Grand Royal wird noch mehr auf unsere Bedürfnisse zugeschnitten, als ursprünglich vorgesehen.« Wilhelmina nahm einen Brief von dem Stapel, der vor ihr lag. »Hier haben wir ein Angebot für den Innenausbau von Carlsson & Löfgren. Sie verlangen siebenhundertachtzigtausend Kronen. Diese Summe schließt doppelte Wände zwischen sämtlichen Räumen zur Schalldämmung ein. Außerdem eine Betonplatte unter dem Garten und dem Brunnen. Dann wäre da noch der Stromgenerator, der genügend Elektrizität nicht nur für das Grand Royal, sondern auch für das Hotel erzeugen soll. Hinzu kommt ein Aufzug, den Graham Brothers im Eingangsbereich installieren wird. Und«, Wilhelmina machte eine dramatische Pause, »zu guter Letzt bauen wir für das Personal eine Rolltreppe zwischen der Küche und dem Wirtschaftsraum im Erdgeschoss ein.«

»Eine Rolltreppe?«

»Eine Treppe, die von selbst nach oben fährt. Sie wird ein reibungsloses Servieren von Speisen und Getränken ermöglichen. Natürlich nicht aller Speisen. Auf Tellern arrangierte Gerichte transportiert man am besten mit dem Aufzug.« Sie entfaltete den Plan des Architekten und tippte mit dem Finger auf die besagte Stelle. »Genau hier. Man hat mir gesagt, unsere Rolltreppe würde die erste ihrer Art in Schweden sein.«

Die Männer waren beeindruckt.

Inzwischen war Wilhelmina Feuer und Flamme für ihre Aufgabe, die werten Herren davon zu überzeugen, dass das Geld gut investiert war. »Und selbstverständlich«, fuhr sie fort, »erfordert eine Heizanlage auch eine Kühlanlage. Neben dem rings um den Wintergarten angeordneten gastronomischen Angebot wird es im Erdgeschoss noch zwei Bankettsäle,

Wirtschaftsräume, Toiletten, ein Lesezimmer, einen Frisiersalon und einige Clubräume geben. Der Rest des neuen Gebäudes wird für Gästezimmer genutzt. Nur unsere Vorstellungskraft setzt den Möglichkeiten Grenzen, in diesem Anbau Geld zu verdienen.«

»Und all das bekommen wir für siebenhundertachtzigtausend Kronen«, fasste Liljevalch zusammen.

»Das Angebot umfasst den Innenausbau, allerdings nicht Ausstattung und Möblierung. Ich dachte, wir könnten Lotta Rönquist wieder mit den Wandmalereien beauftragen.«

»Wandmalereien?«

»In den Restaurants.« Wilhelmina wies auf den Plan. »Die Wände werden auf zwei Drittel der Höhe mit Mahagoni getäfelt. Die Fläche darüber streichen wir blau. Ich dachte, wir bitten Fräulein Rönquist, einige Ansichten von Visby und Drottningholm beizusteuern.«

Liljevalch strich sich übers Kinn und blickte ins Leere. »Ich versuche gerade, es mir vorzustellen. Was ist mit dem angrenzenden Café?«

»Die gleiche Holzvertäfelung«, erwiderte Wilhelmina. »Nur dass die Fläche darüber mit grün und bronzefarben changierendem Leder tapeziert wird. Sehr elegant.«

Palm wischte sich die Stirn ab. »Das ist es sicher.«

Liljevalch klopfte mit dem Fingerknöchel auf die Tischplatte, als müsse er sich selbst in die Wirklichkeit zurückholen. »Woher beziehen wir das Wasser?«

Wilhelmina gestattete sich ein Lachen. »Nicht aus dem Norrström. Angesichts des Gefälles zwischen dem Grand Royal und dem Hauptgebäude des Hotels hat uns die Wasserversorgung zunächst vor ein Problem gestellt. Ich werde Sie nicht mit architektonischen Details langweilen, die ich selbst kaum verstehe. Jedenfalls kann ich bestätigen, dass die Gesundheitsbehörde mit unserer Lösung einverstanden ist.«

»Ausgezeichnet«, erwiderte Liljevalch.

Da die Wasserleitungen auf so großen Beifall stießen, nutzte Wilhelmina ihren Vorsprung. »Wirklich ausgezeichnet. Also werde ich das Angebot von Carlsson & Löfgren im Namen des Vorstands annehmen.« Sie lächelte den Vorsitzenden strahlend an. »Vielen Dank.«

Kapitel 59

Karolina wurde einundzwanzig. Um kurz nach sechs Uhr morgens des großen Tages eilte Ottilia, ausgerüstet mit einer kleinen, viereckigen Torte und zwei von Herrn Samuelsson geborgten Tellern zurück in ihr Zimmer.

»Der Patissier hat sich selbst übertroffen«, hatte der Chefkoch ihr mitgeteilt. »Es ist wirklich sehr hübsch geworden.«

»Vielen Dank, Herr Samuelsson. Bitte vergessen Sie nicht, der Buchhaltung zu melden, wie viel ich dem Hotel schuldig bin.«

Er verdrehte die Augen. »Jetzt machen Sie mal halblang. Für eine Handvoll Mehl, ein bisschen Zucker und zwei Eier? Fräulein Nilsson wird schließlich nur einmal einundzwanzig. Betrachten Sie die Torte als Geburtstagsgeschenk von der Küchenbrigade. Wenn die Buchhaltung die Kosten zwischen hundertsiebzig Mitarbeitern aufteilen will, wünsche ich viel Vergnügen.«

Ottilia lachte immer noch in sich hinein, als sie die Stufen zu ihrem Zimmer hinauflief. Oben angekommen, drehte sie den Türknauf um und begann »Zum Geburtstag viel Glück« zu singen.

Eine schlaftrunkene Karolina kroch unter der Decke hervor, streckte sich und spähte grinsend in die Morgendämmerung. »Danke.«

Ottilia überreichte ihr die Torte. »Mit Liebe von mir und der Küchenbrigade. Aber hauptsächlich von Herrn Samuelsson und dem Patissier.« Sie knipste Karolinas Nachttischlampe an.

Karolina betrachtete die weiße Marzipantorte, geschmückt mit einundzwanzig winzigen dunkelroten Marzipanröschen und grünen Blättern. »Weinrot wie die Farbe der Bankettabteilung.« Sie lächelte strahlend. »Danke. Die ist viel zu schön, um sie aufzuessen.«

In gespieltem Entsetzen schlug Ottilia die Hand vor die Brust. »Ich glaube, Herr Samuelsson wird beleidigt sein, wenn du sie nicht isst.«

Karolina kicherte. »Das kommt natürlich überhaupt nicht infrage. Haben wir einen Tortenheber?«

Ottilia griff in die Tasche ihres Kleides. »Haben wir.« Sie steckte die Hand in die andere. »Und zwei Kuchengabeln. Ich habe hoch und heilig versprochen, sie zurückzubringen. Dein Geburtstagsgeschenk kriegst du, wenn wir uns morgen mit den anderen treffen.« Sie nickte, eine Bestätigung, dass Karolina auch ein silbernes Glücksarmband bekommen würde, das Geschenk zum einundzwanzigsten oder nachträglich für die bereits Volljährigen, auf das sie sich geeinigt hatten. Da Karolina nun ebenfalls offiziell erwachsen war, würden sie alle sechs das Symbol ihrer unverbrüchlichen Freundschaft tragen. An jedem Armband baumelte ein Teekännchen. Doch die anderen Glücksanhänger unterschieden sich. Ottilia hatte zum letzten Geburtstag eine burgunderrote Perle bekommen, Märta einen Handschuh, Torun ein Buch, Beda ein Herz und Margaret einen Schlüssel. Und so hatten sie eine Tradition in die Welt gesetzt. »Schneide dir noch ein Stück von der Torte ab«, forderte sie Karolina auf. »Die Zeit läuft uns nämlich davon.«

Karolina schlang die Arme um die Knie und schluckte den letzten Bissen herunter. »Ich habe noch nie Torte im Bett gegessen. Ich fühle mich ... ach, ich weiß nicht, wie ich mich fühle, aber es gefällt mir.«

»Heute Abend können wir noch mehr Torte im Bett essen«, erwiderte Ottilia. »Etwas, worauf wir uns freuen können, denn es wird ein langer Tag.«

Karolina verzog das Gesicht. »Eigentlich bin ich heute mit Edward zum Abendessen verabredet. Brauchst du mich hier?«

»Natürlich nicht, du Gänschen. Aber ich glaube, dass du danach trotzdem noch Lust auf ein Stück Torte im Bett haben wirst.«

Karolina lächelte. »Das glaube ich auch.«

Zehn Minuten später war Karolina angezogen und abmarschbereit. Ottilia gab ihr ein Päckchen. »Das ist eine Kleinigkeit von mir.«

Karolina schnappte nach Luft. »Aber du beteiligst dich doch am Gruppengeschenk.«

»Du bist meine liebste Freundin. Es ist nichts Besonderes. Aber mach es bitte auf.«

Karolinas schlanke Finger öffneten die Schnur und förderten einen zarten burgunderroten Aufsteckkamm hervor. Sie seufzte laut. »So etwas Schönes habe ich noch nie besessen.« Sie drehte sich zum Spiegel um und steckte den Kamm über ihren Nackenknoten. »Wie sieht er aus?«

»So reizend wie seine Besitzerin«, antwortete Ottilia. »Aber jetzt müssen wir los, Geburtstagskind.«

In Suite 425 weinte Elisabet lautlos in ihr Kissen. Genau vor einundzwanzig Jahren, fast exakt um diese Uhrzeit, hatte sie ein kleines Mädchen zur Welt gebracht. Und heute würde ihre Tochter diesen einen neuen Lebensabschnitt einläutenden Geburtstag, so wie bislang auch jeden anderen, ohne ihre Familie feiern müssen. Karolina Elisabet Nilsson war volljährig geworden, ohne ihre Mutter oder ihren Vater je kennengelernt zu haben. Auch das kleine Erbe ihres Großvaters mütterlicherseits konnte sie nicht antreten, und die Perlenohrringe, die Elisabet für alle Fälle gekauft hatte, würde sie wohl nie bekommen. Außer sie fand einen Vorwand, einer Angestellten des Grand Hôtel ein Geschenk zu machen.

Doch bald wurde ihre Trauer von Zorn abgelöst. Wie konnte

der König aus einer Laune heraus bestimmen, dass Karolina bei Pflegeeltern aufwachsen musste und nicht beachtet werden durfte? Zugegeben, Elisabet hätte sich nie in einen verheirateten Mann verlieben dürfen. Aber hätte sie die Avancen des Königs etwa ablehnen sollen? Er war schließlich ihr Staatsoberhaupt und fünfundzwanzig Jahre älter als sie. Ja, er hatte ihr den Hof gemacht, und ja, sie hatte seine Aufmerksamkeit genossen. Dennoch war es ihr unbegreiflich, wie er sein leibliches Kind zurückweisen konnte, einfach nur aus dem Grund, dass die Mutter der Kleinen in den Diensten seiner Frau stand. Schließlich vergötterte er seinen neugeborenen Enkel, und sie hatte gehört, dass er auch mit einigen anderen seiner unehelichen Kinder Umgang pflegte. Warum also nicht mit Karolina? Die drei Wochen, die sie mit ihrem Baby hatte verbringen dürfen, waren so erfüllend gewesen. Als sie, die Brüste gegen den Milchfluss abgebunden, in den Palast zurückkehren musste, hatte es ihr fast das Herz gebrochen. Doch letztlich war sie ebenfalls zu sehr auf ihren eigenen Vorteil bedacht gewesen, um sich einfach mit ihrem Kind aus dem Staub zu machen. Und sie hatte es auch nicht gewagt, ihre wunderschöne Tochter in die Arme ihres Vaters zu legen. »Schau ihr in die Augen und dann schicke sie weg«, das hätte sie zu ihm sagen müssen. Die Reue lastete schwer auf Elisabets Brust, bis sie sich aufsetzen und nach Luft schnappen musste. Sie und Seine Majestät hatten sich zu gleichen Teilen schuldig gemacht. Doch leider war das Bedauern nur auf Elisabets Seite.

Kapitel 60

1907

»Frohes neues Jahr!« Ottilia, Karolina, Beda, Edward, Gösta Möller und Charley Löfvander hatten sich im Dienstraum des Zimmerservice versammelt und stießen mit den Resten aus einer übrig gebliebenen Champagnerflasche an. Es war drei Uhr am Morgen des 1. Januar und ihre Erschöpfung war ebenso groß wie ihre Freude über den Jahreswechsel.

Beda schnalzte kennerisch mit den Lippen. »Das habe ich jetzt gebraucht. Meine Füße sind zwar inzwischen gestorben, aber noch nicht in den Himmel gekommen. Am liebsten würde ich mich barfuß in den Schnee stellen. Also ist mir alles recht, damit der Schmerz nachlässt.«

»Es war eine lange Nacht«, sagte Ottilia. »Aber es hat Spaß gemacht. Im Spiegelsaal war es manchmal so laut, dass einem fast das Trommelfell geplatzt ist. Dreihundert Stimmen, sechshundert Füße, ein Orchester ... aber die Stimmung ...« Vergeblich suchte sie nach dem richtigen Wort. »Wundervoll.«

Karolina nickte. »Einige der Ballkleider waren ein Traum. Aber ich muss Beda recht geben. Mir tun so die Füße weh, dass mir kein richtiger Vergleich einfällt. Ich würde mir gern die Stiefel ausziehen, aber dann komme ich nie wieder hinein.«

»Ich könnte dich tragen«, schlug Edward vor. Das schalkhafte Funkeln in seinen Augen verriet seine Zuneigung.

Die anderen lachten.

»Und du würdest in diesem Fall geradewegs Frau Skogh in die Arme laufen, darauf kannst du wetten«, erwiderte Beda.

»Frau Skogh veranstaltet eine private Feier in ihrer Wohnung«, erklärte Gösta. »Zumindest bis vor Kurzem. Ich glaube, ihre Gäste sind inzwischen weg.«

»Und wenn Frau Skogh auf dem Mond wäre«, beharrte Beda. »Sobald Karolina sich die Schuhe ausziehen würde, wäre sie sofort hier.«

»Vermutlich«, stimmte Charley zu. »Sie ist wie die Grinsekatze.«

Fünf Augenpaare starrten ihn verständnislos an.

»Wie wer?«, fragte Beda.

Nun grinste Charley seinerseits. »Die Grinsekatze. Das ist eine Figur aus einem Buch, das meine Enkelin sehr gern hat. Es geht darin um ein Mädchen, das in ein Kaninchenloch fällt. Die Katze kommt und geht, ohne dass jemand weiß, woher oder wohin. Es ist eine schöne Geschichte.« Er nickte Ottilia zu. »Ich wette, dass deine Torun sie kennt.«

Beda schnaubte belustigt. »Das Ergebnis dieser Wette steht doch wohl fest. Wie war es heute eigentlich in der Bar?«

Charley überlegte. »Eigentlich recht fröhlich, aber manchmal auch ein wenig seltsam. Nicht die Stammgäste, die waren genau wie immer und haben das Übliche bestellt. Aber einige andere haben so oft beteuert, dass sie eigentlich nicht trinken und nur an Silvester eine Ausnahme machen, dass es allmählich albern wurde. Schließlich ist es meine Aufgabe, ihnen zu bringen, was sie wollen, ob es nun ein Glas Limonade oder ein Schnaps ist.« Fassungslos schüttelte er den Kopf. »Sie sind mir doch keine Rechenschaft schuldig.«

»Daran ist nur die Abstinenzlerbewegung schuld«, meinte Beda. »Sogar den Leuten, die sich nicht allnächtlich besaufen, wird ein schlechtes Gewissen eingeredet.«

»Allerdings haben die Abstinenzler gar nicht so unrecht«, wandte Gösta ein. »Der Alkohol sorgt dafür, dass Familien zerbrechen.«

Karolina sah ihn fragend an. »Wie genau?«

»Auf die verschiedenste Weise. Abgesehen von dem nicht zu vernachlässigenden Problem der häuslichen Gewalt vertrinken die Männer und, ja, auch manche Frauen das Familieneinkommen und können dann die Miete nicht mehr bezahlen, sodass sie ihre Wohnung verlieren. Oder sie sind zu betrunken, um zu arbeiten, was zur Kündigung führt. Armut und Obdachlosigkeit rauben ihnen jegliche Hoffnung. Zu guter Letzt ertränken die Leute ihre Sorgen in noch mehr Alkohol und die Gewalt nimmt weiter zu.«

Charley schnappte nach Luft. »Du bist doch nicht etwa dafür, den Schnaps zu verbieten? Dann würden wir nämlich arbeitslos. Zumindest ich. Und die beiden auch.« Er wies auf Ottilia und Karolina.

»Bis jetzt hatten wir nur wenige alkoholfreie Feiern«, räumte Ottilia ein. »Aber solange Frau Skogh sich nicht der Abstinenzlerbewegung anschließt, habe ich da keine Befürchtungen.«

»Ich auch nicht«, meinte Gösta. »Ich wollte nur darauf hinweisen, dass die Abstinenzlerbewegung in manchen Punkten recht hat.«

Edward stellte sein Champagnerglas auf den Wagen mit dem schmutzigen Geschirr. »Was diese Stadt braucht, ist weder ein Alkoholverbot noch mehr Schnaps – sondern Mäßigung.«

Beda warf ihm einen anerkennenden Blick zu. »Ein wahres Wort. Und was ich jetzt brauche, ist ein weiches Bett. Möge 1907 uns mehr Mäßigung bringen. Und weniger Fußschmerzen.«

Kapitel 61

Nichts hätte Wilhelmina fernergelegen, als sich der Abstinenzlerbewegung anzuschließen. Und dass diese Weltanschauung womöglich im Grand Hôtel Fuß fasste, kam überhaupt nicht infrage. Schließlich war sie die erste Frau, die in Schweden eine Schanklizenz erhalten hatte. Und hatte irgendjemand in Störvik deswegen Schaden genommen?

Und sie hatte auch nicht vor, etwas an dieser Haltung zu ändern, als sie mit wachsender Fassungslosigkeit den Brief des Vorsitzenden der besagten Vereinigung an Seine Majestät den König zum zweiten Mal las. Offenbar hatte dieser Mann weder Ahnung von Wirtschaft im Allgemeinen noch vom Hotelgewerbe im Besonderen. Ein Alkoholverbot in Stockholm hätte die Stadt einer dringend benötigten Einkommensquelle beraubt, nämlich der Steuern, die der Verkauf und die Herstellung von alkoholischen Getränken abwarfen. Offenbar war den Behörden nicht klar, dass Besucher eine Stadt anhand ihrer Hotels und Restaurants beurteilten. Außerdem würde ein Verbot das Problem nicht aus der Welt schaffen, da sich der Handel dann eben auf den Schwarzmarkt verlagern würde. Die Preise würden in die Höhe schießen, und da die arbeitenden Schichten das Trinken sicher nicht lassen würden, würden die Familien nur umso schneller ins Elend stürzen. All das, so beschloss Wilhelmina, musste noch an diesem Nachmittag in der Vorstandssitzung auf den Tisch.

Der Vorstand. Wilhelmina seufzte. Es war ein schwerer Schlag gewesen, Liljevalch als Vorsitzenden zu verlieren. Nicht dass sie dem armen Mann seinen Rücktritt aus gesundheitlichen Gründen zum Vorwurf machte. Dass er nicht das Bedürfnis hatte, unter großen Schmerzen stundenlange Sitzungen durchzustehen, war ihm nicht zu verübeln. Wilhelmina hatte volles Verständnis dafür, dass er seine letzten Monate im vertrauten Kreis seiner Angehörigen und Freunde verbringen wollte, wobei sie selbst sich zu Letzteren zählen durfte. Und dennoch würde ihr seine Unterstützung im Grand Hôtel fehlen. Von seinem Nachfolger, dem königlichen Berater Oscar Holtermann, musste sie sich erst noch ein Bild machen. Auf den ersten Blick schien er ein anständiger Mensch zu sein.

Holtermann und Palm trafen gemeinsam ein. War das ein Zufall oder hatten sie sich abgesprochen? Das war unmöglich festzustellen. Wilhelmina begrüßte die beiden Männer mit einem sachlichen Lächeln und wies auf die silberne Kaffeekanne in der Mitte des Tisches. »Bedienen Sie sich. Ich habe dem Mädchen gesagt, dass wir den Kaffee selbst einschenken.«

»Sehr umsichtig von Ihnen. Draußen ist es bitterkalt.« Holtermann rieb sich die Hände. »Und meine alten Knochen sind auch nicht mehr das, was sie einmal waren.«

Alte Knochen? Der Mann war noch keine fünfzig. Liljevalch hätte ihm das ein oder andere über alte Knochen erzählen können.

Doch statt etwas dazu anzumerken, griff Wilhelmina nach ihren Papieren. »Wir haben heute einen äußerst dringenden zusätzlichen Tagesordnungspunkt«, begann sie. »Seine Majestät hat ein Schreiben von dieser elenden Abstinenzlerbewegung erhalten und verlangt, dass wir uns dazu äußern.«

Holtermann stellte seine Kaffeetasse weg. »Ein Schreiben von der Abstinenzlerbewegung? Davon weiß ich ja gar nichts.«

Wilhelmina las ihm den Brief vor.

Holtermann legte seine Brille vor sich auf den Tisch. »Ach herrje. Die Art und Weise, wie der Vertreter dieser Bewegung alle Lokalitäten mit Schanklizenz über einen Kamm schert und uns als Blutsauger darstellt, muss ich entschieden zurückweisen.«

»Ich stimme Ihnen zu.« Palm schürzte die Lippen. »Diese guten Leute vergessen, dass die Eigentümer von Nya Grand Hôtel AB sehr viel Zeit und Geld«, er schwenkte den Zeigefinger, »Geld, das noch nicht den Hauch einer Dividende abgeworfen hat, investiert haben, um unser Haus so zu gestalten, dass es Geschäftsreisende aus aller Welt in unsere Stadt lockt. Sie bringen nicht nur ihre Aufträge, sondern auch ihre Finanzkraft mit.«

Holtermann nickte. »Außerdem übersieht diese Bewegung, dass alkoholische Getränke zwar teuer sind, es aber auch Geld kostet, sie einzukaufen und zu servieren.«

Erleichtert, den Vorstand absolut auf ihrer Seite zu wissen, fuhr Wilhelmina fort. »Ganz zu schweigen von den Kosten für gutes Essen, erstklassige Bedienung, luxuriöse Innenausstattung, Beleuchtung, Musik und alles, was das Herz sonst noch begehrt. Der Gewinn, den jedes Glas Alkohol abwirft, leistet prozentual gesehen zwar nur einen geringen Beitrag zur Finanzierung und zum Erfolg eines Hotels, erhöht jedoch zweifellos die Anzahl der Gäste, von denen die überwiegende Mehrheit nicht nur ein Getränk bestellt.«

»Sie haben völlig recht«, stimmte Palm zu. »Stockholm braucht die Umsätze durch die Tausende von Gästen, die das Grand Hôtel besuchen, einschließlich der Einheimischen, die nur nach einem langen Arbeitstag oder einem Opernabend bei uns hereinschauen.«

Wilhelmina wandte sich an den Berater des Königs. »Glaubt Seine Majestät tatsächlich, dass ein Alkoholverbot in Stockholms bestem Interesse wäre? Hat man denn nichts aus den Entwicklungen im Jahr 1877 gelernt, als man beschloss, die Erteilung der Schanklizenzen an ein einziges Unternehmen zu übertragen? Infolgedessen sind mehr als die Hälfte der Gasthäuser und Restaurants in Stockholm bankrottgegangen.«

Holtermann breitete die Hände aus. »Derartige Mutmaßungen stehen mir nicht zu. Ich kann nur sagen, dass Seine Majestät und auch viele andere Angehörige des Hofes das Grand Hôtel gewissermaßen als einen Teil des Palasts betrachten.«

»Ein Alkoholverbot würde das Ende des Grand Hôtel bedeuten«, verkündete Wilhelmina. »Falls dieser schlecht durchdachte Vorschlag tatsächlich umgesetzt werden sollte, werde ich selbst dem Vorstand empfehlen, das Haus zu schließen, solange die Verluste noch einigermaßen überschaubar sind.«

»Schließen?«, wiederholte Palm.

»Ja, zumachen, bevor die Gäste ihr Geld in einer anderen Stadt ausgeben und das beste Hotel Stockholms – so wie alle anderen hiesigen Hotels – sich einem demütigenden Insolvenzverfahren unterwerfen muss. Aber vielleicht wäre es der Abstinenzlerbewegung ja ohnehin am liebsten, wenn das Grand Hôtel seine Pforten schließt.«

Holtermann erschauderte.

Wilhelmina sprach weiter. »Die Abstinenzlerbewegung mag edle Ziele verfolgen, doch mit Ideologien hat man noch nie eine Mahlzeit auf den Tisch gestellt. Was die werktätigen Schichten brauchen, ist Arbeit und anständige Löhne. Mehr Bildung. Hoffnung. Ich bin gerne bereit, all diese Einwände in einem Schreiben an Seine Majestät aufzulisten.«

»Ich denke, das sollten Sie tun«, erwiderte Holtermann.

Zurück in ihrem Büro, griff Wilhelmina nach einigen Bögen des cremefarbenen Papiers mit dem Briefkopf des Grand Hôtel. Das Büro Seiner Majestät hatte sie aufgefordert, ihre Ansichten darzulegen, und außerdem hatte der Vorstand sie ermächtigt, im Namen des Hotels zu sprechen. Also gut, dann würde sie kein Blatt vor den Mund nehmen und darlegen, warum es sich bei diesem Vorhaben um baren Unsinn handelte.

Sie würde gnadenlos ehrlich sein.

Kapitel 62

Stirnrunzelnd studierte Ottilia den Eintrag im Reservierungsbuch: *Königssuite, Kaiserin Eugénie, 19.00*. Es war Karolinas Handschrift, doch sie hatte keine Ahnung, was es mit dieser royalen Buchung auf sich hatte. Hinzu kam, dass es sich nicht nur um Mitglieder des Königshauses handelte, sondern sogar um Mitglieder eines *ausländischen* Königshauses. Ottilia wurde gleichzeitig von Aufregung und Verwirrung ergriffen. Sie blickte hinüber zu Karolina, die gerade den Blondschopf über eine Speisekarte beugte. »Karo? Wo kommt denn die Reservierung für Kaiserin Eugénie her?«

Im ersten Moment starrte Karolina sie verdutzt an, bis es ihr schließlich dämmerte. »Frau Skogh. Ich habe sie letzte Woche getroffen, als sie gerade aus dem Reservierungsbüro kam. Sie sagte, sie habe uns ohnehin anrufen wollen, da das Datum für die Abendgesellschaft der Kaiserin nun bestätigt sei. Ich solle es ins Reservierungsbuch eintragen. Tut mir leid, aber ich dachte, du wüsstest Bescheid. Eigentlich wollte ich es dir sofort melden, aber du warst bei Monsieur Blanc. Und als ich wieder im Büro war, hatte ich es komplett vergessen.«

Ottilias Miene erstarrte. »Ich hatte nicht die geringste Ahnung. Frau Skogh hat Glück, dass die Suite frei ist.«

Karolina lehnte sich zurück und ließ einen Bleistift zwischen den Fingern kreisen. »Aber Frau Skogh würde doch nie so ein Risiko eingehen. Sie muss gewusst haben, dass die Suite zur Verfügung steht.«

»Woher will sie das wissen? Während sie an dem einen Telefon zusagt, könnte ich den Raum gleichzeitig auf einem anderen Apparat vergeben haben.« Ihnen war klar, welche Buchung in diesem Fall bevorzugt behandelt werden würde. »Deswegen heißt es ja immer: ›Was nicht im Buch steht, ist nicht gebucht.‹«

»Es tut mir wirklich leid.«

Ottilia fuhr sich mit den Zähnen über die Unterlippe. »An dir liegt es nicht. Ich wünschte nur, Frau Skogh würde aufhören, sich einen Hund zu halten, nur um das Bellen dann doch selbst zu übernehmen.« Sie schob ihren Stuhl zurück. »Ich muss ihr klarmachen, welche Gefahren ihre Methode mit sich bringt.«

Karolinas Augen weiteten sich. »Sei bloß vorsichtig, Otti.«

»Genau das ist auch meine Absicht.«

Verärgert rauschte Ottilia die Treppe hinunter. Königliche Gäste mit allem, was das mit sich brachte. Und dazu mit nur zwei Monaten Vorbereitungszeit. Auch Herr Samuelsson würde gar nicht erfreut sein. Solche Abendessen erforderten noch mehr Planung als üblich, da einige Zutaten womöglich importiert und deshalb lange genug im Voraus bestellt werden mussten. Dasselbe galt, falls auch Blumen aus dem Ausland gewünscht wurden. Sie durchquerte die Lobby so schnell, wie das würdevollen Schrittes möglich war, begrüßte einen Gast, den sie kannte, und wechselte rasch ein paar Worte mit anderen, die schon öfter hier gewesen waren. Fünf Jahre im Grand Hôtel hatten sie viel gelehrt, und dazu gehörte auch, dass es den Mitgliedern der besseren Gesellschaft wichtig war, als Stammgäste eines so angesehenen Hauses zu gelten.

Sie schlüpfte durch den Vorhang hinter der Rezeption und eilte die Treppe zur Verwaltung hinauf. August Svensson saß an seinem Schreibtisch neben Frau Skoghs Bürotür.

Ottilia schenkte ihm ihr reizendstes Lächeln. Schließlich war es nicht seine Schuld, dass sie sich über seine Vorgesetzte geärgert hatte. »Ist Frau Skogh zu sprechen?«

»Kommen Sie herein, Ottilia«, drang eine laute Stimme aus dem Raum hinter der offenen Tür.
Ottilia grinste Herrn Svensson an. »Offenbar ja.«
Frau Skogh trug ein königsblaues Kleid. Die Strahlen der Maisonne, die durch die Fenster hinter ihr hereinfielen, ließen sie wirken, als sei sie von einer Aura umgeben. Sie winkte Ottilia heran und reichte ihr eine Zeichnung, die so detailgetreu war, dass man sie beinahe für eine Fotografie hätte halten können. »Das ist der erste Entwurf für den Wintergarten im Grand Royal.« Sie bedeutete Ottilia, Platz zu nehmen.
Ottilia betrachtete die an eine Kathedrale erinnernden Bögen und die eleganten Säulen, die den Garten im Erdgeschoss von den Arkaden mit Cafés und Restaurants trennten. Kleinere, mit Bleiglasscheiben versehene Bogenfenster und kunstvoll gestaltete Steinbalkone im ersten Stock hatten Blick auf den Garten. Die Bogenfenster eine weitere Etage darüber waren noch kleiner. Die wunderschöne geschwungene Glasdecke verlieh dem Ganzen etwas von einem verwunschenen Paradies. Der Garten selbst wurde von einem Netzwerk aus Pfaden durchzogen. Dazwischen wechselten sich Rasenflächen und Steinmäuerchen ab und bildeten eine vielgestaltige Landschaft. In der Mitte erhob sich ein Brunnen, umringt von Palmen und kleinen Zypressen. Fast konnte Ottilia das leise Stimmengewirr und das Klappern von Besteck hören, alles untermalt vom Geräusch plätschernden Wassers.
»Was halten Sie davon?« Frau Skogh klang ungeduldig.
»Es ist wunderschön«, antwortete Ottilia wahrheitsgemäß. »So etwas habe ich noch nie zuvor gesehen.«
»Dann waren wir erfolgreich«, verkündete Frau Skogh. »Denn Zweck des Ganzen ist es, Exotik und Extravaganz nach Stockholm zu bringen. Stellen Sie sich nur die Nachmittagstees und Abendessen vor, die wir dort veranstalten können.«
Das konnte Ottilia sich sogar sehr gut vorstellen. Sie malte sich aus, wie sich im Sommer das Sonnenlicht im Brunnen

fing und wie im Winter auf den Tischen in den Arkaden rings um den dezent beleuchteten Garten Kerzen funkelten. Der Wintergarten war in vielerlei Hinsicht das genaue Gegenteil des prächtigen Spiegelsaals, wo der Glanz von Gold, Glas und Kristall herrührte. Dieses Bauwerk würde ebenso atemberaubend sein. Wie wunderbar, dass sich das Grand Hôtel zweier großer, derart verschiedener Veranstaltungsorte rühmen konnte. Sie wies auf die Zeichnung. »Kommt da echtes Gras hin?«

Frau Skogh schnaubte belustigt. »Natürlich kommt da echtes Gras hin. Wir haben natürliches Licht. Die Gärtner werden Grassamen aussäen, und aus denen werden dann hübsche quadratische Rasenflächen. Dann entfernen die Gärtner diese Flächen, pflügen die Erde um und säen erneut aus. Auf diese Weise sieht alles immer grün und frisch aus. Der Garten wird lebendig sein und wachsen.«

Ottilia gab Frau Skogh die Zeichnung zurück. »Sie haben an alles gedacht.«

»Das bezweifle ich. Aber hoffentlich fällt es mir noch ein, bis der Bau fertig ist.«

»Und wann wird das sein?«

»Wenn Gott uns gnädig ist und die Baufirmen fleißig arbeiten, im September nächsten Jahres. Es gibt viel zu tun. Doch je früher das Grand Royal öffnet, desto eher holen wir unsere Investition wieder herein.« Als sie mit dem Finger auf den Plan tippte, malte ihr Diamantring Lichtpünktchen an die Wände. »Der Wintergarten wird Stadtgespräch sein, denken Sie an meine Worte.«

Damit hatte sie sicher recht. »Wir brauchen mehr Personal«, merkte Ottilia an.

»Richtig. Außerdem werde ich in einer Ecke der oberen Etagen einen kleinen Balkon einbauen lassen, damit ich dieses Personal im Auge behalten kann. Der Wintergarten wird das Juwel in unserer Krone. Ich erwarte absolute Perfektion, alles andere werte ich als Versagen und werde es nicht dulden.« Es war nicht zu überhören, was Frau Skogh damit meinte.

Ottilia erschauderte. Würde sie auch für das Grand Royal zuständig sein? Schließlich hatte sie schon jetzt mit den Banketten alle Hände voll zu tun. Und unter diesem traumhaften neuen Glasdach taten sich ungeahnte Möglichkeiten auf.

Frau Skogh legte die Zeichnung beiseite und verschränkte die Hände auf der Tischplatte. »Weshalb wollten Sie mich eigentlich sprechen?«

Ottilia schluckte. »Wegen der Reservierung für Kaiserin Eugénie.«

Frau Skoghs Augenbrauen wanderten aufwärts. »Was soll damit sein?«

»Ich kenne die Einzelheiten nicht.«

Inzwischen zog Wilhelmina ein finsteres Gesicht. »Sie stehen doch im Buch, oder?«

»Schon, aber ich habe es erst heute gesehen.«

»Dann müssen Sie besser den Überblick über Ihre Buchungen bewahren.«

»Ich habe die Buchung nicht entgegengenommen.«

»Nein, das habe ich getan. Ich habe Fräulein Nilsson gebeten, sie einzutragen, was sie offenbar getan hat. Sonst säßen Sie nämlich nicht hier.«

Ottilia klopfte das Herz bis zum Halse. »Wenn Sie ohne Absprache mit mir einen Termin bestätigen, könnte es passieren, dass ein Raum doppelt gebucht wird.«

Wilhelminas Gesichtsausdruck verdüsterte sich zusehends. »Ganz vorsichtig, Fräulein Ekman. Unterschätzen Sie mich nicht. Das Reservierungsbüro hat mir versichert, dass die Suite frei ist. Also habe ich sie gebucht. Was als Generaldirektorin dieses Hotels mein Privileg ist. Vergessen Sie das nie.«

Ottilia senkte den Blick. »Nein, gnädige Frau. Ich bitte um Entschuldigung.«

»Gibt es sonst noch etwas? Oder sind Sie nur gekommen, um meine Kompetenz infrage zu stellen?«

»Nein, gnädige Frau.« Ottilia hob den Kopf. »Aber ...«

»Aber was?«

»Wann erfahre ich mehr über die Wünsche der Gäste? Schließlich muss ich Speisen und Blumen bestellen.«

»Speisen und Blumen? Fräulein Ekman, das ist alles geregelt. Und bevor Sie fragen: Monsieur Blanc hat bereits die Weinliste erhalten. Glauben Sie wirklich, ich wäre so leichtfertig, eine Buchung anzunehmen, ohne weitere Informationen abzufragen?« Sie fuhr fort, ohne Ottilias Antwort abzuwarten. »Ich kann Ihnen mitteilen, dass es ein Essen für sechzehn Personen wird. Aber keine Sorge, man wird Ihnen alles Weitere rechtzeitig vor dem Termin mitteilen. Falls das alles war, habe ich jetzt zu tun.«

Ottilia erhob sich. »Ja, gnädige Frau. Danke.«

»Und, Fräulein Ekman.«

Ottilia blieb an der Tür stehen und drehte sich zu ihrer Arbeitgeberin um.

»Zweifeln Sie nie wieder an meiner Kompetenz.«

Wilhelmina blickte Ottilia nach, die gesenkten Kopfes den Rückzug antrat. Der Einwand des Mädchens hatte etwas für sich, obwohl eine Doppelbuchung eigentlich unmöglich sein sollte. Schließlich mussten alle Buchungen der Reservierungsabteilung gemeldet werden. Außerdem galt die Regel, sämtliche Termine vor der Bestätigung noch einmal zu überprüfen. Was Ottilia ihr in Wahrheit hatte mitteilen wollen, war, dass alle Buchungen von Banketten über sie abzuwickeln waren. Und das kam absolut nicht infrage. Eher würde die Hölle zufrieren, als dass sie, die Generaldirektorin dieses Hotels, Ottilia Ekman demütig um die Erlaubnis zur Buchung einer Suite bat. Ach, der Überschwang der Jugend! Wilhelmina seufzte. Ottilia erinnerte sie in vielerlei Hinsicht an ihr jüngeres Selbst.

Hatte sie sich nicht als Zwölfjährige gegen den Wirt des Restaurants im Strömparterren aufgelehnt und versucht, ihm klarzumachen, dass sie sich *um alles* kümmern könne?

Wilhelmina betrachtete ihre gespreizten Finger und überlegte. Eine treuere und tüchtigere Mitarbeiterin würde sie nie wieder finden. Sollte sie Ottilia ins Grand Royal versetzen oder sie in der Bankettabteilung belassen?

Sie wandte sich der Karte der Insel Lidingö zu, die schon seit Wochen auf ihrem Schreibtisch lag. Erst fuhr sie mit dem Finger über die Brücke, die das Eiland mit Stockholm verband, und dann ein Stück nach rechts die Küste hinauf, wo ein Kreuz ein freies Stück Land markierte. Eigentlich brauchte sie gar nicht mehr hinzuschauen, denn sie hatte es inzwischen so oft getan, dass die Karte schon ganz abgegriffen war. Mittlerweile kannte sie die Küste von Lidingö wie ihre Westentasche. Falls sie sich dort ein Sommerhaus bauen sollte, würde sie natürlich den Architekten Ernst Stenhammar beauftragen. So konnte sie die Vorteile des Insellebens genießen, ohne sich zu weit vom Grand Hôtel entfernen zu müssen. Und wenn sie einmal alt war, würde sie sich auf Lidingö zur Ruhe setzen. Weder das Land noch das Haus, das ihr vorschwebte, würde billig sein. Der Höhenunterschied zwischen Wasser und Klippe würde sogar einen elektrischen Aufzug nötig machen, wenn sie mit dem Boot anreisen wollte. Doch die Aussicht war unbezahlbar. Vor ihrem Bürofenster ließ ein Dampfer, der gerade zu einem Wendemanöver ansetzte, sein Signalhorn ertönen. Wilhelmina betrachtete die winzige Markierung, die für einen Bootssteg am Fuße der Klippen von Lidingö stand. Ihr gefiel, dass sich der Kreis auf diese Weise schließen würde. Sie hatte ihr Leben auf einer Insel begonnen und würde ihre Tage auf einer Insel beenden. Von Fårö nach Lidingö. Ihre Entscheidung stand fest. Wilhelmina lächelte in sich hinein. Es war Zeit, die Anzahlung zu leisten. Und danach würde sie ihre Hotels in Storvik, Rättvik und Bollnäs verkaufen.

»Wie ist es gelaufen?«, erkundigte sich Karolina.

Ottilia ließ sich auf einen Stuhl sinken und presste die Hände an die Schläfen. »Frau Skogh vertraut mir nicht.« Sie zermarterte sich das Hirn, wo sie wohl einen Fehler gemacht haben mochte.

Karolina verzog ungläubig das Gesicht. »Natürlich vertraut sie dir.«

Ottilia sah ihre Freundin mit Tränen in den Augen an. »Warum hält sie es dann für nötig, dieses Abendessen selbst zu planen?«

»Ich habe nicht die geringste Ahnung«, erwiderte Karolina wahrheitsgemäß. »Aber wenn Frau Skogh dir nicht vertrauen würde, würde sie dich niemals das Nobelpreisbankett ausrichten lassen. Das ist doch viel wichtiger als ein kleines Abendessen für eine französische Kaiserin.«

Ottilia lachte trotz ihrer Tränen. »Ich bin nicht sicher, ob die Kaiserin das auch so sehen würde.«

»Vermutlich nicht.« Karolina neigte den Kopf zur Seite. »Otti, warum fragst du Frau Skogh nicht selbst? Ich finde die Frage berechtigt. Schließlich hast du schon andere königliche Gesellschaften geplant. Warum also nicht auch diese?«

Als Ottilia wieder auf dem Flur des Verwaltungstrakts erschien, war Frau Skoghs Tür fest geschlossen.

»Sie telefoniert«, meldete August Svensson. »Und will nicht gestört werden.«

Die Tür öffnete sich. »Wer ist *sie*? Die Katzenmutter?«

Svensson lief feuerrot an. »Verzeihung, gnädige Frau.«

Frau Skogh beäugte Ottilia mit einer Mischung aus Ungeduld und Neugier. »Kommen Sie herein, Fräulein Ekman. Schon wieder. Was kann ich diesmal für Sie tun?«

Ottilia blieb stehen. »Ich möchte, dass Sie mir erklären, was ich offenbar noch lernen muss, damit ich das Abendessen von Kaiserin Eugénie ausrichten kann.«

»Lernen?« Wilhelmina verdrehte die Augen. »Ottilia, wenn

ich Ihnen nach drei Jahren in der Bankettabteilung nicht zutrauen würde, eine königliche Gesellschaft zu planen, hätte ich Sie schon längst zurück zum Zimmerservice geschickt.«

»Ja. Aber das waren bis jetzt nur Gesellschaften für das schwedische Königshaus.«

»Dieses Abendessen wurde auch von unserem Königshaus gebucht. Doch die Person des Gastes ist unwichtig, denn der Ablauf ist immer derselbe: Sie finden heraus, was der Kunde will, und setzen es um.«

»Warum also ...« Ottilia wusste nicht recht, wie sie sich ausdrücken sollte.

»Warum ich dieses Bankett selbst betreue?«

Ottilia nickte verlegen. »Ja.«

»Weil Seine Majestät mich gebeten hat, mich persönlich darum zu kümmern, und zwar, um ihm einen Gefallen zu tun. Die Kaiserin übernachtet auf ihrer eigenen Jacht, die direkt vor dem Hotel liegen wird. Die Bediensteten Seiner Majestät werden für ihr Wohl sorgen. Das heißt nicht, dass Seine Majestät nicht mit den Diensten unseres Hauses zufrieden wäre. Doch er hat Kaiserin Eugénie sehr gern und möchte sich während des Aufenthalts der reizenden alten Dame ganz besondere Mühe geben. Am fraglichen Abend heißt das ›alle Mann an Deck‹ – also auch Sie. Sie und ich setzen uns kurz vor dem Termin zusammen und gehen alles gemeinsam durch.«

»Ja, gnädige Frau. Mit Vergnügen.«

»Bereitet Ihnen sonst noch etwas Kopfzerbrechen?«

Obwohl in Frau Skoghs Stimme ein sarkastischer Unterton mitschwang, ergriff Ottilia die Gelegenheit beim Schopf. »Wird das Grand Royal der Bankettabteilung zugeordnet oder ist eine eigene Abteilung dafür zuständig?«

»Es bekommt seine eigene Abteilung. Niemand kann alles auf einmal im Auge behalten. Nicht einmal Sie. Es wird ziemlich viel Zeit und Mühe beanspruchen, die Veranstaltungsräume, den Speisesaal und die Cafés des Grand Royal mit

Abendessen, Feiern, Fünfuhrtees und weiteren Veranstaltungen zu füllen, um die Stockholmer zu uns zu locken. Der Wintergarten ist nämlich hauptsächlich für sie gedacht.«

»Es wird sicher sehr aufregend.«

»Vor allem wird es viel harte Arbeit. Aber da Sie das Thema selbst aufs Tapet gebracht haben, sollten Sie darüber nachdenken. Möchten Sie Bankettleiterin bleiben oder ins Grand Royal wechseln?«

»Findet das Nobelpreisbankett weiter im Spiegelsaal statt?«

»Natürlich. Der Spiegelsaal ist für unsere ausländischen Gäste ein beeindruckender Anblick. Nicht zu vergessen, dass er über den Vorteil eines separaten Zugangs von der Straße her verfügt. Das Grand Royal dient nicht dem Zweck, unsere wundervollen Veranstaltungsräume im Hotel und im Bolinder-Palast zu ersetzen. Es soll vielmehr weitere Möglichkeiten eröffnen. Also keine Sorge: Der Spiegelsaal ist in Nordeuropa einzigartig. Die Nobelpreisträger werden auch noch in vielen Jahren unter seinen funkelnden Kronleuchtern speisen.«

Kapitel 63

Torun Ekman konnte vor Aufregung kaum noch an sich halten. Es war einer der seltenen sonnigen Samstage Mitte Oktober, als sie Ottilia unterhakte und mit ihr durch die berühmten Türen von Nordiska Kompaniet schritt. »Ist das nicht wundervoll, Otti?«

Lächelnd betrachtete Ottilia das strahlende Gesicht ihrer Schwester. »Es freut mich sehr, dass du das findest. Ich gebe mir nämlich die größte Mühe, ihm und den anderen Nobelpreisträgern einen denkwürdigen Abend zu bereiten.«

Toruns Augen funkelten. »Mr. Kipling ist ein sehr begabter Schriftsteller. Du solltest wirklich eines seiner Bücher lesen. Was, wenn du ihn im Dezember kennenlernst und er dich fragt, ob du etwas von ihm gelesen hast? Es wäre doch schrecklich unhöflich, antworten zu müssen: ›Mr. Kipling, ich freue mich zwar sehr darüber, dass Sie den Literaturnobelpreis gewonnen haben, aber ich habe nicht die geringste Ahnung, was Sie so schreiben.‹«

Ottilia lachte. »Ich bezweifle stark, dass ich auch nur ein Wort mit ihm wechseln werde. Und selbst wenn, wird der Herr sich wohl kaum nach meiner Meinung zu seinen Werken erkundigen.«

»Jedenfalls ist er eindeutig ein Gentleman. Das merkt man sofort.« Torun bekräftigte diese Worte mit einem Nicken, während sie Ottilia die prunkvolle Treppe hinauf in den zweiten Stock von Nordiska Kompaniet führte. »Ich hoffe, bei Norstedt einen Blick auf ihn erhaschen zu können. Schließlich bringen wir das *Dschungelbuch* heraus. Es könnte ja sein, dass er uns auf Riddarholmen einen Besuch abstattet, wenn er schon einmal hier ist.«

Sie betraten die Schmuckabteilung und blieben vor einer Theke mit hübschen Silberanhängern stehen.

Ottilia beugte sich vor. »Ich finde, wir sollten Karolina etwas schenken, das mit Musik zu tun hat.« Sie wies auf ein Schmucktablett in der vordersten Reihe. »Was hältst du von diesem Violinschlüssel?«

Torun zeigte auf ein Tablett weiter hinten. »Oder diesem winzigen Konzertflügel?«

»Oh, der ist wunderschön. Karolina träumt davon, Klavier spielen zu lernen, doch der Himmel weiß, ob sie je die Gelegenheit dazu bekommen wird. Schließlich kann sie ja schlecht in der Pianobar üben.«

Torun verzog zweifelnd das Gesicht. »Meinst du, mit einem Klavier würden wir Salz in die Wunde streuen?«

Ottilia schüttelte den Kopf. »Ganz im Gegenteil. Sie wird es als Symbol ihres größten Wunsches betrachten und sich sehr freuen. Seltsam, oder?«

Torun sah sie verwundert an. »Was ist seltsam?«

»Wie das Leben so spielt. Eine zufällige Begegnung mit Herrn Lehár und seitdem hat sie nur noch Musik und Opern im Kopf. Vor ein paar Wochen war sie in *Die Hochzeit des Figaro* und ist völlig verzückt nach Hause gekommen. Offenbar hatte Fräulein Silfverstjerna zwei Karten, die sie nicht nutzen konnte und sie deshalb Frau Skogh geschenkt hat. Die hatte auch keine Zeit und hat sie an Karolina weitergegeben.«

»Das aber nett von Frau Skogh. Glaubst du, Edward ist auch so ein großer Opernfreund? Oder geht er nur wegen Karolina mit?«

Ottilia zog einen Mundwinkel hoch. »Schwer zu sagen. Jedenfalls schwärmt er für Karolina, so viel steht fest. Außerdem will er sie beschützen, seit … du weißt schon. Vermutlich würde er jeden Abend eine Opernaufführung oder ein Konzert über sich ergehen lassen, wenn sie es von ihm verlangen würde. Zu seinem Glück können sie sich nur alle paar Monate Karten leisten. Er hat mir einmal erzählt, dass er wartet, bis die Musik sie zum Weinen bringt, damit er ihr den Arm um die Schulter legen kann.«

Torun kicherte. »Dieser hinterlistige Mensch. Allerdings hätte Karolina es schlechter treffen können als mit Edward. Eine kleine Schwärmerei ist nicht zu verachten. Außerdem wird sie nächste Woche schon zweiundzwanzig.«

»Beda sagt, Edward würde allmählich unruhig, weil er schon so lange Etagenkellner ist.«

»Will er das Grand Hôtel verlassen?«

»Ganz im Gegenteil«, erwiderte Ottilia. »Er möchte in den Speisesaal wechseln. Ich glaube, er würde seine Sache dort gut machen. Außerdem wäre er im Frack eine elegante Erscheinung.«

»Was ist mit Beda?«, fragte Torun. »Ist sie mit ihrem Posten zufrieden?«

»Beda will sich in die Buchhaltung versetzen lassen. Ende des Jahres geht dort jemand in den Ruhestand. Frau Skogh bezahlt ihr einen Abendkurs in Buchführung, den sie einmal die Woche besucht.«

Toruns Miene verdüsterte sich. »Prima Idee. Aber warum wusste ich nichts davon?«

»Weil wir dich kaum noch zu Gesicht kriegen, seit du Gruppenleiterin bei *Tolfterna* bist. Los, wir gehen runter und sagen Märta, welchen Anhänger sie kaufen soll. Und dann könnten du und ich uns ein Stückchen Kuchen im Teesalon gönnen.«

Märta war gerade dabei, eine Dame beim Kauf von Handschuhen für den Herbst zu beraten, und nahm die Ankunft ihrer Freundinnen mit einem fast unmerklichen Nicken zur Kenntnis. Die zwei standen da und beobachteten, wie Märta geschickt ein zweites Paar zutage förderte und die unterschiedliche Beschaffenheit der beiden Ledersorten erklärte. Die Kundin kaufte beide Paare.

»Sie ist so gut in dem, was sie tut«, flüsterte Torun, während sie zusahen, wie Märta die Handschuhe verpackte.

Dann winkte sie Torun und Ottilia heran. »Schnell, sagt mir, welcher es ist. Wenn die Etagenaufsicht merkt, dass ich mit euch rede, verpetzt sie mich beim Abteilungsleiter und ich kriege Ärger.«

Ottilia tat, als begutachte sie die Handschuhe an einem Verkaufsständer, wies auf ein schwarzes Paar und sprach mit Märta, ohne sie anzusehen. »Konzertflügel, hinteres Tablett, links.«

Märta nickte, als hinge sie an den Lippen ihrer Kundin. »Ich laufe hoch, sobald ich Pause habe.« Sie senkte die Stimme noch ein wenig. »Habt ihr auch die Gerüchte gehört, dass der König wieder erkrankt sein soll?«

Ottilia und Torun erstarrten.

Ottilia deutete auf ein anderes Paar Handschuhe. »Im Hotel weiß man noch nichts. Jedenfalls ist mir nichts zu Ohren gekommen. Was ist denn passiert?«

»Zwei Kundinnen hier haben darüber geredet, wie besorgt sein Hofstaat ist. Seine Majestät sei ständig müde und seine Sprache klänge leicht verwaschen. Womöglich werde er sich diesmal nicht erholen.«

»Ich habe Seine Majestät zuletzt im Juli bei einem Abendessen für eine Kaiserin gesehen«, antwortete Ottilia. »Er schien völlig von seiner Krankheit genesen zu sein und hat sich sogar persönlich bei Frau Skogh für den wundervollen Abend bedankt. Bist du sicher, dass du nichts falsch verstanden hast?«

»Ganz sicher.«

Kapitel 64

König Oskar II. starb im Morgengrauen des 8. Dezember, eines Sonntags. Seit eine Verlautbarung des Palasts, unterzeichnet von nicht weniger als drei Ärzten, zu denen auch der königliche Leibarzt gehörte, am 4. Dezember gemeldet hatte, der König benötige absolute Bettruhe und werde in absehbarer Zukunft seine Pflichten nicht wahrnehmen können, hielt eine große Menge treuer Untertanen vor dem Gebäude Wache. In einer zweiten Verlautbarung am 7. Dezember, wiederum von allen drei Medizinern unterzeichnet, hieß es, Seine Majestät sei nicht mehr vollständig bei Bewusstsein. Sein Herz schlüge schwach, sein Puls sei verlangsamt.

Doch wie bei allen Todesfällen, insbesondere wenn es um einen schon lange regierenden Monarchen geht, traf die Nachricht die Menschen fast wie aus heiterem Himmel. Als der Portier des Grand Hôtel um 9.15 Uhr des folgenden Morgens bemerkte, dass die dreizipfelige Flagge des Königshauses auf halbmast sank, schien eine Schockwelle über das Wasser hinweg und durch den Haupteingang zu branden.

Die Nachricht wanderte rasch von Mund zu Mund, und Stille senkte sich über die Halle, bis nichts mehr zu hören war als das leise Schluchzen einer Dame, der man in einen Sessel helfen musste.

»Der König ist tot, lang lebe der König«, verkündete ein Herr schließlich.

Die Anwesenden waren erleichtert, dass jemand das Kommando übernommen hatte, und das Getuschel setzte wieder ein.

Wilhelmina saß wie vom Donner gerührt in ihrem Büro und wischte sich eine Träne weg. Ihr Verstand arbeitete fieberhaft, denn der Tod des Monarchen war nicht nur eine Tragödie, sondern machte auch einige Schritte notwendig. Wie immer war es das Einfachste, sich den praktischen Dingen zuzuwenden. Zuallererst musste die Flagge des Grand Hôtel auf halbmast gesenkt werden. Die Männer mussten schwarze Armbinden anlegen, die Frauen schwarze Kleider anziehen. Was auch für Wilhelmina selbst galt.

Mit Trauer im Herzen ging sie zu August Svenssons Schreibtisch. »Ich bin in zwanzig Minuten zurück. Frau Andersson, Fräulein Ekman, Herr Möller und Herr Samuelsson sollen sich bitte um zehn Uhr in meinem Büro einfinden.«

Aus ihrem Wohnzimmerfenster im Bolinder-Palast starrte Wilhelmina hinaus und betrachtete die trauernde Menschenmenge, die sich vom Balkon des Palasts bis über die Norrbro-Brücke erstreckte und den gesamten Vorplatz füllte.

Brita reichte ihr ein kleines Glas Brandy.

Wilhelmina nahm es, ohne den Blick vom Palast abzuwenden. »Schenken Sie sich auch einen ein und dann wollen wir auf den guten Mann anstoßen.« Als Brita zurückkehrte, hob Wilhelmina ihr Glas. »Auf Oskar II. Möge er in Frieden ruhen.«

»Amen.«

Zwei in Schwarz gekleidete Gestalten erschienen auf dem Balkon des Palasts.

Brita schnappte nach Luft. »König Gustav V. und Königin Victoria.« Sie wischte sich eine Träne weg. »Gott stehe ihnen bei. Und was wird jetzt aus der Königinwitwe Sophia?«

»Sie ist gut versorgt«, erwiderte Wilhelmina. Aber galt das auch für Lizzie Silfverstjerna? Würde sie im Palast bleiben, versetzt werden oder gar ihre Stellung verlieren? Das war unmöglich zu sagen. Vielleicht würden Lizzie die Entscheidungen ihres Lebens jetzt auf die Füße fallen. Wilhelmina leerte ihr Glas in einem Zug und kehrte in den Verwaltungstrakt zurück.

»Alle warten schon, bis auf Gösta Möller«, meldete Svensson. »Sein Dienst beginnt erst mittags, aber die Portiers schicken ihn zu Ihnen, sobald er eintrifft. Außerdem habe ich mir die Freiheit erlaubt, Kaffee zu bestellen.«

»Sehr gut, Svensson.«

Als Wilhelmina und August Svensson hastige Schritte auf der Treppe zum Untergeschoss hörten, drehten sie sich um.

Gösta Möller hastete auf sie zu. »Ich bin sofort gekommen, als ich es gehört habe.« Er schob den Kiefer vor und presste die Lippen zusammen. Dann schüttelte er den Kopf. »Ein trauriger Tag. Ich dachte, ich würde vielleicht gebraucht.«

»Ein kluger Gedanke«, erwiderte Wilhelmina. »Kommen Sie mit.« Sie setzte sich an ihren Platz am Kopf des Tisches. »Wir alle haben die traurige Nachricht erhalten, dass Seine Majestät uns verlassen hat. Selbstverständlich wird sich dadurch der Ablauf der kommenden Woche ändern.«

Verständnisvolles Murmeln in der Runde.

»Margareta, unsere Nobelpreisträger werden heute und morgen erwartet. Eine Absage ist unwahrscheinlich, doch sie werden bei ihrer Ankunft die Stadt in Trauer, nicht in Festtagsstimmung vorfinden. Was haben Sie wegen der Begrüßungsgeschenke unternommen?«

»Ich habe den Floristen angewiesen, im ganzen Hotel, auch in den Suiten, sämtliche Blumengestecke durch weiße Blumen zu ersetzen.«

Wilhelmina nickte anerkennend. »Weiterhin muss sämtlicher Weihnachtsschmuck entfernt werden«, fügte sie hinzu.

Margareta notierte es. »Außerdem habe ich mich gefragt, ob ich Monsieur Blanc bitten soll, für die Begrüßung Wein bereitzustellen. Champagner erscheint mir höchst unpassend.«

»Ausgezeichnete Idee. Da wir nicht wissen, ob die Herren Rotwein oder Weißwein bevorzugen, bekommen sie jeweils eine Flasche. Jetzt ist nicht der richtige Zeitpunkt, an der Gastfreundschaft zu sparen. Dasselbe gilt für alle anreisenden

Gäste, die unter gewöhnlichen Umständen mit Champagner auf Kosten des Hauses begrüßt worden wären.«

»Für wie lange, gnädige Frau?«

»Solange Staatstrauer herrscht.«

Wieder zustimmendes Murmeln.

»Gnädige Frau.« Gösta Möller räusperte sich. »Servieren wir Champagner, wenn die Gäste es wünschen?«

»Natürlich. Wir sind ein Hotel, keine Unterabteilung der Moralpolizei. Unser größtes Problem, wenn man dieses Wort benutzen will, ist das Nobelpreisbankett am Dienstag. Ich bezweifle, dass es stattfinden wird.«

»Was tatsächlich einige Schwierigkeiten aufwirft«, merkte Chefkoch Samuelsson an. »Die meisten Viktualien, die benötigt werden, um fast einhundertfünfzig Gäste zu bewirten, wurden nämlich schon geliefert.«

»Das ist mir bewusst«, erwiderte Wilhelmina. »Und deshalb sollten Sie und Herr Möller überlegen, wie Sie die Waren anderweitig verwenden können, bevor sie verderben.«

»Möchten Sie, dass wir ein wenig an der Speisekarte drehen?«, hakte Gösta Möller nach.

»Genau«, bestätigte Wilhelmina. »Auch am kalten Büfett, obwohl wir dort selbstverständlich weniger Spielraum haben. Nur wenige Speisen, die es beim Nobelpreisbankett geben sollte, lassen sich auf Brot servieren.«

Chefkoch Samuelsson reckte warnend den Finger in die Luft. »Gnädige Frau, vielleicht sollten wir nicht vorschnell handeln und warten, bis wir vom Nobelkomitee hören. Ich fände es ziemlich bedauerlich, ein Nobelpreiskanapee zusammenzustellen und zu servieren und dann zu erfahren, dass das Abendessen doch stattfindet.«

»Deshalb habe ich auch von *überlegen* gesprochen. Doch ich erwarte, dass das Nobelkomitee sich heute bei mir meldet.« Sie wandte sich an Ottilia. »Ihre Situation ist wahrscheinlich die heikelste. Wir haben keine Ahnung, welche privaten Feierlichkeiten abgehalten und welche abgesagt werden. Außerdem könnte der bedauerliche Tod Seiner Majestät Grund für zusätzliche Veranstaltungen bieten. Sie und Karolina müssen eng mit Maître Samuelsson und Monsieur Blanc zusammenarbeiten, denn es könnte auf jede Minute ankommen.« Wilhelmina trank einen Schluck Kaffee. Die Wärme tat ihr wohl. Sie stellte die Tasse weg. »Aber zuallererst gehen Sie und Karolina zu Nordiska Kompaniet und kaufen sich schwarze Kleider. Am besten machen Sie sich gleich frühmorgens auf den Weg, bevor sämtliche schwarze Seide ausverkauft oder vorbestellt ist. Sagen Sie, dass Sie diese Kleider allerspätestens am Dienstagnachmittag brauchen, und lassen Sie das Wort ›Nobelpreis‹ fallen. Das sollte den Leuten dort Beine machen. Die Rechnung geht selbstverständlich ans Grand Hôtel.«

Ottilia betrachtete ihr altes Kleid, das noch aus ihrer Zeit beim Zimmerservice stammte. »Ich dachte …«

»Dann haben Sie eben falsch gedacht. Wir wissen nicht, wem Sie nächste Woche alles begegnen werden, und ich möchte nicht, dass meine Mädchen von der Bankettabteilung einen schlechten Eindruck machen. Und jetzt hören Sie mir alle gut zu. Es wird ein Staatsbegräbnis geben. Natürlich kennen wir die Einzelheiten noch nicht, aber ich bin überzeugt, dass ausländische Würdenträger im Grand Hôtel absteigen werden. Sobald ich mehr weiß, sind Sie vier die Ersten, die es erfahren. Noch Fragen?«

»Eines meiner Mädchen wollte wissen, ob es zur öffentlichen Aufbahrung gehen darf«, meldete sich Margareta zu Wort.

»Mir hat man in der Küche dieselbe Frage gestellt«, ergänzte Chefkoch Samuelsson. »Ich glaube, so eine Bitte kann man nur schwer abschlagen.«

»Ich glaube, es hängt davon ab, wie viel wir zu tun haben«, antwortete Wilhelmina. »Alle freien Tage sind bis auf Weiteres gestrichen. Doch wenn die Zeit es zulässt, dürfen die

Angestellten mit Erlaubnis ihres Vorgesetzten auch an einem Arbeitstag paarweise hingehen. Ich stimme Ihnen zu, Maître Samuelsson. Wer seinen König sehen will, hat auch ein Recht, es zu tun. Seine Majestät war ein treuer Gast unseres Hotels. Wir werden alles in unserer Macht Stehende tun, um sein Andenken zu ehren und dem Palast in dieser Stunde der Not beizustehen – und zwar so, dass man es auch bemerkt.«

Kapitel 65

Elisabet Silfverstjerna war wieder einmal vor Trauer außer sich und zudem völlig ratlos. Die vergangenen vierzehn Stunden im Palast hatten ihren Tribut gefordert und an ihren Kräften gezehrt. Inzwischen war sie zurück in ihrer Suite im Grand Hôtel und blickte Wilhelmina aus geröteten Augen an. »Ich bin ja so froh, wieder hier zu sein. Wenn ich noch eine Minute im Palast hätte bleiben müssen, hätte ich losgeschrien.« Sie sah sich um. »Gott behüte, dass ich mein bescheidenes Zuhause verlassen muss.«

Wilhelmina wäre fast an ihrem Sherry erstickt, hielt aber den Mund.

»Drüben geht alles seinen Gang.« Elisabet wies mit dem Kopf zum anderen Ufer. »Allerdings sind wir nicht sicher, ob die alten Abläufe noch gültig sind oder ob Gustav V. es lieber anders hätte. Warum auch nicht. Würde nicht jeder fast fünfzigjährige Mann wollen, dass alles nach seinem Gusto läuft, und wenn auch nur einfach deshalb, weil es in seiner Macht steht?«

»Und Ihre Majestät?«

Elisabet breitete die Hand aus. »Genau das ist es, Mina. Meinst du jetzt Königin Victoria oder die Königinwitwe Sophia? Diese Frage hat man mir heute unzählige Male gestellt. Es ist alles so entsetzlich ungewohnt.« Eine Träne rann ihr die Wange hinunter. »Gestern Nacht haben wir alle kaum geschlafen. Um zwei Uhr hat der Leibarzt verkündet, dass Seine Majestät das Bewusstsein vermutlich nicht wiedererlangen werde. Der gute Arzt hatte recht, und uns blieb nichts anderes übrig, als die unvermeidliche Tragödie abzuwarten. Es heißt, dass Seine Majestät friedlich eingeschlafen seien, wofür man dankbar sein kann.« Sie hielt inne, um an ihrem Sherry zu nippen.

Wilhelmina musterte ihre Freundin. Lizzie war blass und sah mitgenommen aus. »Hast du schon etwas gegessen?«, erkundigte sie sich, obwohl ihr eigentlich die Frage nach dem Tag der Beerdigung auf den Lippen lag. Je früher sie den Termin kannte, desto besser konnte sie planen. Zumindest hatte das Nobelkomitee das Bankett inzwischen offiziell abgesagt. Aber Lizzie schien das Bedürfnis zu haben, jemandem ihr Herz auszuschütten, und sie als ihre Freundin hatte die Pflicht, ihr zuzuhören.

»Ich habe im Palast gegessen.« Elisabet nickte. »Nicht dass wir viel heruntergebracht hätten. Seine Maj… der verstorbene König war ja noch nicht einmal kalt. Man wird ihn Mittwochabend in vollem Ornat in der königlichen Kapelle aufbahren. Ab Donnerstag kann die Bevölkerung ihm die letzte Ehre erweisen.«

Wilhelmina dankte lautlos ihrem Glücksstern dafür, dass Lizzie ihr, ohne es zu wissen, die perfekte Überleitung geliefert hatte. »Und die Beerdigung?«

»Am kommenden Donnerstag, dem neunzehnten, in der Kirche von Riddarholmen.« Elisabet tupfte sich die Augen ab. »Es ist ja alles so traurig.«

»Wir dürfen nicht vergessen, dass der König fast neunundsiebzig war und ein sehr schönes Leben hatte«, wandte Wilhelmina ein.

»Ich habe gerade nicht Seine Majestät gemeint, obwohl du selbstverständlich recht hast, sondern Karolina. Sie hat ihren Vater nie kennengelernt und jetzt hat sie keine Gelegenheit mehr dazu.«

»Vielleicht wäre es besser, wenn sie niemals erfährt, wer ihr Vater war«, wandte Wilhelmina diplomatisch ein.

»Oh, aber sie muss es wissen, Mina! Seit zweiundzwanzig Jahren warte ich nun schon darauf, ihr sagen zu können, dass ich ihre Mutter bin. Sicher wird sie mich nach ihrem Vater fragen.«

»Ist das wirklich zu Karolinas Bestem?«

Elisabets Augen blitzten. »Wir haben dieses Gespräch nun schon so oft geführt. Du hast mir immer geraten, zu warten, bis die Zeit reif ist. Nun ist ihr Vater tot. Für ihn wird die Zeit nie wieder reif sein. Aber Karolina hat eine Mutter. Eine Mutter, die sie in die Oper ausführen könnte, anstatt ihr durch Umwege und Lügen die Karten zukommen zu lassen. Eine Mutter, die sie liebt. Weiß Karolina überhaupt, was Liebe ist?«

»Inzwischen vermutlich schon. Der junge Edward scheint sehr für sie zu schwärmen.«

»Ich spreche von Liebe, Mina, nicht von Lust.«

»Nun beruhige dich, Lizzie. Ich glaube, du tust dem jungen Paar unrecht. Ich habe noch nie auch nur die Spur von unanständigem Betragen bei den zweien beobachtet. Außerdem«, Wilhelmina bedachte Elisabet mit einem spöttischen Blick, »bist du gerade die Richtige, um Karolina für ihren Lebenswandel zu verurteilen. Falls sie überhaupt einen hat.«

»Das ist gemein.«

»Wirklich?«

Elisabet seufzte leise. »Nein. Und dennoch steht meine Entscheidung fest. Bis jetzt war ich noch unsicher, doch nun weiß ich, was ich will. Karolina hat ein Recht darauf, ihre Mutter kennenzulernen. Ich werde bis nach der Beerdigung warten und mich dann an den König wenden.«

»Gustav V.?«

Elisabet sah sie ärgerlich an. »Mina, selbst ich weiß, wie wenig sinnvoll es ist, mit Toten zu sprechen.«

Ihre Blicke trafen sich und dann fing Elisabet zu kichern an. Aus dem Kichern wurde Gelächter, vielleicht ein wenig lauter als angebracht, aber offenbar eine ausgezeichnete

Möglichkeit, den aufgestauten Gefühlen Luft zu verschaffen, denn allmählich nahm Elisabets Gesicht wieder eine gesündere Färbung an. Sie griff nach ihrem Glas. »Ich werde Gustav V. von meiner Absicht in Kenntnis setzen, meine Tochter öffentlich anzuerkennen.«

»Und wenn er es verbietet?«

Elisabet schwenkte den Zeigefinger. »Ich bitte ihn nicht um Erlaubnis, sondern bin so freundlich, ihn im Voraus zu informieren. Er und die Königinwitwe wissen, dass sein Vater einige uneheliche Kinder hatte. Wäre eines mehr denn so schlimm?«

Kapitel 66

Am späten Abend des folgenden Tages schlichen sich Torun und Märta, ganz in Schwarz gekleidet, zum Eckeingang des Grand Hôtel herein und in die amerikanische Bar. Dort war die Stimmung – anders als sonst zur Vorweihnachtszeit – gedrückt, denn das ganze Land trauerte. Die beiden Freundinnen pirschten sich an Charley Löfvander heran, der gerade Dienst hinter der Theke hatte.

»Sie sind ein guter Freund«, sagte Torun zu ihm. »Wir sind so schnell gekommen, wie wir konnten. Die Straßen sind zwar leer, aber ziemlich vereist.« Obwohl ihr Blick rasch nach links und nach rechts huschte, kehrte sie dem Raum weiter den Rücken zu. »Ich wage gar nicht hinzuschauen. Ist er noch da?«

Charley schmunzelte. »Ich habe sofort den Lehrbuben losgeschickt. Und ja, er sitzt dort hinten in der Ecke, zusammen mit Herrn Strindberg.«

»Kennt Mr. Kipling Herrn Strindberg denn?«

»Inzwischen schon. Die beiden erörtern gerade Strindbergs *Meister Olof*. Offenbar soll das Stück anlässlich der Eröffnung des neuen Königlichen Dramatischen Theaters im Februar zur Aufführung kommen. Am besten setzen Sie sich an den Tisch da drüben. Ich bringe Ihnen Wein. Wenn die Leute zwei junge Damen an der Theke stehen sehen, zerreißen sie sich nur die Mäuler.«

Märta unterdrückte ein nervöses Lachen. »Ich fühle mich sowieso schon schrecklich verrucht. Ich war nämlich noch nie als Gast im Grand Hôtel.« Sie schob Torun zu ihrem Platz am Tisch. »Du setzt dich hierhin, wo du die beste Aussicht hast.«

»Pssst!« Torun blickte sich nach möglichen Mithörern um. Dann beugte sie sich vor. »Ich kann es nicht fassen, dass ich diesem großen Mann so nahe bin.«

»Welchem?« Märta musste wieder kichern, diesmal über ihren eigenen Witz.

»Könntest du bitte ernst bleiben? Wir sind alle in Trauer.«

Märta machte ein betretenes Gesicht. »Stimmt. Bei uns waren die schwarzen Handschuhe schon um die Mittagszeit ausverkauft.«

»Sind schwarze Handschuhe nicht etwas, das die meisten Damen ohnehin schon besitzen?«

»Das hat mich auch verwirrt. Doch unser Abteilungsleiter sagte, für ein königliches Begräbnis sei ein neues Paar angebracht, wenn man hingehen wolle, um sich den Trauerzug anzusehen. Ottilia und Karolina waren heute Morgen auch bei uns. Sie brauchten schwarze Kleider.«

»Das wundert mich nicht. Auch bei Norstedt war die Stimmung heute recht trüb. Wer unter fünfunddreißig ist, hat nie einen anderen König kennengelernt. Die ganze Stadt …« Sie erstarrte und beugte sich wieder vor. »Herr Strindberg ist aufgestanden. Aber sein Glas ist noch halb voll. Er kommt sicher zurück. Mr. Kipling scheint auf ihn zu warten.«

»Das ist deine Chance.«

Torun wurde von Lampenfieber ergriffen. Mr. Kipling wurde zwar morgen bei P. A. Norstedt & Söhne erwartet, doch es war ziemlich unwahrscheinlich, dass man sie einem so illustren Besucher vorstellen würde. Natürlich würde sie sich auch mächtigen Ärger einhandeln, wenn sie in ihrer Freizeit einfach Schriftsteller ansprach, falls ihre Vorgesetzten davon erfuhren. Aber was war schlimmer? Ihre Stelle zu verlieren oder die Gelegenheit nicht genutzt zu haben, ein paar Worte mit Rudyard Kipling zu wechseln? Sie griff in ihre Handtasche und humpelte dann durch den Raum.

»Mr. Kipling?«

»Ja?«

»Entschuldigen Sie die Störung, Sir.« Torun machte einen Knicks. »Aber ich konnte die Chance einfach nicht ungenutzt verstreichen lassen, Ihnen zu sagen, wie wundervoll und inspirierend ich Ihre Werke finde.«

Seinem Lächeln war nichts zu entnehmen. »Darf ich fragen, welches meiner Bücher Ihnen am besten gefallen hat?«

Damit hatte Torun nicht gerechnet. »*Die Katze, die allein herumspazierte.*«

Kipling fiel die Kinnlade herunter, und er bedeutete Torun, auf Strindbergs frei gewordenem Stuhl Platz zu nehmen. »Und dürfte ich den Grund erfahren?«

»Weil ich Bücher liebe, die in Kindern das Vergnügen am Lesen wecken. Es ist eines der wenigen Werke, die jungen Lesern nicht nur große Freude machen, sondern ihnen auch viel Stoff zum Nachdenken liefern. Als ich noch in einem Buchladen gearbeitet habe, habe ich *Die Katze, die allein herumspazierte* stets empfohlen, wenn jemand ein Kinderbuch suchte.«

Kipling neigte dankend den Kopf. »Sie sagten, Miss …?«

»Ekman, Sir.«

»Sie sagten, Miss Ekman«, der fremdländische Name bereitete ihm Schwierigkeiten, »Sie hätten in einem Buchladen gearbeitet. Jetzt nicht mehr?«

»Inzwischen bin ich Lektoratsassistentin bei P. A. Norstedt & Söhne.« Toruns Wangen glühten.

»Ich verstehe.«

Torun fiel noch etwas ein. »Und nun fühle ich mich wie eine Verräterin, weil wir zwar Ihre Bücher für Erwachsene im Programm haben, aber nicht das Buch, das ich, wie ich Ihnen gerade erklärt habe, am liebsten mag. Ich glaube, *Die Katze, die allein herumspazierte,* ist bei Geber herausgekommen.«

»Aha.« Kiplings Augen funkelten. »Und ist das Buch in Ihrer Hand eines, das ich für Sie signieren soll?«

»Ja, Sir. Ich wäre Ihnen sehr dankbar.« Sie reichte ihm ihr

Exemplar von *Das Dschungelbuch*. Wenigstens war es eine bei Norstedt erschienene Ausgabe.

Kipling musterte das abgegriffene Buch amüsiert. »Anscheinend ist es häufig in Gebrauch.«

»Verzeihung, Sir.«

Er war bereits dabei, eine Widmung auf die Innenseite zu schreiben, und hielt noch einmal inne. »Entschuldigen Sie sich niemals fürs Lesen. Ich signiere lieber ein Exemplar, das geliebt wird, als eines, das nur im Regal steht. Außer wir befinden uns in einer Buchhandlung.« Als er ihr das Buch reichte, stand wieder ein schalkhaftes Funkeln in seinen Augen.

Aus dem Augenwinkel sah Torun, dass August Strindberg in die Bar zurückkehrte. »Mr. Kipling, darf ich Sie um einen letzten Gefallen bitten?«

Nun war seine Neugier geweckt. »Sie dürfen.«

Torun ballte die Faust, bis sich ihr die Fingernägel in die Handballen bohrten, und nahm all ihren Mut zusammen. »Könnten Sie so tun, als ob wir uns nicht kennen, falls wir uns morgen bei Norstedt & Söhne zufällig über den Weg laufen? Ich darf nicht mit den Autoren reden, nur, wenn ich etwas gefragt werde. Aber wie ich Ihnen schon erklärt habe, konnte ich mir die Gelegenheit einfach nicht entgehen lassen, Sie anzusprechen.«

»Meine liebe Miss Ekman, ich beglückwünsche Sie zu Ihrem Tatendrang. Falls wir uns bei Norstedt & Söhne begegnen sollten, werde ich Ihnen schweren Herzens die kalte Schulter zeigen.«

»Danke.«

August Strindberg blickte zwischen Rudyard Kipling und Torun hin und her.

Torun machte hastig seinen Stuhl frei.

Strindberg blickte sie verärgert an. »Ich hoffe, diese junge Frau hat Sie nicht belästigt, Mr. Kipling. Wenn doch, bitte ich Sie um Entschuldigung.«

»Ganz im Gegenteil. Ich habe diese reizende Dame aufgefordert, Platz zu nehmen. Miss Ekman ist eine von uns, August. Eine Leserin und Denkerin.«

»Das ist ja wundervoll!« Strindberg nahm Toruns Hand und führte sie an die Lippen. »*Enchanté, Mademoiselle.*«

»*Enchanté, Monsieur.* Ich wünsche den Gentlemen einen schönen Abend.«

Torun schwebte förmlich zu ihrem Tisch zurück und beugte sich zu Märta hinunter. »Komm, wir gehen«, flüsterte sie ihr ins Ohr.

Märta starrte sie an wie vom Donner gerührt und griff nach ihrem Mantel. »Ach herrje. War das Strindberg? Es heißt, er soll ziemlich launisch sein.«

Torun winkte Charley heran und stellte sich auf die Zehenspitzen, um ihm einen Kuss auf die Wange zu hauchen. »Danke.«

Als sie endlich draußen auf der Södra Blasieholmshamnen standen, hielt Märta es nicht mehr aus. »Was ist passiert? Weil ich dir den Rücken zugekehrt habe, konnte ich nicht zuschauen, ohne dass es aufgefallen wäre. Nicht einmal in der Fensterscheibe hast du dich gespiegelt.«

Torun führte unter einer Straßenlaterne einen kleinen Freudentanz auf. »Es war traumhaft, Märta, von der ersten bis zur letzten Minute. Die beiden Herren waren ja so reizend.«

Märta blieb der Mund offen stehen, und es dauerte einen Moment, bis sie die Sprache wiederfand. »Warum ist mein Glas dann noch drinnen auf dem Tisch, während ich mir hier draußen die Füße abfriere?«

»Weil ich mich an Frau Skoghs Beispiel halten und aufhören wollte, während ich noch im Vorteil bin. Außerdem müssen wir Ottilia suchen. Charley muss von jemandem gewusst haben, dass ich unbedingt Mr. Kipling kennenlernen will. Und dieser Jemand kann nur meine Schwester sein.«

Märta betrachtete den Eingang des Bolinder-Palasts. »Wie

kommen wir da rein? Dürfen wir Ottilia überhaupt in ihrem Zimmer besuchen?«

»Wir sind ganz freundlich zum Portier und laufen dann nach oben, so schnell ich mit meinem Bein kann.«

Atemlos und stolz auf ihren eigenen Wagemut, erreichten sie Ottilias Tür. Torun klopfte an.

»Torun, Märta, ach, du liebe Güte. Los, kommt schnell rein.« Karolina packte Torun am Arm und zog sie rasch ins Zimmer.

Märta bemerkte sofort die beiden Kleider, die an den Türen der Schränke hingen. »Mein Gott, die haben in der wenigen Zeit ja ein wahres Wunder vollbracht.«

»Lass die Kleider«, sagt Ottilia. »Was, um Himmels willen, wollt ihr zwei hier?«

Torun strahlte übers ganze Gesicht. »Hast du Charley Löfvander erzählt, dass ich unbedingt Mr. Rudyard Kipling kennenlernen will?«

»Nicht so direkt. Ich sagte, dass wir ein Abendessen für Mr. Kipling planen und dass du sicher gelb vor Neid sein würdest.«

Torun schnappte nach Luft. »Du hast Mr. Kipling also auch kennengelernt?«

»Heute. Wir fanden ihn äußerst charmant, stimmt's, Karolina?«

Karolina spielte die Ahnungslose. »Hilf mir auf die Sprünge. Wen?«

Torun versetzte ihr einen spielerischen Klaps auf den Arm.

»Da das Nobelpreisbankett abgesagt war«, ließ Karolina sich schließlich erweichen, »veranstaltet Mr. Kipling morgen Abend ein privates Abendessen für die Preisträger. Darüber haben wir heute gesprochen.«

Torun sank auf Ottilias Bett. »Schweig still, mein pochend Herz.«

»Vergiss dein pochendes Herz. Woher wusstest du, dass ich mit Charley geredet habe?«, fragte Ottilia.

»Weil Mr. Kipling heute an einem Tisch in der amerikanischen Bar saß und Charley so freundlich war, mir einen Boten zu schicken. Wir sind sofort losgelaufen, und da war er wirklich: Mr. Kipling, wie er leibt und lebt. Er saß mit keinem Geringeren als August Strindberg zusammen.«

»Er hat ihr Buch signiert«, ergänzte Märta.

»Ach, du meine Güte. Was hat er denn geschrieben?«, fragte Karolina.

Torun sprang auf. »Ach, ich habe noch gar nicht nachgesehen, weil ich unbedingt gehen wollte, solange noch alles gut war. Das Buch habe ich einfach eingesteckt.« Torun schlug die Titelseite auf, und Tränen traten ihr in die Augen. »*Von einem Lesenden zum anderen – einen Garten bringt man nicht zum Blühen, indem man nur im Schatten sitzt. Herzlich, Rudyard Kipling, Dezember 1907.*«

»Was hat das zu bedeuten?«, erkundigte sich Karolina.

»Ich glaube«, erwiderte Torun, »er will damit sagen, dass er sich von mir heute Abend nicht gestört gefühlt hat. Aber vor allem soll es heißen, dass wir uns immer um das bemühen sollen, was wir uns wünschen.« Sie drückte sich das Buch an die Brust. »Seltsam, oder? Gestern Abend habe ich um unseren König geweint. Und heute blicke ich mit neuer Entschlossenheit in die Zukunft. Was sich an einem Tag so alles ändern kann.«

Kapitel 67

Eine graue Wolkendecke lastete schwer auf der Stadt und tauchte alles in Düsternis, wie um zu betonen, dass ganz Stockholm in Trauer war. Auch der gefrorene Boden schimmerte grau, die Menschen trugen Schwarz und sämtliche Weihnachtsdekorationen in den Fenstern waren durch weiße Stoffbahnen ersetzt worden.

Warm eingemummelt wegen der Kälte, traten Karolina, Ottilia, Beda und Margareta auf die Stallgatan hinaus.

»Je früher wir uns anstellen, desto besser«, sagte Karolina. »Charley Löfvander hat gehört, es sollen gestern zwanzigtausend in der Schlange gestanden haben. Zu guter Letzt waren einige so wütend wegen der langen Warterei, dass sie abends die Kapelle gestürmt haben.«

»Eine Schande ist das«, schimpfte Margareta. »Mir wäre es peinlich, auch nur Zeugin eines solchen Spektakels zu werden. Und das überdies in Gegenwart des Leichnams Seiner Majestät!«

»Mir auch«, erwiderte Ottilia. »Allerdings müssen Karolina und ich um drei zurück sein. Wenn wir heute nicht an die Reihe kommen, versuchen wir es eben morgen noch einmal.«

»Für mich ist es die letzte Gelegenheit«, antwortete Margareta. »Morgen Vormittag treffen die ersten Trauergäste ein, dann wird bei uns jede Hand gebraucht.«

Sie eilten über die Norrbro-Brücke, wo ihnen bereits einige bedrückte Stockholmer entgegenkamen. Manche Frauen weinten leise.

»Wer kommt denn?«, erkundigte sich Ottilia.

»Wir erwarten Regierungsvertreter und Diplomaten aus Belgien, Holland, Portugal, dem Osmanischen Reich, Siam und Amerika, alle mit ihren Eigenheiten und Ansprüchen. Von der unausgesprochenen Rangordnung ganz zu schweigen«, erklärte Margareta in leicht mürrischem Ton. »Diese Leute nennen sich zwar Diplomaten, doch die wahren Diplomatinnen sind wir. Wehe dem Grand Hôtel, falls sich irgendeiner dieser Männer auch nur im Geringsten zurückgesetzt fühlen sollte. Frau Skogh wird jeden persönlich begrüßen.«

»Dann können wir nur hoffen, dass nicht zwei von ihnen gleichzeitig anreisen«, meinte Karolina.

»Wie recht du hast. Es wäre nicht das erste Mal, dass eine Kutsche eine Runde um den Block fahren müsste, damit jemand einen großen Auftritt hinlegen kann.«

Sie blickten über das Wasser, wo sich das in Trauerflor gehüllte Grand Hôtel erhob. »Ob Frau Skogh wohl auch zur Aufbahrung Seiner Majestät kommt?«, sagte Ottilia.

Margareta schüttelte den Kopf. »Sie ist zur Beerdigung eingeladen. Ich glaube, sie und ihr verstorbener Mann waren gut mit dem König befreundet.«

Sie reihten sich in der Schlange der Trauernden auf dem Slottsbacken vor dem Palast ein.

»Wie mag es wohl für den neuen König sein, an jedem Palastfenster nur Trauerflor zu sehen?«, fragte sich Beda.

»Vermutlich ist er zu beschäftigt und erschüttert, um darauf zu achten«, entgegnete Margareta.

»Ich habe noch nie einen Toten gesehen«, meldete sich Karolina mit zitternder Stimme zu Wort.

»Dann hast du großes Glück gehabt«, erwiderte Margareta. »Nicht viele Leute werden zwanzig Jahre alt, ohne je Bekanntschaft mit dem Tod zu machen. Meine Großmutter starb, als ich fünf war. Sie war meine erste Leiche. Zumindest die erste, die ich bewusst wahrgenommen habe.«

»Hattest du Angst?«

»Nicht vor den Toten. Die können einem nicht mehr wehtun.«

»Was ist mit dir, Ottilia?«, erkundigte sich Karolina, während die Schlange ein Stückchen in Richtung Kapelle vorrückte.

»Mein Bruder ist gestorben, und, wie du weißt, auch meine Mutter. Außerdem hatten wir in Rättvik einen Hotelgast, der in der Nacht gestorben ist.« Ottilia erinnerte sich. »Doch das war eher ein praktisches Problem. Ich kannte den Mann nicht. Jemand musste seine Familie verständigen, aber zum Glück war das nicht meine Aufgabe.« Sie schluckte. »Am schlimmsten war es, meine Mutter tot zu sehen. Ich habe meinen Bruder zwar geliebt, aber meiner Mutter stand ich viel näher. Mir graut schon vor dem Tag, an dem ich auch meinen Vater verliere.«

»Mir graut vor dem Tag, an dem ich eine meiner Freundinnen verliere«, antwortete Karolina. »Ich hatte ja nie eine Familie. Nicht so, wie du es kennst. Wenn ich an Fieber erkrankt und gestorben wäre, hätte meine Pflegefamilie das Geld mehr vermisst als mich.«

Ottilia hakte sie unter. »Uns wirst du nicht so schnell los. Zumindest nicht in nächster Zeit. Schließlich sind wir alle etwa gleichaltrig.«

»Ich bin älter als ihr«, wandte Margareta ein. »Aber du darfst nicht um mich trauern, Karolina. Das Leben ist für die Lebenden da, vergiss das nicht.«

»Jetzt übertreib mal nicht«, protestierte Ottilia. »Du bist schließlich erst Mitte dreißig. Außerdem gibt es keine Garantie dafür, dass wir alle in der richtigen Reihenfolge gehen müssen.«

»Wäre das nicht entsetzlich?«, fragte Karolina.

»Wirklich?«, hakte Margareta nach. »Oder wäre es einfach nur gerecht?«

Doch Karolina ließ sich nicht beirren. »Auf jeden Fall wäre

es schrecklich. Stell dir nur vor, wenn wir alle in der Reihenfolge sterben müssten, in der wir geboren werden. Wie grauenhaft muss es sein, von einem Todesfall zu hören und zu wissen, dass ein geliebter Mensch als Nächster an der Reihe ist.«

»Das wäre natürlich schwierig«, räumte Ottilia ein. Sie stampfte mit den Füßen auf, um sie zu wärmen. »Ich hätte Angst, wenn es dann mich treffen würde. Andererseits wäre der Tod in diesem Fall nicht so ein Schock.«

»Nein, das stimmt nicht«, widersprach Beda. »Wir alle wussten, dass der König bald sterben muss, und dennoch hat uns die Nachricht von seinem Tod erschreckt.«

Ottilia überlegte. »Du hast recht.«

»Es heißt ja, geliebt und verloren zu haben, sei besser, als die Liebe überhaupt nicht zu kennen«, meinte Margareta.

Karolina hob einen Finger. »Da stimme ich dir von ganzem Herzen zu. In der Schule habe ich oft erlebt, dass eine Klassenkameradin ihre Mutter oder ihren Vater verlor. Wenn sie geweint hat, habe ich versucht, sie zu trösten. Doch zu meiner Schande muss ich gestehen, dass ich sie auch ein bisschen um ihre Trauer beneidet habe. Wie wundervoll wäre es gewesen, überhaupt Eltern zu haben, die man verlieren kann.«

»Für mich fühlt es sich gar nicht wundervoll an«, wandte Beda mit leiser Stimme ein. »Meine Mutter ist an Tuberkulose gestorben, als ich sieben war. Wer in deiner Familie hat mehr gelitten, Otti? Birna, die ihre Mutter mit zehn verloren, oder Victoria, die sie gar nicht erst kennengelernt hat?«

Die Freundinnen verfielen in Schweigen.

Inzwischen hatten sie die doppelflügelige Tür der Kapelle erreicht. Karolina holte tief Luft, um sich zu fassen, bevor sie eintrat. Wo würde der Sarg stehen? Würde die Leiche des Königs ihr erster Anblick sein? Während sie sich wortlos zwischen Margareta und Ottilia in der Schlange weiterschob, betrachtete sie staunend die weiß und golden gehaltene, prachtvoll geschmückte Gewölbedecke. Dann wanderte ihr Blick die schimmernden grauen Steinwände hinunter bis zu den Sitzbänken aus Eichenholz. Nachdem sie noch einmal die Schultern gestrafft hatte, betrachtete sie schließlich das mit einer Kordel abgesperrte Podest am Ende des Mittelgangs, wo Soldaten am Sarg Wache hielten. Das Fußende war zur Tür hin ausgerichtet, der Sarg selbst mit einer Flagge bedeckt. Die Krone Seiner Majestät stand davor auf einem kleinen Tisch.

Als Karolina näher kam, konnte sie den König besser sehen. Der Leichnam war ein Stück aufgerichtet, sodass man ihn vom Kopf bis zur Taille betrachten konnte. Wer hatte dem König seine Militäruniform angezogen? Und wie? Es hieß doch immer, Leichen seien starr. Ihr Blick ruhte auf dem vertrauten weißen Schnurrbart und den Koteletten, die sein eingefallenes, wächsernes Gesicht umrahmten. Karolina spürte, wie ihre Unterlippe zu zittern begann. Dieser Mann, der, beschienen von hohen weißen Kerzen, vor ihr lag, war ihr König gewesen, seit sie denken konnte. Selbstverständlich unerreichbar, aber dennoch so nah, insbesondere seit sie im Grand Hôtel wohnte. Sie folgte Margaretas Beispiel und machte vor dem Fußende des Sarges einen Knicks. Der König hatte ihre Hochachtung verdient, denn schließlich musste man ihm zugutehalten, dass er einen Krieg mit Norwegen abgewendet hatte. In seinen fünfunddreißig Jahren auf dem Thron hatte er seinem Volk viel Grund gegeben, ihm dankbar zu sein. Das erkannte man daran, dass nun so viele Menschen bereit waren, in der bitteren Kälte Schlange zu stehen, um ihm die letzte Ehre zu erweisen. Karolina würde Oskar II. stets als den gütigen König ihrer Kindheit im Gedächtnis behalten. Mit Gottes Hilfe würde auch Gustav V. ein gütiger und gerechter König sein.

Kapitel 68

1908

Margareta und Gösta traten aus dem Königlichen Dramatischen Theater. Vom Himmel rieselten winzige Flocken herab und gesellten sich zu dem Neuschnee, der bereits gefallen war.

»Was für ein wunderschöner Abend«, seufzte Margareta. »Vielen Dank für die Einladung. Es ist mir noch immer ein Rätsel, wie es dir gelungen ist, Karten für die allererste öffentliche Aufführung zu ergattern. Willst du es mir nicht verraten?«

Gösta lachte leise und breitete die Hände aus. »Wenn du es unbedingt wissen willst. Eigentlich war es ganz einfach: Mein Cousin arbeitet an der Theaterkasse. Er sagte, *Meister Olof* sei wirklich sehenswert. Und ist es nicht ein Erlebnis, Zeit in einem Gebäude zu verbringen, das erst gestern eröffnet wurde?«

»Ein wirkliches Privileg.«

Sie drehten sich um und betrachteten das erleuchtete Theater. Selbst an den vier kunstvoll verschnörkelten Straßenlaternen funkelten goldene Verzierungen.

»Von außen ist das Gebäude genauso beeindruckend wie von innen«, stellte Margareta fest. »Kaum zu fassen, dass es mit einer Lotterie finanziert wurde. Eine sehr kluge Idee.«

»Mein Cousin sagt, es sei dabei mehr Geld zusammengekommen, als gebraucht wurde. Deshalb ist hier auch so vieles vergoldet.« Seine Miene verdüsterte sich. »Allerdings frage ich mich, ob dieses zusätzliche Geld nicht besser hätte ausgegeben werden können als für Blattgold. Es herrscht so viel Elend in dieser Stadt. Und selbst eine angemessene Krönungsfeier hat man für zu kostspielig erachtet.«

»Ich finde, das war eine weise Entscheidung von König Gustav V.«, widersprach Margareta. »Schließlich müssen die Leute sehen, dass auch der Palast spart. In der Stadt herrscht so viel Unruhe, dass es sonst zu einem Aufstand gegen die Monarchie kommen könnte. Es gehört nicht viel dazu, dieses Pulverfass hochgehen zu lassen. Torun sagt, die Menschen hätten so wenig Geld, dass selbst die Buchläden reihenweise Bankrott machten.«

»Es trifft nicht nur die Läden. Einige Hotels senken schon ihre Preise, um die Betten zu füllen. Bei uns haben sich Dutzende von Kellnern beworben, die ihren Arbeitsplatz verloren haben. Diese Männer sind verzweifelt, weil sie nicht wissen, wie sie ihre Familie ernähren sollen.«

»Dasselbe gilt für die Frauen«, entgegnete Margareta. »Einige haben sich sogar erboten, ohne Lohn zu arbeiten. Die Trinkgelder sind besser als nichts, wenn die Kinder Hunger leiden.«

Als eine Straßenbahn vorbeiratterte, zog Gösta Margaret in den Schatten. »Maggie, trittst du noch immer die Hälfte deines Gehalts an deinen Mann ab?«

»Er ist und bleibt eben mein Mann und schließlich habe ich ihn verlassen«, protestierte sie.

»Er hat dich geschlagen. Außerdem ist es inzwischen drei Jahre her.«

»Es sind fast sechs«, wandte sie leise ein. Sechs Jahre ohne Blutergüsse und gebrochene Rippen.

»Damit wollte ich sagen, dass du ihn seit drei Jahren unterstützt. So kann es nicht weitergehen.«

Im Schein der Straßenlaterne sah er, dass in ihrem Auge eine Träne funkelte. »Es geht nicht anders.«

»Was passiert sonst?«

»Solange ich zahle, tut er mir nichts.« *Und dir auch nicht,* fügte sie in Gedanken hinzu, sprach es allerdings nicht aus. Wer wusste, was geschehen würde, wenn Gösta erfuhr, dass Knut sie zusammen beobachtet hatte? Dass er gedroht hatte,

Gösta zusammenzuschlagen, sollte dieser es wagen, seiner Frau zu nahe zu treten – außer sie zahlte immer weiter?

»Ich kann dich beschützen«, erwiderte Gösta. »Bitte komm heute Abend mit zu mir nach Hause. Es ist nur ein großes Zimmer mit einer kleinen Küche, aber es ist sauber und, wenn ich mich selbst loben darf, gemütlich. Ein behaglicher Rückzugsort nach einem langen Tag. Und die Wohnung gehört mir. Uns, wenn du das möchtest.«

Margareta blickte in Göstas blaue Augen. Konnte sie diesem so liebenswürdig wirkenden Mann vertrauen? Oder würde er sie auch in ein von Kakerlaken verseuchtes Drecksloch locken und sich dann an ihrem Erstaunen weiden? Die Adresse würde ihr vielleicht Aufschluss geben. Sie hatte Gösta nie gefragt, wo er übernachtete, denn das war ihr angesichts ihrer ungeklärten Beziehung zu aufdringlich erschienen. Inzwischen jedoch fühlte sie sich sicherer. »Wo wohnst du eigentlich?«

Ein überraschter Ausdruck malte sich auf sein Gesicht. »In der Linnégatan, gleich bei Torun und Märta nebenan.«

Sie starrte ihn verblüfft an.

Gösta verstand die Welt nicht mehr. »Ich dachte, das sei allgemein bekannt. Allerdings sehen wir uns nicht oft, weil Märta sich mit ihrem jungen Mann trifft und inzwischen nur noch selten zu Hause ist. Und Torun ist überall, wo sich eine Frauengruppe zusammenfindet, um für einen guten Zweck zu kämpfen. Aber hin und wieder trinken wir eine Kanne Kaffee zusammen.« Er grinste. »Vorausgesetzt, der Kaffee ist von Svenska Hem. Torun traut den anderen Lebensmittelläden nicht über den Weg und glaubt, dass sie den Kaffee mit gerösteem Sägemehl strecken.«

Als Margareta zu lachen begann, stieg ihr warmer Atem im Schneetreiben nach oben und löste sich im Lichtkegel der Laternen auf. »Und wie immer hat Torun absolut recht.« Sie hakte Gösta unter. »Dann los. Ein Kaffee ist nach einem Theaterabend genau das Richtige.«

Kapitel 69

An einem späten Sonntagabend im März kam Elisabet in Wilhelminas Wohnzimmer gerauscht. »Danke, dass du meinetwegen aufgeblieben bist.«

»Meine Liebe, wenn du mir ausrichten lässt, du müsstest mich dringend sprechen, werde ich mich doch nicht schlafen legen. Was ist denn los?« Sie reichte Elisabet eines der beiden Sherrygläser, die Brita zwischen die beiden Sofas auf den Tisch gestellt hatte.

»Ich habe heute mit dem König über Karolina gesprochen.«

Wilhelminas Gedanken überschlugen sich. Welche Folgen würde das für Elisabet haben? Und für Karolina? Und für das Grand Hôtel? »Ich verstehe.«

»Nein, Mina, du verstehst überhaupt nichts. Ganz im Gegensatz zu mir. Heute ist der Tod des verstorbenen Königs genau drei Monate her. Und deshalb fand ich, dass der Zeitpunkt gekommen ist, mich an Gustav V. zu wenden. Also habe ich all meinen Mut und meinen Verstand zusammengenommen und um eine Audienz gebeten.« Elisabet stand noch immer mitten im Raum und blickte Wilhelmina herausfordernd an.

Diese nippte an ihrem Sherry, um Zeit zu gewinnen, und stellte das Glas wieder ab. Als sie sich vorbeugte, schlug ihr die angenehme Wärme des Kaminfeuers entgegen. Auch wenn es offiziell Frühling war, wehte draußen noch ein kalter Wind. »Was hast du zu Seiner Majestät gesagt? Und setz dich doch endlich hin, Lizzie. Du nutzt mir den guten Teppich ab.«

Elisabet nahm auf dem Sofa gegenüber Platz. »Ich habe ihm

alles erzählt. Dass ich seinem Vater eine Tochter geboren habe und auch, wie sie aufgewachsen ist.«

»Und?«

»Er antwortete, er habe schon vor Jahren dahin gehende Gerüchte gehört. Es sei der Skandal seines Vaters, nicht seiner.«

»Und was hat Seine Majestät sonst noch geantwortet?«

»Ziemlich wenig. Er hat den Standpunkt des verstorbenen Königs wiederholt, Karolinas Vaterschaft sei nicht zu beweisen, weshalb sie niemals ein anerkanntes Mitglied der königlichen Familie werden könne. Ich habe ihm versichert, dass ich das niemals erwartet hätte.«

»Doch wie hat Seine Majestät die Nachricht aufgenommen, dass er eine Halbschwester hat? Hat ihn das gar nicht neugierig gemacht? Schließlich hat er nur Brüder.«

»Ich bin ziemlich sicher, dass Seine Majestät mehrere Halbschwestern hat, weshalb sich seine Neugier in Grenzen halten dürfte.« Elisabet beugte sich vor. »Außerdem bin ich überzeugt, dass er selbst das eine oder andere Kuckuckskind gezeugt hat. Aber Mina«, ihr Tonfall wurde drängender, »Seine Majestät hat außerdem gesagt, dass es meine Sache sei, wenn ich Karolina öffentlich als meine Tochter anerkennen wolle.«

Wilhelmina räusperte sich. »Hast du Seiner Majestät auch erzählt, dass Karolina derzeit hier im Grand Hôtel beschäftigt ist?«

Elisabet verzog finster das Gesicht. »Habe ich. Außerdem danke, dass du ausnahmsweise meine Schwierigkeiten wichtiger nimmst als dein geheiligtes Hotel.«

Wilhelminas Puls beschleunigte sich. Lehnte Gustav V. es vielleicht ab, Karolina in seiner Nähe zu wissen? »Es tut mir leid«, flunkerte sie. »Bitte sprich weiter.«

Elisabet ließ sich erweichen. »Seine Majestät sagte, das Mädchen müsse schließlich irgendwo seinen Lebensunterhalt verdienen. Für die Tochter eines Königs sei eine Beschäftigung in einem so angesehenen Haus vermutlich angemessen.«

»Ein angesehenes Haus?« Wilhelmina schlug die Hand vor die Brust. »Hat er das wirklich gesagt?«

Elisabet seufzte ungeduldig. »Mina, du bist unverbesserlich. Und ja, hat er. Er fügte hinzu, ich könne weiter im Palast tätig sein. Seine Majestät nimmt an, dass die Königinwitwe nur noch wenig Zeit in Stockholm verbringen wird. Mögliche Spannungen, die Folge meines Verhältnisses zu dem verstorbenen König gewesen sein könnten, hätten sich inzwischen sicher gelegt.«

»Wirst du auch weiterhin hier wohnen?« Wilhelmina hielt den Atem an. Angesichts der derzeitigen wirtschaftlichen Lage hätte das Grand Hôtel nur ungern auf eine Dauermieterin in einer Ecksuite verzichtet.

»Der König hat meine Unterbringung nicht erwähnt. Falls der Hof diesen Punkt aufs Tapet bringen sollte, werde ich mir über die verschiedenen Möglichkeiten Gedanken machen. Bis es so weit ist, habe ich nicht vor, schlafende Hunde zu wecken.«

Wilhelmina schenkte nach, ohne sich anmerken zu lassen, dass ihr vor Erleichterung ein Stein vom Herzen fiel. »Wann – und wie – willst du es Karolina eröffnen?«

Elisabet sackte zusammen, soweit es ihr Korsett gestattete. »Das ist eine ausgezeichnete Frage. Schon seit so vielen Jahren male ich mir die verschiedensten Szenen aus, und nun, da ich es wirklich darf ...« Sie schüttelte den Kopf. »Ich habe wirklich keine Ahnung, wie ich es am besten anstellen soll. Ich hoffe verzweifelt, dass Karolina froh sein wird, wenn sie den Schock erst mal verkraftet hat. Denk nur, was ich ihr alles bieten kann, Wilhelmina. Damit meine ich nicht nur ihre kleine Erbschaft, obwohl ihr vermutlich jede Geldsumme willkommen sein wird. Aber sie hätte endlich eine Familie. Sie könnte sogar ihren wahren Namen benutzen. Karolina Silfverstjerna. Klingt das nicht wunderbar?«

»Ja, tut es.«

»Aber wie ich ihr reinen Wein einschenken soll … da bin ich wirklich ratlos. Deshalb wollte ich dich ja noch heute Nacht sehen. Ich habe dir gleich nach meinem Gespräch mit dem König eine Nachricht zukommen lassen.«

»Ein Jammer, dass du mich nicht schon im Voraus von dieser Unterredung in Kenntnis gesetzt hast.«

»Aber, Mina, jetzt sei kein Frosch. Du hast viel mehr Erfahrung im Umgang mit jungen Damen als ich. Was würdest du an meiner Stelle tun?«

Kapitel 70

»Bist du wach?«, raunte Ottilia in die Dunkelheit hinein.
Aus dem Nachbarbett ertönte ein Rascheln, als Karolina sich auf den Ellbogen stützte. »Ja.«
Ottilia setzte sich hoch, knipste die Nachttischlampe an und schlang die Arme um die Knie. »Ich weiß noch immer nicht, was ich Frau Skogh sagen soll. Wenn ich das Grand Royal übernehme, habe ich nichts mehr mit dem Nobelpreisbankett zu tun. Und auch nicht mit dem fünfzigsten Geburtstag des Königs im Juni. Zu diesem Anlass werden sicher einige private Gesellschaften stattfinden. Allerdings könntest du den Bankettservice übernehmen, wenn ich ins Grand Royal wechsle. Und ich könnte ein völlig neues Gebäude in meinem Sinne prägen.« Seit Frau Skogh ihr den Posten offiziell angeboten hatte, schwankte Ottilia zwischen einem klaren Ja und einem klaren Nein. Ein Vorteil war, dass sie enger mit Frau Skogh zusammenarbeiten würde. Ein Nachteil, dass es mit Frau Skoghs berüchtigter Ungeduld noch schlimmer geworden war, seit es im Grand Royal zu einer Verzögerung nach der anderen kam. Also ging jedes Plus, das Ottilia sich vor Augen hielt, mit einem ebenso großen Minus einher. Außerdem hatte Frau Skogh ihr eine Woche Zeit gegeben, sich ihre Entscheidung zu überlegen. Das war am Freitag gewesen. Doch gestern, am Montag, hatte Ottilia Order erhalten, am nächsten Tag um zehn in Frau Skoghs Büro zu erscheinen. Karolina war um halb elf bestellt worden.
»Wir wissen doch noch gar nicht, ob sie mir die Leitung der Bankettabteilung anbieten wird«, wandte Karolina ein. »Viel-

leicht versetzt sie mich ja zusammen mit dir. Bestimmt geht es um eine dieser beiden Möglichkeiten, denn wenn ich auf dem Posten der Stellvertreterin bleiben sollte, hätte Frau Skogh ja keinen Grund, mit mir zu sprechen.«

Ottilia verzog den Mund. »Ich würde an Frau Skoghs Stelle mindestens eine von uns in der Bankettabteilung belassen. Schließlich kennen wir das Geschäft aus dem Effeff. Andererseits wird das Grand Royal nicht vor dem nächsten Herbst fertig. Also hätten wir genug Zeit, um einer Nachfolgerin alles zu erklären. Oder einem Nachfolger, denn Frau Skogh könnte wegen der Ausgewogenheit einen Mann einstellen wollen.«

»Der Speisesaal, die Bars und inzwischen sogar der Zimmerservice sind in männlicher Hand, seit Beda in die Buchhaltung gewechselt ist«, wandte Karolina ein. »Margareta leitet die Hauswirtschaft und du die Bankettabteilung. Da hast du deine Ausgewogenheit.«

»Stimmt.«

»Was mich wieder zu unserer Unterhaltung von gestern Abend bringt«, fügte Karolina hinzu. »Wir wissen erst mehr, nachdem wir morgen früh mit Frau Skogh gesprochen haben.«

Als eine noch immer unschlüssige Ottilia wie immer an die offene Tür klopfte, stellte sie fest, dass August Svensson nicht an seinem Platz saß. Um Punkt zehn Uhr trat sie in Frau Skoghs Büro. Und blieb wie angewurzelt stehen.

»Guten Morgen, Ottilia.«

Ottilias Blick wanderte von Frau Skogh zu Fräulein Silfverstjerna, die hinter ihr am Fenster stand. »Verzeihung, ich dachte, Sie hätten *herein* gesagt. Ich warte draußen.«

»Ich habe tatsächlich *herein* gesagt«, erwiderte Frau Skogh. »Schließen Sie die Tür. Und die von Svensson.«

Ottilia gehorchte verwirrt.

»Ottilia, ich möchte Sie richtig mit Fräulein Silfverstjerna bekannt machen.«

Was hatte Fräulein Silfverstjerna denn mit dem Grand Royal zu tun? Wollte sie den Palast verlassen? Hatte man ihr das Grand Royal angeboten? Gewiss hatte sie überall in der Stadt ausgezeichnete Verbindungen. Und auch in den Palast. Ottilia wurde von Enttäuschung ergriffen. Nun war ihr klar, dass sie die neue Stelle unbedingt haben wollte. Warum hatte sie Frau Skoghs Angebot nicht gleich am Freitag angenommen?

Fräulein Silfverstjerna glitt um den Schreibtisch herum und hielt Ottilia ihre weiche weiße Hand hin. »Fräulein Ekman.«

Ottilia schüttelte ihr die Hand und knickste.

Frau Skogh wies auf den Tisch, wo bereits eine silberne Kaffeetasse, vier Tassen mit Untertassen und eine Auswahl des besten Gebäcks des Hauses standen.

Ottilia spürte Fräulein Silfverstjernas Blick auf sich, als sie gegenüber der Hofdame Platz nahm.

Während Frau Skogh Kaffee einschenkte, wurde kein Wort gewechselt. Schließlich wandte sie sich an Fräulein Silfverstjerna. »Möchtest du anfangen oder soll ich?«

Fräulein Silfverstjerna lächelte und schien ein wenig nervös. »Bitte tu du es.«

»Ottilia«, begann Frau Skogh. »Wir haben Sie nicht als Leiterin des Bankettservice zu uns gebeten, sondern als Karolinas Freundin. Als ihre engste Freundin, wenn die Berichte stimmen. Sie sind der Mensch, der sie am besten kennt.«

Ottilia erstarrte. Was mochten die zwei mit ihr zu besprechen haben, das nicht gleich mit Karolina erörtert werden konnte? Schließlich wurde sie in einer knappen halben Stunde hier erwartet. »Ja, ich glaube, Karolina würde mich als ihre gute Freundin bezeichnen.«

»Was wissen Sie über Karolinas Herkunft?«, erkundigte sich Fräulein Silfverstjerna.

Ottilia blickte sie unverwandt an. »Sehr wenig. Vermutlich wäre es aufschlussreicher, wenn Sie Karolina selbst fragen. Oder Edward. Ihm hat sie vielleicht mehr erzählt als mir.«

»Beantworten Sie einfach die Frage«, herrschte Frau Skogh sie an.

»Auch wenn Ihre Diskretion Sie natürlich sehr ehrt«, ergänzte Fräulein Silfverstjerna.

Ottilia überlegte. »Karolina erwähnt ihre Vergangenheit nur selten. Ich weiß, dass sie in einer Pflegefamilie aufgewachsen ist. Die Leute waren zwar nicht unfreundlich, haben ihr aber auch nicht das Gefühl vermittelt, willkommen zu sein. Sie ist von dieser Familie direkt ins Grand Hôtel gezogen.«

»Erscheint Ihnen das nicht ein wenig sonderbar?«, hakte Fräulein Silfverstjerna nach.

»Nicht so, wie Karolina es erklärt hat. Sie nimmt an, die Jugendfürsorge, die auch die Familie für ihre Unterbringung bezahlt hat, habe ihr die Stelle im Grand Hôtel vermittelt. Ihrer Ansicht nach hätten die Pflegeeltern einen ehrlichen Eindruck gemacht. Karolina sei besser gekleidet und ernährt gewesen als andere Pflegekinder in ihrer Schule. Allerdings haben die Nilssons sie nie wie ein Familienmitglied behandelt. An dem Tag, als sie ins Grand Hôtel umgezogen ist, habe ihr Pflegevater gesagt, sie werde die Familie nie wiedersehen.«

Fräulein Silfverstjerna schlug die Hand vor den Mund. »Das arme Mädchen.«

Frau Skogh hüstelte. »Hat Karolina je Mutmaßungen angestellt, was ihre leiblichen Eltern betrifft?«

»Nicht mir gegenüber.« Ottilias Gedanken überschlugen sich. Und im nächsten Moment ging ihr ein Licht auf. Fräulein Silfverstjerna und Karolina. *Sie hat meine Wange gestreichelt.* Als Ottilia Elisabet Silfverstjernas Gesicht musterte, erkannte sie Karolinas Wangenknochen und ihr Kinn wieder. Allmählich verwandelte sich ihr Verdacht in Gewissheit. Sie richtete sich kerzengerade auf. »Sie sind ihre Mutter«, flüsterte sie. Und Zorn breitete sich in ihrer Brust aus.

»Ja.« Fräulein Silfverstjerna besaß wenigstens den Anstand, zu erröten. »Ich habe mein Bestes ...«

»Ihr Bestes?« Ottilia war machtlos dagegen, dass sie die Worte viel barscher als beabsichtigt hervorstieß.

»Ekman! Sie haben wohl vergessen, wer Sie sind!«, herrschte Frau Skogh sie an.

Ottilia verkniff sich die naheliegende Antwort, dass man ihr in diesem Gespräch die Rolle von Karolinas bester Freundin zugewiesen hatte. Allerdings war sie nicht bereit, sich für ihren Ausbruch zu entschuldigen. In ihrem Kopf überschlugen sich förmlich die Fragen. Warum hatte Fräulein Silfverstjerna der lieben, freundlichen Karolina all die Jahre die Wahrheit vorenthalten? War Karolinas Vater auch in der Nähe? Und warum sprachen die beiden Frauen mit ihr, Ottilia, darüber? Das war etwas, das zu erfahren sie doch sicherlich ein Recht hatte.

Also wandte sie sich an Fräulein Silfverstjerna. »Wieso erzählen Sie mir das alles?«

»Weil ich Karolina sagen will, dass ich ihre Mutter bin, und keine Ahnung habe, wie sie das aufnehmen wird. Doch eines weiß ich genau: Ich würde mir an Karolinas Stelle die Unterstützung einer Freundin wünschen.«

»Karolina kann sich immer auf mich verlassen.« Und wagen Sie es nicht, sich mit Karolina zu vergleichen. Die ist nämlich ehrlich und aufrichtig.

»Ich glaube, es ist das Beste, Ottilia, wenn Sie in Ihrem Büro auf Karolina warten«, meldete sich Frau Skogh zu Wort. »Wir werden ihr mitteilen, wo sie Sie findet, und auch, dass Sie über die Situation im Bilde sind. Zweifellos wird es ein großer Schock für sie sein. Liegt bei der Bankettabteilung etwas Dringendes an? Oder könnten Sie heute auf Karolina verzichten, falls sie das wünscht?«

»Ich hatte gehofft, dass Karolina den heutigen Tag mit mir verbringen will«, mischte sich Fräulein Silfverstjerna ein. »Schließlich haben wir einander eine Menge zu erzählen. Allerdings könnte Karolina auch Zeit brauchen, um die Nachricht erst einmal zu verdauen. Ich habe nicht die geringste Vorstellung, wie sie reagieren wird.«

»Ich auch nicht«, erwiderte Ottilia wahrheitsgemäß. »Dürfte ich fragen, ob Karolina weiter hier arbeiten wird? Das Grand Hôtel ist ihr Zuhause.«

»Karolina kann so lange hier arbeiten, wie sie möchte«, antwortete Frau Skogh. Sie warf einen Blick auf die Uhr. »Bitte gehen Sie jetzt in Ihr Büro. Und versuchen Sie, Karolina unterwegs nicht zu begegnen.«

Elisabet sah Wilhelmina erschrocken an. »Hätten wir Ottilia nicht bitten sollen, die Neuigkeit für sich zu behalten?«

Wilhelmina schüttelte den Kopf. »Wie du gerade selbst feststellen konntest, ist Ottilia der Inbegriff von Diskretion und Loyalität. Sie würde genauso wenig über Karolina tratschen wie über mich oder dieses Hotel.«

Elisabet atmete auf. »Mina, bitte versprich mir, dass du es mich Karolina erzählen lässt, ohne dich einzumischen. Sie hat ein Recht darauf, wütend oder traurig ...«

Sie wurde von einem Klopfen an der Tür unterbrochen.

Es gelang Karolina, sich ihre Überraschung – und ihr Unbehagen – bei Fräulein Silfverstjernas Anblick nicht anmerken zu lassen.

Frau Skogh winkte sie zum Tisch. »Kommen Sie, meine Liebe.«

Karolina erstarrte. Seit wann nannte Frau Skogh sie *meine Liebe*? Sie nahm am Tisch Platz, wo bereits eine halb volle Kaffeetasse stand. Ottilias? Wenn ihre Vorgesetzte Ottilia Kaffee angeboten hatte, war doch sicher alles in Ordnung. Oder?

Frau Skogh nahm die benutzte Tasse weg und schenkte Karolina eine frische ein.

»Danke.« Sie bekam ebenfalls Kaffee? Irgendetwas stimmte

hier nicht. Karolina legte die Hände auf den Tisch, starrte angestrengt auf einen Astknoten im Holz der Tischplatte und wartete ab.

Frau Skogh ergriff als Erste das Wort. »Karolina, wir haben Sie heute zu uns gebeten, weil Fräulein Silfverstjerna eine äußerst wichtige Angelegenheit mit Ihnen besprechen möchte.«

Karolina schluckte heftig und blickte Fräulein Silfverstjerna an. »Gnädige Frau?«

»Ich weiß nicht, wie ich es sagen soll. Mein Kopf ist wie leer gefegt«, begann Fräulein Silfverstjerna.

Der Kloß in Karolinas Kehle war inzwischen so dick, dass es ihr fast die Luft abschnürte. Sie schwieg.

»Ich weiß, dass Sie ein Pflegekind waren.«

Karolina nickte erst, besann sich dann aber auf ihre guten Manieren. »Ja, gnädige Frau.«

»Das weiß ich deshalb, Karolina …«, nun war es Fräulein Silfverstjerna, die schluckte, »weil ich deine Mutter bin.«

»Was?« Mit offenem Mund schaute Karolina zwischen Fräulein Silfverstjerna und Frau Skogh hin und her.

Letztere nickte. »Sie wurden als Karolina Silfverstjerna geboren.«

Karolina starrte die Frau an, die behauptete, ihre Mutter zu sein. »Was macht Sie so sicher? Wie haben Sie mich gefunden?«

»Ich habe dich nie verloren«, antwortete Fräulein Silfverstjerna leise. »Ich wusste immer, wo du bist. An manchen Tagen habe ich dich auf dem Weg zur Schule beobachtet.«

»Schule?« Karolinas Stimme wurde lauter, als ihr klar wurde, was das bedeutete. »Sie wussten also auch, wo ich wohne?«

»Ja. Ich habe die Pflegefamilie bezahlt.«

»Sie haben sie bezahlt?« Karolina schob ihren Stuhl zurück. Nun brach sich der jahrelang aufgestaute Kummer des ungeliebten Kindes Bahn. »Warum? Pflegefamilien sind für Kinder, die niemand will. Wieso haben Sie für ein Kind bezahlt, das Sie nicht wollten?«

»Ich wollte dich doch ...«

Karolina sprang auf. »Nein. Wenn Sie mich gewollt hätten, hätten Sie mich mitgenommen. Tja, danke für die vielen hübschen Kleider.«

Inzwischen weinte Fräulein Silfverstjerna. »Es tut mir so entsetzlich leid. Ich kann dir gar nicht sagen, wie sehr ich dich vermisst habe.«

»Offenbar nicht genug, um meine Mutter sein zu wollen. Oder war Ihnen der Posten als Hofdame wichtiger? Wie hätte das auch ausgesehen, mit einem Kind am Rockzipfel?« Ihr kam ein neuer Verdacht. »Sie haben mir meine erste Stelle hier besorgt, richtig?«

»Ja.«

Und nun würde sie das Grand Hôtel verlassen müssen, denn es war unmöglich, mit Fräulein Silfverstjerna unter einem Dach zu leben. Tränen der Wut rannen Karolina über die Wangen, und sie ballte, um Beherrschung ringend, die Fäuste. »Was ist mit all meinen Beförderungen? Lagen sie daran, dass ich so tüchtig war? Oder hat man mir die Posten nur aus Mitleid gegeben? Wie dumm war ich nur, zu glauben, dass Karolina Nilsson, das Pflegekind, es aus eigener Kraft zu etwas gebracht haben könnte.«

»Aber das hast du doch«, widersprach Fräulein Silfverstjerna. »Ich habe dir nur beim Einstieg geholfen, und zwar, weil ich dich in meiner Nähe wissen wollte.«

»Haben Sie sich je gefragt, was ich wollte?«

»Was wolltest du denn?«

Karolina schüttelte die immer noch zu Fäusten geballten Hände. »Das habe ich Ihnen doch gerade erklärt. Eine Mutter. Eine richtige Familie. Keine Pflegefamilie, die mich bei der erstbesten Gelegenheit vor die Tür setzt. Auch keine feine Dame in einer eleganten Suite, die mich im Gesicht berührt und mich zu Tode ängstigt, einfach nur, weil sie mich in ihrer

Nähe haben will. Und das hat ja geklappt.« Inzwischen war es Karolina gleichgültig, dass sie schrie. »Sie haben Ihrer Tochter die Wange gestreichelt, ich hingegen habe die Hand einer Fremden gespürt. Ich hätte damals schon das Recht gehabt, zu erfahren, dass Sie meine Mutter sind.«

»Es tut mir leid.«

Karolina wandte sich ab, um ihre Gedanken zu ordnen. Dabei blieb ihr Blick an der vierten Tasse hängen und sie drehte sich wieder zu Fräulein Silfverstjerna um. »Haben Sie das alles auch Ottilia gesagt? Bevor Sie mit mir gesprochen haben?«

»Ja.«

Karolinas Augen blitzten zornig. »Warum?«

»Damit Sie in der Stunde der Not eine Freundin haben, die Ihnen beisteht«, ließ sich Frau Skogh vernehmen. »Bitte setzen Sie sich wieder, Karolina. Wir verstehen, wie schwierig es für Sie sein muss. Das ist sicher ein großer Schock.«

Karolina blieb stehen. »Ich hätte es Ottilia gern selbst erzählt. Sie ist die einzige Familie, die ich habe.«

Fräulein Silfverstjerna zuckte zwar zusammen, protestierte aber nicht.

»Sie könnten jetzt auch eine Mutter haben«, wandte Frau Skogh mit sanfter Stimme ein. »Geben Sie sich doch die Zeit, Fräulein Silfverstjerna besser kennenzulernen.«

Karolina fiel noch etwas ein. Sie sah Fräulein Silfverstjerna unverwandt an. »Ich muss auch einen Vater haben. Wer ist es? Lebt er auch hier im Hotel?«

Fräulein Silfverstjerna schüttelte heftig den Kopf. »Nein.«

»Also, wer ist es? Oder sollte ich mich besser bei Ottilia erkundigen? Haben Sie ihr das vielleicht ebenfalls gesagt?«

»Nein.«

»Weshalb nicht? Sie haben ihr doch auch gesagt, dass Sie meine Mutter sind.«

Fräulein Silfverstjerna suchte nach einer Antwort und gab es schließlich auf. »Sie hat nicht gefragt.«

»Aber ich frage jetzt. Wer?«
»Ich kann nicht ...«
Karolina holte tief Luft. »WER?«
»Der verstorbene König. Oskar II.«
Nachdem Fräulein Silfverstjerna dieses Geständnis herausgerutscht war, senkte sich erschrockenes Schweigen über die drei Frauen.

Im nächsten Moment wirbelte Karolina herum und rannte hinaus.

Kapitel 71

Ottilia war unfähig, sich auf irgendetwas zu konzentrieren. Stattdessen sah sie zum wohl hundertsten Mal auf die Uhr. Karolina war nun schon seit zwei Stunden bei Frau Skogh und Fräulein Silfverstjerna. War das ein gutes oder ein schlechtes Zeichen? Ganz sicher ein gutes. Denn andernfalls wäre Karolina doch schon längst zurück gewesen. Ottilia hatte bereits zweimal nachgesehen, ob Karolina sich vielleicht in ihr gemeinsames Zimmer geflüchtet hatte. Doch das Zimmer war leer und seit dem Morgen unverändert. Ob Karolina zu Edward gegangen war? Auf ihrem Schreibtisch läutete das Telefon.

»Könnten Sie und Karolina bitte wieder in mein Büro kommen?«, sagte Frau Skoghs Stimme.

Ottilia zögerte kurz. »Karolina ist nicht hier. Ich dachte, sie sei noch bei Ihnen.«

Wieder ein kurzes Zögern. »Kommen Sie sofort zu mir.«

Oben an der Treppe blieb Ottilia noch einmal stehen. Dann machte sie kehrt und hastete die Treppe hinauf in ihr Zimmer. Diesmal riss sie Karolinas Kleiderschrank auf.

Wilhelmina wurde allmählich ungeduldig. Wo, um alles in der Welt, blieb denn Ottilia?

Als die Erwartete eintraf, war sie atemlos und eine Haarlocke war ihr aus dem Dutt gerutscht. »Karolina ist nicht im Hotel. Ihr Hut und ihr Mantel sind fort.«

»Verdammt.« Wilhelmina stützte die Ellbogen auf den Tisch und rieb sich die Schläfen. »Ich war sicher, dass sie zu Ihnen laufen würde.«

Ottilia biss sich auf die Lippe. »Darf ich fragen, was geschehen ist?«

»Karolina hat die Neuigkeit sehr schlecht aufgenommen. Sie ist zornig. Außer sich vor Wut. Und ihre Mutter ist vor Reue am Boden zerstört.«

»Könnte Karolina vielleicht bei Fräulein Silfverstjerna sein?«

»Unwahrscheinlich. Karolina will nichts mit ihrer Mutter zu tun haben. Ich habe eine gute Stunde gebraucht, um Elisabet zu beruhigen. Inzwischen ist sie in den Palast zurückgekehrt, um Karolina Raum zu geben, ohne dass sie einander zufällig über den Weg laufen.« Und Gott verhüte, dass ihre Freundin beschließen sollte, auf Dauer in den Palast zu ziehen. Die wirtschaftliche Lage sah von Tag zu Tag düsterer aus.

Ottilia seufzte. »Ich wage kaum, mir auszumalen, wie schwierig es für beide sein muss. Sicher fühlt sich Karolina hintergangen. Warum hat Fräulein Silfverstjerna es ihr nur so lange verheimlicht? Sie wohnen jetzt seit sieben Jahren unter einem Dach. Wenn Fräulein Silfverstjerna Karolina schon früher reinen Wein eingeschenkt hätte, wäre es nie so weit gekommen.« Ottilia erschrak über ihre eigene Unverblümtheit. »Verzeihung.«

Wilhelmina beschloss, diese Frechheit zu überhören. »Elisabet hatte guten Grund, zu schweigen, das können Sie mir glauben, Ottilia.« Und vielleicht hätte sie auch weiter schweigen sollen. Die Enthüllung des heutigen Vormittags hatte nur zu Unerfreulichem geführt. »Könnte Karolina bei Edward sein?«

»Der ist im Speisesaal. Ich habe auf dem Weg hierher nachgesehen.«

»Was ist mit Ihrer Schwester Torun oder mit Märta Eriksson?«

»Ich denke nicht. Sie sind beide bei der Arbeit. Torun ist auf Riddarholmen, und ich glaube nicht, dass Karolina bei Nordiska Kompaniet hineinstürmen würde, wenn sie so aufgebracht ist, wie Sie sagen.«

»Margareta und Beda Johansson haben beide Dienst«, überlegte Wilhelmina laut. »Kennt Karolina sonst jemanden in der Stadt?«

»Nicht, soweit ich weiß. Nur ihre Pflegefamilie.«

Sie wechselten einen Blick.

Wilhelmina schüttelte den Kopf. »Karolina hat erzählt, sie hätten sie bei der erstbesten Gelegenheit vor die Tür gesetzt.«

Verzweifelt zuckte Ottilia mit den Achseln. »Vielleicht irre ich mich ja, was Märta und Nordiska Kompaniet angeht. Soll ich hinlaufen und nachschauen?«

»Auf jeden Fall. Und suchen Sie auch sonst an allen Orten, die Ihnen einfallen.«

»Und wenn ich sie finde?«

Wilhelmina verdrehte die Augen. »Dann bringen Sie sie sofort nach Hause ins Grand Hôtel.«

Stundenlang hastete Ottilia durch den spätwinterlichen Schneematsch zwischen ihrem Zimmer im Bolinder-Palast, Nordiska Kompaniet am Stureplan und P. A. Norstedt & Söhne auf Riddarholmen hin und her, immer auf verschiedenen Straßen, in der Hoffnung, Karolina irgendwo zu entdecken. Aber als es dämmerte, fehlte von ihrer Freundin noch immer jede Spur. Wenn Karolina sich versteckte, würde es unmöglich sein, sie aufzuspüren, denn allein in Gamla Stan wimmelte es von Seitengassen und Treppen. Außerdem kannte Karolina die Stadt besser als sie alle. Vielleicht hatte sie Stockholm ja auch längst verlassen. Aber wo wollte sie hin?

Am Abend nach der Arbeit trafen sich Ottilia, Beda und Margareta in Toruns und Märtas kleiner Wohnung in der Linnégatan.

Märta machte in der Kochnische belegte Brote für alle. »Tut mir leid, dass wir nicht mehr zu bieten haben, aber Torun und ich wollten heute eigentlich nicht zu Hause essen. Doch wir haben einen frischen Laib Brot von Svenska Hem da.«

»Wir wollten zu einer Versammlung von *Tolfterna*«, erklärte Margareta. »Aber Karolina ist wichtiger.«

Beda nahm sich ein Käsebrot. »Bist du sicher, dass du uns nicht sagen darfst, warum Karolina weggelaufen ist, Otti? Vielleicht wüssten wir dann, wo wir sonst noch suchen sollen.«

Ottilia rieb sich die müden Füße. »Glaubt mir, ich würde es euch wirklich gerne erzählen, aber ich kann nicht. Und nein, das Wissen würde uns auch nicht weiterhelfen, denn Karolina hätte sich eigentlich an Torun oder Märta wenden müssen, also an jemanden außerhalb des Hotels.«

»Und wir haben sie beide nicht gesehen«, erwiderte Märta. »Wenn sie bei Nordiska Kompaniet war, ist sie nicht zu mir gekommen. Leider.«

»Ich habe wirklich keine Ahnung, wo ich sonst noch nachsehen soll«, seufzte Ottilia.

»Heute Nacht nirgendwo mehr«, entgegnete Margareta. »Wenn du sie am helllichten Tag nicht gefunden hast, wirst du sie bei Dunkelheit auch nicht entdecken. Karolina ist doch sicher klar, dass sie jederzeit in den Bolinder-Palast kommen kann.«

»Hat Frau Skogh die Polizei verständigt?«, erkundigte sich Torun.

Ottilia schüttelte den Kopf. »Karolina hat das Recht, hinzugehen, wohin sie will. Wir vermissen sie zwar, aber Frau Skogh ist dafür nicht zuständig.«

»Trotzdem sollte Karolina nicht nachts allein in der Stadt herumlaufen«, wandte Margareta ein. »Es ist zu gefährlich.«

Beklommenes Schweigen entstand. Karolina war die Ängstlichste von ihnen und am wenigsten in der Lage, sich selbst zu verteidigen. Und wie sollte sie einen übereifrigen Wachtmeister davon überzeugen, dass sie kein leichtes Mädchen war? Ob sie doch die Polizei einschalten sollten?

»Weiß Edward von Karolinas Verschwinden?«, fragte Märta.

»Gösta hat mir erzählt, dass Edward sehr bestürzt ist«,

erwiderte Margareta. »Er weiß, dass sie fort ist, aber er kennt den Grund nicht. Frau Skogh hat ihm verboten, mit irgendjemandem darüber zu sprechen. Ansonsten würde sie ihm kündigen.«

»Frau Skogh, wie wir sie kennen und lieben«, höhnte Torun. »Warum konnte sie Edward nicht einfach sagen, dass er Karolina zuliebe den Mund halten muss?«

»Weil sie mit ihrem Latein am Ende ist und keine Zeit für Geplauder oder Erklärungen hat«, entgegnete Ottilia. »Sie war schon schlecht gelaunt, bevor all das passiert ist. Inzwischen ist sie gereizt und macht sich außerdem große Sorgen.«

»Weswegen ist sie gereizt?«, hakte Märta nach.

»Es gibt Schwierigkeiten im Grand Royal. Die Baufirma ist nicht im Zeitplan. Frau Skogh hat Lotten Rönquist mit den Wandgemälden beauftragt. Und nun sind die Innenwände noch unverputzt. Es könnte Wochen dauern, bis Lotten mit der Arbeit anfangen kann. Und sie wird selbst einige Wochen brauchen.«

Torun lächelte. »Lotten Rönquist ist unter den Frauenrechtlerinnen eine Legende und außerdem eine ausgezeichnete Malerin. Männer hält sie für mehr oder weniger überflüssig, zumindest die, die sich weigern, Frauen ernst zu nehmen.«

»Sie hat einige wundervolle Wandbilder in der Königssuite gemalt«, räumte Margareta ein. »Aber muss man der Gerechtigkeit halber nicht auch erwähnen, dass einige der traumhaften Fresken im Bolinder-Palast von Carl Larsson stammen?«

»Ganz bestimmt hast du recht«, murmelte Torun. »Aber ich verwette meine Büchersammlung darauf, dass die Leute sich nur an seinen Namen erinnern werden, und zwar schlicht und ergreifend deshalb, weil Zeitungsredaktionen von Männern angeführt werden, die sich eher für ihresgleichen einsetzen.«

»Idun ist doch eine Frauenzeitschrift«, wandte Beda ein.

Torun schwenkte den Zeigefinger. »Die von einem Mann geleitet wird. Der Chefredakteur heißt Johan Nordling. Wieso, wenn ich fragen darf, steht ein Mann einer Frauenzeitschrift vor?«

Ottilia unterdrückte ein Gähnen. »Entschuldigt.«

»Am besten gehst du jetzt nach Hause«, meinte Margareta. »Wenn wir Glück haben, ist Karolina inzwischen dort.«

»Soll ich dich begleiten, Margareta?«, schlug Beda vor.

Margareta errötete. »Nein, ich schlafe nebenan. Gösta hat gesagt, dass es bei ihm heute nicht spät wird.«

Beda kicherte wissend.

»Beda!« Margaretas empörter Ausruf wurde von lautstarkem Klopfen an der Tür unterbrochen.

Die Freundinnen zuckten zusammen.

Märta war als Erste an der Tür. »Karolina!«

Gösta trug die Vermisste herein und setzte sie in einen Sessel vor dem Kachelofen. »Ich habe sie draußen im Treppenaufgang gefunden. Sie ist völlig durchgefroren.«

Ottilia kniete sich vor Karolina und pustete auf ihre eiskalten Finger. Währenddessen zog Margareta ihr die vom Schneematsch durchweichten Stiefel aus und massierte ihr die Füße. Torun legte Holz nach.

Als Karolina Ottilia ansah, war ihr Gesicht bleich und tränennass. »Es tut mir so leid.«

»Es braucht dir nicht leidzutun«, erwiderte Ottilia in beruhigendem Ton. »Obwohl es keine gute Idee war, dich in den eisigen Hauseingang zu setzen, anstatt nach oben zu kommen.«

»Ich habe mich so geschämt.« Karolina schloss die Augen. Eine Träne lief ihr die Wange hinab. »Ich glaube, ich bin euch allen heute sehr zur Last gefallen. Außerdem habe ich dich in der Bankettabteilung allein gelassen.«

Beda wickelte sie in eine Decke. »Du kannst glauben, so viel du willst, aber eine Last bist du uns nicht.«

»Und in der Bankettabteilung ist alles in Ordnung«, fügte Margareta hinzu.

»Margareta hat recht«, bestätigte Beda. »Wir sind nur einfach überglücklich, dass du wohlbehalten zurück bist.«

Gösta räusperte sich. »Dann lasse ich die Damen mal allein.« Torun reichte Karolina eine Tasse Tee mit viel Zucker. »Trink das. Du musst dich von innen aufwärmen, bevor du dir noch den Tod holst. Hast du seit dem Frühstück etwas gegessen?«

Karolina nahm einen Schluck von dem heißen Getränk. »Ich hatte auf Djurgården eine Suppe.«

»Djurgården?« Ottilia schlug sich vor die Stirn. »Darauf hätte ich auch kommen können.«

»Wahrscheinlich hättest du sie trotzdem nicht gefunden«, wandte Beda ein. »Die Insel ist ziemlich groß.«

»Warum Djurgården?«, erkundigte sich Torun.

Da Karolina nun im Kreise ihrer Freundinnen und in einem warmen Zimmer war, nahmen ihre Wangen wieder Farbe an. »Ich bin die Stallgatan hinauf und nach Nybroviken gerannt. Eigentlich wollte ich zu Märta ins Nordiska Kompaniet, aber dann kam die Straßenbahn Nummer sieben. Und da bin ich einfach eingestiegen und mitgefahren.«

»Du hättest besser zu mir kommen sollen.« Märta gab Karolina ein Käsebrot. »Aber warum nur bist du überhaupt davongelaufen?«

Karolina blickte zwischen Ottilia und Märta hin und her. »Du hast es ihnen nicht erzählt?«

»Nein. Das musst du selbst tun.«

»Und Frau Skogh hat allen verboten, darüber zu reden«, ergänzte Beda.

Karolina schluckte den ersten Bissen des frischen Brotes hinunter und legte es zurück auf den Teller. »Ich bin nicht die, für die ihr mich haltet – und für die ich mich selbst gehalten habe.«

»Du bist und bleibst für immer unsere liebe Karolina«, beteuerte Margareta.

Karolina lachte verbittert. »Heute Morgen war ich gar nicht

lieb. Noch nie zuvor im Leben bin ich so wütend gewesen. Gewiss habe ich ganz schreckliche Dinge gesagt. Ich kann mich nicht mehr richtig erinnern.« Sie ließ den Kopf hängen.

»Warum?«, wollte Torun mit sanfter Stimme wissen. »Fang ganz von vorne an.«

»Frau Skogh hat Ottilia und mich zu sich zitiert. Ottilia sollte zuerst kommen. Wir dachten, es ginge ums Grand Royal. Aber weit gefehlt. Fräulein Silfverstjerna war auch dort.«

Beda, Torun und Märta blickten einander an.

»Sie hat mir gesagt …«

Die vier Frauen beugten sich vor.

Karolina schluckte. Dann hob sie den Kopf. »Sie hat mir gesagt, dass ich Karolina Silfverstjerna bin. Sie ist meine Mutter.«

Alle schnappten gleichzeitig nach Luft.

»Ich werd verrückt!«, stöhnte Beda. »Und Fräulein Silfverstjerna hat es die ganze Zeit gewusst?«

»Ja.«

»Warum hat sie nicht schon früher mit dir gesprochen?«, fragte Torun. »Das ist ja absurd. Eigentlich sogar grausam.«

»Das dachte ich auch«, erwiderte Karolina.

»*Dachte?*«, hakte Torun nach.

Karolina zuckte mit den Achseln. »Während ich auf Djurgården herumgelaufen bin, hatte ich viel Zeit zum Nachdenken. Selbst im März lädt die Stille dort dazu ein, die eigene Seele zu ergründen. Rückblickend betrachtet, war es vermutlich ein Glück, dass ich in diese Straßenbahn gestiegen bin.«

Beda war fassungslos. »Soll das heißen, du hast Fräulein Silfverstjerna bereits verziehen, dass sie dich all die Jahre im Dunkeln hat tappen und bei einer Pflegefamilie hat aufwachsen lassen?«

»Nein. Es heißt nur, dass ich den Grund dafür zu kennen glaube. Ich habe den Verdacht, mein Vater war es, der geheim halten wollte, dass es mich gibt und wo ich bin.«

Ottilia spitzte die Ohren. Diesen Teil der Geschichte kannte sie noch nicht.

»Du bist um einiges nachsichtiger, als ich es je sein könnte«, murmelte Beda mit finsterer Miene.

Torun nickte zustimmend. »Ich könnte einer Mutter nicht verzeihen, der die Wünsche eines Mannes wichtiger sind als ihr eigenes Kind.«

»Doch, das kann ich«, widersprach Karolina. »Viel unverzeihlicher finde ich es, dass Fräulein Silfverstjerna mir keinen reinen Wein eingeschenkt hat, als mein Vater starb.«

Ottilia verstand kein Wort. »Wusste Fräulein Silfverstjerna denn von seinem Tod?«

»Wir alle wussten davon«, entgegnete Karolina höhnisch. »Aber nur eine von uns war so dämlich, ihn sich in vollem Ornat anzusehen, ohne zu ahnen, dass sie ihren Vater vor sich hat.«

Diesmal schnappte niemand nach Luft. Die vier Frauen saßen da wie vom Donner gerührt.

Ottilia fand als Erste die Sprache wieder. »Oskar II. war dein Vater?«

»Laut Fräulein Silfverstjerna ja.«

»Mir fehlen die Worte«, sagte Märta.

»Und mir dreht sich der Kopf«, fügte Beda hinzu.

Karolina senkte den Blick. »Das kann ich nachvollziehen. Schließlich bin ich jemand anderer, als ihr gedacht habt.«

Beda unterbrach sie mit einer Handbewegung. »Nein, nein, nein. Du bist immer noch du. Seine Majestät ist nicht der Mann, für den ich ihn gehalten habe.«

»Genau.« Märta sprang auf. »Es war allgemein bekannt, dass Seine Majestät auch einige uneheliche Kinder gezeugt hat. Und außerdem war uns klar, dass er sie nicht anerkennen konnte. Aber wie konnte er zulassen, dass ein Kind von seiner Mutter getrennt wird?«

»Und was bedeutet das alles für unsere Karolina?«, ergänzte Torun.

Karolina sah Torun erleichtert an. »*Unsere* Karolina«, wiederholte sie.

»Natürlich. Du magst jetzt Fräulein Karolina Silfverstjerna sein, aber für uns bleibst du immer und ewig unsere Karolina.«

Wieder rann Karolina eine Träne aus dem Augenwinkel.

»Aber wir müssen die praktischen Seiten bedenken«, verkündete Margareta. »Was hast du jetzt vor, Karolina? Was willst du tun?«

»Ich will, dass alles wieder genauso wird wie gestern. Doch das könnte vielleicht unmöglich sein. Wer weiß sonst noch Bescheid?«

Alle sahen Ottilia an. »Wir können natürlich nicht feststellen, wer im Palast eingeweiht ist. Aber im Grand Hôtel waren bis heute nur Frau Skogh und Fräulein Silfverstjerna im Bilde.«

Margareta hüstelte. »Und ich.«

Vier Augenpaare richteten sich auf sie.

»Ich vermutete es schon seit Jahren. Frau Skogh hat es mir zwar nie bestätigt, es aber auch nicht abgestritten.«

Karolina schlug die Hand vor den Mund. »Warum hast du mir nichts gesagt?«

»Ich musste die Wünsche der Eltern berücksichtigen.«

»Und durftest deine Position nicht gefährden«, merkte Torun sachlich an.

Schweigend saßen sie da und grübelten darüber, welche Folgen die heutigen Ereignisse wohl für sie alle haben mochten.

»Vielleicht sollte ich besser gehen«, schlug Margareta vor.

Karolina schüttelte den Kopf. »Das ist doch alles nicht deine Schuld. Und wie ich gerade schon sagte, hätte ich gerne, dass alles wieder so wird wie vorher. Außer …«, entsetzt riss sie die Augen auf, »außer mir ist gekündigt worden, weil ich einfach weggelaufen bin.«

»Ist dir nicht«, beschwichtigte Ottilia. »Frau Skogh hat sich unmissverständlich ausgedrückt: Wenn wir dich finden, sollen wir dich – ich zitiere – nach Hause ins Grand Hôtel bringen. Außerdem ist mir zu Ohren gekommen, dass Fräulein Silfverstjerna, das *andere* Fräulein Silfverstjerna«, Ottilia gestattete sich ein schalkhaftes Grinsen, während die anderen kicherten, »sich zur Stunde im Palast aufhält, um dir Raum zu geben.«

»Ach, tut sie das«, entgegnete Märta. »Das ist das einzig Gute, was ich den ganzen Abend lang über Fräulein Elisabet Silfverstjerna gehört habe.«

»Da muss ich dir recht geben«, antwortete Ottilia. »Allerdings ist Karolina erst zweiundzwanzig. Ist es nicht besser, eine Mutter verloren und dann gefunden zu haben, als sie niemals zu finden?«

»Schon, aber noch besser wäre es gewesen, sie gar nicht erst zu verlieren«, schimpfte Torun.

Dass Karolina wohlbehalten wiederaufgetaucht war, trieb Wilhelmina Tränen der Erleichterung in die müden Augen. Nachdem sie sich bei Gösta Möller für die Geistesgegenwart bedankt hatte, sie anzurufen, trat sie an ihr Schlafzimmerfenster.

Der Nachthimmel spannte sich über das Wasser, wo am anderen Ufer der Großteil des Palasts im Dunkeln lag. Der Hof musste sparen, denn alles wurde immer teurer. Auch Elektrizität, Gas und Kerzen. Und irgendwo in diesem riesigen Gebäude mit seinen über sechshundert Zimmern saß gerade Lizzie Silfverstjerna und zermürbte sich vermutlich noch immer mit Vorwürfen, weil sie entweder nicht schon früher oder überhaupt mit Karolina gesprochen hatte. Falls Karolina heute etwas zugestoßen wäre, hätte Lizzie sich das niemals verziehen. Obwohl sie sicher kein Auge zutun konnte, war es zu aufwendig, ihr um diese Zeit eine Nachricht zukommen zu lassen. Außerdem hätte es nur Aufsehen erregt. Also war es besser, keine schlafenden Hunde oder sonst jemanden im Palast zu wecken und bis morgen zu warten. Wenn Lizzie morgen, hoffentlich, zurückkam, konnte sie ihr die gute Nachricht ja immer noch überbringen.

Aber was sollte sie wegen des Zerwürfnisses zwischen Lizzie und Karolina unternehmen? Eigentlich konnte sie Karolina ihre für sie ungewöhnliche Empörung nicht verdenken. Dem armen Mädchen hatte es sicher den Boden unter den Füßen weggezogen. Allerdings musste man verhindern, dass sie zu grübeln anfing. Das würde weder ihr noch der Bankettabteilung guttun. Doch dass ihre Herkunft oder zumindest der Name ihrer Mutter geheim blieb, war unmöglich, denn solche Geheimnisse sprachen sich zwangsläufig herum. Früher oder später würde sich jemand unweigerlich verplappern. Nein, das Beste war, wenn Karolina den Kopf hochhielt, ihren Frieden mit der Situation machte, sich mit ihrer Mutter aussöhnte, die sie schließlich liebte, ihren Namen zu Karolina Silfverstjerna änderte und weiter ihre berufliche Laufbahn im Grand Hôtel verfolgte. Immerhin gab es hier einen Kreis zuverlässiger Frauen, Wilhelmina eingeschlossen, die sich schützend vor sie stellen würden, wenn die unvermeidlichen spitzen Bemerkungen und Anfeindungen kamen. All das wollte sie Karolina morgen erklären. Denn als Angestellte hatte Karolina die Pflicht, ihre Vorgesetzte zumindest anzuhören.

Morgen würde wieder ein langer Tag werden. Denn zusätzlich zu den vielen Dingen, die ihre Zeit ohnehin schon in Anspruch nahmen, musste sie mit Ottilia, Gösta Möller und Chefkoch Samuelsson das Bankett der französischen Botschaft besprechen. Und außerdem war es an der Zeit, dass sie sich die im Grand Royal beschäftigte Baufirma vorknöpfte. Wenn die Innenwände nicht bis Ende nächster Woche bereit für Lotten Rönquist waren, würde es mächtig Ärger und außerdem eine saftige Vertragsstrafe geben.

Wilhelmina lehnte den müden Kopf an die Fensterscheibe

und genoss die Kühle auf ihrer Haut und die nächtliche Stille. Nächstes Jahr würde sie sechzig werden und heute spürte sie jedes einzelne dieser Jahre in ihren Knochen. Vielleicht sollte sie am Samstag ja einen Ausflug nach Lidingö unternehmen, um einen klaren Kopf zu bekommen und sich die Fundamente von *Foresta* anzusehen. Wie viele Leute würden wohl erkennen, dass der Name ihres neuen Hauses die italienische Übersetzung von *Skog* war? Sie schmunzelte noch immer über ihren geistreichen Einfall, als sie ins Bett ging.

Kapitel 72

Karolina hörte Wilhelmina tatsächlich zu.

»Also ist an der Situation, in der Sie und Fräulein Silfverstjerna sich nun befinden, nichts zu ändern«, verkündete Wilhelmina. »Allerdings können Sie entscheiden, wie Sie sich dazu verhalten wollen. Da Sie mich nun angehört haben, möchte ich wissen, was Sie dazu zu sagen haben.«

»Ich glaube«, begann Karolina zögernd, »dass mich viel mehr interessiert, was Fräulein Sil... – was meine Mutter dazu sagt.« Ihre Wangen röteten sich. »Mir ist klar, dass sie es gestern versucht hat, aber ...«

Wilhelmina tat Karolinas Verlegenheit mit einer Handbewegung ab. Dass Karolina Lizzie überhaupt als ihre Mutter bezeichnete, war schon mehr, als sie sich von diesem Gespräch erhofft hatte. »Ihre gestrige Reaktion war absolut verständlich. Wie ich Ihnen bereits erklärt habe, kehrt Ihre Mutter heute Abend in ihre Suite zurück. Ich habe vorgeschlagen, dass Sie gemeinsam speisen. Außerdem habe ich mich erboten, einen Tisch im Operakällaren zu bestellen. Neutrales Gebiet, wenn man so will.«

Karolinas Augen weiteten sich. »Im Operakällaren? Mit Fräulein Silfverstjerna? Aber das geht doch nicht. Da gehöre ich nicht hin.«

»Meine Liebe, Sie sind jetzt eine Silfverstjerna.«

»Unehelich geboren.«

»Da sind Sie weder die Erste noch die Einzige. Dennoch sind Sie die Tochter einer Silfverstjerna.«

»Und eines Bernadotte.«

Wilhelmina schüttelte den Kopf. »Nicht im Sinne des Gesetzes. Eine Vaterschaft kann nicht bewiesen werden. Ich würde Ihnen dringend davon abraten, sich auf Ihren Vater zu berufen.«

»Im Sinne des Gesetzes bin ich auch keine wirkliche Silfverstjerna.«

»Sie haben das Recht, den Namen Ihrer Mutter zu tragen, was in dieser Stadt ein nicht zu verachtender Vorteil ist. Vergessen Sie nicht, dass Ihre Mutter Sie immer geliebt hat. Wenn Sie dazu bereit sind, möchte sie Sie auch ihrer Familie vorstellen.«

»Sie hat mich im Stich gelassen.«

»Nein, hat sie nicht.«

Wilhelminas Tonfall war schärfer als beabsichtigt. Doch da sie spürte, dass sie im Vorteil war, sprach sie weiter. »Ihre Mutter hat das Beste aus einer schwierigen Situation gemacht und Sie auf die einzige Weise geliebt, zu der sie fähig war. Glauben Sie allen Ernstes, dass Sie das Leben eines gewöhnlichen Pflegekindes geführt haben? Wurden Sie gut ernährt?«

»Ja, gnädige Frau.«

»Mussten Sie arbeiten?«

»Nein.«

»Dann besitzen Sie wenigstens die Höflichkeit, sich anzuhören, was Ihre Mutter Ihnen zu sagen hat. Soll ich für heute Abend einen Ecktisch buchen? Ja oder nein?« Sich dem Sieg nahe wähnend, klopfte sie mit dem Finger auf die Schreibtischplatte. »Nun entscheiden Sie sich, Karolina. Ich habe nicht den ganzen Tag Zeit.«

»Ja bitte, gnädige Frau.«

»Ausgezeichnet. Und jetzt gehen Sie wieder ins Büro der Bankettabteilung. Bestimmt ist dort einiges liegen geblieben. Auf dem Weg nach draußen schicken Sie bitte die anderen herein.«

Während die drei Platz nahmen, konsultierte Wilhelmina ihre Aufzeichnungen. »Ich habe gestern wieder von der französischen Botschaft gehört«, teilte sie Ottilia, Möller und Samuelsson mit. »Es wurde mir bestätigt, dass das Abendessen zu Ehren von Präsident Fallières am Samstag, dem 25. Juli, in unserem Hause stattfindet. Außerdem freue ich mich, Ihnen mitteilen zu dürfen, dass Ihre Majestäten Gustav V. und Königin Victoria uns ebenfalls mit ihrer Gegenwart beehren werden. Man ist mit dem von uns vorgeschlagenen Menü einverstanden.«

»Das sind wirklich ausgezeichnete Nachrichten«, erwiderte Küchenchef Samuelsson. »Wir werden für sie ein Festmahl kreieren, wie sie es in Paris nicht besser bekommen würden.«

»Wunderbar. Die Besucher werden den Tag auf Schloss Gripsholm verbringen, wo die Meeresluft ihnen gewiss ordentlich Appetit machen wird. Nun zu den praktischen Details. Ottilia, wie immer, wenn der französische Präsident auf Reisen ist, wird das Porzellan aus Frankreich geliefert. Nicht die Gläser, wir verwenden unsere eigenen. Alles andere stellen die Franzosen.«

Chefkoch Samuelsson starrte sie entgeistert an. »Aber doch gewiss nicht die Speisen und die Weine, gnädige Frau?«

»Selbstverständlich nicht. Da sämtliche Speisen aus unserer Küche stammen werden, fahren Sie bitte mit Ihren Vorbereitungen fort. Die Franzosen bringen ein Dutzend Flaschen Bordeaux und einige Flaschen Tisane mit, die zum Fisch serviert werden. Monsieur Blanc sagt, wir hätten die von der französischen Botschaft gewünschten Weine schon vor Jahren in unserem Keller eingelagert.« Wilhelmina hielt inne und trank einen Schluck Wasser. »Möller, Sie müssen eng mit Ottilia zusammenarbeiten. Wir brauchen an diesem Abend unsere besten Kellner. Außerdem müssen wir sie schon jetzt auswählen.«

Möller zog die Augenbrauen hoch. »Jetzt, gnädige Frau?«

»Jetzt. Denn jeder Kellner muss genau die gleiche Livree tragen wie die persönliche Dienerschaft des Präsidenten. Da diese Uniformen hier vor Ort maßgeschneidert werden, müssen sie natürlich passen. Außerdem sollen Sie persönlich die Aufsicht führen, weshalb Sie ebenfalls eine französische Livree brauchen.«

»Wie ich zugeben muss, bin ich ein wenig verwundert«, entgegnete Möller. »Erwarten wir im Mai nicht Ihre Majestäten König Edward und Königin Alexandra?«

Wilhelmina starrte ihren Maître d'hôtel verdutzt an. »Ja.«

»Und haben diese Herrschaften darauf bestanden, dass wir gekleidet sein sollen wie ihre eigene Dienerschaft?«

»Nein, das haben sie nicht.«

»Aber die Briten nehmen ihre Repräsentationspflichten doch gewiss ernster als die meisten Nationen?«

»Soweit mir bekannt ist, schon«, erwiderte Wilhelmina. »Aber wir haben die Anforderung nun einmal erhalten, und zudem spielen britische Sitten und Gebräuche nicht die geringste Rolle, wenn es um das Bankett der französischen Botschaft geht. Hinzu kommt, dass Königin Alexandra von England Dänin ist und unsere skandinavischen Gepflogenheiten deshalb vermutlich zu schätzen weiß.«

»Wie Sie meinen, gnädige Frau.« Möllers Tonfall war zwar diplomatisch, doch seine wahren Gefühle standen ihm ins Gesicht geschrieben: Wenn die Livree des Grand Hôtel gut genug für einen britischen Monarchen war, sollte sie eigentlich auch einen französischen Präsidenten zufriedenstellen.

Küchenchef Samuelsson schüttelte den Kopf. »Auch ich begreife nicht, warum die Franzosen unsere wunderschöne Stadt besuchen und in unserem besten Hotel dinieren wollen, wenn sie dann doch alles so haben wollen wie zu Hause. Wenn ihnen ein echtes französisches Abendessen so viel bedeutet, wären sie doch besser beraten, es in der französischen Botschaft einzunehmen.«

»Es steht uns nicht zu, uns den Kopf über ihre Beweggründe zu zerbrechen«, antwortete Wilhelmina. »Unsere Aufgabe ist es, den Gästen jeden Wunsch zu erfüllen.«

»Was ist mit Blumen?«, erkundigte sich Ottilia.

Wilhelmina schürzte die Lippen. »Darüber wird noch debattiert. Die Franzosen beharren darauf, auch die Blumen zu stellen, doch das ist mit mir nicht zu machen. Königin Victoria hat eine Schwäche für hübsche Blumenarrangements, weshalb ich darauf bestanden habe, dass die Blumen Sache des Grand Hôtel sind. Bis jetzt wurde noch keine Einigung erzielt.« Sie blickte von ihren Notizen auf. »Das wäre für den Moment alles. Sie beide«, sie wies auf Möller und Chefkoch Samuelsson, »können wieder an die Arbeit gehen. Ottilia, Sie bleiben.«

Sie warteten schweigend, bis die Tür sich hinter den Männern geschlossen hatte.

Dann ergriff Wilhelmina das Wort. »Danke, dass Sie Karolina gestern Abend nach Hause gebracht haben. Ihre Mutter ist sehr erleichtert und dankt Ihnen allen von Herzen.«

»Eigentlich hat Gösta Möller sie ja gefunden.«

»Das habe ich auch schon gehört. Allerdings hätte Karolina nie in diesem Hauseingang gesessen, wenn Sie alle nicht so gute Freundinnen wären. Mutter und Tochter speisen heute Abend zusammen. Meiner Ansicht nach ist eine Versöhnung das Beste für die beiden. Ich werde Fräulein Silfverstjerna dahin gehend ermutigen, und ich möchte, dass Sie dasselbe bei Karolina tun. Ich habe ihr bereits zugeredet, soweit es mir möglich war.«

Ottilia fuhr sich mit den Zähnen über die Unterlippe. »Karolina ist sehr gekränkt.«

»Das ist richtig. Allerdings hat Karolina noch ein langes Leben vor sich, weshalb es wenig sinnvoll ist, sich für den Rest seiner Tage im Elend zu suhlen. Sie sollte besser in die Zukunft schauen. Fräulein Silfverstjerna hat ihrer Tochter viel zu bieten. Hätten Sie vielleicht einen Vorschlag, womit sie Karolina eine Freude machen könnte?«

Ottilia überlegte. »Klavierstunden.«

Wilhelmina lachte erstaunt. »Klavierstunden? Wurde zur

Kenntnis genommen. So, und sind Sie in Sachen Grand Royal inzwischen zu einer Entscheidung gelangt?«

Ein breites Lächeln malte sich auf Ottilias Gesicht. »Ja. Ich würde den Posten gern übernehmen.«

»Ausgezeichnet. Allerdings zum selben Gehalt. Bis das Grand Royal ordentliche Gewinne abwirft, gibt es keine Gehaltserhöhung.«

»Natürlich nicht, gnädige Frau.«

»Und Sie würden anfangs unter mir arbeiten. Sie haben noch eine Menge zu lernen. Die Planung eines Abendessens ist nicht mit der Organisation eines neuen Hauses zu vergleichen.«

»Ich freue mich schon darauf. So habe ich ja auch angefangen: indem ich von Ihnen gelernt habe.«

Wilhelmina bedachte Ottilia mit einem durchdringenden Blick. »Die Ansprüche im Grand Royal sind um einiges höher als im Touristhotell in Rättvik. Langfristig betrachtet, wird das Grand Royal erfolgreich sein, doch kurzfristig ist es angesichts der Verzögerungen und der ständig steigenden Preise ein finanzielles Vabanquespiel. Meine Reputation hängt vom Grand Royal ab, Ottilia. Man könnte sogar sagen, dass es mein Vermächtnis ist, denn es wird noch am Blasieholmen stehen, wenn es mich schon längst nicht mehr gibt. Ich bin absolut und felsenfest davon überzeugt, dass Stockholm einen wirtschaftlichen Aufschwung erleben und ein beliebtes Reiseziel werden wird, sobald wir unser neues Haus eröffnen. Aber unterschätzen Sie nicht die Arbeit, die auf Sie zukommt, nachdem die Baufirma uns die Schlüssel übergeben hat. Wir werden uns mächtig ins Zeug legen müssen, um einen Erfolg zu erzielen, obwohl die Stadt wirtschaftlich am Boden liegt. Für meinen Geschmack herrscht derzeit zu viel Unruhe. Enttäuschen Sie mich nicht, Ottilia. Der Vorstand hält es nämlich für ein gewaltiges Risiko, dass ich so einen verantwortungsvollen Posten einer Fünfundzwanzigjährigen anvertraue.«

»Ich werde rund um die Uhr arbeiten«, erwiderte Ottilia.
»Wer wird eigentlich mein Nachfolger?«

»Ich hoffe, Gösta Möller überzeugen zu können. Natürlich könnte ich ihn einfach versetzen, aber ich möchte, dass er Lust auf diese Position hat. Er ist zwar ein ausgezeichneter Maître d'hôtel, doch diese Stelle wird leichter zu besetzen sein als die des Bankettdirektors.«

»Und Karolina?«

»Die wird Möller eine unverzichtbare Stütze sein. Außerdem kann ich mir nicht leisten, zwei Leute im Grand Royal zu beschäftigen. Noch nicht. Das Grand Royal ist nämlich eine völlig eigenständige juristische Person.«

»Gnädige Frau?«

»Das bedeutet, dass das Grand Royal eine separate Gesellschaft mit beschränkter Haftung mit einer eigenen Buchführung ist. Einige Verwaltungsaufgaben werden zwar geteilt, aber ansonsten besteht zwischen dem Grand Royal und dem Grand Hôtel eine strikte finanzielle Trennung.«

»Werden Karolina und ich weiter im selben Zimmer wohnen?«

Wilhelmina sah sie fragend an. Hatten die Mädchen sich etwa gestritten? »Möchten Sie denn gerne ausziehen?«

»Ganz und gar nicht. Ich dachte nur, dass ich Karolina vermissen würde, wenn wir weder zusammen arbeiten noch zusammen wohnen.«

»Ich muss gestehen, dass ich mich noch überhaupt nicht mit Ihrer Unterbringung beschäftigt habe. Aber jetzt muss ich noch eine Menge erledigen. Und vergessen Sie nicht, Karolina gut zuzureden. Ich habe Elisabet Silfverstjerna und Karolina zu gern, um eine von ihnen zu verlieren.«

Ottilia war schon mitten in der Lobby, als ihr etwas einfiel. Frau Skogh hatte sie gefragt, ob sie aus dem Zimmer ausziehen wolle, das einmal ganz allein ihres gewesen war. Sie hatte nicht wissen wollen, ob Karolina ausziehen sollte. Stand Karolina Silfverstjerna bei Frau Skogh höher im Kurs als Karolina Nilsson? Oder als Ottilia Ekman?

Kapitel 73

Karolina folgte ihrer Mutter zu einem Ecktisch am Fenster des Operakällaren. Da sie kein passendes Kleid besaß, hatte sie ihre burgunderrote Dienstkleidung gebügelt und ihre Stiefel poliert. Im Grand Hôtel wusste sie wenigstens, wo sie hingehörte. Der Spiegelsaal galt als prächtigster Raum im ganzen Land, und sie empfand es stets als großes Privileg, dieses Kleid zu tragen, wenn sie einen zukünftigen Kunden dort hineinführte. Nun, als Gast in diesem prunkvoll mit Samt und Blattgold ausgestatteten Speisesaal, kam sie sich entsetzlich schäbig und fehl am Platze vor. Ganz zu schweigen vom beklagenswerten Zustand ihres Rocksaums. Ihr Kleid, das sonst nur die polierten Böden des Grand Hôtel streifte, war nun mit Straßenschmutz bespritzt. Sie würde die halbe Nacht brauchen, um es zu säubern. Was, wenn die Flecken sich nicht entfernen ließen? Sie hätte das marineblaue Kleid anziehen sollen, denn das gehörte zumindest ihr. Wenigstens zur Hälfte.

Karolina lächelte dem Kellner, der ihr den Stuhl zurechtrückte, schüchtern zu. Dann blickte sie hinüber zum Bolinder-Palast. Was hätte sie dafür gegeben, den Abend mit Ottilia verbringen zu können!

»Karolina?«

Sie wandte sich zu Fräulein Silfverstjerna um, die eine kupferrote Samtrobe mit Goldstickereien an Hals und Rocksaum trug. Wie Karolina feststellte, war dieser Saum dank des bodenlangen Mantels makellos sauber. Karolina schwor sich, dass ein langer Mantel ihre erste Anschaffung sein würde, falls sie irgendwann zu Geld kommen sollte. »Danke, dass Sie mich eingeladen haben, Fräulein Silfverstjerna.«

Ein Schatten huschte über Fräulein Silfverstjernas Gesicht. Karolina senkte den Blick. Selbst sie hatte bemerkt, wie förmlich, ja, sogar eisig ihr Tonfall war. Doch was hätte sie sonst sagen sollen? Schließlich hatte Fräulein Silfverstjerna bis jetzt nicht mehr getan, als ihre Namen auszusprechen. Wie sollte sie eine Frage beantworten, die keine war?

»Karolina«, ergriff Fräulein Silfverstjerna wieder das Wort. »Könnten wir bitte versuchen, einander kennenzulernen? Und könnten wir damit anfangen, dass du mich Elisabet nennst?«

Karolina hob den Kopf. »Gut, wir versuchen es, Elisabet.«

Der Kellner kehrte zurück. »Darf ich den Damen etwas zu trinken bringen?«

Wieder wurde Karolina von Furcht ergriffen. Welches Getränk war jetzt angebracht? Wein? Sherry?

»Wäre es sehr vermessen von mir, wenn ich ein Glas Champagner vorschlagen würde?«, erkundigte sich Elisabet. »Ich hoffe, dass wir Grund zum Feiern haben werden.« Das Funkeln in ihren Augen forderte sie auf, Ja zu sagen.

»Das wäre sehr freundlich. Danke.«

Der Kellner verschwand.

»Soll ich damit beginnen, dass ich dir ein wenig über mich erzähle?«, fuhr Elisabet fort.

Karolina nickte.

»Ich bin mit drei Brüdern auf unserem Landgut unweit von Uppsala aufgewachsen. Weil ich die Jüngste war, hat mich mein Vater wahrscheinlich ein bisschen verwöhnt.« Elisabet lächelte. »Meine Mutter hatte viele gute Freunde, doch zwei von ihnen waren besonders nett zu mir. Eine war Caroline Cadier, die Frau von Régis Cadier, dem Inhaber des Grand Hôtel. Und die andere war Prinzessin Eugenia, die Schwester von Oskar II.«

»Meine Tante?«

Elisabet hüstelte erstaunt. »Ja.«

Neugierig neigte Karolina den Kopf. »Wie war Prinzessin Eugenia denn nett zu Ihnen?«

Der Kellner kehrte zurück, schenkte ein und sammelte die Speisekarten ein.

»Für mich gefüllte Krabbe«, bestellte Elisabet.

»Für mich auch, bitte.«

Elisabet hob ihr Glas. »Auf dich, meine Liebe.«

Karolina folgte ihrem Beispiel. »Und auf Sie.« Der Champagner war trockener als erwartet, schmeckte aber nicht schlecht.

Elisabet lächelte und sprach mit leiser Stimme weiter. »Als Oskar I., der Vater von Oskar und Eugenia, 1859 starb, wurde sein ältester Sohn Karl zu König Karl XV. und Oskar zum neuen Kronprinzen und er und seine Frau Sophia zogen vom Erbprinzenpalast in den Königspalast.« Elisabet wies über Karolinas Schulter hinweg auf den Gustav-Adolfs-Platz und wanderte dann neunzig Grad weiter in Richtung Fenster. »Da Kronprinzessin Sophia immer neue Hofdamen suchte, hat ihre Schwägerin Eugenia mich bei Hof vorgestellt. Ich war zwar damals noch ein kleines Mädchen, aber es wurde bereits eine Stelle für mich reserviert, wenn ich erst erwachsen sein würde und eine der Frauen in den Ruhestand ginge.«

»Sind Sie so Hofdame geworden?«

»Richtig. Es war eine große Ehre, und mein Vater war, wie du dir sicher denken kannst, sehr stolz auf mich.«

Wie sollte sie sich so etwas denken können? »Ich habe in dieser Hinsicht keinerlei Erfahrungen, gnädige Frau.«

Elisabet seufzte. »Natürlich nicht. Aber vergiss nicht, dass du deine Mutter sehr stolz gemacht hast, auch ohne es zu ahnen.«

Karolina ließ sich nicht erweichen. »Bitte erzählen Sie weiter.«

Elisabet aß einen Bissen von dem köstlichen Krabbenfleisch. »1870, mit knapp sechzehn also, habe ich im Palast angefangen. Die Arbeit bei Hofe war zwar aufregend, doch zwei Jahre später starb Karl XV. und Oskar II. wurde König.« Inzwischen sprach sie so leise, dass Karolina sich vorbeugen musste. »Kurz danach bin ich dem König aufgefallen. Er war fünfundzwanzig Jahre älter als ich und ich habe mich verständlicherweise geschmeichelt gefühlt. Jahrelang trafen wir uns, wann immer es möglich war, und unsere Beziehung beruhte bald auf gegenseitiger Leidenschaft. Bis ich schwanger wurde. An diesem Tag änderte sich alles.«

»Wo wurde ich geboren?«

»Im Haus meiner Eltern. Wundervolle drei Wochen lang durfte ich dich stillen und es war wirklich die glücklichste Zeit meines Lebens. Doch wir mussten eine langfristige Lösung finden. Ich konnte mich zwar weigern, dich zur Adoption freizugeben, aber dass mein Kind unter dem Dach meiner Eltern oder dem von Königin Sophia aufwuchs, kam nicht infrage.«

»Warum wollten Sie mich eigentlich nicht zur Adoption freigeben?«

»Weil ich dich dann für immer aus den Augen verloren hätte. Vielleicht war das selbstsüchtig von mir. Aber zu meiner Verteidigung muss ich anführen, dass ich stets meine schützende Hand über dich gehalten habe. Wenn die Nilssons sich als ungeeignet entpuppt hätten, hätte ich dich aus der Familie nehmen können. Wärst du hingegen von den falschen Leuten adoptiert worden, hätte ich es nie erfahren.«

Karolina war so überwältigt, dass sie keinen Bissen herunterbrachte. Sie legte Messer und Gabel weg. »Warum haben Sie mich nicht einfach behalten?«

»Weil ich dann weit fort hätte gehen müssen, wo ich niemanden kannte und keine Möglichkeit gehabt hätte, mich zu ernähren. Oder dich. Vergiss nicht, dass ich als Erwachsene immer im Palast gelebt hatte. Der König hätte dir nie gestattet, in Stockholm zu bleiben.«

Karolina betrachtete sie zweifelnd. »Ich bin in Kungsholmen aufgewachsen.«

»Davon wusste Seine Majestät nichts.«
Karolina schnappte nach Luft. »Was, wenn er es herausgefunden hätte?«
»Ich wage gar nicht, mir das auszumalen.« Dass Elisabets Antwort so schlicht ausfiel, machte sie umso glaubwürdiger.
Karolina hatte Mühe, die Zusammenhänge zu verstehen. »Aber er hat Ihnen erlaubt, im Palast zu bleiben.«
Elisabet neigte den Kopf. »Das habe ich den Cadiers zu verdanken. Régis Cadier und König Oskar II. waren schon seit ihrer Jugend gute Freunde. Deshalb konnte Régis den König überreden, mich weiter im Palast arbeiten zu lassen, sofern ich dabei im Grand Hôtel wohne.«
Karolina begriff noch immer nicht ganz. »Aber wie konnten Sie in Königin Sophias Diensten bleiben, obwohl Sie mit ihrem Mann ein Kind hatten?«
Elisabet zuckte zusammen. »Natürlich wäre das nicht so einfach möglich gewesen. Allerdings hatte Kronprinz Gustav, heute Gustav V., inzwischen Kronprinzessin Victoria geheiratet. Die beiden lebten mit ihrer jungen Familie in der ehemaligen Wohnung von Königin Josefina im Palast.«
Karolina überlegte. »Königin Josefina war die Frau von Oskar I., richtig?«
»Ja, deine Großmutter. Mina, Frau Skogh, findet, dass du ihre Augen hast. Jedenfalls hat Carolina Cadier vorgeschlagen, mich aus den Diensten von Königin Sophia in den Haushalt der Kronprinzessin zu versetzen, um meiner Mutter einen Gefallen zu tun. Und so geschah es. Leider war Victoria bei schlechter Gesundheit und hielt sich die meiste Zeit auf dem Lande auf, wo ich zum Glück nicht gebraucht wurde, denn in Stockholm gab es trotz ihrer Abwesenheit genug zu tun.«
»Haben Sie die Versetzung bedauert?«
»Ich war dankbar. Schließlich bekleidete ich weiterhin eine Position bei Hofe, auch wenn ich ein wenig herabgestuft worden war. Außerdem genoss ich die Freiheit, die das Leben im

Grand Hôtel mir bot. Zum Beispiel, dass ich dich immer im Auge behalten konnte.«

Karolina dachte nach. »Damit sind Sie ein Risiko eingegangen.«

In Elisabets Augen schimmerten Tränen. »Du bist meine Tochter. Die größte Tragödie war, dass du deine Mutter nicht kennenlernen durftest, solange dein Vater lebte.«

»Weil er mich nicht wollte.«

»Karolina, du bist nicht das einzige uneheliche Kind deines Vaters. Es gibt einige. Keines wurde anerkannt. Aber du bist mein Kind und ich liebe dich.«

Karolina hob den Kopf. »Was ist mit den Silfverstjernas? Warum wollten meine Großeltern mich nicht? Oder meine Onkel?«

»Weil das ihre Position beim alten König geschwächt hätte. Sie wären aus Stockholms besserer Gesellschaft ausgestoßen worden. Meine Eltern sind inzwischen tot. Aber meine beiden überlebenden Brüder würden dich gerne kennenlernen, falls du das möchtest. Außerdem hat mein Vater dir eine kleine Erbschaft hinterlassen.« Elisabet räusperte sich. »Da gibt es noch etwas, für das ich mich entschuldigen muss. Dann habe ich alles gesagt, was ich für den Moment zu sagen habe.«

»Ja?«

»Es tut mir sehr leid, dass ich deine Wange gestreichelt habe. Das war sehr selbstsüchtig und unglaublich gedankenlos von mir. Ich habe die Hand nach dem kleinen Mädchen ausgestreckt, das ich zum letzten Mal als drei Wochen alten Säugling berührt hatte. Und dennoch hatte ich kein Recht dazu. Hoffentlich kannst du mir wenigstens das verzeihen.« Elisabet öffnete ihre Handtasche und legte eine ziemlich zerknitterte Fotografie neben Karolinas Teller. Sie zeigte eine Mutter mit einem Neugeborenen. Die Mutter war unverkennbar Elisabet.

In Karolinas Kehle saß ein brennender Kloß und Tränen traten ihr in die Augen. Sie musste ihre Oberschenkel umklammern, um nicht vom Stuhl zu fallen. Schließlich zog sie ein Taschentuch aus dem Ärmel, wischte sich über die Augen und versuchte, die Tränen zurückzudrängen. »Als Sie mich angefasst haben, wusste ich nicht, dass Sie meine Mutter sind. Wir dachten ...« Sie hielt inne. Jetzt war nicht der richtige Augenblick, um ihr zu erklären, was sie und die anderen Mädchen vermutet hatten. Und auch nicht, dass neben Elisabets Namen in der Kartei des Zimmerservice noch immer ein verblasster Stern vermerkt war. »Das spielt jetzt keine Rolle.«

Elisabet lächelte schüchtern. »Es tut mir leid, dass das Foto so abgegriffen ist. Ich trage es seit zweiundzwanzig Jahren mit mir herum.«

»Warum ein Foto, wenn niemand mich anerkennen wollte?«

»Ich habe so lange gebettelt, bis mein Vater nachgegeben hat. Siehst du, wie hübsch du warst? Doch das bist du auch heute noch. Möchtest du mir nicht auch ein wenig über dich erzählen?«

Was sollte sie Elisabet sagen, ohne verbittert zu klingen? Mühsam wandte sie den Blick von der Fotografie ab. »Ich hatte eine einsame, aber wenig bemerkenswerte Kindheit. Meine Pflegefamilie habe ich seit dem Tag meiner Ankunft im Grand Hôtel nicht wiedergesehen. Und das wird auch so bleiben. Die Mädchen im Grand Hôtel waren zwar sehr nett zu mir, aber ich hatte keine richtige Freundin. Dann kam Ottilia und alles hat sich verändert. Durch sie ist der Zimmerservice zu einem Freundeskreis geworden. Inzwischen gehöre ich zu einer Gruppe von Frauen, die ich alle sehr liebe.« Sie streckte das Handgelenk aus. »Wir tragen alle das gleiche Armband, nur mit unterschiedlichen Anhängern. So unterschiedlich wie die Freundschaften, die wir untereinander pflegen.«

»Darf ich?« Elisabet nahm Karolinas Handgelenk, um das Armband zu betrachten. »Sehr reizend. Der Konzertflügel ist ein wunderschönes Stück. Ein Vögelchen hat mir zugezwitschert, dass du gerne Klavier spielen lernen möchtest.«

Karolina grinste. »Ich würde Frau Skogh niemals als Vögelchen bezeichnen. Aber woher weiß sie es?«

»Wie ich vermute, hat Mina selbst einige Vögelchen. Wahrscheinlich eher eine ganze Voliere voll.«

Nun lächelten sie einander an.

»Frau Skoghs Vögelchen ist sehr gut unterrichtet«, erwiderte Karolina. »Ich habe vor einigen Jahren Herrn Lehár kennengelernt. Er hat mir Karten ...« Sie brach ab und starrte Elisabet an, als ihr die Wahrheit dämmerte. »Das wissen Sie alles bereits, oder?«

»Ja. Ich habe beobachtet, wie du mit deinem jungen Mann losgegangen bist.«

»Wirklich?«

»Natürlich. Immerhin war es der erste Opernbesuch meiner Tochter.«

Karolina musterte sie argwöhnisch. »Und die Opernkarten, die Frau Skogh mir kürzlich geschenkt hat?«

»Ich bekenne mich schuldig.« Elisabet strich mit den Fingern über die Leinentischdecke. »Karolina, würdest du mir erlauben, deine Klavierstunden zu bezahlen?«

Karolinas Puls wurde schneller. Was erwartete Elisabet dafür? Sie spielte auf Zeit. »Warum?«

Elisabet rang die Hände. »Weil Mütter solche Dinge tun. Und ich habe mich so danach gesehnt, mich wie eine Mutter zu verhalten. Ich würde auch gerne mit dir ins Theater gehen. Und zur Schneiderin und zum Essen. Oder, noch besser, ich lade dich in meine Suite zum Essen ein, wann immer dein Dienstplan das zulässt. Wir könnten auch nur ein Gläschen Wein trinken und plaudern. Und wenn du so weit bist«, fügte Elisabet leise hinzu, »würde ich mich freuen, wenn du dich Karolina Silfverstjerna nennst. Natürlich ist mir klar, dass all diese Dinge ihre Zeit brauchen, weshalb ich vorschlage, dass wir mit einem ganz winzigen Schritt anfangen, der für dich machbar sein könnte. Ich besitze ein Klavier, das ungeliebt herumsteht. Ab heute bekommst du einen Schlüssel zu meiner Suite ...«

Karolina schnappte nach Luft. »Einen Schlüssel?«

»Ja. Hat deine gute Freundin Ottilia nicht auch einen Schlüssel zum Haus ihres Vaters?«

»Ich glaube schon.«

»Siehst du? Und du bekommst auch einen. Wie oft du ihn benutzt, ist einzig und allein deine Sache. Dürfte ich denn nun Klavierstunden für dich vereinbaren oder haben wir jetzt etwa unseren ersten Streit?«, fragte Elisabet in gespielt strengem Ton.

Karolina lachte, und zwar zum ersten Mal, seit sie erfahren hatte, wer ihre Eltern waren. »Nein, haben wir nicht. Und ja, ich würde mich freuen, wenn *du* das tust.«

Kapitel 74

Am letzten Sonntag im Juli schlenderte Ottilia die Stallgatan entlang und in den Rohbau, der sich allmählich in das Grand Royal verwandelte. Mit gerafftem Rock bahnte sie sich einen Weg durch Säcke mit Sand und Zement, Glasplatten, Mahagonipaneele und Haufen aus Maurerkellen, Meißeln, Hämmern und weiteren auf einer Baustelle benötigten Werkzeugen. Durch die Glasdecke strömte das Sonnenlicht herein und fing sich in dem aus den oberen Etagen herabrieselnden Baustaub. Ottilia blickte hinauf, unterdrückte ein Niesen und hatte Mühe, sich ihre Enttäuschung nicht anmerken zu lassen. Im obersten Stockwerk waren die Glaser noch immer an der Arbeit. Das Grand Royal war zwar – von den detailgetreuen Wandmosaiken bis hin zum schimmernd gedrechselten Mahagoni – ein Musterbeispiel für vollendete Handwerkskunst, doch der langsame Fortschritt der Arbeiten machte ihr Sorgen. Zugegeben, das Einsetzen einzelner Bleiglasscheiben dauerte nun einmal seine Zeit, aber hätte man inzwischen nicht längst weiter sein sollen? Eigentlich war die Fertigstellung für den 1. Oktober geplant und danach musste das Gebäude ja auch noch eingerichtet werden. Zumindest war der Putz an den Wänden endlich trocken.

Ottilia traf Lotten Rönquist auf einer Leiter stehend an, wo sie gerade mit der bewaldeteren zweier Ansichten von Visby beschäftigt war. Sie sah zu, wie die Malerin ihren Pinsel eintunkte. Einige dunklere Pinselstriche gaben der Rinde eines Baums zusätzliche Tiefe. Lotten begutachtete ihr Werk mit zur Seite geneigtem Kopf.

»Es ist wunderschön«, sagte Ottilia.

»Danke.« Lotten wischte sich mit dem Unterarm über die Stirn und kam die Leiter herunter. »Ich wünschte nur, ich könnte die Heizung ein wenig runterdrehen. Kalkfarbe trocknet so schnell.« Sie mischte etwas mehr Gelb in das Braun auf ihrer Palette.

»Zerstört der Baustaub nicht das Gemälde?«

»Eigentlich nicht. Wenigstens nicht hier drunter.« Sie wies mit der Hand auf die rings um den Wintergarten verlaufende Arkade, die ein bisschen Schutz von dem durch die Glaser aufgewirbelten Staub bot. »Und was führt Sie an einem wunderschönen Sonntagnachmittag in diesen zukünftigen Tempel des Liebreizes?«

Ottilia entschied sich für eine Lüge. Denn natürlich hätte sie Lotten antworten können, sie wisse heute nichts mit sich anzufangen. Karolina traf sich mit ihrer Mutter, Torun und Margareta unternahmen einen Ausflug mit *Tolfterna*, Beda hatte Dienst und Märta verbrachte den Nachmittag natürlich mit ihrem Verlobten. Sie hatten Ottilia zwar gefragt, ob sie mit in den Humlegården kommen wolle, um sich die Blaskapelle anzuhören, aber wer hatte schon Lust auf die Gesellschaft von zwei Turteltauben? Zum ersten Mal wünschte sich Ottilia, dass es auch in ihrem Leben einen ganz besonderen Menschen gegeben hätte, jemanden, für den sie sich sogar einen neuen Hut kaufen würde. Doch sie beschloss, das Naheliegendste zu antworten: »Ich verschaffe mir gern einen Überblick, wie es im Grand Royal vorangeht.«

Lotten lachte. »Ich glaube, Frau Skogh hat genug Überblick für Sie beide. Jeden Tag schaut sie hier herein, auch wenn ich ihr heute noch nicht begegnet bin.«

»Sie ist nach Lidingö gefahren, um nach ihrem Haus zu sehen.«

Lotten schüttelte den Kopf. »Ich bewundere diese Frau. Wirklich. Außerdem bin ich sicher, dass bei ihr der Tag mehr Stunden hat als bei anderen Leuten.«

Ottilia trat von einem Fuß auf den anderen. »Meine Schwester Torun vergöttert Sie.«

»Mich? Ist Ihre Schwester Malerin?«

»Nein, aber ihr ist die Gleichberechtigung der Frau ziemlich wichtig.«

»Was sie jeder Frau sein sollte.« Lotten zeigte mit dem Pinsel auf Ottilia. »Haben Sie von der armen Frau mit den vier Kindern gehört, die den Kopf in den Gasofen gesteckt hat, als ihrem prügelnden Ehemann das alleinige Sorgerecht zugesprochen wurde? Sie hatte nämlich die Scheidung eingereicht. Hätten die Richter die Kinder im umgekehrten Fall einer gewalttätigen Mutter zugesprochen? Außerdem waren sie nicht einmal bereit, der Frau zumindest das geteilte Sorgerecht für eines ihrer geliebten Kinder zuzugestehen. Wir werden nicht ruhen, bis in unserer Gesellschaft mehr Ausgewogenheit eingekehrt ist. Sobald ein kleiner Junge aus dem Schoß einer Frau kriecht, genießt er Vorrechte, während seine Mutter, die Schwestern und die Tanten zurückstecken und den Mund halten müssen.« Lotten blickte Ottilia verärgert an. »Was ist denn so komisch? Das, was ich Ihnen gerade erklärt habe, ist ganz und gar nicht zum Lachen.«

Ottilia lächelte sie an. »Nein, natürlich nicht. Es tut mir schrecklich leid. Ich habe nur gerade daran gedacht, wie ausgezeichnet Sie sich mit meiner Schwester verstehen würden.«

Lotten grinste wider Willen »Ihre Schwester scheint eine Frau nach meinem Geschmack zu sein. Sie müssen uns miteinander bekannt machen.«

»Ich bringe sie mit. Sicher wird sie sich sehr freuen.«

»Die Freude ist ganz auf meiner Seite. Wie war denn das Bankett gestern Abend?«

»Für Präsident Fallières? Was das Abendessen angeht, lief alles wunderbar. Maître Samuelsson und seine Küchenbrigade haben sich selbst übertroffen. Und ich muss zugeben, dass die Kellner in ihren französischen Livreen wirklich schmuck aussahen. Die Blumenarrangements wurden von den Gästen gebührend bestaunt. Königin Victoria hat sich sogar vorgebeugt, um an einer Rose zu schnuppern.«

»Ich warte auf das ›Aber‹«, meinte Lotten.

Ottilia machte ein finsteres Gesicht. »Stellen Sie sich also meine Überraschung vor, als ich ein Gespräch zwischen der Frau des französischen Botschafters und Madame Fallières belauscht habe. Sie sagte nämlich, alle Küchenchefs seien Franzosen. Speisen und Getränke seien aus Paris geliefert worden und würden von französischen Kellnern serviert. In anderen Worten sei das Grand Hôtel nur ein von Franzosen bemanntes Schiff.«

Lotten fiel die Kinnlade herunter.

»Wie sollen wir uns je in Botschaftskreisen einen guten Namen machen, wenn die Gattin eines Botschafters solche Lügen in die Welt setzt? Sie haben Glück, dass das Abendessen nicht hier stattfand. Die Dame hätte der Präsidentengattin sicherlich weisgemacht, die Wandbilder stammten von einem Franzosen.«

»Und was haben Sie getan?«

»Ich habe mich geräuspert und gesagt, es habe offenbar ein Missverständnis gegeben. Die Botschaft habe in der Tat einige Flaschen Wein und Champagner gestellt. Jeder andere Schluck oder Bissen sei vom Personal des Grand Hôtel eingekauft, zubereitet, eingeschenkt und serviert worden.«

»Gut gemacht. Und dann?«

»Madame Fallières hat mir versichert, sie habe das Abendessen sehr genossen. Außerdem sei Stockholm so wunderschön wie die Blumenarrangements des heutigen Abends. Angesichts der Umstände eine sehr freundliche Bemerkung.«

Lotten bedachte Ottilia mit einem anerkennenden Blick. »Frau Skogh hat großes Glück, eine so loyale Mitarbeiterin gefunden zu haben. Wenn Sie beide an einem Strang ziehen, wird das Grand Royal ein Riesenerfolg. Und nun lassen Sie mich bitte weiterarbeiten. Sonst muss ich noch einen Franzosen um Hilfe bitten, damit diese Wandgemälde rechtzeitig zur Eröffnung fertig werden.«

Bedrückt musterte Ottilia den Haufen aus Baumaterialien, der sich dort erhob, wo eigentlich schon der Wintergarten hätte entstehen sollen. »Eigentlich war die Eröffnung schon für das letzte Jahr geplant und wurde dann auf diesen Sommer verschoben. Und nun sagt Frau Skogh, dass wir erst im neuen Jahr aufmachen. Die Frage ist nur, welches neue Jahr sie damit meint.«

Kapitel 75

Selbst für ihre Verhältnisse wirkte Wilhelmina heute ganz besonders misslaunig und war offenbar mit dem falschen Fuß aufgestanden. Der Ausflug nach Lidingö, eigentlich als wohlverdiente Erholungspause nach dem anstrengenden Bankett der französischen Botschaft gedacht, hatte eher Grund zur Verzweiflung als zur Freude geboten: Auch die Arbeiten an Foresta erwiesen sich als langwieriger als gedacht. Und die Verzögerungen beim Bau gingen natürlich wie immer mit höheren Kosten einher.

Außerdem hatte sie wieder eine schlaflose Nacht verbracht und nun pochende Kopfschmerzen. »Kaffee«, herrschte sie Svensson auf dem Weg in ihr Büro an.

Wenigstens war ihr Schreibtisch einigermaßen aufgeräumt. Wilhelmina fuhr mit dem Finger die Liste der eingegangenen Nachrichten hinunter. Sie sollte die französische Botschaft anrufen? Sehr gut. Es war nicht ungewöhnlich, dass jemand ein zweites Abendessen buchte, obwohl das erste noch nicht verdaut war. Außerdem konnten die französischen Livreen so wieder zum Einsatz kommen. Vielleicht war der Tag ja doch noch nicht verloren. Mit ein wenig Glück wurden womöglich heute die Glaser im Grand Royal fertig. Wenn nicht, würde sie ihnen am Montagmorgen die Hammelbeine lang ziehen. Warum konnten nicht alle Handwerker so zuverlässig und pünktlich sein wie Lotten Rönquist?

Zehn Minuten später rief Wilhelmina Ottilia zu sich ins Büro.

Als Ottilia in Frau Skoghs Büro trat, wusste sie zwar nicht, worum es ging, ahnte aber, dass es nichts Gutes sein konnte. Die vier Wörter »Ekman sofort zu mir« hatten sie bis ins Mark erschüttert. Sosehr sie sich auf dem Weg nach unten auch den Kopf zermartert hatte, war ihr einfach nichts eingefallen, was der Grund hätte sein können. Nachdem sich die Franzosen in der Nacht zum Sonntag zu vorgerückter Stunde auf den Heimweg gemacht hatten, hatte sich ihre Vorgesetzte gut gelaunt von Ottilia verabschiedet. Seitdem hatten ihre Wege sich nicht mehr gekreuzt.

»Ekman, ich habe gerade mit dem französischen Botschafter gesprochen.«

»Ja, gnädige Frau?«, erwiderte Ottilia, die noch immer mitten im Raum stand.

»Ich habe nur selten mit einem Menschen zu tun gehabt, der so erbost war und sich mir gegenüber derart im Ton vergriffen hat.« Frau Skoghs Augen funkelten vor unterdrückter Wut.

Ottilia schwieg. Was mochte um Himmels willen geschehen sein? Bitte nicht wieder eine Lebensmittelvergiftung. Und warum wusste sie noch nichts davon? Schließlich war es ihre Aufgabe, alles über ein Bankett zu wissen, insbesondere über eines von solcher Bedeutung. Ihre Handflächen wurden feucht.

»Er hat mir mitgeteilt«, fuhr Frau Skogh fort, »dass Sie die Frechheit besessen hätten, seine Frau in Anwesenheit von Madame Fallières als Lügnerin zu bezeichnen.«

Endlich fiel der Groschen. Vor Empörung stockte Ottilia der Atem. »Das ist nicht wahr, gnädige Frau. Ich sagte nur, es habe offenbar ein Missverständnis gegeben. Sie …«

Frau Skoghs Stimme senkte sich zu einem drohenden Zischen. »Sind Sie etwa nicht einer wichtigen Klientin ins Wort gefallen, um ihr zu erklären, dass sie etwas missverstanden habe, und zwar, während sie sich im Gespräch mit der Präsidentengattin befand?«

»Schon, aber …«

Frau Skogh schlug mit der Faust auf die Tischkante. »Habe ich Ihnen nicht beigebracht, dass der Gast immer recht hat? Wenn die Frau Botschafter Ihnen sagt, der Himmel sei grün, antworten Sie: ›Ja, und es ist ein wundervolles Grün, Madame.‹ Haben Sie in den letzten neun Jahren denn nichts gelernt?« Frau Skoghs Stimme war bis hinaus auf den Flur zu hören.

Ottilia schluckte und blinzelte heftig. Ihr Blick war starr auf einen kleinen Kratzer im Parkett gerichtet und ihre Wangen glühten. Wenn sie nun den Kopf hob, würde sie vermutlich in Tränen ausbrechen.

»Wegen Ihrer Unverschämtheit gegenüber einem Gast ziehe ich Ihnen drei Tage vom Gehalt ab. Außerdem drei weitere Tage als Ihren Beitrag, weil ich der Botschaft Ihretwegen einen Rabatt einräumen musste. Ich bin sehr enttäuscht von Ihnen, Ekman. Noch so ein Auftritt und Sie fliegen. Da es sich um Ihren ersten schweren Fehltritt handelt, können Sie Ihrem Glücksstern danken, dass Sie noch eine Stellung in diesem Hotel haben. Welche Stellung, muss ich mir jedoch noch überlegen. Denn für den Umgang mit den Gästen sind Sie ganz offensichtlich ungeeignet. Und jetzt gehen Sie mir aus den Augen.«

Ottilia ergriff die Flucht. Sie hastete die Steintreppe hinunter durch den Kellerflur und auf der anderen Seite die Kellertreppe hinauf. Dann lief sie hinüber in den Bolinder-Palast, wo sie sich in ihr Nest im Speicher flüchtete. Endlich allein in ihrem Zimmer, warf sie sich bitterlich schluchzend aufs Bett. Es war ja so ungerecht! Und so demütigend! Sie wurde für ihre – offenbar irregeleitete – Loyalität zum Grand Hôtel bestraft, das ihr vor über sechs Jahren das Herz gestohlen hatte. Wut quoll empor wie Eiter aus einem entzündeten Furunkel. Am liebsten hätte sie Frau Skogh ihrem Schicksal überlassen und den nächsten Zug nach Rättvik genommen. Das Hotel dort war allerdings inzwischen geschlossen, denn der Betrieb hatte sich wegen der neuen Schankgesetze nicht mehr gelohnt. Was hätte sie nur dafür gegeben, ihrer Mutter das Herz ausschütten zu können! Ottilias zorniges Schluchzen wurde von Tränen der Verzweiflung abgelöst. Ihre Mutter. Doch da durchdrang eine raunende Stimme das Dröhnen in ihrem Kopf. Was hatte ihre Mutter immer gesagt? *Ein Rückschlag ist nur ein Rückschlag. Eine entschlossene Frau kann alles, wenn sie nur will.*

Ottilia drehte sich um und schwang die Beine über die Bettkante. Ihr standen noch immer verschiedene Möglichkeiten offen. Frau Skogh mochte das Vertrauen in sie verloren haben, doch ihr Selbstbewusstsein war ungebrochen. Torun würde sicher ihr Bett in der Linnégatan mit ihrer Schwester teilen, während diese sich nach einer anderen Stelle umsah. Es würde nicht leicht sein, da in der Gastronomie derzeit große Arbeitslosigkeit herrschte. Doch schließlich hatte sie eine Menge zu bieten. Sie konnte servieren und verkaufen. Außerdem kannte sie sich recht gut mit Weinen aus und konnte eine Speisekarte auf Französisch lesen und schreiben. Ihre Deutschkenntnisse waren einigermaßen, und falls alles fehlschlug, konnte sie ja immer noch Geschirr spülen. Aber nicht im Grand Hôtel. Das verbot ihr der Stolz. Hochmut mochte zwar vor dem Fall kommen, aber sie würde nur über ihre Leiche auch noch den letzten Rest ihrer Selbstachtung aufgeben, nachdem sie schon am Boden lag. Denn was war ein Absturz anderes als ein Rückschlag?

Sie benetzte ihre geschwollenen Augen mit kaltem Wasser und kehrte in die Bankettabteilung zurück.

Karolina bemerkte sofort, dass etwas im Argen lag. »Du hast geweint.«

Ottilia reckte das Kinn. »Doch jetzt ist Schluss mit der Heulerei. Dürfte ich mir heute Abend deinen neuen Sommermantel ausleihen?«

Karolina musterte sie neugierig. »Natürlich. Aber warum?« Sie reichte Ottilia eine Tasse heißen Kaffee.

»Weil ich mir eine andere Stelle suchen werde. Sobald wir hier fertig sind, versuche ich es im Hôtel Rydberg.«

Karolina schlug die Hand vor den Mund. »Ich glaube, du solltest mir erzählen, was passiert ist.«

Während Ottilias Schilderung sackte Karolina die Kinnlade immer weiter herunter. »Frau Skogh weiß es doch sicher zu schätzen, dass du das Hotel in Schutz genommen hast.«

»Ganz im Gegenteil. Und nun will sie sich überlegen, wo sie mich von jetzt an einsetzen kann. Tja, die Mühe erspare ich ihr. Mein erster Gedanke war, nach Rättvik zu verschwinden. Aber da ich auf keinen Fall weg aus Stockholm will, muss ich mir eben hier etwas suchen.«

»Otti, du weißt doch, dass Frau Skogh manchmal die Pferde durchgehen. Die beruhigt sich schon wieder.«

»Mag sein. Und bis dahin lässt sie mich Silber putzen oder Fußböden scheuern. Das sind alles ehrbare Beschäftigungen, aber nichts für mich. Nicht, nachdem ich mich sechs Jahre lang im Grand Hôtel hochgearbeitet habe. Lieber würde ich im Hôtel Rydberg den Fußboden ablecken. Ohne Bezahlung.«

»Wir können uns deine Gehaltskürzung teilen«, schlug Karolina vor. »Ich gebe dir drei Tagesgehälter von mir.«

Ottilias Augen wurden feucht vor Rührung. »Karo, es geht mir nicht ums Geld, sondern um Gerechtigkeit. Außerdem hat Frau Skogh in einem Punkt recht: Es gibt keine Garantie, dass ich mich unter ähnlichen Umständen nicht wieder genauso verhalten würde. Ich bin noch immer überzeugt davon, dass mir niemand verbieten kann, die Wahrheit zu sagen.«

»Was ist mit dem Grand Royal?«

Ottilia versetzte es einen Stich ins Herz, der ihre Kampfeslust ins Wanken zu bringen drohte. Kaum auszudenken, dass sie erst gestern insgeheim über die mangelnden Fortschritte am Bau geschimpft hatte. Sie sank auf ihren Schreibtischstuhl. »Leider geht es mich nichts mehr an.«

Karolina schüttelte den Kopf. »Ich weigere mich, zu glauben, dass du oder Frau Skogh das wirklich wollt. Soll ich mit meiner …«

»Nein, ich will weder dich noch deine Mutter in die Sache hineinziehen.« Ottilia lächelte tapfer. »Das gilt jedoch nicht für deinen Sommermantel.«

Karolina erwiderte das Lächeln nicht. »Du weißt, dass alles, was ich habe, auch dir gehört. Aber das ergibt doch alles keinen Sinn. Ihr verhaltet euch so unvernünftig. Ihr alle beide.«

»Es ist nur ein Rückschlag«, entgegnete Ottilia. »Das Gute daran …«

»Was soll daran gut sein?«

Ottilia blickte sie finster an. »Mir fällt schon noch ein Vorteil ein.«

Karolina schlug mit der Handfläche auf die Tischplatte. »Ich habe eine Idee. Du bist noch hier.« Sie wies in ihr kleines Büro hinein. »Hätte Frau Skogh dich nicht schnurstracks in die Spülküche geschickt, wenn sie dir wirklich böse wäre?«

»Mag sein. Doch wenn Stolz auf den eigenen Arbeitsplatz Grund für eine Kündigung oder deren Androhung ist, gehe ich lieber von selbst, bevor es so weit kommt.«

»Dann kündige ich mit dir. Wenn du für die Gerechtigkeit kämpfen willst, kämpfe ich an deiner Seite.«

Wollte Karolina sie auf die Probe stellen oder meinte sie es ernst? »Das wirst du schön bleiben lassen«, protestierte Ottilia.

Karolina verschränkte die Arme. »Warum? Du hältst es doch für den richtigen Weg.«

»Aus vier Gründen.« Ottilia zählte an den Fingern ab. »Erstens: Du hast keinen Ärger mit Frau Skogh. Zweitens: Wir können nicht alle in Toruns Bett schlafen. Drittens: Du wirst hier bei der Bankettabteilung gebraucht. Und viertens: Eine Karolina Silfverstjerna kann keine Fußböden schrubben. Nicht wenn ihre Mutter gerade dabei ist, sie vorsichtig in ihre Kreise einzuführen. Es wäre nicht richtig von dir, sie in Mitleidenschaft zu ziehen.«

Karolina sackte auf ihrem Stuhl zusammen. »Stimmt.«

»Und fünftens.« Ottilia reckte die gespreizten Finger in die Luft. »Würdest du Edward viel seltener sehen, wenn du den ganzen Tag in einem anderen Haus arbeitest. Nein. Du, mein Schatz, musst hierbleiben.« Sie griff nach einem Blatt Papier.

»Bitte versprich mir, dass du diese Kündigung erst abgibst, wenn du mindestens eine Nacht darüber geschlafen hast«, sagte Karolina.

Ottilia lächelte wehmütig. »Wenn du mir versprichst, für immer meine Freundin zu bleiben. Komme, was da wolle.«

Karolina hob die Kaffeetasse. »Komme, was da wolle.«

Kapitel 76

Während Ottilia August Åhlfeldt, dem Generaldirektor des Hôtel Rydberg, gegenübersaß – der Mann konnte sein Glück kaum fassen, dass Ottilia Ekman aus dem Grand Hôtel bei ihm hereinspaziert war –, fand Wilhelmina endlich die Zeit, vor ihrem Abendessen mit Lizzie Silfverstjerna das Grand Royal in Augenschein zu nehmen. Der heutige Tag war ihr ganz besonders lang erschienen. Seit sie Ottilia die Leviten gelesen hatte, wurde sie ein flaues Gefühl nicht los. Außerdem beschäftigte die schwierige Frage, was sie mit diesem schrecklichen Mädchen anfangen sollte, sie schon seit Stunden, weshalb sie Schwierigkeiten hatte, sich auf etwas anderes zu konzentrieren. Immer wieder kehrten ihre Gedanken zu dem einen Punkt zurück, der ihr einfach nicht in den Kopf wollte: Welcher Teufel hatte Ottilia, ihre treueste, klügste und tüchtigste Mitarbeiterin, geritten, einem Gast Widerworte zu geben? Und noch dazu einem so wichtigen. Der Botschafter hatte aus seinem Herzen keine Mördergrube gemacht. Falls seine Gattin und Madame Fallières wirklich so aufgebracht waren, wie er behauptete, würde sich das gewiss schädlich aufs Geschäft auswirken. Immerhin war die Szene von anderen Angehörigen des diplomatischen Dienstes beobachtet worden.

Um diese Uhrzeit war es still im Grand Royal. Nur aus der Arkade waren noch gedämpfte Schritte auf dem Holzboden zu hören. Wilhelmina spähte hinauf zu den noch leeren Fensterrahmen und knirschte mit den Zähnen. Was bildeten diese Glaser sich eigentlich ein, jetzt schon Feierabend zu machen, obwohl sie so hinter dem Zeitplan herhinkten? Beim

Anblick von Lotten Rönquist erhellte sich jedoch schlagartig ihre Miene.

Erfreut betrachtete sie eines der Wandgemälde, die Visby darstellten. »Sie haben die Stimmung des Städtchens so gut getroffen. Genau so habe ich es in Erinnerung.«

Lotten wischte ihren Pinsel ab. »Von Ihrem Besuch bei mir vor zwei Tagen oder von Ihrer Reise nach Visby vor fünfzig Jahren?«

Wilhelmina lachte. »Ich war vor zwei Jahren in Visby. Obwohl ich zu behaupten wage, dass sich mittelalterliche Ruinen in einem halben Jahrhundert nicht sehr verändern. Das tun nur Menschen.« Sie seufzte.

»Das klingt, als bedrücke Sie etwas.«

»Es war ein scheußlicher Tag. Und dass es hier so langsam vorangeht, macht die Sache nicht besser.«

»Das hat Ottilia auch gesagt.«

Wilhelmina zuckte zusammen. »War Ottilia heute hier?«

»Gestern.«

Wilhelmina konnte ein enttäuschtes Stöhnen nicht unterdrücken. Also hatte Ottilia sie beim Wort genommen. Aber welchen Grund hätte sie auch gehabt, das nicht zu tun? Schließlich meinte Wilhelmina immer das, was sie sagte. Für gewöhnlich.

Sie stellte fest, dass Lotten sie zweifelnd betrachtete. Nun stemmte die Malerin die Hand in die Hüfte. »Gibt es vielleicht etwas, über das Sie reden wollen?«

Wieder seufzte Wilhelmina. Den scharfen Augen einer Künstlerin entging eben nichts. »Da gibt es nicht viel zu erzählen. Ottilia hat einen schweren Fehler gemacht und jetzt müssen wir beide dafür büßen.«

Lotten nickte bedächtig. »Aha.« Sie tunkte den Pinsel in eierschalblaue Farbe und wandte sich wieder dem Himmel zu. »Verzeihen Sie mir die Frage, aber was hat Ottilia denn angestellt?«

Seltsamerweise war es einfacher, mit Lottens Rücken zu sprechen, als mit ihrem Gesicht. »Sie hat der Frau des französischen

Botschafters im Beisein der Präsidentengattin Widerworte gegeben.«

Lotten hielt kurz inne und malte dann weiter. »Von wem haben Sie das?«

»Vom Botschafter persönlich. Und er hat recht. Ein solches Verhalten vonseiten einer Mitarbeiterin ist nicht hinzunehmen. Insbesondere nicht in einem so angesehenen Haus wie dem Grand Hôtel. Ottilias Benehmen hat dem Ruf unseres Hauses schwer geschadet. Und auch meinem.« Wilhelmina spürte, wie wieder Zorn in ihr hochstieg.

»Was hat Ottilia denn gesagt, das den Botschafter so aufgebracht hat?«

»Dass Paris den Champagner nicht gestellt habe. Aber worum es genau ging, tut hier nichts zur Sache. Der springende Punkt ist, dass sie eine Kundin blamiert hat. Madame Fallières war offenbar ebenfalls höchst konsterniert.«

»Es ist doch immer wieder spannend.«

»Was meinen Sie?«

»Wie zwei Parteien dieselbe Geschichte so unterschiedlich erzählen können.«

Wilhelmina runzelte die Stirn. »Haben Sie etwa mit Ottilia darüber gesprochen?«

Lotten drehte sich um. »Ja, und ich muss sagen, dass das Mädchen eine Runde Applaus verdient hat.«

Wilhelmina bemühte sich um Ruhe. Lotten Rönquist mochte eine außergewöhnliche Künstlerin sein, doch von der Führung eines Hotels hatte sie keine Ahnung. »Was hat Ottilia Ihnen denn erzählt?«

»Dass die Gemahlin des lieben Herrn Botschafters Madame Fallières weismachen wollte, jeder Schluck und jeder Bissen bei Tisch sei aus Frankreich geliefert worden. Auch die Kellner seien allesamt Franzosen. Madame Fallières hingegen habe Ottilia gelobt, sie habe das Essen sehr genossen. Außerdem sei Stockholm so wunderschön wie die Blumen. Oder so ähnlich.«

Lotten malte weiter.« Aber was weiß ich schon. Ich war ja nicht dabei. Nun lautet die Frage, wem Sie glauben. Ottilia oder der Frau des französischen Botschafters.«

Mist.

»Und dann gäbe es noch eine zweite Frage«, fuhr Lotten fort. »Hat Ottilia dem Ruf des Grand Hôtel nun geschadet oder hat sie ihn verteidigt? Und zu guter Letzt läuft es auf die alles entscheidende Frage hinaus, ob Sie ein Mädchen vor die Tür setzen wollen, weil es einem Mann widersprochen und Mut bewiesen hat. Und außerdem Loyalität. Falls ja, ersetzen Sie sie doch durch einen Mann und malen Sie diese Bilder selbst fertig.«

Zehn Minuten später schleppte Wilhelmina sich bedrückt den Flur entlang zu Suite 425. Nachdem sie sich den ganzen Tag abgehetzt hatte, stellte sie fest, dass sie nun zu früh dran war. Aber Lizzie gehörte nicht zu den Leuten, die sich um solche Förmlichkeiten scherten. So würde ihnen mehr Zeit zum Plaudern bleiben.

Karolina war ebenso überrascht, Wilhelmina zu sehen, wie umgekehrt. »Es tut mir schrecklich leid, gnädige Frau. Meine Mutter kommt erst in zehn Minuten. Ich habe Klavier gespielt. Aber bitte setzen Sie sich doch.«

Von ihrem Platz auf dem Sofa aus beobachtete Wilhelmina, wie Karolina ihre Noten einsammelte und den Klavierdeckel schloss. Die natürliche Anmut der jungen Frau verriet ihre Herkunft auf eine Weise, die Wilhelmina bis jetzt nie so richtig aufgefallen war. Oder lag es an dem Einfluss ihrer Mutter, dass sich ihre angeborenen Eigenschaften nun endlich durchsetzten?

Als Karolina ihren Blick bemerkte, lächelte sie verlegen. »Ich will Sie nicht länger stören.«

Wilhelmina überlegte rasch. Vielleicht war das hier ja die einmalige Gelegenheit, ein wenig von dem heute Morgen angerichteten Schaden wiedergutzumachen. Also hob sie die

Hand. »Bevor Sie gehen, möchte ich Sie gerne etwas fragen: Hat Ottilia Ihnen von der heutigen Auseinandersetzung erzählt?«

Karolina sah sie furchtsam an. »Ja, gnädige Frau.«

»In diesem Raum dürfen Sie mich Frau Skogh nennen. Wissen Sie vielleicht, wie Ottilia den Tag verbracht hat?«

»Ja, Frau Skogh.«

Wilhelmina wartete ab.

»Sie hat in der Bankettabteilung gearbeitet«, fügte Karolina hinzu.

»Und hat sie eine neue Stellung erwähnt?«

»Hier? Sie sagte, Sie würden entscheiden ...«

»Natürlich hier!«

»Ja, Frau Skogh.« Doch Karolinas Wangen röteten sich verräterisch.

Ein kalter Schauder lief Wilhelmina den Rücken hinunter. »Wo ist Ottilia jetzt?«

»Sie hat ihren freien Abend.«

»Bitte beantworten Sie die Frage.«

Die Tür der Suite öffnete sich und Elisabet kam hereingerauscht. »Meine liebe Mina. Bin ich zu spät?« Sie blickte zwischen Wilhelmina und Karolina hin und her. »Störe ich?«

Wilhelminas »Ja« fiel mit Karolinas »Nein« zusammen.

Karolina ging auf ihre Mutter zu, um sie zu küssen. »Frau Skogh hat mich gefragt, wo Ottilia ist.« Sie schaute auf die Uhr. »Offen gestanden weiß ich das nicht.«

»Möchtest du nicht mit uns zu Abend essen?«, schlug Elisabet vor.

Unter gewöhnlichen Umständen hätte der entsetzte Ausdruck, der sich kurz in Karolinas Gesicht spiegelte, Wilhelmina zum Schmunzeln gebracht. Doch nicht heute Abend. Es stand zu viel auf dem Spiel.

»Nein danke«, erwiderte Karolina. »Aber ich wünsche einen schönen Abend.«

Wilhelmina bedachte Karolina mit einem durchdringenden Blick. »Wo war Ottilia vor einer halben Stunde?«

Hilfe suchend sah Karolina ihre Mutter an.

»Könnte mir bitte jemand erklären, was los ist?«, fragte Elisabet.

Wilhelmina schilderte ihr rasch die Lage.

Elisabets Lippen formten ein makelloses »O«. »Ach, herrje, wie unangenehm. Die Gattin des Botschafters hat sich eindeutig danebenbenommen. Aber immerhin ist er der Botschafter. Was hättest du getan, Mina?«

»Das ist offen gestanden eine gute Frage.«

Elisabet drehte sich zu Karolina um. »Wo war Ottilia vor einer halben Stunde?«

Karolinas Wangen glühten. »Hôtel Rydberg.«

Wilhelmina unterdrückte einen Aufschrei. Hôtel Rydberg? August Åhlfeldt würde Ottilia vom Fleck weg einstellen. Das würde sie an seiner Stelle zumindest tun, Wirtschaftsflaute hin oder her. Das Mädchen war sein Gewicht in Platin wert.

»Vermutlich wollte sie mit der Kündigung warten, bis sie eine neue Stelle hat.« Wilhelmina bemerkte selbst, wie gekränkt sie klang.

Karolina sah ihr in die Augen. »Ottilia hat das Kündigungsschreiben heute Morgen verfasst. Ich war diejenige, die sie gebeten hat, noch einmal darüber zu schlafen.«

»Gut gemacht, mein Schatz.« Elisabet klatschte in die Hände. »Und jetzt gehst du Ottilia holen. Falls sie noch nicht zurück ist, wartest du auf sie.«

»Ich habe keine Ahnung, ob Ottilia überhaupt wiederkommen wollte«, antwortete Karolina. »Es könnte spät werden.«

Elisabet legte ihrer Tochter den Arm um die Schulter und begleitete sie zur Tür. »Eine lange Nacht hat noch niemandem geschadet. Wir bleiben so lange auf.« Nachdem Karolina gegangen war, wandte sie sich an Wilhelmina. »Mina, ich habe eine Frage an dich: Möchtest du Ottilia hierbehalten?«

»Ja.«

Elisabet nickte. »Dann bestelle ich uns jetzt erst einmal etwas zu essen.«

Ottilia schwirrte der Kopf, als Karolina sie zur Suite 425 begleitete. So ähnlich mussten sich die Christen auf dem Weg zu den Löwen in der Arena gefühlt haben. Und vielleicht war es sogar einfacher, einem Löwen gegenüberzutreten. Im ersten Moment hatte Ottilia sich gefragt, ob Frau Skogh womöglich ihre Meinung geändert hatte. Aber Karolina hatte ihr gebeichtet, dass es ihre Mutter war, die sie rufen ließ. Was noch weniger Sinn ergab. Aber zumindest würde es sicher rasch ausgestanden sein. Ottilia drängte eine Träne zurück. Es würde schrecklich sein, das Grand Hôtel verlassen zu müssen. August Åhlfeldt war sehr … sie suchte nach dem richtigen Wort … aufgeschlossen gewesen. Was für sie ziemlich unerwartet gekommen war. Wie oft empfing er wohl eine junge Frau, die keinen Termin hatte? Er hatte ihr versichert, das Hôtel Rydberg werde sie mit offenen Armen willkommen heißen. Möglicherweise war es ja wirklich das Beste so.

Während Karolina anklopfte, wischte Ottilia sich die Hände an ihrem einzigen guten Kleid ab.

Elisabet Silfverstjerna begrüßte sie mit einem Lächeln. »Danke, dass Sie gekommen sind, Ottilia.«

Ottilia knickste, wandte sich dann dem Erker zu, wo Frau Skogh an einem Tisch saß, und knickste noch einmal.

»Ottilia«, begann Elisabet. »Wenn ich Sie gestern Abend gefragt hätte, ob Sie lieber im Grand Hôtel bei Frau Skogh oder im Hôtel Rydberg arbeiten würden, was hätten Sie da geantwortet?«

»Im Grand Hôtel«, erwiderte Ottilia wie aus der Pistole geschossen.

Fräulein Silfverstjerna nickte. »Und ich weiß aus zuverlässiger Quelle, dass Frau Skogh Sie gerne im Grand Hôtel behalten würde. Also schlage ich vor, dass Sie beide diese Suite als ...«, sie gestattete sich ein Lächeln, »als Botschaft betrachten, als einen Ort, der diplomatischen Verhandlungen dient. Natürlich bleibt jedes Wort, das heute Abend in diesen Räumen gewechselt wird, streng vertraulich.«

Mit klopfendem Herzen sah Ottilia Frau Skogh an, die zwar fast unmerklich den Kopf neigte, aber weiter schwieg.

»Nun denn«, fuhr Fräulein Silfverstjerna fort, ohne Ottilias Antwort abzuwarten. »Hier sind Wein, Sherry, Brandy und Gläser. Außerdem ein paar von meinen Lieblingspralinen. Komm, Karolina, wir überlassen unsere Freundinnen ihrem offenen und ehrlichen Gespräch.«

Die beiden warteten, bis sich die Tür geschlossen hatte.

»Ich glaube, am besten fangen wir damit an, dass Sie uns beiden einen Brandy einschenken«, sagte Frau Skogh.

Ottilia gehorchte und reichte Frau Skogh ein Glas.

»Setzen Sie sich, Ottilia.« Frau Skogh nippte an ihrem Glas und stellte es weg, bevor sie weitersprach. »Sagen Sie mal, welchen Eindruck hatten Sie von August Åhlfeldt?«

Ottilia zögerte. Konnte sie sich darauf verlassen, dass ihre Antwort keine Folgen für sie haben würde? »Er schien sehr bemüht.«

»Wann haben Sie den Termin bei ihm vereinbart?«

»Ich bin um sechs nach meiner Schicht ins Hôtel Rydberg gegangen.«

»Das habe ich nicht gefragt.«

Ottilia verzog ungeduldig das Gesicht. »Ich hatte keinen Termin. Stattdessen habe ich einfach am Empfang meinen Namen genannt und um ein paar Minuten seiner Zeit gebeten.«

»Er wusste, wer Sie sind?«

»Ja.«

»Und hat er Ihnen eine Stelle angeboten?«

»Ja.«

»Als?«

»Bankettdirektorin.«

»Hat er denn keinen Bankettdirektor? Einen sehr tüchtigen Mann namens Nyblaeus?«

»Ich habe nicht nachgefragt.« Ottilia trank einen Schluck. Der Brandy rann ihr warm die Kehle hinunter und verlieh ihr ein wenig Mut. »Wie ich schon sagte, war Herr Åhlfeldt sehr bemüht.«

Frau Skogh schnaubte verächtlich. »Wer würde nicht die berühmte Ottilia Ekman einstellen wollen, die von Frau Wilhelmina Skogh persönlich neun Jahre lang ausgebildet worden ist?«

Der Sarkasmus tat weh. Aber Ottilia hatte nichts mehr zu verlieren. »Sie, gnädige Frau. Wie die Hälfte aller Mitarbeiter in der Verwaltung sicher mit eigenen Ohren hören konnte.«

Die beiden Frauen blickten einander zornig an.

»Wann fangen Sie an?«, erkundigte sich Frau Skogh.

Also brauchte Ottilia sich keine Hoffnungen zu machen. »Sobald ich die Kündigung eingereicht habe.«

»Und Sie möchten sicher ein Arbeitszeugnis von mir.«

»Herr Åhlfeldt hat keine Referenzen verlangt.«

»Haben Sie ihm gesagt, dass Ihnen gekündigt wurde?«

»Mir ist nicht gekündigt worden.«

»Sie haben auch noch nicht selbst gekündigt. Meines Wissens sind Sie in diesem Moment noch meine Angestellte. Wie haben Sie Åhlfeldt Ihren Abschied vom Grand Hôtel erklärt?«

»Ich habe ihm gesagt, Sie wollten mich an einen anderen Posten versetzen, doch ich würde lieber in der Bankettabteilung bleiben.«

»Und er wollte nicht wissen, warum ich Sie versetzen will?«

»Ich dachte schon, dass er gleich fragt, aber dann hat er es sich offenbar anders überlegt.« Was zwar ziemlich sonderbar, aber eine Erleichterung gewesen war.

»Ottilia, Sie haben Fräulein Silfverstjerna vor einer Viertelstunde gesagt, dass Sie lieber im Grand Hôtel arbeiten würden.«

»Fräulein Silfverstjerna hat gefragt, was ich gestern Abend geantwortet hätte.«

»Und ich frage Sie jetzt. Wollen Sie wirklich im Hôtel Rydberg arbeiten? Damals in Storvik meinten Sie zu mir, dass Sie sich langweilten und deshalb eine neue Herausforderung suchten.«

»Ich habe nie das Wort Langeweile benutzt.«

»Vielleicht haben Sie es auch anders ausgedrückt, doch Ihre Botschaft war unmissverständlich, als Sie mich in Storvik aufgesucht haben.«

Die Erinnerung sorgte dafür, dass Ottilia ziemlich wehmütig ums Herz wurde. Sie strich mit der Fingerspitze über einen Astknoten in der von der Sonne verfärbten Tischplatte. »Sie waren sehr nett zu mir. Außerdem sagten Sie, ich hätte Sie an einem guten Tag erwischt.«

»Das ist richtig«, erwiderte Frau Skogh. »Und heute erwischen Sie mich an einem sehr schlechten Tag.« Sie trank noch einen Schluck Brandy. »Ottilia, bevor wir hier unsere Zeit vergeuden, muss ich Ihnen eine Frage stellen: Langweilen Sie sich im Grand Hôtel?«

Ottilia blickte auf. »Nein. Von hier fortzugehen, ist für mich, als ließe ich mein eigenes Kind für ein Pflegekind im Stich. So stelle ich es mir zumindest vor.«

»Warum wollen Sie dann weg?«

»Weil Sie mich versetzen wollen. Im Moment brauchen wir hier nur Leute, die putzen oder das Geschirr spüren.« Ottilia reckte das Kinn. »Und ich bin viel mehr wert ...«

»Das sind Sie.«

»Also ... oh ...« Und dann sprach Ottilia die Frage aus, die sie schon am Vormittag hätte stellen sollen: »Gnädige Frau, was hätten Sie getan, wenn Sie Zeugin geworden wären, wie ein Botschafter die Lorbeeren für ein sehr gelungenes und bedeutendes Bankett einheimsen wollte, in das dieses Hotel viel Arbeit gesteckt hat? Ganz zu schweigen von den teuren Livreen.«

»Vielleicht hätte ich mich von meinen Gefühlen hinreißen lassen und genau dasselbe getan wie Sie«, räumte Frau Skogh ein. »Allerdings würde ich mir gern zugutehalten, dass es mir gelungen wäre, mich zu beherrschen. Und außerdem würde ich mich sehr gerne darauf verlassen können, dass keine von uns beiden diesen Fehler noch einmal begeht.«

»Keine von uns beiden?«

»Sie hätten der Botschaftersgattin nicht widersprechen dürfen. Und ich hätte Sie nicht verurteilen dürfen, ohne beide Seiten anzuhören. Offenbar hat mir der Herr Botschafter Madame Fallières' Reaktion nicht ganz wahrheitsgemäß geschildert.«

»Sie war ausgesprochen herzlich und sehr charmant.«

»Das habe ich auch gehört. Und jetzt frage ich Sie zum ersten und allerletzten Mal: Wären Sie lieber Bankettchefin im Hôtel Rydberg oder Direktorin des Grand Royal? Die Entscheidung liegt bei Ihnen.«

Ottilia hatte einen Kloß in der Kehle, sodass sie kaum einen Ton herausbrachte. »Direktorin des Grand Royal. Und ich möchte mich aufrichtig für den Zwischenfall am Samstag entschuldigen.« Sie drehte sich um und warf einen vielsagenden Blick aus dem Fenster. »Ich habe noch nie einen so wunderschön grünen Himmel gesehen.«

Frau Skogh lachte leise. »Wirklich eine Pracht, oder?«

Kapitel 77

Ihr Zerwürfnis und die nachfolgende Versöhnung hatten Wilhelmina und Ottilia im Grand Hôtel noch mehr Respekt eingebracht. Doch sosehr alle Karolina mit Fragen bedrängten, von ihr erfuhren sie nichts, denn ihre Antwort auf das Nachbohren war immer dieselbe: Ich war nicht dabei, als sie sich verkracht haben, und ich war nicht dabei, als sie zu einer Einigung gekommen sind. Was schließlich der Wahrheit entsprach. Auch Beda Johansson und Margareta Andersson spielten die Ahnungslosen. Allerdings hatte Wilhelmina den Verdacht, dass Gösta Möller und vermutlich auch Edward ziemlich genau wussten, was vorgefallen war. Doch wie es bei Gerüchten immer ist, verstummten sie nach einer Weile, weil ihnen niemand neue Nahrung lieferte.

Und dann ließ sich Fredrik Nyblaeus, Bankettdirektor des Hôtel Rydberg, bei Wilhelmina melden. Da sie neugierig war, ließ sie ihn vor, betrachtete den makellos gekleideten Mann, der ihr am Schreibtisch gegenübersaß, und wartete ab, was er zu sagen hatte.

Nyblaeus ließ sich nicht lange bitten. »Ich will nicht um den heißen Brei herumreden, Frau Skogh. Ich hatte gehofft, dass im Grand Hôtel eine Stelle für mich frei sein könnte.«

»Wurde Ihnen im Hôtel Rydberg gekündigt?«

»Natürlich nicht. Aber ich wäre gern in einem Haus tätig, dessen Mitarbeiter loyal sind.«

Wilhelmina zog eine Augenbraue hoch. »Das müssen Sie mir erklären.«

Nyblaeus räusperte sich. »Ihr Fräulein Ekman hat sich an das Hôtel Rydberg gewandt ...«

»Also ist Ihr Besuch eine Retourkutsche.«

»Aber nein. Fräulein Ekman hatte das Recht, nachzufragen. Allerdings missfällt es mir, dass man so mir nichts, dir nichts bereit war, mich zu ersetzen.«

»Sie wurden nicht durch Fräulein Ekman ersetzt.«

»Ich wurde überhaupt nicht ersetzt. Doch falls ein anderes Fräulein Ekman morgen im Hôtel Rydberg erscheinen sollte, wäre ich schon am nächsten Tag arbeitslos.«

»Wieso will August Åhlfeldt Sie unbedingt loswerden? Und bevor Sie antworten, sollten Sie daran denken, dass es mich nur einen Anruf kostet, Herrn Åhlfeldt selbst zu fragen.«

»Das Hôtel Rydberg steckt in finanziellen Schwierigkeiten. Vermutlich haben die meisten Hotels mit Umsatzeinbußen zu kämpfen.«

Wilhelmina zuckte nicht mit der Wimper.

Nyblaeus sprach weiter. »In schweren Zeiten, wie diese Stadt sie momentan durchmacht, zählt jede Krone. Das sagt wenigstens Herr Åhlfeldt.«

»Er hat recht.«

»Ich muss Ihnen von ganzem Herzen zustimmen, Frau Skogh. Nur dass Herr Åhlfeldt nicht immer tut, was er sagt.«

Wilhelmina lehnte sich zurück. »Was genau meinen Sie damit?«

»Nur wenige Bankette sind es wert, ihretwegen einen finanziellen Verlust zu riskieren. Es ist zwecklos, einen Stichling ins Wasser zu werfen, um eine Makrele zu fangen, denn in dieser Stadt spricht sich alles sofort herum, und bald würden alle diese ruinösen Rabatte fordern. Die Dinge kosten eben, was sie kosten, und selbst das Grand Hôtel muss angesichts der derzeitigen Wirtschaftslage aufs Geld schauen. Deshalb kann ich mir nicht vorstellen, dass es bei Ihnen Gewohnheit ist, Waren zu verschenken.«

Wilhelmina starrte ihn fassungslos an. »Waren verschenken?«

Nyblaeus nickte mit Nachdruck. »Die Kundschaft hat sich

angewöhnt, sich direkt an Herrn Åhlfeldt zu wenden, wenn ich auf meinen Preisvorstellungen beharre.«

Wilhelmina überlegte. Eigentlich hielt sie August Åhlfeldt für einen klugen Mann. So ein Verhalten ergab einfach keinen Sinn. »Und was geschieht, wenn diese Kunden Herrn Åhlfeldt ansprechen?«

»Er weist mich unweigerlich an, zu ›schauen, was sich machen lässt‹. Das bedeutet Dreingaben wie Freigetränke oder einen Mitternachtsimbiss. Was, ganz davon abgesehen, dass es meine Position untergräbt, oft den Unterschied zwischen Gewinn und Verlust bedeutet. Und wenn die Bankettabteilung dann wieder rote Zahlen schreibt, werde ich dafür verantwortlich gemacht. Ich glaube«, Nyblaeus hielt inne, als müsse er sich seine Worte erst gründlich überlegen, »dass Herr Åhlfeldt, was das Grand Hôtel angeht, unter einer gewissen Besessenheit leidet. Er will mit Ihrem Haus konkurrieren. Bis zu einem gewissen Punkt ist das auch gesund. Nur dass ein angesehenes Etablissement wie das Grand Hôtel uns immer einen Schritt voraus sein wird«, meinte Nyblaeus. »Ganz gleich, wie sehr wir uns auch anstrengen, gegen unsere geografische Lage sind wir machtlos. Doch laut Herrn Åhlfeldt ist unsere Nähe zum Hauptbahnhof ein Vorteil.«

»Und was glauben Sie?«

»Der Vorteil der Bahnhofsnähe mag zutreffen, wenn es um reine Übernachtungen geht. Doch die Nachfrage nach Banketten erhöht sich dadurch nicht. Nur wenige gehen direkt vom Bahnhof zu einem Empfang. Und die paar Meter weiter bis zum Grand Hôtel bedeuten dann auch keinen Unterschied mehr.« Er lächelte bedrückt. »Als die Kutschen des Grand Hôtel eine neue Lackierung bekommen haben, wussten wir, dass Sie angekommen sind.«

Wilhelmina bedankte sich mit einem Nicken für das Kompliment. »Das alles ist ja schön und gut, erklärt aber nicht den Grund Ihres heutigen Besuchs, Herr Nyblaeus.«

»Soweit mir bekannt ist, suchen Sie einen neuen Bankettdirektor.«

»Das ist Fräulein Ekmans Posten.«

Nyblaeus geriet ins Stocken. »Soll sie nicht Direktorin des Grand Royal werden? Da muss ich wohl falsch informiert worden sein. Ich bitte Sie vielmals um Entschuldigung und verabschiede mich.« Er stützte sich auf die Armlehnen und wollte aufstehen.

»Von wem informiert?«, hakte Wilhelmina sofort nach.

Nyblaeus rutschte auf seinem Stuhl herum. »Das möchte ich wirklich lieber nicht ...«

»Gösta Möller?«

»Als das Grand Hôtel wegen Renovierung geschlossen war, haben wir zusammen im Rydberg gearbeitet. Er konnte es zwar kaum erwarten, wieder hier anzufangen, aber wir sind noch immer gut befreundet.«

Wilhelmina knirschte mit den Zähnen. »Und was genau hat Ihr guter Freund Möller Ihnen erzählt?«

»Dass Fräulein Ekman Leiterin des Grand Royal wird und dass er selbst die Stelle als Bankettdirektor abgelehnt hat. Außerdem sagte er, Sie wüssten, dass Fräulein Ekman im Hôtel Rydberg vorgesprochen hat. Ich solle Ihnen gegenüber absolut ehrlich sein. Was ich ohnehin gewesen wäre. Wirklich. Ich halte Offenheit immer für den besten Weg.«

Wilhelmina glaubte ihm. »Sprechen Sie weiter.«

»Ich habe ihn gefragt, was Fräulein Ekman im Hôtel Rydberg gewollt habe. Er erwiderte, und jetzt zitiere ich: So etwas könne vorkommen, wenn zwei Damen in wichtigen Punkten Meinungsverschiedenheiten hätten.«

»Und hat er Ihnen die Natur dieser Meinungsverschiedenheiten erläutert?«

»Nein, und ich habe auch nicht weiter nachgebohrt. Er fügte hinzu, Sie und Fräulein Ekman gerieten sich zwar hin und wieder in die Haare, aber eigentlich würde kein Blatt Papier zwischen Sie beide passen. Ich finde diese gegenseitige Verbundenheit sehr anerkennenswert und außerdem kommt sie äußerst selten vor.«

Wilhelminas anfänglicher Zorn wegen Möllers Einmischung legte sich. Schließlich hatte sich ihr Maître d'hôtel schon früher als guter Menschenkenner erwiesen. Vielleicht würde Nyblaeus ja gut mit Karolina zusammenarbeiten. »Würden Sie auch im Haus wohnen wollen?«

»Nein, gnädige Frau. Ich habe eine Tochter.«

»Und eine Gattin?«

»Leider nein. Sie ist gestorben, als meine Tochter erst ein paar Monate alt war. Meine Mutter hilft mir, Isabella zu betreuen. Die Kleine ist sechs. Deshalb wäre es mir unmöglich, im Hotel zu wohnen.«

Wilhelmina empfand Mitgefühl mit Nyblaeus. Und so fällte sie eine spontane Entscheidung. Der Mann hatte es verdient, dass man ihm eine Chance gab. Falls er sich doch nicht als Meister seines Fachs entpuppen sollte, konnte sie ihm ja immer noch kündigen. »Also gut. Sie müssten in zwei Wochen anfangen, also am 17. August, damit Fräulein Ekman Sie mit den anderen wichtigen Mitarbeitern und den Lieferanten bekannt machen und Ihnen die Zügel übergeben kann, bevor sie am 1. September ihren neuen Posten antritt. Ihre Assistentin heißt Karolina Silfverstjerna und ist eine ausgesprochen tüchtige junge Dame. Ich glaube, dass es über die Bankettdirektion im Grand Hôtel nur wenig zu wissen gibt, was Fräulein Ekman oder Fräulein Silfverstjerna Ihnen nicht erklären können. Aber natürlich steht Ihnen meine Tür immer offen. Was Ihr Gehalt betrifft, müsste ich in unserer Lohnbuchhaltung nachfragen, aber die Bezüge werden selbstverständlich angemessen sein. Und nun habe ich noch andere Dinge zu tun, die dringend meiner Aufmerksamkeit bedürfen. Also Ja oder Nein?«

Auf Nyblaeus' ernstes Gesicht malte sich plötzlich ein charmantes Lächeln, das sie ihm gar nicht zugetraut hätte. Er erhob sich und hielt ihr die Hand hin. »Ich danke Ihnen vielmals und werde mein Bestes tun, um Ihr Vertrauen in mich nicht zu enttäuschen.«

Wilhelmina nickte. »Arbeiten Sie fleißig und steigern Sie die Umsätze. Mehr erwarte ich nicht. Nun lasse ich Fräulein Ekman rufen. Sie beide müssen an einem Strang ziehen, je früher Sie sich kennenlernen, desto besser.«

Ottilia trat in Frau Skoghs Büro.

»Fräulein Ekman, das ist Herr Nyblaeus. Er wird unser neuer Bankettdirektor. Vielleicht könnten Sie beide ja in unserem Wintergarten einen Kaffee trinken, bevor Sie, Ottilia, Herrn Nyblaeus die Bankettabteilung zeigen. Fräulein Silfverstjerna soll Ihnen Gesellschaft leisten.«

Ottilia betrachtete den eleganten Herrn mit den grauen Augen, der ihr die Hand hinhielt. »Hallo, ich bin Ottilia Ekman.« Als ihre Hände sich berührten, breitete sich ein sonderbares Ziehen in ihrer Mitte aus. »Ich freue mich sehr, Sie kennenzulernen«, fügte sie hinzu. Was auch der Wahrheit entsprach.

Kapitel 78

Inzwischen war es Mitte Oktober, ohne dass die Baufirma ihre vertraglichen Verpflichtungen zur Fertigstellung des Grand Royal erfüllt hätte. Der Wintergarten hatte noch immer mehr Ähnlichkeit mit einer Baustoffhandlung als mit einer Oase der Ruhe in Stockholms bestem Hotel. Mit jedem Tag spitzte sich die Lage weiter zu und zerrte an Wilhelminas Nerven. Eigentlich hatte sie die Eröffnung für den 23. Januar angekündigt und dieser Termin durfte auf gar keinen Fall verschoben werden. Sie konnten sich weder den Gesichtsverlust noch die Umsatzeinbußen durch die dann abgesagten Veranstaltungen leisten. Die sich immer weiter in die Höhe schraubende Kostenexplosion musste gestoppt, und es musste endlich Profit gemacht werden, ehe der Vorstand noch vollends die Geduld mit ihr verlor. Hätte der Baumeister gegenüber einem männlichen Auftraggeber dieselbe gleichmütige Haltung an den Tag gelegt? Es wurmte sie, sich diese Frage stellen zu müssen.

Und so war Wilhelmina einem Wutausbruch nahe, als sie in ihr Büro gerauscht kam. »Wenn ich vom Baumeister noch ein einziges ›Aber‹ zu hören bekomme, prügle ich ihn windelweich!«, teilte sie einer erschrockenen Ottilia mit. »Wissen Sie, was diese verdammten Bauarbeiter nun schon wieder angestellt haben?«

»Ich weiß, was sie hätten anstellen sollen«, erwiderte Ottilia. »Es fehlt noch immer eine Verbindung zwischen dem Grand Royal und dem Hotel. Maître Samuelsson und ich waren gestern mit den neuen Köchen dort. Wir mussten den Umweg über die Stallgatan nehmen.«

»Genau. Die Bauarbeiter hätten die Zwischenwand schon vor Wochen einreißen sollen. Allerdings hat diese Kleinigkeit sie nicht daran gehindert, den Flur auf der Hotelseite frisch zu streichen und die andere Seite dieser Wand im Grand Royal neu zu verputzen. Alles Arbeiten, die noch einmal erledigt werden müssen, wenn sie sich gnädigerweise bequemen, endlich einen Durchbruch zwischen den beiden Gebäuden zu schaffen. Außerdem habe ich heute erfahren, dass sich niemand die Mühe gemacht hat, den Höhenunterschied bei den Fußböden auszugleichen. Und genau dieser Höhenunterschied ist es, der zu Schwierigkeiten bei der Wasserversorgung geführt hat. Man könnte doch meinen, dass sich jemand an diesen Punkt erinnert oder zumindest seinen Verstand benutzt hätte. Aber weit gefehlt.«

Ottilia schnappte nach Luft. »Und wie will die Baufirma jetzt Abhilfe schaffen?«

»Als ich ging, taten die Arbeiter dasselbe wie immer: Mit der einen Hand haben sie sich am Kopf gekratzt und mit dem Finger der anderen aufeinander gezeigt.«

»Aber sie werden doch eine Lösung für den Boden finden und die Wände kostenlos neu streichen müssen?«

»Ja, das werden sie. Nur dass unser größtes Problem inzwischen die Zeit ist. Am 10. des Monats hätte der Wintergarten fertig und bereit für die Bepflanzung sein sollen. Heute haben wir den 17., und es ist nirgendwo ein Pfad oder ein Blumenbeet zu sehen. Nächste Woche werden Pflanzen im Wert von siebenhundert Kronen geliefert.«

»Wo sollen wir sie unterbringen? Soll ich Fred… Herrn Nyblaeus fragen, ob in der Bankettabteilung ein Raum frei ist?«

Wilhelmina musterte Ottilia forschend. »Fredrik? Bahnt sich da etwas zwischen Ihnen an?«

Ottilia errötete. »Nein.«

»Sie könnten es schlechter treffen«, meinte Wilhelmina. »Er ist klug und sieht gut aus.«

»Ich weiß.«

Wilhelmina verdrehte die Augen. »Natürlich ist es Ihre Sache. Aber jetzt wissen Sie, wie ich darüber denke. Was die Pflanzen angeht, habe ich veranlasst, dass sie in einer der Liegenschaften der Göteborgsbanken untergestellt werden.«

Ottilia verzog das Gesicht. »Dort werden sie nicht lange halten. Sie müssen in die Erde.«

»Falls sie verwelken, werde ich sie der Baufirma in Rechnung stellen, zusätzlich zu den Zollgebühren«, zischte Wilhelmina. »Unser guter Herr Baumeister jammert mir die Ohren voll, dass tüchtige Arbeitskräfte schwer zu finden seien. Baustellen überall in der Stadt rissen sich um die wenigen Handwerker. Ich habe ihn darauf hingewiesen, dass wir uns seine Dienste bereits vor einem Jahr gesichert hätten. Außerdem hätten wir sechshundert Wagenladungen Mulch und Sand bestellt. Vor drei Monaten habe er vom obersten Gärtner des Haga-Palasts den genauen Grundriss des Gartens erhalten. Er wisse genau, dass die Gärtner erst anfangen könnten, wenn die Bauarbeiter mit dem Boden fertig sind.«

»Und was hat der Baumeister geantwortet?«

»Er ist mir wieder mit einer ellenlangen Liste von Ausflüchten gekommen. Allerdings weiß er so gut wie ich, dass er weder moralisch noch juristisch im Recht ist.«

»Können wir nicht drohen, ihm den Auftrag zu entziehen?«

»Wenn es nur so einfach wäre. Aber es geht nicht. Leider hat er mit seiner Behauptung recht, dass fähige Bauarbeiter überall in dieser Stadt Mangelware sind. Vermutlich sind wir nur eine seiner vielen Baustellen, zwischen denen er sein Personal hin und her schiebt und versucht, alle Auftraggeber gleichzeitig zufriedenzustellen. Deshalb können wir es uns nicht leisten, ihn zu verärgern, denn es hätte uns gerade noch gefehlt, dass seine Leute jetzt die Arbeit niederlegen. Also bleibt mir nichts weiter übrig, als ihm immer wieder zu erklären, welche Folgen eine weitere Verzögerung haben würde, und dabei Verständnis für seine Lage zu zeigen. Wir müssen an seinen Stolz appellieren. Ich habe ihm versprochen, ihm eine schriftliche Auflistung meiner Kompromissvorschläge zukommen zu lassen.«

»Und die wären?«

Wilhelmina tippte mit ihrem Bleistift auf den Schreibtischkalender. »Dass der vierte Stock am 1. des nächsten Monats fertig ist. Der dritte Stock am 15. November und alle anderen Etagen bis zum 1. Dezember. Küche, Rolltreppe, Aufzüge, Beleuchtung und Heizung müssen bis zum 15. Dezember voll funktionstüchtig sein.«

»Und wenn nicht?«

Wilhelmina seufzte. »Außerdem muss ich dem Baumeister offiziell mitteilen, dass wir, sofern das Grand Royal am 1. Januar nicht nutzbar sein sollte, die Sofia-Albertina-Stiftung von den Umständen in Kenntnis setzen müssen. Wir hätten nicht die Absicht, vor dem 1. Juli 1909 Miete oder Zinsen zu bezahlen, da wir uns die zusätzlichen Verluste durch weitere Störungen der Abläufe nicht leisten könnten. Schließlich müsste das Grand Royal dann während der umsatzstarken Monate im Frühling und Sommer fertiggestellt und eingerichtet werden. Ich hätte zwar vollstes Verständnis dafür, dass seine Schwierigkeiten im Arbeitskräftemangel begründet lägen, würde jedoch meine Pflichten als Generaldirektorin des Grand Hôtel sträflich vernachlässigen, wenn ich tatenlos zusähe, wie unserem Haus durch erneute Verzögerungen beim Bau finanzielle Schäden entstünden.« Denn sie war zwar nicht schuld an diesen Verzögerungen, würde aber trotzdem dafür den Kopf hinhalten müssen.

»Wird das genügen?«, erkundigte sich Ottilia.

Wilhelmina rieb sich die Schläfen. »Nach dem derzeitigen Stand der Dinge kann ich nicht mehr tun. Ich bin mit meinem Latein am Ende. Wollen wir hoffen, dass die Drohungen wirken.«

Kapitel 79

Die letzte Vorstandssitzung des Jahres wurde am 20. Dezember abgehalten. Wilhelmina war völlig erschöpft, als sie sich am Tisch niederließ. Nicht einmal der Sternenhimmel oder die funkelnden elektrischen Lampen im Palast konnten ihr heute ein Lächeln entlocken. Wenn sie jemand gefragt hätte, was sie sich zu Weihnachten wünschte, hätte ihre Antwort *Einmal wieder nachts durchschlafen* gelautet. Aber wie immer hoffte sie, dass sie sich morgen besser fühlen würde.

Oscar Holtermann ergriff das Wort. »Es erfüllt mich mit großer Freude, melden zu können, dass ich in meiner Rolle als Vorstandsvorsitzender von Nya Grand Hôtel AB heute Morgen eine Nachricht von der Sofia-Albertina-Stiftung erhalten habe. Man teilte mir mit, das neu errichtete Hotelgebäude auf dem Grundstück Blasieholmen 19 sei nun betriebsbereit. Die Eröffnung des Grand Royal könne wie vorgesehen am 23. Januar stattfinden. Man bittet uns dringend, die Miete für das kommende Quartal zu entrichten.«

»Es hat vier Jahre gedauert«, stellte Wilhelmina fest. »Fast auf die Woche genau.«

Holtermann runzelte die Stirn. »Auf die Woche? Ich dachte, wir hätten den Vertrag im April 1905 unterzeichnet.«

»Die Anfrage, ob wir Interesse daran hätten, die Liegenschaft zu pachten, haben wir im Dezember 1904 erhalten«, entgegnete Wilhelmina.

»Es war eine weite Reise«, meinte Ivar Palm. »Aber es war die Mühe auf jeden Fall wert. Der Anbau ist wirklich sehr charmant. Wir können stolz auf uns sein.«

Wilhelmina verkniff sich die Antwort, was genau Palm persönlich zum Gelingen beigetragen hatte. In den vergangenen vier Jahren hatte sie das Grand Hôtel geleitet und außerdem die alleinige Verantwortung für den Bau des Grand Royal getragen, und zwar angefangen bei der Auswahl des Architekten bis hin zu den Pflanzen, die nun im Wintergarten prächtig gediehen.

»Ich bin voll und ganz Ihrer Ansicht«, erwiderte Holtermann. »Das erschreckende Durcheinander, das wir bei unserem Besuch im Oktober dort angetroffen haben, hat sich in ein Wunderwerk verwandelt. Mein Dank und meine Glückwünsche gelten außerdem dem Architekten und unserem Baumeister. Und nun wollen wir hoffen und beten, dass sich Frau Skoghs Vabanquespiel auszahlen wird. Das neue Gebäude muss Gewinn abwerfen.«

Als Wilhelmina sich mit müden Füßen die Treppe zu ihrer Wohnung hinaufschleppte, kochte sie vor unterdrückter Wut. Die Vorstandsmitglieder platzten fast vor Stolz. Der Baumeister war ein Held. Und sie? Kein Wort des Dankes. Nur die Bestätigung, dass das Lob für das Grand Royal diesen Männern gebührte, während das Risiko allein auf ihren Schultern lastete. Tja, das Grand Royal war kein Risiko mehr. Nein, es war bereits Stadtgespräch, denn die Stockholmer warteten schon mit angehaltenem Atem darauf, selbst zu sehen, was sich hinter den beeindruckenden Granitsäulen und den Glastüren an der Ecke Stallgatan und Blasieholmsgatan verbarg. Ihre Vision, ihr Vermächtnis, würde noch viele Jahrzehnte lang eine Zierde für die Stadt und das Grand Hôtel sein. Zum ersten Mal an diesem Tag konnte Wilhelmina sich ein wenig entspannen. Gewiss würde ihr Werk jahrhundertelang Bestand haben. Und wenn sie nur eine Spur von Menschenkenntnis besaß, hatte Brita gewiss schon eine Flasche Pol Roger auf Eis gelegt. Dem Himmel sei Dank für die Frauen in ihrem Leben.

Kapitel 80

1909

Draußen auf den Fensterbrettern des Bolinder-Palasts sammelte sich der Januarschnee. Ottilia saß gemütlich auf einem Sofa in Frau Skoghs Wohnzimmer und ließ sich lächelnd von Brita eine Tasse Kaffee reichen.

»Sie haben genau zwei Stunden«, verkündete Brita. »Keine Minute länger. Anweisung von Dr. Malmsten.«

Auf dem anderen Sofa hatte Frau Skogh es sich mit einer Decke über den Knien bequem gemacht. Sie scheuchte Brita mit einer Handbewegung aus dem Zimmer. »Dann fangen wir am besten sofort an.«

»Wie geht es Ihnen?«, erkundigte sich Ottilia. Mit einem bewundernden Nicken wies sie auf das Meer von Genesungskarten und Blumen, die jede Fläche im Raum bedeckten. »Beda sagte, allein heute Morgen sind Hunderte von telefonischen Anfragen wegen Ihres Befindens im Grand Hôtel eingegangen. Ich soll Ihnen von ihr Gute Besserung ausrichten.«

Frau Skogh neigte den Kopf. »Die Menschen sind sehr gut zu mir. Doch so große Hochachtung ich auch vor dem Sophiahemmet-Krankenhaus haben mag, geht doch nichts über das eigene Bett. Hoffentlich ist jetzt endlich Schluss mit dieser lähmenden Erschöpfung. Die noch überdies höchst ungelegen kam.«

»Ich glaube, eine Operation kommt niemals gelegen«, wandte Ottilia ein. »So etwas entzieht sich unserem Einfluss.« Was vermutlich genau das war, worüber sich die Kranke am meisten ärgerte.

Frau Skogh bedachte sie mit einem zornigen Blick. »Richtig, aber ich hätte gern darauf verzichtet, das Bett hüten zu müssen, während ich eigentlich alles für die Eröffnung des Grand Royal vorbereiten sollte.«

»Das bringt mich zu meiner ersten Frage.« Ottilia konsultierte ihre Aufzeichnungen. »Wie haben Sie sich das Abendessen für die Würdenträger am 23. vorgestellt? Immerhin sind Sie die offizielle Gastgeberin.«

»Verschieben Sie es. Dieses Essen ist zu groß und zu wichtig, um in meiner Abwesenheit stattzufinden. Da die Presse häufig genug über meine missliche Lage berichtet hat, sollte eine Verschiebung niemanden überraschen. Solange das Grand Royal nur am richtigen Tag für die Allgemeinheit eröffnet wird, kann der Rest warten.«

Ottilia notierte es. »Was ist mit dem Besuch der Vertreter der Presse am 20. und dem des Königshauses am 21.?«

»Ich muss Seine Majestät und die Kronprinzessin am 21. persönlich herumführen. Lizzie Silfverstjerna sagte, sie hätten höchstes Interesse an allem Royalen. Ich habe so getan, als hätte ich ihr Wortspiel überhört.«

Ottilia kicherte. »Es ist aber gut.«

»Das fand Lizzie auch. Was die Vertreter der Presse betrifft, werde ich mein Bestes tun, um dabei zu sein. Aber halten Sie sich bereit, um nötigenfalls einzuspringen. Ist die Ledertapete inzwischen entfernt worden?«

»Ja, und man hat Ölfarbe in demselben grünlichen Bronzeton aufgetragen, bis die Ersatztapete geliefert wird. Allerdings wird das leider erst nach der Eröffnung sein. Die Bauarbeiter haben sich wortreich für die Beschädigung der Wand entschuldigt.«

»Das sollten sie auch. Sind Ihre neuen Kleider schon da?«

»Ja, und ich bin ganz begeistert. Sie haben tiefe, verborgene Taschen, wie ich es haben wollte, und passen zu den scharlachroten Lederpolstern im Speisesaal des Grand Royal.«

»Und haben Sie nachgesehen, ob das Monogramm des Grand Royal genau in der Mitte dieser Lederpolster angebracht ist?«

»Ja, habe ich, und ja, ist es.«

»Sehr gut. Und ist es gelungen, den Brunnen mit farbigem Licht anzustrahlen?«

»Ja, und es ist ein beeindruckender Anblick. Das Wasser sieht fast aus wie ein Feuerwerk. Sogar Maître Samuelsson hat den Mund kaum noch zugekriegt.«

»Und so wird es auch allen anderen gehen.« Frau Skogh schien zufrieden. »Kein Haus in ganz Skandinavien, ja, sogar in Europa wird dem Grand Royal das Wasser reichen können.«

»Es ist seltsam«, meinte Ottilia. »Trotz der hohen Glasdecke und der riesigen Räume wirkt alles so behaglich und intim.«

»Also ist das Gebäude fertig?«

Ottilia nickte. »Von den Kronleuchtern bis hin zum letzten Busch und Baum. Auch die sechzig neuen Gästezimmer. Margareta war heute mit der neuen Mannschaft aus Zimmermädchen dort.«

Frau Skogh runzelte die Stirn. »Sie wird doch nicht etwa nur neue Mädchen im Grand Royal beschäftigen? Ich dachte, sie würde einige erfahrene Kräfte versetzen.«

»Das hat sie auch«, bestätigte Ottilia. »Nur die Mannschaft ist neu, nicht alle Mädchen.«

»Was ist mit der Küche?«

»Das Personal ist komplett. Das Grand Royal verfügt nicht nur über ausreichend Küchenhilfen, sondern auch über zwölf Köche und achtundvierzig Kellner. Maître Samuelsson hat das neue Küchenpersonal eingearbeitet, Gösta Möller die Kellner eingewiesen. Was ausgezeichnet ist, denn alles ist bis Mitte Februar ausgebucht. Habe ich Ihnen übrigens schon erzählt, dass Gösta Möller Edward zum Oberkellner im Grand Royal befördert hat?«

»Nein, haben Sie nicht, aber Möller war gestern bei mir.«

Ottilia errötete. Was für ein Dummerchen sie war, zu glauben, dass Frau Skogh diese Dinge nicht schon längst wusste!

Frau Skogh lehnte sich zurück und wirkte ein wenig kurzatmig. »Offenbar haben wir alles im Griff. Und da uns noch ein paar Minuten bleiben, bis Brita Sie hinauswirft, müssen Sie mir berichten, was sich sonst noch in meinem Hotel tut.«

Ottilia neigte den Kopf zur Seite. »Sie meinen das Grand Hôtel?«

»Aber, aber, meine Liebe. Sie wissen genau, was ich meine. Wie geht es meinen Mädchen? Ich vermisse meine offene Tür.«

Ottilias Puls beschleunigte sich. Sie hatte noch nie mit Frau Skogh geplaudert. Außerdem hatte diese sie noch nie »meine Liebe« genannt. Der freundschaftliche Tonfall war herzerwärmend. »Schauen wir mal. Karolina versteht sich blendend mit Herrn Nyblaeus und …«

»Sehen Sie eine Zukunft für Karolina und Edward?«

Ottilia hätte sich vor Überraschung beinahe verschluckt. »Ich glaube schon. Die beiden passen ausgesprochen gut zusammen.« Sie überlegte. »Eine Zeit lang habe ich mich gefragt, ob Karolinas Herkunft sich vielleicht als Hindernis erweisen könnte, doch ich hätte es besser wissen müssen. Edward hat sich nie von Adeligen oder Würdenträgern aus der Ruhe bringen lassen. Er behandelt jeden Menschen mit derselben Höflichkeit und Gelassenheit.« Sie grinste. »Außer derjenige will Karolina zu nahe treten. Er liebt sie. Und sie liebt ihn.«

»Sehr gut. Lizzie Silfverstjerna würde gerne offiziell vorgestellt werden.«

»Offiziell?«

»Ja. Zum Beispiel: ›Edward, das ist meine Mutter.‹ Ich würde mich freuen, wenn Sie Karolina einen Schubs geben würden.«

Ottilia zog den Mundwinkel hoch. »Vielleicht sollte Fräulein Silfverstjerna Karolina selbst bitten, sie mit Edward bekannt zu machen. Wenn ich Karolina darauf anspreche, wird sie Zweifel bekommen, ob es eine gute Idee ist. Außerdem würde sie sich sicher sehr freuen.«

Frau Skogh musterte sie forschend. »Sie und Karolina haben das Thema offenbar schon erörtert.«

Ottilia zuckte mit den Achseln. »Karolina macht sich Sorgen, Fräulein Silfverstjerna könnte denken, dass Edward ... nicht gut genug für sie ist.«

»Was denken Sie?«

Ottilia reckte das Kinn. »Ich fände es besser, wenn Karolina einen Oberkellner heiratet, der sie liebt, als einen König, der es nicht tut.«

Frau Skogh hielt einen Moment inne und fuhr dann fort. »Erzählen Sie mir von Margareta und Gösta Möller.«

»Sie sind sehr glücklich. Wussten Sie, dass Gösta bei Torun und Märta nebenan wohnt?«

»Ja.«

»Um genauer zu sein, nebenan bei Torun, denn Märta ist meistens bei Wilhelm, insbesondere seit die beiden verlobt sind.«

»Das wusste ich gar nicht. Bitte richten Sie Märta meine Glückwünsche aus. Wann wollen sie denn heiraten?«

Ottilia seufzte. »Genau da liegt das Problem. Märta würde ihn vom Fleck weg heiraten, wenn sie dafür nicht sämtliche Rechte und Freiheiten aufgeben müsste. Warum sollte sie Wilhelms Eigentum werden, obwohl sie ihm mehr als ebenbürtig ist?«

»Das ist eine Frage, die Frauen sich schon seit Jahrzehnten stellen«, erwiderte Frau Skogh. »Auch Ihre Torun, wenn ich recht informiert bin. Lotten Rönquist ist sehr beeindruckt von Ihrer Schwester.«

»Das sind die meisten Leute, wenn sie aufhören, ihr lahmes Bein anzustarren, und sich stattdessen anhören, was sie zu sagen hat.«

»Das haben Sie gut ausgedrückt.«

»Eigentlich ist das ein Zitat von Beda und sie hat recht.«

»Und nun noch zu Ihnen, Ottilia. Was ist mit Ihnen und Herrn Nyblaeus?« Ein schalkhaftes Funkeln stand in Frau Skoghs Augen. »Nichts würde mir mehr Freude bereiten, als

Sie mit einem Mann zu sehen, der zu Ihnen passt. Die Arbeit wärmt einen nicht in der Nacht. Und eine Ehe braucht der beruflichen Laufbahn einer Frau nicht im Wege zu stehen. Ich selbst bin der beste Beweis dafür. Ich habe Ihnen schon vor Wochen gesagt, dass Sie es schlechter treffen könnten. Und seitdem ist Herr Nyblaeus noch mehr in meiner Achtung gestiegen.«

Ottilias Wangen waren feuerrot. Karolina war die Einzige, die wusste, wie sehr sie sich danach sehnte, mit den Fingern durch Fredrik Nyblaeus' welliges Haar zu fahren und über seinen zarten Kiefer zu streichen. Wenn sich ihre Hände bei der Übergabe von Papieren zufällig streiften, durchlief ein Schauder ihren ganzen Körper, sodass ihr die Frage, die ihr gerade noch auf der Zunge gelegen hatte, schlagartig entfiel. Er brachte sie zum Lachen und zum Nachdenken und verhielt sich dabei stets wie ein vollkommener Gentleman. Kurz zusammengefasst, waren die letzten fünf Monate gleichzeitig die schönsten und frustrierendsten ihres Lebens gewesen. Leider würde sie nach der Eröffnung des Grand Royal weniger Zeit mit ihm verbringen können. Schon jetzt ergab sich immer seltener Gelegenheit für ein Gespräch. Ihr fiel etwas ein. Karolina hatte sich doch nicht etwa ihrer Mutter anvertraut, die wiederum Frau Skogh von Ottilias unerwiderter Schwärmerei für den gut aussehenden, aber unnahbaren Direktor der Bankettabteilung berichtet hatte?

Frau Skogh wartete auf eine Antwort.

»Es gibt nichts zu erzählen«, sagte Ottilia. »Wir arbeiten nur zusammen.« Was rein faktisch stimmte. Dass sie Fredrik Nyblaeus begehrte, änderte nichts daran, dass er für sie ebenso unerreichbar war wie die honiggelbe Handtasche aus weichem Leder, die sie bei Nordiska Kompaniet bewundert hatte. Sie betastete die winzige silberne Fichte an ihrem Armband, ein Tribut an ihr geliebtes Dalarna und den Wintergarten des Grand Royal. »Er hat eine Tochter, die so alt ist wie unsere

Victoria.« Ottilia hätte sich ohrfeigen können. Was spielte das für eine Rolle, so reizend der Gedanke auch sein mochte?
»Kennen Sie das Kind?«
Ottilia starrte sie verwundert an. »Ich? Nein.«
»Würden Sie es gerne kennenlernen?«
»Wenn ich ehrlich bin, ja.«
»Mit Ehrlichkeit spart man sich viel Zeit. Sagen Sie es ihm.«

Auf dem Weg ins Grand Royal wirbelten Ottilias Gedanken aufgeregt durcheinander. Was hatte Frau Skogh ihr mitteilen wollen? Dass Ottilia sich Fredrik offenbaren sollte? Aber warum? Wusste Frau Skogh vielleicht mehr als sie? Und wenn ja, von wem? Allerdings hatte sie in einem Punkt recht: Mit Ehrlichkeit sparte man sich Zeit. Noch heute Nacht würde sie Karolina fragen, ob sie mit Fräulein Silfverstjerna oder, Gott behüte, mit Fredrik Nyblaeus selbst gesprochen hatte. Falls ja, dann gnade ihr Gott!

Im Licht der Nachttischlampe war Karolinas Erröten nicht zu übersehen. »Ja und nein. Ich habe meiner Mutter gegenüber fallen lassen, dass du Herrn Nyblaeus gernhast ...«

»Warum denn nur?« Ottilia streifte sich das Nachthemd über den Kopf. Sie stellte fest, dass ihre Stimme vor Empörung schrill geworden war.

»Weil sie mich gefragt hat, ob es in deinem Leben einen jungen Mann gibt. Sie mag dich, Otti.«

»Hättest du nicht einfach Nein sagen können?«

»Hätte ich, aber ...«

»Aber was?« Ottilia sank auf ihr Bett.

»Ich habe außerdem gesagt, wir seien nicht sicher, ob dieses Gefühl auf Gegenseitigkeit beruht. Er spräche öfter über dich, als meiner Ansicht nach nötig wäre, doch daraus ließen sich noch keine endgültigen Schlussfolgerungen ziehen.«

»Herr, schenk mir Kraft.« Ottilia warf sich auf den Rücken und schloss die Augen. Wie sollte sie Fräulein Silfverstjerna jemals wieder gegenübertreten? Und dennoch konnte sie sich eine Frage nicht verkneifen. »Was hält deine Mutter davon?«

Karolina drehte sich zu ihr um und stützte sich auf den Ellbogen. »Ihrer Ansicht nach ist das Leben zu kurz, um sich zu zieren.«

Ottilia setzte sich auf und schob die Füße unter die Decke. »Zieren? Er unterhält sich mit mir nur über Lieferanten, Dienstpläne und Arbeitsabläufe. Was soll ich denn darauf antworten? ›Am besten setzen Sie sich mit der Firma Soundso in Verbindung und anschließend können wir ja ein Restaurant besuchen.‹? Ich bin nicht so eine.«

Karolina kicherte. »Nein, aber ich würde trotzdem zu gerne sein Gesicht sehen.« Ihre Miene wurde nachdenklich. »Doch das alles erklärt Frau Skoghs Bemerkung nicht. Selbst wenn meine Mutter ihr alles weitererzählt hat, hätte Frau Skogh doch keinen Grund, dich dazu zu ermutigen, dich zum Narren zu machen. Schließlich wissen wir nicht, was Herr Nyblaeus empfindet.«

Schweigend lagen sie da.

»Karo, könnte es sein, dass Fredrik sich an Frau Skogh gewandt hat?«, ergriff Ottilia schließlich das Wort.

»Er war gestern bei ihr, aber er würde ihr doch sicherlich nicht sein Herz ausschütten, oder? Und sie würde ihm auch nicht solche Fragen stellen. Immerhin ist er ihr Untergebener.«

»Mich hat sie gefragt.«

»Du zählst nicht. Du bist die Tochter, die sie so gerne hätte.«

Ottilia schnappte nach Luft und fuhr hoch. »Das tut mir sehr leid. Übrigens muss ich dir noch etwas sagen: Deine Mutter will Edward kennenlernen. So richtig offiziell.«

Karolina starrte sie an. »Bist du sicher?«

»Ganz sicher. Frau Skogh möchte, dass ich dir einen Schubs gebe. Doch ich habe geantwortet, deine Mutter sollte dich selbst darum bitten. Also rechne damit, dass sie dich bald sprechen will.«

Karolina atmete tief ein und wieder aus. »Hoffentlich mag sie ihn.«

»Das wird sie bestimmt. Edward ist wunderbar. Und hat sie sich nicht damit abgefunden, dass du kein Interesse daran hast, dich von anderen Männern zum Essen ausführen zu lassen?«

Karolina lächelte. »Hat sie. Ich kann es noch immer kaum glauben, wie nah ich ihr in einem knappen Jahr gekommen bin. Ich habe sogar den Eindruck, dass sie aufgehört hat, mich wie ein rohes Ei zu behandeln. Als ich am Montag zwanzig Minuten zu spät zum Essen kam, hat sie mir ziemlich die Leviten gelesen. Ich hätte wenigstens so höflich sein können, ihr eine Nachricht zu schicken. Denn Höflichkeit koste nichts.«

»Da hat sie recht. Meine Mutter hat immer dasselbe gesagt.« Ottilia kuschelte sich wieder ein.

»Wenn ich es mir genau überlege, habe ich ihr vielleicht zu viel über Fredrik Nyblaeus erzählt, als sie sich nach dir erkundigt hat, weil ich bei ihr um gut Wetter bitten wollte«, meinte Karolina schläfrig.

Ottilia lachte spöttisch. »Wenn du und deine Mutter je ein normales Verhältnis zueinander entwickeln wollt, müsst ihr damit leben, dass es hin und wieder Zank und Streit gibt. Meine Mutter hat mir nicht selten eine Standpauke gehalten. Und so ungern ich es auch zugebe, habe auch ich sie manchmal angeschrien.« Beim Einschlafen rann ihr plötzlich eine Träne über die Wange.

Kapitel 81

Auch in Margaretas Leben lief nicht alles nach Wunsch. Inzwischen hing sie nicht mehr dem Traum nach, sich eines Tages eine eigene Wohnung leisten zu können, sondern sehnte sich nach einem Zusammenleben mit Gösta. Sie liebte ihn sehr und verzehrte sich danach, wie er mit den Fingerspitzen über ihre Brustwarzen bis hinunter zur Innenseite der Oberschenkel und noch tiefer strich. Auch genoss sie die Vereinigung mit ihm, und nachdem sie sich geliebt hatten, schmiegte sie sich wohlig an ihn, bevor sie beide einschliefen. Er wollte sie heiraten. Und sie wollte das auch.

Selbst in ihrer Hochzeitsnacht, bevor Knut Andersson auch nur ein einziges Mal die Faust gegen sie erhoben hatte, war es ein Angriff auf ihren Körper und ihre Seele gewesen, das Bett mit ihm zu teilen. Er hatte sich einfach genommen, worauf er nun einen Anspruch zu haben glaubte. Und was war sie für ihn? Nur eine Matratze, auf der er keuchend und stöhnend und – zum Glück – irgendwann schnarchend lag. In ihrer Unwissenheit hatte Margareta geglaubt, dass das eben das Los einer Frau und das Recht eines Mannes war. Kein Wunder, dass manche Frauen so viele Kinder hatten. Denn eine Schwangerschaft bedeutete, für eine Weile vor diesen Übergriffen sicher zu sein. Außerdem war jedes Kind eine Belohnung für die allnächtliche Gewalt.

Doch die Zeiten, als sie sich noch ein Kind von Knut gewünscht hatte, waren längst vorbei. Inzwischen war es sieben Jahre her, dass sie aus ihrer gemeinsamen Wohnung ausgezogen war, und sie dankte ihrem Glücksstern, dass sie nichts mehr mit diesem Mann verband als eine Heiratsurkunde. Das und die zehn Begegnungen seitdem, bei denen er ihr »seinen rechtmäßigen Anteil« an ihrem Lohn aus der Hand gerissen hatte. Die Heiratsurkunde hing ihr wie ein Mühlstein um den Hals, der schon lange frei von Blutergüssen war. Nicht auszudenken, wenn sie auch noch ein Kind mit ihm gehabt hätte! Margareta erschauderte an ihrem Schreibtisch. In den vergangenen sechs Jahren hatte sie ihn dreimal um die Scheidung gebeten. Gestern hatte sie es ein viertes Mal versucht.

Als er sie tückisch angegrinst hatte, war ihr der Gestank nach Alkohol und faulen Zähnen in die Nase gestiegen. »Wie oft soll ich es noch wiederholen, Maggie? Nenn mir einen triftigen Grund, warum ich in eine Scheidung einwilligen sollte.«

»Weil zwischen uns keine Liebe ist. Du wärst frei und könntest dich neu verheiraten.«

»Und warum soll ich mir eine neue Frau aufhalsen, solange die alte mir Bier und Bordell bezahlt?«

Margareta nahm all ihren Mut zusammen. »Hast du denn gar keinen Stolz?«

Offenbar hatte sie einen wunden Punkt getroffen. »Stolz?« Speichel landete auf ihrem Revers. »Wir werden stolz sein, wenn wir die Arbeitgeber in die Knie gezwungen haben, damit ein Mann für seine gute Arbeit einen anständigen Lohn bekommt. Deshalb planen wir einen Generalstreik. Wenn es nach mir ginge, je früher, desto besser. Das haben wir wenigstens vor.«

Margareta schnaubte abfällig. »Unser Land kann sich keinen Generalstreik leisten.«

»Und die Arbeiter können es sich nicht leisten, so weiterzumachen wie bisher.«

»Bei der Straßenbahn wird man gut bezahlt.«

»Was weißt du schon davon?« Er bohrte ihr den Zeigefinger in die Brust. »Schau dich doch an, in deinem feinen Wintermantel, mit vollem Bauch und einem protzigen Dach über dem

Kopf. Du hast ja keine Ahnung, wie es ist, von einem Hungerlohn eine Familie durchzufüttern. Eine Familie.« Er lachte höhnisch. »Wie gerne hätte ich eine gehabt, aber du hast ja nicht einmal das hingekriegt. Also lieg mir nicht mehr wegen einer Scheidung in den Ohren. Du bist mir nämlich etwas schuldig.«

Margareta schlug die Hände vors Gesicht. Was die Familie anging, hatte Knut recht. Sie hatte versagt.

Und deshalb war sie an ihren Mann gefesselt, bis dass der Tod sie voneinander schied.

Kapitel 82

Wilhelmina und Ottilia saßen zusammen an dem langen Tisch in Wilhelminas Büro und sichteten die Zeitungsausschnitte. Der Vorstand mochte mit Anerkennung gegeizt haben, doch die Zeitungen überschlugen sich in der Woche nach der ziemlich bescheidenen Eröffnung förmlich mit Lobeshymnen. Eine weitere gute Nachricht lautete, dass Wilhelmina inzwischen wieder voll und ganz einsatzfähig war.

»Wir gehen alles in chronologischer Reihenfolge durch«, entschied Wilhelmina.

Ottilia griff nach einem Zeitungsausschnitt. »Der hier war der Erste. In den *Dagens Nyheter*, und zwar nach der Führung für die Pressevertreter am 20. Januar.« Ottilia fuhr mit dem Finger die drei Spalten hinunter, über denen eine Skizze vom Wintergarten prangte. »Die Inneneinrichtung wird bis ins kleinste Detail beschrieben, angefangen vom Marmor bis hin zu den verschiedenen Topfpflanzen. Und hören Sie sich das an: *Stockholms größte Attraktion wird sicher weltweites Aufsehen erregen.* Dieses Zitat ließe sich gut für die Reklame verwenden. Weiterhin steht da, das gesamte Gebäude strahle eine einzigartige Mischung aus Pracht und Behaglichkeit aus.«

Wilhelmina nickte. »Daran erinnere ich mich. Unterstreichen Sie die Zeile. Sonst noch etwas?«

»Nur dass der Vorstand voller Stolz die Türen öffnen kann.«

Wilhelmina verkniff sich ein höhnisches Schnauben. Sie nahm den nächsten Ausschnitt, auf dem Ottilia in einer Ecke 21. Januar 1909 vermerkt hatte. »Wir müssen auf die Herren von den *Dagens Nyheter* mächtig Eindruck gemacht haben, denn am nächsten Tag berichten sie schon wieder über uns. Dieser Journalist hat sich jedoch mehr für das Technische als für den Marmor interessiert und ist voll der Begeisterung für Ernst Stenhammars Architektur. Außerdem erzeuge unser Stromgenerator dieselbe Leistung wie der, der die gesamte Stadt Örebro versorgt. Dank der Rolltreppe käme das Essen nun noch schneller auf den Tisch. Und«, sie zog die Augenbraue hoch, »zu guter Letzt steht da, das Grand Royal habe die Nya Grand Hôtel AB den Betrag von 1,8 Millionen Kronen gekostet.«

Ottilia schürzte die Unterlippe. »Um das wieder reinzuholen, müssen wir eine Menge Essen servieren.«

»Ganz richtig.« Wilhelmina wies auf eine auf dem Tisch ausgebreitete Doppelseite. »Diese Bewertung der Zeitschrift *Idun* wird in diesem Zusammenhang nützlich sein. *Ein mustergültiges Hotel, und zwar dank der Klugheit und des Tatendrangs einer einzigen Frau*. Und dann sind da noch«, sie zählte, »zehn ausgezeichnete Fotografien, die alles zeigen. Angefangen bei den Gästezimmern in den oberen Etagen bis hin zur Küche im Untergeschoss. Außerdem wird Lotten Rönquist namentlich erwähnt.«

»Sehr gut. Lotten hat Anerkennung verdient. Und ich stimme Ihnen zu: Jede Frau in unserem Land sollte sich nach einem Besuch hier verzehren, nachdem sie diesen Artikel gelesen hat.«

Wilhelmina nickte. »Das *Svenska Dagbladet* vom 7. Februar meldet, dass viele bereits hier waren. Das hier ist mein Lieblingsartikel.« Sie strich das Zeitungspapier glatt. »Hören Sie sich das an: *Unsere sonst so nüchterne Stadt hat nun eine außergewöhnliche Attraktion hinzugewonnen, einen modernen Palast der Unterhaltung, der nicht nur für die begüterten Klassen gedacht ist, sondern auch ein beliebter Treffpunkt für die Allgemeinheit werden soll. Wir werden unter diesem Dach Menschen aus allen gesellschaftlichen Schichten begegnen.*« Zufrieden tippte Wilhelmina mit dem Finger auf die Zeitung.« »Dieser Reporter hat verstanden, worauf es uns ankommt.«

»Auch in einem weiteren Punkt hat er recht«, fügte Ottilia hinzu. »Es steht ein Stück weiter unten: Sie sind phänomenal.« Wilhelmina errötete stolz. »Und alle meine Mädchen haben im Laufe der Jahre ihren Teil dazu beigetragen, nicht zuletzt Sie selbst, Karolina, Margareta und Beda. Seit Beda beim Einkauf ist, sind unsere Kosten beträchtlich gesunken. Wie ich festgestellt habe, verwirrt es die meisten Herren, wenn sie mit einer Frau verhandeln müssen, insbesondere mit einer, die schneller prozentrechnen kann als sie.«

»Beda hat einen Heidenspaß daran, die Herren in ihrem eigenen Spiel zu schlagen. Über den Bonus hat sie sich übrigens sehr gefreut.«

»Sie hat sich jede einzelne Krone verdient«, erwiderte Wilhelmina. »Allerdings wird sie es in Zukunft immer schwerer haben.«

»Warum? Das *Svenska Dagbladet* hat recht. Seit dem ersten Tag ist jeder Tisch im Grand Royal besetzt und die Küche kann bis zu neunzehnhundert Gäste gleichzeitig verköstigen. Außerdem steht da, dass viele, die keinen Platz im Grand Royal ergattern können, ins Grand Hôtel weiterziehen, um dort zu speisen. Offenbar hat das *Svenska Dagbladet* mit Maître Samuelsson gesprochen, denn der Journalist weiß, dass das Grand Hôtel und das Grand Royal zusammen tausend Kilo Fleisch, einhundertfünfzig Kilo Fisch, zweihundert Hummer und vierhundert Austern pro Tag verbrauchen. Fred... Herr Nyblaeus hat gehört, andere Häuser in der Stadt hätten unseretwegen Einbußen.«

»Nicht nur unseretwegen. Und auch wir werden Abstriche machen müssen, wenn das Grand Royal nicht mehr den Reiz des Neuen hat«, antwortete Wilhelmina. »Die Stadt brodelt vor Unzufriedenheit und früher oder später wird es zur Explosion kommen. Die Leute sehen die prunkvollen Gebäude im Stadtzentrum, die über elektrisches Licht und Zentralheizung verfügen. Gebäude, für die sie vielleicht selbst die Mauersteine auf dem Rücken geschleppt haben. Und dann betrachten sie die Löcher in ihren Schuhen und fragen sich, warum das Leben für alle anderen besser wird, nur für sie nicht. Nur dass sie inzwischen erkannt haben, dass es nicht allen besser geht. Sondern nur manchen. Und dass das nicht gerecht ist.«

»Also glauben Sie, dass es einen Streik geben wird?«

»In der Tat. Und falls es zum Streik kommt, werden wir noch mehr Not unter den Arbeitern sehen. Auch wenn wir das Grand Central zu einem Treffpunkt für alle gesellschaftlichen Schichten machen, wird eine Frau, die ihrer Familie keine warme Mahlzeit auf den Tisch stellen kann, gewiss auch keine bei uns essen. Denken Sie an meine Worte. Wir werden bald einen Umsatzeinbruch erleben. Schließlich haben wir erst seit sechs Wochen geöffnet. Das Lob in der Presse ist zwar höchst willkommen, doch es ist eindeutig nicht der richtige Zeitpunkt, sich auf seinen Lorbeeren auszuruhen.«

Ottilia nickte langsam. »Vater hat bei unserem letzten Gespräch etwas ganz Ähnliches gesagt. Natürlich nicht über das Grand Royal, sondern ganz allgemein. Bereuen Sie es, das Grand Royal eröffnet zu haben?«

Wilhelmina überlegte. Damals, im Jahr 1904, hatte es keinen Grund zu der Annahme gegeben, dass der Bau sich so lange hinziehen und die Stadt bei der Eröffnung so in Unruhe sein würde. Und wenn sie es gewusst hätten? Hätte sie dann das Angebot der Sofia-Albertina-Stiftung abgelehnt? Wohl kaum. Denn dann hätte sich ein anderer Pächter gefunden. Das Grand Hôtel hätte keine Möglichkeit mehr gehabt, sich zu vergrößern, um wirtschaftlicher arbeiten zu können. Sie schüttelte den Kopf. »Mit Stockholm mag es auf und ab gehen, doch das Grand Royal wird noch für viele Jahrhunderte eine Zierde dieser Stadt sein. Allerdings müssen wir uns in diesem Jahr auf das Schlimmste gefasst machen. Und uns den Widrigkeiten stellen.«

Kapitel 83

Interessanterweise hatten Frau Skoghs düstere Zukunftsvisionen Ottilias Entschlossenheit nur noch gesteigert, das Beste aus ihrem Leben zu machen. Das wurde ihr klar, als sie am nächsten Morgen die scharlachroten Knöpfe an den Ärmeln ihres Kleides schloss. Im Moment war das Grand Royal geöffnet und alles lief wie bei einem gut geölten Uhrwerk. Doch was Ottilias nicht abzustreitende Schwärmerei für Fredrik Nyblaeus betraf, hatte sie trotz Frau Skoghs Rat im Januar noch nichts unternommen. Auch wenn sie wusste, dass Karolina sie beide für Idioten hielt.

»Du verschwendest wertvolle Zeit«, hatte Karolina geschimpft. »Schau, wie lange es gedauert hat, bis ich Edward meiner Mutter vorgestellt habe. Und jetzt vertragen sie sich wunderbar. Rückblickend betrachtet, verstehe ich gar nicht mehr, was das Theater eigentlich sollte.«

»Aber es ist doch Sache des Herrn, den ersten Schritt zu machen.«

»Unter gewöhnlichen Umständen schon, aber ...« Karolina schwenkte den Zeigefinger. »Warum sollte die Dame nicht zur Abwechslung mal den Herrn fragen? Oder wenigstens mit dem Zaunpfahl winken. Ich bin mir sicher, Torun wäre einverstanden.«

Ottilias Einschätzung nach hätte Torun vermutlich eher die Flucht ergriffen, als einen Mann auch nur zu bitten, sie über die Straße zu begleiten. Doch an diesem Tag, es war ein früher Morgen im März, beschloss sie, es endlich zu wagen. Und zwar sofort, bevor der Mut sie wieder verließ. »Könntest du einen Grund finden, heute ein bisschen zu spät zur Arbeit zu kommen?«, wandte sie sich deshalb an Karolina.

Fredrik Nyblaeus blickte auf, als er Ottilia in sein Büro treten sah. Er erhob sich, ein breites Lächeln auf dem Gesicht. »Fräulein Ekman, Ottilia. Bitte setzen Sie sich. Soll ich Kaffee bringen lassen?«

»Ein Kaffee wäre wunderbar. Und bitte geben Sie mir die Schuld dafür, dass Karolina heute nicht ganz pünktlich ist. Ich habe sie gebeten, uns ein paar Minuten Zeit zu geben.«

In seinen Augen stand ein gleichzeitig belustigtes und neugieriges Funkeln. »Bei einem so wichtigen Anlass ist Kaffee unverzichtbar.« Er griff zum Telefon. »So. Und was kann ich für Sie tun?«

Trotz ihres heftigen Herzklopfens reckte Ottilia das Kinn. »Ich würde mich freuen, wenn Sie mich Ihrer Tochter vorstellen könnten.« Sie wies mit dem Kopf auf die gerahmte Fotografie auf dem Schreibtisch, ohne ihn dabei aus den Augen zu lassen.

Fredrik fiel die Kinnlade herunter. Doch im nächsten Moment zeigte sich Begeisterung auf seinem Gesicht. »Nichts würde mir ein größeres Vergnügen bereiten. Hätten Sie Lust, mit Isabella und mir am Sonntag auf Djurgården eine Waffel essen zu gehen?«

»Sehr gern.« Ottilia atmete erleichtert auf.

»Es tut mir schrecklich leid«, fügte Fredrik hinzu.

Ottilia stockte der Atem. »Was tut Ihnen leid?«

»Dass ich nicht den Mut gefunden habe, Sie einzuladen. Ich wollte es schon so lange, und da Sie mir jetzt zuvorgekommen sind, habe ich ein schlechtes Gewissen. Eigentlich will ich Sie einladen, seit ich Sie zum ersten Mal gesehen habe.«

»Und warum haben Sie nicht gefragt?«

»Ich hatte Angst vor einer Zurückweisung. Allerdings«, seine Zerknirschung ging Ottilia ans Herz, »hat Frau Skogh, wenn ich es rückblickend betrachte, bereits versucht, es mir durch die Blume zu sagen.«

Ottilia kicherte. »Bei mir war sie unverblümter.«

Er griff nach ihrer Hand. Als Ottilia sie berührte, wurde ihr ganz warm.

Karolina steckte den Kopf zur Tür herein. »Ich bringe den Kaffee. Darf ich reinkommen?«

Die beiden fuhren zwar auseinander, allerdings ohne den Blick von ihrem Gegenüber abzuwenden.

Karolina schaute zwischen ihnen hin und her. »Ausgezeichnet.«

Und es war eine ausgezeichnete Idee gewesen. Isabella, ein Kind mit kastanienroter Mähne, hatte Ottilia sofort ins Herz geschlossen. Wenn der vierte Ausflug genauso harmonisch verlief wie die drei vorangegangenen, würde Ottilia zu Hause bei der kleinen Familie zu Abend essen. Sie konnte es kaum noch erwarten.

»Ich hatte noch nie eine Mama«, verkündete Isabella, als Ottilia ihr mehr Butter auf die Kartoffeln gab. »Mir gefällt es.«

Ottilia fehlten die Worte, weshalb sie dem Kind nur das Haar zauste.

»Du musst Isabella entschuldigen, sie ist ein wenig vorlaut«, sagte Fredrik später, als seine Tochter satt und gebadet im Bett lag.

»Mach dir nichts draus. Meine Schwester Victoria hätte wahrscheinlich genau dasselbe gesagt. Es ist nur natürlich, wenn man es von Isabellas Warte aus betrachtet.«

»Meinst du, wir sollten es ein wenig langsamer angehen? Wir haben Hoffnungen in ihr geweckt.«

Ottilia wurde von Enttäuschung ergriffen. Der Besuch in Fredriks gemütlicher Wohnung in der Sibyllegatan hatte ihr einen Einblick in ein anderes Leben vermittelt, das sich mit ihrem Beruf vereinbaren ließe. Das Beste aus zwei Welten.

Nicht weil sich diese vier Wände außerhalb des Bolinder-Palasts befanden – das galt auch für Toruns Wohnung, wo sie jederzeit willkommen war –, sondern weil sie sich hier eine erfülltere Zukunft vorstellen konnte. Nicht in dem überkommenen Sinne, dass eine Frau einen Mann brauchte, um sich vollständig zu fühlen, sondern weil sie glaubte, dann alles sein zu können, was sie sich wünschte: Schwester, Freundin, Planerin und Fredrik ebenbürtig. Partnerin. Geliebte – ihre heimlichen Küsse und Berührungen hatten Gefühle in ihr ausgelöst, die sie in ihren kühnsten Träumen nicht erwartet hätte. Ja, sogar seinem Kind eine Mutter. Ganz gleich, in welcher Reihenfolge, abhängig von Zeit und Ort. Denn zwei Dinge wusste sie genau: Sie liebte Fredrik und sie liebte das Grand Hôtel. Außerdem schloss sie Isabella immer mehr ins Herz, je öfter sie das Kind sah. Nach Auffassung ihrer Mutter konnte eine Frau eine glückliche Ehe und einen Beruf miteinander verbinden. Frau Skogh war der Beweis dafür. Doch das hier war Fredriks Zuhause. Isabella war sein Kind. Welches Recht hatte sie, sich aufzudrängen?

»Wenn du das möchtest«, erwiderte sie. »Ich will Isabella auf keinen Fall falsche Hoffnungen machen.« Sie hörte selbst, wie hart ihre Stimme plötzlich klang, und auch ihr sarkastischer Unterton entging ihr nicht. Im nächsten Moment bemerkte sie den gekränkten Ausdruck in Fredriks Augen und spürte, wie sich ein Kloß in ihrer Kehle festsetzte. Am besten verabschiedete sie sich jetzt, bevor sie noch mehr Schaden anrichtete. Also griff sie nach ihrer Handtasche und zog die Handschuhe an. »Danke für den reizenden Nachmittag.« Sie schloss die Tür hinter sich.

Als sie auf die Sibyllegatan hinaustrat, kamen die ersten Tränen. Heiße, salzige Tropfen, in denen sich Scham und Enttäuschung mit dem Nieselregen aus einem grauen Aprilhimmel mischten. Ottilia schlug den Kragen hoch und eilte an der Artilleriekaserne und dem Königlichen Dramatischen Theater vorbei. Als sie zur Nybroviken einbog, wurde der Regen heftiger und prasselte auf das Wasser und die am Steg auf und nieder tanzenden Boote ein. Auf der Norra Blasieholmshamnen flüchteten sich Paare kichernd in kunstvoll verzierte Hauseingänge. Ottilia gab sich Mühe, nicht in ihre glücklichen Gesichter zu schauen, als sie die Stallgatan erreichte. Noch immer verstand sie nicht, warum sie plötzlich so verzweifelt war. Schließlich war sie noch vor wenigen Monaten auch ohne Fredrik froh und zufrieden gewesen. Wieso also fühlte sie sich jetzt so abgrundtief elend? Weshalb konnte es nicht einfach wieder so werden wie vor ihrer ersten Begegnung? Sie hatte ihren Beruf, teilte ein behagliches Zimmer mit Karolina und hatte außerdem ihre Familie und Freundinnen. Was also hatte sie schon groß verloren?

Karolina starrte sie entsetzt an und zog sie rasch ins Zimmer. Während sie Ottilia aus den nassen Sachen half, versuchte sie, das Prasseln des Regens auf dem Kupferdach zu übertönen. »Hättest du nicht bei Fredrik warten können, bis das Unwetter vorbei ist? Im April dauert so ein Schauer nie sehr lang.«

»Was auch für Beziehungen mit Fredrik gilt«, stieß Ottilia mit klappernden Zähnen hervor. »Ich glaube, er hat es sich anders überlegt.«

Karolina bugsierte Ottilia aufs Bett und fing an, ihr die Haare zu frottieren. »Du musst mir genau erzählen, was passiert ist.«

Ottilia tat es.

»Also hat Fredrik gesagt, dass ihr euch ein wenig Zeit lassen solltet?«

»Ja.«

Karolina gab Ottilia ein sauberes Taschentuch. »Weil das Kind sagte, dass es gern eine Mutter hätte, woraufhin es dir die Sprache verschlagen hat. Was Fredrik wiederum zu dem Schluss gebracht haben könnte, dass dir die Situation peinlich war.«

Ottilia dachte darüber nach. Hatte Fredriks Sorge vielleicht nicht nur Isabella, sondern auch ihr gegolten? Wollte er ihr eine Möglichkeit geben, sich ohne Gesichtsverlust aus der Affäre zu ziehen?

»Und was«, sprach Karolina weiter, »wäre deiner Ansicht nach geschehen, wenn du Folgendes geantwortet hättest: *Falls du das möchtest, Fredrik. Ich für meinen Teil habe dich und Isabella sehr gern?*«

Es wurde still im Raum.

Dann drehte Ottilia sich zu Karolina um. »Verdammt.« Doch jetzt war es zu spät.

Kapitel 84

Als der Himmel über Stockholm sich sommerlich blau färbte, wuchs die Wahrscheinlichkeit eines Generalstreiks. Und die Folge war, dass die ganze Stadt in Vorbereitung darauf den Gürtel enger schnallte. Wie Wilhelmina vorhergesagt hatte, fiel die Nachfrage nach Tischen im Grand Royal ins Bodenlose. Das Kinn auf die Faust gestützt, saß Ottilia in ihrem Büro in der oberen Etage und dachte nach. Zusätzlich zu all den gastronomischen Angeboten gab es im Grand Hôtel inzwischen täglich musikalische Darbietungen in der Lobby und am kalten Büfett, während man im Wintergarten des Grand Royal in aller Ruhe eine Mahlzeit zu einem vernünftigen Preis genießen konnte. Zumindest würde diese Ruhe bald wieder einkehren, wenn erst die einen Heidenlärm verbreitende Eismaschine durch ein weniger lautstark arbeitendes Modell ersetzt war.

Die wichtigsten Zeitungen brachten täglich Reklameanzeigen für das Grand Hôtel und das Grand Royal. Aber was konnte man sonst noch tun? Zufriedene Gäste waren stets die beste Werbung, doch in dieser Hinsicht war eine Steigerung kaum möglich. Der Großteil der Klientel kam mit den höchsten Erwartungen und war beim Gehen des Lobes voll. Nein, es lag nicht am Grand Royal selbst, sondern an äußeren Umständen, die sich leider ihrem Einfluss entzogen. Und trotzdem.

Wie meistens wanderten Ottilias Gedanken unweigerlich zu Fredrik Nyblaeus. Schließlich saßen sie beide im selben Boot. Grübelte auch er darüber nach, wie sich die Anzahl der Veranstaltungen erhöhen ließ? Überlegte auch er insgeheim, ob man besser einen Generalstreik riskieren sollte, nur um das ohnehin Unvermeidliche endlich hinter sich zu bringen? *Vermisste er sie?*

Natürlich konnte Karolina diese Fragen, zumindest die erste und die dritte, beantworten, was sie auch bei jeder Gelegenheit tat.

»Er ist ebenso niedergeschlagen wie du, Otti. Erstens macht er sich Sorgen um die Bankettabteilung, und zweitens fehlst du ihm, das weiß ich genau. Kannst du nicht einfach mal mit ihm reden? Mir zuliebe? Ich fühle mich, als müsste ich mit einem Bären mit vier wunden Pfoten zusammenarbeiten.«

Doch diesmal blieb Ottilia hartnäckig. Einen Herrn einmal zu bitten, war eigentlich schon unerhört. Ein zweites Mal kam überhaupt nicht infrage.

Karolina seufzte bedrückt. »Dann sind mir die Hände gebunden. Er ist mein Vorgesetzter, weshalb es sich für mich nicht schickt, ihn auf persönliche Dinge anzusprechen. Nicht einmal in Vertretung.«

Als es an der Tür klopfte, fuhr Ottilia zusammen.

Margareta steckte den Kopf herein. »Hast du einen Moment Zeit?« Die Hausdame war bleich im Gesicht.

»Selbstverständlich. Was ist denn passiert?«

Margareta ließ sich auf einen Stuhl sinken. »Meine Regel ist ausgeblieben. Schon zweimal.«

»Ach, du meine Güte, aber …«

»Mein Korsett ist zu eng.«

»Aha.«

»Jahrelang habe ich in dem Glauben gelebt, dass ich unfruchtbar bin. An Weihnachten werde ich vierzig. Dieses Wunder ist meine letzte Chance.« Margareta tupfte sich die Augen ab.

Ottilia griff nach ihrer freien Hand. »Was meint Gösta dazu?«

»Ich habe es ihm noch nicht gesagt.« Sie schüttelte den Kopf. »Nicht weil ich befürchte, dass er das Baby nicht wollen könnte. Er würde sich sicher freuen.«

»Warum dann?«

»Weil er dann noch mehr auf eine Hochzeit drängen wird. Und Knut verweigert die Scheidung. Als ich ihn im Januar noch einmal gefragt habe, hat er mir ins Gesicht gelacht. Sobald er herausfindet, dass ich in anderen Umständen bin, wird er mich und das Kind zurückhaben wollen.«

»Oh«, antwortete Ottilia nachdenklich. »Aber er will doch sicher nicht das Kind eines anderen Mannes großziehen. Also wird er mit einer Scheidung einverstanden sein. Wenn nur der Preis stimmt, wie ich ihn kenne.«

Wieder schüttelte Margareta den Kopf. »Er hat immer gesagt, dass er sich einen Sohn wünscht, der seinen Namen weiterträgt. Andersson.« Noch ein, diesmal ungläubiges, Kopfschütteln. »Ist das zu fassen?«

Beide konnten sich trotz Margaretas Tränen ein höhnisches Grinsen nicht verkneifen.

»Dann musst du eben in einer wilden Ehe leben«, verkündete Ottilia. »Schließlich kommen in Stockholm viele Kinder unehelich zur Welt. Gösta wird euch beide so oder so lieben.«

»Das wird er. Falls Knut uns in Ruhe lässt. Aber das wird Knut nicht tun. Er wird seinen ›Anteil‹ einfordern, selbst wenn ich nicht arbeiten kann. Also wird er das Geld von Gösta verlangen. Nur dass Gösta ganz bestimmt nicht zahlen wird. Eher landet er wegen Körperverletzung im Gefängnis von Långholmen, als Knut nur eine einzige Krone zu geben.«

Ottilia konnte sich zwar nur schwer vorstellen, dass der wohlerzogene Gösta Möller jemanden verprügeln würde, doch wenn man ihn zum Äußersten trieb, kam Knut Andersson als Kandidat für eine Abreibung wohl am ehesten infrage. »Gösta ist nicht dumm und würde niemals seinen guten Namen und seine Reputation aufs Spiel setzen. Nicht wegen Knut. Und ganz sicher nicht, wenn ein Baby unterwegs ist.«

»Du hast recht.« Margaret ließ die Schultern hängen. »Ich habe bis heute Morgen wach gelegen und gegrübelt. Und dabei sind mir immer schlimmere Dinge eingefallen. Du kennst das ja, wenn die Fantasie mit einem durchgeht. Ich habe sogar überlegt, ob ich nach nebenan laufen und Torun und Märta um Rat fragen soll. Aber sogar mir ist klar, dass man jemanden nicht ohne triftigen Grund in aller Herrgottsfrüh aus dem Bett holt.« Verlegen zuckte sie mit den Achseln.

»Ich bin sehr froh, dass du es mir erzählt hast. Aber du musst wirklich mit Gösta reden.«

»Ich weiß und das werde ich auch. In einem Monat gehe ich zum Arzt. Wenn er mir die Schwangerschaft bestätigt, spreche ich mit Gösta.«

»Was ist mit Knut?«

»Charley Löfvander sagt, dass Knut in der Gewerkschaft immer mehr aufsteigt. Inzwischen ist er der Sprecher der Straßenbahnmitarbeiter. Da Streiten seine Lieblingsbeschäftigung ist und er sich selbst gern reden hört, wird es für ihn nichts Schöneres geben, als die anderen Männer zum Streik aufzuwiegeln. Nein, er soll nichts von dem Baby erfahren. Wenn er so schlau ist, wie er glaubt, müsste er es schon von selbst herausfinden. Danke, Ottilia. Es war eine große Hilfe, meine Gedanken laut auszusprechen.« Sie wollte gehen.

»Ich wechsle ja nur ungern das Thema«, hielt Ottilia sie zurück. »Aber wie sieht es mit den Reservierungen aus?«

»Sie sind zurückgegangen. Sogar die Ausländer bleiben weg. Ohne den Besuch von Zar Nikolaus wäre der Juni eine Katastrophe. Im September findet zwar die Weltfriedenskonferenz in Stockholm statt, doch bis dahin sind es noch drei Monate. Frau Skogh ist in Sorge. Und ich auch.«

»So geht es uns allen. Edward hat Gerüchte aufgeschnappt, dem Personal in der Küche, im Café und im Speisesaal des Grand Royal solle gekündigt werden. Ich habe ihm versichert, dass das nicht stimmt. Allerdings müssen einige Leute Urlaub nehmen, während wir die Eismaschine austauschen und ein paar Dinge im Speisesaal verändern. Doch die meisten können während dieser Zeit im Grand Hôtel arbeiten. Auch Edward. Und sobald die Reparaturen erledigt sind, was nicht länger als eine Woche dauern dürfte, werden alle wieder im Grand Royal gebraucht.«

»Edward war sicher sehr erleichtert. Er spart nämlich auf einen Verlobungsring.«

Ottilia schnappte nach Luft. »Wirklich?«

Margareta schlug die Hand vor den Mund. »Oh, jetzt habe ich mich verplappert. Bitte erwähne es nicht Karolina gegenüber. Gösta hat es mir schon vor einigen Monaten erzählt. Ich hätte daran denken müssen, dass es streng geheim ist, wenn ein junger Mann Geld für einen Verlobungsring beiseitelegt.«

Ottilia seufzte zufrieden. »Karolina wird eine wunderschöne Braut sein.«

»Was auch für dich gälte.« Margareta warf Ottilia einen vielsagenden Blick zu und schloss die Tür hinter sich.

Kapitel 85

Am Mittwoch, dem 4. August, begann der Streik. Draußen vor dem Grand Hôtel herrschte plötzlich gespenstische Stille, als Bauarbeiter ihre Werkzeuge fallen ließen und die Straßenbahnen in ihren Depots blieben. Auch die Aussicht aus dem Fenster änderte sich, denn es fehlten die endlosen Kolonnen von Arbeitern, die zwischen Fabriken und Baustellen und ihrem Zuhause hin und her eilten. Bald entwickelte sich die Norrbro-Brücke zu einem beliebten Platz, um Ostseeheringe zu angeln. Anfangs war es ein Zeitvertreib an den plötzlich arbeitsfreien Sommertagen. Doch schon nach einer Woche ließ der Reiz des Neuen nach. Das Fischen wurde zur bitteren Notwendigkeit, da die Ersparnisse der Familien allmählich dahinschmolzen.

Im Inneren des Grand Hôtel nahm alles seinen gewohnten Gang. Die einzige Veränderung bestand darin, dass der Alkoholausschank für die Dauer des Streiks Einschränkungen unterlag. Charley Löfvander fand es höchst amüsant, dass ein Mann nicht mehr auf ein schnelles Glas Bier oder Wein hereinschauen durfte, ohne zu seinem Getränk eine vollständige Mahlzeit bestellen zu müssen. Gäste, denen es eher nach Schnaps gelüstete, erlebten jedoch eine herbe Enttäuschung, denn der Ausschank von Spirituosen war streng verboten.

Nach sechs Tagen Streik ließ sich Wilhelmina auf Elisabets Sofa sinken, um sich einen wohlverdienten Schlummertrunk zu genehmigen, und nahm dankbar ein Glas Brandy entgegen. Zumindest stellte das neue Gesetz nur den Verkauf von Spirituosen, nicht das Trinken selbst unter Strafe. »Es war ein langer Tag.«

»Aber was für einer.« Elisabet hob ihr Glas. »Ich trinke auf den Abteilungsleiter, der den Mut hatte, heute Morgen eine Straßenbahn aus dem Depot zu holen. Und auch auf den Vorstandsvorsitzenden und den Direktor, die den Mut hatten, ihn auf dieser Fahrt zu begleiten.«

Wilhelmina schloss sich dem Trinkspruch an. »Und auf die Polizisten, die dafür gesorgt haben, dass diese erste Straßenbahn vorangekommen ist. Gösta Möller hat mir berichtet, zu guter Letzt habe man insgesamt zwölf Bahnen auf die Schienen gebracht und wolle morgen noch weitere einsetzen.«

»Sehr gut. Soweit ich weiß, ist auch eine neue Regel für Fuhrunternehmer in Kraft getreten. Sie müssen zumindest eine ihrer Droschken im Einsatz haben, ansonsten sind sie ihre Zulassung los. Ich frage mich, wie lange die Streikenden wohl durchhalten. Seine Majestät hat Vertreter der Arbeitgeber und der Gewerkschaften zu sich befohlen.«

»Es wird so lange dauern, bis einer der beiden Seiten das Geld ausgeht«, stellte Wilhelmina fest. »Es herrschen wirklich beklagenswerte Zustände.« Sie musste an Kajsa, die Prostituierte, denken, die sich lieber das Leben genommen hatte, als noch einen elend kalten Winter mit leerem Magen auszuhalten. »Zumindest kann ich mich noch im Spiegel anschauen, denn ich weiß, dass das Grand Hôtel ordentliche Löhne bezahlt. Keiner meiner Mitarbeiter hungert oder hat es nötig, zu streiken. Wenigstens nicht, seit ich den Fahrer des Postwagens ersetzt habe.«

Elisabet fiel die Kinnlade herunter. »Mich wundert, dass du überhaupt jemanden gefunden hast, der fahren will. Streikbrecher müssen mit ziemlichem Ärger rechnen.«

»Nicht, wenn man Leutnant Graf Hamilton heißt. Eigentlich habe ich nichts dagegen, dass ein gut aussehender vornehmer Herr auf dem Kutschbock sitzt. Ich habe zwar Verständnis dafür, dass unser früherer Fahrer seine Kameraden unterstützen will, aber ich muss ein Hotel führen.«

Elisabets Gesicht wurde ernst. »Hast du den Artikel über den Streikenden gelesen, der den Sarg seines eigenen Kindes mit der Schubkarre zum Friedhof geschoben hat? Es war keine Kutsche zu bekommen und ein Leichenwagen war viel zu teuer. Es hat mir fast das Herz gebrochen. Kein Vater sollte sein eigenes Kind zu Grabe tragen müssen. Wenn man solche Bilder sieht, weiß man, warum diese Männer streiken. Viele können von ihrem derzeitigen Lohn nicht in Würde leben.«

»Ich stimme dir zu. Nur dass das nicht für alle gilt«, entgegnete Wilhelmina. »Bei der Straßenbahn werden die Leute vergleichsweise gut bezahlt, und trotzdem machen sie sich einen Spaß daraus, die ganze Stadt lahmzulegen. Möller berichtet, dass Knut Andersson, dieser verdammte Schwachkopf, bei denen war, die versucht haben, die Straßenbahn mit dem Herrn Direktor am Steuer zu blockieren. Nach einer Woche Krawall halten die Männer, die in der Gewerkschaft den Ton angeben, sich für unbesiegbar und glauben, dass sie über dem Gesetz stehen.«

Elisabet reckte den Zeigefinger hoch. »Aber eines muss man diesem Andersson lassen. Er riskiert auch etwas für seine Ziele. Denn viele der sogenannten Gewerkschaftsführer ziehen nur hinter den Kulissen die Fäden.«

»Ja, du hast recht«, räumte Wilhelmina ein. »Doch mehr steckt bei ihm nicht dahinter.«

Bedächtiges Schweigen herrschte, als die beiden Frauen überlegten, was bei diesem Streik alles auf dem Spiel stand.

Schließlich leerte Wilhelmina ihr Glas und stand auf. »Ich muss ins Bett. Gleich morgen früh habe ich eine Besprechung mit Beda Johansson und ich würde mir gern vorher noch einen Überblick verschaffen.«

»Hat Beda große Schwierigkeiten bei der Beschaffung?«

Wilhelmina zuckte mit den Achseln. »Sie kann bei Lieferanten von außerhalb oder sogar im Ausland bestellen. Es ist die Anlieferung, die sich als ziemlich nervenaufreibend erweist.

Die Streikenden haben die Außenbezirke besetzt, sodass es immer schwieriger wird, Lebensmittel in die Stadt zu bringen. Ich könnte schreien vor Wut. Ausgerechnet jetzt, da ausländische Besucher sich wieder darauf verlassen, dass das Grand Hôtel nicht von dem Streik betroffen ist. Noch heute Morgen hatten wir vierzig freie Zimmer. Doch dann kam eine Reservierung für zwanzig Zimmer mit Blick aufs Wasser herein. Ich rechne damit, dass wir in den nächsten Tagen wieder voll belegt sein werden.«

»Ach herrje«, sagte Elisabet. »Wie hast du es geschafft, im Ausland die Gemüter zu beruhigen?«

»Indem ich Inserate in die dortigen Zeitungen gesetzt habe, in denen steht, dass das Grand Hôtel diesen Streik kategorisch ablehnt. Außerdem habe ich Telegramme an Reisebüros in ganz Europa geschickt. Zum Glück hat es sich endlich herumgesprochen, denn das Blatt scheint sich langsam zu wenden. Wenn es nur auch so einfach wäre, das Alkoholverbot zu umgehen. Unsere ausländischen Gäste trinken zwar nicht unbedingt viel, doch die Amerikaner und die Engländer gönnen sich nach dem Essen gern einen Whisky, während die Franzosen auf ihrem Cognac bestehen. Es ärgert mich, mitansehen zu müssen, wie sie unzufrieden den Speisesaal verlassen, obwohl wir einen Keller voller ausgesuchter Spirituosen haben.«

»Wir werden sicher noch mehr unzufriedene Gesichter erleben«, meinte Elisabet. »Es wird Verlierer geben, ganz gleich, wie sich der Streik auch entwickelt. Wenn die Streikenden nicht bald einlenken, sind die ersten Pleiten nicht mehr fern.«

»Und das kann sich keine der beiden Seiten leisten.«

Kapitel 86

Die Streikenden gaben am 4. September auf. Und es dauerte nicht lange, bis die Arbeitgeber, die es nun mit einem ausgehungerten und geschwächten Gegner zu tun hatten, von ihrer Macht Gebrauch machten. Um den Gewerkschaften einen Denkzettel zu verpassen, wurden die Anführer der Streiks auf eine schwarze Liste gesetzt.

Mitte des Monats schleppte Margareta sich keuchend die sonnige Stallgatan entlang, um sich am Eingang des Grand Royal in der Blasieholmsgatan mit Knut zu treffen. Obwohl das Kind in ihrem Bauch immer schwerer wurde, verabredete sie sich lieber an einer Straßenecke als vor dem Personaleingang. Denn falls er gewalttätig werden sollte, war es besser, wenn die Stelle von zwei Seiten einsehbar war.

Er riss ihr das Geld aus der Hand und zählte es. »Ich brauche mehr. Der Streik hat mich ruiniert.« Angewidert spuckte er auf die Straße. »Außerdem solltest du besser nach Hause kommen. Offenbar werden wir noch vor Weihnachten ein Kind haben.«

Margareta wich zurück. »Du weißt genau, dass das Kind nicht von dir ist.«

Er wies auf ihren gewölbten Bauch, der sich unter dem Mantel abzeichnete. »Beweise es.«

Sie machte noch einen Schritt rückwärts. »Es wundert mich, dass du das Kind eines anderen Mannes großziehen willst.«

Knut hob die Faust, ließ sie aber sinken, als habe er jetzt erst bemerkt, dass er sich in der Öffentlichkeit befand. Stattdessen änderte er seine Taktik. »Ich brauche meine alte Stelle zurück«, meinte er in lässigem Ton.

»Dann sprich mit der Straßenbahngesellschaft.«

»Nicht die Stelle, diese da.« Er wies mit dem Daumen auf das Grand Hôtel.

Margareta unterdrückte das hysterische Lachen, das in ihr aufstieg.

»Du brauchst nur Frau Skogh zu fragen«, fuhr Knut fort. »Sie mochte dich schon immer. Sag ihr, dein Balg müsste verhungern, wenn sein Vater kein Geld verdient.«

Wieder wich Margareta zurück. »Sein Vater verdient genug Geld.«

Knut starrte sie hasserfüllt an. »So hast du dir das also gedacht. Dann gehe ich besser sofort zur Polizei und melde, dass meine schwangere Frau nicht nach Hause kommen will.«

Würden die Behörden Knut das Baby zusprechen? Wahrscheinlich. Es schnürte Margareta die Kehle zu. »Was, wenn ich frage und Frau Skogh ablehnt?«

»Dann hast du ein Problem.« Knut stieß mit der Schuhspitze gegen den Randstein. »Es gäbe natürlich auch einen anderen Weg.«

Ihr Puls wurde schneller. »Ja?«

»Treib tausend Kronen für mich auf. Ein paar der Jungs von der Straßenbahngesellschaft wollen nach Amerika. Hier haben wir keine Zukunft mehr.« Wieder spuckte er aus. »Ich könnte mitgehen, aber ich brauche Geld für die Überfahrt. Also besorgst du mir entweder eine Stelle, damit ich genug für das Billett verdienen kann, oder du verschaffst mir das Geld.«

Eine Stelle, um ein Billett zu kaufen? Tausend Kronen anzusammeln, würde mindestens ein Jahr dauern. Außerdem hatte Knut Andersson noch nie in seinem Leben auch nur eine Öre gespart. Ganz davon abgesehen, dass Frau Skogh Knut niemals in ihrem Hotel geduldet hätte. Und was sie selbst betraf, hätte er ebenso gut gleich die Kronjuwelen von ihr verlangen können.

Knut, der nicht ahnte, was in Margareta vorging, sprach ungerührt weiter. »Und ich will nicht irgendeine Stelle, vergiss das nicht. Zum Töpfescheuern bin ich mir zu schade. Ich will Empfangschef werden.«

»Ich habe keine tausend Kronen.«

»Dann musst du sie eben stehlen. Außer du möchtest, dass ich mich an die Behörden wende ...« Er warf einen vielsagenden Blick auf ihren Bauch.

Sie verzog das Gesicht. »Das ist Erpressung.«

Er schüttelte den Kopf. »Ich habe meine Stelle verloren, weil ich für bessere Arbeitsbedingungen für die Männer gekämpft habe. Jetzt ist es deine Aufgabe, mich zu unterstützen.«

»Ich unterstütze dich seit sieben Jahren.«

»Das ist die Aufgabe einer Ehefrau.«

Sie reckte das Kinn. Dabei achtete sie darauf, dass sie sich stets im Blickfeld der Passanten auf beiden Straßen befand. »Was hast du je für mich getan?«

»Ich habe dir erlaubt, in der Linnégatan mit Möller zusammenzuleben.« Er grinste tückisch. »Glaub nicht, dass du dich vor mir verstecken kannst. Ich finde dich immer. Also, Maggie. Morgen um Punkt fünf Uhr treffen wir uns wieder hier.«

Sie schnappte nach Luft. »Das ist unmöglich. Frau Skogh tritt übermorgen ihre jährliche Europareise an. Sicher will sie davor nicht mehr belästigt werden.«

»Oje. Da wird mir wohl nichts anderes übrig bleiben, als zur Polizei zu gehen. Wirklich jammerschade.« Er drehte sich um.

»Warte.«

Er hielt inne.

»Ich versuche es.«

»Braves Mädchen.«

Kapitel 87

Als Margareta durch den Personaleingang ins Hotel hastete, war sie in heller Aufregung und kochte außerdem vor Wut. Knut Andersson war ihr gesetzlicher Vormund. Ihr Besitzer. Ihr Gefängniswärter. Der bloße Gedanke, dass er das Sorgerecht für ihr Kind bekommen könnte, sorgte dafür, dass sie die Hand an die gekachelte Wand stützen und den Kopf senken musste, bis der Brechreiz nachließ. Ihr Blick richtete sich auf die Treppe, die hinauf in die Verwaltung führte. Frau Skogh hatte gesagt, dass sie immer versuchen würde, für Margareta zu sprechen zu sein, falls diese ein wichtiges Anliegen habe. Sollte sie es riskieren? Was hatte sie schon zu verlieren?

August Svensson hob den Kopf. »Ist es dringend, Frau Andersson? Frau Skogh ist sehr beschäftigt und trifft Vorbereitungen für ihre Abreise.«

»Es ist ... privat.«

»Kommen Sie herein, Frau Andersson«, hallte da Frau Skoghs Stimme durch die offene Tür.

Margareta schluckte, trat ein und zog die Tür hinter sich zu.

Frau Skogh saß hinter ihrem mit Notizen, Speisekarten und Akten bedeckten Schreibtisch und bedeutete Margareta, Platz zu nehmen. »Schön, dass Sie hier sind. Sie müssen während meiner Abwesenheit nämlich etwas für mich erledigen.«

Vor lauter Überraschung geriet Margareta ins Stammeln. »Ich bin Ihnen gern behilflich, so gut ich kann«, stieß sie hervor.

»Das weiß ich. Also gut. Den ganzen Sommer lang warte ich schon darauf, dass Ottilia Ekman und Fredrik Nyblaeus sich wieder versöhnen. Nicht dass ich wirklich verstehen würde, was zwischen den zweien vorgefallen ist.«

»Sie müssten noch einmal neu anfangen und wissen beide nicht, wie sie das anstellen sollen«, erwiderte Margareta. »Beide haben eine Todesangst davor, das Gesicht zu verlieren und sich lächerlich zu machen, was fatale Folgen haben könnte, denn schließlich sind sie vor allem Kollegen, die zusammenarbeiten müssen.«

»Genau. Deshalb möchte ich, dass Sie und Möller sie zum Essen einladen. Bitten Sie Samuelsson, Ihnen etwas Nettes zum Mitnehmen zusammenzupacken. Er soll es auf meine Rechnung setzen.«

Margareta überlegte. »Danke für das Angebot. Aber ich koche sehr gern und würde lieber etwas bei Svenska Hem kaufen. Dann wäre der Abend persönlicher und weniger ... geplant. Ein Abendessen ist eine sehr gute Idee.«

Frau Skogh lachte leise in sich hinein. »Auch ich habe manchmal gute Einfälle. Also schön, bringen Sie mir die Quittung von Svenska Hem. Übrigens hatte Svensson recht, ich bin sehr beschäftigt. Also erzählen Sie mir, was Sie auf dem Herzen haben. Ich habe keine Zeit, zu plaudern.«

Margareta holte tief Luft und beschloss, den Stier bei den Hörnern zu packen. »Knut will seine Stelle zurück.«

Entsetzen und Empörung malten sich in rascher Abfolge in Frau Skoghs Gesicht. »Der Mann macht Scherze.«

»Schön wäre es, aber er meint es ernst.«

Frau Skogh verschränkte die Arme. »Warum will er hier arbeiten? Und wieso sitzen Sie hier in meinem Büro und verwenden sich für ihn?«

»Er will Geld sparen, um nach Amerika auszuwandern. Alle Rädelsführer ... äh, Gewerkschaftsführer finden in dieser Stadt nirgendwo mehr Arbeit.«

»Das beantwortet nur meine erste Frage.«

»Er sagt, ich müsste ihm tausend Kronen für ein Billett

geben, wenn er nicht hier arbeiten kann.« Margareta senkte den Blick. »So viel Geld habe ich nicht.«

»Und wenn er weder die Stelle noch das Geld bekommt?«

»Dann will er zu den Behörden gehen und melden, dass seine schwangere Frau ihn verlassen hat. Er wird das Sorgerecht für das Kind fordern.« Verzweifelt zuckte Margareta mit den Achseln und blinzelte eine Träne weg.

»Was sagt Möller dazu?«

Margareta schüttelte den Kopf. »Er weiß nichts davon. Noch nicht. So oft hat er mich gefragt, ob ich ihn heiraten will, aber Knut lehnt es strikt ab, sich scheiden zu lassen.«

Frau Skogh starrte zwar ins Leere, doch Margareta erkannte an ihrem Augenausdruck, dass sich ihre Gedanken überschlugen. Nach einer Weile wandte sie sich wieder an Margareta. »Wann erwartet Andersson Ihre Antwort?«

»Morgen um fünf.«

»Bringen Sie ihn zu mir.«

Kapitel 88

Ottilia, Karolina, Margareta, Beda, Torun und Märta hatten sich an ihrem angestammten Tisch in Blanch's Café versammelt. Aus den spontanen Treffen in dem Lokal im Kungsträdgården war für die sechs Freundinnen inzwischen ein monatlicher Jour fixe geworden. Ottilia stellte ihre neue honiggelbe Handtasche dicht neben ihren Fuß.

Märta lächelte Margareta strahlend an. »Hoffentlich kommst du auch noch nach der Geburt.«

Margareta lachte. »Ich versuche mein Bestes, aber ich muss mich mit Göstas Dienstplan abstimmen.«

»Vergiss Göstas Dienstplan«, meinte Ottilia. »Erzähl uns lieber, was gestern passiert ist, als du Knut mit zu Frau Skogh genommen hast.«

»Was hast du getan?« Toruns Empörung war im ganzen Lokal zu hören. Der Herr am Nachbartisch drehte sich mit missbilligender Miene um.

Die Freundinnen liefen rot an und beugten sich vor, soweit Margaretas Bauch es zuließ.

»Entschuldigt«, flüsterte Torun. »Was war denn bei euch los?«

Karolina erklärte Beda, Torun und Märta die Hintergründe. »Und jetzt wollen wir wissen, wie es weiterging.«

»Ganz richtig«, stimmte Beda zu. »Wenn dieser miese Kerl wieder im Grand Hôtel anfängt...«

Margareta unterbrach sie mit einer Handbewegung. »Das wird er nicht. Frau Skogh war einfach wunderbar. Als ich mich mit Knut getroffen und ihm gesagt habe, dass wir jetzt zu Frau Skogh gehen, war er längst nicht so begeistert, wie ich erwartet hatte. Eigentlich schien er eher verärgert. Bei unserer Ankunft war Frau Skogh nicht allein. Inspektor Ström war bei ihr. Ich war ziemlich überrascht, denn meines Wissens hat Knut nichts verbrochen. Zumindest nichts, was mit dem Grand Hôtel zusammenhinge. Aber offenbar hatte Frau Skogh meine Gedanken gelesen.

›Inspektor Ström soll unserem Gespräch als Zeuge beiwohnen‹, sagte sie. ›Also, Andersson, Margareta hat mir erzählt, dass Sie nach Amerika auswandern wollen.‹

›Ja ... gnädige Frau.‹

›Dann können Sie morgen um fünf wieder an Ihrem alten Posten anfangen.‹

Knut hat den Mund nicht mehr zugekriegt und ein ziemlich böses Gesicht gemacht.

›Oder‹, fuhr Frau Skogh fort, ›Sie bekommen von mir ein Billett nach Amerika auf demselben Schiff wie Ihre Freunde, das am 29. September in See sticht, und außerdem zweihundert Kronen.‹

Knut bekam seinen verschlagenen Blick. ›Ich brauche das Billett plus fünfhundert Kronen.‹

Frau Skogh griff in ihre Schreibtischschublade und holte drei funkelnagelneue Hundertkronenscheine und ein Blatt Papier heraus. ›Sie erhalten das Billett plus dreihundert Kronen, wenn Sie diese Vereinbarung unterzeichnen.‹

Knut war ziemlich verärgert. ›Was steht dadrin?‹

Frau Skogh trug den Betrag von dreihundert Kronen in die Lücke ein und drehte das Schriftstück um, damit Knut es lesen konnte. ›Dass Sie dreihundert Kronen und eine Schiffspassage für den 29. bekommen, sofern Sie sich nicht gegen Frau Anderssons Scheidungsantrag stellen und bestätigen, dass Sie nicht der Vater ihres Kindes sind. Außerdem steht da, dass jegliche Kontaktaufnahme zu Frau Andersson vor dem 29. dieses Monats die Vereinbarung ungültig macht.‹ Sie schob ihm das Schreiben hin.

Ohne lange zu überlegen, kritzelte Knut seinen Namen darauf und griff nach dem Geld. Doch Frau Skogh kam ihm zuvor. Nachdem auch sie das Dokument unterschrieben hatte, reichte sie Papier und Geld dem Inspektor, der beides einsteckte.

Knut schlug mit der Faust auf den Tisch. ›Das ist mein Geld. Ich habe gerade unterschrieben.‹

›Und in der Vereinbarung steht, dass das Geld am 29. Ihnen gehört‹, entgegnete Frau Skogh. ›Sie brauchen nur am Morgen beim Polizeirevier in der Smålandsgatan vorzusprechen, wo man Ihnen Geld und Billett aushändigen wird. Darauf können Sie sich verlassen, weil der gute Herr Inspektor Geld und Vertrag in seinem Besitz hat und Zeuge unseres Gesprächs war. Selbst wenn ich Sie betrügen wollte, würde ich damit gegen das Gesetz verstoßen.‹«

Die Freundinnen in Blanch's Café bogen sich vor Lachen.

»Und dann?«, fragte Beda.

»Dann hat Inspektor Ström Knut aus dem Gebäude begleitet«, erwiderte Margareta. »Frau Skogh hat mir anschließend gesagt, sie habe sehr daran gezweifelt, dass Knut seine alte Stelle je zurückgewollt habe. Das sei nur ein Druckmittel gewesen, um mich zu zwingen, ihm das Geld zu besorgen.«

»Damit hat Frau Skogh vermutlich recht«, stimmte Torun zu. »Bestimmt warst du überglücklich, ihn nach all den Jahren endlich los zu sein.«

»Überglücklich und sehr erleichtert«, bestätigte Margareta. »Aber erst, nachdem meine Panik sich gelegt hatte.«

Ottilia musterte sie zweifelnd. »Panik?«

»Woher soll ich dreihundert Kronen und den Preis für ein Billett nehmen?«

»Das Billett könnte weniger kosten, als du glaubst«, sagte Beda. »Frau Skogh hat mich gebeten, eine Passage im Unterdeck zu buchen. Jetzt verstehe ich den Grund.«

»Es wird mich überhaupt nichts kosten«, antwortete

Margareta leise. »Frau Skogh hat mir versichert, das Geld sei vorhanden. Aber ich habe trotzdem keine Ahnung, warum das Grand Hôtel alles bezahlt.«

»Ich wette, das Grand Hôtel muss gar nichts bezahlen«, verkündete Ottilia. »So ist Frau Skogh eben. Sie hilft einem mit derselben Hand, mit der sie einem zuvor die Hammelbeine lang gezogen hat.«

»Warum ausgerechnet der 29.?«, fragte Karolina.

»Weil an diesem Tag laut Knut eine ganze Gruppe von Straßenbahnarbeitern nach Amerika aufbricht«, erklärte Margareta. »Frau Skogh hat Charley Löfvander damit beauftragt, herauszufinden, ob das stimmt. Unser Charley ist ein fixer Junge und kennt in der Stadt wirklich jeden.«

»Knut wird es gar nicht gefallen, im Unterdeck zu reisen«, meinte Karolina. »Mich wundert, dass er überhaupt damit einverstanden war.«

»Du hast recht, er wird gar nicht erfreut sein«, sagte Margareta. »Allerdings hat Frau Skogh nur von einem Billett gesprochen, und er hatte nicht die Geistesgegenwart, weiter nachzufragen. Wie ich zugeben muss, bin ich auch erst auf diesen Gedanken gekommen, als Beda gerade vom Unterdeck gesprochen hat.«

Märta wischte sich die Lachtränen ab und tätschelte Margareta den Arm. »Ich freue mich so für dich. Und wenn wir schon beim Thema gute Nachrichten sind, habe ich auch eine zu bieten: Ich werde stellvertretende Abteilungsleiterin bei den Damenhandschuhen.«

»Das ist ja wunderbar«, sagte Karolina. »Wie hast du denn das geschafft?«

»Da ich weiterkommen wollte, habe ich mich beworben, als die Stelle frei wurde. Und es hat geklappt. Ohne mich selbst loben zu wollen, war ich sicherlich die erste Wahl. Einige Frauen aus anderen Abteilungen hatten sich ebenfalls beworben.«

»Gut gemacht«, antwortete Torun. »Frauen müssen lernen,

sich durchzusetzen. Da bin ich voll und ganz auf deiner Seite. Was hält Wilhelm denn davon?«

Märta errötete. »Er ist sehr stolz auf mich.«

»Also.« Beda erhob ihr Glas. »Trinken wir auf viele Handschuhe und weniger auf Abwege geratene Straßenbahnschaffner.«

»Und«, fügte Torun hinzu, »auf Selma Lagerlöf.«

»Warum?«

»Weil sie Gerüchten zufolge auf der Kandidatenliste für den Literaturnobelpreis steht«, raunte Torun.

»Von dieser Liste wusste ich gar nichts«, flüsterte Karolina zurück.

»Offiziell gibt es sie auch nicht. Also müsst ihr mir absolutes Stillschweigen schwören. Eigentlich müsste ich ja einem unserer Autoren bei Norstedt die Daumen drücken, aber ich hoffe so sehr, dass Fräulein Lagerlöf es schafft. Schließlich wird der Preis jetzt schon im neunten Jahr verliehen und noch nie wurde er einer Frau zugesprochen.« Missbilligend schnalzte sie mit der Zunge.

»Wann erfahren wir es?«, fragte Ottilia.

»Am ersten Dienstag im Oktober, aber das ist ja schon bald. Also weiter Daumen drücken.«

Kapitel 89

Am Donnerstag, dem 7. Oktober, wurden Ottilia und Karolina in Frau Skoghs Büro gerufen.

Die Generaldirektorin empfing sie mit einem breiten Lächeln. »Sie hat gewonnen. Jetzt wird gefeiert.«

Ottilia klatschte in die Hände. »Unsere Torun und ihre Freundinnen bei *Tolfterna* werden genauso begeistert sein wie Fräulein Lagerlöf.«

»Und meine Mutter auch«, fügte Karolina hinzu.

»Ebenso wie Hunderte von anderen Frauen überall im Land«, ergänzte Frau Skogh. Sie setzten sich an den langen Tisch, wo wie immer ein Kaffeetablett wartete. »Das wird eine Feier nur für uns. Sollen die Herren jammern, bis sie schwarz werden. Dieser Anlass ist ein Fest von Frauen für Frauen.« Sie nickte Karolina zu. »Deshalb sind Sie ja hier und nicht Herr Nyblaeus. Ich habe Sie mir mit seinem Segen ausgeliehen. Apropos Herr Nyblaeus«, wandte sie sich an Ottilia. »Ich bin froh, dass zwischen Ihnen beiden alles geklärt ist.«

Ottilia errötete bis hinauf zu den Haarwurzeln. Ein sehr geselliger Abend weit weg vom Grand Hôtel hatte ihre Freundschaft wieder beflügelt. Es war schön gewesen, mitzuerleben, wie Gösta aufgesprungen war, um zu helfen, als Margareta Schwierigkeiten hatte, den Kartoffelauflauf aus dem Herd zu nehmen. Es wurde nur wenig gesprochen und dafür umso mehr Händchen gehalten. Von den verstohlenen Handküssen ganz zu schweigen. Und als Fredrik Ottilia nach Hause in den Bolinder-Palast begleitet hatte, waren sie unterwegs stehen geblieben, um sich wieder und wieder zu küssen. Da Frau Skogh sie nun forschend musterte, senkte sie den Blick. »Danke.«

Karolina sprang für sie in die Bresche, indem sie rasch das Thema wechselte. »Wo findet Fräulein Lagerlöfs Feier statt?«

»Im Grand Royal. Um zehn ist sie zu Ende und um halb elf öffnen wir wieder für die Allgemeinheit.«

Ottilia nahm Notizbuch und Stift aus der Kleidertasche und begann zu schreiben. »Datum?«

»Montag, der 13. Dezember, zwölfhundert Personen.«

Karolina stieß einen leisen Pfiff aus. »Können wir denn so viele Eintrittskarten verkaufen?«

»Können wir, wenn der Preis stimmt. Sie kosten fünf Kronen.«

Ottilia schnappte nach Luft. »Das ist billig.«

»Für die durchschnittliche Arbeiterin ist es das nicht. Es soll eine Feier für Frauen aus allen gesellschaftlichen Schichten sein.«

Ottilia überlegte. »Gibt es eine Altersgrenze?«

Frau Skogh sah sie fragend an. »Warum wollen Sie das wissen?«

»Ich glaube, unsere Birna würde sicher gern kommen. Seit Märta mit Wilhelm zusammengezogen ist, wohnt sie bei Torun. Ich habe aufgehört, mitzuzählen, wie oft sie *Nils Holgersson* gelesen hat.«

»Wie alt ist sie denn?«

»Fast achtzehn. Sie lernt gerade für die Aufnahmeprüfung, weil sie unbedingt am Karolinska Institutet Medizin studieren will.«

»Gütiger Himmel. Dann ist sie ja schon richtig erwachsen.«

»Das denkt sie wenigstens.«

»Und sie scheint eine von den jungen Damen zu sein, die unser Land dringend braucht. Birna ist natürlich willkommen.«

»Sie kann sich unser Kleid ausleihen«, schlug Karolina vor. »Wir müssen ja beide arbeiten.«

»Ja, das ist richtig«, bestätigte Frau Skogh. »An diesem Abend wird das gesamte Personal weiblich sein. Also müssen wir einige der Mädchen anlernen.«

Ottilia tippte mit dem Stift in ihr Notizbuch. »Um zwölfhundert Personen zu bewirten, werden wir sehr viele Mädchen brauchen.«

»Ja und nein. Da es ein Büfett gibt, müssen wir nur Teller nachfüllen und Getränke einschenken. Die Zimmerkellnerinnen werden uns da eine große Hilfe sein. Außerdem werde ich Frau Andersson bitten, ein paar tüchtige Zimmermädchen abzuordnen. Maître Samuelsson frage ich ebenfalls. Sicher hat er einige fähige Küchenhilfen, die für einen Abend im Grand Royal eingesetzt werden können.«

»Ich stelle eine Liste der Mitarbeiterinnen zusammen«, sagte Karolina. »Wir brauchen mehr schwarze Kleider.«

»Nicht schwarz«, widersprach Frau Skogh. »Nicht für diese Feier. Es soll ein buntes Freudenfest werden, kein förmliches Abendessen.«

»Tannengrün?«, schlug Ottilia vor. »Das würde wunderbar zum Wintergarten passen.«

»Ausgezeichnet. Aus einem hochwertigen Stoff mit klassischem Schnitt. Kein Firlefanz. Und falls Sie gedacht haben, Sie könnten selbst servieren, dürfen Sie das getrost vergessen. Ich verstehe zwar, dass Sie sich am liebsten ins Getümmel stürzen würden, aber es geht nicht an, dass Sie heute einer Dame Tee einschenken und ihr am nächsten Tag ein kostspieliges Abendessen verkaufen. Doch Sie können gern alles von meinem Balkon aus beobachten, falls Ihre Zeit das zulässt.«

Ottilia gelang es gerade noch, Frau Skogh nicht mit offenem Mund anzustarren. Der kleine Balkon war bis jetzt einzig und allein deren Domäne gewesen. Eigentlich fand

Ottilia, dass die ständige Beobachtung durch die Generaldirektorin eher zu mehr Fehlern führte, denn die Mitarbeiter blickten immer wieder nach oben, um festzustellen, ob sie kontrolliert wurden. »Wir können weit im Voraus mit der Reklame anfangen«, kehrte sie zum Thema zurück. »Aber wann soll der Kartenverkauf beginnen? Am 1. November? Dann hätten wir genug Zeit, Speisen und Getränke zu beschaffen.«

»Nein, wir geben die Karten erst eine Woche vor der Feier heraus. Am 6. Dezember.«

Karolina starrte sie entgeistert an. »Warum so spät? Das Menü für das Nobelpreisbankett steht schon seit Monaten fest.«

»Weil die Leute bis zum 6. Dezember sicher wissen werden, ob sie Zeit haben oder nicht. Bei günstigen Eintrittskarten besteht nämlich die Gefahr, dass sie nicht genutzt werden, weil viele Damen sie ›nur für alle Fälle‹ kaufen.«

»Das ist schrecklich knapp«, wandte Ottilia ein. »Wir brauchen die Zahlen früher, um zu wissen, wie viele Personen wir beköstigen müssen.«

»Das habe ich Ihnen doch schon gesagt. Zwölfhundert. Ein Fest wie dieses hat Schweden noch nie gesehen. Mit Musik, Gesang, Reden, Blumen, Flaggen und ...«, Frau Skogh schlug mit der Hand auf den Tisch, »warum nicht mit einer heiligen Lucia, denn schließlich findet die Feier am 13. statt. Die gesamte Frauenrechtsbewegung wird dabei sein wollen. Habe ich eigentlich schon erwähnt, dass die Gattin des Premierministers die offizielle Gastgeberin ist? Denken Sie an meine Worte, meine Damen: Am Abend des Fests wird jede einzelne Karte verkauft sein. Warten Sie es ab.«

Sie brauchten nicht lange zu warten. Ein Massenansturm auf das Grand Royal am 6. Dezember machte zwölfhundert Damen glücklich, während weitere achthundert enttäuscht draußen bleiben mussten. Die schwedischen Frauen kamen in Scharen, um die erste Frau zu feiern, die in diesem Land den Nobelpreis gewonnen hatte. Selma Lagerlöf hatte die Frauenbewegung noch nie im Stich gelassen. Und dasselbe galt für die Frauen des Grand Hôtel.

Kapitel 90

Am Sonntag zwischen dem Nobelpreisbankett am Freitag und der Feier zu Ehren von Selma Lagerlöf am Montag fing Charley Löfvander zu niesen an. So laut, dass das Geräusch in der ganzen mit Stechpalmenzweigen geschmückten Bar widerhallte. Er nickte den Gästen entschuldigend zu. Und nieste noch einmal.

»Am besten gehen Sie nach Hause, Charley«, sagte Gösta Möller. »Nicht dass Sie mir noch meine Kellner anstecken.«

Charley förderte ein gewaltiges Taschentuch zutage und vergrub die Nase darin. »Gestern Nacht hatte ich einen Burschen hier, der ständig geniest hat. Zuerst habe ich mir nichts dabei gedacht. Doch inzwischen bin ich sicher, dass etwas mit ihm nicht stimmt.«

Der gerade erst neu eingestellte Empfangschef kam hereingehastet. »Herr Möller, ich suche Sie schon überall. Torun Ekman hat angerufen. Sie sagt, bei Frau Andersson habe es angefangen.«

»Angefangen?«

»Das Kind kommt.«

Gösta blickte zwischen Charley und dem Empfangschef hin und her.

»Gehen Sie schon«, erwiderte Charley. »Beeilung.«

»Falls es falscher Alarm ist, komme ich wieder.«

»Das ist es bestimmt nicht.« Charley nieste wieder. »Wenn Torun Ekman sagt, dass das Kind kommt, dann kommt es. Ich habe noch nie erlebt, dass sie sich irrt. Keine Sorge, wir halten hier die Stellung.«

Kapitel 91

Als am Morgen der Feier zu Ehren von Selma Lagerlöf die Wintersonne über dem Grand Hôtel aufging, prostete Oscar Holtermann Wilhelmina mit seiner Kaffeetasse zu. »Glückwunsch zu wieder einem Nobelpreisbankett, bei dem alles geklappt hat wie am Schnürchen. Die Weihnachtsdekoration ist die schönste, die mir je untergekommen ist, und das Essen wurde allgemein sehr gelobt. Ich selbst fand den Steinbutt ausgesprochen köstlich.«

Ivar Palm stimmte zu. »Es war wirklich ein sehr erbaulicher Abend. Und die Birne Helene zerging förmlich auf der Zunge.«

»Allerdings«, Holtermanns Tonfall wurde ernst, »darf es nie wieder vorkommen, dass ein Oberkellner sich einen solchen Ausrutscher erlaubt. Wie konnte der Mann die Nobelpreisträgerin nicht erkennen und ihr das Betreten des roten Teppichs verbieten? Wir haben Glück, dass das …«, er suchte nach dem passenden Wort, »Opfer Fräulein Lagerlöf eine Landsmännin ist und dass es keinen unserer ausländischen Gäste getroffen hat.«

Bei der bloßen Erinnerung fingen Wilhelminas Wangen an zu glühen. Was für eine entsetzliche Blamage. »Der Mann wurde streng gemaßregelt und degradiert. Ich versichere Ihnen beiden, dass so etwas in diesem Hotel nie wieder vorkommen wird. Ich persönlich«, wechselte sie rasch das Thema, »fand Fräulein Lagerlöfs Rede den erhebendsten Moment des Abends.«

Die beiden Männer musterten sie erstaunt.

»Haben Sie sie gehört?«, erkundigte sich Palm. »Ich dachte, Sie wären dafür zu sehr hinter den Kulissen herumgehetzt.«

»Ich höre das meiste, was in diesem Hotel vor sich geht, und außerdem hetze ich mich nie.« Sie lächelte reizend. »Und nun steht noch die heutige Feier an. Habe ich schon erwähnt, dass alle Karten verkauft wurden?«

»Ja, haben Sie und es stand auch in allen Zeitungen. Was zwar sehr löblich ist, aber zu welchem Preis?« Holtermann nahm die Brille ab. »Fünf mal zwölfhundert ergibt nun einmal nur sechstausend Kronen. Wie soll diese kleine Veranstaltung sich finanziell tragen?«

Wilhelmina schluckte ihren Ärger hinunter. »Indem es nur belegte Brote, Kekse, Obst, Sodawasser und Tee gibt. Der Mangel an kulinarischer Extravaganz wird durch die Freude und die Begeisterung in den Herzen der Frauen wettgemacht werden, die sich an diesem unvergleichlichen Ort versammeln. Wir werden für diese Veranstaltung weniger in Vorleistung gehen müssen als für ein gewöhnliches Bankett. Und außerdem«, Wilhelmina reckte den Zeigefinger, »wird das Grand Royal in nur drei Stunden zwölfhundert Fürsprecherinnen dazugewinnen, die für uns die Werbetrommel rühren. Langfristig gesehen, wird sich dieses Fest mehr als bezahlt machen.« Zumindest war das eine Vermutung, die sie jedoch dem Vorstand verkaufen konnte. Mit ein wenig Glück würde sie sich als richtig erweisen. »Und zu guter Letzt«, fügte sie hinzu, »sollte unsere erste schwedische Nobelpreisträgerin uns doch eine Feier wert sein, oder?«

»Ich muss Ihnen recht geben«, räumte Holtermann ein. »Fräulein Lagerlöf hat den Nobelpreis wirklich verdient. Was ich nur nicht ganz verstehe, ist dieses Tamtam, weil sie eine Frau ist. Selbst meine Gattin ist ganz aus dem Häuschen.«

»Kommt Ihre Frau denn heute Abend auch?«, fragte Wilhelmina.

»In der Tat. Es hat mich ein neues Abendkleid gekostet.«

Wilhelmina verschränkte die Arme. »Und finden Sie daran etwas auszusetzen?«

»Nicht unbedingt.« Er überlegte. »Wissen Sie, meine Frau hat im Sommer einen Monat lang Verwandte besucht. Zum ersten Mal konnte ich sie nicht begleiten, und in dieser Zeit ist mir klar geworden, wie viel sie für mich und, nach den vielen Anrufen zu urteilen, auch für andere in dieser Stadt tut. Ich hatte ja keine Ahnung.«

»Das geschieht häufig«, erwiderte Wilhelmina. »Männer sind so sehr damit beschäftigt, wichtige Entscheidungen zu fällen, dass sie gar nicht bemerken, wie ihre Frau ihnen die Kleinigkeiten des Alltags aus dem Weg räumt.«

Ein schalkhaftes Lächeln spielte um Holtermanns Lippen. »Dann wünsche ich Ihnen viel Vergnügen bei Ihrer Feier im Grand Royal, Wilhelmina. Sie und Ihre Damen haben sich einen denkwürdigen Abend verdient.«

»Hört, hört«, stimmte Palm zu. »Ich schließe mich meinem Vorredner an.«

Kapitel 92

Als es Mittag wurde, war ein Fünftel der Mitarbeiter sowohl im Grand Hôtel als auch im Grand Royal erkrankt und nicht einsatzfähig. Dr. Malmsten diagnostizierte eine Grippe, die zwar lästig, aber nicht lebensgefährlich sei, weshalb kein Grund bestehe, die Feier abzusagen.

Ottilia legte den Hörer auf und strich noch einen Namen von ihrer Liste der Serviererinnen. »Man hat noch zwei Zimmermädchen ins Bett schicken müssen. Eine gehörte zu unseren Leuten.«

»Wie viele haben wir inzwischen verloren?«

»Vier. Inzwischen wird es auch im Grand Hôtel eng. Sie wollen Gösta Möller rufen lassen.«

Karolina verzog zweifelnd das Gesicht. »Kann er Margareta denn allein lassen?«

»Wahrscheinlich darf er sowieso nicht ins Schlafzimmer. Obwohl ich sicher bin, dass er lieber vor der Zimmertür auf und ab tigert als hier. Meine Mutter sagte, bei meinem Bruder Jon habe sie sechsunddreißig Stunden in den Wehen gelegen. Die erste Geburt kann dauern. Allerdings lautet die viel schwierigere Frage, wo wir jetzt weitere Serviererinnen herbekommen. Im Notfall würde ich auch Männer einsetzen, aber im Moment herrscht im ganzen Hotel Personalmangel. Ein Glück, dass es erst nach dem Nobelpreisbankett passiert ist. Wenigstens gibt es nur ein Büfett.«

Karolina neigte den Kopf zur Seite. »Wir könnten die heilige Lucia streichen und das Mädchen zum Servieren einteilen. Sie ist vom Zimmerservice, oder?«

»Da wir einen Chor bestellt haben, brauchen wir auch eine Lucia. Aber wenn ich es mir genauer überlege, könnte jedes andere Mädchen diese Rolle übernehmen. Sie braucht nur hereinzuspazieren und dabei wie ein Engel auszusehen. Ich weiß, was wir tun. Birna soll die Lucia spielen.«

»Aber Birna hat eine Eintrittskarte gekauft.«

»Birna kann ruhig mithelfen, so wie ihr alle an meinem ersten Tag. Schon vergessen? Ihr habt mir zuliebe euren freien Abend geopfert.« Ottilia verzog das Gesicht. »Was ist?«

Trotz der gedrückten Stimmung stand ein breites Grinsen auf Karolinas Gesicht. »Da hast du deine Lösung. Du hast es gerade selbst gesagt: Wir fragen Beda, Märta und Torun.«

Ottilia, Karolina, Beda, Märta und Birna – drei in Tannengrün und zwei im Scharlachrot des Grand Royal – starrten von einer Arkade im dritten Stock hinunter auf das bunte Gewimmel aus Seide und Satin. Das Büfett war vertilgt, die Reden waren gehalten, und die Frauen hatten Flaggen geschwenkt, die Blumen bewundert und laut genug gejubelt, um das Glasdach fast zerbersten zu lassen. Da der Chor seine eigene heilige Lucia mitgebracht hatte, hatte auch Birna mit anpacken können.

»Wenn ich nach einer fünfminütigen Einweisung einen Servierwagen bestücken konnte, schaffst du es auch, Tee in eine Tasse zu gießen«, meinte Beda zu ihr.

Birna war begeistert und sofort einverstanden.

Noch nie hatte im Grand Royal eine solche Pracht geherrscht wie an diesem Abend.

»Es ist wie in einem Märchen«, hauchte Märta. »Einige dieser Kleider stammen bestimmt aus unserem französischen Modeatelier.«

»Das von meiner Mutter ganz sicher«, sagte Karolina. »Ich war nicht sicher, ob das Türkis etwas für sie ist, aber sie sieht einfach hinreißend aus.«

Ottilia seufzte. »Schade, dass Torun das alles verpasst.«

»Wie recht du hast«, stimmte Birna zu. »Ich habe Fräulein Lagerlöf und Frau Beskow Tee nachgeschenkt.«

Karolina drehte an dem neuen goldenen Reif an ihrem Ringfinger herum. »Frau Skogh hat tatsächlich einen Traum wahr werden lassen. Wo ist sie eigentlich? Ich kann sie unten nirgendwo entdecken.«

»Hier«, sagte da eine Stimme hinter ihnen.

Die Freundinnen drehten sich um.

Frau Skogh, eine beeindruckende Erscheinung in Violett, lächelte die fünf Frauen an. »Ich wollte Ihnen nur berichten, dass ich Neuigkeiten aus der Linnégatan habe. Margareta Andersson hat ohne Zwischenfälle einen Jungen zur Welt gebracht. Mutter und Kind sind wohlauf. Ich habe Möller nach Hause gehen lassen und ihm gesagt, dass er Torun herschicken soll. Sie hat heute schon mehr als genug geleistet.«

Fünf Münder wurden freudig aufgerissen.

Karolina fand als Erste die Sprache wieder. »Das ist ja eine ausgezeichnete Nachricht.«

»Wundervoll«, stimmten die anderen zu.

»Aber ich glaube, für Torun gibt es hier nicht mehr viel zu tun«, wandte Ottilia ein. »Es ist fast zehn, und wir haben genug Leute, um alles so schnell wie möglich sauber zu machen und aufzuräumen. Um halb elf wird das Grand Royal wieder für die Allgemeinheit geöffnet.«

»Ich veranstalte in meiner Wohnung eine kleine Nachfeier für ein paar Auserwählte«, antwortete Frau Skogh. »Fräulein Lagerlöf war so freundlich, meine Einladung anzunehmen. Und sobald Torun hier ist, sind Sie alle sechs herzlich willkommen.«

Die Freundinnen wechselten ungläubige Blicke.

»Ich habe gehört, wie erstaunt Karolina war, dass ich auch Träume habe«, fuhr Wilhelmina fort. »Wissen Sie, Träumen ist der einfache Teil. Sich ein Ziel zu setzen, es zu erreichen und sich dann Tag für Tag nicht davon abbringen zu lassen, ist um einiges schwieriger. Und dennoch ist es genau das, was wir hier im Grand Hôtel tun. Wir sehen uns um halb elf, meine Damen.«

Oben in ihrer Wohnung im Bolinder-Palast, eine vor Ehrfurcht beinahe erstarrte Brita hatte die Gläser aller Anwesenden gefüllt, stand Wilhelmina am Fenster und kehrte dem winterlichen Stockholm den Rücken zu. Auf der anderen Seite des Wassers funkelten die elektrischen Lichter des Palasts und die Straßenlaternen. Die frische Winterluft trug den Ruf eines Droschkenkutschers heran.

Wilhelmina hob ihr Glas. »Ich trinke noch einmal auf eine unübertroffene Frau, Fräulein Selma Lagerlöf.«

Selma Lagerlöf schüttelte den Kopf. »Diesmal nicht auf mich, meine Liebe. Sondern auf Sie und alles, was Sie zustande gebracht haben. Und außerdem«, sie wandte sich um und lächelte Ottilia, Karolina, Beda, Märta, Torun und Birna und auch der ein Stück entfernt stehenden Elisabet zu, »auf all die fabelhaften Frauen vom Grand Hôtel!«

Danksagung

Wilhelmina Skogh und das berühmte Grand Hôtel faszinieren mich, seit ich in einem Sommer zu Anfang der Achtzigerjahre das Glück hatte, dort einen Ferienjob zu ergattern. Schon damals spielte ich mit dem Gedanken, eines Tages einen Roman über dieses Haus zu schreiben. Nun, vierzig Jahre später, war die Zeit reif dafür.

Allerdings darf man dabei nicht vergessen, dass es sich beim Grand Hôtel um ein privat geführtes Unternehmen handelt. Das Hotel ist zwar öffentlich zugänglich, doch mein Interesse galt eher dem Sitzungssaal als den prunkvollen Gästezimmern. Kurz gesagt, ich brauchte Zugang nicht nur zum Gebäude selbst, sondern auch zu historischen Unterlagen, und dabei war ich auf das Einverständnis der aktuellen Entscheidungsträger angewiesen. Deshalb geht mein erster Dank an Lars Wedenborn, der sich mein Anliegen angehört und an mein Konzept geglaubt hat. Und mir dann einen Schlüssel anfertigen ließ.

Mein zweites und größtes Dankeschön gilt Pia Djupmark, der Hausdame des Grand Hôtel, und ihrer wundervollen Assistentin Lovisa Strauss. Meine Damen, ich danke Ihnen dafür, dass Sie mir Ihr Hotel anvertraut haben. Sie haben mir gestattet, mich hinter den Kulissen umzusehen, mir Anekdoten erzählt und mir außerdem vollständigen Zugriff auf die historischen Archive gewährt. Ohne Ihre tatkräftige Unterstützung hätte dieses Buch niemals die Ziellinie überquert.

Außerdem danke ich Sten Vasseur, dem ehemaligen Floristen des Grand Hôtel, der mir viel Zeit geopfert hat und mit

Begeisterung bei der Sache war. Danke für die historischen Quellen und die im Laufe der Jahre gesammelten Fotos. Ihr Wissen hat dem nackten Gerüst die ersten Konturen gegeben.

Ich danke Marit Snaar von der Wilhelmina-Gesellschaft in Storvik. Danke, dass Sie mich mit offenen Armen willkommen hießen, als ich zufällig in Wilhelminas Café im Bahnhofsgebäude geriet. Sie haben mich aufgefordert, in einem der alten Lehnsessel dieser außergewöhnlichen Frau Platz zu nehmen, während wir unser Gespräch führten. Eine Begebenheit, an die ich mich immer gerne erinnern werde.

Um ein Buch vom Kopf ins Regal zu bringen, braucht man ein ganzes Dorf von Verlagsmitarbeitern. Deshalb gilt mein nächster Dank dem Team bei Printz Publishing: Christoffer Holst (Cheflektor), Anna Levahn (PR-Guru), Mats Foerster (bewährter schwedischer Übersetzer), Emma Graves (Umschlaggestalterin), Sara Ljungdahl Holst (Illustratorin) und außerdem den wundervollen Mitarbeiterinnen der Nordstedts Agency, Linda Altrov Berg, Catherine Mörk und Sofia Odsberg. Ich danke Ihnen allen von Herzen für Ihre Bemühungen und dafür, dass Sie ab dem ersten Tag an *Die fabelhaften Frauen des Grand Hôtel* geglaubt haben.

Arne, Maxine und Emelie – ohne euch drei wäre nichts wirklich wichtig. Ich danke euch für eure unermüdliche Unterstützung und Begeisterungsfähigkeit.

Und zu guter Letzt möchte ich Wilhelmina Skogh danken, deren Foto auf meinem Schreibtisch steht. Sie waren uns allen ein leuchtendes Vorbild. Ich kann nur hoffen, dass ich Ihren hohen Ansprüchen und Erwartungen genügen konnte.

In Liebe und Dankbarkeit
Ruth
www.ruthkj.com; @ruthkjwriter